每個人心中都有一座島嶼，

藉文字呼息而靜謐，

Island，我們心靈的岸。

【出版緣起】

一個穩固而持續的創作平台

——長篇小說創作發表專案

施振榮（國家文化藝術基金會董事長）

國家文化藝術基金會自二〇〇三年創設「長篇小說創作發表專案」，已執行十餘年時間。感謝和碩聯合科技股份有限公司，在國藝會藝企平台的加乘推動下，自二〇一三年起，每年贊助專案一百萬元。企業參與支持國人原創小說，並集合各方資源推介，讓台灣出品優質小說，更有機會於華文出版市場出頭。

長篇小說專案以挖掘當代文學經典為推廣宗旨，遴選優秀創作計畫案，補助創作者寫作期間生活費，嚴格把關作品「質」、「量」，也協助作品出版、評論、座談等推廣活動。整個計畫執行過程，國藝會既是作品催生的助產士，也是替優秀作品媒合好出版社、拓展發表管道的媒人婆。許多部已經出版作品，得到國內外文學獎肯定，也跨界改編戲劇，翻譯其他語言，發行其他國家。

我常提到「台灣不缺人才，只缺舞台」，長篇小說專案透過全面的機制規劃，讓優秀作家能在舞台上盡情揮灑創意。本書《邦查女孩》是長篇專案二〇一五年第二號出版作品，結合一九七〇年代中央山脈伐木歷史，表現台灣山林文化特殊景象。小說故事活潑，有豐富想像力，能給讀者閱讀時新奇的感覺。《邦查女孩》也將同步發行電子書版，部分內容會由「末路小花」劇團改編兒童劇，全國巡演三場。不管是網路通路或戲劇改編，藉由多種形式的傳播推動，能讓不同年齡層、不同領域的讀者對小說產生好奇、喜歡閱讀，對提昇國內閱讀風氣及拓展市場行銷有幫助，我十分樂見這些多樣的推廣方式。

國人旺盛的原創力，是台灣文化的根源，好的人才必須仰賴好的舞台長期經營、支持。國藝會長篇小說專案未來仍會延續專案精神——打造「穩固而持續的創作平台」，持續搭建舞台，讓台灣優秀創作者的寫作實力能盡情展現，也讓更多不為人知的台灣在地美好價值，透過小說故事，在世界各角落持續發聲。

目錄

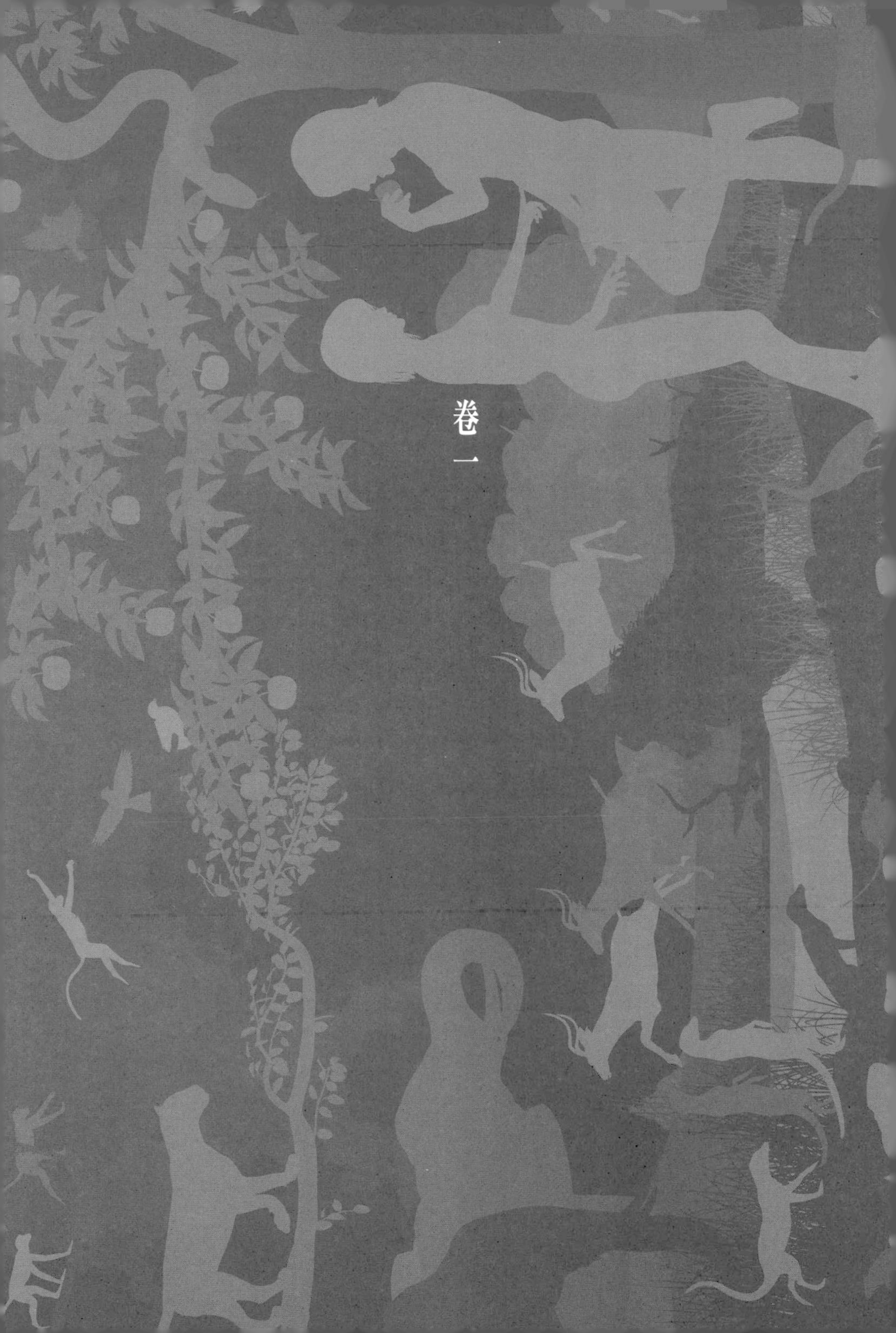

卷一

請你帶我走

那場夏日戰爭很有名，有三百一十五人參戰，全被「殺刀王」帕吉魯的右手擺平了。「殺刀」不過是遊戲，將一手伸出來當長刀，一手藏在後腰，用手刀砍到對方的頭或膝蓋以下便贏了。人馬分兩隊較勁，被砍死的關在電線杆下，等隊友來救。這種遊戲有時會擦出火藥味，成了地域或校區之分的小規模戰鬥，最後混入了小流氓，變成城市大戰。

那場大戰怎樣開始的沒有人說得明白，最後卻被所有人記得，因為變成爆粗口與大規模的拳腳，不少人攻擊對方頭部時，以搧巴掌的合法方式打哭弱者，三百多個男孩聚在路口叫囂，拉人助陣，演變成兩派的大衝突，有人拿出扁鑽與小刀示威，很快就要見血了。

這時候，帕吉魯出現了，往三百多位男孩的戰場中央站去。他把牽來的雙槓腳踏車的腳架豎起來，雙手拍出嚇人的響聲，左手藏在後腰，右手伸出來，比出了邀架手勢。他口氣很大，把手挽一圈，向全場的人下戰帖，最後把手尖對準一位拿小刀的小流氓，先讓對方的刀子往前刺了半尺後，才拍掉刀子，更用上半個令人傳誦的說不清楚黑影，就點贏了額頭。然後，帕吉魯再度比手勢，要全場的人通通打過來。整個過程被形容是李小龍在《精武門》中用迷蹤拳跟上海虹口道場的日本人挑戰。

帕吉魯是獨行俠，很少進城，一來就轟動，跟火車從中央山脈運來的大屍塊一樣轟動。他戴白色探險帽、牽鐵馬、載寶刀盒的形象，冬天又多披一件紅披風，向來是一九七〇年代的花蓮市傳奇。最傳奇的是他車後座載寶刀盒，來找老師傅修武器。寶盒又大又長，稜角處裹銅片，裡頭裝著大型的古怪兵器，有的像是座頭鯨下顎的屠龍刀，有的像鋸齒鯊的利鋸齒，還有可以當飛鏢丟的大斧頭。他是啞巴，嘴總是叼著草，更顯露了孤獨的調性。

帕吉魯贏了小流氓，沒有人敢上前挑戰，因為他是花蓮市最厲害的高手，才被封「殺刀王」。三百人簇擁上去絕對能把他拍成肉醬，卻不懂帕吉魯為誰而戰，為何而戰，他很像來鬧場的。沒人想挑戰。最後，他的右手四指往內勾幾下，對著某個方向邀戰，拍拍口袋，示意有錢。那個方向的人牆裂開缺口，露出後頭的三位「叭噗老伯」。帕吉魯要跟他們過招。

叭——噗——

場子邊賣冰的叭噗老伯壓著車龍頭上掛的小皮球，令簧片發聲，「夭壽！莫打了，人生海海，吃叭噗比較high。」他們說完，把菸吐掉，抬頭露出邪惡的微笑，牽著腳踏車來到場子上，要跟帕吉魯來場會外賽了。叭噗老伯是令人又愛又恨的程咬金，車上掛著鋁殼掉漆的大冰桶。大家在哪玩，他們去哪賣冰，有時站在戰場中央抽菸、猛按叭噗，故意大聲講淫得噴汁的色情故事，要大家吃冰消火。大部分的孩子窮得沒錢吃冰，連寒冬想到冰都會流口水。

叭——噗——

會外賽是丟飛鏢盤遊戲。飛鏢盤放在腳踏車後座，軟木圓盤，以鐵絲隔出放射狀的冰品區塊。丟飛鏢遊戲不利玩家，付了錢，多是丟中比花錢買還要小份的冰淇淋。要是丟中特別獎的「天霸王」，不用付錢外，還得到雙份的冰，這機率是孩子們形容的「往後下腰能看見自己的屁眼」。這種賭博性遊戲很吸引人，顧客被快轉的盤子催眠似朝它丟鏢，像錢丟到河裡，只聽見水聲般的喜悅。

叭——噗——，老伯發出神祕的微笑，轉動飛鏢盤。

帕吉魯伸出右手捻鏢子，左手縮在後腰，第一次出手，鏢子沒扎到盤子，彈到地上。他付錢再玩，出手後射中「再來一次」的格子。他抽起鏢子再丟，轉盤停了，意外的中了特別獎。

「讚！天霸王。」凡是中這格，叭噗老伯得大喊吸引人，拉開冰桶蓋，壓兩下冰杓發出機械聲響，往冰霧瀰漫的圓桶裡挖兩大杓。他動作有些不甘願，微笑也很職業。

帕吉魯拿下雙份的冰淇淋，示意敵對雙方的主帥來拿。他沒講話，用眼神與手部的肢體動作示意。接著，他拿起鏢子，扶了扶自己的墨鏡，往第二攤的轉盤射去。

「婧①！天霸王。」第二攤的叭噗老伯大驚。

帕吉魯挑戰第三攤，鏢子落下，叭噗老伯最後喊：「恭喜喔！天霸王。」帕吉魯拿起雙份的冰淇淋，要男孩們共享。戰況解除，大家聚在攤販邊，舔上一口冰，可是仇恨還在。

接下來，帕吉魯示意要再玩一次轉盤，而且一次丟三盤。三百多位男孩圍著看賭局，後頭幾圈只能事後聽聞。他們有的站上圍牆，有的爬上路樹，四周的電杆從上到下也夾了一串小孩。他們看到帕吉魯左手拿冰，右手捏拳暖手，三支鏢子銜在嘴上。

冰淇淋大戰開始了。詐就詐在這，叭噗老伯會先用針把天霸王那塊插上百回而變得鬆爛，或在底下偷墊堅硬的芭樂木，射中的鏢子容易被快轉的盤子甩出來。陽光下，巷口安靜極了，風從每個街道灌來，花蓮市的每種味道聚在這，男孩們也是。

古阿霞也混在人群中，穿工作雨鞋，手拿蒼蠅拍，身上永遠沾染了蝦仁炒飯的油煙味。她只不過是路過去買包糖回家，指甲縫還殘留偷吃的糖粒，卻受到鼓譟聲吸引。她勉強擠入人群，看到了帕吉魯。

這不是古阿霞第一次看見帕吉魯，曾經在某雜貨店遇到，她排在後頭。帕吉魯買汽水，付出的小鈔又從老闆手中轉到古阿霞手中。古阿霞有隨手聞鈔票的習慣，她聞過各式的錢鈔，有油墨味、魚腥味、霉味、海洋味，會猜它們曾在哪些人流轉。那張鈔票有香味，不是老女人的明星花露水的豔甜味。確切點說，那張鈔票好像是木匠刨下來的薄木片，有好聞味道。

現在，帕吉魯手中握著十幾張捲成筒狀的鈔票，比手畫腳。可是叭噗老伯不懂這啞巴的手語。古阿霞懂了，帕吉魯要以手中的鈔票賭上那幾桶冰淇淋，如果全中了天霸王，冰都屬於他的，輸的話，錢歸三位叭噗老伯均分。那些錢，買六輛車的冰淇淋也夠。

「他要賭三臺車的輸贏，一次拚三個鏢盤。」古阿霞在人群中喊。

沒有錯，這是帕吉魯的意思，他瞧去，在人海裡是誰那麼懂他的心思，只有一堆搖晃的黑髮。他回過頭，對三位叭噗老伯點頭，把錢放在車座。

叭噗老伯彼此看一眼，認為這是公平的賭局，不是賺翻，就是賠倒，而且不會有人再運氣好到能三次全中。他們把鏢子拔出來遞給帕吉魯，更使勁的猛轉盤子，強大的離心力會使鏢子扎下去後很容易脫落。

出手了，帕吉魯下鏢子，朝三個盤子射去。

啵！啵！啵！三聲，非常清脆，是刺穿天霸王格子底下一種俗稱「鱸鰻」的墊木聲響。他重溫聲音，感受到這種樹皮長出類似鱸鰻斑而得名的烏心石，長在東坡，海拔一百公尺餘，可能來自附近的花崗山。此樹堅硬無比，常是砧板的首選。還有，這三個轉盤出自同一位師傅製作。帕吉魯轉身離開，慢慢走出人群之後，步伐加快，趕在歡呼的人潮圍死他之前離開花蓮市。

所有的人在原地等結果呢！尤其是三位緊張的叭噗老伯，忘了照例以手掌碰觸盤緣的鐵皮煞停，而是讓它們慢慢的停下來。陽光下，飛鏢盤越轉越慢，最後靜止不動。

三位叭噗老伯怒喊：「幹你娘咧！」

---

①漂亮的意思，閩南語。

男孩們和解的歡呼尖叫，邊吃冰邊回頭去找人。

帕吉魯弭平三百多人的大戰，且不見了，再添一則花蓮市的傳奇。

在中華路後頭的小巷裡，陽光在十點左右照進來。古阿霞坐在小板凳，兩腿間放了裝水的臉盆，忙著洗菜。她是優秀的洗菜工。菠菜的蒂頭很會塞泥土，高麗菜不要洗碎，還有花椰菜的蕊縫最容易藏著菜蟲。要是炒完菜的鍋底湯汁帶黑渣，會歸咎古阿霞，所以她得掌握訣竅，洗得又快又好，連最難搞的挑菜剝絲也難不倒。

越到中午，雜活越緊，古阿霞卻愛偷懶，忙裡偷閒總有難忘的美景。因為這時候的陽光來到小巷，水光反射，流動著幽幽淡淡的剪影，好多影子啵滋啵滋的發芽成長。小貓從屋底出來曬太陽，蝸牛的乾漬爬痕是最美的膠水抽象畫，光亮中的塵埃模仿了星雲流動。她閉上眼，面對太陽光，光芒從瞳孔流進體內，肺葉在行光合作用。

她知道今天帕吉魯會來，就像這陽光，從她眼睛接收後，順著血液流動到全身，連頭髮也會發熱。不過，她認為帕吉魯會來的念頭，每天都有，持續六個月了，往往撲個空。這無所謂，有機會給就出去跑跑，她不想下一個五年她還是關在這間餐廳與梯間臥房。

那個星期二，下午三點，小巷又恢復暗冷，卻是處處流動著重複且清脆的單音，如水龍頭滴水、鐵皮在風中撞擊、腳踏車鏈條響。古阿霞坐在板凳上，趁空閒看著閒書，她喜歡看書，不懂的字翻字典。可是這時候越看心越煩，情節卡在視神經上，讀不進心裡，字典也擱在合攏的膝蓋沒動。

「蘭姨，妳的菸快沒了，我幫妳跑腿。」古阿霞說，她想去找帕吉魯。

蘭姨坐在門檻上，頭倚著牆，吃著花生米，聽著收音機播放閩南語版的〈相逢有樂町〉，等到古阿霞講到第三回，她才說：「沒有，我菸抽得省。阿霞，妳要是閒，去打蒼蠅。」

古阿霞打完蒼蠅，又問：「蘭姨，妳真的不缺檳榔。」

「我很久沒吃檳榔了，阿霞，要出門就出去吧！」蘭姨知道這女孩難得想出門卻牽拖一堆理由，出去記得回來就好。

古阿霞馬上頭也不回的衝出去。蘭姨探出身子要她帶包衛生棉回來，卻不見影，她失望之際，古阿霞從遙遠的巷底探出頭，說：「蘭姨，聽到了。」蘭姨這才笑得很長，勾起好多回憶，她心裡想，這個小女孩才十八歲，可是像她上輩子的女兒一樣機靈。

蘭姨這樣想時，古阿霞又跑出五十公尺外。她在路上隨手摘了人家院子裡探出籬笆外的山櫻花，插在背後。複瓣櫻花好大一叢，又擠又熱鬧，隨著她的奔跑而落下點點。她沿著中山路，衝刺在冰冷柏油路。這條路在日治時期以鋪上黑色柏油而博得「黑金通」之稱，是花蓮第一大道。她衝出第三條巷子，把常在積水廚房穿的雨鞋拎在手上跑。到了第六條街，她抱怨不該聽蘭姨的，用稀釋的醋泡軟腳上的厚繭好用刀削掉，不然她就跑到第十條街了。在第十二條街的長老教會，她真想把微隆的胸部壓下，汗水會讓乳頭露餡。跑到第十八條街，她一身痠痛，卻沒抱怨了，還對上帝發出最深切的讚美，她看到帕吉魯了。

帕吉魯在吃煎蛋，坐在巷口的矮桌，身邊圍著一圈圈的小孩。煎蛋由蘿蔔絲與九層塔混搭，擠上美乃滋，撒上大量柴魚片，捲薄的柴魚片在熱氣烘托下像印度弄蛇不斷的擺動。帕吉魯點了十份，要那些跟他玩殺刀鬥輸的人一起吃。巷口都坐滿了孩子，他們先抓柴魚片吃，摳完美乃滋，才一小塊一小塊的捏起煎蛋吃，覺得這是最完美的階下囚享受。

「平安！」古阿霞先用上基督教的問候，然後說：「帕吉魯先生，我們來決鬥吧！」

大夥愣住了，帕吉魯抬頭看。古阿霞又黑又瘦，頭髮很捲，哪來的曬過頭的茄子跟花椰菜，可是她眼睛很亮，只有高山的巨嘴鴉的紫藍翅膀才會有那樣的光膜。這女孩找他幹麼？帕吉魯狐疑，全世界對他有興趣的只有他媽媽，還有他養的黃狗。

「我們現在來決鬥吧！我把東西帶來。」她展示背後的櫻花，凡是鬥輸的人得贈上任何東西，要是贏的人——這機率微乎到摳鼻屎時發現了鑽石——可以提出要求。古阿霞必須贏，徹底發揮一小時洗六大籃蔬菜與掏九隻雞肚內臟的功夫，甚至十分鐘打昏六十八隻蒼蠅的力道。她要贏，然後要求這個男人帶她離開花蓮市，不管去哪裡都行。

「妳很煩咧！不要吵，沒看到我們在吃東西。」一個帶頭的孩子站起來，要古阿霞閃開。

「我時間不多，我待會還要回去洗菜，也得買衛生用品回去。」

「我等一下要去買米酒，要買鹽，還要去菜園澆水，回家要幫弟弟洗澡，我功課還沒寫。妳看，我時間更不夠。」某個孩子站起來，對大家喊：「誰的時間最多的？」

「火車站的時鐘。」幾個孩子大喊。

古阿霞很堅持，擺出決鬥的姿勢，「拜託，我等一下還要回去工作，不能等太久。」

帕吉魯想起來了，這道聲音曾在冰淇淋大戰中幫過他。他決定在半招內把這女孩打敗，好謝謝她。他站起來，卻看到恐怖的一幕。有個憤怒的粗漢衝他來，推開圍觀的男孩，把古阿霞擠歪，大喊：「好膽勿走。」他手上拿的菜刀不是玩假的，往帕吉魯砍來。

帕吉魯機靈閃開，刀子在油漬的木桌迸刨出一條垢。接著，粗漢用刀指著自己沒穿鞋的赤腳，罵了髒話，說：「上次我兒子拿我的皮鞋跟你賭，那雙皮鞋一雙一百元，害我沒鞋只能穿拖鞋出門。你這個人，怎麼能教壞小孩賭博。」說完話，把兒子從人堆拉出來。他的兒子穿卡其服，打赤腳，耳根子紅辣辣的，頭撳得低，只能見到三分平頭頂的髮旋子。

這是殺刀的規則，贏者可以向輸者拿取某項東西。帕吉魯從來不主動跟輸的人拿東西，是輸的孩子主動獻上物品，一件衣服、單隻鞋子、棒棒糖或現場拔下帶有血絲的鬆動乳牙，只有搞不清楚的人才會拿皮鞋。粗漢揮幾下刀，馬上制伏了帕吉魯。在場的人都知道，帕吉魯不好惹，有一雙蝦子腿，彈來跳去，碰不著他，這是他向來是贏家的原因。可是帕吉魯閃幾下後，故意跌個跤，給粗漢騎上來。他的如意算盤是讓這男人多罵幾句後，一切就可以淡化，別讓揮來揮去的刀子無意間砍傷了旁人。

這粗漢有前科紀錄，附近的人不敢惹。他怒氣甚強，跨騎在帕吉魯胸口，兩腳夾住他的手，用刀抵住他的腮幫子，希望他的嘴巴發揮功能，說出如何賠償天價。帕吉魯是個啞巴，只能驚訝的張大嘴，惹得粗漢就要下刀了。

「快賠我一百元皮鞋的錢，要不然，我砍死你的頭。」粗漢大吼。

誰都知道，一雙一百元皮鞋是天價，鞋子不是鑲金，就是剝了天皇老子的皮製成的。可是刀子抵住喉嚨，這雙天價的鞋算便宜的。

這時候，古阿霞尖叫。那種叫聲極為悠長，而且猖狂，還摻著驚喜。她這功夫是在一九六八年練成，那時紅葉少棒打贏日本和歌山隊，她過於喜悅而瞬間練就喉功。場子上的人回過頭看，沒有人知道古阿霞要幹麼，不過，有兩位年紀約八歲的小孩，被突如其來的叫聲嚇濕了褲襠。

古阿霞的聲音非常長，逼到高八度的喉尖後，瞬間收音，用手刀作勢劃了自己的脖子，說：「砍下去。」

大家都糊塗了，不知道這什麼把戲，都覺得脖子癢。

「妳說什麼？」粗漢被古阿霞吸引，抬頭大喊。

「快殺了他。」古阿霞強調。

大家莫不想阻止殺戮，古阿霞卻唱反調。粗漢也是，刀在他手中，殺人是他的活，幹什麼聽一位女孩的，怒氣使得他腦袋紅得像是通電的鎢絲燈泡。

「拜託，快點殺他。我時間不多，看你殺死人後，得繞路去買東西。你早點殺死他，我早點回去工作。唉喲！不要在那發呆浪費時間了，來，我教你怎麼殺人。」這是古阿霞折磨自己腦袋所想到的辦法，「你不要割他的喉嚨，要往脖子邊割動脈，血往外噴才不會弄髒你。血流光，你再砍下他的頭。然後，讓警察很快抓到你，你趕快吃牢飯三十年，差不多就是你手上這把刀爛光光的時候，你就出獄了。不過，你得習慣一件事，你老婆早就跟別人跑了，你兒子會把你這個老廢物踢出門。你握著爛刀柄去討飯，絕對有飯吃。」

「誰說我要殺死他，我只要砍他的手。」粗漢有點緊張的說。

古阿霞見機會來了，說：「砍手也會死，他的手斷了，拿不住筷子，會餓死的。」

「我砍他左手就好。」

「你知道他是左撇子還是右撇子？算了，乾脆隨便砍一隻手，你早點砍，我早點回去工作。但是，我跟你講，砍手有技巧，要砍關節那個地方，刀子不會卡住。砍下去，只要吃十年公家飯，不過，你在牢裡要想辦法弄個假釋，不然老婆跟人跑。」

「誰說我要砍手，我只要挑斷他的腳筋。」

「砍腳筋，啊，這我最懂。你快點砍呀，我待會也要回去砍豬腳筋。我告訴你怎麼砍，抓住這傢伙的五根腳趾頭往上扳，這樣腳筋緊了就好砍，絕對不會砍下去，讓刀子倒彈，還會被他踹的問題。」

「就這樣，砍完呢？」

「當然快跑，沿中山路跑到火車站，跑到海邊，跑過琉球村，從白燈塔堤防那裡跳上漁船，順臺灣繞個幾十圈吧。趁大家忘了你之後，你才能偷偷上岸爬回家。」

「我為什麼聽妳的話？」

「你不是要砍他，你砍完，我早點走呀！你看，警察來了，你現在砍還來得及，也許能剁下他的一根手指。」其實古阿霞沒看到警察，她只是兜個謊，得誇張點才能繼續演下去，她跳起來，大喊：「警察杯杯，不要來，我們這邊什麼事都沒發生。」

「幹，妳這破麻仔②。」粗漢說完，跑走了。

古阿霞拉起地上的帕吉魯，很快離開現場，就怕粗漢隨時回來。帕吉魯驚魂甫定，額頭冒冷汗，得靠古阿霞在後頭推腳踏車。接近傍晚的花蓮市區，人流多了些，不少是觀光人潮。古阿霞提高嗓子喊：「讓路，讓路。」她深怕車後頭橫放的大木箱打著人，卻忙得看來像是急著運棺材、趁屍體還熱時放進去的殯葬業急歸急，但沒有漏眼，古阿霞很快回到了那條巷子。

餐廳的人正在幹活，洗菜的洗菜，炒菜的炒菜，著急的窮著急，大家在油煙亂竄的廚房忙得碰運氣才不會掉進鍋裡。發怒的蘭姨終於等到古阿霞回來，拿著鏟子出門，要她上工，別給大家添麻煩。

「我得走了。」

「去哪？」

「離開花蓮市，我現在要跟他走了。」古阿霞緊握著帕吉魯那隻急著掙開的手。

蘭姨焦慮起來，她要古阿霞買衛生棉，卻帶回災難。她的大腦需要尼古丁來釐清問題，可是嘴角只有菸漬。她摸了放菸的左胸衣袋，除了急升的心跳之外沒有東西。這時連菸都沒了，何況一個女孩。她瀟灑的

②妓女，閩南語。

說：「跑吧！阿霞，我要是年輕也想找個男人跑了，趁老闆還沒回來，快走吧！」

隨即，廚房發出了婆婆媽媽們的歡呼，衝出去對帕吉魯問東問西，使出一群丈母娘看女婿的功夫。

這正是古阿霞要的。她衝進屋內，鑽近樓梯下的小房間收拾細軟。那裡約一坪大，除了木床，擺滿了沙拉油桶、醬油桶與味精盒，硬邦邦的棉被有各種調味醬味道，她的衣服縫線永遠塞了麵粉。她喜歡文字，牆上糊著遮醜用的《更生日報》，牆角有幾堆看得捲邊破頁的雜書，甚至背下味精盒標籤上寫的主要成分是麩胺酸鈉。要不是從天花板掛下一盞二十瓦燈泡，帶給她看書的光明，才不會讓自己淪為老鼠與蟑螂的屠夫。

她把幾件衣服與書本塞袋子，從床底抽出鈔票，再看看還要拿什麼，這時她的額頭不經意碰到了燈泡。燈搖動，影子晃動讓人以為擺設也跟著晃起來，晃呀晃的，她心頭沾了惆悵，淚眼矇矓。她真不敢相信自己在這待了五年，走與不走都消耗勇氣，但機會一瞬間，她現在終於抓到。

她跑到後門時，帕吉魯沒走。

他走不了的，一群廚房的婆婆媽媽圍著他，問長問短的，包括生辰八字、職業等。蘭姨好急，想在最短時間內榨出資料，她拿鍋鏟，快把抵著的帕吉魯額頭戳出了窟窿，卻逼不出半句話，轉頭問古阿霞：「這啞巴叫什麼來的？」

「不知道。」

蘭姨把聲音提高，接著問：「好，那妳要跟他去哪？」

「不知道。」

「那他是好人還是壞人？」

「不知道。」

「那妳知道他哪些？」

「我今天才在街上遇到他。」

「要跟他走？」

有那麼片刻，無人應答。古阿霞看著蘭姨，說：「管他是風是雨，我抓到就要走了。蘭姨，妳知道的，我就是想走。」

蘭姨點頭，眼眶來淚水了，她把手上的長柄鍋鏟塞進古阿霞的袋裡，提醒在路上可以用這打醒男人。她又從油膩得沒毛細孔的圍兜袋，拿出幾張錢，要古阿霞收下，不收她不安心。然後，她幫她禱告，這是她最想給古阿霞的。蘭姨在廚房的油煙中滾了十幾年，要不是信仰，相信自己是耶穌要用五餅二魚來餵養世人的最佳幫手，她才懶得拿鏟子在鍋子裡追著菜跑。

蘭姨把頭貼在古阿霞胸口，開始禱告：主耶穌呀！求祢保守眼前的女孩！她要離開這了，希望祢給她勇氣搬離路上的石頭，希望祢給她力量移開路上一切的荊棘。我祈求祢呀！萬能的主，幫助眼前的女孩，讓她把膽弱丟掉，也更無私而願意幫助人。讓所有的風成為她的朋友，所有的雨成為她的朋友，所有的河成為她的朋友，所有的植物成為她的朋友。祈禱都是奉主耶穌的名求，阿們。

古阿霞感受到蘭姨的淚濕透了她的好幾件衣，敷在胸口。那淚水流過那些衣物仍沒有變冷。最後蘭姨想到什麼，伸手到後背解下胸罩，再伸入古阿霞的衣服內為她穿上。她覺得節儉成性的古阿霞，不能就這樣去闖江湖。

「我會活好好的。」古阿霞說完從身後抽出一束櫻花，吻了蘭姨的額頭，把花送上。

「阿霞，快追，那個男人跑掉了。」幾個婆婆媽媽大喊。

她頭也不回的跑出巷子，追向落跑的帕吉魯。

帕吉魯，麵包樹的意思，花蓮人這樣稱呼麵包樹。不管是盛美街上賣牛肉麵的湖南阿伯，或旗袍店的上海老師傅，或中華路上賣客家水粄的老阿婆。他們從來不對著麵包樹喊別的，就帕吉魯，甚至不知道它有中文名字。事實上，帕吉魯是阿美族語。

麵包樹的樹幹通直，葉片又大又亮，是一群葉綠素飽滿的大象耳朵。花蓮火車站外頭有三株帕吉魯，樹很高，葉鞘厚的葉片很會反光，能看到葉片反射在牆上的爽颯流光。不少旅人會走到麵包樹下，發出讚嘆。在樹蔭下閉上眼，用力吸口氣，哪怕一會兒，會有打個盹的飽足感，舟車勞頓也就溶化了，這三株麵包樹就是天然的綠油精。

一九七〇年代，臺北來往花蓮得經過蘇花公路，經過了金馬號客運的一百公里長途險路顛簸，很多人感到困擾多年的腎結石或膽結石被打碎了，下車後無力的扶著車廂，在麵包樹下休息。旅客覺得樹真美，樹幹鑲上瓷磚與玻璃鑽石，關於旅遊的美好經驗又湧現。

一個來到樹下的旅客說，「這裡不一樣，連樹也貼上『太魯』③。在臺北，只會在水泥牆上貼，可惜了那些行道樹。」

古阿霞有些生氣，旅客干擾她與帕吉魯的獨處。她把地上的麵包樹葉片撿起來，指著樹，說：「這樹鬧鬼了，越晚越可怕。」她用恐怖的口氣說：有六十幾位小男孩被吸入，留下的牙齒卡在樹皮上變成樹疙瘩發出怪聲，吸引更多小孩貼近聽。結果，小孩越聽越想聽，越聽越不清楚，乾脆耳朵貼上去。然後，咻一聲，樹把人吸進去了。你要知道，那些樹葉在風中搖晃的聲音，是它們吃飽了在打嗝。

「你聽聽看，這樹葉現在搖晃的聲音，不是打嗝，就是肚子餓。」古阿霞補充說明。

這時候是下午四點多，空氣冷了，太陽光被中央山脈遮了大半。這位旅客點了頭，問：「那妳不怕？」

「不怕，我是花蓮人，這鬼樹不吃女的。」

旅客對盤坐在古阿霞旁邊的帕吉魯，說：「兄弟，你怕嗎？」

帕吉魯不說話，瞧著地上，沒心思回應。他打算在樹下坐到天亮，好等古阿霞自行離開，他不想帶黑黑瘦瘦的女孩回家。車站建築上的大掛鐘，顯示是下午四點一刻，那個被孩子形容最有時間的傢伙，一輩子待在那報時。帕吉魯想，還有十二小時以上得打發，就慢慢耗吧！

旅客有點氣，嫌帕吉魯不回答是瞧不起外地人。

古阿霞看了兩眼，給旅客回應，說：「他是啞巴，他也不怕鬼樹，我們花蓮人都不怕。」

「你們不怕，我怕什麼？光天化日的。」

「這鬼樹專門吃外來的酒鬼，不信，你爬起來瞧。」

旅客起身觀察那些裝飾品，不由得尖叫。之所以尖叫，是樹上貼滿的不是瓷磚與玻璃鑽石，是森嚴交錯的牙齒，一副要吃人模樣。他嚇得跑走，然後又衝回來拎走行李。

帕吉魯會將玩殺刀的戰利品掛樹上，從來不帶走。因為他啞著嘴巴，沒人知道名字，孩子們便以此樹之名稱呼他，帕吉魯。三株麵包樹成了寄物櫃，孩子拿回所屬的東西，除了一位不清楚規則的小孩沒有將自己父親的皮鞋帶走，被覬覦者偷走了。但是，有項物品不用拿走，那是乳牙。帕吉魯把贏來的小骨頭釘在樹幹上，造就鬼鬼祟祟的神祕氣氛，看上去不是齒列，而是翻白眼。孩子們也樂於給它傳說，最常的說法是樹吃小孩，凡是靠近它便咻一聲被吸進去，剩下牙齒排列在樹幹上。

帕吉魯坐在那，死賴在旁邊的古阿霞自顧自說話：「每片葉子都有自己的命運，看手紋就知道。」她撿了兩張葉子，用力攤平，把葉脈比作事業線、生命線和智慧線，說得有聲有色，還拿了樹枝當教鞭，拍打樹葉，說它們什麼都好，就是短命。短命也好，才落下來與大地認識，才會認識她古阿霞。

---

③瓷磚。此詞從日語而來，即英文tile的意思。

帕吉魯笑了，要是針葉木的樹葉又長又細，哪來手紋，不過這扯淡有趣。他抬頭看到古阿霞看著自己，連忙低頭閃。

古阿霞知道這傢伙不是真的啞巴，幾句話就開壺響了。她用樹枝輕拍著他的手掌，算起命。帕吉魯張開手，覺得中招了，趕緊握起來，在一開一闔間把古阿霞拿的樹枝握緊了。他趕緊鬆開，兩手藏進褲袋。這時古阿霞驚訝的說：「我看到了，你的生命線好長，會長命百歲，不過有個岔，是大劫。快給我看那個岔在幾歲。」

帕吉魯故作鎮定，臉色卻一抹疑慮，難道這女孩會算命，自己心虛的摳著掌心找岔。古阿霞瞧出來，他揣在口袋的手一鼓一落。生命線的岔處哪能摸著。她臉上冒出春天似的笑，心想這傢伙怪有趣。帕吉魯知道自己又落套，再下去成了棋子。

他收拾東西，牽車在童子抱鯉的噴水池圓環繞了十幾圈。古阿霞跟著繞。帕吉魯甩不掉跟屁蟲，把車牽進火車站內，瞧著售票口上方的時刻表，之後，東瞧瞧西瞧瞧。古阿霞跟著瞧，什麼也沒有發現，除了一位嚴厲的警察走來。她心想，完了，三十六計走為上策。

警察穿卡其色制服，戴白殼帽，腋下夾著記錄違規的黑資料夾，皮鞋響亮的走在洗石地板，衝著在東張西望的帕吉魯去，說：「喂！老兄，這是大廳，腳踏車不能騎進來的。」

帕吉魯轉頭看見警察，急忙離開車站大廳。

「喂！你違規了，過來，把身分證拿出來。」警察攔下他。

「他沒有騎，是牽著。」古阿霞躲在帕吉魯背後說話。

「不管是騎，還是牽，在火車站裡就是不行。」

「那不是腳踏車，是行李，只是暫時放到地上。」古阿霞擰了帕吉魯，要他把車子上肩。帕吉魯蹲下去，花了吃奶力氣才將車橫桿的雙槓扛在肩上。腳踏車不只笨重，上頭還掛了個大木箱。這項舉重贏得全大廳的眼光，包括觀光客的鎂光燈與鏡頭。

「你要是放下來就違規了，別怪我開單。」警察的注意力放在大木箱，說：「我看你的怪樣子，從腳底到頭頂，每處都很可疑。你從哪來的？打開箱子給我檢查。」

「他是啞巴，那個箱子也是，打不開來。」古阿霞說。

「打開它。」警察大吼。

這時候，一輛貨車進站，駛入第二月臺北側，煞車聲音尖銳。車上裝載的大屍塊來自奇萊山東麓的帕托魯山與太魯閣大山，木瓜溪花了一千年哺乳它們，現它們躺在車上死去。那些大屍塊是原木。每根直徑兩公尺以上，含油脂的樹皮被沿線靠站的居民剝得差不多，當作燃料。

但是窮小孩仍不懈的爬過柵欄，爬上貨車。最高、也最難爬上的木材頂，總會留有幾片樹皮。他們抓著固定原木的騎馬釘往上爬，不然就是有人彎腰當梯子幫助別人爬上去，用扁鏟挖樹皮。

這些原木是扁柏，香味瀰漫，飄進了車站內，乘客都聞到了，但是心思全在大廳一幕。警察堅持要帕吉魯開箱檢查，雙方僵持之後，警察從腰部的槍袋抽出東西。帕吉魯嚇得高舉手，肩上的車子失去扶持，重心不穩的翻過來，轟隆的摔在地上，木箱摔出了巨響。

警察抽的不是槍，是剪刀，遇到頭髮過長者有權力當場動刀。警察要將帕吉魯過耳的頭髮剃個「飛機頭」，命令他趴下，摘掉他的探險帽，在廣眾的大廳表演拙劣的髮技。

古阿霞心想怎麼辦？她連忙尖叫，讓所有人活在她喉嚨似的，叫聲連綿高亢，沒有恐懼，反而帶著國劇拉嗓的淘氣味道，她的眼睛骨碌碌，一邊走一邊往四周找解決方法，在兩分鐘的尖叫拖延戰術中，終於擠出辦法，她指著月臺那幾輛貨車上挖樹皮的小孩，喊：「你看，小偷在偷拔東西，警察都沒有去抓他。」這奏效了，旅客的目光放在現行犯。

警察不得不站起來，拿起哨子猛吹，追出剪票閘口，在鐵軌與月臺間奮力的跑。窮孩子更機靈，扯下了樹皮就跑。有位大孩子伸手到檜木裁面的藕孔內，努力掏東西，他衣服骯髒，得不到警察的憐憫。警察爬上車，如果再爬上被剝光皮的樹幹得有獼猴的能耐，他拿出違規記錄簿，大力拍樹警嚇。這時的大孩子爬到最上根的木材，倒著趴下，用一截樹皮伸進木洞勾出夢寐以求的東西，跳車逃往南方的中華路。

帕吉魯帶古阿霞趁亂逃走，一路上沉默的往南跑。那個大孩子帶領一群小孩歡呼追來，他舉起手，秀出從原木內拿到的大冰塊，大喊殺刀王萬歲。這是花蓮市最神祕的傳說，有些巨木來自無比詭譎的高山地帶，終年冰封，樹洞的積雪隨著樹齡累積而有上千年。巨木運下山，由蒸汽火車沿花東縱谷載馳，具有鎮定人心的檜木香把沿線嬰兒的哭嚎一路抹乾淨，冰塊成了沿路的孩子最想奪得的江湖祕寶。

大孩子把骯髒的冰塊傳給帕吉魯啃一口，再傳給其他的人。孩子們揮手跟帕吉魯說再見，感謝他去年夏天用神乎其技的鏢子，擺平了戰爭，給滿城的孩子贏得冰淇淋，然後用剛練成的「寒冰手」伸進對方的背，偷襲背的遊戲玩開了，直到嬉鬧聲消失在小巷子。

帕吉魯離開花蓮市了，用冰冷的手拉著古阿霞，逃難似的。

夜裡，他們來到橋下，打算在這裡住一晚。

古阿霞知道他不是啞巴。因為，帕吉魯站在溪石上，雙手圈在嘴巴當作喇叭對河岸吼著。河岸遼闊，充滿了水聲、風吼與夜鳥鳴叫。幾分鐘後，一輛六節火車從橋上疾馳，巨鳴在橋梁間迴盪，隨後又剩下流水的湍急聲。帕吉魯怎麼叫都沒用，暫且休息。古阿霞問，你在喊誰？要不要幫忙喊。但是，整個曠野除了一列發著微光的火車在地平線盡頭淡淡呼應之外，沒什麼能眺望的了。

古阿霞等累了，肚子空蕩蕩。她決定去找吃的。她爬過堤岸，來到一片水田附近。芒草枯萎了，底下卻長滿了生命力強的野草。但是這絕非野草，她很快分辨出它們的功能，唯有視它們為朋友才能分辨出是野菜，苦苣、龍葵與昭和草都是美食。

古阿霞的能力又多一把，很快發現兔兒菜、鵝兒腸、紫背草，她一路低頭往前採，額頭磕上了檳榔樹，大喊：「哎呀！好傢伙，原來你躲在這。」古阿霞很快在樹下帶回幾片掉落的檳榔葉鞘，爬回坡堤時，無意間看見非洲大蝸牛正在享用碎石間冒出來的地木耳，她一併帶回兩者。

現在，她是野地廚師，將檳榔葉鞘摺成四方形的深盤，放進野菜。接著，她處理較麻煩的蝸牛，石頭砸碎蝸殼，取用可食的褐色舌足，用灰燼搓掉上頭的黏液，其餘的內臟丟到溪裡。一群長臂蝦與小溪哥游到淺灘處啃起了內臟，她撒去一把鹽巴，魚蝦鹹得發呆，古阿霞二話不說抓起來。

古阿霞把檳榔鞘盤子放在帕吉魯前頭，和他隔著熊熊的營火。帕吉魯在應付又硬又冷的饅頭，啃得兩頰發痠，臉頰也笑得發痠，因為他看著古阿霞擺在檳榔葉鞘盤的不是食物，是水族箱：魚在野菜間優游，活蝦搶起蝸牛肉，連日本人也不會這樣吃沙西米。

古阿霞看出他的疑惑，玩起了小把戲，一人分飾兩角，她模仿帕吉魯的內心話，然後跟自己玩起對話。

「喔喔！扮家家酒，一個女孩的玩意。」古阿霞模仿帕吉魯說話模樣。

接著古阿霞恢復成自己腔調，說：「是呀！看起來是滿失敗的一餐，也許我們可以等等，待會它會更不一樣。」

「不一樣？妳是說，魚蝦會自殺，伸手到肚子掏乾淨自己的腸子，然後發一頓脾氣，氣得自己體溫升高直到熟透？我看，只有死番人才這樣吃，喔喔！對不起，我不該叫妳死番人，妳這笨透的阿美族人。」

「錯了，我是邦查。」

「那是什麼茶？是不是喝了會有『幫夫運』的茶？」

「阿哉！你不能這樣說，這樣我會害羞的。」說到這裡，古阿霞忍不住笑起來，「邦查（Pangcah），就是阿美族（Amis）的意思，我祖母說，邦查是更古早的時候對阿美族的說法。多古早呢？那時候的樹醒著，能走動，有種叫Pako（過溝蕨）的鳥，停在山谷就變成植物；有種憤怒到皮毛倒豎的蛇Oway（黃藤）看到一片雲影後，感動得變成藤蔓；那時候呀！有種叫Lokot（山蘇）的魚爬上岸就貪睡成了植物，那時呀！有一種長相奇怪的魚叫palingad（林投），偷偷愛上清風，跳上岸隨之跳舞。那時，巨人『阿里嘎該』的黑色眼淚落地發芽。那時候有多久呢？祖母說，好遙遠了，就像你一晚有好多夢，你只會記得醒來前的最後一個夢，不會想起最早的那個夢，所以要知道那是多久前的時間是想不起來了。」

「好難懂呀！」

「是呀！地球是活的，地球是個夢，一個宇宙中最飽滿的夢境。」

她的眼光從火堆拉回來，比火光還亮，看見帕吉魯看過來，對他說出自己都不敢相信的話：「我夢到過你，很久之前，那可能在我的第一個睡夢，也許就在名叫palingad（林投）的魚爬上岸就變成植物的時候。」

「是嗎？」

「沒錯，我是清風，因為你愛上了我，化成樹跟我一起跳舞。」

「哪會。」

「那讓你來看看，水和水裡的植物怎麼跳舞吧！」

他羞怯的臉上流動著光影，把頭壓低，繼續啃饅頭。這時，最魔幻的景象在他眼前展開。古阿霞用長柄炒菜鏟往營火撥，火焰亂顫，她撥出幾顆灼燙的鵝卵石，鏟進檳榔鞘製的水族箱。瞬間，水沸騰起來，湯完成了，所費的時間讓魚蝦還沒感受到熱就熟了。這過程表演了邦查最有名的石頭火鍋煮法。

帕吉魯捧起湯盤，喝了一口，接著嘴碰到盤子就沒離開，直到告罄，嘴還被湯燙破了。古阿霞對這招聲光俱佳的表演有信心，賓主盡歡。她喝完熱湯，感到熱呼呼的身體形成一道防禦嚴寒的防線。

帕吉魯身體也熱了，從柴堆抽出一根木棒，用繩子綁上石頭，並槌擊沙地好測試是否牢靠。古阿霞曾在書中看到石器時代的人類使用過這把斧頭。果不其然，帕吉魯拎著斧頭，走近一株離岸有段歲月的漂流木，敲它幾下。漂流木上頭長滿的雜草晃動，地鼠、蟑螂等小動物逃出牠們的寓所。這是茄苳，木質硬，但腐朽嚴重。他又走到另一株漂流木敲起來，發出豔香，是扁柏，對他接下來需要的任務而言，這樹種的材質太軟了；而另一株短纖維的牛樟經過河流拋滾後質地變差，他需要的是更硬的樹。帕吉魯走到篝光外找，尾隨在後的古阿霞持著火把照明。

他相中一根半截埋在溪水中的鐵杉，用石槌朝鐵杉斷面大力敲擊。鐵杉活了過來似抖動，大地也抖動，沉鳴的聲響令流水聲啞上幾秒。古阿霞感到全身骨頭酥麻，額頭充滿共鳴。帕吉魯找到一根撞擊大地的鐵杉鐘槌。她懂了，帕吉魯靠這讓河川震鳴，找出他之前不斷呼喚的同伴。這時候，一輛四節的火車從橋上駛過，空隆的車聲被地鳴震得很薄，發光的滑到地平線盡頭。然後，滿天的星星晃動，令古阿霞想起祖母說過：「那時候呀！在豐年祭裡，老祖先把alipaonay（螢火蟲）往天上灑，成了銀河。」

帕吉魯再敲一下，河水潑刺了起來，地鳴再度響起。古阿霞幾乎被震得雙腿發軟，站不穩了，她往前倒時抓著了帕吉魯。這是兩人生命中的第一次擁抱，沒有驚喜。女的忙著尖叫，男的連忙推開，石槌成了落入古阿霞手中的戰利品，隨即又被帕吉魯粗暴搶回去。

古阿霞哪肯示弱，拔出插在後腰的鍋鏟，大喊：「放下手中的東西。」

帕吉魯放下石槌，捏緊兩隻拳頭，非常努力的要張嘴說話了。

「蘭姨說得對，男人都怕這傢伙。」古阿霞拿著鍋鏟挑釁，說：「對，努力說出你的名字來。」

這時候，一隻傢伙從溪裡爬出來，牠行動時的聲音是死亡般的寂靜，鬼幽幽的，眼睛兇狠。

帕吉魯在陌生人前面開始說話，有一團情緒卡在喉嚨出不來，這是很痛苦的。他要阻止從水裡爬上來的傢伙攻擊古阿霞，卻喊不出來。他想警告古阿霞別拿鏟子對他，這會激起那傢伙的憤怒了，也是始終說不出來。

古阿霞以為帕吉魯的喉嚨哽到食物，臉脹得像受刺激的河豚，好意的上前去拍他的背。這動作像是攻擊。來不及了，那灘黃色的濕骨頭靠近了，把自身發出的聲音滅到最少。牠是帶有狼性的黃狗，從對岸聽到了地鳴，游過了河流來跟主人會合。牠太兇了，幾年來主人不想帶牠進城，只好留在河岸。

突然間，古阿霞看到一條黃橡皮筋射來，速度快到她的尖叫還在喉嚨，人已經被撞到河水裡，手腳亂揮，嘴巴這時才開始尖叫。古阿霞是被帕吉魯拉起來的。她好驚恐，鬈髮很醜的黏塌在頭上，活得要死不活的。她冷得發抖，趕緊脫下濕衣服，套上從帕吉魯手上遞來的乾衣服，冷得想跳進火裡取暖。不久，她才身體回暖，帕吉魯在火堆那頭笑，那隻第三次甩水的黃狗在吃盤裡的熟魚蝦。古阿霞惱怒他評點自己換衣服的身材。

古阿霞怒氣將爆發時，帕吉魯敲擊石頭，跟她溝通。他在五顆雞蛋大的石頭上，各寫下古怪的殘體字，拼成「我叫劉政光」，又用四顆石頭寫下對黃狗的介紹，「他叫浪胖」。隔著被火揉皺的熱空氣，光影魔幻，古阿霞把下巴擱在靠攏的膝蓋，雙手搓著腳取暖，好不容易看出那邊石頭上的難辨字跡。那個叫劉政光的人，每每在石頭寫完一個字，便扔入火堆。

「不要ㄖㄜˇ狗。」帕吉魯再用上四顆石頭說話，包含一個注音字，然後把石頭丟進火裡。

古阿霞也拿了三顆石頭，寫下自己名字，秀給了他看。

「狗・凹・蝦。」他說，第一次對話是講她的名字。

「古阿霞。」她說。

「古・凹・霞。」他很仔細說，身子前傾。

「古阿霞。」她說。

「古・阿・霞。」他說對了，而且自己給自己鼓掌。

那夜，帕吉魯把火裡的熱石頭挑出來埋入沙地。他們躺在溫暖的沙地睡，共用睡袋。古阿霞害羞的背對帕吉魯，才聽到末班進城的火車經過橋上，便有了睡夢。整個夜晚，她聽到地下的石頭漸漸冷卻的聲音，夢到寫字石對她說話。山是用石頭和河流說話，海洋用砂礫與海岸說話，祖先用神話跟子孫溝通，自己用夢跟自己對話。她過了一個充滿什麼都有的睡夢。

第二天起來，身上都是沙，整晚呢喃的石頭換成了木瓜溪。她抬頭看，臺灣第三高山的奇萊大山矗立在河流的源頭，峰頂的白雪在晨光下淋上橘黃色，襯著藍天。不知來由的，古阿霞對著海拔三千六百零七公尺的奇萊大山揮手，對著靛青覆雪的山巔呼喚。

「走吧！跟我回家去。」帕吉魯說得很慢，把腳踏車牽上堤防。

古阿霞心中浮起喜悅，那傢伙沒趁夜逃走，如今要帶她走。至於到哪，管他是方是圓的，那一定是有陽光的地方。

黑暗力量

躺棺材的滋味令人難忘，又硬又冷。

那不是真的棺材，是約兩公尺見方的流籠。流籠是藉著鋼纜通過山谷的工具。疲憊不堪的古阿霞一夜淺眠，熬到幾乎天亮了。紫藍色的天空掛著疏星，酒紅朱雀在流籠頂抖著尾巴，烏鴉粗聲叫著。這時門外一道沁骨的風吹來，鑽進古阿霞睡袋，她才清醒些想到為何睡在流籠。

她昨日離開木瓜溪後，跟著帕吉魯往南，直到天色已暗。他們打開車燈，經過一個原住民部落後，來到摩里沙卡伐木村落，繼續沿著森林鐵道往山上走。他們順著被車燈照亮的軌道，往上走到三公里外的檢查哨。哨口警察毫不客氣的用手電燈照向帕吉魯。他摘下探險帽受檢，接著把古阿霞推進流籠。

流籠啟動了，帕吉魯把探險帽遞給了古阿霞，把腳踏車掛在流籠邊，揮手告別，黃狗叫著送別。古阿霞覺得被出賣了，打不開反鎖的木門，窗外是深谷，強風呼嘯狂歡。她的腿都酥了，縮在角落發抖，預想不到接下來會發生什麼事。流籠最後停在海拔一千五百公尺的大觀村落，操作員把她從末班車拉下來。

夜很深，村落只有幾盞煤燈，幾聲狗吠，幾聲貓頭鷹叫聲，沒什麼人影。古阿霞用剛下流籠仍在顫抖的腿在村子瘸走一小段，有門的商店、機房與民宅都關了，她又回到木門沒關的流籠，這個被自己稱為棺材的小空間，木板刻上九九乘法表，充滿尿漬與菸蒂。她選了乾淨的那邊躺下，將探險帽上二十幾公分的帝雉羽毛拔下來把玩。伴著呼嘯的寒風，她總是逗留在淺眠夢境，要等到第二天清晨是非常煎熬的。

天將亮之際，強力的風聲撞擊大門。古阿霞睜開雙眼，身體極為疲累，血管中流動的是快乾涸的血液。

她勉強抬頭，發現兩側窗戶擠了幾個小孩的人頭，幽幽的天色中分辨不清楚表情。

小孩們發出聒噪聲響，用腳急踢木門，有人說：「真倒楣，她沒翹辮子，大家看不到死人了。」又提高聲量，大喊：「她是女生耶。」

「女生可以睡外面，真好。」

「她好黑，頭髮捲捲的，鼻子塌塌的。」

「她好醜呀，鬼一樣。」說話的是個叫趙旻的大孩子。

古阿霞最討厭人家說她醜，無疑是點她的死穴。她從地板跳起，抓住趙旻的短髮亂扯。砰，好大一聲，趙旻從窗口掉進來，他躺在尿漬地板，厚臉皮的露出牙齒笑，說抓頭髮能按摩頭皮。古阿霞放手，不必跟這傢伙過不去。她這才驚覺離開睡袋後像被扒去了皮，冷得要命。

流籠操作員來了，他六十歲，白髮平頭，人稱阿海師。他拿了一盞強力的手電筒往古阿霞照，好確認她是誰，又從機房拿來繪有牡丹的手提搪瓷保溫瓶，那是他上工後不離手的寶貝。他倒出熱薑茶，用杯蓋盛給古阿霞。她喝完，體力慢慢從腳底熱騰騰冒起來，從流籠走出來。

「我要怎樣下山？」古阿霞問了一個愚蠢的問題。

「進去。」阿海師指著流籠。

古阿霞好不容易把自己從棺材弄出來，除非她死了。於是，她詢問她能去哪裡，這裡的山看來很高，天空更是廣大，卻無比陌生。

「菊港山莊。」阿海師看見古阿霞的衣服領口繡有一隻怪魚，頭上又戴著插藍尾翎的探險帽。帽子是帕吉魯給的，衣服是他給跌入河裡的古阿霞穿的。古阿霞的命運將與菊港山莊牽扯。但是，菊港山莊的名字如此陌生，她沒有勇氣選它，只好在原地等命運來決定。

天亮了，晨曦射入大地，卡社大山頂的疏星消失了，中央山脈尖銳的稜線迸出光亮。二十七位下山讀書的小孩全擠進流籠。阿海師瞥了一眼就知道哪幾家的孩子沒來。他拿起鐵條，朝掛在機房屋簷下的鐵軌條敲，尖銳的聲響迸開，流動在大觀村六十八間木造平房。過幾分鐘，一位眼睛浮腫的賴床孩子鑽進流籠。另一位穿著寬大卡其服、將褲腰紮成餃子皮皺褶的小孩，被母親放進流籠後，照樣睡他的，不管旁人如何捏他的鼻子。

人到齊了，柴油發動機運作，鋼纜絞動，滑輪在主索發出嘩啦啦的聲響，流籠從海拔一千四百餘公尺的發送點下降到海拔兩百六十公尺的著陸點，之後他們沿鐵道到三公里外的森榮國小上課。流籠裡的小學生照例尖叫，或者唱歌曲安頓心緒。古阿霞朝龐大的木製發送臺走幾步，看到流籠往下滑去，陽光流盪在萬里溪河谷，谷間的雲霧反射刺眼的金光，流籠隱沒光芒中。

流籠不見了，暫時結束了她的噩夢，她轉頭到村莊。一輛空的運材車將啟程往高海拔森林駛去，駕駛鳴笛示意，伐木工人陸續跳上車。古阿霞心想，菊港山莊既然不會是最後選擇，乾脆當首選。

運材車穿過大觀村，順著造林樹木，深入中央山脈的林田山林場。林田山林場的日文唸作摩里沙卡，日文漢字為森坂，意思是森林蓊萃的山坡。菊港山莊曾是這片蓊萃森林裡的發光黃金屋，身負伐木指揮所基地，現在是出產熊牌蘋果醬、難喝咖啡與酒鬼們聚會的沒落旅館了。

菊港山莊莊主馬海喜愛東面的窗口，冬日早晨，六點半左右的晨光打亮蘋果樹落淨的枝枒，夜霧留下的水珠迸光，令他沉寂的心發出輕聲喟嘆。每當早晨第一班的運材車經過菊港山莊門口，拖著十臺的空板車，果樹上的水珠晃動，光芒翻顫。他總想起了楊燕唱的〈蘋果花〉，想像蘋果樹在春天開花，秋天垂掛纍纍的果實。

這時，傳來古阿霞溫良的敲門聲。馬海心想，誰在敲門？大部分的伐木工大剌剌推門進來，有時過於粗暴，得在一年內修十次門。即便有人敲門也很粗魯，要不是小學生亂敲了便嘻嘻哈哈跑掉，就是有人撞門的音量。

「妳的帽子怎麼來的？」馬海看見古阿霞手拿的探險帽。

「劉政光送的，他帶我來這裡，不過，人不知道跑到哪了？」她小心翼翼提起這名字，然後滑稽的戴起帽子，帽簷幾乎遮到眼睛。

「妳跟那個傢伙講過話？」

「一些，其實跟帕吉魯也沒多說幾句。」

「帕吉魯？妳叫他麵包樹。」馬海大笑起來。

「嗯！花蓮的孩子都這樣叫他。」

「那傢伙非常自閉，不說話，是妳讓他開竅了。」馬海對古阿霞說：「歡迎來到菊港山莊。」

馬海歡迎古阿霞入座，靠山谷那排座席最受歡迎，幾乎終年不息的火塘發出了熱源，添了荔枝炭使得山莊著魔般充滿馨香。廚房早餐被剛上工的住宿伐木工吃光，馬海準備了簡單的西式早餐，餅乾蘸蘋果醬，配上一杯黑咖啡。古阿霞吃光了餅乾，好吃得很，那杯沒有加糖與奶精的苦咖啡卻喝不慣。於是給馬海拿回去喝了。

「這是難喝咖啡，慢慢喝才有味道。」馬海說，「妳剛認識的朋友，就像這杯咖啡一樣。」

「也許他的大木箱裝的都是咖啡杯。」

「他是『索馬師仔』，拿傳統的鋸子剉①大樹。索馬（Soma）是日本話伐木的意思，這裡的人叫伐木工

①砍的意思，閩南語。

為索馬。」馬海朝火塘扔了檜木塊，火勢大起來，空氣中充滿強烈檸檬香，「那箱子裡呀！其實就是斧頭與傳統的手拉截鋸，不過那鋸子非常大，城市人看到都會嚇到。」

「我沒注意過箱子裡有什麼，他連睡覺時都抱著它。」

「你看過那傢伙睡覺？」

「不是你想的，嗯！他睡在木瓜溪橋下，我走過時，看到他抱著木箱。」古阿霞不會說出她與陌生男人在橋下的遭遇，包括共用一個又髒又臭的睡袋，以巧遇帶過。

「天呀！他太隨便了，路上撿到個人就帶上山。」馬海率性，說得古阿霞低頭不語。他又說：「他不喜歡坐流籠，喜歡慢慢走，沿著小山路走回來，不知道要走多久，或許去林班地伐木，不然就在『咒讖森林』逗留幾天。等他回來，可能是好幾天以後的事了。」

「我可以等。」

馬海用堅決的口氣說：「我勸妳，趕快下山，這裡不適合妳這樣的女生來迌迌②。」

古阿霞凝視眼前的老男人。他穿著灰粗布襖衣，反覆摩擦的袖口加縫了褐布防止開綻，鬆垮的褲子用綁腿箍緊。這是標準的日式伐木裝。他說話時，手不斷拉著那套軟塌的灰嘰布褲，模樣挺逗。

古阿霞不會照他的話，掉頭回花蓮市，她下了決心才離開那，便說：「我等帕吉魯回來就好，跟他打個招呼就走。」前者是真的，後者是打發馬海。

古阿霞在菊港山莊坐了整個早上，看著木材商、登山客與旅人進出。中午之後，起了濃霧，由檜木建的魚鱗黑瓦屋浸在霧裡，只露出歇山式屋頂。霧氣凝成水滴，到處滴著躊躇的音符。忽然間，一輛十節的運材車經過山莊，聲響大，贏過了一百來人在砧板上剁雞肉。門外一陣叫聲吸引古阿霞，她開門走去，一群火雞聚在鐵軌上，圍個圈，尾巴搧開個豔屏，對著一隻被火車輾死的胭脂色的酒紅朱雀叫個不停。

古阿霞記得祖母說過，剛死的鳥要是流著血，那意謂牠夢到自己還是植物時的模樣。這時把牠埋入土，會萌芽成樹。可是，火雞可兇了，扯著喉嚨叫。古阿霞也怕自己染了牠們的癩瘡似，搶了鳥屍便跑走。

大觀村到處是暗沉色系的房子，潮蔭處的苔蘚到處蔓延，風也是，偶爾掀著鐵皮饒舌。古阿霞拎著鳥屍，沿鐵路走。鐵路是村子的主要道路，得習慣兩步嫌少、三步嫌多的枕木，要是走慢了，幾隻火雞很快追上來叫。她離開鐵路沿著山坡走，斜徑不陡，鋪著一列與地面沒有密合的水泥石板，踩下去空隆響，然後在霧色中進入一座荒廢的學校操場，靠南有株黃葉鬱鬱金燦的銀杏，落葉落坍在地上成了一圈。她走到銀杏樹下，挖了個洞埋了鳥屍，願牠發芽。

火雞跟來了，排隊走進操場，抖著濃霧中青銅色澤的微潤羽毛，圍著古阿霞猛叫，喉頭的粉紅色肉髻搖晃。古阿霞要不是把行李放山莊，真想拿鍋鏟在這些雞頭上炒幾下。古阿霞才這麼想，便有人做了。

那是個年輕女孩，穿著紅圍裙、藍雨鞋，披著濃密的齊肩短髮，耳朵掛著招人的大耳環，一身火火光光的從濃霧中閃出來。她提著木桶，拿起了木杓子就是往一群火雞頭敲下去，暴露自己的脾氣。火雞們斂起翅膀，縮頸瞇眼，後退到安全距離外猛叫。

「這群臭雞叫『三姑六婆』。妳算算看，不多不少，有九隻，牠們最愛追著人跑，妳一定有什麼祕密被牠們看到吧？惹得牠們長舌，雜雜念個不停。」女孩說。

「沒有吧！」

②遊玩的意思，閩南語。

「古阿霞，真的沒有？做人要誠實喔！」女孩說著，對聒噪圍過來的火雞大喊：「最好別惹我，小心把你們的頸子打結。」火雞群嚇得撲翅逃跑，有的還跌個滑稽。

「真的沒有。」古阿霞搖頭，她不過是從三姑六婆嘴中搶走鳥屍，除非酒紅朱雀被壓死前有遺言沒講完，三姑六婆來追問。不過，她心中有個疑問，眼前的女孩如何知曉她的名字，便問起這問題。

這個叫王佩芬的女孩看見火雞跌倒，笑呵呵的。她說，她住村裡，白天在菊港山莊瞎忙。她早上從後門進入山莊時，發現古阿霞坐在窗口，痴痴的。廚房幫忙的婦女聊起了古阿霞的八卦，猜想啞巴劉政光怎麼把人騙來這裡。王佩芬聒噪說話的火候，不輸火雞群，說得古阿霞好像被拐來的怨女。最後，王佩芬介紹起山莊成員，比如山莊背後的金主是個叫蔡桑的日本人，他偶爾來。馬海不過是能掐會算的掌櫃。至於劉政光被當作空氣，他的媽媽劉素芳是想登聖母峰的登山怪胎，越冷的冬天越是往山上跑，現在就看不到她。

「別跟妳五四三的耗了，餵我的學生去。」王佩芬說。

「這是荒廢的小學校，哪來的學生？」學生們一早下山去上學。古阿霞看出這只有長滿雜草的操場與廢教室，司令臺的旗桿頂不知被誰掛上了內褲。

「這些學生可煩了，不是想逃課，就是過動，全部是笨蛋。」

王佩芬帶古阿霞走，靠近那半圮的教室。屋頂凹陷，罪魁禍首是上頭壘滿的青苔。玻璃破了，牆壁由藤蔓占滿，廊柱滲著水珠。古阿霞艱難的走過廊下那些處處散亂的瓦片與石塊。然後她笑了，眼前的教室裡，有十來條豬窩在那，聞到人的氣味，昂起頭討吃的。王佩芬得用杓子把擁擠的豬頭撥開，才能將餿水潑進木槽，一群豬吃得屁股搖擺。

最後，三姑六婆又跑來叫囂了，跟豬一起歡叫。

到了下午，馬海動員了在山莊工作的婆婆媽媽們，勸古阿霞下山。那些女人比火雞還會演，說她們當初如何誤入歧途來到摩里沙卡，苦頭吃得比飯多，從此青春化為餿水。每個人在比悲比慘，好像集體諮商那樣在古阿霞前面哭了，到頭來靠她安慰。

「我可以做得比她們好。」古阿霞堅定的想留下。

「那派妳去上燈吧！這是菊港山莊的傳統。」馬海下了工作指令，考驗古阿霞能否留下來。

傍晚時分，馬海從火塘分了一小蕊火苗給煤油燈。開始了山莊數十年來的上燈傳統。古阿霞拿了煤油燈，出了門，循著鐵軌走，來到她所謂的「一根電線杆」。電線杆圈在腰高的木柵欄裡，通直高聳，深入漆黑夜空，急風在杆頂摩擦出颼颼聲響。古阿霞急著上燈去，踏到電杆下的石階就被王佩芬喝止，發現那顆「石階」是石砌的土地公廟。古阿霞是基督徒，基於對其他宗教的善意，她敬禮，表達歉意。王佩芬合十，喃喃祈求神明保佑古阿霞順利攀登。

「踏上去，然後爬上去。」王佩芬指著石砌的小廟。廟裡有個小香爐，卻沒有神像。

古阿霞睜大眼睛，質疑說：「我剛道歉完，現在又要我踏上去爬，神明會生氣。」

「這拜的地藏王菩薩，妳爬的集材木，是地藏王的錫杖。」

古阿霞約略知地藏王，卻不曉得「集材木」。集材木的作用是掛上鋼索與滑輪，吊送砍倒的原木。這意味著附近的樹林砍光後，只剩集材木孤立。古阿霞所見的是大觀村的第一根集材木，有敬畏之意。日據時期在樹下設山神墩，國民政府之後改祀地藏王，希望地藏王能超渡眾樹的亡魂。王佩芬說，選定一塊伐木區開發，最早被砍死的是集材木，它最先被砍斷樹梢，按上滑輪，利用強壯的樹幹吊掛其他原木。它最早死，卻最有尊嚴，沒有倒下。

古阿霞細看這根三十餘年歷史的集材木，高二十五公尺，臺灣杉材質，樹皮與樹根猶見。樹幹上釘了一排ㄇ字型的騎馬釘，樹頂有幾個十吋滑輪，鋼索痕猶在。她拉了一下鏽痕斑斑的騎馬釘，測試牢固，然後爬上去。

「妳要踏地藏王的房子，才能爬上祂的錫杖。」王佩芬警告。

「不然會怎樣？」

「踏了才能平安上樹，平安下樹。」

太遲了，古阿霞起勁的爬到了第三根騎馬釘。王佩芬趕緊跳上地藏王廟追上去，數落她的不是。古阿霞沒回應，因為她爬上第六根，差不多是一樓高。村子長滿青苔的波浪狀瓦房構成的天際線，在她眼前攤開，油燈與礦燈從那些牆窗縫迸出光芒。她想到祖母說過的，海中動物上岸化為植物的傳說，此刻令她抖著身體，要成為樹木的枝枒般興奮。越爬越高，大觀村盤踞腳下，與她齊高的只有菊港山莊的發電機煙囪，飄來濃嗆的煤煙搞得她流淚。她承認往上爬很難，無論膽量與體力都縮水了，集材木太高，在黑暗中難辨它的高險。她卡在上不去、下不來的位置。忽然間，她屁股給人頂了一下。

是王佩芬爬了上來，手腳俐落，嘴巴也俐落的數落古阿霞，說地藏王給她苦難了，又笑她扭捏得像踩高跟鞋爬，最後大喊：「要休息，爬到『休息站』去喘才行。」

集材木每隔十公尺有個「休息站」，以鐵條箍在木柱兩側當個小平臺，恰好給兩個人各坐一邊休息。怎料到，古阿霞的氣還沒喘到喉嚨，王佩芬就搶下煤油燈往上爬。這讓缺了重量平衡的休息臺往古阿霞那斜去，害她尖叫起來。兩分鐘後，王佩芬從樹頂爬下來，又坐回休息站。

「從來都是我上燈，妳沒事別搶。」王佩芬用手把黏在額頭汗水的頭髮梳到耳後，她不喜歡這活兒給外人搶走。

「那沒我的事了。」

「不行，妳得爬上去，這是規定。」

「為什麼得聽妳的，上燈的工作給妳搶了，發號施令的工作妳也搶了。」古阿霞有點氣，坐在平臺上怒視著這個潑辣的女孩。

「這規定不是我搞的。」王佩芬怒眼看過來，「凡是誰碰到集材木，都得爬一遭，這是規矩。」

「是嗎？要是碰到了，沒有爬呢？」古阿霞不信。

「當然倒大楣。」

「怎麼說？」

王佩芬哼的一聲，她說，「妳看看底下的小廟設柵欄是幹麼的，是防著哪個白痴不懂事，亂靠近地藏王的錫杖。曾經有個工人不信這套，每次上工前來拍拍樹幹，坐在廟墩上頭抽菸。後來他出事，腳斷了，血流不停。給人送下山經過這裡時，痛苦呻吟，臉白得像剝皮的樹，他從擔架上要爬起來，說：『地藏王菩薩，我犯了祢，我現在給祢爬。祢讓我多活幾年，我家有老小呀。』幾個旁人不肯讓受重傷的他起身。那個人上流籠前，還大吼：『等我好了，磕頭爬上去。』結果他橫著下山，沒有豎著上山，翹辮子了。」

古阿霞大笑起來，覺得王佩芬說話的樣子好滑稽，不斷揮手勢，尤其講到「我好了，就磕頭爬上去」，她還抱著集材木磕頭。王佩芬也不是省油的燈，看古阿霞大笑，脫下布鞋揮去，她差點就要把對方臉上的笑聲整個打掉時，身子沒顧穩，布鞋從十公尺高空落地。

從森榮國小放學的小學生乘著流籠回到山上，女生們排隊走，男孩們則張開手平衡的走在鐵軌。忽然，一道黑影從集材木上摔落地。「烏鴉自殺了。」有位小男孩飛身搶下那隻牛頭牌黑底藍紋布鞋。布鞋破壞小學生的感情，一夥人用嘴搶不過，用手搶起來。

這時候，凌空劈來一句殺氣騰騰的閩南話：「到底是哪個畜——生，拿了恁祖嬤的鞋仔？」

尤其「畜生」二字，小學生更感受到咬牙切齒的憤怒。他們抬頭看見集材柱上的王佩芬，眼神猶如地獄牛頭馬面索討魂魄，走進柵欄，在底下求饒，把爬下來的王佩芬當慈禧太后攙扶。王佩芬拿了布鞋，檢查無刮痕，朝幾個湊來賠不是的人敲頭。

「姊呀！上頭那個人在幹麼？」有人指著上頭的古阿霞。

「她上燈上不去，膽子又小，人卡在那。不要看了，一塊豬肉掛鐵鉤上有什麼好看的，快走開，難道你要幫她上燈。」

此話一說，小學生們靠近集材柱，爭相想爬上去幫忙。小男孩對爬樹有莫名的亢奮，癮頭發作，手碰到樹便甩不掉了，一個個往上。王佩芬把兩隻腳的鞋子脫在手上，使勁往那些懸上去的屁股們打去。

「我摸了樹，得爬完樹去。」他們喊著。

「走開，誰說摸了得爬上去。」

「妳說得最兇，還說有個沒爬上的工人就死在山上。」

「滾，全部去死好了，每人找一個坑去死。不想死的，回家摸你老媽的大腿就解開咒了。」王佩芬大喊。

小學生們吃了一頓排頭，紛紛跑回家去，獨留某位小學生在現場，低頭囁嚅的說：「我媽死了，怎麼辦？」

「你回家等死吧！」王佩芬趕走小學生，自己也沿著鐵軌離開。

懸在集材木上的古阿霞更顯孤獨。喧囂沒了，村莊在夜風中沉默無比，住宅區偶爾傳來厲罵與喧譁，然後淒厲風聲又蓋過一切。菊港山莊的鍋爐發電機發出特有的尖銳鳴笛聲，長達兩分鐘，宣示夜間九點停機。古阿霞望著鐵軌，有兩人走來，前頭是王佩芬，後頭是馬海。馬海爬上集材木，坐在另一端的休息板，要古阿霞下樹回到山莊，別耗太久，免得凍乾了。

「我得爬上去，因為我碰到樹了，沒爬上去會出意外。」

「沒這道理，妳聽誰說的？」馬海見古阿霞搖頭，又說：「一定是阿芬亂說的，我活一大把年紀了，也沒信這個。」

「不是的，我只想爬上樹頂試試看。」

「這事不大，但是風大又冷，明天早早再爬，今天到此為止。」

怎麼也說不動的馬海爬下樹，對王佩芬數落。王佩芬嘟著嘴承受，手輕輕絞著褲角，回到山莊拿了禦寒衣物與熱湯，爬上集材木。古阿霞需要防寒衣，她可不想被北風擊敗，還喝著晚餐剩下的冬瓜排骨湯。湯水淡得連油花也沒影，可是溫熱而有點鹹味，可以安定身體。古阿霞喝第二回，碗中冒出大朵的油花，筷子往那多蘑菇兩下，只是月影痕。她往天頂瞧，月亮上天去了。

聚在菊港山莊喝酒的工人，陸續走到鐵軌邊撒尿，他們醉得想用尿水腐蝕鐵條，卻有人在上拉鍊時被那片小鐵塊復仇似夾得哇哇叫。有個伐木工喝過頭，才願意被馬海逼著上集材柱，在古阿霞腰部掛上牛皮護腰，護腰上的環節用繩鉤確保在馬釘。這個伐木工拍了拍古阿霞的肩膀，醉言醉語說，「好了，妳現在可以爬上去摘月亮了。」

「好了，妳可以留在山莊了。」馬海冷得要死，他喝了點酒取暖，「妳可以下來了。」

「謝謝，我很想下去，但是我更想爬上去。」

「我拜託妳留下來了。」馬海火氣很大，「妳贏了，大家現在都知道我欺負妳。」

一小時後，穿著厚重衣服的古阿霞上爬十公尺，來到第二個休息板，確保的繩鉤讓她更安全與自信的完成工作。她看清楚摩里沙卡風景，海拔兩千六百二十二公尺的七星崗伐木站有幾朵的燈火搖晃，高聳山脈有如群鯨戲水。她又往山下看，流籠的鋼纜在風中咻咻響，大山漆黑，大河奔鳴，有一盞微弱燈火飄在山谷處。她看久了才確定那盞燈火在移動，或許是狩獵燈，她知道太魯閣族獵人用燈火照射飛鼠眼睛，吸引牠們跑到槍口前送死。

古阿霞創造了摩里沙卡的傳說，她以堅持的慢速度爬上了集材柱頂，碰到煤油燈，以及柱頂的那尊小小的地藏王菩薩。她累了，在最上頭的休息板以繩索確保睡去，裹著又厚又鬆的睡袋，像螳螂的卵囊鏢蛸掛在樹枝上。她斷續醒來，往四周瞧去，世界瞎火了，山下的那盞燈繼續移動，在林子裡明明滅滅。那是整個世界唯一的燈。朦朧間，她睡去，又醒來，不斷反覆這過程，直到一隻在柱頂的烏鴉發出粗嘎叫聲，代替在校園銀杏上整夜傳來的貓頭鷹叫聲。古阿霞要下燈了，東方透出微薄的紫藍色，流籠機房發出機械響，她慢慢爬下來，疲憊的踏在小廟石墩時，歷經了不可思議的挑戰。清晨上學的小學生聚在柱子下歡呼，一隻戴著嘴套的黃狗在附近歡跳。

古阿霞衝著黃狗喊：「帕吉魯在哪？」

黃狗掉頭就跑，順著流籠發送臺旁邊的小山徑竄去了。古阿霞跟去，用煤油燈照亮山徑，滑倒了三次，許多犬齒交錯的樹影晃來晃去，最後與一盞光亮的汽化燈相逢。

來的是帕吉魯。他拄著杖，背個大木箱，從木箱豎起個弓枝，上頭掛了盞汽化燈。燈晃著，古阿霞看到他的臉膛給光掃動，一亮一暗。她懂了，在集材木上眺望的獵人燈火就在眼前了。他走了一夜。

「怎麼不搭流籠？夜路很危險。」

「走路。」他還是老樣子，很省話。

「走了多久？」

「一個太陽，一個月亮，一條河，六座山。」

幾乎是濃縮的詩句，古阿霞了解他的意思。帕吉魯走過了一個白天，走過一片月色，渡過一條河，爬過了六個山頭。

「還有呢？走了這麼久，再多說個字。」

「花。」帕吉魯說得淡，有點傻，頭往右肩一偏。那有一朵花。

一朵猩紅的山芙蓉，黃蕊漾在層層蓬鬆裙襬似花瓣，晾在汽化燈旁下。帕吉魯在路上摘了花，給她的。山芙蓉會夜息，花朵縮成苞狀，給它打燈，叫花熬夜開得火火燦燦。

「你趕路是要把花送給我？」古阿霞臉一紅，把提高的燈放低，誰也看不到她的臉。

帕吉魯點頭，把花遞過去，那是漆黑的萬里溪谷仍在熬夜的花，它開了一天一夜，也走了一天一夜。

沒人送過花給古阿霞，現在有了，唯一的黑夜山芙蓉。

天亮了，海拔三千公尺的六順山矗立在橘色曙光，山脈孕育的萬里溪河谷仍沁潤在黑暗中，溪水奔馳，山羌鳴叫，雀群朝另一邊山谷飄去。所有的松針小徑都是柔軟，挽留了露水，踩去的反應像水黽腳下的水膜輕晃，承接了不同來向的兩盞燈相遇。

相遇是為了確定彼此的方向，他與她，牽手成了他們，一起朝村子走去。

晨曦敷亮六順山，半小時後才能照亮了萬里溪谷地，而此刻帕吉魯的心情如陰沉潮濕的溪谷。他昨晚將木箱裡的工具上油，並且擺放定位。今天早晨，他提起木箱上工時，它發出聲響，有人趁他入眠時打開木箱。他開箱，檢查出鋸子出了問題，有人惡作劇將五齒鋸的鋸齒敲壞。他很後悔把木箱放在走廊，往常是放在房裡。

古阿霞五點半起床，把腳鑽入雨鞋便下樓幹活，被玄關的黑影嚇著。那黑影愣在那無味，黏在廊邊也不是，脫落也不是。古阿霞打個招呼，對帕吉魯的無動於衷習慣了，這個傢伙有時就是電池空了，一會兒就上電了。古阿霞在後院與廚房忙了兩轉，發現他還愣著，問了幾句落空的話，沒得回應。古阿霞懶得理這塊木頭了，等他自行發芽好了。

過不久，大觀村傳來些騷動，一臺前往山下的流籠停在半途。居民陸續往流籠發著點去了解，情況不是很好。流籠的滑輪卡死，二十位上學的小孩待在搖晃的大木箱，情緒不穩定。家長對著山谷那頭大喊別亂動；機械操作員忙著流汗與慌張，就是忙不出法子，搞不動鋼索與大鐵絞盤。古阿霞跑去現場，一看就走不了。遠遠的半空中，流籠的小窗伸出幾雙手揮著，還有個小孩伸出頭，淚眼汪汪的喊。古阿霞驚顫，感覺自己腳底抽空，懸在鋼索上搖晃似的，尤其聽到那些家長殷切呼喚，古阿霞眼眶泛潮。

這時候，趙旻從窗口探頭，接著把上半身晾在外頭。這頭的居民嚇壞了，大聲斥喝他別動。趙旻隨後從窗口爬出，隨著居民的尖叫，抓住突出的小屋簷爬上流籠頂，造成流籠重心不穩而搖晃，令人捏把冷汗。

「你不要給我亂來，小心我打斷你的腿。」一位婦人從人群中鑽出，衝著山谷喊。

趙旻盤腿坐著，兩手捲成喇叭狀，喊：「我在這當風紀股長管秩序，他們不亂來的。」

「現在趕快回去，不然你就完了。」大喊的婦人顯然是他母親。

趙旻堅定的表情垮了，照著母親命令，從小木梯爬下，打開前門入內。一位家長大聲阻止他開門。理由很正確，流籠門從外反鎖，由操作員掌控，防止擁擠的乘客誤觸門鎖彈開而跌出。這時反鎖的木門打開，難保那些慌亂的小學生不跌落山谷。趙旻被大聲恫嚇後，無奈的爬上流籠頂，趴下去黏在那。

古阿霞猛然想起還在燉飯，往山莊衝去，經過帕吉魯時發現他還杵著，對瀰漫廚房的煙霧沒反應。她把火滅了，不用掀鍋就知道飯完了，廚房都是焦味。她用杓子挖出白飯，底下燒成炭的鍋巴另外裝成盤，往後幾天她的任務就是贖罪似的把鍋巴吃光。王佩芬跑進廚房，看見古阿霞來不及藏的鍋巴，大喊討債呀！然後瞬間跳過這個話題，說：

「今天大家可能做白工了。」

「怎麼會？」古阿霞問。

「流籠壞了，原木運不下山換錢，工人今天就算白幹了。」

「今天沒出貨，累積多了再一起出貨，錢還是沒少。」

「可是工人腦漿不多，認為今天拚死也沒賺到錢，心情不好。妳看看，門口的那個傢伙就是流籠停了，人都變成鬼了。」

古阿霞探出頭，瞧見帕吉魯擱在那發脾氣，一根竹子煮不熟的樣子，她這時候很難抽身安撫他，工人們要上工了，她才把菜飯上桌，便有群人圍過來猛啃飯。忙完了，她走到廊下，倚著柱子啃鍋巴，想和帕吉魯聊幾句，卻看見有個女人蹲在那看著帕吉魯，身旁還放個足以塞下自己的登山背包。古阿霞很快猜到這是常隱身在大山的素芳姨，今天總算現身了。

「他不說，我也看得出來。」素芳姨轉頭對古阿霞說，「鋸子壞了，有人把鋸齒打壞了。」

頓時，古阿霞的歉意在她的脖子那兒打轉而泛成薄紅，支吾說：「這鋸子是我弄的，弄壞了？」

「好啦！我們去餐桌吃飯，邊吃邊聊，我也肚子餓了。」素芳姨把大家邀到餐桌吃早餐，白乾飯配上炒高麗菜鹹蛋、洋蔥蘿蔔絲，兩人邊吃邊聊，只有帕吉魯端著白飯不動。古阿霞這才說出，昨晚經過大木箱，不小心踢到了，箱門自己打開了，露出了各式各樣的驚人的鋸子與斧頭。斧頭是利的，鋸子也是，可是鋸齒卻歪了，她原以為是鋸子被她碰到箱門掉出來時摔壞了，拿了鉗子把那排歪掉的鋸齒扳直。

問題解開了。素芳姨點點頭，她告訴古阿霞，山下人用的小鋸子，鋸齒是平整的，但是專業伐木的五齒截鋸與胴剖鋸卻不同，鋸齒規律一左一右，呈現波動狀，能產生約三公分的鋸屑。這目的是拉出更大的活動鋸路，扳平的鋸齒無法幹活，會夾鋸。

經過解釋，古阿霞再次向帕吉魯道歉。帕吉魯大笑三聲，吃起飯了，氣勢很驚人，一副傻孩子的千年不敗模樣。古阿霞鬆口氣，那根煮不熟的竹子，現在笑得開花了。

這時候，王佩芬從客廳衝來，說，「談情說愛完了，一起忙吧！」

「哪有談情說愛？」古阿霞的防衛機制開啟，忙著撇開。

「那你們不要談情說愛了，來幫忙了。那些流籠裡的學生肚子餓了，馬莊主要我弄些吃的。」

一陣忙亂後，古阿霞與王佩芬包了十幾個飯糰，這是短時間內唯一擠出來的料理，也最能顧肚皮。古阿霞提了籃子，擱了飯糰，提著走了。

在流籠發著點，有兩位伐木工人蹲在五米長、直徑一米的紅檜原木，拿了古阿霞遞來的飯糰，對操作室比了手勢，接著掛在鋼纜的原木慢慢滑向了那個等待救難的載客流籠。這是他們想到的方法，啟動另一套較老舊的系統救難。半小時後，這根原木被拉回來，十一個小孩趴在上頭，表情有的俏皮、有的無奈，群眾報以熱烈鼓掌。

「還有五個在上面。」救援的伐木工表示，「他們又哭又動個不停，要是強抓出來，我怕他們摔下去山谷。」

隨後，第二次馳援人馬以父母為主，他們坐上原木，從半空中的流籠帶出兩位孩子，再次贏得掌聲。如今，流籠剩下三位學生，等父母來救。他們的父母在高山林班地工作，下山得花半天。獨自住在山下的孩子得自己料理一切，包括洗衣煮飯、獨自玩樂與懂得哭完便準時上床，現在多了恐懼與危險。

「不用擔心，我是船長，我會留下來陪他們。」趙旻坐在流籠頂，兩腳掛在外頭晃，一手抓住吊掛流籠的鐵鏈，臉上毫無膽怯。

「好，給我留在那別回來。」他媽媽在這頭氣呼呼的哭說。

又是這個令人苦惱的孩子。古阿霞上前慰藉母親，被素芳姨攔下。她懂素芳姨的意思，有些女人需要的是獨處，往她肩上一搭反而哭得死去活來。但是，那母親眼淚是真的，古阿霞的心意也是。她甚至覺得，那些從高地林班地趕來救援的父母，一路緊繃的情緒到了目的更加哀瘁，因為事情沒改觀。古阿霞想改變些什麼。

到了十一點，古阿霞告訴自己，得有人把被淚水搞得濕漉漉的場景擰乾，她願意伸手。所以有人來菊港山莊通知送午餐時，她拉了帕吉魯去現場，把鍋碗瓢盆全部帶去了。到了現場，她趕在救人的熱情消退前跳上原木，對操作室喊：「準備發送。」然後要帕吉魯跟她一起上原木。

大家狐疑了，看著又黑又高的古阿霞，活像從地上鏟起來的影子，帶著信心去救援。帕吉魯愣著，難解她的衝動，在抉擇不定時，他很慶幸自己只是決定把手放在古阿霞的手上便被拉上去，參與這場有意義的活動。也多虧帕吉魯站上原木了，他的詭祕與專業的伐木技術，此時讓外人多了希望。吊掛作業啟動了，原木將離開了笠木架，往下降，黃狗及時跳上去，兜兩圈便坐下搖尾巴。

山谷攤在底下，傲然的視野展開。帕吉魯抓住鋼索，站起來睥睨。古阿霞趴下去，接下來的十分鐘她忙著發抖，無暇觀看底下那幅在微縮樹群與岩隙間流動的抽象陰影。慢慢的，原木靠向流籠了，流籠頂的趙旻對遠處的機房揮手示停，對近處的帕吉魯說：「歡迎到達惡魔島，有門票嗎？」

帕吉魯的回應，是把確保繩丟給他，要他繫妥。然後，他才跳上流籠，惡魔島晃起來，學生們大叫。他用拔釘器狠狠的拆掉釘封木板——前組人員離開前用木條封死前門，深怕裡頭受驚的兩隻小颱風掉出來。

「妳是送飯的嗎？飯在哪？」趙旻對古阿霞說。

古阿霞回過神後，說：「我是來送飯，也是帶你們離開的。」

「我很討厭重複同樣的話，但是，我會再說一次。我是這裡的島主，很歡迎送飯的，不歡迎救人。」

古阿霞背著鍋碗瓢盆的袋子，祈禱完畢，尖叫一聲，被帕吉魯的手拉上了流籠。她不敢多想，要是摔下山谷，可能黏死在岩石上成為撕不下來的人皮「撒隆巴斯」模樣，於是拚死的從窗口爬進去，對著兩個哭得睫毛濕成一束束的小學生問：「這有沒有糖果？」自問之後，又自答說：「什麼？沒有糖果，沒有糖果我怎撐得下去？」

糖果是小孩的救星，也是話題。兩個孩子看著眼前的古阿霞。

古阿霞打蛇上棍，說：「好吧！我自己找。可是不記得藏哪去？我記得是藏在『神祕抽屜』呀！」古阿霞她東摸摸、西摸摸的找「抽屜」，找得起勁。

流籠有不少菸蒂、牙籤、口香糖渣等垃圾，也曾有臨盆婦女上了劇晃的流籠後，奪門逃走，留下胎盤、死胎與恐怖的嬰靈傳說。摩里沙卡的孩子相信，流籠是異次元空間的聯結器，賦予各種傳說，比如它是火星人派駐地球的電話亭，或具有百慕達三角洲磁場，永遠摸不透它的能耐。

「啊！抽屜就在這。」古阿霞選定某片木板牆，從口袋拿出木炭，在上頭畫個方盒，作勢從裡頭拿物品。

那兩個小孩不哭了，爬來瞧。古阿霞虛握的手裡藏著糖果，攤開手時，小學生看了驚喜，吃了幾乎思路清晰得能背完九九乘法表。小學生對圖畫抽屜很好奇，擠在旁邊，莫不想拉開來看看。古阿霞擠回去，中指放在嘟起的嘴唇，發出噓聲：「這是祕密，我得上鎖，然後藏起來。」她在抽屜邊畫上個馬蹄鎖，慢慢的用手掌擦掉了炭筆畫的抽屜。木牆恢復原狀，卻在小學生心中留下某種意義與伏筆。

「喉喔！妳出老千，我看到了。」趙旻身體倒懸在流籠上，頭從窗口探，嬉笑的說：「妳作弊騙小孩，不行喔！」

「外星人講話了。」

「我不是外星人，我是島主。」

「這個島這麼小，沒吃的喝的，廁所也有沒，頂多只有兩隻愛哭鬼，在這稱霸多沒意思。」

「那不一樣，這裡沒有學校，不用上學。」

「上學不好嗎？可以讀書寫字。」

「老師很會打人，他們專門打學生。」

「是你不好才被打。」

「要妳管。」

「那你管好自己吧！島主。現在起，我不跟你多話，要煮飯了。」

古阿霞與趙旻纏上幾句的時候，已將煤球放進泥火塘，把辣椒切碎、蒜頭拍扁。這時火養得氾濫了，安上鍋子，豬油一瓢，撒入鹽巴、辣椒、蒜頭，所有素材唰啦一聲滑入鍋子裡，煙霧湧動，豬肉片立即溢香，加入蔥花增色，一鍋菜餚鏟進白瓷盤子，在場的人看得口水都慌了。世上最難熬的是等待上帝降臨與等菜上桌，可是古阿霞知道後者最好滿足。她繼續炒肉末茄子、蒜爆高麗菜，所有的人陷入了視覺的高潮與飢餓的谷底，而她的鏟子在鍋裡忙，也在鍋外忙著拍開那些偷撿菜的手。

飯熟了，菜齊了，趙旻放棄島主身分爬進來大吃，大家鼓著腮幫子幹活，流籠裡只剩吃飯的回音。吃完了，舀起用鍋子餘溫煲著的鯽魚湯，每個人才尋了片牆靠著，捧著碗啜，手熱了，胃暖了，腦海暈醉好滋味，忘記他們現在懸在五百公尺高的山谷中。

「朕封妳為御廚，每天過來煮飯。還有你，」趙旻轉向帕吉魯，「我封你為太監總管，每天來幫我掃地。至於你們兩位蘿蔔頭，朕封你們為小子民，工作是負責攻擊敵人。」

「我沒有武器。」小子民甲說。

「你們的武器就是哭。這是最厲害的武器，人一生下來就有了。外頭那些壞人來抓你們，馬上用力哭，還要掙扎，懂嗎？」

「是。」

「『壞人』不是壞人，是你們的爸媽。」古阿霞反駁。

「胡說，他們如果是好人，就不會送我們去學校。學校是地獄。」

「喔！你露出馬腳了。你不喜歡上學，碰巧流籠壞了，就在這小山頭當土匪頭，從此不必讀書。你其實是搞破壞的，挾持兩個小孩子。」

「才不是呢！我是島主，你們別想破壞這裡。」趙旻說罷，擠開窗口把關的帕吉魯，沿著樓梯爬到頂。「你們全部都走吧！我是這裡的島主，我是這個星球的老大，不想離開。」

「你們想待在這星球？」古阿霞問兩位小學生。

「可是外面很危險，怕掉下去。」兩人的答案很明確。

「我有個祕密通道，走樓梯，很安全，不怕掉下去。」古阿霞說完，小學生流露訝異的眼神，帕吉魯也是。她有自信的說，吃飽了，有力氣趕路，這條路是時間異次元通道，有些長，避開從大門出去的危險。之後，她用指節往木板輕叩，這裡敲、那裡彈，耳朵貼上去聽動靜，還挺像一回事。最後，她撿了塊沒火的木炭，在骯髒的木板上畫出個扭曲的怪門，並添上門把，說：「就是這裡，沒錯。」

「那根本沒有門，這是騙小孩的把戲。」趙旻從窗外說。

「這真的是門，打開它需要想像力，沒有本事的人進不去的。」

「要是他們哭，我不會讓妳帶走他們的。」

「好的，要是他們哭了，我就不帶他們走，但是你別給我搗蛋。還有，你有本事就在這稱王，沒本事就跟我走。」

「我才不走。」

「你不喜歡上學，我們就辦個學校，山上不是有個荒廢學校。我們學生留在山上讀，找個老師來教，問題不就解決了。」

古阿霞語氣慎重，源自懇切的想法，如果棄校再度興建，小學生不用頂著風霜與危險下山。然後她將大衣脫下當風衣，兩隻袖子在胸前打個結，說：「兩位小朋友，一起走吧！躲到我的披風下，它能保護你們。」帕吉魯也把大衣改穿成披風，臉上發出要穿越異時空的得意表情。這頗中要害，兩位學生分別躲進了披風底下。

「記得，絕對不要張開眼，我要開門了。」她佯裝開門，喉嚨發出生鏽門軸轉動的粗軋響。那只是想像之門，可是力量無限大。古阿霞得提點小學生才能進入她引導的想像，她又說：「打開門了，好長樓梯，有點黑，還好兩邊有牆。你們怕走階梯嗎？」

「哪有階梯？」蒙著頭的一個小學生問。

「有，我看到了，階梯是木頭做的，還有扶手，好長呀！我從來沒有看過這麼長的階梯。」另一個學生說。

「我也看到了，真的有耶！好陡，走下去吧！」

「走吧！走吧！」

兩位小學生蒙著頭在你一言、我一語，慢慢拼湊想像世界。古阿霞這套情境暗示的法門打開了，兩人背著學生在流籠打轉，一矮一矮的假裝往階梯爬。走完階梯，他們涉過草原、森林和落雨的山谷，與各種動物擦肩，遇見一隻蒼老溫馴的大象，餵牠幾顆橘子。在走過惱人的藤蔓叢林後，湛藍的湖泊在眼前開展，一條素樸的小紅船靠在水灣，船緣的吃水線沾附了落葉，太美了。

「好了，我們要坐船過去，會很晃，湖面上的風也很大，可以吧？」古阿霞說。

「難不倒我們了，走吧！」小學生說。

然後，帕吉魯打開了流籠的門，原木就像艘雕刻華麗的小船泊著，在山風中輕微搖晃。帕吉魯跳上去，船晃了，古阿霞以老樣子爬上去，癱趴著不挪動，回頭對趙旻說：「船要開了，你走不走？」

「妳說辦學校是真的？是真的我就走。」

「沒錯。」

趙旻忙著骨碌，從流籠溜來，跳上原木，站立在前端跟黃狗睥睨，一路嚷著航行所見的風景。古阿霞抱著原木，知道自己做到了。她從來沒想過能這樣，那是什麼力量，她不曉得，她願意順著那股力量做下去。

母豬賭局

一月快結束時，蘋果樹與楓葉落盡，光裸的枝枒在微風中輕顫。草地到處是結滿漩渦狀水珠的蜘蛛網，直到陽光到來，把世界曬乾成玻璃般明淨。古阿霞的工作告一段落，坐流籠到了下山。她順鐵軌走，一路溫習如何向森榮國小校長詢問有關復校事宜。這件事非常難，可是她答應過小學生們了。她沒頭緒，低頭看著左右交替的雨鞋出現在視線，直到汽笛聲驚醒了她。蒸汽機關車冒濃煙，拉著上百噸的原木，前往三公里外的萬榮車站後轉往花蓮港。古阿霞被煤煙嗆得蹲在地上猛咳。

煤煙散去後，古阿霞淚水汪汪，看見一座公用電話在候車室的牆上。她突然想打電話給蘭姨報平安，這是最想做的。她摸遍口袋，沒帶硬幣，摸了公用電話退幣口，希望上一位使用者留下錢幣，都沒有，她頗失望。

這時候，一位老伯靠近，古阿霞心虛的對話筒講話，好遮掩自己剛剛從退幣口摳錢的窘態。古阿霞對沒撥通的電話筒越講越起勁，演技一流，不時用另一隻手表演。

「妳打給誰呀？」老伯好奇的問。

古阿霞用一隻手摀住電話筒，轉頭回答，「我朋友呀！」

「妳朋友住在妳心底吧！因為這電話壞掉好久，有兩個月了。」老伯面帶點微笑說，「跟我來吧！那有電話。」

她有種無地自容的感覺，羞愧低頭。他們走一段路，沿布滿綠蔭的階梯來到森榮國小，穿堂有具公共電話。老伯非常貼心的給了兩個五角硬幣才離開。這正是古阿霞需要的。

她投下五角，撥電話給蘭姨。那是她要的，蘭姨是她目前精神上最好的告解牧師。接電話的是馬芳姨，她有點胖，情緒時常像她的身材一樣膨脹，興奮的問古阿霞妳跟男人去到哪。古阿霞連忙說這是公用電話，快找蘭姨來，接著她聽到馬芳姨把電話筒重重的放在櫃臺，撥開布簾，衝進廚房，途經她住過的梯間，在廚房發出尋人的叫聲與吵雜回應。

古阿霞閉眼，從聽筒的聲音重建現場。那是她活過的廚房，不離油煙、鍋鏟與女人話題。她曾坐在廚房後頭的小板凳洗菜，從臉盆溢到小巷的水會反射中午陽光，她常閉眼向著強光，聽著車轝與水溢。如果沒走，她會在那，不在這。如今她在這裡，那頭永遠剩下車轝與水溢了。

「妳在哪？」蘭姨急切的問。

「摩里沙卡，這裡很漂亮。」

「那是在山上呀！除了美，剩下就是吃苦的。」

「很好，真的很好。」古阿霞一講，眼眶泛紅。她原本該向蘭姨訴苦，隨即想到此路是甘願承受而選的，心念一轉，報喜不報憂，吞往肚裡的感受全化成淚水。

「喔！」蘭姨停頓一下，又說：「那裡冷嗎？」

「有點。」

「飯菜還習慣嗎？」

「很好，但是沒有蘭姨做的好吃。」

「喔！這是實話。」

「山上冷吧！棉被厚不厚？」

「有點冷，但還可以。蘭姨……」

「怎麼了？」

「快沒錢了，鈴聲響了。」

斷線了，她手中還有個硬幣可通話，卻不再撥了。她走了幾步，回頭等待不可能響起的公用電話能響起。它掛在畫滿塗鴉的牆上，伴著一張供矮個兒學生踏的小凳，樹蔭隨微風淹過來又淹過去，沒有言語。她愣看了電話才走，也知道那頭的蘭姨也是。

森榮國小不大，她沒有花太多時間就找到校長。

一位小學生帶領古阿霞到了校長室。校長竟是帶她來學校找公共電話、給兩個硬幣的老伯。現在，古阿霞觀察跟她平坐在籐椅上的校長。他穿深褐夾克，頗乾淨的褲子有點洗過頭的蒼灰色，唯一顯示身分的是鞋尖磨破的皮鞋，有學養的人穿皮鞋是尊重此職業。喝杯熱茶，配上窗外照來暖陽，古阿霞切入話題，把復校的想法說盡。

「這很難，妳是在夾走我碗裡的菜。」

「我真的不知道會這樣。」

「這裡的學生越來越少了，妳帶走他們，我的位子就不保了。」校長很認真的看著她，又說：「但是，妳要這樣做我不反對，因為那不可能做到，在我的經驗裡，目前還沒有已廢的分校起死回生。」

「難在哪裡？」

「分校要有一定學生數，妳把大觀村的學生加起來，也不夠三十人，這是分校的門檻，這是第一個原因。第二個原因，沒有錢，復校得由教育部同意，撥補經費，這些錢都是政府給的。總之，這是一項巨大工程，妳還是個小孩，做不來的。妳知道這些難處嗎？」

「我知道有些難，沒想到這麼難。」

這時候，下課鐘聲響了，走廊外的學生人來人往。古阿霞的腦中縈繞的是那種「飯都吃了，可是沒帶皮包」的尷尬，她只顧著衝動要給村子上學的學生安全環境，沒顧到這挑戰難如登天。她腦後忽然傳來敲玻璃窗的聲響，回頭看見是黑壓壓的學生，敲窗的趙旻對她做鬼臉。古阿霞低下頭，手淡淡的絞著褲子，等著上課鐘聲把人群打發了。

鐘聲把學生帶走，古阿霞也該走了。她心頭有個石頭壓得她想把自己錨在這裡搞清楚問題，可是山上還有活，要是拖延就給人麻煩。她走過花圃的水泥矮圍籬，太陽很高，影子很短，冬陽暖烘烘的罩在身上，心裡卻盤算什麼似的，不知不覺來到流籠乘坐站。流籠要啟程時，有個人在外頭急著喊她，古阿霞從窗口探出頭，回應：「你怎麼蹺課？」

「老烏鴉叫我來的。」是趙旻，他跑來的，胸口喘著。

「誰呀？」

「校長啦！」

古阿霞心中突然浮起個黑影子。一隻烏鴉樣子的老人，灰樸衣飾，頭髮微禿，拿掃帚，在校園角落慢慢移動，然後在桂花叢後頭露出眼睛。原來他叫「老烏鴉」，多貼切。

「怎麼啦？」

「他說，妳的問題很大，形勢比人強，但是……」

「那個什麼人強的，什麼意思，我不懂。」古阿霞大喊，但隨著流籠距離越來越遠，她很快被拉到空中。

「妳很煩呢！亂插話，反正我也不懂，妳先回去就對啦！」

古阿霞聽完這一句，一切都糊了，包括趙旻的聲音與身影。風聲與滑輪刺耳的聲響取代一切，她心中盤旋著好多問號。

到了晚上，古阿霞的難題來了。她心中稍早盤旋的問號不是消失，是成了鐵鉤子把她難堪的吊起來。那些伐木工人吃完晚餐，聚在客廳火塘邊聊天時，話題圍繞古阿霞。他們都知道，這個上山還沒多久的女孩，要搞個學校。那個廢棄的學校是豬樂園，是伐木村漸漸頹敗的象徵，誰要能把它扶起來就像把石塊丟到水裡能浮起來。

「敬偉大的學校，我贊成成立學校。」一個伐木工高聲大吼，然後啃開紅標米酒蓋：「我是校長，鄭重宣布，喝酒學校現在能成立，我們慶祝吧！」

「我是教務組長，趁我的媽祖婆殺來之前，我們開學吧！中途不下課。」說罷，他喝了。

一時間，客廳出現許多職位，檢驗班長測量酒精濃度，督學督導有沒有認真喝酒，值日生負責喝完瓶底酒，不臭彈受不了。喝酒的男人不要去惹，脾氣來的女人惹不了，古阿霞屬於後者。她在廚房收拾，同個鍋子洗了半小時還沒刷掉自己的怒氣，她告訴自己不要衝出去計較。

王佩芬也抓住機會，數落那些男人。她說，男人都是蟲，在家是毛毛蟲，出外是懶蟲，血裡面游的是酒蟲，眼裡噴著精蟲。她又嘲弄，小心那些男人，他們走過妳身邊的時候，會不經意碰幾下揩油，妳要是不還擊，他們下次會故意摸妳的屁股與胸部。王佩芬說到這，語氣有些憤怒，更帶著炫耀的說，想摸她的男人可多了，想看雨季來臨前那搬家的螞蟻在排隊嗎？

「妳想會是誰？」古阿霞把菜瓜布緊握。

「這問題妳別問了，誰摸了我屁股，我哪會講？」

「妳在說什麼？」古阿霞睜大眼，「我想知道，是誰把我今天下山到學校問的事給抖出來，現在成了客廳那些酒鬼吐槽的下酒菜。」

「我又不是神，怎麼知道？」

古阿霞和王佩芬拌嘴了。古阿霞覺得王佩芬像是花痴，答非所問。王佩芬大聲反駁，她是朵花，卻沾不上露痴，然後她嚴厲的指責說，山上廢棄的學校現在給大家拿來養豬賺錢，要變回學校，先把那些豬趕走，就是把大家的財路通通趕走。想想看，妳跟大家作對，誰會跟妳過得去。

古阿霞覺得她說的都是道理。道理通常拿來壓人而不是說服人。古阿霞離開廚房透氣，那裡的氣壓高得點火就快爆炸似的。她沿鐵軌前進，去找趙旻，將他列為洩露了她今天跟校長密談的頭號嫌疑犯。她沿著依山而建的石板階梯去趙旻家，從屋外兜望。屋內一盞燭燈，兩個人，三隻鞋子，好多影子亂晃。趙旻的母親在燈下縫衣幹活，斷腿的祖母在燈下看人幹活。

古阿霞看不到趙旻，沿階梯一家家尋去，總算在廢棄柴房找到他。一群小孩就著幾盞鑿洞的鐵罐燈籠，玩紙牌尫仔標，趙旻把袖子捋起，喉嚨吆喝。古阿霞衝進去大喊：「警察來抓人了，快跑。」這招永遠有效，從小被嚇大的孩子一哄而散，又叫又滾的，滾下樓梯的現在有個夠長的石階了，差點把腦袋滾掉了，卻沒有人腦袋正經的在想自己根本沒幹壞事。

古阿霞抓著了趙旻，一頓臭罵：「你長舌婦，到處說我要蓋學校，好了，這下酒鬼們都知道了，每個人在笑我。」

「最初不是我要講出去的，是老烏鴉的想法。」

「你確定。」

趙旻點頭，他在古阿霞離開學校後，被老烏鴉叫到校長室問話，講出了在流籠上古阿霞救兩位小學生的點滴細節，卻省去自己罵學校的部分。老烏鴉說了句「形勢比人強，事在人為」，要趙旻跑去找回古阿霞。趙旻晚了一步，路上還把手肘跌破了皮。他回到校長室之後，老烏鴉問趙旻，相信古阿霞能復校嗎？老烏鴉說他不相信這個天方夜譚，要是趙旻相信，去幫古阿霞個忙就行了。

「於是，你把復校的事跟大家講了。」古阿霞說。

「嗯！我跑到話務中心拜託那邊的『歐匹將』傳話，叫她打了幾通電話出去，讓大家都知道了。」

「你相信我做得到？」古阿霞認真看這傢伙。

「沒錯，那天我是第一個跳上妳的船離開的。」趙旻認真說，「摩里沙卡有個傳說叫『暗暝摸的力頭』①，有個沒錢的工人要給自己的兒子買腳踏車，他站在石頭上自言自語了三天，終於得到腳踏車，雖然是舊車。」

人總有理想或夢想，後來為了很多原因而作罷。可是，不代表夢想滅了，這些都是轉換成「黑暗力量」。摩里沙卡傳說中的「黑暗力量」是喚醒心懷有夢的人來幫助你。這傳說是，一個工人講了三天夢想，不是被人笑，就是感動了也曾經想買腳踏車給子女的路人而獲得援助。趙旻非常認同老烏鴉講的，「形勢比人強，人會被逼得找方法。」於是，他踰越了古阿霞的決定，去幫她召喚「黑暗力量」，打電話向別人說了。

接下來的時光很沉默。樹條隨風拍打木屋，柴垛傳出蟲鳴，倒熄的燭火發出焦味，而燃燒的燭光搖晃他們的影子。嚇跑的孩子走回來，在外頭探頭探腦發生什麼事。趙旻低頭，看著他從月餅盒裁下、繪有虎頭蜂的王牌紙牌，現在被古阿霞黑色的雨鞋踩壞了。忽然，他看一滴水落在雨鞋旁，很快被地面吸乾，沒個漬痕。他不會誤會那是別的之類，雨水是嘩然的，而淚水是世上最沉默的單音雨奏。

「我不知道該怎麼辦了。」古阿霞很無措，至少趙旻不是捅她一刀，但是她不知如何面對窘局。

「我阿嬤不會笑妳的。」趙旻仍低頭看著紙牌王，不想尷尬的撞見一雙哭泣的眼睛，說：「我今天放學

①指黑暗力量，閩南語。

回家時，跟她提了妳的事。她說，妳是好人，有個東西要給妳。」

「什麼東西？」

「給妳暗暝摸的力頭，去了就知道。」趙旻收拾地上的燈籠，走出柴房，沿著階梯回家，「可是，妳別想在她身上拿到什麼好東西，她很吝嗇，從來沒有給我壓歲錢。」

來到趙旻家，打盹的老祖母醒來，眼神從滿臉擠壓的皺紋堆慢慢爬出，帶著倦意。她將檳榔用小石臼壓碎，丟入沒幾顆牙的嘴巴咀嚼。接下來的半小時，古阿霞得到了一份禮物，一個奇特的故事。老祖母講了「兩個大雪山伐木工趙天民和吳天雄如何幫助人」的傳說，她缺牙漏氣，嚼檳榔又不斷打哈欠，故事講得零散又模糊，得靠趙旻或被好奇吸引來的小孩提醒才講得下去。顯然這故事有不少人聽過，最後只剩老祖母對古阿霞講了，旁人都散了。

老祖母最後問，「妳會寫字嗎？」

「會的，沒問題。」

「我聽說有人把故事登到報社，能賺到錢，這些錢可以拿來起②學校。妳幫我寫寫看，好嗎？」

古阿霞願意幫老祖母寫下這則故事。當她離開時，一邊開始部署這篇故事的開頭了，一邊看著星空。天空懸滿鐵錚錚的星芒，一條碎鹽般的銀河灑去，在更廣大不見星圖的夜空，仍潛藏更龐大的星雲。古阿霞完全不曉得，她即將召喚黑暗力量來了。

喜歡閱讀，未必會寫作。古阿霞發現，沒有一件事比寫作還難，慣於捉菜刀的手很難適應捉筆，而且要找到書桌寫字更難。她推開棉被，用木紋粗糙的床板寫作，結果筆尖老是劃破薄薄的日曆。她想到客廳的櫃臺不錯，但是現在有一堆酒鬼在那，最好別靠近。

她摸到廚房找墊板寫字，看見烏心石砧板，靈機一動，將它翻到較平整的背面使用，覺得書寫平穩，下筆無礙，寫久了會上癮。最後，她發現用菜刀側當墊板能寫得更暢意。

到了晚上九點，山莊停止供電，發電機不再隆隆響。火塘開始供火，伐木工要回家去，擠在門口為了找對鞋子，抱怨酒喝太少而眼花了。古阿霞起身到櫥櫃抽屜拿蠟燭點上，著魔似寫著。這時候，王佩芬來到廚房找水喝，看到古阿霞兩手趴著。她知道古阿霞成為今晚酒鬼們的話題，心情頗不好，輕輕走過去拍她的肩安慰。

古阿霞給人摸一下，把日曆紙收起來。關於寫作，太私密，她不想把私房性的毒癮給大家看光了。王佩芬嚇一跳，看古阿霞趴在菜刀上，面無表情，燭光襯托下變成復仇的女鬼。她理所當然的尖叫，繼續逃到客廳分享她的尖叫。門口的酒鬼們被嚇醒一半，接著憤怒，他們不願意還沒回家就跟母夜叉打交道。

「鬧鬼了。」王佩芬喘著氣說。

「是啦，我們都是酒鬼。」酒鬼們擠門口喊回去。

「不是在廚房，在客廳？唉呦，我在說什麼。我說古阿霞變成鬼了，拿菜刀要殺我。」王佩芬指著廚房。

「妳叫這麼可怕，有鬼的話，早就嚇跑了，連蟑螂螞蟻都逃。」

古阿霞這時從廚房走出來，臉上浮出無奈的微笑，揮揮手中鉛筆，說：「我拿筆有這麼可怕嗎？」

「妳分明拿菜刀，我看見妳趴在砧板上，哭呀哭的，磨著刀子。妳一定是嫌大家拿妳開玩笑，受不了，磨菜刀要把我們的舌頭剁下，對不對？」

酒鬼們還得保持清醒回家面對媽祖婆，紛紛離去了，把兩個女人的爭執留在客廳。觀眾走了，王佩芬懶

②蓋的意思，閩南語。

得再說，她不過是讓男人們看看她委屈的模樣，戲散了她便坐在火塘邊剝龍眼乾吃，把殼扔進火塘，頻頻喊好無聊喔。古阿霞還試著為自己爭辯，拿著鉛筆當武器，在火光照耀下，顯得古怪。

「坐過來吧！我有話要跟妳說。」莊主馬海說。

「算妳賺到了。不過我要先聲明，我是沒有賭妳贏，但是很支持妳，不要說我沒感情，好啦！我不跟妳多說了。」王佩芬說，但是接下來的十幾分鐘，都是她在說。她說，那群酒鬼中不知是誰先起鬨，說要賭個局，看妳在十年內能不能成立學校。沒有人下妳的局，除了沒有人相信妳會成功，十年的局也太長了。王佩芬又說，大家開始想別的局，想呀想，最後以三天為限，要是妳以建立學校為理由募款到三百元，妳就贏了。

「沒有盡全力跑的賽馬，是沒看頭的。」說話的是一位坐在窗戶邊的人。他手放在窗臺，把玩著茶杯，穿著寬鬆卻打綁腿的日本褲。他喝了口茶，又說：「我猜，妳心裡一定想，這賭局關我什麼事，輸贏都是別人。」

她知道眼前的傢伙正是傳說中山莊的後臺，蔡明台，有財有勢。根據她從各方聽來的消息，蔡明台本名叫大江光田，日本人。他父親曾任摩里沙卡的林場主任，屬於是土皇帝的地位，呼風喚雨，戰後卻沒有被遣送回日本，而是因技術而留用，蔡明台自然也留下來。古阿霞常聽聞大家蔡桑來、蔡桑去的稱呼，卻不曾見過，神龍見頭不見尾，這下總算碰頭。

「蔡桑，沒錯，這是你們的賭局，不干我的事。」古阿霞說。

「所以我說，妳是沒盡力跑的賽馬，沒看頭。」

「我為什麼要照大家的意思盡力跑。」

「妳可以不用盡力跑。不過，要是終點，也就是妳衝斷那根線之後，發現有個獎品放在那，妳可能會盡力。」

「什麼獎品？」古阿霞問。

「母豬。」王佩芬插嘴，做出古怪表情，惹得大家猛笑。

古阿霞認定這是在消遣她，有點氣，轉頭上樓。對她而言，趕快寫好那個故事才是最重要的。她擔心剛把到手的靈感會跑掉。

蔡桑叫住了她，說：「確實是一條豬，牠是山莊的財產，是摩里沙卡最會生的母豬。妳要是在三天內湊到三百塊錢的復校基金，這頭價值六百元的母豬就歸妳。」

「真的嗎？」古阿霞發出疑問，看到在人群中的馬海點頭了。她要是贏了這局，能得到價值六百元的母豬。這對她勾勒的復校藍圖總算有了一筆。她說：「好，我考慮。」這含蓄的回答宣示了她的賽局開跑了。她跑上樓，猶豫一下後下樓到廚房把菜刀拿上樓，把稿子寫好能賺進一筆稿費。

「啊！」王佩芬又尖叫了，衝到客廳大喊：「那傢伙想錢想瘋了，拿刀出來搶劫了。」

然後，山莊的人都笑了。

從來沒有一件事情如此單純的享受——安靜寫字。

除了例行工作與休息，她大部分時間都在寫稿，連夢中也會因為迸出某個字句而從床上跳起，就著火柴棒燃盡的十秒間，趕緊記下。寫下第一句，第二句話忙著從筆尖流出來。為了避免影響同房的素芳姨睡眠，她下樓寫字。夜裡，樓梯木板擠壓的「嘎、嘎」聲響特別大，她急急忙忙的，像踩著破風琴下樓，到廚房拿菜刀，回到客廳的窗臺下點蠟燭寫字。古阿霞這麼匆忙，靈感也匆忙跑了，通常寫了五句左右便文思乾涸了。

她抬頭時，被玻璃反射的圖像嚇著。客廳除了她，另有他人。她回頭看見帕吉魯就躺在不遠處的火塘邊，朝她這邊看來。她數落他跟鬼一樣，下樓也不會發個聲音，嚇死人。

「嗯！嗯！我本來在這。」他昨晚深夜才回來。

帕吉魯把最風光的青春都放在山林裡，長年綁在山上。他能遠距離分辨出活著的是屬於巒大杉、臺灣杉、臺灣冷杉、雲杉，近距離能分辨已去除枝葉的是紅豆杉或臺灣粗榧；至於大剖的樹塊，從邊材淡紅黃色、心材鮮黃色或帶紫褐色的暈條的臺灣杉，或邊材與心材區別不明顯、輕軟富彈性的臺灣亞杉，他立即能辨識。他甚至能閉上眼睛聞出樹木味道，瞬間從年輪摸出樹齡。但是，他對女人與複雜的香水不太行，看到竹竿上曬的阿嬤內褲都會低頭，連黃狗的性賀爾蒙指數都比他健康太多了。可是，自從古阿霞跟定他之後，覺得森林好像少了什麼，他這從小被他阿公訓練出的怪胎，也會覺得女人挺有趣的。

他昨天入睡前想到古阿霞，知道自己該做什麼了，他收拾木箱下山，回到山莊已是半夜，大家都入睡了。他睡在火塘，朝那丟了兩根木柴。直到柴火燒到薄了，客廳影子淡了，古阿霞走下樓梯來寫稿。他側身躺著看女孩在燭光前，一種興奮使她疾筆沸騰，另一種挫敗又使她氣得咬鉛筆。他看著她健康的黑皮膚，難怪工人們要用閩南語「透」形容她是多種原住民混血，有著排灣、太魯閣與阿美族的血緣調色盤。她說不上美，卻如此靈竅，好可愛。

「以後看到人要出聲，打個招呼也好呀！」古阿霞望了牆上老掛鐘，顯示凌晨三點，「你應該上去睡，這裡很冷。」

「嗯！」帕吉魯指著火塘。

火塘是位在客廳中央的槽狀供火處，長三公尺、寬一公尺半。古阿霞往那看去，中央的炭火堆還亮著光，長了層灰。黃狗睡在外緣的木灰堆，皮毛在微弱炭火中泛著油光。牠進了家就這樣，地氈一隻，古阿霞乒乒乓乓下樓都不想理。火塘邊鋪了厚毯子，帕吉魯躺著睡，身子藏在與地板齊高的槽緣，難怪古阿霞看不到。

「你是昨晚回來的吧！然後睡那。」古阿霞看他點頭，又說：「拜託，你起身也發個聲音，別像個鬼嚇人。」

帕吉魯安靜看著她。火塘裡的火炭這時亮了些，小火苗綻開了，比上一刻更亮些，更溫暖些。帕吉魯仍是安靜看著她，在客廳最細微的變化裡。這讓古阿霞很彆扭，她不喜歡這樣被人看，於是忙著開口說話。她教帕吉魯幾個簡單的回答，比如，人家問問題，覺得對了就發出「嗯」的聲響，不對則回應「喔」，不要學水鹿看到手電筒在愣頭愣腦，要逃要死也不是。

「喔！」

「你懂了我剛剛說的沒？」

「嗯！」

「聽過趙天民和吳天雄的故事沒？我聽人說，只要是伐木工，都聽過這兩個人的事。」她抓個新話題。

「嗯！」

「這時要說呀！別像便祕，嗯嗯個不停。」

帕吉魯的頭一下左偏，一下右偏。等待答案的古阿霞沒有不耐煩，出乎她意料，帕吉魯隨後用非常緩慢的口氣講起吳天雄的故事，連地點與時間都鉅細靡遺。古阿霞把每句話聽到心裡，隔著火塘的火，她側臥身子，撐著腮幫子，看著他說話時的舌頭在嘴裡游動，她從心底認為，這傢伙挺會講的，就怕柴火與時間不夠用。

客廳這時多了個人。素芳姨從樓梯走下來，她被古阿霞尿急般衝下樓的聲音吵醒，便踩響了樓梯下去查看，看到帕吉魯很努力的跟古阿霞說話，火光在他們身上翻動。她很少看過帕吉魯的嘴巴在吃飯之外能張開，也為這兒子很少跟自己說話而遺憾，甚至曾絕望到每晚流淚，以懲罰自己。她不敢當電燈泡加入他們的火塘談話，偷偷上樓，可是樓板響出聲音。

古阿霞抓到聲響，把人請到火塘邊取暖。她藉機追問素芳姨，關於趙天民和吳天雄的故事。素芳姨說不明白，她是聽古阿霞說了才對這故事更清楚，還反問她怎麼知道這麼多細節。這完全是歸功於帕吉魯的詳細說明。

「妳像文老師，有一把萬能鑰匙，能打開阿政的心房。」素芳姨說。

「喔！喔！」帕吉魯急著打岔，別讓往事抖出來，可是說不出來。古阿霞站起來靠過去抓住他的手，讓他平靜下來。

「她是在阿政小學三年級，來到摩里沙卡教書的老師。」素芳指出，在文老師來之前與離開之後，帕吉魯只會在教室外的銀杏樹下徘徊，對計算落葉數量有偏執行為，習慣蹲在地上發呆，用針翻開螞蟻腹部檢查。文老師有能耐把阿政帶進課堂，教他寫字。一年後，文老師轉校到玉里小學。帕吉魯又躲回到銀杏樹下混日子了，他沒拿過小學畢業證書。

「文老師怎麼辦到的？」

「她有能量與能耐，而妳跟文老師的特質很像。不然，阿政不會帶妳來摩里沙卡，他是木頭人，離樹木比較近、離人類比較遠。」素芳姨停頓一下，又說：「但是，妳的大挑戰是復校，除非有奇蹟才行。我這樣說是希望妳不要把這件事看得太重，我怕妳被傷害太深，失敗後離開這裡。我不希望阿政失去妳這樣的朋友。」

「一切都是神的安排，我到哪都有挑戰。」古阿霞淡定說，「即使失敗，我也不會輕易離開；要是成功了，帕吉魯會到小學來讀完書，我這學校多少是為他蓋的。」

「喔！喔！」帕吉魯急著反抗，他沒答應過。

「帕吉魯是你吧！我贊成把他種回學校也不錯。」素芳姨說罷，讓火塘邊多了笑聲。

幾隻靠近人類生活圈的酒紅朱雀，在山莊後院的垃圾堆覓食，為殘餚搶成一團紅影。這早晨窗下的聲響干擾了古阿霞。今天是「母豬賭局」的最後一天，古阿霞別有心事，倒垃圾時，多瞧了幾眼這些霸道的紅鳥兒。過了中午，她下山到「酒保」③買了針黹、罐頭日用品。隨後她到米店，吩咐店員送達菊港山莊的米得要「半冬仔」。新米易糊，老米易餿，貯存八個月的半冬仔最具口感。

忙完正經事，剩下的時間是她的。她走到森榮國小，進校門便看到二十七個坐在麵包樹下發呆的小孩站起來。他們犧牲午睡就是在這等古阿霞，好從口袋掏出東西。每個手裡握著一份力量，當他們張開手時，古阿霞紅了一下眼眶，每個掌上都有錢。他們捐出了自己的零錢。

古阿霞算了錢，總共六十八塊錢。六十八塊錢中，實收三十八塊，其中的三十塊分別寫在十張借條。字條上的字跡歪七扭八的，內容是「年紀很小，不會賺錢，長大後憑款單付八塊錢」、「目前沒錢，年底用紅包錢付清三元」，這些欠條的溫暖直抵人心。古阿霞收到心坎深處去了。

「還是欠很多錢，除了村子裡的學生，山下的人都不捐。」趙旻很生氣，「他們都說不會成功的。」

「我要謝謝你們的心意。」古阿霞顧了每個人一眼。

「不行，不能投降，我一定有辦法。」趙旻動起腦筋，對上課鐘響後急著回教室的學生說，「你們低著頭走，多撿幾塊錢也是錢，撿不到錢就撿破銅爛鐵去賣錢。」

目送學生走了，古阿霞不敢怠忽，但是也想不出來從哪兒募到錢。伐木工押她在「母豬賭局」會輸，她不想點辦法便會提早陣亡。她腦筋動到日前的投稿，趁今日下山詢問登稿了嗎，有登便有稿費。她走到公共電話旁，投幣照著揉皺紙張上的幾個報社電話打，以模擬好的語詞，好在最短的時間得知報社如何處理她的

③福利社的意思，受日語影響的說法。

稿件，不然每通打到臺北的電話費都偷了她的荷包。

有家報社總機把古阿霞的電話轉了幾次，就是轉不到編輯部，最後由客氣的廣告部人員來拉業務。有家報社編輯回應，他們從來不會回答刊登問題，希望她每天買報紙自己看。有家報社說，沒有附上回郵就不處理。其中一家報社的編輯氣憤的說：「妳怎麼可以一稿數投，這是犯大忌。」然後斷線。

她花了半小時打電話，寄託的稿費全落空了，而且花了二十一元電話費。她站在紅色公共電話前，掛上話筒的聲響，宣布她沒輸了，陷入了深深的沮喪。她知道稿子白寫了。

抵達大觀村的流籠打開門，走下來的古阿霞立即讚美上帝。她看見蘭姨靠在燃燒檜木的汽油桶旁取暖，邊忍著煙氣咳嗽，邊啃著飯糰。蘭姨興奮得上前擁抱古阿霞，大喊哈里路亞。一股混合廚房油煙、汗漬與檜木的芬芳圍繞古阿霞，她沒掙扎，陷入最溫馨的味道裡。

蘭姨用扁擔挑了兩籮筐，一邊放了棉被，一邊放了古阿霞來不及帶走的衣服等細軟。鴛鴦針繡的紅牡丹棉被是蘭姨最珍藏的寶貝，送來給古阿霞禦寒。兩個人在汽油桶旁，為一捆棉被推扯了好久，直到蘭姨動怒說這裡人多難看，勉強收下的古阿霞才說下次這樣她會生氣。

來到山莊，蘭姨坐在玄關階梯，只要求喝杯熱水，無論古阿霞如何邀她到火塘邊取暖都不肯。古阿霞從火塘倒了一杯墩在鐵壺的熱水。

「我喝完熱水就走。」蘭姨手捧熱茶，緩和了冰凍的手，等茶稍冷了才喝下去。

王佩芬這時要求準備晚餐的備料。古阿霞從廚房拿來一籠地瓜葉挑，還拿了個大茶杯，從火塘上的鐵壺倒滿熱水，端給蘭姨。她知道蘭姨很拗，留不得她住宿或用餐，用熱茶能延緩離開的時間。古阿霞要跟她多聚一會兒，一邊挑菜一邊跟她坐在玄關階梯閒談。

「水太燙了，喝完這杯水就走。」蘭姨把茶杯放在木地板。她看了山莊的建築，梁柱雄渾，光影在榻榻米呈現隔夜茶的苦澀感，有兩個男人在火塘邊聊天，鐵壺的蒸汽縷縷往上飄，梁桁縱深，好多的黑暗與荒涼都在那凝結成濃得化不開的檜木幽香。

「這裡賺食不容易吧！」蘭姨迸出一句。

古阿霞忙著挑菜，要蘭姨不用擔心，可是她抬頭瞧，發現那杯熱水竟然沒了一半。她從火塘拿鐵壺倒滿。鐵壺水快沒了，她衝到廚房添冷水，哀求王佩芬幫她先煮壺熱水，好把多年來早已代替她親生母親的蘭姨多慰留。王佩芬狠狠瞪回去，說現在忙到頭髮分岔了，但是這點小忙願意效勞。

蘭姨坐在玄關幫忙挑菜，熱水快喝光了。從廚房走出來的古阿霞有種莫名的哀傷，她感到急著趕路的蘭姨連多坐都不肯，急著喝光熱水，她大叫一聲，好阻止蘭姨拿杯子喝光最後的水。這時候，一班運材車從門前經過，拖著七十五噸的檜木、鐵杉與雲杉，山陷入晃動與車囂中，蘭姨從古阿霞的驚叫中掉入另一種震撼，她疼惜眼前的好女孩會在這窮僻的山地耗盡青春，說：

「跟我回花蓮市吧！這真的是鬼住的地方。」

運材車凌亂的光影跳動在玄關，敷在古阿霞臉上，她知道，如果早半個月前蘭姨說上這句話，她也許會心動。但是，現在她不會了，她無法把剛燃起的鬥志與口袋中小學生的借條全丟入火中燒盡。到目前為止，她體內有許多捏不破的小氣泡從沸騰的毅力裡使勁鑽出來，那可以名為願望，搔著她的生命。

「不能。」古阿霞堅定回答。

「我剛剛告訴自己，要是妳有半點猶豫，我馬上帶妳下山。看來，現在蘭姨我得自己回去花蓮市了。」

「等等，喝完水再走。」

「喝夠了，我得趕路回去。」

「拜託，喝完再走，不差這一杯的時間。」

「我得走了。」蘭姨第八次重複，將腳從雨鞋裡伸出來，把鞋裡的熱水往門外倒去。

那一刻，古阿霞發現真相而難過。蘭姨一早從花蓮市走二十八公里到摩里沙卡，腳都臭壞了，她怕脫鞋子難堪而坐在玄關，又藉機討了杯熱水，大部分倒入雨鞋內泡腳來舒緩痠痛，剩下的解渴。古阿霞拿了條毛巾，幫蘭姨濕漉漉的腳擦乾淨，套上她珍藏、唯一的黑色毛襪後，她深信一件事，那雙布滿厚繭與粗糙皮膚的腳是她見過最動人高貴的藝術品。

玄關外，離別之際，來自中央山脈的寒意瀰漫，二月的冷風一陣又一陣穿過瓦屋呼嘯，廣告招牌不斷震響。古阿霞第一次打斷了蘭姨要為她祈禱，她不再是花蓮中華路巷底的女孩了，老是接受祝福。古阿霞學得施捨了。她祈求，親愛的天父，請給蘭姨信念，讓她相信眼前的女孩可以在荒遠之地活得快樂；祈求天父解除蘭姨的疑慮，相信她眼前的女孩手握荊棘也能得到快樂；祈求天父給蘭姨一個微笑，在離別時候給她擁抱。祈禱都是奉主耶穌的名求，阿們。

「哈里路亞、哈里路亞。」蘭姨不斷呼喚，臉上打轉著微笑與淚水，給古阿霞擁抱。

一輛稱為「碰碰車」的日本製的加藤氏七噸內燃機往山上駛去，土黃色身影經過大觀村時，鳴笛趕走鐵道上覓食的火雞。坐在駕駛艙的趙旻看到古阿霞在山莊前與人道別，探出頭，大聲詢問：「錢湊齊了嗎？」見到古阿霞搖頭，他又喊：「快拿燈給我。」趙旻不顧駕駛鳴笛警告，從駕駛艙爬到拖行的空板車，朝後頭十列的板車跳去，他跳到最後一節車緣，搶到古阿霞從玄關木牆拿下來的一盞汽化燈。

「等我回來，我上山去幫妳討錢。」趙旻站在拖板車上握拳。

蘭姨驚訝的說：「怎麼了，妳欠誰錢？」她從口袋掏出幾張鈔票與銅板，全部塞給古阿霞。

古阿霞哪肯再收，先前離開花蓮市時蘭姨就給夠了。兩人在山莊前為錢打太極拳，直到蘭姨氣得說這給路人看笑話，除了留下二十五元車資回花蓮，其餘全塞進古阿霞手裡。收下錢的古阿霞感動得忘了說下次這樣她會生氣，並錯算蘭姨更堅定的情意。當流籠的門反鎖，緩緩往下滑時，蘭姨用兩張鈔票包住五個硬幣，將僅剩的錢奮力的從插滿菸蒂的小窗口往發送臺丟去，大喊：「阿霞，保重呀！早點睡，早早攤開棉被睡。」

古阿霞再度拿到了錢，心情卻壞到谷底，擔心蘭姨得走二十八公里回花蓮市。流籠總是帶走人，消失在萬里溪流動夕陽光的山谷。古阿霞在那看傻了，直到東方泛著紫藍的夜光。

忙完了晚餐，把公共澡堂的熱水都熱好了，伐木工陸續到來，不是冷得滿臉紅光，就是泡得通紅。他們聚在火塘，開場白是把昨日的那則說淡了的黃色笑話重提，仍能淡出鳥事，然後用力撬開米酒蓋，喝了。

在窗臺邊，蔡明台坐著喝茶，等待古阿霞忙完活好清點她募到多少錢。窗臺上，一枝早開的櫻花插在三十年歷史的高砂麥酒瓶，怎麼開都是盛美，怎麼落都是淒美。他不喝酒，也不說笑，只靜靜看著山莊最富麗的窗景：日據時期伐木後新植的香杉純林像是馬賽克拼貼，在夜色中吐出樹梢，提供運柴卡車通行的新闢伐木線「萬榮林道」蜿蜒而上，這是他投資與心繫的伐木動脈。接著他順著萬里溪往上眺望，兩千七百公尺高的七星崗伐木站燈火依稀，快接上了卡社大山低垂動人的星芒。然後，他看見一盞燈火順著鐵道下滑，速度異常快，他猜測，那是一臺以無動力放溜的臺車。

到了九點，蔡明台把古阿霞叫來，要她公布募到的錢款。伐木工們也等待最後的結果。古阿霞搖頭，說她趁晚餐後到村裡轉了幾圈，只多募到兩塊錢，並且從口袋掏出小布包，把三天來募得的款項攤在榻榻米上。

其中的幾張小學生的借條引起大家討論。伐木工多數反對，他們說得見錢為憑。

「借單有效，那是小孩子的心意，永遠有效。」蔡明台把錢鈔算上一遍，共一百一十五元，「可惜沒有達成目標。」

「我盡力了。」古阿霞說。

這時有人推開大門，力量之大，整座山莊的聲音被那扇黑洞吸光似，所有人靜下來往那瞧。進門的是趙旻，成了及時趕上盛宴的灰姑娘，後頭跟來的帕吉魯像是侍衛。他們倆在一個半小時前，才從七星崗伐木站出發，用放溜的臺車滑過三十五公里、八座山洞、兩座落差六百公尺的流籠，寒冷仍在他們身上發酵，兩人抖個不停，久久不發一語。

「你怎麼全身到處是傷？」古阿霞說。

「拿一盆熱水來，快。」趙旻說，神情非常激動，舉起用皮帶纏住的右手拳頭。

古阿霞趕緊到澡堂打了一盆熱水，還弄條毛巾，好擦掉趙旻傷口的血漬。趙旻用牙齒解開纏在手上的皮帶，把緊握的右拳伸進水盆。那隻拳頭經過三十五公里仍不放開，好像是保護整個寒冷世界唯一的火種。經過熱水暖和，拳頭鬆開，掉出了六張鈔票、五個硬幣，以及幾張四色牌。隨即，山莊響起了激情的掌聲。

「你從哪生出來的錢？」古阿霞窮緊張，融不進歡樂氣氛。

「搶來的，我狠狠的幹了一票。」趙旻跳起來，再度捏拳，向火堆揮出了幾拳。

「這些錢我不要。」她大喊。

「本來就是我的錢，只是從我哥哥手中搶回來。」

「你揍他幾拳？」一個伐木工插話。

「一拳，可是我給他揍了三拳。」趙旻比畫了身上幾處瘀青。

「你真肉腳，給人當沙包打也不會還手。」另一位伐木工說。

「我是為了保護那些錢不被搶走，才給人打，不然，我一腳就把那幾個人給打爛了。」接下來的時間，趙旻不理古阿霞，用演說方式向大他十幾歲的伐木工表現他今晚的「搶劫」：他坐最後一班運材車上山，再徒步往林班地的工寮。那些伐木工不是喝酒就是打牌，他認出哥哥趙坤在賭博，向他討回這幾年欠的錢，反而受到奚落。他搶走床上的賭資，緊握在手，用皮帶纏住保護。一群伐木工朝他揮拳搶回錢，包括哥哥，在他快被打死時，他哥哥驚醒的踹開門，把他丟入寒風中要他逃下山去，然後用發動的鏈鋸攔下後頭追來的伐木工。他逃得搞不清楚方向，誤闖帕吉魯的野帳。帕吉魯把帳繩割斷，隨風掀起的帳篷把殺來的伐木工拂得滿地滾。他們衝到了森鐵，跳上一輛無動力臺車，放溜往大觀村……

古阿霞沒心思聽，下巴磕在兩膝蓋上，愣看著盆裡的錢，火焰反光在裡頭熱情跳動。然後，她想起了誰，瞥了玄關的黑影，起身打了條溽熱的毛巾，放在帕吉魯顫抖的手上。她看他，他也抬頭不迴避，兩人的眼神纏一塊，幾乎找不到線頭的那種。

「謝謝你把那渾小子帶下山，不然他會死在山上。」她說。

嗯！他回應，好淡一聲，喉嚨輕跳一下。

古阿霞聽到了心坎。然後，她的手也鑽進毛巾，緊握著那雙手直到它安靜下來。她從不知道這個男人的手能如此大，被裹在裡頭，充滿幸福力道。

那一夜，她與帕吉魯坐在玄關，靠近他們最近的是門外呼嘯的寒風，距離最遠的是山莊喧鬧。那一夜，滿臉血跡的趙旻成了小英雄，喝了半罐酒便倒在榻榻米睡去，他母親前來，當眾把這條小英雄用藤條打孬了的趕回家。那一夜，伐木工高舉酒罐，指責女人殺人，男人萬歲，然後提膽回家面對媽祖婆。沒有多少人關心古阿霞在這賭局的心情。

該走的人走光了，剩下的人聚在火塘，柴爆聲與木窗在風中的咬合聲清晰回響。他們把錢從水盆撈起，再算一次，差二十二元就三百元。在嘆息聲中，在場的人都說了自己失敗的經驗，好安慰古阿霞。古阿霞微笑，她輸了，但是輸得非常精采。她向大家說聲謝謝，起身拎起角落裡蘭姨送來的棉被，睡覺是最好的治療。她把捆綁的繩子提歪了，棉被鬆脫，一個堅硬且發光的東西掉出來，在榻榻米上搞壞了場面。

那是一個鋁殼便當，裡頭的飯菜散了到處是，便當蓋滾得遠，一路張揚心事般繞了客廳一大圈。大家的思緒好濁，唯獨古阿霞澄澈。她說這山上冷呀，蘭姨送來一捆被；她說忘不了蘭姨的飯菜呢，蘭姨也送了，放在棉被裡溫著。蘭姨來去匆匆，不好當面說，把棉被當成了最佳的保溫器。這就是蘭姨的性格。

所有人看到便當底壓了幾張大鈔，那是蘭姨偷偷留給古阿霞的，怕當面給被拒絕。王佩芬小心翼翼的撿起來，說：「這錢還熱的。」她把錢掂倒在古阿霞手裡。古阿霞眼裡都是淚，她甚至搞不清楚，是誰把話說殷切。

「這賭局要算。」帕吉魯說，他站在角落。

大家望向角落，那傢伙不論是姿態或講話都是黑嚴嚴的，他們第一次聽到帕吉魯這樣說話，每個音都沒散掉。之後，他們又把眼光揪到窗臺的蔡明台。

蔡明台喝了杯茶，隔著火塘，對帕吉魯說：「這筆錢一直在山莊，只是我們慢發現，不是嗎？」

「當然。」帕吉魯回應。

山莊頓時響起掌聲，他們喝起桂圓茶取暖，把龍眼乾殼丟入火塘燃起一種神祕的馨澀。王佩芬放肆的說笑。素芳姨把檜木放進火塘時掀起火星。火星往上衝去，流瀉在梁間。帕吉魯喝了杯酒，起身往廢校走去，他去告訴母豬牠有了新主人，他不太會表達，反正豬也聽不懂。而古阿霞坐在角落，端著便當吃，她心有疙瘩，她擔憂得走二十八公里夜路回花蓮市的蘭姨。

這一夜好長，窗外淒寒，她裹在溫暖的棉被裡失眠。

珍貴的一堂課

一九五幾年，雪山山脈西側，大甲溪支流的十文溪。

開闢大雪山二三〇林道由榮工處的六百位工程隊官兵負責，他們用氣鑽機挖砲眼，填雷管炸山，以碎石機打石子鋪路，等壓路機壓平，伐木工進駐砍伐。山東老兵趙天民是傳奇人物，他累積了中橫燕子口、九曲洞以繩索綁腰垂降在峭壁放雷管炸山的經驗，相較之下，大雪山路段被視為「躺著幹活」。

在十文溪峻谷，海拔兩千五百三十二公尺山腰，他叼了沒上火的黃長壽在雲霧濃稠的山區幹活，填完藥，從火柴盒抛火，讓嘴邊掛了縷煙。潮濕與稀薄空氣讓炸藥時常倔強，有幾回沒走出安全距離，炸得天搖地動。他拍掉一身灰土，嘴裡的菸咬癟，一邊罵一邊從硝煙走出來，說他死不了，鬼子與匪子的砲彈像雨般都沒滴死他，這響屁算啥。

有回放假，待在鞍馬山伐木站宿舍的趙天民嫌無聊，找老友吳天雄喝酒，路途上，一道忽然斷裂的鋼索朝他殺來。他被鞭到五公尺外，仰著身，朝發亮無垠的雲海飛去，醒來時躺在九十五公里外的省立臺中醫院加護病房。趙天民喘完最後一口氣前，告訴床邊的吳天雄，他還有個芥蒂，那是在湖南二里溝郊外，有個孩子跪著求他，好安葬剛病死的母親。正逢國共內戰，部隊調防，他幫不上。過這麼多年，走這麼多路，臺灣海峽也渡了，就是忘不了那張絕望求助的小臉。趙天民的遺願是要吳天雄，帶著他的遺產出門。每個在街上絕望的小孩，一定有個引領他們微笑的小願望，去完成他們的願望。

辭去伐木工的吳天雄不知去哪，天大地大，沒給他個方向。他在中橫闢路到尾聲時，被調到大雪山伐木賺「外匯」。他在臺中醫院外的三民路不知所措，手抖著，他深知雙手會一直抖下去。他曾手握美製馬克沁重機槍與日軍對幹，持白朗寧M2機槍與共產黨廝殺，在中橫他揮著鐵鍬鑿岩石，在大雪山他用德製STIHL鏈鋸，他的手永遠在抖，要是沒有拿點什麼對抗世界是停不來的。於是，他從路邊撿了顆足球大的石頭，先朝北走，悶頭在陽光下看著自己影子。他晚上走到豐原時，看到一位黑乎乎、身上沾滿煤灰的小男孩蹲在路邊哭。

「怎麼了？小朋友。」

「我的立阿卡①不見了，我不敢回家。」

他帶著這個拉板車、叫賣煤渣爐的小孩來到鐵工廠，那裡排列十輛嶄新的板車，每臺有著用夢想刷亮的顏色。他告訴小朋友，他的板車就遺失在其中，請他選出來。小孩的淚水遮糊了視線，車胎是圓是方都不知道。吳天雄引領他一臺臺認領，小孩卻一逕搖頭否認。

「車沒在這，我的那臺木把手壞了，輪胎也破了。」小孩說。

「誠實的小朋友，現在，這臺車是你的了。」吳天雄買下店內最牢固的手拉車。把手是鋼鐵鍛造的，輪胎紋路清晰，另外附有牛皮肩拉繩索。他要店老闆將手拉車送到小男孩家，好證明車子是合法獲得。

「為什麼送我？」

「因為，我叫趙天民。」吳天雄說完就像一頭行走的黑熊，往北去。

來到四月漆黑的三義街道上，吳天雄看見一群打赤腳的孩子聚在路燈下寫字。吳天雄獲知，這群孩子住深山，回家後先農忙，再下山找光源寫作業。他打電話回大雪山伐木區的老長官，請求人脈的奧援。備感壓力的臺電公司豎立二十八根電杆、六公里電線，電源首次來到荒村時是夜晚，當吳天雄為第一戶裝上三十瓦的電燈泡大亮時，不夠讓門外的全村八十多人跑出影子，可是歡呼聲是首次遮蓋過百公尺的溪流聲。大部分的老人在往後三十年將此說成遠村最亮的傳奇，「比日頭還要曬。」他們說。

小朋友回贈吳天雄一個他們祖上歷代傳給他們的燈泡——裝滿山窗螢的酒罐——在村口歡送他離去。村民送了土產給吳天雄，夠他吃上半個月。他以手中抱著石頭婉拒，卻留下那罐螢火蟲。

「你為什麼老是抱著石頭？」一位小孩終於提出大家的疑惑。

「這是拿來治療我的手用的，手就不抖了。當然，起先我也認為它是石頭，後來，發現它跟其他的石頭不一樣。」

「哪不同？」

「抱久了，它溫度比較高，於是，我感覺到我抱著一個小生命。來，你們摸摸看就知道了。」

第一位上前撫石的人面帶疑惑，輪到第十位，卻體會到溫度。所有村民摸完後發出驚嘆，包括前幾位摸不出道理的，莫不讚嘆這是有生命的石頭。吳天雄喜歡這樣的惜別方式，石頭溫度不過是人賦予的，但給人的驚喜與溫暖卻永遠留在心窩。

「住一晚再走好不好？」一位小孩說。

「這種夜路我早走慣了，因為我叫趙天民。」吳天雄往山下走，腋下夾著老燈泡，讓螢火蟲隨著他的步伐飛出來，一隻隻串成線。村民看見一條發光的虛線在深夜畫出六公里的蜿蜒山路，每個光點微小，卻成了最深刻的路燈，直到線頭沒了，村民還沒散去。

吳天雄不斷繞著臺灣助人。大部分的時候，他沒有贊助物品或金錢，只告訴懷抱夢想的孩子：「你把夢想跟我說時，是對自己發誓走出第一步，你勇敢跨幾步，路就出來。」這使得孩子走向飛行員、商人或書法家之路。他助人故事比他的腳步跑得還要快，天大地大，沒有一處不是方向。

---

①手拉車的意思，受日語影響的詞彙。

十年後，有人在《中央日報》刊載吳天雄與趙天民的故事，肯定兩人的友誼與助人。文章被報社編輯刪減得差不多。文末，作者表達在摩里沙卡的偏遠伐木區復建小學的心願。文章刊登後，作者「王佩芬」不記得有此事。

半個月後，正在打掃的王佩芬收到郵差送信，興奮的在圍裙上抹乾手，絞開信封，就著窗外蘋果樹映入的天光讀信，讀得索然。信上署名「趙天民」的讀者說，他腳步加快了，正穿越蘇花公路的清水斷崖，一禮拜後抵達菊港山莊，了解她筆下「將聳立在中央山脈東峰的小學校」如何萌芽。

王佩芬不認識趙天民，把信紙塞到櫃臺，去忙自己的活，她與古阿霞重新把山莊洗刷乾淨，清除那些蜘蛛絲與古怪小生物，好迎接將入住的一群旅客。這群旅客混合四健會、童子軍、救國團等團體。

清潔檜木地板很費工，將稻草捆紮成拳頭大，以洗米水刷。古阿霞與王佩芬跪地工作，做了半天，起身時脊椎關節像是能篩出一堆圖釘般痛苦。王佩芬在牆角抓到好多掛著錘形絲袋的衣蛾，半天抓了半罐牛奶瓶的「瓜子蟲」，晚上時，爽快的撒入火塘，凌亂的火叢吐出青焰，然後她用「過火失敗的一群瓜子殼們」作結。

伐木工說，這些瓜子會偷東西。有人說，這些蟲子會換殼，下次會寄居在皮包或汽油桶。伐木工最後舉起米酒罐，發誓他們的唬爛就屬這次最誠懇，趁早喝完酒，別給瓜子偷喝光，倒是會把罐子留給那些可憐的瓜子們住。

「牠們其實是蛾，像毛毛蟲最後變成蝴蝶。」古阿霞最後的幾句很小聲，連火塘的炭爆聲都贏不了。她在花蓮市的梯間貯藏室，觀察過這些陪伴她的小生物。牠們吃人類皮屑與落髮過活。她用罐子養過牠們，打發寂寥與落寞。

「那是真的，有種東西在學校那也是。」帕吉魯這樣說。

他帶她離開瀰漫酒氣與狂譫的山莊，來到廢棄小學校。他們來到操場邊的沙地，那有幾個漏斗狀的沙窩，帕吉魯拔下一根頭髮搔弄。蟻獅誤以為螞蟻落入陷阱，衝出沙窩，咬死髮梢拖入沙內。這時候便趁機挖沙窩，可以抓到。帕吉魯跟她講，他小時候常這樣釣蟻獅，度過不快樂的童年。古阿霞覺得世界最寂寞的遊戲都很像，養衣蛾與釣蟻獅都是藉小生物來安慰時光。守著汽化燈，他們蹲在寒冷的學校邊，聊了好久，抓了幾隻蟻獅回去養。

一星期後，蟻獅結蛹，蜷在兩公分的砂球繭內，即將蛻變為蟻蛉。這成了王凱的玩具。十歲的王凱隨祖母所屬的四健會來到山上，他帶了帳篷、童軍繩、短刀與蠟燭，要抓幾籠的雲豹與黑熊回去臺北炫耀。他搭流籠時尿濕了，著陸後被迎接的三姑六婆嘲笑個不停，他安慰自己抓青蛙就好。冬天山上沒青蛙，水灘只有水黽，他標準再降，菊港山莊櫃臺上的那罐熊牌蘋果膏玻璃罐裡養的蟻獅，達到他的低標，便問起「史前螞蟻」從哪抓的？山莊的人員很忙，沒空理他。

「你們都不理我。」王凱不耐久候，他氣得把玻璃罐子摔入火塘，木灰噴出來，瀰漫得哪都是。所有的旅客暫停動作，只剩樓上的人走過時的木板摩擦聲響。王凱的老祖母向大家抱歉，拍手三聲，眾旅客又恢復之前動作。

古阿霞看得出王佩芬眼中的厭惡，散落的木灰得抹淨，不然沾了旅客拖鞋會蔓延整個山莊。她把王佩芬推到廚房去工作，然後拿了微濕的拖把回來擦乾淨木灰，地板乾了也不會出現白灰痕。她靠近火塘清除時，發現驚人一幕。王凱蹲著將火塘底的泥巴挖出來，和著木灰與水，玩起捏陶。

老祖母很快的走向古阿霞，說：「妳確實該阻止他，怎麼管他都可以，這是他該學到的教訓。但是我請妳幫忙，不要用打的。」

火塘玩不得，怕斷了火種。菊港山莊有個老傳統，木灰底下悶了一顆前夜的火炭，隔天傍晚取出來續火，這是從日本時代留下的規例。火塘是火神居住，不留熾熱的火炭給祂，祂會出來找火。火塘曾斷過幾次火，事後山莊發生的火災是小事，就怕森林大火。

連學醫的莊主馬海都很重視這，火塘不是沙坑。他話也不說，一把抓了王凱的領子從火塘撈起來，說：「要玩就到外頭，有本事把山頭玩倒了也沒人管。火塘不要給我下去，那不是洗腳盆。」

王凱見人走了，又跳下去玩木灰，灰塵又再度湧出來。

馬海跑回來，杵著王凱說：「我今天關店生意不做，也要把你這個小王八蛋趕走。」他想抓住了王凱的肩膀拖出來。

王凱抓起木灰反擊，灰塵四起，山莊上演了維蘇威火山將龐貝城活埋於塵土的災難戲。馬海人高馬大，想保護埋在火塘木灰下的火種，只能賣乖的被攻擊求饒，眼睛痛得張不開，狼狽的爬出來。

「這是誰家的小流氓？」馬海的眼神故意盯著火塘旁的老祖母。其他旅客無動於衷，繼續整理自己的行李。

「他不是小流氓。」祖母說。

「還說他不是小流氓，好歹妳也出來管管。」

「好吧！他做錯了，打罵由他承擔。別罵得太難聽，打他的話，用鞋板打他腿最有效。」老祖母盤腿坐，灰襖的長服搭在膝蓋上，布滿老人斑的細手微微發抖。

古阿霞見狀，先把怒氣的馬海推進了廚房去，然後走回櫃臺忙，並且多觀察不遠處的王凱這顆爆炭如何慢慢涼下來。她知道，面對這樣的小孩，馬海那套跟他衝下去的方式沒用。她欣賞老祖母坐在那，用一種陪伴的方式啟動了王凱的冷卻系統。

「這裡挖不到沙豬仔②，只有特殊的紅電池。」古阿霞看到王凱在火塘顧著那個扔進去的玻璃罐，猜出了原因，便說：「你要抓沙豬仔，我請帕吉魯叔叔帶你去學校抓。」

「我可以看電池嗎？」

「先約法三章，你不能偷走它，我們不能讓它斷電。」古阿霞得到王凱的同意後開始整理火塘，王凱也加入整理的行列。半小時後，古阿霞用鐵鏟從火塘中央挖出那顆炭。

「我可以摸它嗎？」

「它是炭，會燙傷你的。」古阿霞看了一眼沒有介入的老祖母，說：「你摸它要小心點，它很脆弱。」

「對不起，我不是故意嚇到你的。」王凱輕輕伸出指尖摸炭，讓自己被燙下了一個記憶。

晚餐過後，王佩芬提著餿水來到廢棄國小。來訪的旅客多，餿水也多。她把廚房挑剩的蔬菜殘葉與果渣煮熟，加入旅客吃剩的雞骨殘餚，今天的餿水豐盛。一群豬聽見腳步聲靠近，嘴巴往木槽磨蹭。餿水倒下去，牠們直接吸進肚裡，教室迴盪肚鳴聲。

「妳是要蓋學校的那位？」老祖母走過來說。

王佩芬揪眉頭，回應：「妳聽誰說的？」

「王佩芬，這是妳自己說的。」老祖母把凍僵的手往口袋掏《中央日報》剪報，內容有關某個遠村的復校計畫。

王佩芬的話打斷了老祖母的動作，說：「怎麼可能，我最討厭學校，老師又兇又偷懶，最好叫共匪用炸彈把它們炸光光，這樣我小時候就不用上學。」

---

②蟻獅，閩南語。

「那到底是誰要蓋學校？」

「妳說的是牠吧！牠叫阿霞（ㄏㄚˇ）霞（ㄏㄚˊ）。」王佩芬指著隔壁豬圈那頭隔開養的母豬。牠生了病，幾天來不吃餿水，病懨懨的臥在角落，頭擱在前肢上，連眼神也燒濁，快被濃稠的倦病掩滅了。

「豬怎麼會蓋學校？」祖母說。

王佩芬說，豬的主人是古阿霞，綽號叫「阿霞霞」，豬也跟著被叫。這條母豬是古阿霞打賭贏來的，期待母豬生產賺錢，當復校基金。五天前這隻豬生怪病了，不吃不喝，睡覺也懶得醒來的死樣子，從山下花十五塊錢請獸醫看，針照打，藥照吃，照樣是一副要死不活的。古阿霞以一百五十元賣回母豬給馬海，當作明天旅客惜別會的烤豬大餐。

「幫我叫古阿霞來，我要買這條母豬。」

「妳可以買我的那條，我養牠一年半了，算妳三百二十元。」王佩芬指著隔壁欄的公豬。那條公豬昂然，嘴角泛了圈餿水漬，撒尿的生殖器隨著噴尿前後抖動，好個能吃能幹的模範生。

「妳的豬太健康了，我沒興趣。我喜歡快病死的母豬，比較便宜，而且像我這種臺北來的人愛撿便宜，喜歡殺價，我寧願跟老闆『盧』價錢，然後把買回去的東西放到忘了。」她說完回到操場。

王佩芬追去，再三與老祖母商談，不惜砍價求售，「算妳兩百九，天底下沒這種好事了。」王佩芬拉到底價了。

老祖母點頭，伸手從老灰襖拿出一堆紙鈔，瞇著眼縫，用拇指沾口水算上一回，共五十八塊五角錢，最後強調「這些錢只夠買病豬」。

王佩芬提著餿水桶離開，嘀咕這老嫗不識貨，絕對是一塊錢打二十四個結的吝嗇鬼。

晚上九點多，菊港山莊停止供電，尚未入睡的旅客圍著爐火喝點小酒。古阿霞這時候忙完洗鍋碗瓢盆的活，才想起王佩芬說，「有位巫婆看上妳的母豬，要砍價跟妳買」，匆匆前去學校。

學校冷闃，寒夜中只見建築輪廓，西方的屋簷接上三十公里外中央山脈稜線，星光下有股蒼冷氣勢。銀杏樹下，搭起了她很眼熟的藍白相間的塑膠布，那是帕吉魯的標準野帳。遠處砂土旁還有人搭帳篷，亮起燈光，裡頭的帕吉魯以蜘蛛絲上綁螞蟻，垂入小沙窩，跟王凱玩起釣起蟻獅的競賽。那是下午她交代帕吉魯的工作。

帳篷這時走出來一個人，是老祖母，她拄著拐杖，往檜木製的溜滑梯另一端走去。老祖母用拐杖試出了塊較硬的地，把灰棉襖往上撩，再痴沉的脫下長褲小解。老祖母起身時，拄起的拐杖陷入土裡，她失去重心，跌坐在那灘尿液，褲子又髒又臊。

撞見此景的古阿霞很尷尬，她可以從豬圈後方的小山路繞道從校門進來，假裝一切沒看到，或躲在原地等老祖母進帳篷。可是，她身後的公豬從木縫伸嘴，嘴饞的咬著古阿霞衣角，引起其他豬群的尖鳴。

老祖母走上前來，說：「不好意思，讓妳看到。」

「抱歉的是我，上前幫忙也不是，甚至想逃。」

老祖母有些冷，要求避風。兩人走入帕吉魯在銀杏樹下搭的帳篷，從那望著帕吉魯與王凱的帳篷，兩人的影子曖曖的投映在篷上。王凱抓蟻獅的動作尤為激烈，影子晃得湍急，伴隨尖銳的笑聲，倒是帕吉魯盤坐地上不動。

「妳的朋友帕吉魯，我可以直說嗎？」老祖母看到古阿霞點頭，說，「他有選擇性難語症，面對不想說話的人，永遠閉上嘴巴。年幼時還有高功能自閉症或亞斯伯格症，高度混合型的兒童心理障礙，選擇把自己鎖起來拒絕溝通，他的童年有個比樹根還複雜的環境與性格。我們對這樣的人理解還是太少了，甚至排斥這樣的人。」

「聽起來都是很可怕的病？」

「妳跟那個男人接觸後，覺得可怕？」

「沒有。」

「如果妳想跟樹講話，就化成陣風；如果妳想跟木材說話，得化成火；如果妳想跟灰燼講話，得化成水。可是要跟人說話，妳也還是個人，處理人的問題是個難題。」

「我該怎麼做？」

「妳不用人教就會成為風的，不是每個人都會成為風，但有人可以。」老祖母想起下午時在火塘發生的一切，認為古阿霞是內在力量強的人。

這時候，豬圈傳來了些聲音，老祖母在沉默之後開口，「我今天主要談這件事。這有五十八塊五角錢。」她掏出皺巴巴的紙鈔與一堆錢幣，又從另一個口袋掏出十元面額的小疊紙鈔，說：「再加上兩百元，我跟妳買那條母豬。」

古阿霞甚為驚訝，隨即搖頭：「那條豬，莊主馬海要買回去了。」

「買賣這種事，沒過手未必成定局。這樣吧！我再追加五百元，」老祖母再從褲袋掏出一疊鈔票，「現在共有七百多元了，我跟妳買那條豬。妳可以把兩百元退給馬先生。」

「不行。」

「我知道，牠的價碼更高吧！」

「不是。牠生病了，不值這麼多錢。」

「什麼病？」

「一直找不出來。」

「病入膏肓了，真糟糕，我得慎重考慮這隻豬的行情。之前我聽人說這隻豬生病，怎料得的是重病，這還得了。」老祖母再度從褲袋補上紙鈔，把它推到古阿霞膝前，說：「我再追加一千元買牠，好嗎？」

「我不懂？」

「我這輩子從來沒有這麼勇敢做買賣，告訴我，妳出多少錢賣牠。」老祖母的發抖不知是寒風作祟，還是貿然喊價使然。

「妳用好幾倍的價錢買一頭生病的豬幹麼？這讓我害怕妳背後的用意。這頭豬不只生病，治也治不好，明天要殺了。妳買了豬，牠也許明天逃過一劫，可是過不久會病倒，這頭豬不值錢。」

「母豬要被殺了，這件大事妳應該要早點說。我再貼兩千元，能買下這頭豬了吧？」她從大衣內袋掏出一疊更厚的鈔票，與之前那些小疊錢鈔推到古阿霞跟前。

「為什麼？」

「還是不賣？」

「妳口齒清晰，說話明確，可是我被你搞糊塗了。妳難道不懂我的意思，這隻豬不值錢了。」

「我也不懂妳為什麼不賣？好吧！我給妳看個東西。」

老祖母說罷，脫下破舊的灰襖，翻開羊毛內裡，呈現一幅工筆銀蔥繡的全家福，背景繪圖是照相館常見的油畫山水與庭園牡丹。老祖母說，這是她五歲過年時，父親花錢在照相館照的。隔年父親的米行被好友吞食，三年內抑鬱而終。她弟弟在國中畢業到日本經商失敗，淪落街頭，吸毒、討債、混幫派而死。十五年前母親病終前，把全家福繡在這件大衣內，說：「父親、弟弟都走了，我也快走了。妳穿著全家福在世上就不孤單了，將來有不如意時，別忘了我們都在妳背後推著妳往前走。」

就著煤燈，古阿霞傾身看那幀圖，線頭經過長久磨蹭已顯得傏窘，可是人物靈動，眼神、歡笑與氣氛都很和諧，一家人的美好在高潮時刻永存不墜。她特別注意老祖母，繡像中的小女孩綁辮子，一手拿風車，一手緊抓父親，眼神純真宛然。

古阿霞終於理解人情，說：「我懂了，妳買豬是有家族上的用意，或許有什麼故事是跟一頭豬有關的。」

「不是的。這件衣服對別人來說，只是破衣，對我而言卻是無價之寶。我向妳推薦家母的針繡手藝，不過是抬高衣服的價值。這衣服值三千元，妳應該能認同。所以，我用它再抵上三千元，跟妳買豬。」

「我更不懂，妳的用意到底是什麼？」

「這世界上普通的母豬太多了，牠們生小豬，餵小豬長大。一生輪迴同樣工作。不過，那條母豬太特別了，牠叫『阿霞霞』，腦子不同，當其他的豬的腦袋晃著餿水響時，『阿霞霞』腦子裝的是夢想，可是等到明天就熄滅了。所以，告訴我，不管這條母豬價值多少錢，我都願意買下牠的生命。」老祖母說完最後幾句時，瑟縮發抖，失去大衣的身子在煤燈下晃動。

「謝謝老奶奶給我上了一堂無價的課。」

古阿霞心房轟然被點燃，有了光與熱，甚至感到腳趾甲也能開花的力量。她淚水直流，把灰襖衣還給老祖母穿，兩人並肩取暖。古阿霞說，剛剛確實動念想把豬賣了，那筆錢能讓她成為小富婆，復校計畫也往前一大步。可是革命情感讓她始終心繫那隻母豬。失去牠，即使有更多錢，她也失去初衷心，難保後頭的道路不被消磨。

「我才要謝謝妳給我上了一課。到了我這把年紀，還相信一件事，花多點錢能解決事情的。說真的，我希望能買下那條豬，這樣牠就不會被殺了，成為明天惜別會時大家嘴裡的烤豬肉。」

「這頭豬原本就是馬莊主的，他執意買回去，還說母豬生了重病，早點解脫也好。」

「男人很固執，像山一樣難改變；我們女人是河流，懂得溫柔改變。」老祖母講了這套理論，又說：「說簡單點，要改變馬莊主的想法，不如改變母豬的健康。來吧！現在，妳去把豬圈打開，放出母豬，讓牠出來走走，牠會告訴妳牠在想什麼？」

「母豬哪會說話？」

「傾聽是一種學問，妳可以用耳朵聽，用眼睛觀察，最後用心理解。最後妳會發現，無論動作、眼神或背影都是一種言語。當妳學會傾聽，妳可以了解一顆石頭、一朵雲或一座山的想法。總之，先讓豬走出來，牠的動作都在透露牠的想法。」

古阿霞過去打開豬圈的門，卻趕不出母豬，弄得自己得狼狽的拿竹子進去趕也無效。老祖母叫古阿霞回來，別急著趕母豬，母豬會自己出來。古阿霞再度回到銀杏下的帳篷，一邊觀察母豬，一邊繼續和老祖母說話。

「妳是大學教授？」古阿霞從來沒有如此受教過。

「我連大學的門都沒進去過。」老祖母笑起來。

「妳一定是老師。」古阿霞看見老祖母沒反駁，又說：「妳看很多書又很有學問，一定是高中校長。」

經過再三追問，老祖母最後承認自己是退休老師，「可是，做的是大部分老師最不想碰的燙手山芋，我教小學啟智班，後來去教國中放牛班。」她說，她初中畢業之後，父親用盡關係安排她在家裡附近的小學做行政。幾年後，她臨時幫一位請產假的老師代課，成了啟智班老師。磨了幾年，體會到這行需要專業，以及花更多時間面對家長。可是，她永遠教不了家長別在後院建造磚造的牢房，把剛畢業、胸口還佩戴紅花的精障男生關進去，或趁智障女學生在初經來之前帶她們找密醫摘除子宮。她又說，她之後去國中放牛班教，陷入更大困境，要把他們書包裡的兵器如蝴蝶刀、老虎指丟掉，不如先挖掉他們腦子裡的怪想法，這很難，不過至少比愛因斯坦提出相對論來得簡單。

古阿霞聽老祖母娓娓道來，不時瞧著母豬行蹤。到了後來，老祖母的話也少了，兩人焦點放在母豬上頭。那隻病懨懨的母豬出了柙之後，活動力多了點，先在走廊撒泡尿，拱著鼻子，到處嗅，似乎在找什麼吃，最後在操場外緣的草堆裡磨蹭。

「牠尿很多，看起來能喝水，肚子也餓了，到處找東西吃，但就是吃不下的樣子。」古阿霞說。

「最好的方法，是照牠的路走一遭。」

古阿霞站起來，到豬圈門口，來來回回在走廊踅了三次，剝了點腐朽的木廊柱放進嘴裡嚼，觀察豬尿的清濁與範圍大小。她知道有點蠢，照豬做不需要勇氣，而是照做了還是很難懂母豬的心情。她最後到老祖母身邊，手上握了一束母豬在草堆咬來吃的霧水葛草，放入嘴咀嚼。

霧水葛草是民間藥草中用來治療腫痛，古阿霞覺得嘴裡清涼，很認真的下了判斷：「我覺得這隻豬的蛀牙太痛了，沒辦法吃飯。」

「很好，我們來檢查。」

母豬不會就此乖乖的張開嘴巴受檢。古阿霞找帕吉魯與王凱來幫忙抓，黃狗跑出去趕。他們在校園追逐，王凱很興奮，有種與黑熊決鬥的氣勢，拿著竹竿與童軍繩追，把好幾次趕到角落的母豬放了再追。母豬最後被黃狗追得跑不動，靠在那株銀杏樹下，一副要殺就殺的無奈。

「叫牠趴下來。」王凱大喊，語帶命令。

帕吉魯用童軍繩子做活套，把豬的四隻腳綁牢，放翻了。母豬掙扎不已，叫聲淒厲，把地上的雜草都磨出了汁液。

「張開嘴！讓我檢查妳的蛀牙。」王凱大喊，對帕吉魯下命令，「你當然是助手，扳開牠的嘴。」帕吉魯抽出皮帶，套緊了母豬鼻子的上顎。豬沒法子呼吸，張開下顎，又給帕吉魯用粗樹枝趁機撬開來檢查。豬嘴滿是牙結石，嘴上顎紋路像洗衣板，下齒顎有一根東西刺入肉裡，應該是病灶，古阿霞能做的只有拔出來。

「全部住手，這個我來，拔牙我最行。」王凱徒手上陣，從各個角度模擬了幾次，然後尖叫的伸手拔出那根尖刺，一股黃膿隨即噴出來，濺到他的胸，驚醒了他。他拿著刺大喊，我贏了。

那根刺是宰殺燉湯後的老母雞骨頭，又硬又長，和在餿水裡給豬吃了，刺傷豬嘴。這是造成母豬生病吃不下的原因，病痛消除，牠回到豬圈喝起了槽裡的餿水。

「牠病好了，這下我連討價還價的餘地都沒有了。」老祖母微笑的說：「不然這樣好了，妳能幫我一個忙嗎?去玉里找吳天雄。」

「他住在花蓮玉里？」

「他過得不如意，妳去，會幫他些什麼。」

第二天，老祖母離開的時候，古阿霞心情極其複雜。她不善言詞，給老祖母敬禮是最好的禮物。流籠關門的剎那，老祖母也回敬。接下來幾分鐘，王凱從窗口把雞骨刺拿出來炫耀，高喊「這是從黑熊嘴裡拔出來的」。下移的流籠在萬里溪的午後折光越來越模糊，而她的心念卻越來越清楚。

隔天早上九點，郵差送來一封沒有郵戳的信給王佩芬。她徒手絞開，倒出另一封密封的信封，收件人卻寫著古阿霞。古阿霞拆開信，掉出兩千元的支票。信裡頭有張便條，寫了莎士比亞的名句「玫瑰換了名字一樣芬芳」，落款人是，吳天雄。

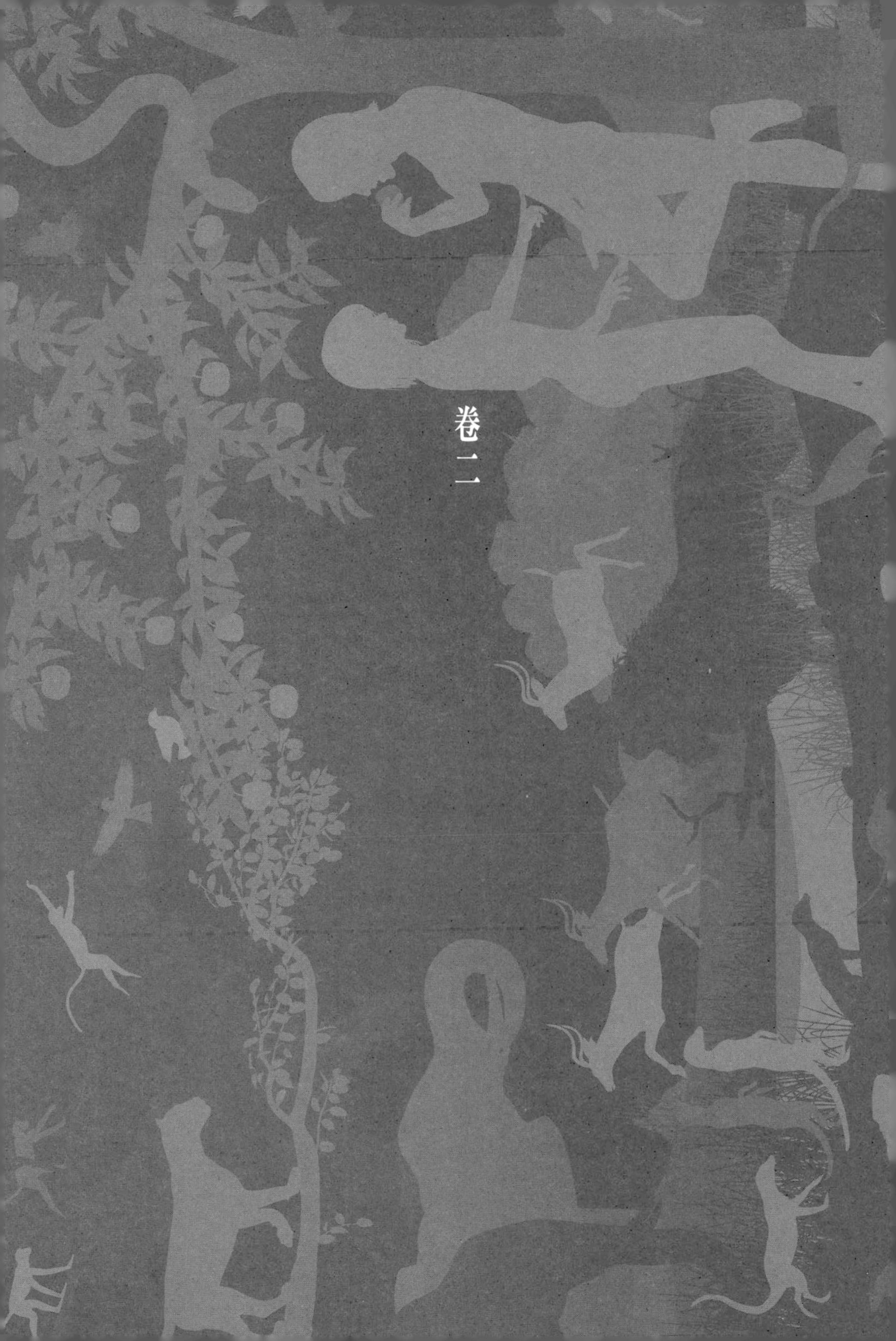

卷二

讓我跟妳走

一個男人、一個女孩、一條黃狗，踏上了花東縱谷往南。

古阿霞的生活圈向來在花蓮市，她四歲時曾被母親帶到臺中找過父親，但那次旅途的記憶不多。在二月中旬，她與帕吉魯離開摩里沙卡，穿過北回歸線前往玉里鎮，拜訪文老師與吳天雄。她喜歡旅程，雖然機會不多，但最親近的人會帶領自己走入最遙遠的旅程，不管心靈或道路的遠方。

帕吉魯牽那輛腳踏車上路，車後載著不離身的大木箱。路太長了，黃狗抬腳對數不完的電線杆尿攻，火力不減。唯有經過車道與鐵道共構的橋梁時，古阿霞懦弱本性才浮現，並在走過後高歌慶祝。他們傍晚時來到玉里鎮，紮營在玉里國小操場，從某位住在學校車棚邊小房子的工友得知消息，文老師早在十餘年前轉到臺南去任教。古阿霞嘆了口氣，帕吉魯鬆了口氣，後者覺得二十幾年沒見而貿然拜訪，會不知所措，相見不如懷念。

「我不會去臺南的。」帕吉魯下結論，去臺南還得穿過一座中央山脈，「回家吧！」

「我們還得找吳天雄。」古阿霞哀求的說，「拜託，無論花多久時間，我們一定要找到他，是他帶領老祖母來找我的。」

「嗯！」

第二天早晨，他們順著火車站以漩渦狀走著，照老祖母所言的喊吳天雄的名字。車站是臺灣大部分城鎮的心臟，常衍生出中正路、中山路的主動脈道路，或再多一條中華路。越是離開這幾條路，城鎮的繁華越淡。然而，貫穿城鎮的河流從未輕易冠上中山河、中正河或中華河之類的。河流，向來有其寧靜，有著政治綁不住的水流與溫婉，哪來哪去都帶來繁華的生機。

玉川，穿越玉里鎮的溪流，也輕輕挽過玉里國小。幾天來，古阿霞與帕吉魯從搭帳的校園去找人，傍晚回到玉川旁的中華橋吃「玉里麵」。強調湯頭的攤販把熬過的霜白豬大骨掛在攤車，任微風輕擊。今天，古阿霞倚橋而吃，帕吉魯則端了碗在橋頭吃。她老是覺得有敵意的眼光，移開鞋子，從橋板縫看見底下的河面有數隻等待的飢餓夜光鳥。

鳥類的慣性等待是有目的的。不久有三人來，兩位漢人和原住民，其中一人披上熊皮模仿獸吼招徠人潮，兜售穿山甲、山羌、飛鼠與水鹿等山產。縮成球狀的穿山甲在網套裡露出黑眼，七隻被塞進鐵籠的飛鼠與果子狸不是骨折就是眼瞎流血，活竹雞倒掛在橋欄。小孩大力蹬木橋，讓穿山甲像噩夢般掙扎，婦女趁機扯下牠的鱗片當耳環。

一位中藥行人員買下穿山甲。熊皮人把牠傳到橋下，由河邊的屠夫用利刃戳進小怪獸的喉嚨。緊接著，一隻活山羌也從橋上重摔下去，屠夫割開喉嚨停止牠的哀號，放血，開胸，掏出的內臟冒熱氣，沒有用的腸糞、肺臟等拋入河，夜光鳥衝上去搶食，溪魚在更下游爭食。孩子們趴在欄杆，往下看見自己的臉龐倒影像國劇臉譜在白雲與血紅間彩繪。

那是一九七〇年代，路邊即使有人殺獼猴取樂，或當眾屠宰老虎當藥材賣都不違法。不過，帕吉魯被動物哀鳴搞得不知所措，略帶憤怒，忘了入口的麵湯在碗緣泛了圈白脂。他解開黃狗的嘴套，給狗吃。他掏出口袋所有的錢十八塊三角，秀給熊皮人，示意買下母鹿。牠懷孕了，用粗繩繫在欄杆，產道微微開啟，焦躁的蹄子在橋上踩得滴滴答答響。

抽菸的熊皮人朝水鹿吐了口煙，「錢只夠買肚子裡的鹿仔，如果你能出一百塊，我買大送小，順便送一隻『雞胿鳥仔』①。」那隻鳥是地上死去的臺灣藍鵲，牠潤沁的藍尾羽在用麻袋運送過程折斷了。

「四十元，要不要？」古阿霞扒完麵走來，喊了價。她知道，動用旅館錢成交後他們今晚又得露宿，但睡得無比甜美。「你看，鹿的脖子破了一圈皮，賣相不好，四十五，就這樣了。」

「賣相不好？又不是買來選美的。」熊皮人撩開上衣，露開肚子上二十公分的蜈蚣線疤，說：「這是熊的簽名，害我一邊塞回腸子，一邊跑下山求救。我家還留有一截乾掉的人腸，而那隻熊在一年後成了身上的披風。」

「還好鹿不會追著你戳屁股，四十八元，就這樣了。」

「我家有張公水鹿皮，連鹿角都有。我披上皮，幾座山發情的母水鹿會頂著我的屁股跑，從二十公里外的大分山區跑到這。」

「這樣說就是了，這母鹿懷了你的種，五十元，值這錢。」

大家都笑了，包括剛下山的登山隊。他們從九十八公里外的阿里山森鐵終站哆哆咖②出發，穿過玉山，來到玉里，背包掛著避邪用的臺灣粗榧，好走過霧氣濕饒的森林。現在他們的笑聲與嘴巴從半個月未剃的鬍子堆露出。隊伍中的三位挑夫是東埔的布農族，最矮最年長的那位在四十公斤的背包負擔中，向熊皮人提醒：「最滑的飛鼠、最刁的山羌、最快的水鹿、最陡坡的山羌，都該用子彈教訓。如果牠們肚裡有小孩，就算把頭塞進槍管，就讓槍生鏽吧！」他們離開時哼著狩獵歌，歌調流露了如何得宜的對自然索求。

「七十塊。」一位老婦插隊喊價，擾亂了古阿霞的買賣。活取包覆胎衣的小鹿燉中藥，能安胎。老婦是為小產兩次的媳婦買鹿。一隻小鹿換個孫子，對人來說這很值得。

「可以，但是不幫妳殺鹿。」熊皮人說，「上次有人省錢自己來，結果那隻鹿死不了的亂跑，血像油漆亂刷一通，鹿也跑了。再加二十塊，讓妳家乾乾淨淨的。」

「一百元。」古阿霞大喊，讓所有的人望過來。古阿霞湊不出錢，可是帕吉魯老是扯拉她的手暗示，害她先喊後殺價：「可不可以九十就好，省下你動刀的麻煩。」

「可以，拿去吧！」熊皮人說。

她從身上只找出三十七元，趕緊陪笑，一雙手也在身上窮忙再找，連鞋底都翻開來看有沒有幸運黏到錢。這時群眾發出小小的驚呼聲。帕吉魯把腳踏車牽來，打開了那口上鎖的大箱子。箱子裡裝著傳統伐木工具，又大又怪異，整齊疊放，大家很驚訝。古阿霞給錢逼急了，拉拉雜雜的在臉上打出暗示，隨後在帕吉魯的反應中得到解釋，他在搞拖延戰術。

帕吉魯把橫切鋸「五齒空鋸」從木箱取出，兩公尺長的鋸子像鋸齒鯊的長尖齒。這動作是為了取出下個工具。

「各位要知道，這鋸子不簡單。」古阿霞沒上過林場，鬼扯的經驗不缺，「我們曾在98林班地6小班，遇到一棵喜諾氣③，就像各位腳底下的橋這麼大。正午的太陽一照，樹蔭夠二十幾人睡午覺了。我們花了七天砍倒樹。各位要是不相信的話，我們待會可以把橋鋸成兩半……」

「現在就試試看。」一位小孩說。

「我們是索馬，不是接骨師，不保證能把橋接回去。」

帕吉魯後悔把箱子打開，現在他手中拿的「大胴鋸」，比「五齒空鋸」更嚇人，像座頭鯨下顎的屠龍

①氣球鳥，閩南語。
②即今塔塔加附近。
③Hinoki，扁柏。

刀。這鋸子的功能是把砍倒的巨木胴剖，方便運輸。他感謝古阿霞用唬爛術拖時間，也擔心她牛皮吹爆了。

「各位要知道，這鋸子不簡單！」她心虛起來，開場白拖得很長，可是看到水鹿媽媽眼神，靈感竄來，說：「我們又在95林班地2小班遇到一棵喜諾氣，這樹很大，正是我之前講的那棵的祖父呀！錯，是曾祖父，不，曾曾祖父。我說不上來它年歲，反正，正午走近時就天黑了，只剩一輪月光，我們生火煮飯。吃完飯，月亮還沒動，才發現我們走進樹洞，陽光被誤以為是樹頂的月亮。要是走出樹洞砍樹要花時間，我們待在裡頭花一百餐的時間鋸樹，差不多一個月。樹倒的時候，我們嫌要逃出來太花時間，乾脆趴下。轟隆一聲，山頭震動，害我們在地上滾了好久，唉呀！嘿嘿嘿嘿！把這棵樹有多大的記憶也震壞了。」

她說得沒下巴，旁人聽得掉下巴，有人站上欄杆搶個好位置，連屠夫都從橋底探頭聽。熊皮人催促古阿霞掏錢，要收工了。古阿霞說：「沒問題，錢在木箱底層，得等我們把家私一件件亮出來才行。」這時候，一輛牛車正要越過橋，遭人群堵死，水牛的脾氣越來越拗，主人頻頻喊路人讓路卻讓得少，他到車後頭的掛桶拿水澆牛，好降低牛脾氣。

接下來，帕吉魯拿出長一公尺的螺旋鑽。它的功能是先在巨木上鑽孔，再順著鑽孔鋸倒樹，能避免鋸到一半的時候巨樹轟然裂半，價值減半。古阿霞不知道這家私有何用，至少她知道，大家就等她開口了。

「這扁鑽不簡單。我們曾在72林班地3小班迷路，找不到水源，用扁鑽往樹上打洞，水來了，幾乎像打開水龍頭一樣。」

「我聽妳烏魯木齊④，什麼樹大得像橋，什麼樹洞大得能迷路。」有個年輕人質疑，獲得共鳴。對他們而言，樹再大不外乎在廟口，鋸子再長頂多西瓜刀，無法想像樹洞能住十幾人。

帕吉魯又從箱子拿出斧頭。這把有來頭，出自花蓮八十三歲的名師鍛造、開鋒。斧柄用二十齡的青剛櫟，山南之樹，樹幹通直，只取最有彈性的十圈年輪。木楔用具彈性的赤皮木。從各方面來說，這是頂級的斧頭。

那個質疑的年輕人抓到話題，說：「不用說啦！這個我知，我在『林杯』⑤的班地睹到一棵大樹仔，像房子大，我拿這把斧頭劈，樹就剖成兩半了。」然後對古阿霞說：「那妳來說說看，這斧頭有什麼好，我講過它能劈木頭，這點妳不能照講了。」

古阿霞一臉苦笑，有種扯謊被人家擰著耳朵罵的無奈，她說：「沒啦！這支斧頭很平常，一根樹枝，一個鐵塊，還沒大代誌，要是以後有了，我再跟各位鄉親說明，歹勢。」

「真的沒有？」

「要是有，我哪敢不說的。」

「那我再說說看，不要看這把斧頭這麼大支，能夠剁雞、剁鴨、剁粉鳥，對不對？」

「對。」有些人大聲附和。

「也可以刣⑥水雞、刣螞蟻、刣老鼠仔，對不對？」

「對。」

一位老者從人群出來說話：「這才是黑白講。我抓一隻螞蟻，你用斧頭剁看看。唬爛也要才調，不然就安靜的聽人家怎麼說。」

「別人唬是寶，我講兩句就是飯桶。」年輕人不服氣。

④誇大的意思，閩南語。
⑤閩南語，「你老子」的意思，取諧音念法。
⑥殺的意思，閩南語。

老者說，他少年時也鐵齒不相信人講的。有一次，他母親生怪病，有人提議用新鮮的喜諾氣木屑當枕頭便可。他到遠親伐木的木瓜山林場討取，乘森林鐵路上山，遠方就聽到怪聲，他在霧中循著荒涼的山徑走，看見有人用電鋸和吊索發瘋似的伐木。以木瓜為名的山沒有木瓜，是巨樹成林，倒落的巨木令大地轟然顫動，搧動霧氣流動，空氣中充滿咻咻的死亡嘆息，這正是怪聲來源。

「不是我嚎嘯，有些樹仔看起來有夠天壽大欉……」老者賣關子，若有所思的往天際看去。

大家隨老者的眼光仰看，腦中想像壯闊的森林，也屏息等待老者要如何形容一棵巨樹。

「阿娘喂！那欉大樹仔，像阿姆斯壯坐的火箭噴出的煙火……」

橋上的人想像他們在美國東岸的甘迺迪太空中心，看見太空梭升空，有道煙漬凝固的巨樹像童話裡傑克種的豌豆瞬間長成。四十幾人嘆息，好大的樹呀！他們抬頭讚嘆，讓更多路人往什麼都沒有的天空看去。

那輛被人群擋太久的牛車，主人受不了，斥喝牛隻擠過去。忽然間，帕吉魯養的黃狗朝水牛狂吠，作勢咬過去。水牛驚駭閃躲，蹄子在橋面敲出巨響，往母鹿那邊撞過去。母鹿被水牛一撞，從橋欄杆縫掉下去，被綁在欄杆的繩索勒在半空中掙扎。

熊皮人抓住繃緊的繩子好拉起五十公斤重水鹿，免得吊死的母鹿折價。橋下的屠夫站在水中往上推，被掙扎的母鹿踹中牙齒，當下痛苦摀嘴。最痛苦是吊著的水鹿，身受絞刑，下墜造成胎中小鹿擠開產道。熊皮人不可能拉起母鹿，更無法解開打在欄杆上的拉緊繩結，母鹿注定吊死。

帕吉魯不會看著母鹿死去，砰！他撒手用斧頭砍斷繩子。

水鹿下墜，壓中屠夫後掉落水中，牠挺著大肚子掙扎幾下，順水流經橋底而去。站在欄杆邊的群眾從這邊擠到另一側，張大嘴巴，看著水鹿越漂越遠，也離死亡越來越近。

忽然間，一隻狗飛過了眾人頭頂，落到八公尺外的河面。

砰一聲，有人從群眾的視野外插播進來。那是真的輕功，他打綁腿、穿分趾鞋，衣袂飄飄，落到七公尺外的沙洲。

總共飛出了兩道影子。

某個孩子大喊，有武功高手去拯救水鹿媽媽了。

嘩！眾人驚呼，那是電影場景，還有立體音效，因為帕吉魯跳出去時，運功蹬腳，強大的後座力令橋發出巨響，隨之嗡嗡震動。最驚訝的莫過於古阿霞，飛出去的兩道影子，一隻黃狗，一個男人，她都熟到不行。

只有帕吉魯知道整件事的流程。他先抓黃狗，用拋穀袋的方式遠拋了牠八公尺遠，黃狗巧妙的翻正入溪，爬上岸猛衝，一路把野薑撞得霹靂響，牠的目標是遠方癱在水流的水鹿。牠是獵狗，猛力跳出華麗的弧度再度落入河流，咬住水鹿的脖子拖上岸，拚命的甩。

帕吉魯丟出緩兵之計的「救生圈」——黃狗會將獵物拖出水，不過得在牠咬死獵物前趕去阻止。橋墩下的沙洲布滿了石頭與酒瓶碎片，沙洲尾有軟土，跳到那塊安全落地的區域就砸了「亞洲鐵人」楊傳廣的奧運銀牌紀錄。他帶著斧頭翻落橋，砰一聲，橋發出巨響，施展輕功飛起來，落到七公尺外的沙洲尾。

這招被跨坐在欄杆的孩子們看了，目擊那一幕：帕吉魯跨過欄杆，壓低身子將斧頭猛力的砍進橋梁，木橋爆出聲響。接下來，他跳上斧柄，像十位彎腰的楊傳廣接著之後挺身拋人。斧柄嗡嗡鳴震，橋也嗡嗡共振。孩子們這輩子忘不了一把斧頭如何將人拋飛。那把斧頭成了傳奇證物，連最平凡的斧頭都能如此，還沒上場演出的鋸子絕對有驚動萬教的戲碼。

帕吉魯落地後，栽了兩翻，摔入河中。他很快爬起來，在水流的阻力中甩著手肘前進。他趕到了，感謝黃狗，多麼願意摸牠的脖子或犒賞骨頭，如果花上半小時沒勸牠放開獵物，乾脆踹牠。被踹翻的黃狗起身對主人搖尾巴，抖開水珠，沒有怒意。

多虧了繫在水鹿脖子的繩子，緩衝了黃狗的撕咬。水鹿沒外傷，側躺在地上陷入了難產的痛苦與逃脫虎口的餘悸。不過只要帕吉魯靠近，牠馬上掙扎的爬起來逃開，沒多久又躺下來休息。帕吉魯無法獨自幫母鹿接生，一個人忙不過來，招手把橋上的古阿霞叫過來。

古阿霞恍神，直到有人招手才清醒，沿著河岸街道跑去。河岸建了許多半懸空的高腳屋，一位男孩在路中央攔路，一手拿碗、另一隻拿筷子的手在打圈子招呼，古阿霞絕不把他看作餐廳的活招牌，而是方向燈。她循著男孩指示，穿過一間凌亂民宅，桌上擺著用報紙墊的晚餐，除了一位阿嬤悠閒的坐在板凳上繼續吃，其餘的家人擠在後院為古阿霞引導。

在後院陽臺，古阿霞看到了發抖的帕吉魯。她順木梯下，才踏下河灘，用粗魯脫下的大衣去裹住。她的下巴頂著他的頭，費了勁抱，聞到一股軟甜的香氣在他身上纏綿。她把帕吉魯抱太久了，糗的是在那麼多人面前。她猜是那種味道害她鬆了情緒，味道從哪來的？很快揭曉。帕吉魯在古阿霞用衣服覆蓋他之前，從口袋拿出檜木油迅速抹在皮膚，油膜能禦寒，也能滲入皮膚增暖。

接下來的動作，差點忙壞了古阿霞。帕吉魯站起來，把那件沾滿了檜木香的大衣往不遠處的母鹿拋去，第二回終於蒙住了牠的頭。水鹿掙扎幾下，迷濛在深深的檜木味道。帕吉魯走去，用頭腳互疊的方式抱住水鹿，把牠的後腿夾在自己的腋下，試著拉出鹿胎。

「手塗油，右手就好。」他說。

她不懂，只要照做，把小瓶內的褐色的檜木油倒到手中。

「右手伸進去。」他又說，而且是命令。

「這個小傢伙要打開門出來了，卻跌在門檻，我哪能把牠推回去。」古阿霞心慌的想，右手才碰到產道口的幼胎又退縮了。

「伸……進……去。」他也急了，越急話越省。怎麼了？那個知道他腸子有多長的古阿霞，現在卻慌得辭窮。

「不是把鹿仔塞回去，是把妳沾油的右手，伸進母鹿的屁眼。」一位老太婆站在高腳屋的露臺說話。那是剛才借他們家過的一家子。

小男孩揮著手中的筷子，筷子上擱著豆皮，說：「聽我阿嬤的話，她是產婆，還幫難產的水牛接生過。」這挑戰太高了。古阿霞得做，因為帕吉魯也猛點頭。可是好難，助產忙得像治療便祕，而且鹿的屁股總是閃躲她這隻好意的手。

「先用一根手指，然後兩根，轉幾下，再慢慢增加三指，直到妳的手伸進去屁股裡。」阿嬤又說了。起先困難，接下來順手了。她伸進水鹿肛門的手，隔著軟膜碰到幼胎，又照阿嬤所言用另一隻手扶著水鹿的肚子輕輕的轉動，一個紫胎的東西便溜出來，撞進古阿霞懷裡。

帕吉魯與母鹿分開，掀開蒙頭的外套。母鹿自行爬起來，沒有逃走，走到古阿霞身邊，把她懷中小鹿的胎衣撕開吃下去。小水鹿的眼睛好亮，沒看到剛剛如何從鬼門關逃出來，只看到花蓮的殘霞滅成了星空點點。牠掙扎幾下，所有的力量接踵而來了，用瘦小的四肢撐起身，跟著母鹿往玉川的上游走去，消失在眾人視野。

夜黑了，卻黑不了玉川的溫柔水聲。古阿霞想，水鹿母子會找到河水的第一滴，在源頭必然沒有殺戮了。

順著磅礡的八百公頃良田間的小道走，不久起霧了，視野頓時縮小，古阿霞緊跟前頭帶路去找吳天雄的老兵身影。老兵挺高的，穿棉襖衣、草綠軍褲，引起人注意的是他單腳拄拐杖走，身體起伏大，隨時給人會跌倒的錯覺。老兵介紹眼前無垠的「長良農場」是他們榮民開墾的。他們在花蓮的太魯閣溪、木瓜溪、丁子漏溪與樂樂溪兩岸，修築堤防取得了四千公頃規模的新生地。

「這是我們最漂亮的戰場了。」單腳老兵說罷，轉頭問：「對了，你們會哪些才藝呢？」

「我會唱歌。」古阿霞說。

「好棒，待會兒給我們唱首歌。後面背大箱子的男人，你呢？」

「他會背大箱子。」

「背箱子算哪門的才藝？算了，你待會表演昨天跳橋救水鹿的絕活。那隻狗呢？」

「牠很會尿尿，脾氣也不好，很會咬人。」

「尿尿、咬人算啥才藝？待會狗當水鹿，露一手給人救起來的絕活。」單腳老兵這時候停下來，發號施令：「你們給我跑起來吧！走。」

單腳老兵「跑」起來，正確來看是跳才對，他的速度很快，把拐杖當作中正式步槍夾在腋下，行軍背包裝了十個中午便當，跳躍在自己開墾的美麗戰場。玉里的舊名「璞石閣」是邦查語「迷霧世界」的語譯，貼切說明了古阿霞在霧中跟隨老兵跑的情境，得加緊腳步，才不會跟丟。這些霧氣還夾帶粉塵，粉塵來自秀姑巒溪與其支流樂樂溪交接的廣大河床。單腳老兵很快的跳上河堤，對著廣大河床喊：

「兄弟們，我把三軍藝工隊帶來了，我把歡樂帶來了。」

砰，一個巨大聲響從河堤那頭傳來，像迫擊砲打落的巨響，古阿霞嚇到，黃狗叫起來。

「兄弟們，我把歡樂帶來了。」單腳老兵喊完，衝進了巨響產生的濃濃煙塵中了。

古阿霞與帕吉魯爬上河堤，視野頓開，纍纍的溪石橫亙在樂樂溪（拉庫拉庫溪）與秀姑巒溪匯流的巨大河床。古阿霞看到單腳老兵的行蹤，他提著拐杖跳在彎曲的河床小徑，相較那些溪石，他的身影單薄。砰，又是巨響爆炸，眼前兩百公尺外一塊房子大的溪石頓時炸裂，灰塵四湧。古阿霞閉上眼，耳膜痛起來，聽著回音在附近迴盪。

她睜開眼看，單腳老兵還在跑，好像在打二戰的衝鋒士兵。

十幾個老兵拿著便當吃，坐在石頭，圍成圈，圈在中央的是被視為藝工大隊的古阿霞、帕吉魯與黃狗。藝工大隊站著不動，又不是表演木頭人，怎樣都不肯動起來。便當空了，節目沒演，只有單腳老兵以說書講完了昨日在中華橋的救水鹿戲碼。

「拜託，表演一下嘛！」單腳老兵要求說。

在充滿了沉默氣氛的溪畔，帕吉魯會比石頭沉默更久，戴嘴套的黃狗對圍著的老兵充滿敵意。這個轟動玉里的男人與黃狗不會重複昨日的戲碼了，他們不是電影可以重播。十個老兵很失望，他們剛剛用九根雷管炸掉兩塊巨岩，好開墾更多的農田，眼睛都是塵埃，他們最常的娛樂是聽到「療癒系」鉛色水鶇的悅耳鳥鳴。再過十分鐘，他們的午休將結束，會拿著六角鋼釘與榔頭，把炸裂的溪石敲碎。

古阿霞注意這些人的眼神與動作，跟常人比起來似乎少了什麼，好像少了塊靈魂拼圖。然後，古阿霞很快看到吳天雄，他唯一跟那些穿便服、腳穿打綁腿軍靴的老兵不同的是，手中抱個石頭。古阿霞有種不用翻起衣服看標籤就找到人的喜悅。

「你好，幫我寫一首詩。」古阿霞看著低頭的吳天雄，心情小激動。她不知怎樣開口，用老祖母教她的以求詩會友。老祖母說，吳天雄會寫詩，看到他用求詩當話題。

「我不寫詩了，這種東西不是沒人懂，是沒人想懂。」

古阿霞愣了一下，據實以告：「我懂那麼一點，請你寫首詩。」

「我已經兩年不寫詩了，也永遠不寫了。」

「拜託，一句詩就好。」

「讓我的耳朵睡一下。」

始終不抬頭的吳天雄，靜得比石頭還頑固。這條樂樂溪會響的石頭，是被老兵鑿裂與撬開時。古阿霞無法鑿開這個石頭。老兵們慢慢起身，回到崗位上繼續幹活了，吳天雄也要走了。

忽然間，有道聲音響起來了，初始很靦腆，接著拉高，多情起來。河床上的老兵停下工作，回頭聽聲音從哪裡來的，美得讓發源自海拔三千七百八十五公尺馬博拉斯山的樂樂溪只能當配樂。古阿霞唱上兩遍鄧麗君名曲〈月亮代表我的心〉。她知道自己做對了，抱著在花蓮市餐廳的梯間聽收音機的孤單心情，哼著歌，便有小精靈從丹田的深處跑出來陪伴。現在，歌聲把每個人的耳朵揪起來了。

「妳是王佩芬吧！我可以幫妳寫詩。」走回來的吳天雄說話了。

現在，被老兵們糾纏著當成點唱機的古阿霞，得一邊忙著回絕，一邊撥開人群，才能靠近吳天雄回答：

「我叫古阿霞，王佩芬在摩里沙卡。」

「安靜，回去工作。」吳天雄大喊，讓大家閉嘴，顯見他的地位。面對沉寂的老兵們，吳天雄說了句「乖，回去把地底下弟兄們的靈魂挖出來。」老兵們便散去，溪畔又傳來鑿石響。一九七三年娜拉颱風夾雜東北共伴氣流，以破世界紀錄的雨量下在花蓮，秀姑巒溪的怒水沖破玉里三號堤防，五十一位榮民開墾隊被捲入河床失蹤，「挖出弟兄們的靈魂」永遠是吳天雄提振士兵們的標語。

「我看過王佩芬寫的文章。」吳天雄靠過來說，「妳跟王佩芬說，這樣籌錢太慢了，哪能蓋學校？你們籌了多少？」

「六千多元。」

「要多少？」

「從整個舊屋拆建、地基打造、屋粱建築，到桌椅換新，還有從山下借調老師的車馬費，大概要四十萬元。」

吳天雄點頭，不斷用「妳跟王佩芬說」當開頭句，強調不要五角一元的跟別人湊錢，要跟教會募款。他說，花東有幾個教會做事很積極，像天主教白冷會在臺東蓋聖母醫院與公東高工，基督教芥菜種會在花蓮做職業教育。天主教吳甦樂會專門興學，在高雄蓋了文藻語專，在花蓮蓋了海星中學與若瑟小學。吳天雄強調，他跟天主教的主教費聲遠認識。費主教住海星中學，找他募款，別跟一般人湊五角一元的。

「海星中學？」古阿霞有點譜了，她向來在山上募款，山下也該試。

「我保證，請主教募款，少說能募到五萬元。妳跟王佩芬說，請她親自去一趟。」

「五萬？」她驚呼的喊，連帕吉魯也張開嘴。

「沒錯，妳跟王佩芬說，海星中學附近還有個佛寺，你們也可以試試看，也許也會募到一些錢。可惜的是，我不能幫王佩芬去募款，告訴她，勇敢去做，所有的神都會幫她。」

「你可以幫忙去海星中學嗎？耽誤一點開墾的時間應該沒問題。」

「我不能離開這。」

「總有放假的時候。」

「妳沒有發現我有什麼不對勁？因為這樣，我的人生沒有假期。」

「我不懂？」

「精神病。」吳天雄停頓一會，說：「我是痟仔⑦，那些弟兄也是，你們從鎮上來，難道沒聽他們說玉

---

⑦瘋子，閩南語。

里的痟仔比石頭多。」

「怎麼會？」古阿霞震懾不已，她發現這些人的眼神有些古怪，以為是開墾疲憊所致，完全無法與精神病聯想。她不知所措的看著帕吉魯。帕吉魯則從「精神病會攻擊人」的猜想，把古阿霞拉到身旁。

「我不會攻擊你們的。」吳天雄保證。他說，玉里榮民醫院是全臺灣最大的軍人療養院，有「兩千多個壞掉的小錫兵」，那些被國共戰爭與思鄉病搞壞、嚇壞、嚇得沒明天的阿兵哥全被綁上軍車帶到這裡，足足有了四營。有的腦筋全壞的，終身關在醫院的監牢；腦筋半壞的，還可以在院房走來走去；像他這樣治療好的，放到樂樂溪挖石頭、蓋農場與耕作。

「聽起來好悲傷。」古阿霞真的這樣想，被傳誦的國民革命軍與鋼鐵意志的士兵怎麼會腦筋出問題。

「習慣了就不悲傷，習慣了也不會有快樂。」

這反而讓古阿霞悲傷更深，她捉緊帕吉魯的手，問：「你做的那些善事，這裡幫人，那裡幫人的，是真的嗎？」

「都是真的，『阿碴』帶我去做的。」

古阿霞聽不透他的鄉音，「阿碴」發音像李小龍在《精武門》電影中打鬥時的叫喊聲。

吳天雄解釋，「阿碴」是隻透藍發亮的鳥兒。那是在一九三九年的長沙大戰，中日在湖南省新牆河隔岸交火，他撿到一顆藍色西瓜紋的鳥蛋，被迷住。他休息時把蛋焐在自己胳肢窩，扛捷克式輕機槍跑時，把蛋焐在嘴裡。過幾天，孵出黑眼黃嘴的雛鳥，他把饅頭挖洞養鳥，塞在彈袋。每天死的國軍比蒸出的饅頭多，常與死亡擦肩而過的吳天雄把養鳥視為生命寄託，看牠抖著，看牠叫著，在積水土坑與日軍鏖戰的爛心情可以減半。某個衝鋒戰的前晚，他把硬饅頭伴著裡頭的雛鳥往嘴巴塞去，他冒著淚，刮著喉嚨吞下，心想「撐過這場戰，把你吐出來」，隔日衝鋒號響起時，他拿槍往外衝，耳邊一咻，人往前倒。醒來是一個月後，躺在長沙醫院，綁滿繃帶的腦子疼痛劇烈。那是一顆子彈從鋼盔帽邊射進腦子，拿不出來，也死不了……

「從那時候開始，你就能看到阿碴？」

「從此阿碴跟了我，一隻藍色的鳥兒，尾巴抖著，常常在那孤單的叫個不停呢！」

「別人看不到？」

「哪看得到，我以為阿碴被我吃就沒了，是那顆子彈，把牠打活了。」

「我可以跟牠說話嗎？做個朋友？」

「誰？」吳天雄睜大眼。

「阿碴。」

「沒人看得到牠，牠不會出來的，牠不會跟妳說話的，牠是我的。」吳天雄淡淡的說。

「我只是跟牠說話。」

「不可能的。」

古阿霞深呼吸一口氣，她真的想跟阿碴講句話而已。阿碴會在哪？吳天雄的藍鳥會被他的幻想安置在哪棲息？秀姑巒溪與樂樂溪匯集的河床如此大，霧散的天空藍得發亮，她想爬上大溪石觀看周遭，卻把膝蓋磨破皮，而且黃狗反覆折騰人的亂叫，真擾人。

多虧了黃狗。她有了想法，走向黃狗故意大聲的說：「浪胖，你看見阿碴了吧！牠在哪？」

黃狗持續對吳天雄吠著。

古阿霞看著吳天雄，那種眼神無疑是發現祕密的，說：「阿碴，來吧！站到我的手上來，我不會傷害你，只希望跟你做朋友，說說話。」

吳天雄冷冷瞪回去，銳利得沒能容下溫柔的痕跡，喃喃自語說，阿碴不會出來的。他說著說著，臉膛突然醬紅發脹，牙關緊咬，胸口起伏的呼吸。古阿霞把手掌舉起來，好給藍鳥飛過來站立，她繼續呼喚阿碴。吳天雄雙手緊掐自己喉嚨，一邊咳嗽一邊大吼：「別出來。」

隨著驚駭的吼聲，吳天雄吐出一堆中午吃下的糜狀消化物，他雙手要抓回什麼東西似的，不斷撈捕。他試圖在抓一隻從嘴巴吐出的藍色鳥兒。末了，古阿霞眼角泛淚，因為吳天雄令人費解的動作其實充滿巨大的悲情，他往嘴巴塞回去的不是幻想的藍鳥，是溪沙。他把那把沙吃下去，嘔吐起來，又抓起沙吞。這溪床的沙足夠吃死他了。

那隻吳天雄深深藏在肚子裡的藍鳥從嘴巴吐出來了，跳上溪石鳴唱幾聲，飛上天空盤桓了，一會兒順風滑行，一會兒逆風振翅，越飛越高，融入藍天了。吳天雄想，阿碴走得好，哪會跟眼前的女孩做朋友，牠過幾天就回來，趁他睡覺時，從嘴巴鑽到那又深又黑的心裡。不過是閃過這個懸念之後，他聽到古阿霞呼喚藍鳥的聲音，濃稠的藍天便掉下一滴落水似，阿碴又疾又快，直往下墜，瞬間展開翅膀減速，緩緩的停在古阿霞的掌心。

古阿霞把所有的感受放在手上，那不是幻想，而是理解，理解有隻藍鳥現在停在她的手上，孤獨叫著。然後她感到掌心迸出線條，著了顏色，一隻藍鳥蹬著腳，尾巴抖動，發出悅人叫聲。古阿霞微笑，真心為著一隻鳥的心意，真心為一隻鳥歡心。

「有個女孩叫王佩芬，她要我跟你說，謝謝你阿碴。」古阿霞認真說，「謝謝你一路陪伴吳天雄大哥，保護他，愛護他，了解他，從來沒有在他最艱困時離開他。」

吳天雄已經泣不成聲了，臉上都是淚水。幾個老兵趕過來了解與安慰。吳天雄抹乾了淚，連說：「沒事兒、沒事兒。」話說完又大哭了起來，哭聲蓋過了樂樂溪的流動。

壞掉的小錫兵修復工廠

一九五二年十月十日國慶日，福建泉州外海，「美頌號」中型登陸艦的船腹。

置身在不斷搖晃的船艙，頭疼的吳天雄醒來了，四周很黑，艙底柴油機的運轉聲傳來，鄰兵以江西三谿的口音低語。除了柴油廢氣味，還有嘔吐味，尤以後者強烈刺激吳天雄的延髓而反胃，他覺得腦袋有隻藍鳥啄著想破殼。他吐了，把嘔吐物吞回去是在密閉空間的禮節，他做了，嘴巴還是有殘餘。

阿碴也從吳天雄的嘴飛出來了，藍色的發光鳥。牠跳上吳天雄胸前抱著的春田式步槍槍口，孤獨叫著。藍鳥的光芒讓他看到四周，有三十幾位士兵，穿著褪成卡其色的夾棉軍服，坐在俗稱「水鴨子」的兩棲登陸戰車。有人閉目休息，有人違反禁令抽菸。鳥兒在船艙飛來飛去，吳天雄的視野隨牠拉高了，俯視到五輛登陸戰車塞在圓筒型的船艙內，再高點，藍色的鳥穿過甲板，他看見「美頌號」中級坦克登陸艦。再飛高一點，他對鳥兒說，便能看到六艘的混合突襲艦隊，九節航速使得螺旋槳在海面打出激烈的白泡沫。再高一點，他祈求鳥再高，便看到藍綠色的臺灣海峽。婆娑之海，星光駁燦，吳天雄不禁流下淚，他有種在今天終於能死去的幸福感。

「走吧！不要回來了。」頭疼得想自殺的吳天雄，對藍鳥下了離開通牒，要牠飛走。

死亡的幸福之旅展開了，並用上一千多位共產黨士兵的忌日來慶祝中華民國國慶日。先是國軍的混合艦隊對福建省南日島砲擊，接著坦克登陸艦的艦首艙門打開，兩棲戰車順著棧板入水航行，上灘登島。這是南日島突襲戰，撤退臺灣的國軍趁中共忙著韓戰而展開的島嶼戰爭之一。七十五師很快掌控南日島，急著找死的吳天雄打頭陣，能一槍被打爆頭便能夠治好頭疼。他很急，猛往子彈縫鑽，在激烈混戰之後，他跑過頭，來到了共產黨陣地。這時天黑了，瞎混得分不清楚誰是紅豆或黃豆了。

這時吳天雄搞清楚了，要是被俘虜囚禁，今天去死的幸福感也沒了。混入黃豆最好蒙層皮就好了。他從屍體撿回解放帽，代替國軍小帽，兩者的差別是在中共紅五星與國軍青天白日徽章而已。軍服也沒差，一個偏黃、一個偏綠，曬久了都是卡其色，他把國軍慣用的左胸前毛筆字名牌撕掉就行了。他也把木柄手榴彈的底蓋轉開了，掉出一條拉火繩，必要時拉繩引爆。

受困的共軍無法開火，國軍的斥候在外圍監控。伙房兵送來生米，他們抓了硬咬，滿嘴刮痧似的回響。共軍的政治指導員低身過來說，要是「蔣匪」攻來就丟手榴彈，別跟他們怕，明天援軍就來了。然後，要大家把話傳下去。吳天雄邊咀嚼生米，邊把話傳下去，在編制打亂的共黨陣營內沒有被識破腔調有點怪。

有個傢伙握住吳天雄的槍管，發現是冷的，便說：「你這新兵。」

「腦子怪疼的，疼得我快沒氣了。」吳天雄說。

那個傢伙低身走開，回來時手中多了把揉碎的草藥，要吳天雄吃了。吳天雄把那團苦澀的草泥吞下，植物纖維的摩擦感，讓他有種皮毛直豎的老鼠鑽進食道的錯覺。

那個人又說：「算上七個流星便治好了。」

吳天雄瞪著人山人海的星星，盤算哪顆會掉，真有效，掉一顆，算一顆，頭疼也少一分。

「有顆滑過去，你沒算著，得多算一顆。」

「胡說。」

「咱說了算。」

吳天雄老實算著，忽又給人扣了一顆，總不滿七顆，說：「夜裡的星兒也是任性的，隔著銀河，打仗。」

「這哪門子鬼話，沒有個字能聽懂。」

「詩。」

「這玩意呀！不如老子放屁好聽。」

夜深了，地上的槍聲零星，天上的流星也零星，吳天雄算到三十道流星，終於睡去。他在接近黎明時刻冷醒，頭又疼得快爆炸了。天亮得足夠辨識兩方陣營時，攻擊信號劃破天際，迫擊砲、槍彈與手榴彈慶祝一天開始。吳天雄首先衝進國軍火網，好結束生命，而且衝得快，幾乎是餓了整夜要從共軍這頭衝到國軍後勤部隊去吃早餐，他跌倒，把解放軍帽給掉了，起身後，閉眼朝一支稱為「人肉掃把」的美製湯普森衝鋒槍跑去。

機槍手認出是吳天雄，昨日他就這副模樣跑出去，今日又跑回來。吳天雄沒死，餓得發昏的他吃到了熱饅頭。當天下午，國軍朝幾座碉堡掃蕩後，吳天雄在幾具共軍屍體旁發現一個重傷患。

「老鄉，給我一槍痛快。」講話的是趙天民。

要是趙天民沒開口求死，吳天雄會殺了他。吳天雄聽出講話的人，就是昨夜在身邊跟他談流星的人。那晚的流星讓他難忘，像槍管飛出來的，又熱又亮，尾巴又長。

結束了南日島之戰，被俘的趙天民押送臺北內湖集中營教育，最後選擇留置臺灣，派到花蓮開闢中橫。吳天雄被視為戰前投共，判了五年軍法送火燒島，幾個醫生看了，說他「腦袋瓜有無法控制的第二人」，送往玉里榮民療養院治療，轉往國軍退輔會經營的大雪山伐木工程，進行積極性的社會治療，在那重逢了從中橫調來的趙天民。

「看到他時，臉硬邦邦，拿電鋸開剖檜木。我看出他，他也看出我，裝作不認識。」吳天雄這樣跟古阿霞說，「那天晚上去找他喝了兩杯就行了，夜裡算到了五十八顆流星。」

十幾年後，在同樣的星空下，在玉里國小操場，吳天雄帶著一批開墾隊來找古阿霞，把他與趙天民相遇的故事說明了。接下來的發展，古阿霞所知道的都離不開流傳在摩里沙卡的版本，她寫過了。

不過聽吳天雄講述時，古阿霞有許多不懂的，比如她可以這樣問：「在共軍陣營混過一夜的心情」、「那些不想留在臺灣的共匪俘虜都殺掉了嗎」或「共匪與共產黨的差別在哪，而蔣匪又是誰」，她沒有深入去問，或許吳天雄只講他願意講的，多問了也是白問。

古阿霞只好問外圍的問題，「你環島了幾圈？」

「十圈以上，我只是逃亡，少說有上萬公里了。」吳天雄說，「不過我幫了很多人，他們都當我是好人一樣。」

「幫人是好的。」

「有時候我認真想，佛陀與耶穌是不是有精神病，才會幫人，正常的人都是自私的。」

帕吉魯突然大笑，古阿霞聳著肩、翻白眼。

「我需要你們的幫忙。」吳天雄說完，站起身，說：「將軍想要見你們，來吧！跟我走。」

「將軍？」

穿過學校穿堂，古阿霞見到陸軍特級上將蔣中正，他成為紀念銅像，豎立在龍柏圍拱的水泥臺，頭上停了夜鷺。吳天雄吼著把那隻夜鷺從牠的停機坪趕走，朝銅像敬禮，接下來的半小時他維持這樣的動作。古阿霞捉摸不定的是，一座沒有生命的雕像找她幹麼，但是，接下來發生的事，嚇壞了她。

在校門口，有群開墾隊員兩手拿溪石互敲，自在的高唱〈梅花〉。這些人的行徑看起來很古怪。不過大部分的鎮民習慣這些素行良好的老兵，少部分人嫌他們是「痟仔兵」。商家永遠歡迎有購買力的老兵，對部分有偏執狂掃貨的「老芋仔」①視為上賓，還故意找錯錢揩油。所以開墾隊的擊石唱歌，鎮民當耳邊風。

敲石頭是在掩護某項任務，很快被帕吉魯發現。有八位開墾隊躲在龍柏的圓形花圃內，用鑿子、鐵鎚在敲蔣中正銅像。毀壞蔣公銅像要砍頭的，但是精神病患另當別論。他們做得瘋狂無比，兩個老兵爬上銅像用棉被裹牢，幾個人在下頭用繩子拉。

古阿霞問吳天雄，發生了什麼事。吳天雄卻轉頭對帕吉魯說，去幫忙。帕吉魯還沒活得不耐煩，搖頭拒絕，卻出聲暗示他們，如果要用繩子拉倒銅像，最好綁在頸部，而不是腰部。老兵做了，一位騎在銅像肩膀，兩腳夾在蔣中正胸前，激烈搖晃使水泥地基鬆動，然後身體往前傾。銅像倒下了，幾個開墾隊員爬上去增加重量壓垮。帕吉魯認為這是「集體求偶的公蟾蜍們趴在一隻母蟾蜍背後」的荒謬情景。這時，校門外大力敲石頭的開墾隊湧了進來，抬起銅像在校園遊行，幾乎像食人族捕獲了獵物在盡情炫耀。

「你們瘋了，怎麼可以這樣？」古阿霞大驚。

吳天雄皺著眉頭，右手敬禮，左手打了個牽繩子的老兵，因為繩子另一端繫著銅像脖子。他說，「蔣委員長，原諒沒藥醫的瘋子欺負您。」他發現銅像上有幾坨堅硬的鳥屎，摳掉後仍有斑痕，拿出備妥的銅油擦拭，把天靈蓋擦得油亮亮，跟其他的暗沉銅體有差。蔣中正的光頭成了「民族燈塔」的大燈泡。開墾隊員陷入哭笑不得的困境。

「我搞爛了，要被浸豬籠，再槍斃十次才夠。」吳天雄認真的說，「各位弟兄，恐怕以後不能和大家在一起了。」

肅穆之情瀰漫，開墾隊員眼皮子耷了，把吳天雄的話當真。他們情緒墜跌，多年來的軍事訓練反應，還有人哭了。古阿霞笑出來，齧著嘴皮忍著，看見帕吉魯也苦著臉在忍笑。這時她把自己的探險帽戴在蔣中正

---

①外省籍士兵，閩南語。

頭，好掩飾金光頭。帕吉魯失控大笑，覺得蔣公戴帽子像是郵差②。不過沒有人理會笑聲。那頂帽子給了吳天雄靈感，他脫下大衣給銅像穿上，有人則脫了褲子給銅像套上。現在，銅像挺像個活人了。

「好了，沒時間了，我們現在可以回去大本營。」

開墾隊屬長良農場的源城分隊，每個禮拜要回大本營——玉里榮民療養院——點名。回去的路上，帕吉魯把伐木箱放在腳踏車上，開墾隊列在兩側，安靜肅穆，像送葬隊伍。有兩個小男孩用轉動的食指抵著自己太陽穴，比出腦筋燒壞的意思，這是挑釁。有個小女孩則給了帕吉魯一束酢漿草的粉紅花，對在中華橋的輕功高手致意。花被他塞到古阿霞手中。古阿霞稍稍寬慰自己的徬徨，她不確定進入療養院的目的，現在只要專心顧著那束花就行了。

療養院的水泥外牆非常長，牆頭黏著碎玻璃，防逃鐵絲網上纏著爛衣服與破風箏。在緊閉的側門，衛哨的手從小縫隙拿回一瓶米酒，便打開鐵門讓他們進入了。古阿霞看見一排類似軍營宿舍的水泥瓦房，燈光從窗口落下，她看見有些人站在窗口，可是營舍安靜得像是失語古城。

他們來到一棟窗戶裝有鐵條的長型軍事營舍。吳天雄只帶古阿霞與帕吉魯進去，順著雙層通鋪的中間走道走。八十幾個病患都站了起來，幾乎同時比了討菸的手勢，吳天雄沒給。有人從吳天雄的身上摸一下，幻想自己偷到菸，蹲在床前，一邊抽著食指當菸，一邊幻想著吐煙。古阿霞聞到類似煙的酸澀，她驚訝的不是聞到不存在的菸味，而是進來這裡太緊張——沒有感覺到帕吉魯從她手裡拿了根酢漿草的花咀嚼，酸味從那來的。

通道的盡頭是中山室，有個人被關在隔出來的鐵欄杆牢房，兩盞馬燈，一張桌子，一位蚵灰色衣服的中年人坐在籐椅上寫信。吳天雄拿起掛在欄杆的鐵條敲了兩下，喊：「報告，我們來了。」

中年人舉手示停，沒搭腔，他得把信寫到告一段落。在等待時間，古阿霞足夠把牢房看清楚，落漆的桌上擺滿書，連地上也有幾落，牆上黏了用中、英文寫滿醫學療程的白報紙，最顯眼的是達文西的人體比例圖與中醫經絡穴道圖。在角落沒有遮蔽空間的蹲式馬桶牆上，貼了不少手寫圖文。依古阿霞直覺，這是書房，囚徒能待在小牢房絕對是通過書本的豐沛世界建立了極大的精神力。

過了一刻，中年人說：「走吧，我不看診，我正寫信給奧地利格拉茲大學的教授，請教IST③與ECT④的合併操作，對精神病療癒的預後效果如何。」

「是，我們能等。」吳天雄說。

「我說先回去。」

「是。」

眼前中年人權位很高，吳天雄很敬畏，古阿霞知道不說上幾句話，沒下次機會來了：「醫生，我就是來跟你請教胰島素休克療法。」

吳天雄立即插嘴，「胡說，他不是醫生，這裡的醫生都是獸醫，沒夠格當醫生。妳應該稱將軍，他是遠征軍副總司令，到過緬甸、雲南打日本人，還跟羅斯福很熟。」

「是史迪威，不是羅斯福。」

「我老是記錯，羅斯福算哪根蔥，人家史迪威是四顆星上將。」

「老史他跟誰都不和，連羅斯福與蔣委員長也談不上話。」被稱為將軍的人低著頭回望，從老花眼鏡上

②探險帽又稱「蒲杓帽」，早期是台灣郵差的基本配備。
③胰島素休克療法。
④電痙攣療法。

方的空隙看出，額頭露出一片抬頭紋，才說：「古阿霞和啞巴朋友，你們終於來了，我等好久了。」

「兩天而已。」吳天雄說。

「時間是平靜的，如果有了等待，還真難熬。」將軍站了起來，令籐椅發出咬合聲，提馬燈走近。他身子不高，顯露久拘牢房後的圓滾，自己剪平頭，視角局限的後腦勺剪得凹凸。他高舉燈，好看清楚古阿霞與帕吉魯。這也給古阿霞一點光，看到將軍蒼白皮膚與眼神，覺得這張臉應該是在街角相遇的老伯，而不是與牢房的濃窒腐悶空氣在一起。

「你的啞巴朋友有個偉大的老師，改變了他的一生，不然遲早會住進來跟我一起下棋。」

「我們就是來玉里找文老師的，沒想到她搬到臺南去了。」

「我指的是另一位老師。」

「誰？」

「大自然，大自然會改變山與河的面貌，也會改變人的想法與思維。如果跟大自然接觸久了，氣會通，周身循環不止，以科學點的說法，就是人的心情比較好。」將軍把馬燈掛起來，要帕吉魯把手伸過來觀察。帕吉魯猶豫了片刻才照做。古阿霞這才意識到，有兩道位置約在腰部的鐵杆呈現外擴形狀，經過長久摩挲而光滑，是將軍從那看診的印證。

將軍握住帕吉魯的手，細摸手上的粗繭，輕壓肉掌好感受骨頭結構，最後捉起手聞起袖口的味道。帕吉魯有點嚇到，隨即安馴，因為感到那些動作是沒敵意的。將軍隨後說，帕吉魯的袖口有股檸檬芳香味，像檜木，那是針葉林慣有的檸檬烯芬多精的味道，而他善用鋸子，且習慣站在「逆位」拉鋸子使力，而不是推鋸子使力。

帕吉魯睜大眼，看著將軍，又看著古阿霞，他不過是想跟她表達，這傢伙有點玄了。

「應該是這樣，你怎麼做到的？」古阿霞說。

「讀書讓我戴上奇特的眼鏡，我蹲牢裡，遠得能看到宇宙邊緣，小得看到一顆沙。妳也是這樣的吧！有絕對的觀察力，不知道IST，也能夠從這牢房看到它是胰島素休克療法。是達文西的人體圖洩密的，凡人看一眼會被它吸引，只有少數人還會注意到那張我的手畫複製版上寫了密密麻麻的蠅頭字。妳喜歡看字的，看到了這些訊息。」

「你會讀心術。」

「妳說對了，在這裡關久了，就學會更懂得看人。是吧！古阿霞，妳用了王佩芬的名字寫了那篇文章。」氣氛瞬間凝固了，長廊那頭傳來的咳嗽與踱步聲可聞。古阿霞不說話，她不置可否，也無須破壞吳天雄心中的淡靜美好。吳天雄叨叨念著「妳怎麼不早點說」，心中沒有揭開謎底的喜悅，反而有種認錯人的惆悵。

「還有，妳很黑，這種黑很少見。」將軍說，「妳或許很遺憾，妳的神給妳所有的好條件，除了身分。」

「我是阿美族的。」古阿霞解釋著。

「這是不安的掩護講法，山地人不太敢講自己是『番人』。」將軍把視線轉到帕吉魯，說：「好女孩都有不完美的條件。」

「謝謝。」古阿霞感謝將軍沒有把她另一半的血緣身分說出來，連忙轉移話題，問：「這是你關在這的原因嗎？懂太多了。」

將軍笑了，必須一手把著鐵杆穩住腰，說：「妳問太多了，而我也不是懂太多，是腦中的多巴胺太多了。多巴胺不是壞東西，分泌異常會引起錯誤判斷與反應，只好住進來。中庸，是一種難得的幸福，裝傻也是，但是我更不懂得裝傻才被關進來強迫治療。抱歉，你們是我二十年來，第二次有人探望我，害我話講得有點多了。」

「第一次是誰來看你？」

「蔣宋美齡來過，她卻沒能耐帶我離開這裡。」將軍收起笑容，從鐵杆上摘下馬燈，把哀慼的臉埋在深深的黑暗中，聲音卻清楚傳來。

古阿霞有種悲傷從腳底爬上來，爬上胸口貼著，她瞥了帕吉魯一眼，好確定生命中的緣分不是湊巧相逢，是上帝的神聖安排。這亦說明了將軍的牢災是難解的命運，難道這也是神的安排？

「不過妳可以帶我離開。」將軍說。

「什麼？」古阿霞疑惑，大家也是。

不久隨即開朗了。將軍走回桌前，從抽屜拿出牛皮槍袋繫上腰，先對牆上一尊二十餘公分的地藏王菩薩合十，然後將神像捧入槍套，又提了個木箱要遠行似，回身走幾步，卻被鐵牢阻止。這是奇妙時刻，他從領口掏出一串鑰匙，挑了根插入鎖孔，非常清脆的彈簧鬆開後，他推開鐵門關上，一切流暢無礙。

「走吧！妳幫我提木箱。」將軍出獄，距離上次是八年前的事了。

很多事，難解。樹，難解風的旅程；水，難解山的不動。古阿霞很聒噪，難解帕吉魯為何沉默的面對世界，卻懂得將軍有能耐待在牢房，因為她有相同自囚在梯間的經驗。多虧書，讀每本書都是一趟新世界的冒險，讓讀者不在乎蹲在馬桶上，或蹲在苦牢。這讓提著木箱的古阿霞有種想法，將軍連出門都要帶箱書，當作行腳的壓艙石。

將軍從中山室走進大通鋪時，坐在床緣的軍人從各自沉思的狀態回神。他們眼光被點亮了。有人敬禮，有人舉手示意，將軍都不吝握手。將軍走出營舍，滿天的星光讓他駐足觀看，他告訴古阿霞，畫家梵谷住進聖雷米的精神病院看到的星星是七彩的，看到的麥田烏鴉是漩渦狀的，那麼美麗的星空，那麼美麗的麥田，只有得躁鬱症者能看到，也是一種恐怖的公平與幸福。

「可以的話，先跟我去看看『中江頭2號』，他跟梵谷一樣很有才華，命運卻更糟。然後，我們再去拜訪『紅字』。」將軍說。

「紅字？」古阿霞問。

「共產黨。」

比起共產黨員，古阿霞對中江頭2號更好奇。她想起「長江一號」，對諜報戰的印象來自電影《揚子江風雲》，代號「長江一號」的情報特工潛伏在第九情報區的武漢三鎮一帶，與日軍周旋鬥智。古阿霞想，療養院真的龍蛇雜處，自己沒有說不的權利了。將軍下令，門外守候的開墾隊員動員了。

隊伍沿著圍牆前進，靜默至極，古阿霞聽到細微的呼吸與步伐聲被圍牆彈回來。她回頭看，人群中的帕吉魯背著大伐木箱前進，額頭與鼻尖滲著汗珠，相較之下自己手中的木箱顯得小器。她故意落後幾步，給自己有點時間與他並肩走，看著他胸口的那束酢漿草花都是汗水。她想拿回花，不過帕吉魯抬頭的微笑打消了她的念頭。

有種蔚為奇觀，別以為只有軍隊才能把人變成這樣，療養院也有。他們穿過幾棟宿舍圍繞的營集合場，五百位病患在活動，古阿霞見到怪景：他們穿灰衣，蹬拖鞋，笨笨拙拙的拖著身體，眼神與精神無法集中，有的嘴巴喃喃自語，有的不斷點頭。除了周邊一群吃了鎮定劑而癱在洗石子椅上的病患，大部分的人規律的以順時針繞場子走動，像是池塘的鯉魚群游動。這給古阿霞有種掉入人群漩渦的暈眩感，好像什麼都不對勁，讓妳得荒涼、無助或蒼老的順著人群轉下去，連碰觸旁人的眼神都怕。

「他們剛吃了藥，出現副作用，沒有害的。」將軍說，「妳就當他們是廟邊聚會的老人們。」

有個雙手被長袖衣反綁在腰上的人，打赤腳，從牆邊走過來，眼球上吊，低頭看將軍，說，「可以說些話嗎?將軍。」

將軍看著他，拍拍他的肩，沒說話。

「我真的很乖，有吃藥，睡覺，在廁所拉屎拉尿。」那個人懇求的說。

吳天雄也加入遊說，希望將軍說些話。將軍繼續走，要是停下來會打亂了人流方向，他不說話，卻在左手搗上槍套時露出心思。古阿霞看見那細微動作，記得槍套放了尊佛像，她不明瞭這是尊有發大願「地獄不空、誓不成佛」的地藏王菩薩，只記得將軍從牆上神龕取下祂時充滿虔敬。

「將軍，你的神想跟他們說話。」古阿霞說。

將軍頓了一下，把手離開槍套，修正了前進方向，往人流裡切去，來到廣場中心。吳天雄知道將軍要講話，忙著找墊物給站上去，腦筋動到帕吉魯背來的大木箱。木箱裡頭裝了重物，比平常重，放地上時發出巨大聲響。所有的病患看過來。將軍趁勢跳上箱子，他不說話，眼神往四周的五百人顧去，好讓起頭的零星掌聲與眼神最後擰成一股嘹亮的鼓掌與眼光，足足有兩分鐘。

「各位弟兄們，來，繼續走圈子，別停下來。」將軍說，他知道病患吃了抗精神病藥物好度（haloperidol），有了副作用「錐體外症候群」，出現坐立不安、吐舌頭做鬼臉、機器人的僵化動作。

病友陸續從各營舍來了，他們動作慢半拍，眼光多了銳利，繞著場子走，有七、八百人，拖鞋在地上的拖動聲令人起雞皮疙瘩，他們服的藥阻斷了神經引導物多巴胺，反而成了帕金森氏症患者集體行動，這些歷經二戰日本精銳槍砲、國共內戰和精神斲傷的老兵們，如今身無長物的困在醫院，永遠找不到身在夢裡夢外的那條界線。古阿霞看到自己是站在寧靜的颱風眼裡，聽到的是藥罐子浮浮沉沉的聲音。她猜想將軍一開始拒絕演說的原因之一，是人潮會越聚越多。療養院到底有多少病患?她挨了幾步，低聲向吳天雄詢問。

「快三千多人，常住這的有兩千多人。」吳天雄想不到有那麼人湧進來，他把古阿霞拉到背後說，「沒關係，站緊點。」湧入的人越多，廣場中心的空曠地越來越小，開墾隊把擠來的人群往外推。

帕吉魯靠向古阿霞，緊緊把她抱在胸前。他真的後悔這趟冒險，可是沒有後路了。

將軍以安慰的口氣說：「各位辛苦了，仗沒打完，我們無法離開戰場，我們的敵人不在槍口上，在自己心上。我知道，咱們都在跟心中的魔神打交道，你打他跑，你退他追，跟共產黨差不多。咱們打得也累了，沒有後援，因為美國人走了，麵粉沒了。我們腳筋跑斷了，槍桿沒了，家也回不去了，只剩療養院了。但是各位別忘了，咱們是人，不是時間到了就叫咱們出大門，到鎮上去投給誰的投票部隊；不是時間到了就給兩顆手榴彈叫咱們衝到共匪陣營的自殺部隊。咱們是人，難過時會流淚，快樂時會笑，也想有個家，有個兒女，平安過日子。這是咱們的願望，說話時有人願意聽。」

「我愛你。」大家叫了出來。

古阿霞頗為震懾，這麼多人喊這句日常語，有點天下太平的味道。

「不要一直湊合在醫院，你們應該去農場，去搬開石頭，去開闢農田，累了抬頭看雲，看風吹藍了天空，看雲把天空跑大了。你們把秧苗、菜苗、樹苗種在大地上，給它們澆水，給它們祝福，對每一條河、每一顆石頭、每一棵樹、每一棵菜說：我愛你，就說這一句話，你們會有力量的。你們要把這句話摟著，放在嗓眼練習，耗點心，現在大家一起來。」

「我愛你……我愛你……」

「我愛你……我愛你……」

「我愛你……我愛你……」

營集合場迴盪這句話，讓人耳膜抖著蟋蟀似。將軍走下木箱，趁大夥有得忙時離開，領著開墾隊沿著漩渦人潮切出去，一夥人還舉手喊我愛你。老兵們朝著廣場走出了歡騰人龍，高舉拳頭，把瓊瑤電影裡的告白當口號喊，進行某種語言治療。古阿霞憋得不敢發噱，背伐木箱的帕吉魯則笑歪了臉，手舉得像是在公車上抓把手，一路晃蕩走過去。古阿霞見到，這下終於笑起來，好掩飾糗態，她也舉起手高喊我愛你，認真看著帕吉魯。

離開集合場，他們來到一座長型水泥磚舍。將軍從鑰匙串挑出一把，打開鐵門。古阿霞對那串幾乎能開所有牢門的鑰匙感到好奇，如果大門都可以開，將軍堅持待在牢房的原因是什麼。這時，房舍衝來一股混雜屎尿、獸臊與霉腐味，打散古阿霞的思索，她看到一座有長型走道的豬寮，兩旁有監牢，裡頭很黑，只能靠走道上懸著的三十瓦燈泡分辨。

啊！她駐足，發出小小的驚嘆，極度不知所措。

監牢裡關了裸身或只穿上衣的男人，或蹲或坐，沒有太多表情，肉體痴痴的等待靈魂回來那樣極度的安靜，他們皮膚蠟黃，掛著大眼袋，眼神沒有希望，也無所謂失望。牢房甚至沒有聲音，有人上了腳鐐手銬，腳鐐拴在鐵杆，他們挪身時讓鐵鏈在狹窄的空間迴盪鐵器聲。沒有床，廁所是靠牆的小水溝，每幾天有管理員拉水管幫病患沖水，也把他們隨地大小便的髒亂沖進那條小水溝。

面對上百隻被關養的「人豬」，古阿霞問：「他們做錯了什麼事？」

「退化症。」吳天雄看了監牢一眼，「這是精神病最糟的，不會說話，沒有淚，飯拿到前面才會吃，隨地拉屎。」

「難道不能幫他們，給衣服穿，給床睡，或曬曬太陽？」

「他們是老師，提醒我們這些監牢外的人。我常告訴自己，每天要活得更自在快樂，不要讓自己變成這裡的人。」吳天雄沉默一會，又說：「將軍一直為這些人努力，有一天讓他們走上街，好好的吃碗麵。」

「我幫不上忙了，這些人的靈魂死了。」將軍說，「面對這些人發病原因的研究，就像阿姆斯壯才登上月球，可是我們要到的是太陽永遠照不到的月球背面。」

古阿霞說，「有一天阿姆斯壯會走到月球背面的。」

「他先回地球了，幫太空梭加滿油時，又決定先退伍了。」

這個笑話逗樂了大家，笑聲在陰暗的牢舍迴盪。古阿霞隨即發現牢內的退化症病患參與不了這項聽笑話的社會行為，沒有任何反應。

「他們不會笑！」古阿霞說。

「說笑話是好的，這是最簡單的快樂藥，沒副作用。」吳天雄笑得很久，笑過頭了。

「笑過頭也會生病。」古阿霞小聲說。

將軍嘆了口氣，說：「很可惜的是有不少人生病後，就越來越糟，能做的是關起來，給他灌藥，吃奮乃靜（perphenazine）、穩他眠（chlorpromazine），打斷他們體內神經的多巴胺，把靈魂抽乾，讓他們出現呆滯、老年痴呆症，這就是我們最努力的工作。」

牢房的最角落，住著中江頭2號。他把顏色帶進了牢房，用水彩在牆上畫抽象畫，橫的、豎的、歪的筆畫，有大塊色彩，也有點點滴滴的斑彩。古阿霞看不懂畫，卻覺得色線依著神祕的力量流動，媲美牆上的斑駁燈影。

古阿霞對畫著迷，她從帕吉魯胸口拿出那一根酢漿草花，放在鐵柵邊，獻給畫家。然後，牢內一雙塗著顏料的雙腳出現在燈光下，嚇得古阿霞往後跌，她以為關起來的都是木頭人，誰知這棵會走，而且走到燈光下拿走花。這是她看過最美的裸體，全身沾了金屬光澤的琉璃色彩，活像是熱帶魚。可是卻讓人對他的命運無比悲傷，不知要被關在水族缸多久。

將軍說，「他的狀況不好，可能關一輩子。不過，阿霞妳不用太難過，他很幸運，不知道痛苦的命運，甚至不了解我們的談話。」

「那是因為他是特工嗎？才被罰關一輩子。」

大家拋錨似的一愣，然後引擎全開的大笑。古阿霞才知鬧笑話，誤聽了將軍的鄉音，把「中彰投2號」聽成「中江頭2號」。這代號意謂美少年從臺中、彰化與南投來，他精神分裂的病情嚴重，被無力照顧的家人在胸前掛上「往花蓮玉里」的牌子，附上車票，塞上車後來到玉里。全臺灣的病患被扔到玉里，由警察送到療養院，從此在深牆內活過下輩子。

這讓古阿霞意識到，院內還有各種代號，比如雲嘉南X號、臺北Y號之類的，他們來到這幾乎被判了無期徒刑，罪刑是殺了自己靈魂的精神絕症。她也體悟，名字是靈魂的底線，人第一次的自覺與最後的依靠都憑此了，雖然她覺得「古阿霞」太菜市場名，至少她擁有內心深處的小小總電源開關，扎實了。

「至少可以給個好名字，『中彰投2號』太像編號了。」古阿霞抱怨。

「每種雜草都有好學名。」將軍說。

這說法很妙，她真喜歡，野菜大部分被看作雜草，在眼裡不上相，在舌尖上卻是會跳華爾滋的好口味。吳天雄卻顯然不領情，說：「叫什麼好？夏文、樂蒂？還是秦漢？管他臭的香的，菩薩還是閻王，來這兒都賞他個『豬牌』。」

古阿霞這下蒙了，只聽過狗牌，沒聽過豬牌。人不會不明白太久，答案自然蹦出來，有個開墾隊把衣服從腰部往上扯，露出左胸前的一排字。古阿霞看出那並非老芋仔身上常見的「殺朱拔毛」、「反共復國」的刺青，而是編號，寫著「花蓮玉里235號」。接下來，開墾隊秀出胸口的豬牌，編號可達上千號。吳天雄也解開胸釦，露出胸前「花蓮玉里108號」幾字。

古阿霞眼水很淺，都把淚落了，心裡想著那是囚牢的名條呀，她不敢看，把頭撇向監牢深處，注意到畫家的「中彰投2號，家住花蓮玉里」刺青從身體的層層顏料下透出來。她清楚那意思的，他們走丟了、走糊了、走瘋了，給人打幾頓或給警察揪著時，憑回郵信封送達玉里療養院。

「慈悲是佛陀給人類最好的禮物。」將軍說，「慈悲的人，能夠知道雜草的名字。」

「我不是慈悲的人，我是難過。」古阿霞往帕吉魯靠近些，感受到多話是疲憊的，她只需要依靠，靠到了帕吉魯衣袋的酢漿草花朵。她抽出花束，伸進鐵柵獻給中彰投2號。人生需要一束花，不料引來了混亂。美麗少年凝視一會兒那燦爛花朵，眨著眼，忽然捉住她的手拖回去。在場的人不知所措，沒預料呆滯的病患有這麼大的動作，幾乎像被一束火焰燙到，瞬間有了生理反應。

古阿霞沒尖叫，因為她預料中彰投2號會捉她的手，但是力道過大，有些恐懼。她的臉貼上冷鐵杆，手腕傳來被緊勒的疼痛，喉嚨揪出點聲音，只要掙扎幾下便能全身而退。

這時，帕吉魯立即伸手去狠狠鎖住中彰投2號的喉嚨，又狠又快，幾乎置人於死地。

「放開手，趕快放開手。」古阿霞要帕吉魯撂開，她認為中彰投2號沒有敵意。

被鎖喉的中彰投2號不咳不動，整張臉醬紅，打算為花朵賠上一條命的樣子。這讓帕吉魯掐得更緊，鎖死中彰投2號的喉嚨。事情夠糟了，吳天雄也來攪和，他衝去牆角拉消防用的水管想沖開人，激烈水流發出滋滋聲，後座力讓黃銅瞄子失控的亂擺，水噴得到處都是。直到古阿霞第三次喊停，一切才恢復安靜，關上的水管慢慢流乾水，帕吉魯鬆手了，只剩下中彰投2號沒放手。

這不是誰跟誰鬥到山窮水盡，等待會出現最好的結果。過了好一會，中彰投2號鬆開手，讓古阿霞獻出小花。這些被幻視與幻聽困擾的病患，一輩子在分辨真假，哪些是真的，哪些是假的，更多是無從辨別而順從命運安排。古阿霞很清楚，中彰投2號握住她的手是要確定那些顏色與線條是真的。他走回沒有廊燈照到的角落，盤坐，安靜放下花。

這時候事情更明朗，牢外的人眼睛適應了黑暗，看到燈光永遠無法照射到的牢內牆面圖案：那是一幅草原，非常抽象，一旦放上真實野花，所有的連結串聯起來，有著清風徐徐、搖擺野草、蓊鬱樹木與反射粼光的小溪流。古阿霞不得不告訴自己，她一輩子也在尋辨真實，那是日常生活中疏忽關注的細微，它們無時無刻不存在，卻時常錯過。

「這是我看過最美的圖，整座草原就在星空下發亮。」古阿霞感動抬頭，看見監牢頂的星圖羅列，宇宙永恆。

「那就是月球背面的圖。」將軍說。

離開中彰投2號的監牢宿舍，他們重見天空中燦麗的星空，古阿霞鬆一口氣，胸口的鬱結總算沒了。無人說話，他們的腳步聲喀啦啦響個不停，就要進入編號「忠」字棟的病房時，她從屋簷又望了星空，好確定她對今晚接下來的行動有點寄託。

「接下來是今天最重要的事了，我們進去探望一個『紅字』。」將軍停下腳步，對古阿霞說：「我希望妳和妳的啞巴朋友能夠觀察所有的細節，發現任何訊號。」

「目的是什麼？」

「解救更多的病人。」將軍把上衣袋的雪茄拿出來嗅一口，說：「這個『紅字』的編號是『臺南5號』，病情還可以，只要有親人願意來探望照顧，他可以回家的。」

「他的親人不願意來。」

「不是不願意，是紅字的檔案被鎖死，也許他的家人都不知道他被關在這裡了。」

「我知道了，你要我問出『紅字』的家在哪，然後去找他的家人來探親，來幫忙。」

「沒錯，我們問了好幾次，都問不出他住臺南的哪。」

「我會擔心。」

「我們開墾隊會保護妳，」吳天雄說罷，然後加上，「和妳的朋友。」

「多擔心點，妳才會更有能力同理『臺南5號』。」將軍說完，帶領大家進入「忠」字棟的病房。

比起大通鋪病床，這裡的獨立病床是較好待遇。病患吃了抗憂鬱的鋰鹽或抗精神病藥，有的坐在床緣發愣，有的躺在床上。阿霞見到了「紅字」，或者由他胸口的刺青編號而稱為「臺南5號」。他躺在鋪了椰子墊的病床，手腳用棉布綁在四個角柱，嘴角還有強灌完的藥渣沫，他眼神無交集的望著天花板，那除了幾盞燈別無他物。

「你還是老樣子。」將軍對「臺南5號」說，然後把古阿霞往前推，「起來吧！你的鄰居古阿霞來看你了。」

古阿霞沒有對策，劇本不是她寫的，又要她當臨時演員上場。她只能照將軍安排的，喬裝「臺南5號」的鄰居套取情報。

綁住「臺南5號」的床頭棉繩由兩位開墾隊解下，被扶起來。他凌亂的頭髮下有蒼白失神的年輕臉孔，戴了沾油漬的眼鏡，這副讀書人氣質打破了古阿霞對「紅字」的印象。她對共匪的刻板印象來自反共愛國教育海報中的畫面，他們戴棒球帽與墨鏡、穿黑披風，提〇〇七手提箱，躲在電杆後頭刺探情報，可是現實中的電線杆後頭只有「信上帝者得永恆」與「南無阿彌陀佛」的宗教警語，或多幾坨狗屎。但古阿霞心念一轉，如果眼前的「紅字」像是鄰家大叔般平常，她是鄰居也行。

古阿霞認真說，「我爸爸常提起你，他說你很有禮貌。」

「紅字」抬起了頭，說：「是這樣的呀！謝謝。」

「我記得你喜歡一邊走路，一邊踢石頭。」

「這樣的呀！」

「所以，你還記得我。」

「記得。」

古阿霞看了將軍一眼，有點心虛，這不是扮家家酒遊戲，事實上卻是動用了最純真的互動。如果眼前的人還保留住他的生命記憶，她該如何接招？她上前一步，詢問他記得哪些。

「紅字」的淚水快速積滿眼眶，從臉頰滑落，喃喃說放我回家，繼而激動大喊：「放我回家。」連喊好幾次，在場的病患與開墾隊很震撼，每個人都想出院回家，「紅字」吼出了大家最無解的期待。可是「紅字」失控了，揮動手腳，綁在腳上的棉線扯動連結的床腳柱，綁在手上的棉線也讓兩位壯碩的開墾隊忙著拉扯。古阿霞退了幾步，往帕吉魯靠，只能作壁上觀，心情慌得很。最後，幾位開墾隊總算把「紅字」綁回床上，整張床被附身般震動累了才平靜下來，旁觀的人卻沒人就此平靜。

將軍下了撤退令。開墾隊散開，要那些病友躺上床準備入睡。古阿霞先到病房外，聽到開墾隊喊著「人員就寢，寢室熄燈」，他們還齊唱了費玉清的〈晚安曲〉。這是照劇本排的，將軍不會放棄，她也是，下一波行動將展開。在休憩十分鐘的空檔，古阿霞望了嚴實的星圖，格外動人，總有懸不住的化成流星。將軍望向夜空，把槍袋裡的佛像拿出來，放在互疊的雙掌，似乎也要神一同欣賞無盡的浩渺。

將軍說，「他是個大學生，據說是搞遊行判亂被抓到『警備總部』，沒日沒夜給人打瘋了，送來時又吼又叫，哭著要媽媽。這種人在這裡沒有名字，沒有身分，甚至沒有同伴，他的一切鎖在警總，他的家人也不知道他在這。」

古阿霞說：「他什麼都不記得了？」

「沒錯！那一定是痛苦的刑求，反覆折磨，讓一個年輕人的記憶與理解全部崩毀，從此跟美好的過往、生活與希望決裂，墮入了地獄。」

「他都不記得了，我們能問出什麼？」

「一條濕毛巾不會馬上擰乾，他還有些記憶的，一定要問出他家在哪，請他爸媽來看他。」

「要怎樣掏出最後的記憶？我不是上帝。」

「有種開在地獄之途的彼岸花，花香有魔力，能喚醒死者的記憶；花也有劇毒，讓死者墮入更深的地獄。現代醫學以為自己是上帝，發明了無數的抗精神病藥、抗躁鬱症藥，就像從地獄之途帶回了彼岸花。但是我們僭用了花香，或是花毒，沒有人能解釋。我們距離星空太遠了，距離上帝太遠了，我們不是上帝，只能伸出『惡魔之手』抹除他們的痛苦。」

「惡魔之手」聽起來就是終極招式，古阿霞詢問，將軍卻點頭回應，「妳只能再來一次。」接著，她給幾個開墾隊簇擁進了病房，房燈瞬間亮了，三十幾個穿皺巴巴灰衣的病人躺在床上。

開墾隊走到每張病床，輕聲說：「天亮了，今天又是美好一天，大家睜開眼活動活動。」

古阿霞發出苦笑，不相信給病患關燈躺十分鐘，再用荒謬的開燈便出現了隔天的時空轉換。不過，她卻看到大部分病患被催眠似的伸懶腰、打哈欠，有人還對燈泡說太陽公公你好。

就算上帝多給一天，古阿霞要如何召喚記憶？何況只能再出手一次。她走近躺在床上的「紅字」。「紅字」凝視天花板，一副徹夜未眠的疲態，眼角有未乾的淚痕，如此乾淨青春的臉孔下到底埋藏多少恐懼的地雷？古阿霞不曉得自己該如何應對，她安靜鵠立，沒轍。

「紅字」主動說話，「妳今天又來了，我等了好久。」

「找我有什麼事？」

「帶我回家，我想起那條踢石頭的小巷了。」

古阿霞獲得將軍的點頭，她坐在床緣，努力解開那兩條綁牢在床頭的棉布。她心緒跌宕，看見在「紅字」勒紅的手腕，有數條怵目驚心的自殘疤痕。起身的「紅字」自行解開了腳上棉線，坐在床緣，把頭髮與衣服摸平，嘴角發出古阿霞見過最幸福的微笑。他站起來，嘩啦啦的掀起了床墊，露出了大大小小的乾燥樹葉，床板也拓滿了壓乾綠葉而泌出的齒狀緣痕。他一片片撿起來，整疊握在掌心。

古阿霞問，「要我幫你收行李嗎？」

「這是車票，我買了好久。」他收好葉片交到古阿霞掌心，拉她離開。

古阿霞拉住他，有點慌張的瞄了將軍，說：「你家在哪？」

「就寫在車票上，妳自己看呀！」他拉古阿霞離開，感到她短暫的掙扎後便順從了。

這是一場戲，對「紅字」而言卻是回家的開始。古阿霞要配合多久？穿過圍觀人牆，有無數的門禁與圍牆，有無邊無際的黑夜原野阻攔。她要演多久？或許連將軍也不清楚，全憑臨場發揮。這時其他床的病友哭叫，拍著床，這不是美好的一天，不論誰提早出院都會引起「永久住戶」的忌妒。他們長久以來學會要和疾病與病友綁一塊，或一塊死去，卻無法面對有人中途脫隊。他們越來越不滿，在床上哭鬧與踢打。

「紅字」忽然停下了，他拉不動古阿霞。古阿霞走不了是被帕吉魯半途狠狠的拉住。她回頭看，手掙脫幾下，反而被箍得更緊。她心裡咧罵幾句，這笨蛋加三級，看戲的當真。

帕吉魯不讓她走，他知道這戲不能再演下去，別荒廢「紅字」的真情意，便加了把手勁把她奪回來。古阿霞鬆開手中的葉片疊，散得到處是，有幾張飄到床底了。

「紅字」愣住，四周霎時靜默下來。他走回了床邊坐下，低頭流淚說了些沒有人懂的話，捏拳說：「你們都是惡魔……」

將軍知道時機壞了，給開壆隊下了個眼神。他們過去拍拍「紅字」的背，要他躺上床，幾個人訓練有素的幫他的手腳綁回了棉布條。「紅字」掙扎，大力揮動手腳，拚命發出哀求。古阿霞有義務上前去安慰，是她搞砸的，也得由她挽回來，但是被帕吉魯阻止。帕吉魯嫌她太有正義感了，不是有熱情就能當英雄，這時候任何的安慰都不及讓病友自己耗盡力氣安靜下來。

將軍繃緊了臉，淡淡說：「叫83號進來。」

吳天雄抽了一口氣點頭，他知道接下來的計畫太殘酷了。他離開，隨後提桶水，推著玉里83號進來。玉里83號的雙手被保護衣交叉綁在胸口前，套上牛皮腳鐐，身上發出異臭。他的袖結被吳天雄打開，垂下像國劇女戲服才會有的長水袖，立即坐在地上，捉光腳踝的小蠅蛆。他的腳踝被永遠不能解開的腳鐐反覆摩擦破皮，腐爛生蛆，也產生臭味。

將軍說：「你怎麼被抓？」

「一九四九年，香港外海，我們美頌艦的艦長要投共被舉發了，船上發生激烈的槍戰，艦長被俘，整船的官兵就被國民政府帶來臺灣。」

「你在哪吃苦的？」

玉里83號停頓了一下，說：「左營外海，他們把我裝進麻袋，從船艦上去進海裡浸豬籠，又撈起來，再丟下去……」

國共內戰期間，陸軍常帶槍投靠，海軍整窩似的攜艦投共也頻仍，國民政府積極的厲行整肅，抓奸細、抓左傾，更多時候是抓錯人，將軍時有所聞，玉里療養院近三千位軍人，身分、經歷與病情都各有來頭，足夠寫一本比《聖經》還厚的中國戰爭瘋狂史。他不想在這個禁忌話題再打結，看見玉里83號胸口的十字架項鍊，瞥了古阿霞說，「你們都是基督的子民，神會保佑你們。」

玉里83號說，「逼打我的人說，神跟黃金一樣，純度卻不一樣，拿到假的金塊別當真，所以我的基督是假的。」

古阿霞不高興的說，「憑《聖經》發誓的，都是真的，不然誰的是真的？」

玉里83號沉默一會兒，說：「我跟他們說，我跟蔣委員長都信基督。他們說我信的是假的，蔣委員長信的是真的。我生氣說，也有可能蔣委員長信的基督是鍍金而已，然後他們把我丟下海，不斷丟……」

「你的是真的，蔣委員長的也是。信基督是好的，但要相信自己，不然光是吃齋念佛、信基督、愛阿拉，我們早就打贏日本，也反攻大陸了。要知道，無神論的共產黨能把神拉下廟，他們只相信槍桿子是直的，子彈是硬的，這世界的道理只能靠自己來。」

在場沒信神的猛點頭，有信的低頭。古阿霞想反駁，大抵說不出理，也就默了。將軍要玉里83號打起精神，去問在床上哭號的「紅字」家住哪裡，務必問出來，把受冤之路的「酷刑拷打」都用上。

「將軍，我受過的不冤，怎麼可以給別人？」玉里83號說。

現場氣氛瞬間冷凝下來，沒人應答。這讓古阿霞深深覺得，療養院患者被歸為心理活動、行為異常的人，可是他們有絕對的智力與情感，那是不容被扭曲的地方。

沉默了一分鐘，將軍撫摸玉里83號的肩，說：「我能感到你的不冤，你原本不該在這裡的。你應該有個家庭的，賢慧的妻子在煮飯，還有一堆老是黏在你大腿，讓你覺得很煩又心裡甜蜜的兒子。」將軍說到這，轉頭對大家說，「你們不也是有這樣的夢想，可是出了去，哪個女人會愛你們？你們不是大官，又沒大財，人家正常點的臺灣女人都避開你們。你們有點錢了，好了點，只能娶窮人家的腦袋不行的女兒，生下來的兒女也有精神病，然後兒女們又被送到這裡關。」

「將軍，別說了。」吳天雄都覺得老兵們夠委屈了。

「83號，你不是為你自己，是為你眼前的弟兄犧牲了自己。」將軍這招太高竿了，「你可以為自己的堅持，放棄了弟兄出去的夢想。如果你要這樣，可以回去休息了。」

這番話打翻了玉里83號的信念，他深吸口氣，寬心的走到「紅字」身邊，啪一聲，他狠狠抽了對方耳光。

那耳光抽得太響亮，清脆高昂，像手榴彈爆炸，現場的雜鬧也一併被抽光而陷入詭謐。

「紅字」鼻孔流出血，躺在床上驚恐得不吵不鬧了。

玉里83號則咧嘴微笑，說：「他們都說了，坦白從寬、抗拒從嚴。你說也不說？到底住哪？」

古阿霞意識到這就是「惡魔之手」，極為震撼，轉向將軍尋求解釋。

「我們沒有太多時間，『紅字』也是。」將軍冷冷的說，「他現在的狀況是最好的，此後的每一刻都在退化，最後像中彰投2號。」

她知道為何得先拜訪中彰投2號，是讓折磨「紅字」的手段合理化。她落入將軍的預謀了，無從阻撓，剩下焦慮掙扎，巴望「紅字」趕緊供出住家訊息。玉里83號又給「紅字」一個耳光，這聲響讓打人或被打者的記憶倒帶到了最苦難關鍵的時刻，一個咬著牙冷笑，一個不斷發狂的大喊「放我出去」。那淒厲聲響打破了磚牆隔閡，一陣高、一陣低，有時尖、有時苦，每個人都安靜的掛在拉弓斷箭的緊繃裡。

玉里83號靠過去，轉而慈悲的說：「我很同情你，原本有美好的前途、有美好的家庭，不用搞到這般田地，我也是信基督的，神所喜愛，內裡誠實的。你，嘿嘿！還是照我的意思說出來吧！」

「我不知道，放我出去。」他又大喊。

「要記得，老實的稅吏和娼妓，都比我們先進神的國度。」引用《聖經》之言的玉里83號脫下身上的保護衣，用它把「紅字」的頭與哀號聲扎實的包起來，貼上去說：「說吧！這是為你好。」

古阿霞不相信所見，玉里83號拿起拖鞋朝著罩上布袋的人頭猛打，還僭用《聖經》擋下自身罪責。她理解玉里83號陷入錯誤記憶，把自身受過的虐刑用在別人身上，可是難解的是，面對酷刑時刻，整間病院的人漠然，包括自己。是的，她可以甩開帕吉魯抓牢的手，衝上去拉開，可是卻順從下來了，她懷疑自己是認同瘋人院的叢林規則，期待紅字吃了苦頭後能招出來？

轉弱的哀嚎並不代表痛苦減少，也不表示沒人聽見。有幾個聽力敏銳的病患離開病房後，把各棟與廣場的病患帶來了，冷靜的擠進來幫助「紅字」，開墾隊忙著把門口的人擋在外面，安撫說：「我們是在幫你們問回家的路。」可是病友越來越多，他們原地焦躁的發出踩踏聲，用短得不能再短的指甲猛刮著病房外的磚牆，直到那都是血痕與肉屑。

玉里83號更加冷靜了，解開「紅字」綁在床柱的手腕棉線，反綁腰後，把他的頭壓入裝滿水的桶裡。在場的人驚駭，卻橫下心旁觀，看著「紅字」扭動身軀，頭悶在水裡掙扎與無聲的哭喊，又看他的頭從水裡被抓出來，身子顫抖，肩膀失控的聳著。

「你下次掉下海，可能無法撈起來了。」玉里83號用冷冷的口氣說，「招還是不招？」

不知何故，一個身高兩百多公分的傢伙，將門口把關的開墾隊員擠開。他像電視摔角節目的當紅日本人物馬場，高大驚人，一路用兩手推開阻攔，把更多病患給放進來，到處瀰漫大小便失禁的臊味與自瀆的精液味。玉里83號吃驚得眼睛都瞪圓了，來不及反應，就被大塊頭抓住後頸從這床扔到第三床尾，打出了一發宣戰的迫擊砲。病房陷入混仗，體內的抗精神病藥作亂，一群人打著，另一群人卻吻著，還有人站上床開心極的唱歌，南腔北調與南拳北腿混成菜市場才有的場景。

遭到人群撞倒的古阿霞，趕緊往前爬，她是小鶺眉，在森林底濃密灌木叢的嬌逗鳥兒，警覺又快速，穿過人群來到「紅字」躲藏的床底。她扯掉包裹他頭部的濕防護衣，免得溺死。帕吉魯也撲進床底，用背頂著床，好讓上頭八個打鬧的人不會壓垮底下的「紅字」與古阿霞，他挺得住，卻難忍受「紅字」就在耳朵邊失控的大哭大喊。倒是古阿霞不在乎，現場夠亂了，要發瘋就讓「紅字」哭個夠也行。開墾隊被打散了，吳天雄忙著跟大塊頭纏鬥不停。將軍被擠到牆邊，安靜得很，直到胸口衣袋的哈伯納斯雪茄被人搶了，他才大喊抓小偷，撥開人追去，快追丟人了。

「啞巴！那個啞巴在哪，去打開箱子。你不打開，我們會被打死的。」將軍大喊。

帕吉魯咬牙撐著床，他不能離開，離開的話，有八人在上頭的床會垮掉。可是他得離開床才能打開木箱平息暴亂。帕吉魯深呼吸一口，膝蓋抵地，背頂著床板，大吼一聲。

古阿霞被吼聲嚇到，看到頭頂上的床被掀翻了，八個人往旁邊翻。然後，她看見帕吉魯衝向門口，逆著嘩啦啦湧來的人群，奮力朝牆角去，大木箱在那。帕吉魯的速度越來越慢，卡在人堆。倒是大塊頭與吳天雄兩人扭打的地方，人群閃躲。這給帕吉魯靈感，他把兩人朝大木箱推去，有種四兩撥千斤，用滾動的巨石輾開道路般輕鬆多了。

大塊頭突覺有異，朝帕吉魯看，巨掌抓住他的頭倒懸，吼出了一股力道便把他扔出去。帕吉魯在空中暈眩，看到無數黑頭在不斷扭動，落地時砸到人，而且距離木箱更近了，打開它。

箱子裡是一尊中空的蔣介石銅像，從玉里國小拆下來的，只是銅皮，在老兵眼裡永遠像燈塔發光發亮。離木箱最近的人獃了、痲了，比抗精神病藥更有效的鎮住情緒，氣氛蔓延開來，兩百個狂亂病患的電池開關被關了，過了一分鐘，有人哭了起來，他們激動或哀嚎的跪地上。

將軍從床底爬出來，無數次從壕溝爬出來的中、日叢林戰都沒有這次糟，還被一個老兵從褲子掏出來的大便襲擊，「委員長來看你們了，他都沒有忘記大家，也永遠忘不了大家。不過，他最討厭人家偷竊，江山就是被偷走的。」將軍在跪地的人群找縫走，尋出偷雪茄的傢伙，狠狠打去一拳，拿回了東西，放在鼻口，閉眼深呼吸嗅，「蔣委員長也很討厭糞便戰術，太低級了。」

「委員長，您不是走了？」有人戰戰兢兢的問，他記得老總統死了。

將軍說，「他不就走來這了，還給各位講個幾句話。你們的辛苦，委員長都知道，你們的病，委員長都了解，明孝陵前的石頭怪獸都能活過來，還有什麼治不好的。」

「蔣委員長，您得繼續領導我們。」跪著的都哭成一團。

「你們的焦急，委員長都知道，只要大家還喘口氣，他都得給大家當棟梁撐著，擔任建設新中國的任務。但是，你們別老是哭著，哪個軍人光顧著流淚，給我安靜。」

「蔣委員長……」

「我知道了，等會兒每個人吃顆橘子糖，就去睡吧。」將軍點起了雪茄抽，鬆了口氣，另外給病人來顆俗稱橘子糖的安定神經藥物「巴比妥（Barbital）」絕對勝過千千萬萬句口號，能撫平混亂的思緒。

病房頓時陷入長久的死寂，古阿霞從床底往外瞧，將軍裸露的上身刺著玉里23的編號，正往她走來，帕吉魯抬著銅鑄的空心銅像跟著。這是她看過最荒謬的布袋戲，看戲的不散。「紅字」是整場唯一的壞觀眾，一直保持在歇斯底里的狂叫，不斷釋放溺水刑求的驚恐，古阿霞怎樣安慰都沒用。

「出來吧！讓我把你的惡魔抓走。」將軍說。

開墾隊動了起來，有的把「紅字」從床底拉回床上；有的接走帕吉魯手上的銅像，往外頭抬，讓著魔的病患們跟著出去了。原本上百人的病房空蕩蕩的，凌亂的拖鞋、床單與衣物到處是，有件掛在吊扇的病衣就像上吊的死人。

古阿霞不清楚將軍下了什麼命令，但是方式不溫柔了——有位開墾隊把脫下的上衣努力塞進「紅字」的嘴裡之前，把手伸進去催吐。忙著吐的「紅字」終於停止尖叫，眼睛垂淚，嘴角垂著口水，頭無力的垂在肩上。

將軍把點火的雪茄叼著，對古阿霞說：「妳不會喜歡接下來的遊戲，這裡叫作『抓耗子』。老鼠喜歡打洞，腦袋漏洞不是好事。」

古阿霞說，「這樣催吐，不是好事。」

「這是必要過程，不然等一下電擊時要是他嘔吐，可能嗆死自己。」

「電擊？」古阿霞滿臉疑惑。

將軍從角落拿回了遺落的木箱。箱裡頭不是放書，是儀器，有幾個圓形窗鏡的針表，以及像捲曲電話線的電擊圓筒。他調整美製黑騎士（reiter）WC型電痙攣治療儀器，直流電電擊零點七秒，電流一百伏特。這不會太難，將軍靠多年自習與牢窗累積的診療技術，黑牌醫生也能成為王牌。他用乾布把「紅字」的額頭汗水與嘴角穢液擦乾淨，確保電流不會亂竄，然後轉頭對古阿霞與帕吉魯說，「這是一種療程，對他是好的，緩和情緒外，剛剛發生的壞記憶也能完全消除。」

古阿霞為這記憶消磁術感到不安。她看見四個開墾隊拉緊「紅字」手腳上的棉線，將軍拿起電話線捲的小圓筒，朝「紅字」太陽穴附近的兩顳電擊。那是瞬間的變化。「紅字」承受極刑，身體前弓，嘴巴張開，這時將軍把乾布塞進他嘴裡防止咬傷舌頭。

死亡之苦迅速爬上「紅字」，他前弓的身體攤平，劇烈抽動，手腳亂揮，整張床隨之顫動。他被牢牢綁在床上，扯動、掙扎與哀嚎，右手在掙脫時骨折，朝反方向拗折，發出喀啦的碎骨摩擦，哭嚎終於達到高峰了。幾個開墾隊冷靜的靠過去壓住，沒半點慌張神色，很職業性。古阿霞想起這種似曾相識的畫面了，中古世紀被視為女巫的精神病患，綁在柴火上焚燒就是如此恐怖模樣，哀嚎尖叫，直到地獄之火帶走了靈魂。

古阿霞淚流滿面，苦楚塞滿鼻腔。她決定去臺南，說走就走，跟帕吉魯一起走，將會有最大的動力與熱情。她即刻動身去臺南，即使快沒旅費了，即使這是圈套或溫情的左右也行，也決定找出「紅字」的家人解救他。

殺刀王與他們的共產黨老師

他們來到臺南時，天色已晚，路上很冷清，找了巷弄裡的廢墟後院，搭起防水布睡覺。一陣風來，落了小雨，古阿霞聽到雨聲淡淡，淡出了緬邈，一陣陣呢喃，幽靜顫晃。雨聲還滲入了夢境，令她夢見一條小河，泛水光的啜泣小溪，屬於三月的那種。

幾小時後，古阿霞確定雨聲太囂張了。她睜開眼，晨光亮得像臉上的洗髮精刺激眼睛。黃狗在帳外低狺，語氣不好。她醒來，躺著不動，發現暴雨聲是落花掉在帳子上。苦楝葉隨風飄，落花細細，花香淺淺的挽著帳篷。殘花在防水布堆了一灘，總覺那是樹凝固的眼淚。美麗的早晨，她爬出帳外，做早餐了。

一個十歲的男孩站在苦楝樹椏下，拿著鋸子，跟樹下的黃狗對峙，說：「這是我的地盤，這是我的樹。」只有小孩，才會對廢墟、死鳥或大樹占為己有。初來臺南有新鮮事，窮於應付小屁孩，對古阿霞來說不是好早晨，吃好早飯才是。帕吉魯從睡袋鑽出來，把掛在腳踏車上一只燒黑的小鋁壺對嘴喝，咳起來，吐出苦楝花。小孩還在樹上咆哮，喊著這是我的樹，搖落苦楝的小紫花。

古阿霞拿回水壺煮水，從鋪了木炭防潮的雪印奶粉鐵罐裡掏出三個膨餅，分成兩碗。水滾了，斟水入碗，帕吉魯先吃酥皮，把兩個餅餡的一丁點焦糖、麥芽與豬油夾到古阿霞的碗裡，把餅皮攪成糊狀，仰頭喝光。古阿霞愛吃甜的，他愛吃鹹的。古阿霞煮好白飯，放進鋁飯盒當午餐，回頭再吃早餐，吃到糖餡就瞇眼笑，把淡淡甜甜的麵糊喝個精光。

小男孩仍站在樹上，他右眼角的痣很大，很顯眼，口氣不好的追問：「妳從哪來？」

「花蓮。」古阿霞蓋上奶粉罐鐵殼，「我們來找一棵樹，很難說出那種樹長什麼樣子，不過看到應該就知道了。」

從花蓮玉里療養院被囚的共產黨員口中所得的資訊不多。他是大學生，住臺南市，庭院有棵大樹。憑此線索，耗時十年在臺南市能找出上千人，但經濟拮据的古阿霞只能待一禮拜。在橫跨近兩千公尺高、長兩百公里的南橫公路上，帕吉魯被壯美的樹林激出靈感，以樹找人，找出臺南市庭院有大樹的家戶。還有個線索很重要，共產黨員從床底拿出一疊當作車票的乾葉片。帕吉魯判斷，葉片有數種，難以分辨樹種，其中有樟樹與桂花。他的結論是：共產黨員家有庭院，種了很多樹，其中有棵很大。

男孩說：「看，這就有棵大樹了，不過它是我的。」

這麼說來，古阿霞與帕吉魯仰看了苦楝，樹紋交錯，傘狀樹冠漸漸顯影在晨曦，一股雅香瀰漫，陽光紛紛，枝枒紛紛，花朵也紛紛，確實是美樹。閩南語稱苦楝音近可憐，樹長在破屋舍，不是給人家道頹毀的可憐，而是樹無人知曉的憐惜。

「我知道這是你的樹。」古阿霞說，「你可以借我們住幾天嗎？」

「不行，你們不走的話，我爸爸、我爺爺會來抓你們，他們都是警察。」男孩說。

「好呀，我住在你的樹下犯法了。」

「再不走，我會鋸斷樹，壓死你們。」男孩用鋸子鋸起枝枒，企圖用它壓垮帳篷。

帕吉魯見狀，兩三下爬上苦楝樹，快速的抓牢男孩的手。男孩嚇呆了，讓古阿霞也嚇壞的是接下來的荒謬行為。帕吉魯不是阻止，是教男孩鋸樹，他抓住他的手，先從樹椏底部、靠近樹幹之處往上鋸出三公分的楔口，再從上方的外側鋸下，枝枒便爽快斷落，處理不當會造成樹木感染病菌。這是帕吉魯在山林修剪樹木的常識。

古阿霞忙得腳底快冒煙了，趕在枝枒砸落前，把帳篷裡的雜物搬光。她把睡袋拉出來時，十餘公斤的苦楝枝葉比嚴冬寒雪更沉重，壓垮了防水帳，古阿霞歷經了芮氏八級地震來之前搬光家的餘悸，「好了，我們的帳篷壓壞了，你說我們要去哪邊住？」

「我不是真的想要壓壞你們的帳篷。」綽號叫小瓦的男孩有些驚悸、有些興奮，他說：「好吧！就讓你們住下來。」

「好，那我們要出門了，你幫我顧家。」

接下來的三天，他們在城裡毫無所獲。臺南，多陽光的古都，耗盡語言也無法形容出神韻。他們都是第一次來，新事物不斷刺激，特色小吃、幽深騎樓、南北陳貨味、老舊的日本洗石子建築，一切美好。這城市適合散步，步伐鬆軟，不適合趕路，可是他們快走出鐵腿了，從這條街巷到另一條，尋訪老樹。老樹通常伴隨老建築，在成功大學、臺南女中、農事試驗場皆看到滿意的老樹，但不是滿意答案。

晚間，回到兩棟房之間的廢墟，古阿霞煮晚飯。帕吉魯和小瓦玩起殺刀的遊戲，在雜草與廢棄物之間拍打追殺，三天來，他們藉此建立情感，帕吉魯不講話就是不講話，卻教會小瓦近距閃躲，遠距突刺，並且收為徒弟。一頓粗飽後，古阿霞利用餘火燒一鍋熱水，生命中總要花很多時間在等水沸騰，帕吉魯與小瓦的廝殺卻達到了沸騰狀態。還好，她能靜靜坐著，看著火光爬上了樹冠，流動成閃電般的光焰，苦楝，美麗的三月之樹。

水終於熱了，古阿霞說：「我要洗澡了，你們給我停下來。」她端水到帳子裡擦澡，不希望給外頭跳來跳去的兩人撞翻帳篷，掀翻熱水。

「我在加強訓練他。」小瓦拿著長棍，和徒手的帕吉魯練起來。

「等我洗好再說。」古阿霞大喊。

「女人天生就是來浪費水，天天洗澡。」小瓦大喊回去，「我現在訓練我的師傅，變得更強更屌，因為我們要舉行擂臺大賽，來參賽的小鬼要報上一棵老樹位置，這樣妳很快就知道哪有大樹了。」

這方法非常好，且很有效率，要是照土法煉鋼去找老樹，很快用盡盤纏。殺刀擂臺賽，可以吸引全城的小孩，他們是最好的找樹嚮導。至於勝者的獎品？古阿霞看見了那臺腳踏車，它破舊髒污，即使身上滿是刮痕，還是值公務員半個月薪水的獎品。她不急著洗澡了，先幫腳踏車洗個澡，它得像個嶄新奪目的磁鐵吸引全城的小孩來。

只有小孩，才會對廢墟、死鳥或大樹有興趣，現在得再加上——殺刀。

臺南火車站前的擂臺大賽，連續辦三天。小瓦拿著寫了「挑戰花蓮殺刀王，勝者獲腳踏車一臺」的大看板，站在車旁，秀給眾人看王者的鋼鐵獎盃。更大的傳奇是帕吉魯，他腳底按上彈簧似，蹦跳不已，能一次大戰十幾個人，三天來轟動臺南的孩童。

古阿霞也收到了樹訊，她用破磚在牆上畫下臺南地圖，補上挑戰者報上的大樹位置。令人驚訝的是，至少有五百株大樹，埋伏在各角落，樹根在地底下形成廣袤的網絡，把古城打包了。他們每天早上尋訪這些老樹，下午則趁放學時，在火車站前擺攤求戰。

今天，帕吉魯在車邊喘口氣，啃顆芭樂，好迎向第十八戰。有個背長提袋的少年在旁觀看，不久上前邀戰。他的長襪套在褲腳，皮膚黝黑，上臂飽滿，那副棒球高手的模樣引起了騷動。古阿霞上前解釋，搏一手得報上一棵城內老樹。無論少年怎麼報，古阿霞很清楚，那是已知的老樹，她要新的資訊。

「這棵老樹只有我知道了。」少年拉開背袋的拉鍊，拿出一根握柄上方用騎馬釘紮緊了裂隙的棒球。

帕吉魯接下球棒，尋個端倪。裂紋在棒球的V字型木紋交錯部位，是樹木生長點的脆弱處，用白膠與騎馬釘補妥，修得細膩。一般木棒取自彈性好、木質輕、重量穩的北美白樺木，舶來品價格高，斷裂後常修復使用。帕吉魯把木棒舉平看，發現是手工刨製，在偏光下呈現砂紙打磨的弧度，顯示木棒對少年的意義重大，也意謂木棒來源可能是本土種的臺灣白蠟樹或臺灣黃杞。

古阿霞對棒球沒興趣，說：「這像乞丐棒，不算數。」

「這是樹，以前是，現在也是，怎麼不算是『樹』。」少年說。

「我們找的是大點的樹，要活的，不是棒子。」

「這曾經是一棵老樹。」少年拿回木棒，摸了摸，「我叔公喜歡獨角仙，我也是。他家後院種了棵我叫作『獨角仙的餅乾』的大樹，獨角仙常飛來，喀滋喀滋咬樹皮，樹上到處是爬痕，看到牠們和長腳蜂打架，一起喝樹汁，是我夏天最好的回憶。」

帕吉魯向古阿霞私語，把觀察說盡了。她翻了翻記事本，說：「白雞油，那棵樹叫白雞油①，樹幹很直，有一塊塊的脫皮，夏天開了整樹的小白花。」

「原來叫白雞油，這才是它真正的名字。因為樹幹有脫皮塊，我才叫『獨角仙的餅乾』。」

「從任何方面來看，白雞油的彈性好、木質輕，做球棒最好，製作的人是高手。」

「把分心丟掉，把樹帶在身上去吧！這是我叔公說的，他是受日本教育的老貨仔。那年的夏天，他把樹砍了，做成球棒，要我打出第一千顆好球才能回去找他。而現在是……」少年把球棒舉在胸前，輕輕的左右大幅度擺動，好把人群退到揮棒的安全距離外。

他遠眺前方，站立不動。一百公尺之外，在人潮與車潮擁擠之間有塊小小的空地，大概兩張榻榻米大，棒球少年的焦點放在那。接著，他從背袋口拿出一顆紅線球，大力揮棒，一個沉爆的響亮把球推出漂亮弧度。棒球越過了噴水池、馬路與二十幾輛的汽機車，近百公尺的距離足以飛出青棒標準場地的左外野牆，落入三條街的指定空地，且彈進了垃圾桶。一切神乎其技。

「第一千六百顆了。」少年說。

群眾驚嘆，瞬間歡騰的鼓掌，短暫的兩秒飛行時間飛入了大家的記憶。有的人肯定，少年就是本地的英雄葉志仙，他在美國羅德岱堡「世界青棒錦標賽」的奪冠賽擔任二壘手，數次把盜壘的美國小飛彈跑者漂亮的截殺。這想法還沒說完，有幾個小孩繞過圓環去撿明星球，跑得像小飛彈，反應慢的直接穿過車道，打亂車陣，喇叭聲四起。

一個七歲的小男孩目睹了神奇的揮棒，他跑去撿紅線球，被母親拉回，上了剛到站的公車。他情緒黯淡，忘了經過車掌時要故意矮下身，被判定買半票，惹得母親跟車掌碎碎念。小男孩沒有照例坐在前座區，觀察駕駛操控大方向盤與長條弧形的排檔桿，他跪在車尾的綠墊椅，看著窗外的帕吉魯與棒球少年決鬥，另一頭有三個男孩為誰先撿到棒球而爭吵。

廣場太有趣了，小男孩巴望著，巴士司機也叼根菸看熱鬧，直到車掌小姐吹哨發車。公車繞圓環走，司機心思仍在廣場，不時瞥眼，沒多心在外側人行道有三個孩子為了棒球打起架了。其中一個孩子被推入車道，引發連環效應，機車閃躲，巴士司機被倏忽切入的汽車撞到，猛打方向盤，暴衝的車子撞到騎樓柱，很快的，從車頭的引擎進氣壩柵欄冒出了黑煙。乘客與司機都嚇獃了，驚恐之餘，匆匆忙忙的跑下車。

帕吉魯從來不把這場戰看上眼，棒球少年彈性好，速度快，像怯戰的拳擊選手到處詭移，缺乏戰鬥技巧。但是，他承認輸了群眾的眼光，大家的焦點放在棒球少年，這樣也好，他可以更認真的幹掉他。

①臺灣白蠟樹。

砰一聲，不遠處傳來巴士巨大的撞擊聲，眾人眼光往那撤去。帕吉魯得穿過八人厚的人牆才能看到狀況。公車猶如中彈的大象頂在牆邊垂死掙扎，雨刷啟動，車窗激烈咯咯響，人潮漸漸往那靠，驚恐看著。這時候，冒黑煙的巴士車頭瞬間著火了，竄出橘紅色的火焰。逃下車的乘客終於弭平了死亡的恐懼，癱坐地上，逃過死劫的母親在巴士周遭急切的呼喊兒子的名字，自責不應該讓孩子坐後座，她要衝上車時，被旁人拉下火場。

「他在裡面，根本還沒下來。」母親抓著頭髮、跺腳大哭。

火車站的人聚焦在著火的巴士。賣雜貨的、騎車的與趕路的都忘了幹麼，幾個吃麵的傢伙看熱鬧，用筷子夾麵條，晾在胸口不動。兩位鐵路警察從車站內拿滅火筒衝出來，其中一人的白盔帽掉了，露出微禿髮盤。警察把滅火筒噴出的白色霧氣朝向了巴士火焰，場面稍獲控制。怎料，左前方的輪胎忽然受熱爆炸，車子微微傾斜，警察誤以為是油箱爆炸的前兆，嚇得退到距離外。

那位母親奪下滅火筒往前衝，卻沒抓喉管，白粉噴得到處是。她跌在地上咳嗽，然後快速起身，奔向火場。兩個警察機警的拉住，不顧她雙腳亂踢。

「他還在車上，怎麼辦？」母親崩潰大哭。

轟隆一響，火焰與濃煙再度從車頭冒出來。那些陸續拿著滅火器與水桶的人，不敢靠近了，因為公車即將爆炸的傳言，占滿所有人的視線與恐懼，他們靜待一個大炸彈隨時爆炸，退更遠了，誰都怕死。

公車著火時，帕吉魯馬上從腳踏車的伐木箱拿出兩把斧頭，這是多年來面對森林火災，清理火場與開闢防火線的首要反應。他擠入人群，往巴士跑，一切再自然不過了。他得這麼做，要是裡頭有小孩，只能再活上五分鐘，而最近的消防車從第一大隊沿中山路發車，得二十分鐘後才能突破下班的塞車人潮。

「不要去，太危險了。」古阿霞攔下，不讓愣頭愣腦的傢伙過去。他有自信，是人群中面對大火最有經驗的人，這一點不自誇，火燒公車頂多把車燒壞，不會像疾病傳染給下一臺公車，可是森林大火會蔓延。所以，比起恐怖的森林大火，這點小火能應付。

巴士的烈焰與黑煙越來越惡劣，金屬燃燒、塑膠熔化焦臭，噴出毒菇般的鮮豔火光，濃煙在冬日車窗關閉的車內亂竄。距公車最近的母親，只能心力交瘁的大喊：「火來了，給我趕快跑呀！」就像在火葬場親送兒子火化時的悲哀。

「把浪胖放來，叫牠去救人。」帕吉魯說。

死亡最折磨人，古阿霞不忍母親的悲傷，決定讓狗試試看。「好，不准你進車去，不能。」古阿霞一邊叮嚀一邊回頭跑，穿過人群，解開腳踏車邊黃狗的鍊子。

帕吉魯看著一雙腳印離開他們原先站的白色滅火粉圈，真像雪地。他不會去死，曾言要帶她到兩千五百公尺的七星崗伐木基地，一座炭爐，兩杯白酒，整個寂靜雪夜，傾聽檜木與松枝在火裡迸裂的喟嘆，以及燃木香。他不喜歡平地，熱得冒汗疙瘩，太陽孵頭殼似裂開。什麼都要錢，什麼人都愛錢，他不會陪這些人死在這。他會活得夠久，帶黃狗去朋友們的墓碑撒尿捉弄。

然後，他噘了口，吹出尖銳的口哨喚狗。

黃狗聽到哨聲，急得往前衝，可是脖子被皮鍊扯在腳踏車，牠前腳豎起，用後腳著地，一副蓄勢待發的模樣。古阿霞抓住狗頸環，虔誠祈禱，請求上帝給牠勇氣與力量，斥退一切的危難。她的祈禱快被附近的吵雜給中斷了。哪知，黃狗不領情，從她手裡掙扎鑽走，一蹦溜索，竄進圍觀的人牆。古阿霞懊惱自己的祈禱有誤，這麼勇敢與死亡交鋒的黃狗不需要勇氣，是冷靜。

古阿霞追過去，十人厚的人牆讓她得繞到噴水池邊，看見兩個水桶在水裡隨波撞擊。巴士之前的爆炸聲讓救援的人收手，水桶扔了。她把兩桶子裝滿，跑太急失去重心，兩桶摔出了一灘水。她爬起來，沒顧到自己醜態，手還割傷，拿著壓壞的鉛桶回頭裝水，還對一旁蘸醬油似看戲的人大叫：「你們把衣服脫了，過過水，丟去救火也行。」

一個孩子照做了，把三件上衣一次掀出了頭頂。幾十位極想參與救火的小孩，終於打破了袖手旁觀，把上衣與長褲丟到水池，攪幾下，跟著古阿霞後頭跑到火場。

帕吉魯吹響第三次口哨，黃狗來了，一條粗大的橡皮筋從黑壘壘人群腳縫射出，在他腳邊打轉。帕吉魯抱起黃狗，邊走邊撫摸，讓牠稍加喘息，在距離巴士兩公尺之前，冒出的黑煙逼得他蹲下，緊抱黃狗。成千上萬的言語不及一個擁抱，憑多年的默契，這深深傳達帕吉魯的意思了。他要放狗上去找男孩，好狗兒，一切保重了。他再貼近車門，火光與濃煙暴虐的往外衝，現實版的潘朵拉盒子冒出來的災禍蜃影，塑膠、玻璃遇熱熔化聲令人發麻。他得靠得夠近，這樣好讓黃狗的緊張與騷動有了陪伴。

他拍打ISUZU（五十鈴）BF50鐵殼巴士車體，清楚且緩慢，那種節奏得比狗的心跳慢些才具鎮定效果。然後，他把黃狗丟上車，一邊大力的敲車體，一邊往後走，引導車廂內的狗往後跑。一九七〇年代常見的前置引擎公車在駕駛座旁隆出個引擎鐵包。黃狗掉進車，碰到發熱的引擎鐵包，立即循著敲打聲往後車廂跑，看到一個小孩趴在椅子下。

黃狗叫起來，跳上椅子，對窗外激情的吠著，表示有斬獲。

就等這刻，帕吉魯拿起斧頭砍巴士。這把斧頭三尺長，用來砍伐材質硬的闊葉木或針葉樹種中最堅硬的臺灣鐵杉，斧鋒厚，多少能破壞車體，況且他有另一把斧頭——斧鋒較薄，用以砍伐木質軟的檜柏。這兩把跟隨多年的傢伙，不比消防斧遜色，終於有機會向鋼鐵、巴士與大火討教了。

他選黃狗後頭的位置下斧，不會傷了小孩。砰一聲，ISUZU的車殼砍出個陷，露出了夾層木板，咻咻響的新鮮空氣從縫隙吸入夾層，悶燒的車頂冒火，助燃火勢，車鐵殼發出嗶嗶剝剝的熱膨脹聲音。他又下了幾次斧，清出小洞，隔著一張椅子拉出小孩的手。

現場爆出掌聲，歡呼聲四起，蓋過了火燒車殼的爆裂聲。母親衝去拉，奮力大吼，把他再次從肚中生出來般用力拉。事情有困難了，小男孩卡在洞裡，帕吉魯很快發現鐵皮木夾層的裡頭有X字型的支撐鐵條。他得砍斷鐵條，於是把男孩推回車廂內，勻出幹活空間。

雨下了，巨大的雨聲砸在車頂上，車廂地板滲出水。帕吉魯抓起斧頭，朝鐵條交錯的焊接點砍幾下，專注無比。鐵條是斷了，但是要扳彎幾根五釐米粗的鐵條是困難的，鋼鐵無動於衷。就在大火與母親的哭嚎中，終於召喚神奇力量，帕吉魯眼見驚人一幕，他的雙手，像千手千眼觀音迸出無數條強壯的手臂，將鐵條拉開，將縫隙拉大，也將小男孩拉出來了。

「你是第一個衝去的盾牌，成了大家的腎上腺素，沒有人想置身事外。」古阿霞事後解釋情形，「你也沒發現你受傷了。」

帕吉魯被人群擠退，才看清楚現場。不是下雨了，是車廂頂掛滿了上百件沾濕的衣服，阻延火勢。千手觀音救苦難之幻變，是十幾位壯漢擁上去，湊手腳幫忙。但有件事他沒看錯，巴士被大火吞噬，古阿霞弄濕衣服救火的計策失效，黃狗還在車裡，先前鑿出來的洞被火填滿了。

幾乎耗盡體力的帕吉魯，看著古阿霞淚流滿面的祈禱：「求主耶穌給浪胖勇氣與力量，還有無限的時間。」

那一刻，砰一聲，公車的後車窗被人打破。那是棒球少年用修補的球棒敲出來的，使力過猛，球棒斷裂，他用手中斷棍清除窗框的玻璃殘片。五、六位孩子猛拍打公車屁股，像拍打痛苦巨獸的背，讓牠吐出肚子裡作怪的核桃。

一條粗大的黃橡皮筋從後窗射出，半空中扭身落地，對巴士吠個不停，被孩子視為城市英雄。棒球男孩高舉斷棍，大聲喊全壘打。群眾喜悅的鼓掌，不斷跳腳，慶祝跳舞似。

吠累的黃狗回到了帕吉魯身邊，安靜地依靠，舔他手上的血。古阿霞加入擁抱行列，讚美上帝的美好。

臺南市警局刑警隊以處理刑事案件為主，辦公室瀰漫肅殺氣氛。一個理平頭的年輕偵查員穿著黑襯衫，嘴裡叼菸，花了半小時要帕吉魯說話。他從逮捕帕吉魯的那一刻就知道他不是瘖啞人士，卻從帕吉魯嘴裡挖不出半句話，他咬著菸頭，說：「張嘴，我檢查。」

帕吉魯張嘴，下頷上揚，把人人都有的嘴巴結構給人瞧個清楚。

「媽的，舌頭還在就不要裝蒜。」平頭偵查員跟帕吉魯耗了半包菸時間，拍桌動怒，走之前丟了張公文紙，「不說，就把姓名住址，還有來臺南的目的，給我老實一點寫，不然辦你個三、五年牢飯。」

玻璃桌墊上有一張八開的制式紅線公文紙，一支玉兔牌原子筆。帕吉魯花很久時間看這兩樣物品，挪動鞋內的腳趾，轉動脖子，如何寫字與說話，都困難的折磨他。他花半小時仍無進展。

平頭偵查員來了兩次。一次側坐在桌緣，恭喜他寫出滿滿的無字天書。另一次受到上司責難後，叼著菸，咆哮說他看懂了無字天書都是寫他媽的，離開前把菸蒂塞進裝水的小黃瓜漬物玻璃罐。帕吉魯覺得滿是尼古丁黑水、檳榔渣與菸蒂的罐子，是平頭偵查員的肺部縮影。有幾次，這傢伙低頭對他輕聲下馬威時，嘴臭有打翻臭水溝的悶腐。

接下來一小時，平頭偵查員沒來打擾。帕吉魯抬頭觀察四周，辦公室擺了十張堆著資料的鐵桌，牆上貼著轄區行政地圖，牆柱黏著紅字標語「保密防諜，人人有責，小心匪諜就在身邊」、「大膽假設，小心求證」。標語下方的櫃臺放了警用調頻廣播SCA接收機，放送警廣節目之餘，隨時插播「八號分機」的重大刑案追緝。這環境好冰冷。

警分局還有其他的嫌犯。在帕吉魯前方五公尺之處，一位微胖、穿藍衣黃裙的婦人坐著錄口供，懷中抱著嬰兒，濃重的明星花露水香味到處瀰漫。另有個中年髮禿的男人，由最低階的警員錄口供。帕吉魯聽出端倪，婦女與禿頭男是「站壁的」與「豬哥」的嫖妓關係。

經過這麼久，他稍能撫馭了驚悸，回想他被帶入警局的過程。那是幾個小時前的事了，他們分頭進行找樹的計畫，古阿霞往安平老街一帶尋樹，他留在火車站附近，繼續等人上門報樹訊，遙遠看見燒毀的巴士剩下焦炭骨骼，柏油路燒出凹陷，塑膠與玻璃熔成一坨坨堅硬的黑塊，騎樓與洗石子牆燻出恐怖的煙焦。巴士殘骸四周拉起了封鎖線，線外逗留了不少人，他們沒看過它昨日著火模樣，今日參觀屍骨也好。

帕吉魯很清楚，昨日太招搖，火車站不能待了。這讓他更堅決的執行接下來的計畫，趁機買禮物給古阿霞，這是為什麼支開她到別處的原因。他先到三條街外的當鋪當斧頭，換點零資。鐵窗後的頭家說，「這支是好好的，砍巴士砍到缺角的較有價格。」帕吉魯當了缺角斧頭。這把斧頭跟了十幾年，砍倒上百株的千年鐵杉，故事多得能裝在水缸化酒。

典當要驗身分證，並寫當票。他身分證留在古阿霞袋裡，對寫字能嚇出痔瘡的他，又發汗了。頭家乾脆只要他押拇指印，還說英雄當劍，隨緣。帕吉魯走出當鋪後，決計流當，他過幾天離開，不再回臺南。這城市的巷弄在轉身的剎那漸漸掉漆，但是留下點東西沒帶走，記憶才會深，就斧頭了。

他走到五條街外的女用品店，花五塊買了由「寶島歌后」紀露霞代言的「婀娜達」牌香皂，又買兩件黛安芬胸罩。他想買牛仔褲，換掉她不夠青春的黑工作褲，挑了好久，哪曉得尺寸，改買一雙紅色女用雨鞋。他想像穿著紅雨鞋踩在灰濛濛的泥濘森林，配得上他在雪地好看的大紅披風。最後，他買了件女用藍色尼龍混合纖維外套，適合山上的潮濕區工作。買完東西，他鬆口氣，這輩子最大的冒險是闖進女用品店，帶出一大包戰利品。這也意謂他花了更多錢，得早點離開臺南回花蓮的摩里沙卡。有沒有找到那位共產黨員的家人與文老師不重要了，這世界未必有答案，他盡力了。

「這是報應的想法。」帕吉魯事後這樣想。他把戰利品掛車上，往下一條街走時，有個穿卡其色制服的警察，騎機車攔下他，隨後有兩個便服員警從後頭把他拽進了福特跑天下偵防車，強行擄人。他對這種車有好感，鍍鉻保險桿、黑色皮革車頂、板金明亮；尤其左側車窗柱前的天線緩緩升起時，他總是肅立觀看如升旗。被塞入囚車，好感受全沒了，剩下惶恐，送抵刑事組做口供。

帕吉魯沉默的握筆，一個字都沒寫，越緊張，越寫不出，他比較習慣兩支筷子的手感，而不是單支筆的。他看著黃桿藍蓋的玉兔牌原子筆，這國產筆的商標是跳躍的兔身，拆下的筆管能當吸管，或以筆芯當推進器的橘子皮空氣槍，筆蓋能掏耳朵。帕吉魯這麼想的時候，忍不住拿起筆蓋，慢慢刮除耳朵裡紛紛擾擾的耳垢，深度剛剛好，舒服得瞇眼。他對白紙也想不出能寫字，頂多拿來畫圖、摺紙飛機與「刻鋼板」。刻鋼板是油墨印刷。

他還記得，在那山上的小學，陽光濃燥的好日子，文老師在南面窗下，用針筆在蠟紙刻鋼板，發出嘁嘁嚓嚓的聲音。當文老師刻到四畫之內的字，像是簡單的「口、子、女、二」之類，總回頭說：「來，你來寫。」這時他用削尖的鉛筆寫，下巴因為頂著的桌緣蠟紙而染成藍鬍子。帕吉魯仍記得，文老師要他站在小板凳，拿蘸油墨的滾桶刷過蠟紙的泥濘感，像走過櫸樹鏽黃落葉的潮濕小徑，聲響清晰。「好啦！我們有文字足跡了。」文老師從油墨機抽出白報紙，上頭印滿黑色手工複製字體。

「那個討債的『契兄』，在哪？」一個高分貝喊的婦女從長廊走來，好讓大家知道她來抓姦。

這打斷帕吉魯的回憶，注意起值班警察帶個女人走進辦公室。她一副登臺表演的裝扮，塗豔口紅、羊毛套頭，穿碎花洋短裙。她來較勁的，先到美容院刻意梳扮。她走到那位抱嬰兒的胖妓女旁，扠腰挑釁，用閩南語連說「了然喔」表達污衊，又說：「抱個小的來站壁，教壞嬰仔。」

她繞過桌子，走向男嫖客，狠狠用提包甩了兩下他的頭，「下次這樣，我皮包裡是放磚頭。」

偵查員正在幫男嫖客錄口供，說：「妳這樣，我告妳妨礙公務。」

「大人，我是來領這位契兄，減少你的負擔。」婦人從皮包裡拿出個捲成筒狀的卷宗，交給偵查員。

帕吉魯看得出來這女人的後臺很硬，因為偵查員看了卷宗內的資料，也不錄口供了，告訴男嫖客可以回家了。

男嫖客喜孜孜的把相關文件簽完，領了保管物，對妻子說：「歹勢啦！我下次不敢了。」

妻子幫男嫖客拿走保管物，「你不用回家了，給我留在這反省一晚。」說完甩著皮包離開了。

在場的人笑起來。偵查員隨後將不明就裡的男嫖客帶進了拘留室，關上鐵門，任由他跳腳。這項拘禁根據是戒嚴時代的惡法「違警罰法」，舉凡各種沾染色情、流氓行徑、無賴遊民，甚至小到服儀不整，都可關人。也就是說警察要辦人，絕對可依「妨害風俗」在任何人身上找毛病，經警局「黑牌法官」裁決巡官的簽同，拘禁數日。

拘留室不斷傳來男嫖客的抱怨，接下來時間，帕吉魯的注意力回到公文紙上，聽完SCA接收機播放鄧麗君〈路邊的野花不要採〉，他畫了隻狗。從吠聲他知道黃狗離這不遠，拴在窗外停車場的南洋杉下，這種高可達三十餘公尺的樹是城市常見樹種。偵查員把他塞進車的時候，黃狗與腳踏車隨後被帶回警局了，帕吉魯認為，應該給吠個不停的黃狗喝水。

這時候，門口一幕打斷帕吉魯思維，一個上手銬的平頭年輕人被帶進來，身上的物品被拿下保管。稍後有個婦女進來，手纏繃帶，在另一側做筆錄。帕吉魯不久聽出了緣由，年輕人是逃兵，搶了婦女錢包。婦女不時提高音量抱怨，時代變了，人只會用手搶，不會用手工作。

門口隨後進來一位六十餘歲的老人，鬢髮斑白，步履蹣跚，對逃兵男吼：「我寧願不要兒子，也不要一個會搶劫的兒子。」

逃兵低頭，不發一語。當暴怒不已的老父知道這樁犯案是「兩人搶劫，一人在逃」時，眉頭糾結。帕吉魯看出老父陷入苦楚，是為生關死劫的兒子無奈，因為依據更嚴峻的陸海空軍刑法，兩人以上搶劫，不分首從，一律槍斃。

老父緩緩站起，往被搶的婦女走去，兩膝跪地，磕頭說：「大娘，我給您做牛做馬，求您放了我兒，他還年輕，還要娶妻生子。」一把鼻涕、一把淚都塗滿了臉。

帕吉魯為這慈悲畫面感到不忍，一個白髮老者到這把年紀還能把尊嚴墊在膝頭下，是拚老命，為兒請命。「不要這樣，老先生，有話起來再說。」被搶婦人連忙扶起。

做筆錄的菜鳥警員，求助似的看著遠處的老鳥偵查佐。被搶的婦人也動了不忍之心，連忙緩頰：「算了算了，不過手破點皮，皮包裡一塊也不少，就這樣好了，阿彌陀佛。」

老鳥偵查佐一副氣怒，怪罪老父進來干擾，最後點起黃長壽，「口供都已經寫了，你叫我一把火燒給城隍爺判案？別鬧了，要是我心情好，寫好點，這就算一般搶奪。心情不好，寫成重罪，就是結夥強盜罪。你安靜點，別搞得我一卵葩火。」

這席話沒讓氣氛緩和，帕吉魯看出那些外在衝突，變成內心伏流，老父乾脆以洗門風對著大家長跪不起。逃兵哭泣，被搶婦人背對大家，每人都陷入難解的情緒。帕吉魯的體內也有強大伏流，他在公文紙畫上一間廁所，表達內急，卻沒有人過來。他不得不拿了桌上的杯蓋玻璃茶杯，翻白眼爽勁，最後從胯下端出了一杯剛泡的溫熱手沖烏龍茶尿水。帕吉魯知道，他能趁機拉完尿，多虧了那位胖妓女讓接下來的現場陷入混亂。

那是男社福員進來，與偵查員聯手，帶走胖妓女懷中的嬰兒，另行託顧。胖妓女吼著，不肯與骨肉分離，雙方拉扯之間，另兩位做筆錄的警員也加入。處於劣勢的胖妓女索性把被扯鬆的上衣撕開，胸罩扔掉，露出兩個飽滿下垂的乳房當武器，說：「來呀！啥人敢摸到我的大木瓜，就是痟豬哥②，我一定跟檢察官大人講明白。」

「痟查某，我看妳多囂掰。」偵查佐去搬救兵，找來兩位少年隊負責婦幼業務的女警員。

胖妓女腹背受敵，她把一個乳頭塞給驚嚇不已的嬰孩吃，另個奶脹的乳頭噴濕了胸口，無計面對女警。帕吉魯看出勝負已定，但他祈求戰事再燒一下，好讓他在桌下尿完尿。

驚人的扭轉發生了，被逼退到牆角的胖妓女，蹲馬步，裙子撩在腿上，大內褲褪下，兩手指插入陰毛濃密的下體。在場的人沒有看錯，胖妓女要大家知道她的伎倆，她慢慢攪陰道，拔出手指，說：「快來！我賺吃的毋驚瘡③，來呀，我幫你們的臉種菜花。」然後，她重複摳下體，拔出之後，抹上身，好讓臉龐、手臂、乳房等露出肌膚的地方都塗滿了某種防護罩的光芒，凡是碰到她身體的人都會染性病。

帕吉魯——或在場的某些人，絕對懂那是愛的光芒，胖妓女是他們見過最難纏的女人，在她最蠻橫抗敵的時刻，自己只能掏懶叫尿尿。世上要是有什麼值得懷念的「女劍客」，就屬眼前女人，她比出兩個指頭的殺刀模樣最動人。

接下來的漫長時刻，刑事組安靜了，帕吉魯、胖妓女與逃兵都關入了兩間拘留室，男女分開。男嫖客不斷罵一牆之隔的胖妓女害他長菜花。胖妓女懷中的嬰兒被惹哭了，板起面孔說：「恁祖嬤較毒，已經在你的懶叫上種菜園，有瓠仔、菜頭，還有苦瓜。」逃兵窩在廁所矮牆邊的木地板，為未卜的命運愁慮。帕吉魯則

②色狼，閩南語。
③當妓女的不怕花柳病，閩南語。

擔憂，會關多久，如何脫困，他在拘留室繞圈，試著說話澄清自己，發現半公尺矮牆後頭的廁所被封了。

一個偵查佐從很遠的地方吼來，「那個啞巴，不准拉屎。」

帕吉魯嚇著了，站在原地，夾著屁股，用力的括約肌足夠夾爆南瓜。

偵查佐繼續大喊：「上個打速賜康的毒蟲，毒癮來了，想從馬桶鑽去，卡住了頭，竟然用脫光衣服塞死它。你這啞巴，拉屎得上手銬出來上，在裡面亂拉叫你用屁股吸回去。」

帕吉魯躺下休息，寧願當成被塞死的馬桶，遭人遺忘，因為他有種被水泥封喉的痛苦，被關到死也說不出他是無辜的。他為什麼被關，要被關多久，都不知道，肯定跟他在車站前砍巴士救人有關，難道這是救人的下場？

到了晚上九點，女警帶來了兩位穿迷你裙、蹬高跟鞋的少女，命令她們靠近鐵牢，仔細看胖妓女，取笑她們現在當「落翅仔」④，將來是死大箍⑤。

「還是個能種菜花的死大箍。」男嫖客站起來大叫。

胖妓女走近牢邊，好給少女看得清楚，用跋涉沙漠或叢林後的戲劇性口吻說：「看我這麼臭老，才三十歲，嫁給個愛開查某的老倒勼，生個逃兵兒。而且我的初戀愛人來看我，卻無緣無故給人關到憨去，不講話了。」胖妓女把牢內的人都牽扯了，又說：「真正可怕的是，我失去快樂，每天來一根，做一根，跟吃芎蕉一樣，要不是嬰仔出生，我感覺人生沒意思。妳們這麼少年就出來玩，玩夠回家吧！不要白白給人糟蹋一生。」

兩個少女低頭站了一個小時，一個撇頭，一個顧著流淚。之後又被帶回少年隊，並在長廊那頭爆發不同戲碼。帕吉魯隔牆聽出了動靜，嘆了口氣，家庭網絡如此黏困兩隻小花蝶：某個少女被前來的母親大罵妓女，賞個耳光，不耐言語刺激後，母女罵著互揭家庭傷疤。另一個少女則大哭，告訴前來的老祖母，她不要回家，控訴父親對她毛手毛腳，她不認為他是父親，是畜生。

很長時間，警局隨著夜色越來越安靜，帕吉魯聽到SCA接收機插播了第五次臺南各轄區加強尋找某男孩的訊息，「十歲、一四五公分、右眼角有痣。」帕吉魯抱怨刑案插播，中斷了節目，但又期待男孩沒事。不久，SCA接收機被最晚走的偵查員關機，窗外水溝的澤蛙叫聲拔高了起來，這晚要漫長起來了。

十點多，備勤員警來問誰想上大號，帕吉魯才站起來，警員便走了。接下來的整夜，他孤寂的跟自己的肛門拉鋸戰，忍著強大便意，抓住員警來的機會。他總算忍到早晨五點的如廁時段，從拘留室猛衝到廁所，還關上門。憤怒的員警用腳踹開門，要他把上銬的雙手放頭上，防止脫逃前抓大便當武器，塗瞎員警的眼睛。帕吉魯想到把腿張開，撇條給人看，寧可讓大便縮回去。

警員冷冷的說：「再等的話，下次時間是午餐後。」

他不想找茶杯或菸灰缸當作馬桶了。帕吉魯需要想像，但不要往屈辱那頭去想。黑熊，就當一隻黑熊在等待他，想吃他拉完的糞便——帕吉魯想著，努力擠肛門，扭曲的臉紅得逼近燃點的肉體火柴棒。啪啦一聲，噴了出來，他完成了解脫，每滴汗水都沒白流，有種為臺灣黑熊做功德的喜悅。

「廁所掃乾淨，其他的也順便掃。」黑熊說。

帕吉魯低頭看，蹲式馬桶噴髒了，誇張到看不出它的位置了。

上手銬的帕吉魯屈辱的做完，髒水濕透了褲管，回到拘留室被嫌是從馬桶爬出來的逃犯。他坐角落，看窗外，早晨六點，天色漸亮了，城市醒在薄光下，這時候，傳來一陣憲兵的軍靴金屬墊板叩擊水泥地的特有聲音，像是牛頭馬面拖著鐵鍊來索命。值勤員警帶來三位憲兵，一位便服，兩位制服。當便服憲兵隔著鐵牢

---

④中輟的援交少女，閩南語。
⑤死胖子，閩南語。

給逃兵上了腳鐐手銬時，制服憲兵後退警戒，手放在腰際佩槍。整夜在值班櫃臺旁縮著打盹的老父，忍不住上前抱住兒子，臉都哭歪了，然後盡可能跟在兒子後面，直到在兩條街外失去憲兵車的紅尾燈。

稍後，男嫖客也被釋放，直說要吃豬腳麵線當早餐去霉運。胖妓女說，這麼早沒賣這味，關晚點再走就有了。男嫖客走了好久，有個附近熟識的小攤靠關係由值班員警帶進來送早餐，說有個男人點名給啞巴的。那是碗撒上香菜的虱目魚鹹粥，配一根油條，標準的臺南活力早餐，擺在帕吉魯的監牢外，冒著氤氳熱氣與香味。帕吉魯有種恍惚，吃了這餐就要被送上刑場斷頭般，靠著牆，看窗外的小小藍天，那麼一小塊微不足道的世界拼圖，足以在內心發光發亮。

「這分明是痟豬哥來氣死恁祖嬤的，我不認輸，我就是愛吃。」

「喔！」出神發呆的帕吉魯，淡淡應聲。他看見一隻粗白肉顫的手從隔壁監牢努力伸長，要奪走眼前的虱目魚粥。

「我腹肚餓得要翻過來了，你不吃，我這有兩張嘴要顧。」

他毫不猶豫，把鹹粥推過去。

胖妓女拿了就吃，唏哩蘇嚕，不照章法的喝起粥來，把剩下的半碗推給帕吉魯，說她沒病，吃了嘴巴不會長菜花。然後，她接下來的時間忙著掏奶餵懷中大哭的嬰兒。

他沒有回應，繼續看窗外天。他覺得自己越來越成了都市人，習慣窗景，習慣水泥地，習慣市街聲囂，習慣像詹姆士・狄恩髮型的美製DT蒸汽機關車奔馳都市的大煙大鳴，能分辨三菱扶桑（Fuso）與五十鈴巴士的引擎聲。這一切，像他能踩出五公分落葉下的小硬體是鬼櫟、大葉石櫟或柳葉柯的橡果實，嗅出百公尺外黑熊用利爪劃開樹皮的味道，現在能嗅出油炸虱目魚腸或豬皮的差異。可是，一種能力被強化，相對減弱另一種能力。

他思念起他的森林、山脈與古阿霞了，非常想念。

越接近中午，辦公室恢復了喧鬧，傳來員警開槍櫃取槍出勤的警鈴聲，一個小偷偵訊時，被兩個偵查員痛打在地上才招供同夥，拘留室陸續關進了些人。帕吉魯坐地上，頭埋進胯間，思念古阿霞。所有思念都帶著淡淡的魔力，他忽然聽到古阿霞的聲音了，那是真的，絕對沒錯，他火速站起來，淚流下來，不懂淚為什麼容易流。

不久幾個人走進偵查隊門口，古阿霞在其中，臉露驚喜的走來。那一刻，帕吉魯種種的無奈、不解與委屈，在重逢剎那間，靠淚水帶走了，譽滿花蓮與臺南的殺刀王都哭糊了臉。

帕吉魯離開拘留室的那刻，先去確認黃狗。黃狗被關在停車場一輛扭曲報廢的事故車內，隔著玻璃，對他猛抓。帕吉魯懂得那種酷虐的感受，確定牠沒事就好了。

他接著來到副分局長的辦公室，除了古阿霞在，還有小瓦與兩位警察。

年長的兩線四星警官啜了玻璃杯蓋茶，以緩慢聲音解釋：「你太招搖了，『警總』盯上了，我們得先下手。」警總是臺灣戒嚴時期的八大情治機關之首，惡名昭彰，包山包海的綿密情報網深入各角落。老警官又說：「這是對的，你什麼話都不說，只會畫圖，你從警總出來可能被整得無病痛三年，而且他們也不會讓你在茶杯裡偷尿尿。」

「你偷尿在人家茶杯？」古阿霞有點取笑。

「閉路監視器看得出來。」老警官說。

「我可以看一次嗎？」

帕吉魯低頭，一抹愧歉的眼神流瀉了心情。他看她穿的黑雨鞋，想像它著了紅色的模樣，想像它踏過雨窪的聲音與漣漪。他也覺得她真聒噪，一刻不得閒的說，還專說他。

「我找了兩個伐木工勘驗你的大箱子，他們很確定那是完整的老家私，連他們都嚇一跳。」

「所以你安全了。」古阿霞補充說。

老警官再喝口茶，「我很早就盯上你，在你們來臺南的第一晚就住在我家隔壁空地，占據了我孫子的地盤，那是他的祕密基地。」他靠在竹椅背上，抱怨的說：「我孫子昨天失蹤了一夜，沒回家，我們動用所有線上員警在各勤區找，他媽的屄，都是你害的。」

帕吉魯看得出來，身為副局長的老警察，權柄甚重，脾氣更重。

保持沉默的年輕員警，這時才說：「原諒我爸爸說話有點氣。為了找人，我們緊張一夜，還動用八號分機廣播。」

古阿霞把責任往自己身上擔，說：「我是罪魁禍首，為了找你，把小瓦也拖下水去找，害他沒回家。」

一旁緘默的帕吉魯，心裡啪一聲，終於搞清楚狀況了。古阿霞為了找被拘留警局的他，整夜與小瓦逗留在外，那便是SCA接收機整晚播放的尋人啟事。小瓦的父親與爺爺嚇壞了，動用警網找人。這一切的循環原點，不過是刑事組先羈押了他。要不是這樣，一切都不會如此巧妙的扣擊。

「不過，我得要謝謝你，我很少跟人說謝謝。因為你們，我兒子願意出家門，他以前連學校都不敢去，不是待在家，就是在祕密基地玩，我跟我爸爸很高興。」年輕警員說。

「我哪時說過高興？」老警察說。

小瓦悶著頭說，「原來，爺爺一直不高興。」

「哪有？我只是比較忙，忙得忘記日子該高興，還是不高興。」

小瓦說，「你都忙著喝酒，警察又不是釀酒的，也不種葡萄或高粱，哪有天天這麼忙著喝酒的。」

這麼一說，老警察都笑了，小瓦緊接著說爺爺都笑了，哪有不高興。辦公室頓時陷入尷尬的笑聲。帕吉魯沒笑意，看著地板上的每雙鞋子，靜靜聽著大家你一言、我一語，他想像這些對話來自鞋子裡有雙舌頭。

古阿霞伸來一隻細長又溫暖的手，緊握住他的手，說：「你也該高興呢！因為我們終於找到文老師與『那個人』的家人了。」所謂的「那個人」指的就是被關在玉里療養院發瘋的共產黨員，古阿霞含蓄的講。

這是真的嗎？帕吉魯心想怎麼可能。

年輕警員解釋：「一點也不難，你的朋友有案底，我們的警政系統可以查到轄區內有案底的人。」不過老警察把話鋒搶過來，說得更兇：「你的朋友犯的是『內亂罪』，意圖顛覆政府，就是匪諜罪。你們好自為之，別蹚渾水，不知危險。」

帕吉魯心頭一揪，再度低頭看地板，被關一次的委屈重新回到心頭。

年輕警察又說：「我相信你是好人，因為，我跟文老師也認識，文老師教過的學生都是好學生。」

「沒錯，我們也找到文老師，可以去見她了。」古阿霞說。

帕吉魯不敢相信，十八小時的拘留足夠變天了。被關有了代價，他面露喜色的看著大家，心頭卻有疙瘩還沒掉下，只有跟老警察請求才行。他跟古阿霞耳語幾句，要求放掉拘留室的胖妓女，成不成沒關係，他願意請求。稍後，帕吉魯領回大木箱，整理凌亂的工具，這時找了他整夜又沒睡覺的古阿霞終於哭了。他不知道如何安慰，讓她抓著自己的衣袖微顫，也沒用新買的禮物安撫她，他渴望她的哭聲，那是最真誠的企盼與關愛。

胖妓女獲釋了，站在警局門口對古阿霞說：「謝謝妳的男人，他是好人，希望我的小孩將來能跟他一樣勇敢。」

「他一直都是的，謝謝。」古阿霞看著帕吉魯從事故車抓出黃狗，人與狗緊緊的擁抱一起，在地上打滾了一圈。

「妳也是，好人都會永遠在一起，祝你們永遠幸福。」

古阿霞真心的笑了，那是她聽到過最好的話了，比得上古城溫暖的陽光與美好巷道的光影。

「紅字」的家在海安路的某間小學旁，是外觀森嚴的民宅，家境不錯。一公尺半高的牆頭沒有黏了常見的防盜碎玻璃，是攀附了粗大的茉莉花藤當圍籬。帕吉魯跳幾下，朝內觀察。屋內是一般庭園植物，唯一能解釋的是，鄰近的校園內植物很多元，記憶退化的「紅字」把兩邊的植物混淆了。

應門的是中年婦女，頭髮服貼，她有教養的點頭：「請問哪找？」

古阿霞事前模擬了幾種拜訪理由，免得吃閉門羹，仍覺得誠實是上策，「平安，我們從花蓮走過來找妳，花了半個月。聽起來很誇張，但真的，拜訪完妳之後，我們又得花半個月走回去。」

「你們是？」

「我們是妳兒子在花蓮的朋友。」

中年婦女瞬間凍住，臉部沒表情。古阿霞看出來那是壓抑反應，淡漠是中年婦女多年來面對外人的面具。雙方僵了，古阿霞主動請求到屋內小憩，喝杯茶，這對風塵僕僕的人來說是主人待客之道。

進入庭院，牆裡牆外兩個世界，古阿霞驚豔春天在此盛宴，花木扶疏，是一座繁茂的小森林，足見花費的不只是時間，還有熱情。帕吉魯看見東側圍牆邊仿照霧林生態，苔蘚冒油似生長，把磚牆敷了綠潺潺；也栽了幾株如殼斗科植物的塔塔加高山櫟，一株赤皮青櫟掙出牆，夕陽把那皮革般的葉片擦亮成千萬朵的銀光。

中年婦女到廚房煮水泡茶。兩人坐在日式的榻榻米客廳靜候，餐桌仍有飯菜，料想女主人剛剛在用餐，到訪時機確實頗尷尬。不過找路耗費不少時間，已近晚餐，他們倆先特地在附近囫圇個小吃。中年婦女襯著窗外綠景，輪廓呈現有種失焦的鉛筆塗線。古阿霞在逆光下，唯一沒有看走眼的是背對她的婦女一度拭淚，這並非在切洋蔥，她稍後端上蓮霧。東看西看的帕吉魯最後只看蓮霧，心喜這種紅果子，拿了木籤猛戳就口，只有古阿霞咳嗽暗示時才稍微收斂了貪吃相。

古阿霞從警局登錄的口卡資料，略知了「紅字」的案情：因美國將釣魚臺劃還日本而參與抗議遊行，參與援助泰北的遺孤「美斯樂」，接著反政府被逮，在臺北地院受審調查期間發瘋，由臺大醫院判定精神分裂，入院治療。這麼長串的資料她該從哪講？該如何講？不過她的猶豫得到轉圜，對方出手了。

中年婦女問：「我知道他轉到玉里醫院，那邊環境怎樣？」

「不能說很好，他看起來很激動。」

「妳是護士？」

「不是，一個剛認識他的朋友，我希望妳去看看他，或許對他的病情會有些幫助。」

「我想去，但有點遠，怕前院的植物沒人照顧。」

古阿霞要不是才目睹中年婦女背對哭泣，她會立即抽身說再見。她想再耗點時間，直到看穿那是婦女的偽裝，還是真放棄自己兒子。她再試試看，畢竟從花蓮來不是簡單的事。在斷續失焦的對談中，古阿霞逐漸聚焦在自己旅途，好引起中年婦女的興趣，講到臺南的老街老樹，古阿霞攤開一本電話簿展示夾藏的半枯葉片，「很多樹連我的朋友都認不出來，不過我會摘下葉記錄。」古阿霞說。比如某種紅花蕾怒放的花，古阿霞說是「一樹芭蕾舞臺的裙襬紛紛」，帕吉魯說「一樹沾了摳爆鼻血的衛生紙晾乾」，中年婦女說那是安石榴。還有，有種玉米鬚狀花朵，味道像玉蘭花，中年婦女說是美國花生⑥。又比如，有種毛蓼蓼的花生莢，

⑥馬拉巴栗，一種植物。

長在樹上，怪模怪樣，有路人摘了吃，帕吉魯吃了一盆，嘴巴黏黏稠稠的像吃大中午的柏油。中年婦女說那是「羅望子」。

古阿霞拿出比琵琶葉稍大的樹葉，「我們很貪吃，一直討論它的果子能吃嗎？」

「這是第倫桃，你們有吃嗎？」中年婦女說。

「很難剝，我們用斧頭劈開。」古阿霞記得那種翠綠果實堅硬，劈開後有海葵觸角般的果肉，活像外星人的兔唇嘴。兩人猜拳，輸的試吃。猜贏的帕吉魯說他比較擅長「烙賽」⑦，讓他來，便搶去吃。死不了，嘴巴卻有幾天刷不乾淨那味道。

「它跟榴槤的臭味有點像。」中年婦女說。

「我這輩子再也不可能來臺南了，每次看到美麗的景致會難過，於是再多看幾眼，好讓我的悲傷感淡了些。」

「我也常有這種旅行的感覺。」

「我想摘妳花園裡每棵植物的葉子當作紀念，可以嗎？好讓我多些美好回憶。」古阿霞講了真心話，想多存些眷眄的資本，也因為撞見這間老宅色盤撩亂的花園，萌生了拖延計策。她發出懇切的眼神。

「可以，不過妳會多些時間。」中年婦女沉默了一會兒。

「我多了一雙手幫忙。」

古阿霞在客廳把報紙攤開，去庭院把摘了的葉子放上去。植物太多，報紙嫌小，他們用上了六日份的報紙。到了晚間十點，古阿霞長嘆了口氣，吸引在廚房看書的中年婦女進來，看見了八日份的報紙還不夠用。

「得熬夜趕工，我們得搬到妳的前院做，妳可以關上玄關門去睡。」古阿霞請求。

中年婦女遷就，說他們可以留在客廳做完，外面多蚊蟲，吩咐出入時關緊紗門便可。說完她回到餐桌看書，累了才回房躺。房門上鎖聲響起，忍得快被陰霾滅頂的帕吉魯問，媽媽都不理兒子了，我們還得熬夜做到天亮。古阿霞說服帕吉魯，中年婦女不是不理兒子，是壓抑情感，她偷偷觀察到她有一小時沒翻動手上的書，頻頻去廁所擤鼻涕，「這是拖延戰術，一定還有方法，你睡你的，我做我的。」古阿霞提燈到前院，把拴在大門外的黃狗牽進來休息。

到了凌晨兩點，打呼的帕吉魯忽然睜開眼看著天花板，說：「屋子上有蟲子聲，很怪。」

他突然冒出的話嚇著了古阿霞。她認為，梁上有蟲蛀聲很平常，夜裡更明顯而已。老屋有白蟻與天牛幼蟲蛀，一點也不怪，蛀久了，梁材充滿蟲洞像是罹患骨質疏鬆症。

「像什麼聲音？」帕吉魯問。

古阿霞慢慢站起來聽，避免動作太大，讓敏感的蛀蟲停止蛀蝕。她沿客廳走一圈，覺得是平常的蟲蛀聲，不過她貼上邊柱時，聽到清晰聲，那是天牛幼蟲的骨化頭顱與銳利大顎如鑽掘機在木頭裡前進，「像是在鋸木頭。」

「沒錯，鋸木頭的聲音，這是故意的。」帕吉魯說。

猛然一聲啪，帕吉魯跳起來，出門從伐木箱拿回了一條繩索，一頭綁鞋子丟過梁柱，爬上去了。古阿霞嫌他要聽個清楚也不用大剌剌上去。帕吉魯在梁上招手，發現了祕密，要古阿霞上去。她攀著每二十公分有繩結的繩索上去，搖搖晃晃，活像要爬出脫水機。

帕吉魯說，「天牛的小孩在鋸樹。」

「然後呢？」

「這是荔枝樹，」帕吉魯摸著那根非主構梁，「他們故意在這放荔枝樹，小孩會在這鋸樹。」

⑦腹瀉，閩南語，此處用諧音。

「聽起來是製造有人不斷在鋸樹的回憶？」

「嗯！」

慢慢的，古阿霞懂了，天牛有數百種，每種天牛只喜歡某幾種樹，牠們大顎結構不同，啃食樹材的聲響節奏也迥異。這間檜木建構能防蟲蛀，卻刻意在客廳梁上擺根不塗柏油、不灌松節油防蛀的荔枝裸木，誘發某種天牛幼蟲來啃食而發出類似鋸木聲。接著，他們爬下梁，來到廚房的餐櫃，拿出了裝過蓮霧的水果盤與水果籤。他說，這是荔枝盤，暗紅豔色，弦切材而有山峰木紋，給人殘山剩水的中國潑墨畫視覺。他慎重說，從梁木或水果盤的木紋，來自同一棵荔枝樹。他們提燈在屋內觀察，步伐小心，又找到一張凳子與兩個糖罐也是荔枝木。

「還有沒找到的。」他說，打開玄關門，往院子掃視，大門口邊的黃狗站起來瞧。

帕吉魯提燈在前院巡，來到馬纓丹邊，把燈交給古阿霞後鑽進去。那種在路邊被視為野草敗景的霜白馬纓丹在夜裡怒放成繁星流綻的光景，激動搖晃，溢出雅香，然後被撥開，裡頭的帕吉魯秀出一個樹墩，說：「荔枝樹在這。」他拿小刀剜開苔蘚，露出紅潤年輪，推估這棵活了五十餘年的果樹生前照顧得宜，「然後被雷劈死，這裡焦焦的。」他指著樹皮的黑裂焦紋。

從梁上蟲蛀聲，找到消失的庭樹，這是她做不到的。上帝賦予某個人特殊能耐，是透過此人開啟聖靈的窗口。古阿霞感動的是，她很靠近窗口，感到心靈視野被帶到遙遠的地平線。就在她打算把這樣的感悟分享給帕吉魯，卻看見他陷入苦惱，仍在找問題。

「還不夠。」帕吉魯從花叢中鑽出來，「還有很多的在哪？」

「慢慢來，把話說清楚點。」古阿霞問。

帕吉魯喃喃著，沿房子周圍繞，連屋後工具間也縝密盤查，然後失望的走出來，鑽入桂花與杜鵑叢，也不理古阿霞詢問在找啥。

來到一座水池旁，帕吉魯停下來，面對澤蛙戰爭般的鳴叫，他卻喜悅的捲起褲管入水，一隻躲在水蠟燭叢的夜鷺受到驚嚇後吐出塊狀的消化物攻擊，然後飛離。在池水淹近大腿處，帕吉魯彎腰抓出了水底沉木的一端。池子裡總共有三截分別是三公尺的荔枝木，這種樹材質重，入水沉，最好的保持方式是泡水。帕吉魯終於翻出這棟老舍的壓箱故事了，笑得露牙，而古阿霞紅著眼，深知自己眼淚的意涵。

忙了整夜，到了第二天，十點的陽光越過高牆，古阿霞從夢中醒來，看見從池水帶來的皺巴巴折光就打在客廳梁上。咬了整夜的天牛幼蟲，仍奮力鑽營，落下的粉屑在陽光下翻動。古阿霞盤坐，看著帕吉魯睡成人乾，晾在榻榻米上，她抬高視線，毛玻璃成了外頭多彩植物的暈糊光譜，中年婦女在花園勞動的剪影不斷的匀弄光譜。黃狗難得不吠，攤在陽光下。真是美好的時光，恬淡得能發呆度日。

古阿霞上完廁所的馬桶沖水聲，讓中年婦女中斷了工作進屋內，把做好的法國土司端出。帕吉魯覺得好吃，堆起臉皮再討，看著女主人用發藍的文火把蛋液與土司緊密融合。他很快吃光了，脫漆的鐵盤中剩下陽光反光。

「葉子都摘齊了，可惜沒填滿這張報紙，妳知道為什麼嗎？」古阿霞把細軟整理妥之後，展示熬夜趕工的成果，卻刻意把荔枝樹的位置留白。

「我知道。」中年婦女安靜看著。

「我的那位朋友也知道，他說，那年夏天改建房子的時候，那棵荔枝樹被雷打死，不得不砍掉它，用它當梁，讓它說話、讓它發出改建時的鋸木聲、讓它發出還活著時像風吹樹的聲音。」古阿霞指著樹葉的留白空位，說：「他希望早點回家，把池底剩下的荔枝樹撈出來，也許可以雕個什麼小玩意。」

「原來，他還記得一歲時，他跟爸爸發生的事……」中年婦女紅了眼眶，淚水在臉龐寫下最深的情緒，

「他被抓的時候，我們想盡辦法花錢救他，被騙了五十幾萬，那些錢能買下一棟透天厝。可是，我們夫妻連人都沒見到。他爸爸心力交瘁而死，死前惦記這個獨子。我這輩子最大的挫折與苦難在那一天到來，失去老公，兒子被當成共產黨，從此花精力去整理那些不會背叛你的庭院植物。」

「妳兒子想念妳。」

「謝謝妳的神把你們帶來，我昨夜想了很久，我會去玉里看他的，也會在庭院種下荔枝。等他出來看到樹長大的那天。」

古阿霞用手指絞著衣角，輕輕點頭。

帕吉魯則拿著空鐵盤在舔，面對落入窗內的美好晨光，臉上微笑。

在臺南的城南路邊，帕吉魯看到夕陽把小山照得琉璃光四射。

小山是亂葬崗，琉璃光則是墓碑反光。遠處的某座小丘，有個竹子撐起的遮陽防水布在風中響著，兩個做風水的師傅在收工，大聲講著今晚找女人的事。那麼遠的距離連古阿霞聽了都尷尬，還聞到他們走過時散發類似參茸藥酒味，其中一人走過由撿骨後的舊棺材板架起的水溝橋時，跌個跤，搗著痛破口大罵。等他們走開，古阿霞笑壞了。

帕吉魯沒有笑，這時候約在墳場外很明白了，文老師死了。她躺在千千萬萬坑當中的一個。他來此的目的，是從千千萬萬的亂葬崗找出唯一，給她上香。他也想著文老師的命壞在哪場疾病，哪個意外？

稍後年輕的警員騎巡邏機車趕來，說：「文老師是被槍斃的，十年前的大中午，幾個人衝進學校把她抓走。我看到她的手被銬在背後，押進車裡。」

「什麼原因？」古阿霞問。

「叛亂罪。兩年前，我從情報局調到資料，文老師有個伯父在大陸來臺時的那幾年，在保密局的案子裡被判匪諜罪，死刑。警總軍法處接手後，認為在臺沒有親戚的文老師有嫌疑，又被檢舉，把她抓了。我還看到她被槍斃的檔案照片，人躺在臺北新店溪邊，黑框眼鏡就掉在頭頂不遠處。我最記得那支黑鏡框……」

落日消失在山崗，最後一抹靛橘的夕光轉瞬即逝。年輕員警帶著大家走進墓崗，並吩咐押隊的帕吉魯把大木箱背上身。夜裡走在墓園，古阿霞感覺到一點也不好玩，她牽著黃狗，給牠上嘴套，怕牠轉身就叼根人骨回來。走上山崗，她暗暗叫屈，眼前又排出數個小山崗，整個臺南城沒了呼吸的人從此在這落籍。爬上第二個小崗，淡淡月光下，三月草短，幾條人徑交錯，古阿霞看見遠處有幾個人提燈朝這走來。

「是我通知他們來了，決定在今晚撿骨。」年輕警員說，「選在晚上撿骨很怪，但是，我們在七年前幫文老師舉行喪禮下葬，也是在晚上。」

古阿霞說：「晚上下葬很怪。」心想，晚上來更怪，要不是人多有伴，只有撒旦才會想來訪。

「如果把你敬重的人藏起來，那就藏在人海裡。要是這樣想的話，就不會在乎多晚去拜訪了。」

「是這樣的。」

「文老師就葬在那棵樹下，那有人先去掛了盞燈。」

「那樹真美，你們很懂得種樹美化。」古阿霞讚美，教堂後頭的墓園總會有大樹相伴，夏日的綠蔭篩下了浮光萬片，冬日則披上黃嫩的落葉無盡。

帕吉魯發出詭異的笑聲，因為沒有人會刻意在墳頭種樹，尤其在這密集的亂葬崗更是視樹為毒瘤，頑強的樹根會穿透棺材，絞繞屍體，這是破壞風水。但是那棵墳頭樹真美，虯扭怪異，到底是訴說生命的死亡是快樂的？還是難解又難纏的苦難？他認為這樣妖美的樹，文老師不會反對以她的胸膛為盆栽，肉體供養，歡心接受。

「那棵樹很頑強。」年輕員警說，「文老師剛下葬的前三年，我們每個月輪流來砍這棵樹，用砍的、鋸的，就是要讓它死掉。」

古阿霞說：「拔掉不是更好？」

「樹根深入到土裡，拔不出來，怎麼挖也挖不出來，再挖下去就挖到文老師的棺木了，只能攔腰鋸斷。」

「最後你們放棄了，因為它太會長了，死不了。」

「沒錯，或者是說，那棵樹像是文老師的化身，不論我們怎樣傷害它，它永遠會再回來看我們，庇佑我們。我們最後順其自然長下去。不過，那棵樹被我們砍得很糟糕，才長得歪七扭八，真是抱歉。」

遠處山崗，一盞燈掛樹上，幾盞外圍的燈慢慢往那移動。他們小心別踩入兩旁的墳頭，或跌入撿完骨的空墓穴，低頭嚴防腳下，卻被頭頂飛過的夜鷺嚇得半死。來到小樹旁，都把燈掛上去，人影雜遝，搞不清楚有多少人。

「你就是那個少話的人。」有個人對帕吉魯說，「我聽文老師講過，她教過一個幾乎不說話、卻對大自然有超敏銳感的人。如果你要重蓋學校，來找文老師就對了。」

「今天撿骨是對的。」另一人把鋤頭捎在腳邊，「不然從花蓮來，沒見到文老師太可惜了。」

有點人氣是好的，滿樹黃燈，少了冷峻。在同學會人數尚未到達前，大家或蹲或站的聊天。古阿霞聽出來他們是文老師帶的國中放牛班學生，各行各業都有，他們交換近日訊息後談及國中的荒唐日子，喝酒、抽菸、打彈子是小事，群架、偷竊、套布袋復仇都來，教室是逞兇技術的交流地。文老師沒有要他們死待在教室，帶去登山、爬樹，甚至拳擊、耕田、跳八家將都來。有個春天甚至在操場邊冒出一臺生鏽的鐵牛車，文老師下令讓它活起來。他們花了三個月分組拆裝，引擎拆卸後泡煤油、除油泥與積碳，車體烤漆在陽光下好到看不到一圈圈太陽紋，上漆彩繪了豔星碧姬芭杜與瑪麗蓮夢露。他們拿著發動棒轉動引擎後，老鐵牛聲響炸開，世界都活起來，無論玻璃或樹葉都隨引擎節奏脹縮，耳膜也是，全校師生驚喜的趴在窗口紛紛鼓掌。那是放牛班最光榮的時刻。

「都是文老師的計謀呀！」有人抱怨說，「害我們有半年什麼鳥人的壞事都沒做，只能玩鐵牛車。」

「總比你每天看『小本的』⑧，玩懶叫好多了。」

大家都笑了，直到有人提醒別在文老師的地盤開玩笑。然後，這時候古阿霞與帕吉魯看到最神奇的一幕：從無垠墳場的北方傳來了劇烈聲響，不久一臺鐵牛車爬過小山崗，沿著公墓中一條小路徑駛過來。那是他們遇見過最美的鐵牛車，四周裝了十幾盞燒灼的集魚燈，像漁船航行浪頭上，可是車上的六個男人一路抱怨駕駛的技術，都壓到邊線的墳包了。駕駛最後把鐵牛車停在山崗邊，把乘客趕下車，命令他們用手臂搭成轎子，把他扛到文老師墓地。

「就是他，就是他。」駕駛驚訝的指著帕吉魯，大喊：「同學們，就是他，在火車站前用斧頭砍巴士的傢伙。」

「班長，在哪？」有個扛轎的說。

「那個身邊有大木箱的傢伙，他也是文老師的學生。」

當最後一批人聚過來時，他們拿鋤鏟挖墓，過程沒有上香丟筊等撿骨該有的儀式，讓帕吉魯覺得大家太急著要見到文老師的骨骸。挖到棺蓋，露出九芎樹根包裹的木柩，有人不小心鋤下一小片棺木，它瞬間流露了芬芳與美麗的裸木顏色，大家猛喊這就是文老師的味道呀。這時，帕吉魯的疑惑解開——棺木七年前埋下的時候做了極其繁複的防腐作業，不只用上油布，外層還塗上柏油，葬在排水好的丘頂。他甚至想到，在棺

⑧情色書。

柩尾沒有鑿開屍水孔「放栓」以利通氣。這一切的目的是，防止屍骸腐爛。

忽然，天空響起霹靂。墳場的一頭是臺南軍事機場，正實施夜航戰訓，美製的諾斯洛普F5戰機在爬升，渦輪噴射機發出爆響。他們看著戰機排氣口的火光掠過。這時帕吉魯用斧頭劈下棺木，發出霹靂聲響，他心中也是。他想起在那個山中小學與文老師走過的點點滴滴，繞過了半個臺灣終於要見面了。

棺木打開了，沒有骨骸，只有一冊冊肋骨般排列整齊的書代替了文老師的屍體。那群男人跳下坑，把一本本的書傳上來。每本書曾經被無數雙眼睛看過，封箱七年，現在又活過來，有人朗讀起他熟悉的內容。

「文老師在臺灣沒有親屬收屍，死的時候那些人把她的遺體送到醫學院當大體老師，她活著時是老師，死的時候也是。」年輕警員說。

「什麼？」古阿霞大聲說，以便在戰機起飛的聲響中聽清楚。

「七年前，我們偷偷舉行葬禮，在沒有遺體之下，把文老師的藏書和她買給我們的書全部埋在這。」年輕警員走過來說：「去吧！把文老師的身體帶回花蓮去，你們的學校會用得上的。」

古阿霞激動點頭，帕吉魯則仰頭不讓淚水掉下來，看著戰鬥機在熙熙攘攘的星斗間穿梭，心中有種堅毅的力量與價值也飛起來。他們把書堆上鐵牛車，也爬上車斗，讓它狂嘯的引擎載他們一路顛簸離開墳場。所有人都記得小山崗，記得那棵小樹，更記得千千萬萬個坑的唯一，以及碑上墓誌銘這樣寫：

她永眠在此前
曾勇敢的打開牛欄
把牛趕到草原
目送他們跑到世界盡頭成為牛仔

卷三

基督教女孩與佛教女孩的相逢

他們繞了整個臺灣，最後坐最便宜的海航回家。

經過一天的漁船顛簸，從蘇澳港回到了花蓮。古阿霞無暇欣賞垂岸千仞的清水斷崖，她甚至沒空呼吸，忙著吐，晾在船舷，把餐點、胃汁、膽汁吐出來，一副船舷乾屍的模樣。倒是帕吉魯吃喝拉撒都沒少過，有時間用剉刀修整鋸子，以及用綠油精與檜木油幫古阿霞推太陽穴，好減輕她的痛苦。

有這麼一刻，古阿霞恍惚覺得有人幫她擠青春痘，有點痛，微痛沉澱到內心實則如此甜蜜呀！這下她更能裝死了，管他的世界末日。突然間，她聽到有人大喊花蓮到了，勉強爬起來看向外頭翡翠藍的七星潭，以及更遠方交錯的市區天際線。她精神淌出來，覺得死不了，摸了臉上那幾個被擠壞的青春痘，轉頭數落帕吉魯偷襲她。

港口堆滿運往宜蘭羅東製造紙漿的鐵杉，瀰漫著椪柑久放的微酸，此味混合著高級檜木的豔香，大有來臺休假的越戰美軍在林森路酒吧廝混時所抽的古巴製的蒙特克里斯托（Montecristo）雪茄味。船靠岸，帕吉魯與古阿霞把百來本書籍與伐木箱放上腳踏車，推上路。路人對他們的家當很好奇，古阿霞毫不在意，如果晾死在船舷，不如累死在路上。帕吉魯的精神也旺，他花了半個月環臺，如今回到熟悉的花蓮，空氣中的多雲分子與原木香令他鼻腔溫潤。

他們沿美崙山下的道路來到海星中學，照吳天雄的指示募款。陳安琪修女在操場用推車修葺草坪，在校長室會見他們時，藍色修女袍沾到的草屑發出了雲杉開剖的味道。

古阿霞支吾一陣子，才切入主題，「姆姆①，我是來募款的。」

陳安琪修女沉默一會兒，說：「這有點難。妳說募款是為了復校，恕我無禮而且直說，這很難。」

「我知道，是吳天雄要我來找妳的。」

「吳天雄？我想不出他是誰。」陳安琪修女苦思。

忽然間，古阿霞說：「趙天民，是趙天民叫我來的。」

「天呀！是若瑟。」陳安琪修女大叫，又說：「我帶你們去主教那裡，主教有東西要還給若瑟。」

法籍的花東區主教費聲遠住校內平房，已從羅馬教廷獲准退休了，每日讀經、祈禱，在彌撒日幫忙送聖體聖血，並尋得一塊墓地等待安息主懷。費主教想都不想，告訴古阿霞，他知道若瑟。他說，那時他們忙蓋若瑟小學。某天一位遠道而來的人，他抱了一顆大石頭，說願意幫忙蓋學校做木工。抱石的男人忙了三個月，一毛錢不收，還問新建的小學為何取名若瑟。費主教解釋，耶穌的養父叫若瑟，是木匠。抱石的男人說，如果他有個洋名，能叫若瑟嗎？費主教說：「若瑟，現在你就是了。」

「學校完成後，若瑟就走了，留下個東西。」費主教把古阿霞與帕吉魯引領到他的書房。書桌上有個橢圓的大石頭，類似石鎮或山水石。費主教移開石頭，底下壓著五百元。

「我知道他的意思，但是他貢獻太多了，如果這筆錢不是若瑟放進貢獻箱的，我只當他遺失在這的。」費主教把錢鈔交給古阿霞，說：「現在，這筆錢屬於妳的了，對妳的復校絕對有幫助。」

「感謝天父，也謝謝費主教。」

「多年來，我想知道一件事，因為若瑟從來沒有多談自己。他為什麼抱著石頭？沒事時抱著它，連睡覺

①對天主教修女的稱呼。

也抱，這顆石頭引起大家的好奇。有個工人以為是立霧溪產的什麼珍貴的『玫瑰石』，偷了就跑，沒想到石頭太重，跑沒幾步，連人帶石頭摔在地。」

古阿霞朝帕吉魯望了一眼，覺得該據實以告。她說，若瑟不叫作趙天民，叫吳天雄，是在大雪山伐木的老兵。他抱石頭也沒有特別意涵，是罹患伐木工常見的「白蠟症」，手指末梢神經受傷而不斷抖動，抱石頭緩解。吳天雄現在玉里榮民療養院治療。最後，古阿霞說，是吳天雄要她來募款，不過她沒有轉述他那句討債似的「就當作把當初的辛勞一併吐回來」，而是婉轉的說成「他很懷念在這裡的每日付出」。

費主教轉看著校長陳安琪修女，詢問對募款的想法。陳修女也被吳天雄的故事動搖了，點頭答應。最後，費主教要古阿霞明日朝會時來一趟，他會親自主持募款會。

「謝謝，感謝天父。」古阿霞讚美。

「哈里路亞。」費主教說：「妳可以把那顆石頭拿走嗎？希望不會造成妳的困擾呢！我只是希望，妳可以代若瑟處理它。」

「沒問題。」她說。

他們走過穿堂時，帕吉魯沒把石頭抱緊而摔落地，聲響讓聚在那做隔日「七星潭健行」活動道具的女學生嚇著。不過，笑聲很快淹埋過任何聲響，因為那顆石頭滾了好遠，抓到放風的機會跑走了。

要待上一晚，古阿霞首先想到的是去找蘭姨。

他們穿過市區。城已四月，處處懷春，高聳入雲的麵包樹吐出棒狀花朵，苦楝花在幽幽小巷爭妍，落花積在人行道磚縫。像鬼頭刀魚而被邦查人呼之的美崙山，任海風吹拂著陰影肅然的樹葉。古阿霞是記得的，記得那些瑣碎街景：小巷邊長滿青苔與鳳尾蕨的牆，雀榕纏勒的磚牆是麻雀的旅館，屋頂的雜草從防水柏油縫鑽出，階梯上布滿的大葉欖仁樹的種子在腐爛後露出了果核，那是不久之前的記憶。

他們進入小巷，來到廚房後門。那有個新來的洗菜小妹，穿國中制服，把臉盆置在兩腿中挑菜，抬頭愣看著古阿霞。

蘭姨穿著圍兜、拿鍋鏟跑了出來，看見腳踏車上大包小包的掛著東西，以面對「浪子回頭」的心情說：「回來就好，快，先吃點飯再說。」

「我借住一晚，明天就走。」古阿霞說大聲些，好給洗菜女孩撇除「我是回來搶飯碗」，因為看見她眼中的愁慮。

「這又不是旅館，不怕妳住，也不怕妳吃，回來多住幾晚。」

「蘭姨，妳先忙，忙完再聊。」

接下來時間，古阿霞蹲在臉盆旁，幫忙清洗菠菜與花椰菜。帕吉魯沒事找事做，將腳踏車上的書卸下又捆回去，然後從書籍中找到一本泰戈爾的詩集，字少的書他讀上幾行也不耐煩了，帶著黃狗出去逛街。

古阿霞跟洗菜女孩聊幾句，刺探餐館近來的訊息，無大事，瑣事多得令人聽了漸漸無感，便問起女孩身世。洗菜女孩說她舉家從光復鄉搬來謀生，父親隨榮工處在大濁水溪八太崗礦場開炸大理石，右眼被碎石擊瞎，從此她放學後得打工分擔家計。洗菜女孩抬頭，虔誠看著古阿霞，說她可以放棄學業與青春，只要這份工作，原以為古阿霞是回來擠走她，這下安心了。古阿霞善於安慰人，表明剛從蘇澳坐船過來，明日去募款，不打算回餐館叨擾過久。

「明天，我就回摩里沙卡，比較習慣那裡的山地氣候。」古阿霞說，「從來沒想過要回來。」

餐館的每個流程都有人負責，除了洗菜，古阿霞的幫忙都遭回拒。一旦她表情失望，大家又丟給她個無關痛癢的工作打發時間，像是打蒼蠅、到貯藏室拿醬油、洗抹布，或者把掛在窗戶上的老絲瓜囊去皮去籽當菜瓜布。當古阿霞有種不屬於此的感覺時，蘭姨端了兩碗飯來，上頭鋪了酒糟香腸片、爌肉與高麗菜，白飯下還藏了顆滷蛋。

「那個啞巴呢？」蘭姨才問，又轉話題，「妳先吃吧！吃完後我帶妳去教會找王牧師商量。妳募款募到別人那裡，好像我們教會都不管妳。」

古阿霞愣了一下，果然女人堆沒有鑽不出去的祕密。她知道，如果自己的教會能幫助，可以一試。她肚子快瘪到底了，不等帕吉魯，做完謝飯禱告，很快扒完飯。她把空碗端入廚房，去把帕吉魯揪回來，抱怨這傢伙出門竟忘了時間回來。

近三十平方公里的花蓮市，繁盛區在中正路、中山路、中華路匯聚的三角地帶。古阿霞在附近轉了兩圈，萌生了恐懼，要是那傢伙偷跑回摩里沙卡，她要跟回山上？還是待在這？疑慮越糟，腳步也越匆促，她甚至撞到幾位興致極好的遊客的肩膀而沒道歉。這時的天色暗了，很難憑路燈看得到遠在街尾是否有那口大木箱了，或者說，總有疑似的暗影。

她靈機一動，想起帕吉魯提過的，凡是他入城會到火車站，尋覓馬莊主所提的一種古典的日本時代超級特快車。她還沒走到火車站，一群從後追來的小孩超過她。小孩們情緒沸騰，嘴巴掀個不停，邊跑邊討論如何「暗殺」殺刀王的伎倆。她進入車站廣場，老遠看到上百人在麵包樹下箍圈子觀戲，場邊有香腸攤叫賣。

古阿霞看出來哪不對勁，這不是殺刀遊戲，是殺紅了眼。每個人都想贏帕吉魯，這到底怎麼了？答案很快揭曉，現場在賭錢。有個單腳少年帶來一群小孩，他們是搭公車來玩的太魯閣禪光寺育幼院孩子，成員多半是開闢中橫而殉職榮民的子女或原住民孤兒。跛腳少年長年撐拐杖的右肩聳得像是樹瘤，腳上的布鞋補了粗繩，他擠進人群時，惹得旁人抱怨「跛腳也肖想贏錢」。殺戮的禍源是賭錢，古阿霞有些憤怒，這風靡花蓮的遊戲生鏽了，沾滿銅臭，旋即了解帕吉魯這樣做的目的再清楚不過了——籌募復校基金。

很快的，場上傳來歡呼。一位男人輸了，掏出十元放入麵包樹下倒掀的探險帽。硬幣的碰撞聲響起，群眾的激動呼應了布袋戲藏鏡人的口頭禪：「別人的失敗就是我的成功。」接下來上場的人有機會贏得帽裡所有的錢。不過他們都等待時機，等體力耗減的帕吉魯露出疲態後反擊。

沒人上場，帕吉魯杵在人群中。路燈穿透麵包樹樹葉，透出綠芒，樹幹鑲著的牙齒透出寒光。他不會開口，向人群伸出三個手指，又指著帽裡的錢。眾人難解其中意涵。

「再比三場就收攤了，誰贏的拿走帽子裡的錢。」古阿霞懂得他的心思，小聲說。

有個想搶鋒頭的小孩聽到古阿霞所言，大喊：「比賽剩下三場了，先去先贏。」

場外騷動不已。四位小孩跳出來，雙腳在冬旱少雨的地上擰著，一手背在後腰，一手呈出來，比出邀賽架式。古阿霞認出是剛剛超前的幾個傢伙。他們想贏錢，想得名，想用賤招稱霸，模仿武俠電影的色胚在手縫夾了辣椒粉欺負良家婦女，其中一位緊張得用手擦臉就破功，猛打噴嚏、流淚，被觀眾噓下場。

當噓聲與笑聲響起時，獨腳少年從人群中跌出來，使笑聲又延長了。獨腳少年爬起來，往前走兩步，證明他是自願出場而不是意外跌進來。帕吉魯不理這位弱者，他走回腳踏車，取出鋁製水壺仰頭喝，抹乾從脖子流下的水漬，然後上場與一位學李小龍跳恰恰舞似閃躲法、嘴裡喊「啊喳」的國中男孩殺上兩刀，贏得對方口袋裡的二十塊錢。

只剩一組人能上場了，人群往前移動將圈子箍得更小。獨腳少年被擠到人群後頭，他聽到古阿霞說：「你再退就輸了。記得，不要把那個人當人，你得當他是樹。」然後他從觀眾群被古阿霞猛推出來，兩根拐杖掉了，人撲倒在帕吉魯跟前。他在人群的笑聲高潮中爬起來，沒用拐杖，單腳在那跳著找平衡，腦子裡想著如何把帕吉魯當樹。

獨腳少年穩定下來，越來越慢，胸腹的呼吸起伏也緩了，最後立化。一分鐘、兩分鐘，乃至五分鐘過去，三輪車來來去去，海風穿過植滿榕樹的小巷，搖晃節奏的火車從南方縱谷進站。路燈從麵包樹葉透下綠光，將獨腳少年的臉膛敷得青熒，他站著不動非常久，像樹。

帕吉魯從來沒遇過如此荒謬的場次，一個獨腳人凍在那，當真死了？當他靠去瞧個透徹時，一道黑影劈來，奮力躲開仍被擊中額頭。

勝負已定，獨腳少年樂得跳起來。他跳幾下，把帽子的錢倒進衣袋，錢多得裝不下，他用脫下的鞋子裝滿錢後，塞給了跟他一起來的歡呼小原住民。群眾沒給掌聲，那些錢多少輸自自己的口袋。人散去了，剩下幾個小毛頭意猶未盡的在場邊廝殺。帕吉魯戴上帽子，把深深的憂傷與無奈都藏在帽簷陰影，他把車架推開時彈簧發出巨響。小毛頭們停下遊戲，目送殺刀王離開，心中湧起「再強悍的劍客總有不堪的背影」。

「喂！你走太快了。」古阿霞邊喊邊追。

他回頭，從帽簷下露出個微笑，微笑是真的，不是勉強塗上去的，這時看到古阿霞還真有點安頓了自己。

「去吃飯吧！」她說，摸摸黃狗的頭。

他們前往花蓮女中旁的小巷，一間榕樹下的麵攤。位置偏僻，加上榕樹落籽掉葉的影響，原本不看好的麵攤靠著物美實在，吸引不少饕客。古阿霞要是手頭有零錢，會邀蘭姨遠離市區在這安靜吃上一碗。帕吉魯點了大碗的湯麵，外加滷蛋與薄肉一片。古阿霞欣賞這個男人的吃相，汗水淌滿了臉與鎖骨凹處，眼睛瞇得勾人，美食果然能撫慰挫敗。

這時候，一顆小東西穿過層層樹葉，彈落在攤販車頂的布棚，滾入帕吉魯的碗裡。落下的是榕樹籽。

古阿霞拔下髮夾，挑出湯裡的種子，說：「很多人以為是鳥屎掉入碗裡，因為樣子差不多，不過這不是。要是它是鳥屎也行，鳥屎偉大的地方是讓種子發芽。」

「喔！」

「這家麵攤有個傳說，要是吃下掉進碗裡的種子，會有好運。」

「假的。」

「好運像鬼，相信的人多，撞見的人少。」她把種子用髮夾切成兩半，一半挑起來吃，一半遞給帕吉魯，說：「你相信嗎？要不要吃吃看？還不錯吃，至少對種子而言，我們很幸運把它帶到遠方去了。」

帕吉魯大笑的把種子收進口袋，深覺她的說法還真笨，讓種子百分之百的幸運發芽，不是吃下肚，是好好選塊土地埋入。離開麵攤後，他發神經的不時為這笑話發噱，心想她往後幾天大解只能以野地取代茅坑。

這時候，古阿霞看到跛腳少年與一群小朋友提紅燈籠走過曙光橋。跨越美崙溪的曙光橋是花蓮港與火車站間的輸送鐵橋，以看見太平洋的第一道曙光而得名。此時距離天亮還很久，唯獨那些紅燈籠曳出光弧，伴隨河面上暈動的倒影，令孩子們發出笑聲。這時沒有曙光，距離天亮還很遠，古阿霞卻看到星星般的燈影流動在夜裡，燦麗動人。

「你看他們多快樂。」她安慰帕吉魯，「你剛遺失的夢想，必定會被另一個熱情的人撿到。」

穿過明禮路的瓊崖海棠，再走過幾條巷子，古阿霞看到一幢尖塔的教會建築，現在那裡比往昔更亮。教友趁下班後忙著漆牆壁，有的站在A字梯刷油漆，有的鋪報紙。古阿霞的到來讓弟兄姊妹們驚訝，她是聖歌隊的要角，在主日學付出最美的天使聲，她的離開令教友覺得教堂花窗玻璃破了一塊。

古阿霞何嘗不是如此。五年前蘭姨帶她來教堂受洗，安頓了靈魂。再次回來到這裡的她，沒有往日的喜悅，反而不安。這種情緒見到黃美珠時更明顯。古阿霞小黃美珠兩歲，同屬青少年團契，她們曾花不少時間共讀英文版的《聖經》‧創世紀篇，希望有天去臺北拜訪中、德混血的偶像「鵝媽媽」趙麗蓮。很多時候，兩人拴一塊，在教會難分難捨。古阿霞不告而別的離開花蓮市，讓黃美珠很難過，有被遺棄的感覺。

她走向在前院漆小椅子的黃美珠，想說上幾句話，被冷漠對待也行。

「對不起，我不該那樣怪妳的。」黃美珠忽然站起來說。

古阿霞嚇一跳，怎麼黃美珠先放低姿態，趕緊回應：「是我不好，沒跟妳說聲再見。」

「是我不好，以為妳跟男人跑了。」黃美珠望一眼在遠處的帕吉魯，「妳在深山蓋學校的進度如何？」

「目前在募款中，至少募到一堆書了。」

她不過是想離開花蓮，找個男人跑了，復校不過是後來的添加物。這添加物如今卻是生命更加多彩的色素。她不反對藉此與黃美珠和解，人沒有太多的「美國時間」，一切自有神的安排。不過，此時兩人仍充滿尷尬，話題多到可以拉出床躺著聊，但從哪講起都不太對勁。

「蘭姨在教會幫妳募款了，跟王牧師吵了一架。」

「怎麼會？」

「教會有規定，不能私下募款。蘭姨這樣幫妳募款破壞規定，很為難了王牧師。」

古阿霞拉著黃美珠去找蘭姨。她很急，還有點氣，深知每個人在教會有獨屬的隱形位置，安然此位得以平和。她不要蘭姨頂撞這張人際網絡，甚至扯斷一根絲。蘭姨正在廚房熬粥當消夜，高麗菜、胡蘿蔔絲、香菜、肉絲在盤子擺成食材藝術品，當然還有主角的小葉碎米薺與南瓜花。古阿霞察覺野菜對自己身為邦查人的意義，那不只是蓁蓁草莽中浮光跳躍的可口光芒，更驅走心中冬日的陰霾。她知道，野菜粥不單是為弟兄準備，也是今年蘭姨為她安排的第一鍋春菜。尤其她才踏進廚房，蘭姨從凳子上跳起來把菜依序加入熬粥中，更加強她的猜測。

粥好了，抬了出去給教友吃。幹活的人放下工具，噘著嘴，用筷子慢慢把粥扒進嘴裡。一時間，餐廳迴盪窸窸窣窣聲響。一碗粥不會有太多言語，古阿霞眼神卻掉進碗裡久久不離，不知該如何把進門時的抱怨說透，忽而沉默下去。她剛剛陪帕吉魯吃了半碗麵，沒處饞，想把粥端給他吃。她離開廚房，遇冷風而身體冒出疙瘩，覺得手中端的粥多麼動人，可是她仍執意端給帕吉魯，那是自己盛的第一碗春日粥，意義非凡。

帕吉魯用鐵刷把椅子的舊漆刷掉，換上新漆。他拍掉手上的漆粉，仰頭喝上幾口粥便嗆著，咳得嚴重，臉膛辣紅，用筷子把罪魁禍首從粥裡挑出來。那是被稱為「哇沙米」的小葉碎米薺，味道略辛，春芽出土的第十天是最佳賞味期，永遠是濕地最微弱的小草。古阿霞上前拍了他幾下背，把黃美珠叫過來接手，自己前去廚房討水。黃美珠瞪大眼珠不敢接碴，拍男人背多不好意思，慌張的顧著古阿霞離去拿水。

蘭姨正要跨出廚房後門去，看見古阿霞進來，說：「剛好，妳快來湊手腳幫忙。」

古阿霞回頭看見帕吉魯不咳了，便去幫忙蘭姨。

教堂旁有片長滿雜草的空地，蘭姨打著燈到裡頭尋覓野菜，摸了幾把土人參、昭和草與鬼苦苣。古阿霞挺喜歡這樣的活，但擔心雜草裡的建築模板會鑽出蛇，即使初春不是牠們的活動高峰。她兩手才有些分量，便給連腋下都夾滿野菜的蘭姨叫回廚房去。

兩人就著水龍頭挑洗，又把水槽泡水退冰的豬肉切成絲，一併入鍋與剩下的粥再熬。最後，兩人抬鍋子穿過後巷，抵達那幾間用竹排與薄板才勉強抵抗風雨的窮困家戶，把粥分了。應門的人眼睛亮著喜悅，最後一戶還拿一瓢水把鍋底的粥洗出來喝掉。

「我知道，他們私下都在說我幫妳募款，可是我一塊錢也沒拿。我只是不想妳去跟『瑪利亞教』拿錢，也不要像方濟會過得像乞丐到處募捐，有些事情我們來就行了。」先忍不住的蘭姨切入了主題，負面稱呼天主教為「瑪利亞教」，緣自恭奉耶穌之母瑪利亞。

「我不希望妳為了我，跟誰有了衝突。」古阿霞說。

「沒差了，我在教會的人緣不好，算孤單一人的『廚工團契』，老是不聽他們的話。他們一下要我不要太靠近靈恩會，一下又別走近長老教會，一下又規定不要講邦查話、穿族服，我根本不理會。我常安慰自己，十字架上也只有耶穌基督而已，孤單是好的。」

這時，她們又回到教會附近的野草地，蘭姨指著露出草叢的模板，說：「很多年前，我們不是要建小學？錢募了，工人也來了，最後自家人卻搞不定到底蓋老人院或孤兒院，乾脆當牧場養草好了。人多嘴雜，還抵不過妳一個人辦事。我這樣舊事重提，只不過告訴那些弟兄，當初那些要蓋學校的承諾呢？」

在海星中學禮堂，費聲遠主教站在臺上主持募款會，身穿皂黑紫邊的肩衣與長袍，頭戴小圓帽，胸前的十字架項鍊跟他的白鬚一樣亮眼。他創辦的瑪爾大女修會轄下的五位修女，坐在長板凳。古阿霞瞄了臺下的三百多位學生，她們年紀沒有小自己太多。這正是她擔心的，當大部分的學生視野局限在課本，很難說明三十公里外的山上如何重蓋一間小學。不過，契機來了，三位教師把東面的幾片玻璃窗卸下，風湧進了新漆油漆味的禮堂，贏得所有的目光。

「誰能告訴我，窗外有哪棵樹不同？」費主教指著花圃，那種了幾株校園常見的龍柏與杜鵑，遠處的操場周邊植滿難辨的植物，每一株都可能是費主教所說的。

每人沉默以對，對植物熟常的帕吉魯也搖頭。

花圃角落有株核桃樹，矮小瘦弱，無論地域或天氣，花蓮不是它的最愛。費主教說，那是他要講的主角。一九五九年，羅馬聯合女修會的四位修女，到花蓮實踐教育志業，幫忙蓋海星校舍，兩個禮拜後，忙翻的法籍修女吳甦樂才從下飛機後都沒打開的鐵皮箱，拿出家鄉的核桃種下，盼能落地生根。這些核桃從此沒動靜，直到幾年後若瑟來幫忙蓋小學才有轉機。有一天，若瑟在雨後的操場撿到幾枚幾年前的果殼，它們結滿了灰石。他探明緣由，說核桃沒有受洗，落地注定死亡。費主教將鐵櫃裡的剩下幾顆核桃，泡入聖水，接受七天的「浸水禮」，竟發芽了，寵佑是主耶穌基督帶來的。它長成如今窗外的那一株。

「每次看到核桃樹，想到的是若瑟的幫忙。」費主教說，「現在，若瑟有個忙，需要蓋學校，他請了使者來說明。」然後把解說的棒子交給古阿霞。

古阿霞喘了幾個氣息，全身緊繃的神經仍無法放鬆，她捉了帕吉魯的手前去講臺。令她溫暖的是，那隻手早已準備好要一起上陣，他人也像保鑣站在身後半公尺處。面對清湯掛麵、白衣藍裙的女學生，古阿霞越講越能掌握節奏，她把復校緣由說透，包括木瓜山的哈崙三號索道斷裂造成七人從四百公尺高處摔死，成了所有伐木村小孩上學的陰霾，山區需要一座安全又提供知識的殿堂。她又說，如何遇到若瑟，並前往臺南尋找文老師。所有的人無不沉醉於她的故事。古阿霞從學生們的驚呼中了解，這是成功的募款。

費主教深知，這些孩子被升學主義牽著鼻子，跟世界溝通的窗口是編譯館的三十二開課本，從那熟記一千公里外黃土高原的生活與飲食，或兩萬公里外的北美五大湖生態，卻對課本提不到的花蓮的人事物冷感。說明會比原本預估多了半小時，費主教端上杯水給古阿霞，但沒有暗示她得停下來。

學生們頻問問題，包括古阿霞的年紀與工作，現場充滿愉悅與笑聲。臺下有個想發問的女孩將拳頭舉到耳際，似乎無意被發現，卻頻頻出招。古阿霞最後點了這女孩發言，卻是災難的開始。

「若瑟為什麼不親自前來？」

古阿霞想了一下，直覺該直說：「若瑟的精神狀況出了問題，現在在玉里榮民醫院的療養院，他的狀況是裡頭最好的。」

「他如果是瘋子，怎麼能保證妳的復校計畫？」

眾聲喧譁，大家你看我、我看你，交頭接耳，那些低頭背小冊子上英文單字的學生也加入討論。費主教站起來說這問題不得體，不得如此對貴賓，要她注意口氣。

這個頭嬌小的學生再次站起來，手指絞著褲子，以不服氣的口氣向古阿霞道歉，卻遲遲不坐下來。一位教師過去拍她的肩膀請她歸座，女學生反而以高音量問：「妳說得很吸引人，但我想知道，妳身邊站的男人能為妳說的話補充，或保證嗎？」

「沒有辦法，他不會對人講話。」

「他不會講話？」

「會，但不會對他不夠認識的人講話。」

「那誰能保證妳說的話？」

現場又陷入混亂了，幾位老師起身要學生們恢復秩序。這時候，所有的人目光聚焦在帕吉魯身上，他成了主角。因為他上前幾步站在講臺邊，眼睛瞪大，嘴巴閉上，磨著牙關使得腮幫子一緊一縮。這模樣嚇壞人，現場終於安靜下來。古阿霞連忙上前捉住他的手制止，一個溜就空了，給他跳下講臺。

跳下臺的帕吉魯抽了個氣，雙拳緊握，肩有點聳立，跨步向那個女孩走去。他上前幹架的模樣再度引起騷動，女學生要嘛不是被感染似的大叫，要嘛就是抱一起。

「幹什麼？」一個穿土黃軍訓服、隸屬海軍陸戰隊的教官出手攔人，帕吉魯矮身鑽過，閃躲的瞬間又往前了幾公尺。現在，現場失控，帕吉魯只稍跨過幾個倒落的椅子便到達那個女孩。這時候，教官的手臂從後頭撲來，勒住他脖子，兩人摔落地，糾纏了幾個結後給溜了。帕吉魯爬向女孩，推開椅子與人牆，再多的阻撓都不是問題了。

古阿霞跑來，抱住他，叫著要他冷靜呀！帕吉魯只是回頭遲疑，隨即被兩個男老師撲倒，他沒有反抗，也不會反抗，從頭到底不是想對這女孩無禮，只是想跟她說古阿霞講的都是真的，他保證，沒有一句謊言。

但是他喉嚨與舌頭卻牢牢的卡死，發不出聲，於是他跳下臺，越過無數障礙，靠近一點她會更有力量說明。帕吉魯最後被壓制在地，費力的用手撐起上半身，看著兩公尺外驚魂未定的女孩。他用盡肺腑之氣想講出一個字，從來沒有這樣不顧一切的想說話，咬下舌頭用它解釋也行，卻連個牙齒也張不開。

他感覺臉龐一熱，淚水奪了下來。

古阿霞低頭對費主教的皮鞋感到十分歉意，說了又說，口乾舌燥，到頭來發現言語無法把破碎的碗片補回原貌。沉默，是緊張的良藥。她坐在校長室的會客籐椅，悶頭流淚，她無法理解，帕吉魯為何最後出重招，把場面搞壞了，他那奮不顧身從講臺衝去復仇的惡樣從此在海星中學聲名狼藉。反而是費主教與陳安琪校長安慰她。

這時，一位瑪爾大女修會的修女進入校長室，跟費主教小聲的交談了幾分鐘，捏住黑色奉獻袋尾端以便往上頂出內裡，秀出一枚硬幣。那不是常見的五角銅錢，是特別的五角銀幣。這銀幣是一九四九年國府遷臺、抑制通膨而發行的第一個新臺幣輔幣，含銀七成，被視為古董，價值大於面額，已不流通。

費主教把銀幣掂在古阿霞的掌心，說：「往好處想，事情有了好轉，我們募得了一枚閃閃發亮的希望。我想妳至少可以好好觀察它的樣子。」

面對閃亮希望，古阿霞淚停了。這令人匪夷所思，募款排在演講之後，由修女遞奉獻袋給學生布施。帕吉魯把募款搞砸了，所以這是有心人士事後捐出的唯一款項。對古阿霞來說，這枚錢有更深刻的感觸——它是溫的，像從吃路邊攤時找回在瓦斯爐邊放的零錢，顯然主人揣在手心猶豫很久之後才捐出。這稍稍安慰了她，至少努力被看見了。

她告別了海星中學，看到帕吉魯坐在校門邊的路樹下，拿著尤加利的樹葉發呆，脫下一隻鞋跟黃狗耗著。天空突然傳來價響，一架道格拉斯C47客機刷著陰影從上頭低空掠過，降落在前頭的花蓮機場。黃狗追到機場圍牆邊狂吠，帕吉魯則爬上尤加利樹遠眺。古阿霞想，事情沒太糟，至少過去了，一架飛機就讓人忘憂。她走向腳踏車，佯裝找不到帕吉魯，把狗叫回來斥責，拿起遺留在地上的日本夾腳鞋作勢打去。帕吉魯在樹上嗤嗤悶笑，跳了下來，奪了鞋子後背著古阿霞穿上，嘴角還勾著。

「原來你是臭鞋神，摸幾下便冒出來。」

「走，跟我去，再去拿錢。」帕吉魯推開腳踏車架，伐木箱子與捆綁的書籍都晃動著。

他沒有說明去哪拿錢，顧著車子往北走，得不到答案的古阿霞推著車尾的置物架。蘇花公路花蓮段的車流量大，大貨車駕駛一邊吐檳榔汁，一邊按喇叭警告路人，趕在日落前抵達八十幾公里外的蘇澳鎮，讓湧塵在路人身上鋪上一層灰膜。他們幾乎是展開偉大的旅程般前進，疲憊寫在臉上。掌控行程的帕吉魯總在一些路口尋路，猶豫不決，這讓古阿霞有點擔心。他們最後到達一間矗立在田野與雜林間的寺廟。

古阿霞知道，佛教很難幫上忙。她的宗教典範是太魯閣的姬望・伊哇兒（Ciwang Iwal）。姬望受環島行醫的馬偕牧師感召，一九三一年成為天父使徒，將福音帶到偏遠部落以抵抗無知、寒冷與日本殖民壓榨的時候，菩薩仍然是坐在平地有錢人廳桌上的雕刻品。古阿霞對佛教印象，雖不至於刻板得如電影裡的劍客殺人後，山寺出家，古佛青燈。但她有限的觀念裡，佛教徒靠撥念珠度化自己，很少走出苔靜的寺廟，今日不可能對他們伸出援手。

在會客的「知客室」，古阿霞把籐椅坐得嘎吱響，暴露了焦慮。帕吉魯站在一幅《地藏經》字帖前，有看沒懂的發呆。這時進門來解決問題的是第二位比丘尼了，層級比較高。

「尼姑小姐，妳好。」古阿霞禮貌性問候，不懂直呼僧侶為「尼姑」是不禮貌。

比丘尼笑起來，說：「我不姓尼姑，姓釋，但是呀！千萬別叫我釋小姐，叫我慈明師父，簡稱明師父好了。」

笑聲稀釋了古阿霞僵冷的面容，鬆了一口氣。她又舊話重提，說明此番來的目的，從吳天雄來過這裡談起，邊說邊覺得荒謬：吳天雄這幾年來的體型與脾氣像阿米巴變形蟲難捉摸，無論她怎麼描摹，都讓慈明師父摸不著頭緒。她忽然瞥到帕吉魯給的暗示，提高音量說：

「他來的時候抱著石頭。」

「阿彌陀佛，妳說的是妮娜。」

「妳誤會了。他不是女人，也不是外國人。」

「沒錯，他是跟著颱風妮娜來的。那時風大雨大，他跑來這躲，最顯眼的是手上抱大石頭，怕被狂風吹走似。我們安排他到這個知客室避難。」

一九七五年八月，強颱妮娜以時速一百八十五公里從花蓮登陸，吹倒六百多座屋房。完整的暴風眼從外太空看來就像超級的黑洞，把從整座太平洋吸來的水氣吐到臺灣，造成了兩百餘人傷亡。潑婦般兇狠的妮娜更以世界紀錄的一日一千毫米雨量進入大陸，造成河南省六十多座水庫潰堤，死亡十餘萬人以上。

慈明師父回憶那次的災情，不時以佛教徒日常生活最常用的禮節「合十」，收攝內心以穩定情緒。她說，「懷石大德」始終不說出名字，要大家叫他妮娜。接下來的那個星期，他把寺裡能修補的全部弄妥，也幫附近災戶修房子。她們不曉得他哪時走的，來不及道謝，只好把他留下的石頭放在前院的樹下，當作納涼的小凳子。

「他叫吳天雄，是他叫我來跟妳商量。」古阿霞用歉意的口吻說：「我們在山上要重蓋一間小學，需要經費，得跟妳募款。」

「蓋學校是好事，我可以多聽一點細節嗎？」慈明師父聽完緣由後，邀古阿霞留下來晚餐。她說，佛寺正在擴建中，目前經費拮据，需要由住持定奪，可是住持到臺東探視貧戶個案。如果留到晚餐時，待住持回來，會給答覆。

懾於佛寺的莊嚴，不太習慣的帕吉魯走到院外透氣。他啃完硬饅頭，把鋁壺的水都喝乾了，還瞥了修建外殼的寺宇，覺得寺廟都很有錢，只要端來幾尊神像，敲敲木魚，信徒的錢著魔似的從口袋跳進「功德箱」。

「掛號費一定很貴。」他說。

古阿霞還不解這是笑話，順著他指的方向看去。在人字型屋簷下方的大殿內，供奉三尊素白淨潤的釋迦牟尼佛、觀世音菩薩、地藏王菩薩神像。她猛然透悟到，帕吉魯把祂們當「蒙古醫生收取高額的香油錢」看待，隨即打了他一小拳懲罰。

躲開粉拳的帕吉魯，躺在地上繼續笑，嗓眼卡住的饅頭卻讓他猛咳。古阿霞笑他不用等到最後審判，現在就倒楣。直到他臉膛發紅、激烈猛敲胸口，古阿霞才驚覺不好，拿著空水壺去討水給他喝。連追了知客室、大殿，都沒水，也沒有人，她慌得足以流出一杯汗水救急，當她闖入西廂那間由竹篙與木片組合的矮屋時，打斷了幾位比丘尼與俗眾在縫製手套的工作，以及一隻黑狗的睡眠。

「水，哪有水？」古阿霞喊。

隨後跟進來的帕吉魯猛咳，一把鼻涕、一臉眼淚，真是太悲慘了。他是跟來討水。大家忙著找水打通他一小塊哽在鼻腔的饅頭屑，忽略一個災難也來了，那是黃狗。牠也進入工作間，憑著獵犬天性，嗅出敵人味道，很快發現角落有隻黑色土狗往這瞧來，牠壓低姿態，肅穆的，安安靜靜的，展開攻防，把對方當作具攻擊性的小黑熊看待。黃狗來到幾捆麻質手套的成品堆後頭，發出狺狺，然後殺過四臺國產的正義牌半自動針車。

那隻被僧侶收養、脾氣好到被認為有「佛性」的流浪狗這時才頓悟了，屁股一扭，忙著躲，忙著閃，忙著跑，剪剩的手套線頭與纖維到處飄動。一場追逐戰展開，所有的人站在原地，不是顧著尖叫，就是顧著佛號，可誰也沒有辦法撲滅戰火。

帕吉魯拿起角落的掃帚，找時機下手。兩隻狗糾纏難對付，打錯了，他不想念阿彌陀佛懺悔；打死了，也不想念南無阿彌陀佛超度。於是他只有抓準契機，趁兩隻狗分開時，猛朝後頭死追的黃影子毆打，連打好幾下，直到有僧侶上前阻止才能對災難有所交代。

工作間亂糟糟，棉線到處散落，針車上的半成品也因為斷線得報廢了。僧侶有些不悅，她們秉持唐朝百丈禪師「一日不作，一日不食」的信念每日勞作，工作中斷還好，織品報廢就浪費了。她們忍不住抱怨時，被打得悲慘的黃狗令她們動了惻隱之心，動物打架無從勸解，切莫再造口業，口念幾聲阿彌陀佛。

帕吉魯把黃狗趕出去，自己也走出去。追出來的古阿霞要他帶狗到別處休息，說：「你看你，給浪胖一惹，水也不用喝了，你們乾脆去沙漠住好了。」帕吉魯覺得驚奇，動怒讓饅頭屑在無意間擠了出來，別說狗奴才來亂的，搞不好是別有用心來提高主人的氣血循環。他們在佛教道場轉了兩圈，帕吉魯帶狗往後頭的樹林去逛，不久發出笑聲。

「這個男人跟狗都一肚子鬼，打完了，又玩起來，好像演戲。」古阿霞往工作間回去的路上這樣想，「這樣也好，床頭吵、床尾和，不會僵在某種死情緒中太久。」她也認為他們到樹林是好的，那裡春意盎然充滿味道，能緩和情緒與氣氛。而她得回去面對一群搭著寬大僧袍的陌生人，和多到能編成百科全書的佛門禮儀，要是不用善後，要不是要募款，真想跑掉。

即使古阿霞輕巧的打開工作房的門，在場善後的人仍回頭來看。直到慈明師父走來，遞了掃帚給古阿霞幹活，一切又恢復常態。古阿霞從角落掃起，背對大家，她感到背部像香爐一樣插滿大家怒意的香柱。她掃了牆角一圈，四臺針車的「喊喳」聲再度響起，也不時傳來聊天笑語。黑狗用不解的眼神看古阿霞，她連這也想躲，可是翻過身又得面對一群人。

她忙完掃地，把手套捆成一打，大部分時候是面對地板。到了下午四點，僧侶聚在大殿做晚課，梵唄聲傳來，古阿霞想到平常聽到僧侶禮讚之聲是路過喪事超渡場合，得加快腳步走過。這讓古阿霞顯得難熬，又走不了，只好放慢做事速度，甚至把打包過的成捆手套打開，重新紮緊。

晚課結束，慈明師父帶古阿霞去摘菜，準備晚餐。古阿霞離開工作間時，還沒搞清楚那有多少人，卻樂得面對大自然。那是她看過最奇特的菜園，完全符合邦查人的概念。摘了廚房後頭那一小塊菜園，她們接著走入雜草叢遇見野菜，上天有好生之德，呼喚它們，滋養它們。季節永遠是對的，時間永遠是好的，只要有好心情、好眼力，永遠能與野菜巧遇。她們專攻紫背草就好。這也是五節芒心筍最得宜的季節，但是古阿霞永遠不會吃喜娜布洛（Hinapeloh）的堅毅與勇敢，用此懷念那愛護她與拯救她的祖母。祖母以此為名字。

晚餐上桌，只能用「粗茶淡飯」形容素食，菜色暗淡，找不到油花，想吃飽只能多盛幾碗飯。帕吉魯想起身去腳踏車那邊拿罐花生油摻，可是大家吃得那麼穩定，那麼禪定，每一口嚼得非得檢查飯裡有沒有小石礫般仔細，他要是發出一點碰撞聲會成為焦點，吃完了也不敢離桌。

佛教徒視飲食是常規修行，古阿霞尚能配合，但是蔥蒜不能入味，害舌頭有點淡澀。她吃完了也不敢離席，入境隨俗最好的是按兵不動，看別人怎麼做，自己再照做。她學著對桌的慈明師父，用水壺在碗內注入清水，用剩下的一片紫背草菜梗，刷洗油漬與殘餚，捧碗喝下。

帕吉魯看到古阿霞的「洗碗」方式，他神經帶汗，也找不到葉梗了。老早扒完飯後卻等不到水果上桌的漫長時間，他埋怨佛寺有錢蓋大，卻寒酸吃飯，到底是選錯日子來吃飯，還是裝窮。他越是想不懂，越花時間抱怨，碗裡的飯粒變得又硬又黏，他乾脆用牙齒摳，跟碗底的殘渣硬幹了。

僧侶視而不見，依序離席去洗碗了。古阿霞不斷給帕吉魯拐子，暗示吃相難看，別太超過。帕吉魯被惹煩了，把碗推給古阿霞去洗，走到寺門口的腳踏車找出袋子底的豬肉乾，撕咬肉纖維會讓兩頰痠痛，也對佛不敬，管他的，不吃又對胃不敬，就讓自己早點下地獄吧！他想。

在餐廳的洗碗槽，古阿霞以菜瓜布洗碗時，向身旁的慈明師父道歉：「我的朋友比較古怪，很多時候，我也搞不懂他在想什麼？」

慈明師父微笑以對，說：「我沒聽過妳的朋友說話。」

「不認識的人他不說話，有時也不肯跟我說話，看起來像是啞巴。」古阿霞據實以告，「這是難語症，會影響行為。」

「我能感受到，他很信任妳。」

「要是這樣就好了，他不說話時，還真要猜他在想什麼。」

「我沒見過菩薩講話，也沒讓我一天不相信祂。」

「謝謝。」

「走吧！我帶妳去『跑香』，要不要帶妳的朋友一起去？」

「那是什麼？」

「跑香是散步，飯後百步走，有助消化。」

天黑了，她們提手電筒穿過餐廳後頭的樹林，沿著小徑散步。四周傳來令人起雞皮疙瘩的幽冥喧譁，那是低海拔的鳥叫聲，古阿霞有點卻步。慈明師父發揮了鳥類導覽員的功力，為鳥聲找出主人：貓頭鷹的啼聲低沉，俗稱「蚊母鳥」的夜鷹可以啾啾啾叫一整夜，灰林鴿嗚嗚沉吟，黑冠麻鷺發出嘔嗚，受驚嚇時的夜鷺在飛行時才發出聲。森林鳥聲乍聽之下是臨時湊團的雜牌軍交響樂。

她們走出了雜林，來到一塊和水田銜接的沼澤蘆葦，傳來被勒脖子般發出「苦呀！苦呀！」的高亢鳥鳴。

「我知道這是白面仔②。傳說牠是被虐待的媳婦變成的，牠的叫聲是在申冤。」古阿霞說。

「有好幾年，我的想法也是這樣，牠們是鬼在申冤，是餓鬼嘶吼。對了，要是這樣，基督教怎麼稱呼牠們的樣子。」慈明法師走向田埂，迎來了一片月光無垠的水田。

「如果是鬼，叫作撒旦，發出的是──撒旦誘惑人的聲音。不過那些鳥有翅膀，比較像『墮落天使』，也就是天使受到撒旦的迷惑，墮落了。」

「『墮落天使』，哎呀！讓我想到在凡間修煉的『白衣大士』，也就是妳在大殿看到的中間那尊神像：觀世音菩薩。」慈明師父大幅度擺動雙手，這是跑香的技巧，又說，「直到有一天，我才想到，事情不是這樣的，牠們不是申冤，不是在餓鬼嘶吼，牠們是在布施。」

「布施？」

「也就是奉獻。」

「我懂了。」

「牠們是在我害怕不安的時候，用鳴叫幫助我，消除我的恐懼。這也是一種布施，叫『無畏施』，對了，妳可以等我一下嗎？我每次回經過這，都會謝謝這些小鳥師父們。」

慈明師父選了田埂交錯處，跪地上，傾身將額頭觸著大地，翻蓮花掌，然後再覆掌，起身，合十，這種佛儀融合文人式的禮敬。如此頂禮膜拜三回。古阿霞有些驚訝，她很少在外人面前跪謝的喊：「感謝主，阿們。」或用閩南語喊：「心所願。」她認為跟神溝通來自於心靈，不必太多的言語。不過她喜歡慈明師父修長的手指，翻蓮花掌，開得好靈順，讓她也忍不住的舒活雙掌。

她們繼續走，得注意步伐，慢慢減少談話，免得把鬆軟的田埂踩垮了，跌入田泥中。古阿霞覺得這不只是散步，至少，她做不到慈明師父那樣大幅度擺動雙手。最後，她們來到水圳，也是這趟散步的目的。這個被外人稱作「農場」的佛寺開闢了數甲稻田，自給自足。慈明師父打開水閘，將源自偶區山的甘泉分享給大地，濕潤了秧苗。月光皎潔，交錯的田埂把田疇切割成一塊塊鏡面，天地合成一線。她剛剛太專注行走了，這下有喘息機會賞景，況且跟著大她三歲的比丘尼談論各自宗教，這是美妙經驗。

遠在水田邊的那片樹林，傳來鳥鳴悠遠，古阿霞問：「妳是花多久時間，將那些聽起來像惡魔的鳥叫，轉化成美妙的聖樂？」

「我是膽小的人，花了好長時間。」

「要是我，恐怕是那種藉由在樹林唱歌的人，好忘掉外在聲音。這應該是蒙著耳朵，避開心中不想面對的環境。」

「這比較像是你化身成鳥，跟隨鳴叫，與著小鳥一起修行。」

「天呀！妳怎麼想得到這種譬喻，太美妙了。」

「正念。」

「怎麼說呢？」

「妳看這片田，看看最靠近樹林的那邊。」慈明師父望著大地，說：「那是我耕出來的，我們不靠外在的布施生活，一切靠自己。我得向農民借牛，學著用犁，大熱天讓汗水濕透了海青。有時候，犁刨得太深，卡著，牛又不會後退，只好動手把犁拔出來。那犁死死的刺扎在地上，我拔也拔不起，一個人就坐在那大哭。」

慈明師父忽而不說話，古阿霞也沒回應，兩人靜觀水田，淡淡靜靜的看月亮滑過大地。

②白腹秧雞，閩南語。

「我走在修行的菩薩道了，這不是為自己，是為眾人。但是，我有時感到疲憊，有時感到悲傷，有時感到困頓時，想找個地方好好哭個夠。當疲憊過去，悲傷過去，困頓過去時，我會更相信自己，相信佛陀，相信萬物，相信這個世界是值得付出的過程，這就是正念。」

這是有意義的時刻，古阿霞從心底認為，跟她談話的不是比丘尼，而是充滿智慧的大姊姊。令她溫馨的是，一位佛教女孩和一位基督教女孩，可以在月光清明的田埂上談論自己的夢想、挫折與悲傷。很多價值的分享，從人跌落谷的困頓說起，易引起共鳴。

古阿霞誠心感謝慈明師父的言談，說：「下午我在工作室掃地時聽到，那些來幫忙的居民，每做完幾個手套，誰會說他把醫院的一塊磚堆上去了，然後誰又說他也堆一塊磚，聽起來，妳們做家庭代工是要蓋醫院。」

「沒錯，我們要蓋一間大醫院，那是付出過程中最明確的目標。」

「光這樣做手套要花多少時間，才能湊到錢？」

「很久，要花很久時間，為了讓這一天早點到，我們得更努力，也把這理想告訴四方大德，大家一角、一元慢慢存，一天一天慢慢存。相信有一天，終於會有那麼一天的。如果我此生等不到那一天，也會在下一代的哪一天完成，夢想不就會完成了。相信妳也是抱持這樣的信念，有一天也會把自己的學校蓋起來，對吧！」

古阿霞被重複數次的「有一天」震撼，確定某種心思被撥弄了。她轉頭看慈明師父，看到對方流著眼淚，看來那是僧侶的淚。古阿霞頷首，表達敬意，感謝她行動之堅毅、她心境之柔潤給了自己小小的溫柔，讓自己有種脫離地面的奇異感。然後，她有一股最細微、連自己都不確定的感覺成形了，那是恐懼，她擔心自己太單薄了，無論如何努力，復校的「那一天」恐怕遙遙無期了。

啃完豬肉乾的帕吉魯，咂著牙縫的肉屑，盤在榕樹下休息。一天將盡，他仰望天色從深藍漸次到黑紫，黑冠麻鷺從寺院後方森林飛來，叫聲鬼歡。蝙蝠捕食蚊蚋，衝入佛殿，在菩薩慈悲的眼下追殺到底。他是好的觀眾，不會錯過牠們的表演，這時來點米酒，配上花生米會更好些。

蝙蝠盤聚在寺廟內的一棵老茄苳樹上，像喝醉的撒旦蛇行飄移。帕吉魯走過去瞧，沿茄苳樹走一圈。最顯眼的是，樹根有許多表示高齡的樹瘤，還有個腐蝕大洞。他朝漆黑的樹洞撒一泡熱尿，要是有蛇蟲會先跑走，旋即用手掏出腐爛的泥屑，認真細察了一會兒。

「這樹生病了。」他想。

帕吉魯走到腳踏車，從伐木箱拿回一把斧頭。他拍拍老茄苳，說：「盤古的髮化成的樹呀！讓我來看看你肚子裝了什麼？讓我敲敲你，請你告訴我，你肚子裡裝了什麼病？」他用斧背奮力敲樹幹，貼上去聽到了樹木虛疲的回音。換了幾個敲擊點，如此數回。

「這樹病得有點重。」他又想。

他爬上樹去觀察，摘了幾乎殘剩的茄苳葉咀嚼，腦海想到是那些抓伯勞或竹雞烤食的人，會從鳥腹掏出油膜色彩的各種臟器，填入茄苳葉增加風味。他之所以這樣想，倒不是貪味，而是這棵樹像內臟被掏空的鳥類瀕近死劫。樹的死亡過程類似冬眠，會活動一段時間，再沉寂一段時間。葉子慢慢掉光，樹皮漸黑，苔蘚逐漸寄生了，也許三年後的春天才死去不發芽。樹幹仍矗立十年，時間超過啄木鳥與五色鳥家族三十代生命的總和，養活五十公斤的白蟻，如果倒在豐裕霧氣的森林中更能養活十噸的苔蘚與蕈類。

離死亡很近的樹木，菌類先寄生，吸引螞蟻盤聚、蚊蚋環繞、昆蟲覓食，最後招來了蝙蝠奪食蚊蚋昆蟲。帕吉魯看著樹枝上盤桓的蝙蝠，能猜出這樹生了多久多重的病。大自然有一套演繹的系統，只有抓住某環節，扯一扯，便知道這套系統拴得多緊，甚至快把病主勒死了。

他想拯救這株茄苳，或延長它的壽命。

帕吉魯跳下茄苳樹，抓了斧頭，往寺廟後方的森林走去，想砍下幾根樟樹的樹枝，留待使用。然而，「阿霞跑到哪了？」他望了四周，找人卻處處撲空，帕吉魯又煩又急，老症頭又犯了。他把黃狗抓來講一頓，要牠循味道找出古阿霞蹤影。

黃狗把寺廟繞了幾圈，到處有古阿霞味道，牠得找出新、舊味，才能分辨線頭往哪去了。帕吉魯殺氣騰騰的拎著斧頭跟隨，僧侶們與常眾嚇壞了，不敢上前問個明白。黃狗隨後往森林去，這下嗅到古阿霞的新鮮味道，牠跑了起來。帕吉魯把斧頭留在一棵枯死的血桐，夜晚帶斧頭走不熟的森林，容易因跌倒被傷了。

他才回頭便跟丟了黃狗，夜黑，路徑不明，怒氣越來越多。他費了些工夫走出雜林，來到湖泊般的水田。深曠的大地滿出了涅槃寂靜，光影凝融，兩隻掠過的夜光鳥帶來一抹禪意。他沒有禪心，只覺夜色薄涼，看見黃狗從他腳下延伸出去的田埂跑去，在更遙遠的那方有兩個人朝這裡走來。

古阿霞看見黃狗興奮的跑來，不嫌棄搭在腿上的狗蹄子會搞髒褲子，迎合牠熱情的舌頭。跟來的帕吉魯卻難掩不悅，像隻惡狗，他不回頭，執意再往前。古阿霞與慈明師父只得退到後方的田埂交錯處避讓。慈明師父欠身，表達自己先回寺裡，走回去了。

此刻的古阿霞洋溢了聖靈喜樂，使她忽略了帕吉魯的不悅。多少日子來，那個懂得安慰人的女孩，此時不過像一邊吐舌頭、一邊搖尾巴的黃狗，想找最親近她的人分享心情。她講了些話，講到剛剛從水田靜觀世界的感覺，講到鳥鳴，講到天使，也講到這片土地終有一天會矗立大醫院。她的聒噪，顯示她多麼想付出她早已盤定的心念。

「我們該付出一些，奉獻些錢。」她說，她知道慈明師父啟動了她的「暗黑力量」，願意支持對方的夢想。

帕吉魯沉默了。

「不必太多，至少表達我們的善意，她們需要我們的幫忙。」

他堅決沉默，心中卻盤算，他們環島一圈花費不少錢，只募得一堆書。他們的學校呢？他們的理想呢？總不能顧別人，不顧自己吧！

「學校……呢？」

「我可以再去募款，回到我的教會去，那有團契的弟兄姊妹，我相信只要我開口，他們會幫助的。花蓮也有很多基督教教會，宗派多到就像上帝的頭髮，我一間間去募，絕對可以的。」

「騙人。」

「憑耶穌基督之名，我不會騙你。」

「被騙了。」

「誰？我被誰騙了。」

「神。」

陷入了沉默，兩人凝視彼此。田野的天籟介入了，清晰得擾人思緒，拉都希氏赤蛙發出如擠壓氣球的低沉聲響，蟋蟀高頻率的摩擦翅膀，流水在田渠落差的響聲，好聲音在不對盤的時間，不只浪費，更是折磨。古阿霞把視線與思維焦距放在帕吉魯，漸漸清楚了，如果要跟這位異教徒的男友辯證上帝存在、童女懷孕生子、摩西分紅海等等——在別人視為「問題」而自己看作「事實」的認知上打轉，還不如換掉男友比較簡單。她更只想知道，眼前的男人何以吝嗇得無知，甚至無聊、無趣，最後令人無奈。

「不必捐太多，把早上我們募來的錢捐出去就行了。」古阿霞覺得他應該學會什麼叫作更無私的態度。

「錢，我募來的。」

「那我呢？我做什麼的，在講臺上我幫你什麼？幫你端水杯，幫你搥背，幫你擦汗水，對了，我還幫你打架，一拳把女人打在地上。好啦！我幹完所有的粗活，你大剌剌拉開口袋讓不長眼的錢跳進去。」

「……」

「你說不出來了吧！我幫你繼續說，別忘了，你口袋裡的五角又跳進我的口袋了，所以錢才會在我這。」古阿霞把五角銀幣從口袋掏出來，放在耳朵上佯裝聽錢幣說話，又說：「嗯！嗯！嗯，孔方兄你說你會投奔自由，不想在水深火熱的某人口袋生活。」

「回去問女生？」

「問錢是捐給你，還是捐給我？」古阿霞怒氣升起來。

「嗯！」

「你瘋了嗎？我在海星中學受盡委屈，委屈你懂嗎？我不想再回去了。要回去，你自己回去好了。」

「……」

她想起做禮拜時，牧師站在經臺上講的話，比如請信徒把所得的十趴奉獻給教會的「十一奉獻」，比如要當有錢有權、懂得奉獻的約瑟或但以理，不要當拚命蓋倉庫攢錢、讓「金銀都長鏽了」的無知財主。這些話令敏感的信徒沉默又掙扎的原因是，口袋越深，越是抗拒。古阿霞從口袋掏出銀幣，深覺這是兩人爭執的罪惡，她要把這枚錢交給帕吉魯，不要做分裂兩人感情的決定。

忽然間，她的手背被帕吉魯重重一拍，銀幣縱身往天空飛，飛得高，在夜空中暫時失去了蹤影。噗一聲，錢落入水田，帕吉魯跳過去，彎腰抓出了一把爛泥巴，用力一握，感受到裡頭有個扎實的東西。古阿霞搞不懂發生什麼事，現在懂了，懂得有些灰心，眼前的男人耍了小技巧把錢奪回去。

「還我。」古阿霞說，她先前是甘願給，被搶了就不爽。

帕吉魯搖頭，緊握拳頭，泥巴從指縫漏出來。古阿霞動手去搶，只見帕吉魯將手到處晃，一會兒高舉，一會兒低掠，任憑她怎樣窮追都拿不到。古阿霞哪是對手，忍不住罵他是得瘟疫的法利賽人。

帕吉魯無動於衷，無論是搬出的法利賽人、撒旦或耶穌都是夾在《聖經》裡的名詞。可是，當她罵「搞自閉」時，帕吉魯通電了，受過的委屈從記憶角落爬上身，緊箍他、嘲弄他、鞭笞他。

「我……」他開始口吃、艱困的說話。

「你這智障，讓我非常生氣。」

「我、我……」

「我不聽你辯駁什麼的假惺惺。」

這時候，他做出怪異的動作，把手中的銀幣塞進嘴，這是小孩子受欺時保護自己糖果或小玩具的反應。古阿霞嚇壞的是他把泥巴也塞進嘴，看著男人的嘴圈與鼻子糊了爛泥，她沒有同情，是憤怒。

她甩個巴掌過去，啪！正中目標。

帕吉魯搖晃了半步，隨即了解這不是殺刀的攻擊。多年來，他躲過滿城孩子對他臉部的突襲，卻躲不過教訓。他緊咬著嘴中錢幣，說：「我……不是……智障。」全世界都可以罵他智障，就是古阿霞不行。那些年幼時被老師打、被霸凌的噩夢，他都忍過了，就是不能忍下心愛的人這樣不理解他。他凝視她，給她乾乾淨淨、安安靜靜的兩行淚，然後回頭離開，沿著瘠瘦的田埂走，心中卻燃起不被了解與寬待的絕望之火。

她也是，心中渴望被理解與溫柔對待，卻眼睜睜看著男人走遠。尚可寬慰的是，黃狗蹲在身邊，發出低吟。古阿霞蹲下來撫摸牠的背與脖子。牠的皮毛光亮服貼，身段流暢無比，眼神純真，尾巴老是輕靈的擺動，要是能講話便是最佳的伴侶。她認為牠可愛極了，帕吉魯怎麼踹打，像支回力鏢跑了一圈又回到主人腳下。她哭著推狗屁股，「走吧！」要牠回到主人身邊，她習慣一個人哭，況且還打了主人耳光，有人此刻更需要牠的忠誠安慰。

看著黃狗遠離，她又後悔把牠趕走了。

一簇鐵光在樹林尾端，閃動尖銳的光芒，古阿霞靠那盞反光的導引才離開迷途的樹林。那是斧頭，留在枯死的血桐樹。砍的力道不小，她得扭幾下斧柄才拔下，還失去重心往後退兩步，嚇得出聲，讓樹林鳥叫停了。這斧頭是帕吉魯的沒錯，難道是她的那掌打得太兇，害他忘了取走。古阿霞有點懊惱，千不該萬不該，不該給他耳光。她拎著斧頭，在寺裡找人，擔心這傢伙會不會惱得牽車離開了。為打消這個忐忑的念頭，她不自覺的往停車的門口走去。

門口旁有堆柴火，僧侶們聚在那。但是氣氛儼然，僧侶們徬徨，討論如何阻止這個在寺裡搗蛋的傢伙。古阿霞靠過去，赫然發現，帕吉魯拿斧頭在樹上砍枝椏，樹下打開的伐木箱散落出工具，五齒鋸、木楔、鑿釘不斷反射火光。

慈明師父見了古阿霞，連忙說：「我們勸他不要砍了，可是他不聽。這棵茄苳是我們精舍的象徵，是我們給菩薩的供養，砍了就不好。」

古阿霞把手中斧頭一扔，跑到樹下大喊，要帕吉魯別砍了。可是，她喊乾了喉嚨也沒動得了樹上的帕吉魯。她想，怎麼了？今天全不對勁，全不對盤，到底是她錯了？還是帕吉魯發作了？

帕吉魯爬下茄苳樹，又抓又撫著黃狗的後頸，給足了安慰，狗尾巴都快要搖出煙了。他施捨了古阿霞一個怪眼神，不是安慰，更不是可憐，讓古阿霞完全猜不透，然後他轉身把樹枝丟進火堆。樹枝仍濕，入火後不久吐出白煙，迅速往外膨脹。

古阿霞被煙逼得往後退，差點跌倒，被慈明師父扶穩了，她忘了道謝，眼光放在一位陌生的比丘尼——那是年輕的住持，她剛才從六十公里外鳳林鎮的某窮困村落回來，海青的袍襬沾有泥巴與牛糞味。古阿霞對她的第一個印象是不高且偏瘦，但眼睛無比清亮。

「有沒有辦法，讓妳的朋友不要再砍下去了？」住持說。

古阿霞致上歉意，並強調帕吉魯平日是安分與沉默的，絕非這般失控。「其實，我打了他一巴掌，他生氣了。」她最終說出了，暴露私事是要更坦然的面對變化，甚至找出解決方法。

「妳那時的怒氣應該很大，才會打人吧！」

「我實在嚥不下氣。」

「現在心中還有怒氣嗎？」

「沒了。」古阿霞沉默一會，說出原因：「我那時候要捐一些錢幫助妳們蓋醫院，可是他不肯。」

「他想留下錢來蓋自己的學校嗎？」

「也許吧！他拗起來的時候，話都說不清楚。」

「一個善念與另一個善念，也會有衝突的時刻。現在，妳的憤怒沒了，妳的善念更清明，能幫助妳的朋友看到自己的行為，這裡的人沒有比妳更能了解他。如果我想得沒錯，妳蓋學校多少也是為了幫助他吧！」

古阿霞覺得內在被看穿了，無須言語答覆。她再次整理心思，冀盼帕吉魯安穩下來，阻止他砍樹發洩。她反覆思索後仍無解，但是有個靈光浮現，那是老祖母在山上校園教她的同理心，靜下心來，試著和對方的頻率搭上線。當彼此不是「妳在岸，他在河」，而是落在同條亂流上顛簸，妳便能預期下一刻的變化。古阿霞盤坐下來，把手放在膝蓋，定靜的看著帕吉魯。

帕吉魯砍樹的消息傳了開來，附近幾位村民趕過來。他們走進農場，婦女安撫僧侶的心情，幾個男人靠過去斥喝帕吉魯。黃狗還以顏色，激烈狂吠，作勢要咬過去。

帕吉魯蹲下，摩挲樹根部位的巨大樹瘤，心中說了些話，好像現在開始要跟樹戀愛，然後他起身，給了斧擊。樹顫巍巍了，光火流動的樹晃動。僧侶們再也無法是慈眉的菩薩，緊張的跳腳念阿彌陀佛。有個男人跑去報警，剩下的幾位討論如何引開黃狗，再搶下帕吉魯手中的斧頭，最後有人從倉庫拿出兩把鋤頭，衝突一觸即發。

「各位大德，放下鋤頭吧！就讓他砍樹吧！」住持說。

「上人……」

「我也不捨，但是仍學著放下，要是有人受傷了，我會更不捨。這棵樹受到的傷害，也是我們共同的修行。」

一切陷入沉默，除了消極的念佛號迴向，已無作為。

古阿霞這時從地上跳起來，回頭對僧侶們說，「他不是砍樹，或許開始時看起來很像，但他在做更特別的事，他幫樹開刀，醫某種病之類的。」古阿霞的結論讓僧侶與村民感到不可思議。

「我們會選在這蓋精舍，多少也是先前長在這裡的美麗茄苳給的因緣。前年開始，它再也不開黃綠色的花蕾，果實沒了，葉子更是稀疏。這是自然法則，凡有生有滅。因此我常撫摸這棵樹，跟它說些話，希望減輕它的痛苦。如果是這樣的話，要是樹生病，怎麼醫？」

「這很難說，我的朋友不會隨便砍一棵樹，如果要砍，一定有原因。醫生打開病人肚子是殘忍的，但是有目的，我看他往樹洞裡劈便想到這點。」

「所以，妳事先也不知道他要幹麼？」

「是的。」

「太奇妙了，只有走在同條修行道路的兩人，才不需言語。」

在火光的那端，帕吉魯把樹根盤的幾團靈芝鏨去。靈芝是病徵，這些傢伙能截走養分，還好地面沒有長出菇菌，要是這樣，意謂地底的樹根腐爛了。樹洞內壁的腐朽菌也慢慢被他刨淨，露出鮮潤，他拿火燒上幾回，直到碳化結疤。那些拿鋤頭旁觀的男人，在古阿霞指揮下忙著把土鋤鬆一些，好讓樹根呼吸。帕吉魯從寺院後方雜林砍竹子回來，固定茄苳，少說能挺得上些風雨。僧侶們端出了茶水與綠豆糕，大夥都不客氣的享用。古阿霞尚有些顧忌，不吃供佛或普渡食品，如今肚子餓癟了，也就吃了。

「他說，做了竹架支撐，可以穩住樹幹。大家就盡量不要靠近它了，讓它多休息。」古阿霞幫帕吉魯說了話。

帕吉魯動起了嘴皮，古阿霞費心的讀唇語，還貼過去聽。她聽到某種硬幣與牙齒的撞擊，看到他泥污的臉頰上有一圈淡紅的痕印，顯然那掌打下去時，硬幣是擱在腮幫子。她有點想笑，勉強憋在心，嘴上頻頻說：「我聽不到，我聽不到你說的。」

砰一聲，柴火又爆裂了，一群星火往外炸散。古阿霞嚇得跌進他懷裡，急著掙脫出來，讓所有人都看到這一幕。大家都笑了，有個男人打圓場的說：「火光太搶眼了，沒看見發生了什麼事。」

凌晨近四點，執掌課誦的香燈師父敲起木板，莊嚴唱出的〈叩鐘偈〉以喚醒僧侶們到大殿做早課。鐘聲鼓響，比丘尼就著佛龕燈火，禮拜《法華經》為日常功課。古阿霞被板響喚醒，躺在床上，對佛教規律不熟的她，保持清醒來應付接下來的活動。過了好久沒有人敲門，再也睡不著的她想做基督晨更，去到個僻靜之處祈禱。她開門去找帕吉魯。

在大寮（廚房）負責伙食的師父，忙著起火燒飯。古阿霞經過時報以微笑，然後爬進屋後的帳篷。帕吉魯睡翻了，嘴裡的銀幣掉在肩膀附近。她一手撐地，好橫過他的身子，用另一手捏起銀幣，心想這太詭異了，昨夜爭執的東西，現在不費吹灰之力到手。但尷尬來了，帕吉魯醒來瞪著她，兩人距離近得能感受鼻息呼在臉上的寒毛。古阿霞小心的將兩人視線交集的硬幣塞回帕吉魯的嘴巴，糖果回到物主了。

「早，可以陪我去『跑香』嗎？」她說。

那是什麼？帕吉魯傻了，經過解釋才知道是散步。可是，哪有一早散步？也好，走吧！他穿上外衣，鑽出帳篷，看著天空星際預估現在是凌晨四點半。他提汽化燈前進，用長棍子撥開樹林下沾滿晨露的雜草，褲管仍濕了，足堪慰藉的是綠繡眼與紅嘴黑鵯一路吟鳴。

「停。」經過十幾分鐘的路程，古阿霞喊停，「你經過幾種樹？」

帕吉魯回頭用棍子指了來時路，他說那有三棵榕樹、兩棵苦楝，還各有一棵烏桕、賊仔木與構樹，更遠處就難辨了。他的敏銳感知如陽光亮透了樹林，古阿霞眼裡仍一片黑暗，她想找某種樹。

「有種樹開花了，找出它在哪裡。」

「檳榔？」

「不是，檳榔在夏天與秋天開，味道比較濃。它的味道很淡，很淡，像是混著青芭樂與紫蘇的味道。」

「油桐花？」

「千萬不要在紫蘇與芭樂間，加入橘子甜。」

帕吉魯閉上眼，雙手拖杖的那端放在丹田，每次的呼吸很沉緩，直到髮梢與腳趾甲都參與了這項活動。他喃喃的說：「開花的樹呀！淡香的樹呀！妳開在孤單的夜裡，告訴我妳在哪，讓我去靠近妳。」他閉上眼，用嗅覺在林子裡迷蹤了一會，最後朝山腳走去。近山稜線壓迫人的視野，蟲鳴在日出前接近高潮，人間燈火在遠處亮起，更遠的田疇沉澱著淡淡的鏡光，帕吉魯最後停在一棵綻蕊的樹前，撫摸皴裂的樹皮，甚至感受到它堅硬得入水必沉的材質在風中微顫。那是俗稱「毛柿」的臺灣黑檀。

毛柿、檳榔與麵包樹，是邦查的土地之樹。開花的毛柿有定靜之味，豐潤了乾涸心靈，古阿霞更靠近它的話，內心會更柔和，她對帕吉魯說：「站在樹旁，伸出你的手，現在你就是一棵樹了。」

帕吉魯不懂緣由，不久懂了，伸出去的手掛上了由古阿霞脖子解下的聖經十字架項鍊。

古阿霞跪在積滿落葉的地上晨禱，雙手合掌於胸，「感謝天父，在過去磨難時的看顧，今天是感恩的日子！求主保守帕吉魯平安度過一天，今日所做，求主引導，叫他不在靈命上跌倒。奉主耶穌聖名祈求。阿們！」

祈禱第二回時，天亮了，海拔一千兩百六十七公尺的北加禮宛山染了橘光，幾隻斑鳩衝破樹冠，朝南盤旋，羽翼的金屬澤光落在另一片野地。慢慢的，世界又還原成乾淨明亮的一天，陽光越來越濃，樹間露水被點成萬花筒燈飾。黃狗追到林邊，為著什麼吠著，也許是蜻蜓，輪廓在折光中曝光晃動。兩人有些感動，獨自看盡多少回的日出，此刻共享，無須言傳都心有靈犀了。帕吉魯更是如此，那些禱告詞與晨曦迴盪內心而成為最鮮爽的記憶了。

當古阿霞回到佛寺，空寂無聲。風吹門板，枯葉的風捲響清脆單調。僧侶們不在，在的是晨光從窗戶照滿了餐廳。古阿霞問寺裡的常眾「師父去哪了」，仍得不到答案。餐桌上放了兩碗粥與三碟菜，用紗網罩住，纖塵在晨光中激舞。古阿霞安靜的用筷尖勾著粥吃，吃得勻，吃得乾淨。帕吉魯捧著碗，那枚礙口的錢被吐出來塞到粥底，他站在窗下一邊啜一邊觀察，直到碗底露出銀幣，仍看不出窗外的端倪。

比丘尼會去哪了？古阿霞問。

尼姑都到哪了？他想，把碗底的銀幣夾起來，放進嘴裡。

飯罷，古阿霞回房收拾細軟，出門前，有個動念，把探險帽擱在床頭。無論如何她會回來拿帽子，她這樣告訴自己。動念之間，她得補上幾個腳步，才能追上往南走的帕吉魯。

他們要回海星中學，去問捐出銀幣的女孩，這錢幣是捐給帕吉魯還是古阿霞的。如果是後者，擁有主導權的古阿霞會捐出來。

上帝與菩薩出現的永遠的一天

海星中學空了，敞開門窗的教室、辦公室、校長室空無一人，開了古阿霞一個躲迷藏的玩笑似。她連忙詢問在穿堂前從貨車卸菜的廚娘。「她們去海邊丟石頭了。」廚娘指著公布欄的活動海報。

「她們去七星潭了，現在去還趕得上。」古阿霞看完海報，回頭喊。

帕吉魯坐在階梯，打算等到學生回來。他有點倦，把腳踏車的書與伐木箱運來運去，不如圖個春溫的陽光下小盹。

「走吧！邊走邊跟你講『伊娜海』的故事。」

他把鞋帶解下，被罵骨頭生鏽也好，血液生苔也好，只想圖個休息，單純的坐在這看流雲碧天。她喚了幾回都沒用，覺得他退化成豬，不理了，自己把腳踏車往前推離ㄩ字型的腳架，並奮力穩住後輪瞬間著地時的失衡。要穩定一百公斤的粗活不是古阿霞的本領，她努力抓住這臺逐漸傾斜的車，猛叫幾聲。連黃狗也見大勢已去，閃到安全距離外。

帕吉魯忙著去抓住車槓，制止了翻車。

「我知道你會救我。但是別以為我是裝的，你再慢我就完了。」古阿霞轉身到車尾推車，加快腳步，讓旅程更緊湊。海洋的味道鮮美，她得趕緊去嘗一口，很快的，追到遠方一群學生隊伍的尾巴。古阿霞追上，穿過隊伍，喘著氣抵達帶隊的費主教身邊。

費主教穿居常服、戴紫色小圓帽，趁古阿霞喘氣時，先開口說：「我以為妳不再出現了，現在我鬆了一口氣。昨天那位最後發問的學生要向妳跟妳的朋友道歉，她覺得自己的口氣不好。」

未免太巧合了，古阿霞正是為此事來，「該道歉的是我們，我的朋友太衝動了。」

「妳的朋友昨天靠過去是想要講話，不是揍人，對吧！」費主教說。

「沒錯。」

費主教否定這是他的心思，是捐出那一枚銀幣的女孩在事後說的，並解釋「這並非她的告解，無所謂保密」。

出於費主教給予人溫潤的感受，古阿霞直言，將昨天在佛寺為了捐不捐出那枚銀幣，兩人鬧翻了。她說，這次前來，不過是在賭氣的狀況下，展現一股孩子氣的爭執。

「路還很長，慢慢來。」費主教說。

「什麼路？」

「走吧！先到海邊散心，散步能轉換心情。」

古阿霞點頭，卻想著要從人群中找出那位捐出銀幣的心思敏捷女孩。她駐足回頭，從迎面來的數百位面孔找不到。她們無論穿著、笑語與青春相似。古阿霞徒勞無功的看到隊伍尾，一道熟悉的身影在最遠處推車，身子前傾，連黃狗也喘著。

「太神奇了，我們吵了一晚白吵了，竟然有個女學生的心思跟你同樣。」古阿霞等到帕吉魯來到身邊，從袋裡遞上一罐水。

他不想費力的將車上腳架，靠在路邊的柳杉電杆，先把水倒在手裡遞給黃狗喝，再提水壺對嘴喝。他的汗水直冒。古阿霞掏出毛巾幫他拭，他的臉卻像水痘冒個不停的在跟毛巾玩躲迷藏。

古阿霞繼續說：「那個女孩剛剛一定有回頭看你，有注意到哪位嗎？我們等一下私下找她道歉。」

帕吉魯疲憊得只想低頭看路走，沒注意到學生中誰回頭瞧，這時抬頭瞧，連忙羞得把古阿霞擦汗的手撥開。毛巾被撥開，她也自然的往前方打量。黃塵聒噪的路那頭，女學生們背著書包回頭，招晃著手。有幾位女孩過來幫忙推車，她們糾纏的詢問這臺向來停在校門口邊、無緣目睹的車，從而得到動人結論，古阿霞昨日講的艱困復校之途有了最佳見證者——四百二十五本課外書，以及行走八百公里的鐵馬。

十幾分鐘後，他們走過村落，來到與地名「七星潭」不符的蔚藍海岸。七星潭原是七座湖密布的低窪濕地，世居的村民因為日軍填湖闢建北埔飛行場①與躲避二戰的美軍轟炸，被迫遷居到海岸，也念舊的把這片太平洋之濱稱為七星潭。七星潭海灘對不少的花蓮人具有精神意義，不管發生啥事，來這是淘洗胸臆的最佳去處。古阿霞再訪，不過是讓記憶加溫，帕吉魯卻第一次被礫灘上擺滿的浪花給拉緊神經，它們永遠處在破壞水平均衡的暴力美學，美得令人些微緊張，像砍下兩千歲巨檜時的戛然倒地。

海岸多陽光的日子，海風總是情。「今天，即永遠的一天」，海星中學不過是來實踐這永恆的諾言與承諾。那不過幾年前的事，女孩開學時，從海岸攜回了七顆礫石放在書包，每日背著，摩挲著，將心事說予海石，春末又丟回海中，從此石灘嘩啦啦響著、張揚著無人知曉的青春祕密。這成了傳統，總之在畢業前把書包中的七顆礫石丟回去，心情舒朗，今天會成為記憶裡最永恆的美好。

這時候，數百位女學生赤足，踩上沁潤的圓礫，靠近海浪丟石頭。古阿霞坐在岸邊，下巴磕在併攏的膝蓋，帕吉魯的手往後撐坐，兩人看學生走向海濤。海浪每次爬上岸，抓不穩礫灘而退，永恆的重複單調的動作。

「海有五種聲。」帕吉魯好興奮，咬耳朵似小聲的跟古阿霞說，好避開旁邊的女學生。

「只有兩種聲音，伊——娜。你聽聽看。」

這是暗示作用，帕吉魯越聽越覺得海浪拍岸，只有兩聲。

古阿霞又問：「你看看海有幾種顏色？」

看盡無邊無際的海色，帕吉魯偏著頭，豎起三隻手指。

「錯了，有七種顏色。」她大聲說，「我算給你看，透明藍、淡綠藍、牛奶藍、天藍、瑪大藍、紫光藍、黑藍。」

帕吉魯從海灘浪看到遠方的黑潮，再直上天穹。天藍得失了界，從天際滲到了海平線，又順著浪來到灘頭，每片海浪帶著天空的廣況與溫度。藍有層次，但七種層次如何分別？他照古阿霞的分法觀察海，確實有種久看彩虹也有層次的相同感覺。

他心生疑惑，何謂瑪大藍？唯獨對這種藍難解。

古阿霞睜大眼睛，慢慢靠近，說：「瑪大藍就在，看清楚，在眼裡。」她眼睛貼在帕吉魯的臉，非常近。在有女學生的旁觀下，帕吉魯羞得躲開。不過古阿霞的睫毛早已頂到他的眼皮，逼來的還有第六層的海藍，藏在古阿霞眼眸。這是他幾個月來未留心的。

瑪大，邦查話是眼睛；瑪大藍，藍眼珠之意。古阿霞虹膜與眼白交接處有圈藍色。藍圈虹膜從海上輸入，太平洋西岸的花蓮是千年來經貿的船舶中繼站，路經的歐洲水手曾留下混血後代。傳說中有些邦查女孩攜帶藍眼基因，代代流傳，海藍眼眸會引人情慾，萬般席捲，成了市區觀光客回頭率最高的傳說。

這番說法，教在場的女學生聽了騷動起來，嬉鬧的看彼此眼珠，有人說對方是「番人」，有人招降的說自己的真實身分是外星人，彼此玩鬥雞眼、轉圈眼、翻白眼的把戲，逗得對方大笑。不過，這頭再如何的笑鬧也被另一頭的高潮壓過去。另一頭是踏進浪灘的女孩在尖叫，把裙襬夾在雙腿間避免濕了。她們嬌氣一

①即今花蓮機場。

聲，兩百顆石子以各自的弧度墜回海裡。海水推移，海石吵雜，無數女孩的青春祕密塞進了一層層堆疊的海浪。她們失神的望著浪濤，地平線好遠，有種時光多到只能等待它們白白流逝的遺憾。她們回到乾石灘時，恢復嬉鬧，把玩到淡的找藍眼睛的遊戲再度炒熱。

過了不久，嬉鬧的百位女學生擠在腳踏車旁，聽說昨日來募款的伐木工是行動圖書館的館長，書籍將會成為深山遠校的藏書。她們希望借一本腳踏車上的書來看，春陽的海岸適合閱讀。古阿霞與帕吉魯卸下書，塞給一雙雙好奇的手，尋個海岸的某處閱讀。風有些大，陽光有些熱，這樣的狀況下書未必會讀盡，只是享受片段的文章、陽光與海味的記憶。

「你的書很多，我可以拿兩本來看嗎？」一位女孩靠近腳踏車，看著書脊的書名，對海明威的《老人與海》與王尚義的《野鴿子的黃昏》好奇。

帕吉魯不置可否的低下頭，看到她右腳的黑皮鞋破痕時，記憶猶深。他昨天是被壓制在這隻鞋的前頭，眼前的女孩就是挑釁詢問的那位。帕吉魯想，她現在走來，極有可能再出怪招。

「這些書對小學生來說，有些難。你決定把這些書當成那間小學圖書館的藏書？」

帕吉魯沉默，輕咬嘴裡的銀幣。

「關於昨天發生的事……」

他沉默且狠狠咬了一下銀幣，然後把它推到腮幫子。

「我跟你道歉。」

這是應該的，帕吉魯想，他站起來接受道歉，淡淡微笑，擱腮幫子的那枚銀幣也淡淡的發癢。他看著女孩的臉，漸漸把焦點放在她的眼睛，然後是瞳孔。帕吉魯發現新世界似，連拉古阿霞的衣襬。古阿霞被拉到了第三次衣襬，才發現今日尋覓的女主角就在眼前。和昨日清晰的面容相比，女孩今日把別在耳後的短髮放下，難怪讓人忽略了。

「非常藍的瑪大。」古阿霞看見女孩的藍圈瞳膜，又藍又大，隨即了解她剛剛躲到人群外，是刻意避開遊戲。這藍瞳膜也是帕吉魯所見過最迷人的，有太平洋的色層。

「這是我祖母給我的遺產。」

「妳是邦查？」

「沒錯，這沒有不好，但我不要跟別人更不一樣。」

「聽過伊娜海岸的故事嗎？這是七星潭的由來。」

「沒有，我是從臺東來的，那裡距離這有上百公里，對七星潭的由來不太清楚。」

古阿霞說：「那是瑪大藍的由來。發生在古老年代的事，那時候連海浪都還沒有誕生。」古阿霞再次強調，那是沒有海浪的年代。她說：一位母親從海裡撈起捕魚溺死的獨子。她很悲傷，向海神祈求救活兒子。海神面對母親的悲哀，祂動搖了，說：「海灘上的每顆石頭都代表一個人，海灘有多少石頭，世間便有多少人。妳兒子就在其中，如果找出妳兒子的『生命石』便能救他。」母親日夜不斷的尋找兒子的生命石，每次撿起石頭時便親吻，她知道兒子的體溫。最後，她的手指變成了海星般黏力，一次抓十顆石頭，就要抓到兒子的「生命石」時，海神後悔，不願違反死而復生的自然法則，祂推動海潮拍打海岸，把海灘的石頭弄亂了。母親找不到生命石，悲憤得想投海自盡，對海神表達不滿，也藉此與獨子在冥間相處。

古阿霞又說，母親投海之際，神奇的事情發生了，有人在海邊用邦查語喊「伊——娜」②，不只是一道聲音，是千千萬萬在喊伊娜、伊娜……。原本要自殺的母親回頭，發現那是來自石灘的聲音，海潮來去，教

②媽媽的意思。

無盡的石頭化身成孩子們大喊媽媽。於是，母親擁有很多個頑皮得亂滾動的石頭小孩了，她在海岸搭起茅屋，陪伴小孩們，日日看海，她的眼瞳才映入了瑪大藍……

一九五一年，遼寧省瀋陽市的天主教公署。

數百位的共產黨武裝人員，團團圍住公署，限制天主教營口教區主教費聲遠的自由。他們進屋搜索，毫無所獲，最後用電焊槍與槌子撬開前任屋主留下的保險櫃。費主教慶幸他們沒白費力時，噩夢來了，櫃子裡有兩把槍與罐裝砒霜。這讓有斬獲的武裝人員發出歡呼。費主教遭受兩個月監禁，歷經七天在地下室的夜間疲憊審訊，最後由瀋陽市軍管會軍事法庭判給了罪名：擔任日本間諜、勾結美帝與蔣介石、圖謀判亂，判徒刑三年，卻不奢盼他多留一日在傳教二十五年的中國東北，驅逐到香港。此番遭遇，令費聲遠與他所屬的巴黎外方傳教會，爬上了沉痛又無奈的加爾瓦略山——耶穌被釘在十字架處——卻展開宗教上的「敦克爾克大撤退」，大部分被驅逐的神父來到臺灣，深入基督教還沒有搶光地盤的偏鄉與山地部落宣教。

某日，費主教花六小時車程到臺東舉行大彌撒。之後在都蘭部落，幫染怪病的婦女祈禱。病婦有半年時間全身不斷發燙漿汗。費神父用拉丁文祈禱，那是他學會最接近上帝的聲音之外，還能對抗外頭紛擾——有群婦女在巫婆帶領下，打赤腳，穿彩虹衣，拿檳榔葉、米酒與生薑祈求祖靈降臨，不時發出悲悽聲響，進行驅魔儀式。

這時候，門外傳來沉悶引擎聲，一臺仿二戰日軍邊車的一千西西哈雷重機從遠處駛來，駕駛是荷籍的天主教瑞士白冷會的姚秉彝神父。他操著來臺才學的日語，這種舊殖民地語言比流傳三百公里差異性大的阿美族話更具穿透性，他拿了魅力不輸《聖經》的小米酒與檳榔，慰問床上的老婦。靠著檳榔裡偷塞入的阿斯匹靈，傳統的綠色口香糖才使病情舒緩。

「我現在要當神父。」一位始終在旁的小女孩對費主教說，她是床上老婦的孫女，擁有藍色的眼瞳。

「啊！男生才能當神父。」

「我能先當男生嗎？」

「沒這麼難，因為女生可以當修女。」

「害羞的女生當『羞女』，神氣的男生當神父，我就是要當神父。」小女孩覺得神父穿華麗紫服，站在經臺上摸著鑲金邊黑封面的「字典」，搖著飄出白色乳香煙霧的香爐，模樣神氣。或像西部牛仔，或許叼根菸斗，騎重機沿著花東縱谷闖蕩，這種神父也很神氣。

事情的複雜，可能來自對純真的不解。在東北打滾二十五年的費神父，多少聽懂留有滿語與蘇聯話的方言，能跟共產黨或國民黨軍隊爭辯不停。他重音老放在詞彙第一音節的東北腔國語，受母語腔語音相同的臺灣原住民歡迎，跟他聊個不停。但如何跟小女孩說明複雜的世界，沉默比聒絮有效。費主教靈機一動將佩戴的十字架，掛在小女孩胸前，說：「好了，我投降，妳做到了。」

「所以，我現在比你大了。」

「沒錯。」

小女孩立即說：「我命令你到旁邊去站著，換我來跟我的fufu③祈禱，你講的『鬼話』她聽不懂的。」

幾年後，那位把拉丁語當鬼話的女孩長大了，完成九年國民義務教育的第一件事是拎著袋子，從靠海的都蘭部落出發，穿過花東縱谷，走了近一百八十公里，到達海星中學。費主教快急死了，她比當地司鐸④以

③祖母，臺東一帶的邦查語。
④神父。

電話通知的到達時間慢了五天，說：「怎麼了，妳遲到了？」

「我出門後就猶豫要不要當修女，為了給自己更多時間猶豫，我是走過來的。」

「還在猶豫嗎？」

「有，我走過每個部落，說我要去當修女，他們有的嘆氣，有的叫我不要被騙了；有的大聲歡呼，供給我吃住，我期許自己有天能幫助他們。」

「好了，現在不用再害羞了，害羞的人不能接受聖召成為修女的。」女孩笑起來，然後哭起來，因為費神父還記得那段童稚的話語。

藍眼瞳女學生在臺灣第一個原住民女修會的瑪爾大修女院修行，是「備修生」，再兩年成為修女。她昨日對古阿霞挑釁的發問後捐出了銀幣，是愧歉？還是誠心？費主教認為解答會不會在彌撒時的告解室出現並不重要，目前的問題是「古阿霞要詢問給她錢的銀幣女孩，能否捐出來，給佛教團體蓋醫院？」藍眼瞳女孩是虔誠的教徒，費主教擔心，女孩不同意把銀幣捐給佛教團體。

忽然間，費主教大喊一聲。他的紫色小圓帽被強風颳落。帽子不斷滾跳，眼見要被大浪吞噬了。黃狗一個撲，制伏帽子，又咬又甩。

帕吉魯跑去，朝牠的屁股先踹去，不然帽子被撕成剪紙圖。帽子仍留下了交錯的犬齒痕，帽型也壞了，他一臉尷尬的遞給費主教。

費主教在帽緣內發現幾顆石頭，萌生了想法，「上帝不只來了，還給我個靈感。」他給帕吉魯一個擁抱，說：「能借我幾個錢幣嗎？」

帕吉魯從口袋抓出十幾個銅板，他不懂在風景免費的海邊能花什麼錢，聳了聳肩回應。

紫色小圓帽是天主教服儀，以八片布縫製而成的，戴帽除了保暖之外，也是主教或退休主教的榮徵。小圓帽的拉丁文之意是「只對天主脫下」，費主教拿回帽子才意識到這句話，裡頭的小礫石也給了他好主意。他把一把硬幣放進小圓帽，對稍後趕來的古阿霞要求也把銀幣放進去。

古阿霞看著帕吉魯，點頭示意的說：「拿出來吧！」

帕吉魯從唇間露出銀幣閃亮亮的一角，接著吐出它。他把硬幣放在衣襬擦乾唾液，才放進帽裡。費主教在第一時間以為是魔術把戲，驚訝想到成語「沉默是金」，有人可以把嘴巴當口袋。但隨即理解，一種米養百種人，不是每個人都要活在自己想像的圍籬內生活。

「跟我來吧！」費主教把小圓帽抖一抖，往岸邊的學生群去，「我知道，你們倆希望那個女孩能決定這個錢幣該怎麼運用。可是，我動了點小手腳，希望她做這樣的決定時，能有些挑戰。你們倆能原諒我這樣做嗎？」

「我有些難過。」

費主教停下來，看著古阿霞，「那我道歉，這樣做，讓事情更複雜。」

「不是這樣的，我是對自己難過。來到海邊之後，心情好了很多，我這才感覺到不必回來用那五角銀幣考驗自己。」

「我也想太多了。」費主教深覺小帽裡有種沉重。

「現在，我只想把這銀幣還給她。它讓我和我的朋友多了不少的風波與爭執。」她轉頭看著身邊的帕吉魯，說：「我不打算回寺廟了，即使回去捐出五角銀錢，對那個佛教團體也不會有太大幫助。」

帕吉魯想著放在寺裡的探險帽。那兩根帝雉尾翎是在萬里溪森林的獵人陷阱拿到。他挺喜歡看她戴上頭，尾翎像長尾水青蛾亮麗。他記得，羽毛在雨天滑落的水珠，或在南橫的霧氣中結滿了鱗狀的小露珠。他覺得可惜了，也許這種可惜能轉換成下次在松針雨徑的期待，被偶遇帝雉的美麗想像所填補。

「待會我就回摩里沙卡。」古阿霞又說。

帕吉魯猛點頭，那裡距離遺失的探險帽較遠，卻離帝雉與森林越近。

「我很清楚了，就照妳的意思把錢幣還回去。」

費主教找到了藍眼瞳女孩，把小圓帽裡的錢拋了幾下，好露出銀幣。無論如何，他的老花眼干擾了，每一枚看來都很相似。女孩伸手到小圓帽把全部的硬幣抓出來挑，卻瞬間不動，全身通電，眼睛成了全身最奔躍的表情那樣淚不停。那不知是雜糅痛苦還是幸福的表情，蜜色的臉龐掛滿淚。大家糊塗了，隨後看到從女孩伸出來的手上拈著一枚銀幣，陽光下發光。

「到底怎麼拿到的，一抓就抓對？」古阿霞問。

「熱。」

「錢很燙？」

「是的，很燙，它沒有冷過。」

只有古阿霞與帕吉魯知道，那枚銀幣曾藏在嘴巴裡，超過一夜保溫。他們保持沉默，讓一切神祕下去又何妨。

女孩說，這錢幣是祖母傳下的遺物。那是民國三十八年，通貨膨脹，實施舊臺幣折換新臺幣，他們住的都蘭部落很鄉下，沒有什麼交易，大部分都是以物易物，手上沒留什麼錢。百浪⑤官員說他們在舊鈔下蠱了，再不拿出來換，錢會自動燒掉，還把你們家燒光光。女孩又說，她祖母聽了，從竹床底下拿出所有的鈔票，還湊不到四萬塊換新臺幣一塊錢。於是到隔壁又隔壁，幾家人湊到了兩萬元換了五角錢幣，根本買不到什麼，他們最後將錢幣送給祖母，說只要房屋不會燒掉就可以。女孩又說，她祖母過世前，將這個握了很久的錢幣交給她。她拿到時感到錢幣的溫度，很燙，這是她對祖母最鮮明的記憶。她把錢幣放在胸口十字架項錬背面的特別裝置裡，十年來貼在胸口保溫。

「這麼重要的東西，怎麼捨得捐出來？」古阿霞說。

「祖母說過，兩萬塊錢折換五角錢，聽起來很不值得。但有些事倒過來想就有意義了，五角錢其實是值兩萬元的。我知道，妳做的事價值超過兩萬元，才把錢捐出去了。」

「這個想法對我很受用。」

「我得說抱歉，我昨天這樣刺激妳的朋友，只不過是想，得確定妳的復校計畫是有人保證。」

「我也是要道歉，我朋友太激動了。」

古阿霞緊握女孩的手，傳遞感謝的力量。費主教則喜悅得在胸口畫十字聖號，喃喃念出聖三經。然後，女孩把皮包裡的錢悉數捐給她的未來學校，這是值得的捐獻。古阿霞此時已無暇回拒，因為女孩的捐款引爆了連鎖效應——學生們紛紛解囊，發現昨日一場中斷的演講在海灘完成了，下半場還是行動劇呢！這是古阿霞募款的目的，讓自己忙亂的面對善意，口袋與袋子都裝到了錢。

她真想對帕吉魯大喊：「看，我們做到了。」

帕吉魯離開他不善面對的應對，走向腳踏車，將書籍捆回去，跟書本同樣的沉默才是他的最愛。那顆從海星中學帶來的石頭，那個吳天雄抱過的石頭，一直擱在車上，他不帶走了，朝太平洋走去。然後大喊一聲，丟到浪裡。這座七星潭的海浪已訴說了他無盡的恩情。

他們還是回到佛寺實踐諾言，布施部分的錢財。

---

⑤漢人的意思，邦查話。

古阿霞在寺廟前窺看動靜，選個無人走動時，要進去把錢投進大殿旁的大竹筒，她不想做好事被撞見。帕吉魯蹲在有點遠的地方，一副事不關己，用竹枝撥弄紫背草的棉絮。紫背草四季開花，會結白棉絮，有風便是起飛的好時節。黃狗拉緊神經，攻擊越飄越高的白絮，不必恪守佛儀。

「趁現在，快走。」古阿霞喊。

帕吉魯跑過去，彎腰超過了古阿霞，黃狗也掛著小奸詐的眼神追去。她有點發噱，卻發現他來真的。他衝到大竹筒，不猶豫、不間斷的投下錢幣，讓竹筒底的金屬回音越來越飽滿，誠心奉獻「掛號費」。

古阿霞沒有插手的餘地，轉身去拿探險帽。打開客房，帽子仍在竹床，帝雉尾翎在窗外射入的午後陽光裡，鮮亮光潤，仍是在小徑偶遇時的奧豔紫澤。她發現，帽子放在美援的麵粉袋改製的提袋，袋內有一疊小鈔與數斤的銅板，粗估四千元。她當初沒拿走帽子，不只留下回來的機會，還留下命運。

古阿霞提錢跑回大殿前，莫名的看帕吉魯，深知失主現在一定很焦急。兩人提著麵粉袋，衝進竹搭的工作間。幾位僧侶與婦女被冒失鬼打斷了工作，那隻黑狗也醒了來。古阿霞看見許多目光，感覺自己又犯錯似，卻看到人群中的慈明師父用一個值得的微笑頷首看來。

「這些都是妳的錢了。」年輕住持走出來，捋了兩下寬大的僧袍，將兩手合十在胸，表示恭敬。

「會不會搞錯了？」

「美麗的人、美麗的花，只相遇在生生世世的剎那間，看似巧妙的相逢，緣自走在菩薩道的修行。」

古阿霞還是不懂，帕吉魯也是。

「因緣，不可思議，這是人世間最難解說的力量。總之，我要謝謝妳，和妳的朋友，我們總算在這片土地相遇了。」住持說完，又給了恭敬的合十。

古阿霞仍一頭霧水的搖頭，卻鞠躬給住持回禮。人生太玄了，無從解釋，無從了解。

住持說：「聽我說，是這樣的：幾年前，我遇到海星中學的三位修女，那是因緣。與她們的談話與辯論之後，我受到非常大的衝擊。她們說，她們憑著天父的博愛，在世間蓋醫院、辦養老院，反問我的佛教對社會有何貢獻。我聽了，飯吃不下去，這才體悟了入世佛理，發願在花蓮蓋醫院幫助窮人。昨天，你們的來訪又是因緣，讓我發願蓋學校幫助孩童。醫院醫人，但是學校更能治療與教育人心。今天一早，我們十五位僧侶前往城裡幫你們募款，向那些平日的大德們說明妳復校的目的，大部分的人都捐了。我們竭盡所能的募款，款項仍不夠蓋一間教室，很抱歉。」

奇異恩典（amazing grace），古阿霞想到基督教的重要典律，主給了人感動的靈。她不強求恩典，卻陷入美妙的時刻。帕吉魯很難理解宗教，比滿樹的紫斑蝶在他靠近時轟飛，或靜觀秋風中一群群瞬滅的銀杏葉更難懂。他只知道，今天要是有神，絕對是菩薩與上帝一起出手的好日子。今天，是永恆的一天，只為記憶裡循環不滅的記憶，這讓他往後與古阿霞爭論時，總先認輸，因為此刻成了時間之河的船舵，引領他到慈悲之岸。

古阿霞懂了，點頭說：「別這樣，我才要謝謝妳們。」

「別忘了還有項東西像天空一樣好，當你想像天有多大，它就有多大。」住持又說，「那是『願力』，願有多大，力量就有多大。」

紫背草的白絮又飛來了，穿過她們，往天空飄去。如果古阿霞可以學會棉絮飛翔，可看到東方的太平洋變得柔軟而出現地球弧度，西邊怒屹的中央山脈溫柔得泡在雲海。棉絮終會落地發芽，因為這佛寺是「佛教克難慈濟功德會」基地，卻沒被麵包樹、鬼針草、白鷺鷥等單調風景絆住，克難的腳步後來大步跨出，四十年後從這發展成會員五百萬人、慈善五大洲的「慈濟基金會」。

古阿霞拿著住持證嚴法師的募款離開，意謂接受了滿城兩百二十五位捐款者的祝福，其中不少是路上與她擦肩的陌生人，她卻選擇低頭推著車。那臺車擁有塑料品的「電木」把手與賽璐珞鏈條蓋，增加載重而發展的實心輪胎鋼條，這種以載貨專用的雙槓武車俗稱「臺灣牛」，負重可達兩百公斤，如今它載運了伐木箱、四百餘本書與捐款者的祝福。每當環島陷入無話時，帕吉魯總是繞著這輛大玩具講，講不膩，講得前後脫節，聽煩的古阿霞仍報以微笑讓他說盡了又從頭說起，事實上只是討好那種氣氛而已。

現在，帕吉魯不講車了，破例吹口哨慶祝。他不經意抬頭，望見花蓮平原與中央山脈首次交鋒的高潮——加禮宛山脈，拉嗓門喊：「看，船靠近山了。」那是花蓮常見的山景，午後陽光照來，一朵白雲靠在一千公尺山腰，像停泊在吃水線的白帆船。

古阿霞抬頭會暴露哭壞的臉，越勸自己平靜也越不可能。她選擇了低頭，默默推車，默默落淚，淚都落在後輪擋泥蓋的「幸福牌」商標，這是她真正碰觸到這兩個字的暖意。

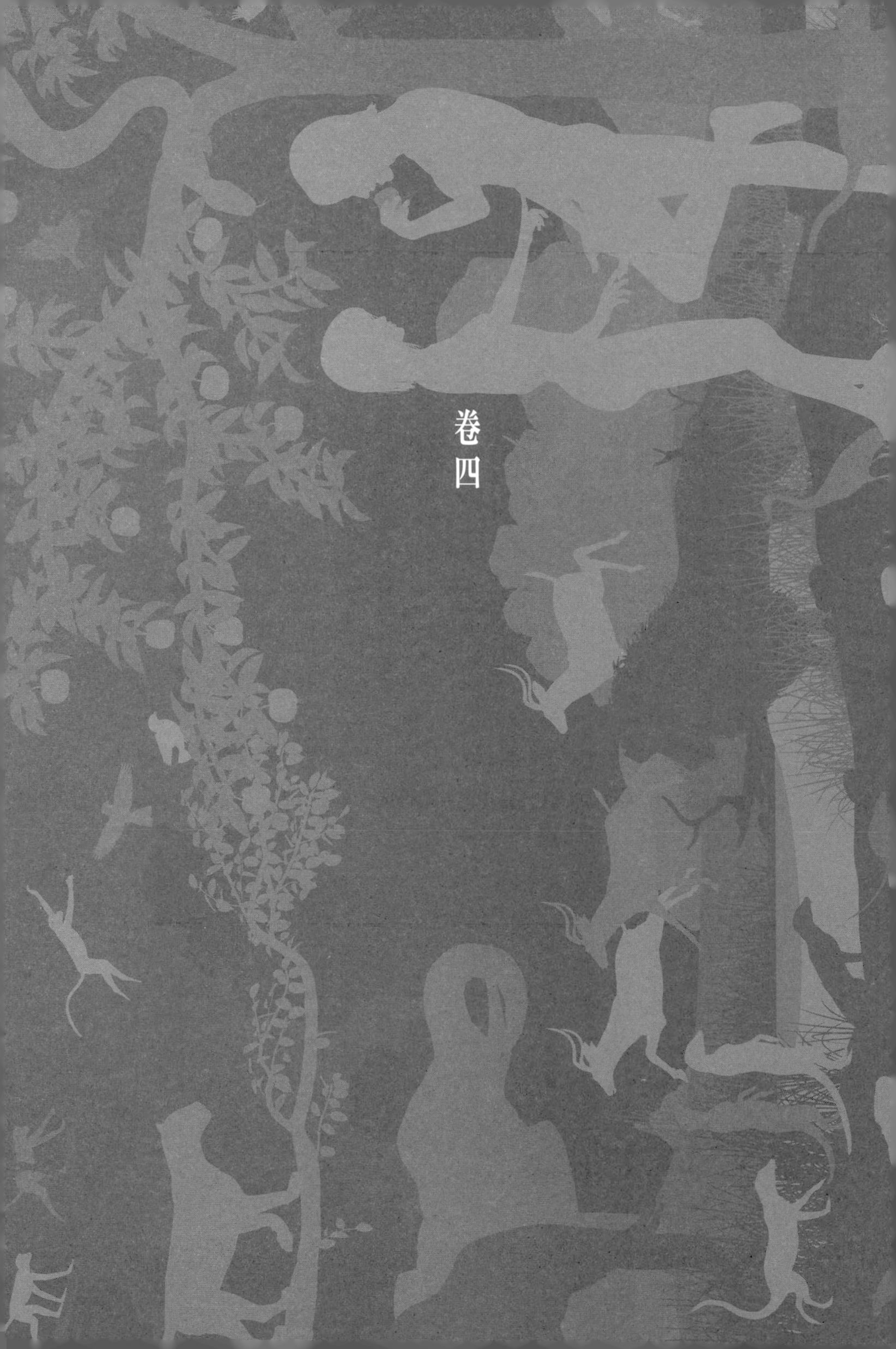

卷四

日本慈善家喝了難喝咖啡

天色濛濛，雨絲霏霏。流籠升起，滑輪沿著鋼索發出聲響，穿過霧氣裡成千上萬的小雨點，流籠外掛著的腳踏車濕了。當流籠抵達大觀村入口的發送平臺而晃動時，古阿霞輕輕嘆息，終於回到闊別兩個月的村落。

古阿霞沒帶回大消息，沒人迎接，沒有驚訝，只帶回四百本書與五千多元捐款。她卻發現山莊充滿迎賓氣氛，吐花苞的杜鵑花盆擺在門口，屋簷破風板上掛著在日據時代才有的年慶祝福的注連繩花圈，火塘的木渣都剔乾淨了，連馬莊主接電話時都禮貌萬分的說：「您好，有什麼需要服務的？」

一個伐木工從海拔兩千七百公尺處，說：「送兩打酒到七星崗伐木站，還有一鍋燒酒雞，還有……」

「三年後送到。」

「鬼打牆也不用這麼久。」

「等你死就送到了。」馬莊主沒好氣的掛電話，抱怨工人的肚子永遠有個垃圾桶。

電話不久又響起，馬莊主無意牽拖，示意剛入門的古阿霞接手。古阿霞拿起話筒才喂的回應，對方激動得大喊：「阿霞、阿霞，妳回來了，你們環島載了一堆書回來。」

是山下的「歐匹將」打來的，古阿霞每次通話由她接手，卻第一次聽到她激動說話。「歐匹將」是對電話總機大姊稱呼，OP（Operator）是英文，「將」是大姊的日文稱呼。伐木林場的電信是採密閉系統的磁石電話，兩方通話得透過接線生。話務中心設有負責轉接全山區二〇五座手搖電話機，電話線深入大部分伐木站、機關車房、醫療室。某方通話前先搖電話搖桿，發出訊息，使機房電話交換機的吊牌震動，再由歐匹將透過轉換機的插孔連接。這意謂通話內容易遭監聽，什麼好壞消息都逃不過她的順風耳。

機房也有話務服務，每當環島的古阿霞在外得變更行程，或請山莊寄錢急用，是透過歐匹將打內線轉達。古阿霞倒是很訝異她掌握即時行蹤，剛到山莊就來電，便說：「妳神通廣大，怎麼知道那堆書是募到的？」

「我哪有能耐，是從總機房看到你們回來。」歐匹將繼續說：「你們那麼慢回來，肯定有發生什麼故事，不過千萬別跟我說，不然我會大嘴巴。」

「除了募到四百多本書，還有五千多元。」古阿霞照實說，連在旁的馬莊主也露出不可置信的面孔。有十幾秒，歐匹將跌入不可思議的喜悅之情而安靜，才說：「佛祖保佑，我還有個好消息跟妳說，有幾個從日本來的人，對妳要蓋學校很有興趣。這是蔡明台的留言，他現在在臺北接那幾個日本人來花蓮。」

「日本人？」

「聽說是慈善家，妳得好好把握機會。」

「那我該怎樣做。」

「照平常心做事，就當我沒說過，懂嗎？」

古阿霞掛上電話，有聽沒懂，把話傳給帕吉魯。帕吉魯累得躺在客廳榻榻米看著梁柱，輕輕點頭。平日沉默的馬莊主問起話來，好奇古阿霞的環島行程，卻在緊要關頭打住，要她晚上聚會時再說。到了晚上，得到消息的工人到菊港山莊恭喜。他們圍緊火塘，一邊被瞌睡蟲鑽腦，一邊聽古阿霞不停的描述旅程，猛打哈欠暗示不要講了。看不下去的馬海說這是偉大冒險，對她說：「從來不曉得人可以創造這麼多的奇蹟。」然後轉頭對工人說，「與這麼多的哈唏①。」

①打哈欠，閩南語。

「我們需要慶祝奇蹟與哈唏，大家把好康的拿出來。」一個伐木工大喊，用米酒把自己、也把大家灌醒了，現場一小時後變成非洲動物園，有兩個喝茫的人演起這趟奇蹟之旅，一個自稱古阿霞，一個自稱啞巴，然後一個演倒下後扶不起的腳踏車，另一個倒下去演睡死的狗。古阿霞這才驚覺終於回到山莊了。

又回到往昔生活的古阿霞，每日整理「販仔間」②的伐木工寮。工寮在菊港山莊旁，三十人的雙排靠牆通鋪，供單身伐木工人暫居，這使她對山莊的印象是「一座載滿鬼魂的木殼船」。鬼魂是白天上山工作、傍晚回山莊娛樂的伐木工，日隱夜出的習性。工人上工後，古阿霞忙著掃地、除塵與洗刷浴室。山莊設有整條伐木動線中最大的浴室，免費提供住宿的伐木工，村人則收費。不少伐木工衝著這點，乘最晚班的碰碰車來這，隔日乘早班車上山。

她記得剛上山看到工人換洗的衣物時快嚇昏，又濕又髒，誤以為是抹布，還以為又回到花蓮市的後巷洗鹹菜乾。成堆的浴巾與付費洗衣，讓她傷足腦筋，卻慶幸有王佩芬分擔工作。王佩芬老是用大姊的口吻指揮，只有馬莊主經過時才裝小姐。

古阿霞不在乎王佩芬裝大姊或小姐，只感謝她花時間教導訣竅：浴巾得與衣褲分開洗，不然越洗越髒；衣褲過個水後曬乾也行，伐木工不在乎乾淨，只在意臭味。古阿霞在山下沒用過脫水機，卻在山上第一次見到驚人的洗衣機，衣物得用大籃子吊到二樓再丟進大鐵桶，拉下開關用水力轉盤帶動清洗。滾筒又胖又圓，倒出衣服得轉動大直徑的鐵轉盤。王佩芬說：「這是混凝土攪拌筒，十年前留下的，我真想把酒鬼都放進去洗。」

菊港山莊還有個大怪獸——發電機，位在地下室。那不算地下室，山莊採日式木屋，架高通風。南方的露臺是後來搭蓋，卻位在大斜坡，以吊腳屋蓋，發電機安置在地板下與斜坡的空間，從木梯走到充滿刺鼻煙氣的機房燒柴。這繁瑣又惹人嫌的工作，沒人愛，得隨時觀察煙囪排煙的濃淡，隨時補充燃料。

山莊只供電到晚間九點，其餘是蠟燭與汽化燈的天下。蒸汽發電機從下午五點就生火啟動，在晚間七點半追加木柴。這期間的機房冒著火焰與滾燙煙氣，必須戴上全罩眼鏡幹活，喘氣時用潛水呼吸管吸幾口外頭的新鮮空氣。她第二次走進發電機室，出了點意外，手燙傷，在四分之一坪不到的空間瞎忙，拉到某根鐵棒子，機房瞬間迴盪尖銳的汽笛。她嚇壞了，匆忙逃出，一路忙著尖叫，衝進客廳時卻看見大家唱著洪第七的流行曲〈離別的月臺票〉：「無情夜車做伊來開出去，害阮看無伊③。」

「車掌，車子開動了嗎？」一位伐木工說。

「鍋爐要爆炸了，你們沒聽見嗎？」古阿霞大吼，手仍顫抖，而且頭上還戴著青蛙眼的飛行眼鏡。

「是呀！趁鍋爐爆炸前，我們要趕快逃難，可是月臺在哪？」另一位伐木工說。

「你們到底在說什麼鬼話？」

「沒錯，喝醉後才能講人話。」一位伐木工忍俊不禁，拿起酒瓶：「來，我為我喝酒的節制感到無比驕傲。」

「一群死酒鬼。」古阿霞回房間坐在床緣。她又累又髒，斷裂的指甲黑麻麻的，衣服硬邦邦，頭髮隨時掉出小屑物。她摘掉飛行鏡，花上一段時間嘆氣，還好帕吉魯環島回來後又連忙上山工作，沒撞見她的醜態。她忽然嚇一跳，覷見房內多個影子，頓時羞怯，因為早有人在那一直觀察自己的糗態。古阿霞不多想，知道那是素芳姨。

「他們沒說錯，那是個火車頭。」素芳姨說。

「什麼？妳說是火車頭，我搞不清楚？」古阿霞情緒才平穩，發現又被拉入莫名的狀況。

②旅店，閩南語。
③這兩句意思是：無情的夜車自顧自的開了出去，害我看不到她。

「發電機本身就是火車，藏在山莊下。」

「底下是個車庫？」

「算是吧！不過那臺火車停下去後沒再開了。當初是山上有幾輛運材的蒸汽火車頭，後來改成瓦斯車④，蒸汽車淘汰了。山莊買下其中一臺，停在下頭，平日燒柴當發電機。妳是誤觸了鳴笛，他們才唱歌。」

「所以，他們不是衝著我來。」

「當然不可能，山上的人愛找樂子，妳是新話題。如果想躲開話題，離開這是最好的，可是那更難。」素芳姨說到這，又拉到自己身上，「其實，我也不常住山莊，人不在這，不代表就不是話題，只是沒聽到。」

「聽說妳去登南湖大山回來，那邊下雪了。」

「是呀！不過，我是種樹班的，登山時用種樹當理由了，比較好交代。」

「哪還要種樹？不都是隨處長，還要種。」

「事實上，有砍樹的，就有種樹的。人就是這樣，嫌野雞難抓，就自己養一籠在那，順便把威脅家畜的黑熊、黃鼠狼打死。樹也是這樣，一塊荒地它會自己長，大自然會自己安排，但長出來的不是人想要的經濟植物。這說來話長，改天妳跟我上山去就知道了。現在呢！我倒滿想去幫火車頭收木灰，我好久沒做這件事了，有些懷念那味道。」

兩人從二樓踩著嘰哩呱啦響的木梯，穿過充滿煙霧、酒氣、暈燈與黃色笑話的大廳。她們打開地下室通道，來到了火車燃料室門口，打開火室的鐵門時一股熱氣噴出來，素芳姨說：「整個山莊就這裡最溫暖，也是很快染上抽菸惡習的地方。」古阿霞聽了笑起來。

兩個人擠在狹隘的小鐵房，無法旋身，燥熱難耐。古阿霞的空間概念瞬間打開了，這確實是火車頭，蒸汽壓力表、水量表、煤爐等皆具，之前處在慌忙之中無暇令它與火車空間連接。對外物的印象不得不從外觀論起，失去這憑藉往往得到或失去了什麼都不曉得，古阿霞想到這哂笑。

「這是一個非常大的玩具。」素芳姨說。

「應該只有玩心重的人才會懂得樂趣，這火車頭不會跑，不會動，也看不見前面的風景。」

「這是馬海的大玩具，只有那種被柴煙從眼睛擠出淚水的人，才能用腦袋想像風景。想像，是旅行的開始。可是大部分的人都停留在想像階段就行了，所以我很羨慕妳和帕吉魯去環島了一圈。」素芳姨丟了根木柴進火室，說：「我們爬山的人也常看到樹木旅行，會想自己也該去旅行，不過，別把登山想成旅行，這比較像是修行。」

「樹木會旅行？」

「像是樹葉濃密的雞油樹⑤的旅行。用濃密形容有點誇張，但確實很多。那是某個時刻，突然來了秋風，山上發出激烈的喧譁，樹葉全部飛走了，每棵樹枝光禿禿。這是我看過最美麗的樹木旅行了。」

古阿霞想像那種美。對她而言，她正是秋日的雞油樹吧！成為樹不難，她待在花蓮的梯間密室這麼久，不是樹被錨在那，是什麼，一輩子在那慢慢發胖、慢慢腐爛。不過，來了一陣風，把她等待的樹葉都吹起來了。人生欠風，古阿霞帶著真心說，「這次出門，多虧了帕吉魯，他對動物或植物有很有能耐，解決了不少問題。」

「哎呀！說到帕吉魯呀！這裡有個他的祕密。」素芳姨熄燈，拉開機關車的窗戶。

那是四十公分見方的玻璃，上頭用拙劣的手工繪了素色葉紋窗簾。窗外黝黑深暗，隱隱約約可見在架高的

---

④碰碰車的另一種說法。
⑤臺灣櫸。

山莊地板與坡地間有約一公尺的空間，邊緣以太魯閣薔薇與虎杖區隔。古阿霞看不出苗頭，等眼睛適應黑暗，她看到幾個工人躺在泥地，安安靜靜，沒有任何言語。她很驚訝，山莊底下竟然有此密室，她一無所知。

「他們是付不起錢，只好住這？」

「沒錯，他們從來不付錢，而且住了很久，有些已經住了三代。」

「趕不走的傢伙，可惡，白吃白喝，難怪廚房有些東西不見了，一定是這些傢伙幹的。」

「有可能，但是，我們從來沒有趕走他們的意思。」

「大家都知道山莊底下住著一批無賴？」

「沒有多少人知道，所以也希望妳不要說出去。」

「我要是天天看到這批坐霸王車、吃霸王餐的傢伙，難保哪天不會拿掃帚趕走他們。」古阿霞說完，噗哧一笑，「只要他們不像工人愛喝酒，也許我能保守這祕密，還能對他們好點。」

「這些是帕吉魯的朋友。十幾年前他輪值燒柴時，發現這批嬌客。妳這樣趕走他們，恐怕會惹他生氣。」

「是嗎？」

這令古阿霞狐疑了，並再次看清了窗外的住客，也理解素芳姨為什麼賣起關子不說穿嬌客身分。他們是動物，鼻孔嘶著水氣，有的磨蹭梁柱，有的躁著蹄子響，自陡峭的山谷方向沿著曲腸般的獸徑而來。黑暗中只依稀可辨五隻水鹿、兩隻山羌與一隻山羊，其餘小身影朦朧不清。野生動物相聚於此，自得其樂，交換獸毛上沾附的松樹、槭樹或楓樹的種子。特別是嚴寒下雪或颱風時，這裡更是成了動物緊急避難的農莊。很難想像那些伐木工以酒罐碰撞、荒言謬語歡聚的地板下，自成了世界。

素芳姨說，這些動物原本住在這塊地，是山莊蓋在牠們的家園上頭，逼得牠們離開，現在才回來。她說，大觀村早些年是繁榮的遠山村落，學校、郵局、派出所都有，人口最多時有四百多人。在太平洋戰爭初期，日本人從山下遷了電話線與電線上山，電力讓村落發光，伐木工連夜不停的砍下檜木、肖楠與鐵杉製造軍錙，從海軍零式戰機、陸軍三八式步槍槍托與大和戰艦艙的夾板材料，不少是來自摩里沙卡。這裡木頭的足跡遠至東南亞或大陸戰區。

素芳姨又說，後來伐木區上移，村落慢慢式微，電線被颱風吹斷後就不再修復了，昔日繁華褪色。幸好有這臺火車發電機，提供些許光亮與溫度。至於這座動物園，是某天帕吉魯在燒木頭的時候，發現地下室的火爐熱源吸引寒冬的野生動物取暖，然後，他整理出空間，地上鋪乾草，用植物屏障，形成隱蔽場所，避免被人發現。有些動物會來取暖，尤其時值冷冽之冬，地下室毫無虛席。山莊對外得宣稱廁所水管破裂，好掩蓋飄散的動物臭臊。

當素芳姨輪值燒柴時，想到火力發電不只提供光亮，也能成就了動物取暖的公共區域，覺得這工作真是了不起。「當然，如果覺得無聊時，也可以點歌，要這樣。」她拉起頭頂的一根鐵棒，汽笛聲響起，山谷間彼此拋送回音，在最悠渺的笛聲消失在第三座山谷之後，工人響起了大合唱〈離別的月臺票〉，山莊好像啟動的火車漸漸出發了。

四月的蘋果花的苞骨是鮮紅色，粉淡花朵，一枝數蕊，沾了霧珠。花掛在橫盤的枝枒，有幾分嬌嫩。古阿霞第一次見到蘋果花，沒有新鮮感，等了兩個月等到了花開疏懶，有點失望，只能轉而期待秋天的蘋果垂滿枝頭。倒是蘋果花有點類似茉莉花香，沖淡孤冷，不能衝著聞。古阿霞忙得焦頭，或閒得發慌時，猛回頭便有股味道衝著妳的孤獨來的。她想，蘋果是紅色，切開果肉卻是茉莉花的白與芬芳。

忽然她有了生意經，蘋果花一枝有數蕊，夏天結一串紅，以每個進口昂貴的五爪蘋果值半個月的薪資來算，這滿園花朵不只是花朵，能搖出響噹噹的銅板聲，能挹注復校基金。想到這，古阿霞憨笑起來。

經過的王佩芬叫了一下，說：「發什麼神經，想誰？」

古阿霞的眼光從窗外回神，「蘋果花很多，夏天收成時應該可以為山莊賺上一筆錢。」

「蘋果會結，但是，結出像鳥梨大小的果子。這些樹有點神經病吧！待在這裡很容易緊張，『小孩』都長不大。」王佩芬突然急轉直下，把人拉到角落，「妳跟阿光繞了一圈臺灣，有沒有牽手？」

古阿霞不好意思的點頭。

王佩芬接著用兩手比成了鳥喙互碰，說：「有親嘴吧！」

古阿霞臉頰紅著點頭，也知道會被追問下去，連忙跑走。打蛇上棍的王佩芬哪肯住手，追到了蘋果樹下，死抓古阿霞的手腕，有點氣的問：「有睡一起吧？有沒有那個？」

「我怎麼知道。」古阿霞甩著被扼痛的手腕。

「屁股是妳的，不問妳問誰？」

古阿霞有點氣了，哪有人這樣像中世紀般把女巫綁在火堆上受審，說不說都被火燒。她不想說就饒了她吧！她逃離現場，沿著鐵軌走，跟來的三姑六婆火雞群甩著長疙瘩喉肉叫著。一輛運木火車從山上下來，解救了她，她和追來的王佩芬隔著呼嘯而過的一百噸木材車。古阿霞跑走了。

無處可去的古阿霞又回到蘋果園，看見一個穿藍色格子裝、腰紮S腰帶、腳上穿著登山靴的素芳姨從山莊側門出來，從蘋果樹下的矮灌木剪了束花。古阿霞拿著這束洋溢了茉莉香味的花，頓時了解，她誤以為的蘋果花香，事實是出自手上星狀的花朵。

「這是咖啡樹的花。」素芳姨說，「咖啡樹幾乎種在別的樹下，妳知道為什麼嗎？」

「我不清楚。」

「它不能有太強的日照，需要別人的植物遮陽照顧，撐把陽傘。」

「哈！果樹也有紳士與美女之分。」

蘋果樹下只有一叢咖啡樹。素芳姨帶古阿霞去看更驚人的畫面。她們沿著山莊旁的小徑往下走，路旁的灌木叢隨時伸來阻攔，一些昆蟲不時跳過，古阿霞的褲子已經有幾道被荊棘割破了。她沿途發現可食的香椿和刺蔥，香椿醬入菜，刺蔥蒸魚去腥最好用，她記住植物位置，以便來日再訪。古阿霞不久把眼珠流連在那雙登山靴上，女人這樣穿很威嚴。

「這是一位退休的山胞送的。我們都把登山同好叫山胞，他不想登山了，把鞋子送給我。鞋子救過我一命。」素芳姨說，那是三年前在能高山—安東軍山縱走稜線上著名的湖泊白石池，在湖邊草原被一條菊池氏龜殼花咬到，這種情況很少見，還好只咬到厚硬的皮靴頭。素芳姨還說，另有一次，她把登山靴綁在山莊的窗邊通風，一對灰喉山椒鳥把那當成家築巢，夏天窗外都是咻咻的鳥叫聲，胸腹橙紅色的兩個小傢伙十足恩愛，令人忌妒。

「妳整個夏天穿不到登山靴，太可惜了。」

「我很少夏天登山。」素芳姨說：「通常是冬天登山，我喜歡下雪的時候走進山裡。」

「滿特別的。」

「來看看這些花妳會了解。」素芳姨指著前方。

古阿霞還沒見到花，香氣卻繞了幾個路彎先來迎接，鼻子被牽著往那去。她最後陷入春天的殘雪畫面，滿坡滿園飄著茉莉花味，咖啡株幹結了滿滿像雞毛撢子的白色花朵，很難想像那杯黑汁的靈魂是如此漂亮，在眼前跳著大隊舞。素芳姨說明這些咖啡是阿拉比卡品種，日本人管理山莊時種下幾株，臺灣光復後又再度栽培，可是咖啡市場打不開，山莊以「難喝咖啡」的品牌自產自銷，不過夏天的咖啡園成了獼猴、藍腹鷴、白鼻心、鍬形蟲的餐桌，頗受歡迎的。

「夏天，咖啡會結紅的、黃的漿果，果皮帶有甜味，動物很喜歡吃。」

「動物會喝咖啡？」

隨後，她們沿著山徑回去，準備把去年採收的咖啡豆沖泡品嘗。古阿霞氣喘吁吁的走，卻看素芳姨走得定靜，下腰浮了一團浮雲似，一路蒸騰，走來不費工夫。她猜測，身為帕吉魯母親的素芳姨，少說有五十來歲，臉上沒有多少的歲月痕跡，應該是很年輕就生下了帕吉魯。她從來沒有聽她提過細節，下次應該來問個明白。

回到菊港山莊，古阿霞坐在榻榻米喘息，褲管被一種名為菝契的藤類尖刺勾破，小腿出現細長的血痕，沾了汗水有點疼癢。素芳姨從倉庫拿了半袋去年曬好的咖啡豆，並回頭去拿烤具烘焙豆子。古阿霞抓了把豆子觀察，米黃豆子的中央有縫，像貝殼。她從來沒看過這種東西。在花蓮餐廳工作時，泡給客人的是罐裝的麥斯威爾即溶咖啡，褐色顆粒狀，沖水即可，罐子印有一杯冒著熱氣的咖啡，以美國總統羅斯福下的註腳「滴滴香醇、意猶未盡」強調咖啡。她有次深夜上完廁所，嘴饞得從廚房拿湯匙撬開鐵罐舀一小把吃，像中藥苦，趕緊吐掉，舌頭成了苦瓜似的，隔天吃什麼都沒味道。

古阿霞想泡杯咖啡，爬起身子從櫃臺抓了瓷杯，丟下生咖啡豆，把火塘上燉的熱水注入。不久，豆子仍是豆子，水仍是水，只多了個土包子古阿霞。她知道出錯了，泡咖啡不像泡茶。

這時候王佩芬從前門進來，一屁股坐在古阿霞旁邊，纏著問老問題。古阿霞把那杯「熱水咖啡豆」喝了，毀屍滅跡，還把舌頭燙壞了。她含一碗冷水在嘴裡，腮幫子鼓著，一副不想回答的樣子。

王佩芬冷冷的說：「別以為當水桶就沒事，妳不講就是跟阿光有那個了。有就有，我也不會說出去。」

古阿霞心想，要是默認就慘了，把水吞下肚，「我說不知道就不知道，不然妳去問帕吉魯好了。」

「誰是帕吉魯？」

「就是阿光呀！妳問他就好了。他跟我說，這問題問他，別老是纏著我問東問西。」

「他不在山莊呀！」

「是他剛剛打電話回來，妳可以打回去問問看。」古阿霞說完，又喝了碗冷水冷卻舌頭，不想耗下去，把燙手山芋丟給更懂得閉嘴的帕吉魯。然後，她看見有人來解救了。

素芳姨從廚房那頭拿來了平底鍋子與鏟子，提了一袋木柴。她先把含油脂的二葉松放入火塘內，帶起火焰，又丟進幾根粗柴。她說，用檜木烘咖啡豆帶有香豔氣味，燒闊葉木柴比較無味，會保留咖啡豆原味，無論如何別在火焰大時炒豆子，這不是快炒。她陸續丟下木頭燃燒，等到養出熾紅木炭便行了。

素芳姨把平底鍋架在鐵架，說：「我得教妳一些烘咖啡豆的技巧，因為山莊有賣咖啡，卻很少客人會點。」

「說沒賣就好了。」王佩芬說。

古阿霞覺得有理，泡一杯咖啡如此麻煩，要是中間有個環節出錯，不就得倒掉重做。

「有幾個是熟客，他們會等到山莊工作不忙時光顧，拒絕不是好辦法，因為他們願意等更久。」

素芳姨把太大或太小的豆子撿走，以免受熱不均，再把選好的撒進鍋。她不斷晃動鍋子，豆子沙沙響著，從米黃轉為褐色，一股說不出的香氣瀰漫開來。古阿霞驚豔香氣如此芳醇，層次繚繞，打開了腦袋皺褶深處的處女開關，從此陷入「上癮」。鍋中豆子受熱膨脹兩倍後，如同玉米花發出爆裂聲，爆到第二響才收火。豆子外層上了一層油膜，酥鬆模樣。素芳姨表示，烘好的豆子放幾天後喝最香醇，但客人喜歡沉醉在烘豆子的芬芳餘韻，要馬上泡才好。她立即以鐵製手動研磨機，粉碎咖啡豆。

古阿霞看見從磨子吐出來的咖啡粉，起身拿回三個杯子。她知道接下來怎麼做了，依照麥斯威爾即溶咖啡的泡法，舀幾勺褐粉入杯，注入熱水。素芳姨沒有阻止她這樣做，還詢問味道如何。

古阿霞表情沉醉的說：「非常香，淡淡苦味，很順口，怪就怪在滿口都是咖啡渣，難怪很難喝。」

素芳姨則笑起來，用過濾布，示範正確的過濾咖啡泡法。

王佩芬直說妳這土包子露餡了，不，是噴漿了。

這讓古阿霞的臉比咖啡還苦呢！

歐匹將以電話通知山莊，半小時後，幾個日本人乘流籠來。他們穿深藍色西裝褲，皮鞋沾土漬，隨行的兩個太魯閣挑夫擔了幾箱行李。日本人問，這裡怎麼沒有「高山族」？兩個疲憊的太魯閣挑夫用日語說：「這就來了。」然後一個扮男一個扮女，娛樂的邊跳邊唱〈高山青〉的副歌「阿里山的姑娘美如水，阿里山的少年壯如山」。

為首的日本慈善家走在人群中央，很少話，只有蔡明台靠近說話時才頻頻點頭。火雞三姑六婆被趕進廢棄學校關著，豬羊也是。幾個孩子用不太靈光的日語喊「恐你雞蛙」打招呼，拿到日製森永或不二家牛奶糖。日本人用閩南語的招呼語「吃飽了沒」來回應。孩子們回說，糖果太少，吃不飽。

霧似有似無，鐵軌又濕又滑，一隻不知是誰家的小豬沿鐵軌覓食，豬毛沾著霧珠。一輛運原木火車下山，拖運的臺車每到轉彎處發出沉悶的擠壓響，駕駛突然緊急對鐵軌上的小豬鳴笛，車燈把豬毛尖梢的那圈水珠照出七彩光暈。豬吃著東西不走。駕駛放鬆煞車，想用小小的碰撞把豬頂出軌道。

「停下來。」一直沉默的慈善家大喊。

蔡明台衝去要蹦蹦車司機停下，口氣有點兇。喊停的慈善家走到小豬邊，拆開嶄新的鐵盒拿出牛奶糖，剝掉包裝紙，放在手掌吸引小豬離開鐵軌。這招馬上奏效了。小孩們舉起雙手，用日語高喊「阿里嘉多」，跑去將小豬推出軌道外，並獲得了慈善家的糖果。

「假痟啦！你阿本仔在打仗時刣死這麼多中國人，卻怕我撞死一條豬。」司機碎碎念。

慈善家用兩手對駕駛比起大拇指，微笑以對，稱讚他停下來沒撞到豬。伸手不打笑臉人，司機嘴角皺著裝飾性微笑，舉手招呼，把蹦蹦車停到不遠處。聞聲從山莊門口看見此景的古阿霞，對日本人的禮貌很訝異，那不知道是禮儀表演還是內化情感，她寧可相信就算要表演得流暢，也要性情中人才行。

碰碰車停妥後，那群日本人跟上去，碰觸臺車上的鐵杉與檜木，討論日檜與臺檜的差異。臺灣扁柏與日本扁柏相近，臺灣紅檜與日本花柏是近親。這群日本人首次看到剛砍下的扁柏，獨特豔香令人精神抖擻。他們流連不去。一群孩子爬上原木，用扁鑽撕開檜木皮當柴料，這時當禮物拿給日本人。蔡明台知道小孩的目的是纏著拿牛奶糖，忙著趕走這些小蒼蠅。

他們對檜木的討論延續到晚上，木片擺在茶桌，聚在火塘邊東拉西扯。蔡明台深知火塘的自在鉤——某種從梁上垂下的伸縮竹鉤，好把鐵釜或鐵壺控制在適當熱源——是日本農家使用，不適合雅士泡茶。他從倉庫拿出蒙塵的茶具，火缽採用墨西哥與貝里斯交界處生長的黑柿木，木紋沉穩中帶詭譎歡舞的色澤。另外拿出泡茶工具：火箸、鏟木灰的灰鏟、鏟火炭的「十能」，以及悶熄火炭的「消火壺」。繁複茶藝與工具讓這群遠客安安靜靜的待在客廳，他們用檜木皮燒茶，稱這太「豪邁」了。

這時候，山莊上鎖的推門發出激烈搖晃的聲響。在櫃臺的古阿霞離大門最近，見門底縫有盞燈亮著，知道是酒鬼來沽酒，偏不應門。山莊已在門口掛牌「停止營業」，好招待日本客。酒鬼開不了門，不但沒走，反而更劇烈的搖門，讓所有的人都望過去。

王佩芬從廚房出來，走到門口要去嚇退的時候，門不晃了，門外的燈卻激烈晃起來。忽然間，砰一聲的門板給人從外頭拆下，往裡頭推，王佩芬還沒來個敷衍的尖叫便被壓在門板下。古阿霞沒看過如此滑稽畫面，趕緊衝過去將人拉出來安撫，這時她也見到一幅奇特的畫面，一對理平頭的國字臉雙胞胎站在門口，年約二十歲，耳朵扁大，筋肉壯碩，從樣貌與眼神顯示他們與常人有些不同，到底哪兒不同也說不上來。

「你們兩個白痴智障，把恁祖嬤壓壞怎麼辦？」王佩芬爬起來，隨手抄了皮鞋，往雙胞胎頭上當雙鼓亂打一通。

日本客人看了笑起來，倒是當主人的蔡明台陰著臉。古阿霞要王佩芬按捺憤怒，連哄帶勸的把她推回廚房，回頭請雙胞胎離開。兩兄弟提馬燈，傻傻的站在門口，滿臉都是孩子樣。古阿霞終於知道哪不對勁了，他們智能不足，是傳說中笨到萬里溪谷底也沒得翻身的雙傻，一個叫「阿達瑪」（腦筋），一個叫「孔固力」（短路），要分辨誰是誰，大家知道認真起就輸了。

「回去吧！改天再來吧！」古阿霞說。

雙傻繼續笑，其中一人張開手，展示他在附近找了半個小時才找到的牛奶糖的包裝蠟紙。他們連夜沿森林鐵道走了十公里來，不過是聽說有人能給個糖。古阿霞在微冷的夜裡搓手，想著如何拿出東西打發他們。她拿出方糖，雙傻笑著搖頭；她把方糖包在蠟紙裡，雙傻大笑，搶下糖果離開。

山莊又恢復安靜了，蔡明台這時攤開地圖，用竹製茶針把48林班地畫了一圈，說：「用檜木燒茶算是豪邁的話，你們應該把這個形容詞收起來，明天用得上。那裡的扁柏成林，每棵有上千年。」

「我們希望用最好的扁柏，成為明治神宮鳥居的建材，這樣才能對得起明治天皇陛下的身分。」

「沒問題。」

「砍樹的時候，要用我們神道教儀禮，請傳統手工達人砍下，我們不希望電鋸的咆哮讓樹木的靈魂嚇著。」

「摩里沙卡還保有索馬師仔的制度，一輩子只拿手工鋸的師傅。」蔡明台用日語說，「他會幫你們鋸下最好的原木，運回日本。」

「太好了。」

「我先給你們看那兒的樹木，免得你們明天嚇壞了。」蔡明台隨即拿出了鑲嵌螺鈿精緻木殼的相簿，展示踏查山林的紀錄。

從黑白照片看到48林班地的樹木矗立，日本人點頭。其中一張十二吋銀鹽攝影的柯達照片，大幅照片中有人站在某棵巨大扁柏旁，落差極大，幾乎像蚍蜉撼樹般。

「神木呀！」慈善家喊著。

客廳的八十瓦燈泡禁不起驚嚇，閃著光，這是晚間電力終止前電力不穩的徵候。蔡明台把站在櫃臺的古阿霞叫來，要求延後到十點才關電。勤前訓練過的古阿霞學日本女人小碎步跑過來，跪地上，雙手放膝蓋上說是。她應承了幾次，捨不得走，她得耗久點，讓日本人知道古阿霞就在眼前，開口談起復校計畫。日本人只對神木有興趣，撕開了相簿的蠟紙拿出照片，在燈下看，因為老花眼得把相片舉遠看，卻看不到就要把頭塞進兩者視線距離的古阿霞。散席前，她有五次接近日本人，三次遞水、一次拭桌，還有一次是故意用火鏟「十能」去鏟灰，這錯誤的動作終於引起了慈善家的反應。他笑一下，又繼續談話。

到了晚間十點，日本人回房睡覺。古阿霞拿抹布清理客廳，把髒水與茶渣潑到外頭時，看見雙傻縮在大門邊睡覺。他們撿來一堆落葉墊底，用自備的軍毯包裹，兩人抱著睡，不畏懼戶外寒冷的氣溫。古阿霞擔心他們，想免費提供最寒酸的床位給兩人，卻發現他們熟睡得像被踩黑的口香糖黏死地上，臉露出幸福，要挖起來不如就這樣了。

這時候傳來貓頭鷹叫聲，古阿霞往上燈的集材柱望去，一隻站在那的黃嘴角鴞發出「呼、呼」的嘹亮嗓音，轉頭流眄，瞪著黃色眼膜。不久，牠展翅往學校的銀杏飛去。整晚只剩這隻鳥關心復校了。

古阿霞終於搞清楚，這群日本人從不關心學校復建，只在乎扁柏。他們一早穿上登山裝備，蹬日式夾腳膠鞋，坐火車去參觀48號林班地的扁柏。整夜在山莊外睡覺的雙傻隨車跟去，得了幾顆牛奶糖便擔任挑夫。當陽光輕輕淡淡的鋪在白花洋溢的蘋果園時，葉片反射光芒，古阿霞從那兒剪了一束咖啡花，插在客廳花瓶供養，邈香飄散了。山莊來了群按件計酬的婦女幫忙雜活，她們抱怨有些住上幾天的高級客人得天天換洗寢具被套，毛巾得用沸水煮過，還嫌客人放在床頭的小費當作忘記帶走的零錢。

稍可休息的時候，古阿霞走到櫃臺，搖起電話，對接線的歐匹將說：「幫我接73林班地工寮。」她記得帕吉魯吩咐說他會去那裡。

「好的，通話不要太久，以免占線。」歐匹將說。

過了幾秒鐘，古阿霞對接通的那頭說：「我找劉政光，背大伐木箱又不講話的那個人。」

接電話的是工寮的煮菜清潔婦，斬釘截鐵的說：「他不在。」

「我知道他上工去了，妳幫我留話。」

「他沒來啦！也很久沒過來了。」

掛斷電話，古阿霞想不透怎麼人會沒去那，除非自己記錯了。她再次搖電話要求接到73林班地最近的集材場，那是通往附近林區的監控口。接電話的工頭對電訊品質不好的話筒大吼，好掩蓋柴油集柴機的運轉與碰碰車的運行聲，以及海拔兩千公尺的強風吹過鋼纜的刺耳聲。古阿霞掛上電話，深覺跟一條暴漲的河流吵架後的疲憊，而且沒結果。她又打電話給歐匹將，希望幫她留心帕吉魯的去向，她有點擔心他，卻不敢講出這句最心底的話。

古阿霞為此毫無心思幹活，連犯幾個錯，她沒聽到茶壺水滾的聲響，穿雨鞋上榻榻米，把大門掃了三遍好觀察門外動靜。然後她被分派到後院的蘋果樹下劈柴，把木塊墊在鐵杉墩上，用美式雙面斧劈開。她試了幾次，心思又想偏了，不小心也劈偏了，一塊尖銳的柴角飛過來刺傷手臂，流血了。她走到櫃臺拿藥，塗了碘酒。

「沒有處理好，小心感染。」馬莊主走了過來，他是村內受過短期醫事訓練的人。古阿霞已經上完藥，用紗布包裹傷口，「小傷口我應付得來。」

馬莊主走過來，把古阿霞手上的紗布拆掉查看，兩公分外傷之後延伸出三公分長的紅瘀血，顯然是刺傷。馬莊主從上鎖的檜木櫃拿出專用的醫療箱，取出鑷子，用酒精消毒，從傷口夾出一小片染紅的木刺。傷口重新包紮完畢，古阿霞不用去做沾水的工作，到了下午她被分派到燒火工作，把澡堂與發電機鍋爐的火顧好。

到了傍晚，澡堂先給回來的日本人泡完澡，才開放給村民。古阿霞在隔間的燒火室聽到小孩的笑鬧聲，她想到一籮筐削皮的馬鈴薯在湯水裡浮沉的景況。小朋友到哪兒都能取樂，這種赤子心讓她感到舒緩，安靜閒適，實在不用掛念日本人會捐錢給她蓋學校。之後，她爬下地下室的蒸汽機關車，塞了五斤木頭，還誤塞了馬莊主告誡的容易積碳難清理的高油量松樹或檜木，她聞到馨香，那是帕吉魯袖口常有的味道，淡淡的，邈邈的。她想起他的手遮在眉梢時，袖口的金鈕釦在臺南的太陽下反光，當時有兩隻金毛貓從狹小巷弄的遮雨棚跳過去，徒留聲響。她惦記了往事醇靜，唱著歌，起身時不小心拉到了汽笛桿，山莊瞬間活在尖銳的音浪上。

日本人嚇壞了，而蔡明台忙著解釋為何山莊地下室藏著蒸汽機關車，也把肇事者叫出來道歉。古阿霞全身煙漬，汗水濡盪，全罩飛行眼鏡掛在額頭，像是從戰鬥機飛行表演失事殘骸爬出來的倖存者，不斷對在場的來賓折腰。

「我昨天就注意到妳了，一直老是故意犯錯。我問了別人，他們說妳是阿美族人。」慈善家繼續問下去，還語帶考驗：「我知道臺灣有很多高山族，妳能跟我解釋阿美族的特色嗎？」

這問題有點難回答，跟有人詢問「妳是誰」一樣籠統。古阿霞沉思該如何回應時，山莊有人先搶答了。

「阿美族很會跳舞。」

「還很會唱歌，也很會抽菸喝酒吃檳榔。」

「我們也『痕』會抽菸喝酒吃檳榔，還會打獵打小孩。」一位太魯閣挑夫站起來說，「我們也還『痕』會烤肉和考試。」

「沒聽過你們很會考試。」蔡明台問。

「我們A B死（C）豬（D）猜一猜，考試都會加分！」挑夫說。

在場的大笑，古阿霞勉強擠出微笑的說：「我們一直保護阿波古拉楊（Abokutayan）的邦查火種。」大部分的人都被這樣的開頭吸引了，讓她能安靜說下去：「阿波古拉楊是我們邦查最早從海上來到花蓮的祖先，那時候的土地很貧瘠，他們把取自太陽的金色火種撒下，大地燒起來，燒了一百天。這時候來了一場雨，火沒被澆滅，而是凝固。大火凝固成大樹，小火凝固成小草。邦查的後代一直守護這些火種長出來的東西，沒有一種植物在我們的眼裡叫雜草，它們都有名字。」

慈善家點頭，指著桌上水瓶插的一束雞毛撢子似的白花，「妳能告訴我這是什麼？」

「咖啡花。」

日本人驚呼起來，咖啡花是溫帶氣候國家未見過的。他們的住房昨晚擺了咖啡花，幽香況邈，霸道的鑽進他們記憶庫，卻安撫他們到深眠，第二天精神飽滿的起床回想這種茉莉花味的安神植物是什麼。

慈善家又問：「咖啡也是你們祖先阿波古拉楊帶來花蓮的？」

這是機智問答，山莊的咖啡樹是日本人自南美引進的，回答對與否，都不是好答案。

「要問咖啡豆，它們最清楚了。」古阿霞說。

日本人看著古阿霞從倉庫拿出去年的生咖啡豆，放在熱鍋子上炒。古阿霞現學現賣，掌鍋的手勁與翻豆的技術要好，關鍵在於把炒豆當炒花生。慢慢的，翠綠豆子變成米黃色，飄出青草味，不久瀰漫烤麵包的味道，豆子烤出深褐色。古阿霞加快翻鍋子速度，好戲來了，豆子說起話了，那一聲、這一聲爆響，劈哩啪啦的滿鍋講古，把話都說了，豆子裂爆的皮膜隨熱氣浮上梁去。

慈善家翻掌接了落下的皮膜，「它們把舌頭說破了，說了什麼，我想我們都聽到了。」

「我的祖先阿波古拉楊想必能懂得咖啡豆的說話聲，只可惜我不懂最古老的邦查話，不能為各位翻譯。」

「要是我們大和民族的茶道始祖千利休在此，大概會講出：哎！那咖啡豆講的話有如『紅葉未染的寒山，樫樹落葉綴滿古寺之路的幽靜』，正是中國老子《道德經》的名言『道可道，非常道』。有些話只在心中，說不清楚，講不明白，只有靜靜體會。」

「講得好，確實是這樣。」

「我得很冒昧的問，妳一直強調自己是邦查人，為什麼？在你們島上原住民的身分很特別，平地人對你們的印象是抽菸、喝酒、吃檳榔、很會生小孩，然後考試又加分。要是我是原住民，巴不得藏起身分，打死也不承認。」慈善家轉頭詢問太魯閣挑夫，「請問，你們為什麼一路說自己是山地人？」

一個德魯固族挑夫說：「我眼睛這麼大粒，誰看了都知道是番仔。」

另一個則說：「大家喜歡看猴子，猴子也要賺錢吃飯呀！說自己是番仔也沒錯！錯就錯在，我媽媽結婚的時候，沒替我找對一個好爸爸呀！現在才常常去教堂懺悔。」

大家笑著，笑聲不若之前誇張，當聲音漸漸淡下去，山莊客廳陷入沉寂的空白，一隻早春的蟋蟀躲在火塘的木縫鳴叫。有個人要把牠抓出去放，被日本客人阻止，表示有些聲音比較適合人住。

「我會這樣問妳為何強調自己是邦查人，是因為妳爸爸是黑人吧！」靠窗的慈善家問，這讓從旁翻譯的蔡明台愣了之後說出來。

古阿霞毫無遲疑的說：「沒有錯。」

山莊陷入沉寂，連蟋蟀聲都停了，火塘燒柴與發電機運轉聲清晰可聞。馬莊主從櫃臺抬起頭。王佩芬以「我就知道」的口吻與旁人竊竊私語。有人從廚房走出來，一邊把手在圍兜上抹淨水漬，一邊問發生啥事。

古阿霞靜靜看著大家，心知她從未埋藏自己一半黑人血統的身分，不過是埋藏手法高明。當她第一時間讀到別人眼神裡的疑惑時，趕快滅火的說她是邦查人，好掩飾她豐唇、小獅鼻、黑皮膚的面貌。尤其黑鬈髮，更是令她困擾，洗髮後捲得更像佛陀頭上一圈圈的小籠包，無怪乎小時候有人叫她鳥屎頭，卻沒有人叫她小天使，那是某種鉛筆上的鬈髮白人小女孩商標圖。稀罕血統沒有讓她特立獨行，反而是標籤，如果撕不掉標籤，那就給自己貼上另一張標籤遮掩。她有著邦查常見高挑身形，卻沒有邦查的白皮膚美貌。她的祖母說比較像排灣族，而且是「烤得更黑的那種」。

「他是美國軍人。」古阿霞補充，「他打越戰時放假來到臺灣，認識了我媽媽。」

「很抱歉，要妳這樣說實在很冒昧。」

「不會的，我是被一眼看穿有點訝異。」

「這不難。」日本慈善家說，「我能很快分辨，來自我的身邊也有相同身分的人，神韻跟妳相同，也更容易被分辨，他們沒有原住民的身分掩護。」

「真的？」

「二次世界大戰打輸了之後，太平洋的盟軍司令官麥克阿瑟接管日本的國土，帶來了三十五萬的美國軍隊。這麼多美國大兵在街上橫行，恐怕對良家婦女造成不安。不知道誰想到的怪方法，找了十五萬日本女人對美國大兵性服務，把警察宿舍、縣府宿舍改成招待所。我常想到這十五萬堅忍不拔的大和撫子⑥，光著身體築成了最柔軟的護城河，把狗娘養的美軍擋在安全距離外。這當然會產生新一代的日本人，他們有的是白人面孔，比較美，或許會受些歡迎；有些人帶著黑人面孔，一看就知道，更容易受到排擠。」

蔡明台也有感而發，說：「這一串劫運，事有因果，我們走過了厄運，仍會有下個厄運到來，這是骨牌效應。」

「這樣確實是我們國家的劫難，或許這是天照大神對我們的懲罰與考驗，要我們從苦難中爬起來。」山莊又陷入沉寂氣氛，一群日本人唉聲嘆氣，也喝起了小酒。古阿霞完全不知所措，靜靜坐在旁邊，幫忙倒酒，也幫忙點頭應承。她不懂這些人用日語談論什麼，卻明瞭，他們從自己血統轉移到更遠話題，從此繞過復校問題。有些事永遠勉強不來，「彎曲的樹幹不用去扶正，不如再種一棵。」她祖母說過，她現在深信不疑。

日本慈善家忽然說：「我剛剛聽到有人在山莊底下唱美空雲雀的〈リンゴ追分〉，是妳唱的嗎？」

「不是的，我唱楊燕的〈蘋果花〉。」

蔡明台解釋，「這兩首歌的旋律一樣，是楊燕翻唱美空雲雀的。」

「可以為我們唱國語版的〈蘋果花〉嗎？」日本人說。

古阿霞點頭，站了起來，她敞開喉嚨，丹田便瞬間啟動了，一種緩慢抒情的歌調飄漾。美空雲雀是日本昭和年代的代表歌星，無論二戰或戰後的經濟大蕭條，她的歌聲帶動了日本的精神力。在場日本人，包括蔡明台，閉眼聆聽，彷彿後院滿樹的蘋果花味道淡淡細細的綻放在客廳，落瓣下來，真不敢動身，哪怕抖落身上的一片花瓣都是煞風景的。

「美妙的歌聲，再大的苦難都被撫平了。沒想到在這南方的美麗海島上也能聽到這樣的歌聲。」日本人

⑥意思是清雅、堅毅的女人。大和撫子是日本漢字。

慈善家說。

「謝謝。」

「妳一定是有神奇能量的女孩，如果這是神的力量，妳會是祂種在人世間的種子。我不會是第一個發現這個能力的人，妳的朋友才是。今天早上，妳那個不講話的朋友帶我們到48號林班地，那是我見過全世界最美的地方。最後，他在石頭上寫字跟我們溝通。我看得出來，他不善跟人相處，卻如此努力的寫字，身上到處是汗水。」

找了好久的帕吉魯，原來在某個林班地等這些日本人，古阿霞鬆了口氣。他平安就好。

「告訴我，妳把學校重新辦起來，需要多少錢？」日本人慈善家等古阿霞開口。

古阿霞睜大眼，想起筆記本放在房裡，刪掉零頭只需要四十萬塊就可以讓學校的建築重新翻修，學生進駐了。

「二十萬元，感謝妳泡了一壺咖啡給我們，它值這個價錢。」日本慈善家並沒有說完這驚喜，「還有妳的那首歌，價值三十萬。總共五十萬元，這已經是我能力所及了。」

那是莫名的時刻，山莊頓時響起了各種聲響。古阿霞不懂一杯咖啡與一首歌能換到這麼多錢，簡直是天上掉下來的禮物般動人。她很快被各種的恭喜聲沖昏了頭。

菊港山莊的祕密

清晨，古阿霞穿雨衣出門，迎接幫忙拆學校的山下小學生。

五月天氣陰涼，天空飄細雨，大觀村的屋簷下響著不經意的雨滴音符，鐵道旁的泥濘小徑印滿足印，遠方海拔兩千七百九十五公尺高的見晴山不見晴朗的面貌。學生們尖叫的坐流籠上山，頑皮的趙旻在雨中踢水，拿了片檜木皮遮雨，一路跟著古阿霞來到廢棄小學。

一條龍的八間教室展開，屋頂綠苔很厚。兩個工人連拆了兩天屋頂，拆卸的瓦片往下丟，碎激起操場上的水花。工人的每日工資兩百元，由古阿霞墊付，好讓教育官員來會勘現場。這個日治時期的教室將改頭換面。古阿霞考量建築預算與聘工費用，期待九月初開學前，硬體設施都弄妥當。趕來幫忙的小學生加快工程進度，他們把原本要丟下山谷的破瓦與擇日燒掉的腐朽梁柱，一路鋪排，從教室區延伸到校門口，形成奇特棧道。

到了九點，雨勢漸大，操場湮茫茫，一群官員出現在校門，他們小心的走在學生鋪好的棧道，皮鞋才不會浸濕。幾個小學生冒雨涉水去扶官員，自己淋成落湯雞。

「天氣很糟。」一個穿西裝的教育部禿頭官員說，戴上不合宜的斗笠保護僅剩的濯濯童山，「還有這棟破校舍也很糟。」

「遠看很嚇人，近看嚇死人，像肺癌末期的老人，隨時會癱掉。」一位把褲管捲起來露出腿毛的省府教育廳官員說，「這樣的危險建築不拆掉，出了問題又會牽連一堆人。」

幾個官員七嘴八舌，最後對校長老烏鴉說：「這是奇蹟，你竟然死馬當活馬醫，救活了它。」難得穿西裝的老烏鴉，從領帶結緊壓的喉結發出較尖銳的聲音：「這沒有什麼，總要讓學生們上學方便。」

「很少人這樣開分店，收掉的比較多。」一位官員說，「你確定籌措的經費沒問題，我們沒有辦法多給。」

老烏鴉瞄著學生群中的古阿霞，輕輕點頭。古阿霞十分確定日本慈善家的捐款還沒入帳，一切仍是空中樓閣，官員卻大張旗鼓的勘查教育上的奇蹟。他們被梅雨季的爛天氣破壞了心情，口無遮攔的批評。古阿霞從他們口氣與態度的強度，分辨出誰的官位高。她這一路走來充滿驚嘆，認為是上帝的旨意，祂動一根手指便能收回所有的成果，卻沒有動手指教她如何面對難纏的官員。

官員站在飄雨的走廊而不耐煩時，有了小插曲，走廊另一端的豬群傳來小騷動。這群村民豢養的豬，集中在舊校長室，用桌子擋下牠們出路。這時牠們頂開個縫，陸續出來。小學生把牠們推回去，幾個人用背當牆推回去。豬群無論如何都不會滾回去那又小又破的地方。雙方一陣拉扯，豬群突破人牆跑開了，在走廊亂竄。

「怎麼會有這麼多豬？雞也是。」戴斗笠的官員大驚，連羊也有，這簡直是一座農莊。

「學校荒廢多年，居民拿來養牲畜。」老烏鴉說。

「難怪這麼臭。」戴斗笠的官員皺眉頭，「學校是公家的，怎麼可以讓居民違法使用。」

古阿霞沒關注他們的談話，看向雨中銀杏。銀杏流動雨光，有種說不出的斑紋鶺鴒的群飛之美，萬重雨絲下，明滅的雨幕中，有三個線條被潮濕塗暈的人影站在那。她看出是帕吉魯，另外兩人是阿達瑪、孔固力，還有一條抖著水珠的黃狗。隔半個月的帕吉魯終於回來了。她奪入雨中，朝他跑，越跑越快，傘也不撐，嘴也不說，卻一路把操場的雨灘踩出歡樂大叫似的嘴窟窿。

「回來正好，正好下雨了。」古阿霞覺得這樣說挺怪的。

帕吉魯點頭，笑看古阿霞的紅雨鞋，還有那件藍色外套。那是他在臺南買給她的。

「下雨了，雨鞋好穿。」古阿霞又說。

「嗯！」

「這件衣服也剛好，趁下雨穿。」古阿霞覺得自己舌頭怎麼不靈了。

「嗯！」

古阿霞的藍外套都濕了，哪會好。帕吉魯把伐木箱卸下，要阿達瑪、孔固力頂在頭上，讓四人躲雨。凝在銀杏葉的雨珠落下，比雨絲更重，比心情更緩些，就這樣嘹亮的抽響了木箱。古阿霞聽到箱中迴盪聲，猜測在各式的工具堆中，還塞了木雕玩意——一隻水鹿粗胚或什麼的。她想起在玉里國小紮營時，帕吉魯夜裡鬧肚子疼，她用檜木油幫他按摩肚子。有地域性的長耳鴞在木麻黃樹上叫著，糞便掉在帳篷，整夜響著。她貼上他的肚皮聽到腹腔響著咕嚕嚕聲，還有一種奇特腹鳴。「是一群水鹿，游過肚臍湖了。」帕吉魯說。她笑了，真的像夢境中水鹿過湖的聲響，笑得很大聲，嚇得帳篷上的長耳鴞振翅離開。

她惦念這記憶，笑起來，笑得梨渦帶蜜，另外三人也笑了。古阿霞隨即發現他們不是順著自己笑的，是被眼前一幕惹起。一隻野性十足的公豬發瘋的在走廊亂撞，男人都閃，女人都叫。古阿霞印象中，這隻公豬向來溫馴，怎麼客人來就大鬧了。

「把牠抓回來。」趙旻大喊，追在公豬後頭。

公豬在走廊擠撞，不受控制，有時在地上滾，有時對磚牆角磨背，有時朝人群衝去，讓不時跑到雨中操場避難的官員迭有抱怨。

「讓開，讓開。」趙旻一路追，來個飛撲，抓住公豬後肢。雙方一陣扭纏之後，體型優勢的公豬逃脫，現場更亂。

公豬不對勁，可能來自陌生群眾的壓力。這使古阿霞無法把注意力放在帕吉魯，跑向走廊，解決災難。黃狗卻跟著古阿霞衝去加入混仗，牠跳進走廊像果汁機刀片，把官員、公豬、學生打成一片災難戲。頂著木箱的雙傻隨即補上去，在淹水的操場抓公豬，兩人玩瘋了，公豬快瘋了，兩人表演抓豬給那些笑聲越來越高的小學生看，合力把公豬抱在胸口，像是抓到一條掙扎的尖嘴帶毛泥鰍。

趙旻抓著豬嘴巴聞，有股刺激與作嘔的芥子油味，他說：「這隻公豬吸強力膠，嘴巴很臭。」強力膠增加微量芥子油，具刺激味與作嘔，目的是防止青少年吸食。古阿霞猜出是有些伐木工晚上躲在廢棄校園吸膠，把吸食後的塑膠袋亂丟，貪吃的公豬誤吸後抓狂。

趙旻低頭找證據，好證明自己所言不虛，最後在斗笠官員的腳底找到一個又扁又沾滿黃膠的塑膠袋，那是手到擒來的證明，他扯下來炫耀：「喉，你看，從你鞋底找到了。」

啪一聲，戴斗笠的官員給趙旻一個耳光。

大家看著趙旻。他噘著嘴，低著頭。戴斗笠官員直覺受辱，一個小毛頭在控訴他吸毒似的，才狠狠給了耳光，沒商量的餘地，他這樣做才能滅去怒火。那個耳光令走廊的人囂安靜下來，雨聲仍喧譁，十幾條豬也是，森林在雨勢中喧譁與呼吸，從來照節奏進行，半點沒有受到人為動擾。

等待午餐上桌的時間，官員們在山莊的客廳有說有笑，話題不關乎復校。古阿霞在廚房忙著洗菜切菜、拍蒜末、剁辣椒，也忙著看在顧灶火的趙旻。他被戴斗笠的官員摑一掌後，整個人委頓，在雨中發愣得衣服快泡爛了。這天禮拜六，下午沒課，他沒有回家，中午躲在山莊廚房顧火。爐火的光芒蓋過了趙旻臉頰上受辱的紅掌印，痛苦會隨時間消失，記憶卻連大火也燒不盡。古阿霞想找機會安慰他，但拔去傷者身上的箭容易，止血最難，她缺乏心靈良藥止血。

十一點時，午餐吃的土雞送來了。牠是活的，不能上盤，叫著抗議。古阿霞為了省幾個錢，得自己動刀，還好有助手，由帕吉魯帶著雙傻去殺雞了。蹲在牆角的趙旻舀了一桶拔雞毛用的熱水離開，他說雨天使得木柴又濕又多煙，為自己悲傷的紅潤眼睛找理由。古阿霞曉得那眼淚是為什麼來的。

這時人少了，趙旻抓到機會，說：「我會不會害了妳？」

「害我？」

「那個大官很生氣，我會不會害妳的學校倒閉。」

古阿霞以為趙旻被打了才難過，原來他惦記的仍是學校這件事。古阿霞再度調整對他的敬佩，這孩子皮了點，卻數次深深改變她對純真的觀照。她說：「謝謝你，學校不會倒閉，可是你為學校挨了一巴掌，我有點難過。」

「這一巴掌不會痛，我常挨打。」趙旻這下樂了起來。

「不疼了，那去幫忙殺雞吧！」

莊主馬海從客廳走來，第三度巡視廚房，擔心上菜速度，還提醒古阿霞：「午餐的錢，山莊不會付一毛錢。」

「我知道。」

「那些官員也不會付一毛錢。」

「我知道。」

「我看他們每個人腦滿腸肥，肚子裡都是蛔蟲，很會吃。我剛剛從山下幫妳叫了一打紹興，夠他們殺蛔蟲了。」

古阿霞點頭感謝。她事前接到老烏鴉校長的暗示，官員不會白吃白喝，僅能付少得可憐的餐旅費，但是「我們」不能供餐太寒酸。她隨後明瞭「我們」不包括校方，得由她張羅，由她出錢。她不反對，沒有人敢頂就由她來，只怕他們揩油揩過頭，她身上落下的每個銅板要是沒回音，意味著她的心一點一滴死去。不過，她也發現越來越多人願意無償幫助她，比如趙旻，還有幾乎住在山莊簷廊下過日子的阿達瑪、孔固力。

這時候阿達瑪、孔固力從後門進來，把拔完毛的土雞抱在胸前，樣子挺恐怖的。古阿霞把雞剁成塊，材料丟入鍋內燉煮。當馬海第四次來催時，素芳姨送出第一道清炒高麗菜，來幫忙的媽媽桑也陸續出菜。古阿霞猜想得沒錯，這群官員不會去看東坡肉的盤緣襯花藿香薊是紫或是白的，或包裹烤鯖魚襯底的紫蘇能增加風味，他們只會喝酒夾菜。酒過三巡，腳邊擠了幾個空罐，古阿霞打了通電話給歐匹將，轉請山下的菸酒商運來兩打竹葉青酒。

古阿霞端上鮮美的香菇雞湯，素芳姨端上破布子蒸魚，餐桌開始找不到空隙吐渣了。

「菊港是什麼意思？這曾是港口嗎？」一個省府官員略帶酒氣問。

大哉問，古阿霞沒深究過。但是，她意識到，海拔一千四百多公尺的菊港山莊，再滄海桑田，也不可能曾是漁港；再怎麼豔麗，也不會跟菊花圃有太深厚關係。

莊主馬海上前，對官員說：「這也算是個港，但是停靠的不是船，是怪魚。」

「菊港要不是日文音譯，就是山地話。」某官員略帶通曉的說，「日文的機率較高，這伐木風氣是日本人帶來的。」

素芳姨往前多走兩步，說：「沒錯，じゅごん，這是菊港發音，指的是美人魚的意思。」

聽聞「美人魚」三字，沉醉酒食的官員都回頭瞧，眼神揪在素芳姨，桌間的箸碗碰撞聲淡出了。正回身往廚房幹活的古阿霞，杵在原地，聽窗外的冠羽畫眉與黃胸藪鳥在這時也好奇的叫著。對素芳姨而言，以及久居山莊的人來說，這不是祕密，是菊港山莊歷史發展的重要齒輪，村民也習慣了山莊有隻「美人魚」的傳說。素芳姨對在場的官員說，這故事得拉到一九四一年底，太平洋戰爭開始時，一條五十公斤的人魚在晚上游進花蓮溪海口，她發出怪叫聲，遭人誤為水鬼用石頭砸死。這種長壽的海中生物，有人認為吃了能延年益壽，不少父母跑來割肉給當軍夫的兒子，或是老病的長輩。日本警察為了阻止迷信，動員義警，把美人魚屍骸運回派出所，埋在院子裡的櫻花樹下。義警駐守了一個月好防止民眾偷挖骨骸入藥。第二年櫻花開得美豔，像人魚抹了胭脂，越抹越紅，傳說再度在花蓮引起討論，最後警察把骨骸挖出來交給一個路過的日本生物學家研究。生物學家來到摩里沙卡調查高山湖泊魚種，走時把人魚遺骸放在山莊。

「我想沒有人會動人魚骨頭的歪腦筋，就馬上去燉個蘿蔔排骨湯來吧！」一個微醉的官員說。另一人扯開喉嚨回應，「這世界上沒有安徒生童話裡的美人魚，不過我想那是某種生物，是海豚之類的。」

「能看看美人魚的骨骸嗎？大家想開眼界。」老烏鴉很期盼。

素芳姨點頭，走近火塘，拉開可掀式改良地板，示出長寬一公尺、高約半公尺的檜木箱。斑駁刮痕的箱子太大了，拉起來費番手腳，阿達瑪與孔固力從廚房被叫來幫忙，兩人俐落的把那口箱子抽出來時，塵埃湧動，官員們忙著用手搧灰塵，無心用餐。

站在櫃臺旁的古阿霞，從來不曉得那個位置藏了一個以山莊為名的骨骸。王佩芬雙手叉在胸前，對古阿霞咬耳朵，說「金斗甕」裡的骨頭有好些年沒有拿出來了，以前拿出來曬太陽的時候，村人跑出來看，有些老婦拿牲禮與香炷來拜。最後，王佩芬小聲且八卦的說：「那個骨頭是阿光他爸爸留下來的。」

古阿霞沒多問他父親的事，如果當事人不說，她不會破冰追問。她也有些傷害勉強沉澱到記憶底層了，殘酷的凍結，只在夢境的時候惡整她一下。她希望那些記憶永遠不再被攪開來。這時她瞥去，帕吉魯站在通往廚房的甬道，用肩斜倚牆面，一副事不關己，唯有素芳姨從大木箱倒出潤玉般碰撞的骨骸時，他才粗魯的穿過幾個人前去，抓下母親的手。

「那你來吧！這個你最懂。」素芳姨說。

帕吉魯往箱內凝視，內心有無比的感觸，遲遲不動手。

古阿霞又聽到王佩芬在耳邊說：「那是他小時候的玩具，拿來玩就算了，還拿來啃，還真可怕。」

「妳看過？」

「聽說的，那時還輪不到我出生，塞車在奈何橋。」

古阿霞看著帕吉魯把吸濕氣用的相思樹木炭從大木箱取出。棒球大小的木炭用一層棉布、一層報紙包妥。舊報紙已僵黃脆弱，手取時碎裂成片。古阿霞去幫忙接過木炭包，放到一旁，然後順理成章成了助手，從帕吉魯手上接下一根根的骨頭擺在地上。為數最多的是柱狀的脊椎節與肋骨，古阿霞就手有種沉甸感。另有盾狀骨片、細長指骨與杓狀骨槽，很難分辨是哪個部位。那些骨頭拿完後，帕吉魯又拿出幾包報紙包裹的小骨頭，從重量來說有點輕。古阿霞的信仰讓她相信，人魚的骨骼不過是承載牠歷經災難浮沉的船殼，如今魂歸上帝之側，船已擱淺，沒有什麼可怖可憐的。

對帕吉魯而言，大家還欠個明白，明白這些白骨如何復原。他先分類地上凌亂的骨塊，這一堆，那一壘，再依序組合，從細微的頸椎、胸椎、骶骨棘突，拼出一根脊椎；接著組合雙臂，把頭顱復原了。一切看似熟悉，不過古阿霞從包裝報紙的日期看出，上次整理是十年前的事了。

「這人魚真是見鬼的醜，頭顱很大，像個鸚鵡嘴巴，牙齒只有兩顆。」一個官員忍不住拆臺。

「頭大就算了，還沒有屁股。」另一個官員強調人魚沒有骨盆。

「這是隻儒艮，俗稱美人魚，牠是海中的哺乳類，溫馴而充滿神祕色彩的動物，緩慢優雅的游在海岸覓食。」素芳姨說。

「臺灣有這種東西？我沒聽說過。」有個官員說。

素芳姨說：「儒艮的英文是Dugong，日文發音很像，菊港的發音是照日文的一音之轉。儒艮曾經活躍在臺灣西部海岸多水草的地區，閩南語可能稱為『海翁』或『鯤鯓』，現在臺南有些地名留著這些說法，很難想像牠們這麼靠近人類的視野，游來游去的不怕人。」

「動物進化的錯誤路線就是不怕人，有用的就是被養來吃、養來玩，沒用的就是打死。」有位官員大發議論，喝了口燉雞湯，又說：「可憐的雞注定展示在餐桌上，蹲在碗公裡泡湯，阿彌陀佛。」

戴斗笠的官員說，「『海翁』與『鯤鯓』的閩南語是鯨魚，哪是儒艮，我是臺南土生土長的，這方言我不會搞錯，也沒看過那有什麼儒艮游泳。」

「那你看過鯨魚在臺南沙洲外游泳，或聽你爸爸或阿公說過？」

戴斗笠的官員想了想，搖頭說沒見過。素芳姨不再追問。古阿霞哪懂得儒艮的樣貌，更難以想像眼前的這堆骨頭如何優哉活過。不過，她聽得出來，素芳姨說服了大家，並且在得勝時保持沉默，還給男人們拿酒解悶。

老烏鴉喝上杯酒，對帕吉魯說：「那幾包東西，是儒艮的乾燥內臟嗎？」那幾包是跟儒艮骨頭放在一起的東西。

帕吉魯搖頭，把報紙打開，露出無法組合的魚類細骨，玉質殘籤，哪怕多捏點力便化為塵埃。

馬海講話：「那是湖裡的魚，一種特別的魚。」

「只剩下魚骸，看不出什麼特別，能多說明一點嗎？」老烏鴉說。

「這種魚是那個帶來美人魚骨頭的日本生物學家離開時，沒帶走的。」馬海看了一下帕吉魯，才說：

「那個日本人來山上，是調查七彩湖的特別魚種。那種魚是傳說，沒有人看過。日本人為了抓魚，在湖邊待一個月，下山時竟然帶來了魚，走的時候把魚留在山莊。」

「高海拔湖泊魚種？」

「那是謎，很多人不相信，連我也是。我認為那種魚不存在，而這留下的魚骨不過是一般運上山賣的魚，應該是池魚或海魚之類的。」

「我曾積極在七彩湖找這種魚，沒找到。」沉默很久的素芳姨說了。

「可以給我看那包魚骸嗎？」

那包魚骨放在餐桌上，一群官員把眼睛看尖了，也理不出個道理，他們用考古學家的精神專注在白骨，用美食家的口吻研究烹飪方法，然後餐桌又墮入先前的歡樂，補上一道道的熱菜，端走一盤盤的殘餚，忘了討論魚類。

餐桌另一邊，帕吉魯與古阿霞收拾魚骸。她原本想，他該教她怎麼收，卻看見他面對過時的玩具般，把骨骸草率放回木箱。厚重的魚顎骨留下甲骨文般奇特的炭筆塗鴉，筆觸淡去，刻痕彌新。古阿霞笑了，秀出一根魚骨上像兔子又像猴子的畫，淘氣的用那戳他的腰。帕吉魯笑得很滿，鼻頭冒油，很識趣的給前來幫助的她一個小回報，回到三十幾年前靠這幾根骨頭能滿足下午的時光：用牙齒表演咬儒艮骨，他曾用此洩憤孤獨且無聊的無父時光。時光逝去，骨塚俱在，留下淡淡的褪不去的記憶。

到了下午兩點，官員不再舉箸，餐具只剩酒杯，說些言不及義的話。古阿霞請那些幫忙的阿桑在廚房用午餐，她也還沒吃，餓過頭了，跑去整理廚餘。這時，客廳那頭傳來尖聲的談話，廚房的人都跑去看熱鬧。古阿霞擠在那些拿著碗筷的阿桑背後，瞧著客廳動靜。

一個高個兒的伐木工帶來四個夥伴壯聲勢，他說話很大聲，要官員們賠償一條豬的價錢。古阿霞聽出其中的爭執。大官們不准老校舍養豬，豬只能放在操場跑，今早一條豬受到驚嚇，跑到森林鐵道，被下山的碰車撞死了。這條豬如果長大會是一個窮家庭兩個月的生活費。

「我們不會去嚇那些豬。」戴斗笠的官員站起來說。

「還說，你們有個人打了豬一巴掌，那豬跑了，被車撞死了。」伐木工說。

官員們面面相覷，一頭霧水，問了那頭被撞死的豬要多少錢。

伐木工比個數字，說：「算便宜點，六百元。」

「哪門子的豬，會這麼貴？」

「這隻豬被打了，羞愧得去撞車自殺了。這是開碰碰車的司機說，他說之前開車進村子會慢一些，怕撞到人，沒想到這隻豬看到火車會自殺，這樣他沒責任了，不是他的錯。」伐木工指著官員，語帶憤怒的說，「錯的是你們。」

菊港山莊的人都笑了，連官員都是，這是前所未聞的。看來這件索討是霸王硬上弓，越說越荒唐。不過，幾個伐木工看起來不是演戲給大家看的，而是無奈又生氣的苦主。

古阿霞看見躲在大門邊的趙旻，她懂了，伐木工們是幫趙旻報仇的。趙旻一早挨了耳光，中午躲在廚房，聽到了她與莊主馬海討論有關官員吃霸王餐的對話，去搬救兵來。他永遠那麼貼心。

「死豬呢？」戴斗笠的大官說。

「開門。」伐木工下令。

趙旻推開木門，大門外站了一個婦人，還有一隻躺在血泊中的豬屍。那個婦人見門一開，哭了淚殘，叫得摧腸，直說他們家兒子的學費、菜錢、生活費全死在這片紅裡了。

「這是敲詐呀！叫警察來。」

「我已經幫你叫了，還有，看看你們當大官的喝酒臉紅，吃飯也不吃規定的梅花餐，簡直是海霸王餐。」高個兒回頭對山莊的人喊：「你們都看到了吧！這些公務員很守規矩嗎？」

男官員們有口難言，確實違反政府規定的五菜一湯飯局。戴斗笠的那位要大家拿錢湊齊，把鈔票與零頭壘在桌上，一夥人氣呼呼的收拾行李離開，經過門口的泣婦與死豬時，躲開地上那灘深紅的血液。

高個兒把桌上的錢抓起來，分了大部分給古阿霞，「妳是我弟弟的朋友，妳幫他不少，這是那些人該付的酒錢，拿去。」古阿霞又驚又喜，這些錢確實夠這桌的酒菜有餘，她看向趙旻，感謝他搬救兵。趙旻低頭微笑。

那個高個兒是趙旻的哥哥，叫趙坤，他把些錢收進自己口袋，剩下的給了門口那個五子哭墓的婦人。泣婦笑得露出鑲金邊的門牙，滿意離開。

門口那頭死豬呢？價值不少，古阿霞覺得飼主的婦人沒拿到足夠的錢。她要追上去感謝，從酒錢分些給婦人。

「她拿夠了，讓她走。」趙坤說，又對趙旻說：「去廚房拿一桶水與一盆餿水出來，給豬的。」

山莊的人笑起來，王佩芬與廚房阿桑都說演得好，她們懂怎麼一回事了。半年前，山下有隻小豬常常咬破電線，愛給電流電幾下，害得住戶停電。主人無奈只好便宜賣給這邊不供電的山村。這隻就是傳中「愛吃電」的豬。

趙坤拿過水桶，嘩啦一聲，把雞血沖到鐵軌邊，也把那頭豬給沖醒了。「我們拿了幾個電瓶串在一起給牠舔，這個吃電的傢伙就昏倒了。」趙坤用腳把餿水盆頂向豬，說：「敬摩里沙卡最會演戲的豬。」然後，伐木工們從餐桌捉回了仍有殘酒的瓶子，猛仰頭，喉嚨們響起來了。

說走就走的旅行來了，他們前往七彩湖尋找那種藏在菊港山莊火塘的神祕魚種。經過兩小時的森鐵車程，抵達幾乎荒涼的七星崗伐木站，沿著冷杉稀疏的山道繼續走，不久遇見臺灣最大的高山湖泊七彩湖偎在幾座山嶺的懷裡。古阿霞只有十秒好好觀察這座湖的全貌，湖水微綠，湖畔露出白亮的碎石環帶。不久，一襲世界末日般的濃霧衝過山嶺，瞬間天地失色，風景濕漉漉了。有兩個跑得快的人，已經衝到湖裡游泳了。跳進湖裡游泳的是阿達瑪、孔固力。五月的高山湖水溫度近五度，腳趾甲碰了都冒雞皮疙瘩，深怕不知天高地厚的傻大個扎水太深會出意外。由帕吉魯與古阿霞去找回他們，只見岸邊留下幾坨急得一次扒下的內外褲與三件衣服，霧湖繚繞兩個人的歡笑聲，不見人影。

帕吉魯覺得該說些有趣的話：「冬天可以來溜冰，湖會結冰。」

「有這麼冷嗎？」古阿霞說。

「小時候，湖常結冰，長大後，『數目』就少了。」

「一直以為小時候的我比較怕冷，尤其是過年前後，冷得發抖。聽你這麼說來，其實是之前的天氣比較容易出現低溫，不是我誤會。這個湖一定要夠冷，結冰夠厚，才能溜冰，你有來溜過嗎？」

帕吉魯比了八根手指，補上句話：「八個月大的時候就來了。」

古阿霞大喊不可思議。帕吉魯確定那是他生命中的第一個記憶，記憶不是清晰的，是鬆散模糊，天氣冷得鼻子鬧水災，依稀有種「十萬隻鵝在湖上面滑動的大場面」。後來他跟媽媽求證。素芳姨說：那年很冷，她第一次帶小帕吉魯來到湖邊，那是太平洋戰爭中期，伐木業鼎盛，在隆冬也得幹活。村人趁假日在湖邊舉行溜冰賽，在厚度十餘公分的冰層上用紅顏料畫橢圓形跑道。當晚他們是唯一留在湖邊搭營的人，雪霽時刻，淡淡的月光充盈，近乎磁場浮力似把湖景托得飄飄蕩蕩。素芳姨用畚箕鋪上衣服，把小帕吉魯放上去推，畚箕摩擦冰面發出刺耳類似鵝叫聲音，那是在「十萬隻鵝上面滑動」由來。

「那不是媽媽說的畚箕滑動的聲音。」帕吉魯肯定的說，「是晚上更冷，冰底下的水結冰的聲音。」

「呱呱呱呱。」

「是嘎嘎嘎。湖冰融解時，擠碎，也會有嘎嘎嘎的聲音。」

古阿霞笑著，模仿鴨子叫，然後她似乎也聽到湖對岸傳來雁鴨的叫聲。黃狗開始吠著，湖岸霧深的幾株臺灣冷杉那邊衝來幾隻雁鴨，朝天空繞一匝後消失，徒留大霧蕩蕩又滾滾不盡，向西方魚貫推擠，這不過是午後三點的事。不久，第二波的雁鴨從水面叫著飛來，夠近時嚇得古阿霞跑走，眼前出現的是裸身的雙傻。他們手中各提兩隻驚恐的羽毛亂顫的雁鴨。

雙傻提回了四隻綠頭鴨，在營地炫耀，趙旻看了大喜：「吃薑母鴨不錯，能夠活血。」他自告奮勇到七星崗伐木站的「酒保」，買米酒回來煮薑母鴨或燒酒鴨。

古阿霞說：「我不會把牠們煮來吃。」有些事情她很清楚，她不單只是來找神祕魚，也是來散心的，在那些雜事如蒸籠的山莊，尤其教育體系的大官剛離去之後，她需要小旅行，放鬆心情。一座以七彩為名的湖有魔力穿透她的心，引領她來訪。不過，她發現接下來幾天她看見最多彩的竟是公綠頭鴨的藍紫色頸羽毛。牠們很吵。

趙旻為防止牠們飛走，將兩隻翅膀抬起來綁成一束。天黑了，氣溫下降，雁鴨叫得兇，吵得大家有點煩。素芳姨提醒，雁鴨通常會斂縮翅膀，把脖子捲進翅膀下保暖，「綁起翅膀，牠們會失溫。」

「半夜我就偷偷去放掉那些鴨子。」古阿霞說。

到了晚間九點，海拔高、低氧及寒冷，一直折磨古阿霞的睡眠，她輾轉入眠時，隔壁雙傻的帳篷傳來雁鴨混亂的吵雜。她拉開帳，一陣冷風從外頭狠狠的掃過，霧氣沒了，星星們卻來到了天空，暗夜焚燒，隔著銀河，互丟流星慶祝。古阿霞記得某個童年時刻在田野上與它們最後一次告別後，如今盛會重逢。可是她無暇觀賞，對門的帳篷持續傳來吼叫，吵死人了。

那是高山的慣犯「小偷」黃鼠狼入侵。牠們身軀修長，外皮棕黃閃亮，四肢短粗，是可愛的搶匪，專門趁夜偷跑進人類的活動範圍偷東西吃。披大衣的古阿霞拉開雙傻的帳篷，一股腥臭味衝出來，除了野雁味道，還有黃鼠狼受困分泌出的濃烈惡臭，古阿霞當下往後退，像是被無形的一拳擊中。

混亂最後停了，雙傻再次展現他們矯健的身手，抓到極為大隻的傢伙。趕來看戲的趙旻大喊「共匪打來了」，隨即稱那隻四十餘公分的傢伙為「鼠王」。第二天天亮，古阿霞仔細觀察這隻動物，非常可愛，世上有如此逗趣生物。令人很難接受的是，趙旻用魚線把黃鼠狼懸在甩竿上，他昨天釣不到湖裡的神祕魚，現在釣到一條鼠王。

「牠是黃鼠狼，不是鼠類。」素芳姨說。

「是黃鼠狼給雞拜年的傢伙嗎？」古阿霞看到素芳姨點頭，又說：「我在山下住了十幾年，到處是雞，也沒見到這傢伙。現在牠們可好了，躲在山上給雁子拜年了。」

「那牠是狼囉！」趙旻問。

素芳姨笑得更大聲，「河馬不是馬，長頸鹿不算是鹿。黃鼠狼不是狼，不是鼠，全名叫華南鼬鼠，比較接近貂或水獺之類。」

「毛筆。」帕吉魯說。

大家停下，聽他說了，什麼都不做，畢竟他總是默默的，一說話便有如神像開口般奇蹟。帕吉魯成了眾人焦點，不說了。然而，毛筆跟黃鼠狼的關係是什麼，大家一頭霧水。

「狼毫筆的狼毫，是黃鼠狼的尾巴毛製的。」這點素芳姨接得上話，而且頗有些記憶。她說，學校有一年要用到毛筆，便宜的不耐用，貴的用不起。有個伐木工會製毛筆，需要黃鼠狼的尾巴毛，選了一個五百公尺內都光禿禿的樹墩，丟塊肉當餌，拿菜刀等黃鼠狼上門。果真半夜來了山洪暴發的鼬鼠，來一隻，腳踩住，就剁一根，一路剁剁剁，那些黃鼠狼餓得寧願失去尾巴，也要吃口肉。第三天，伐木工扛著嚇死人的兩大叢東西過來，像是用扁擔扛著雞毛撢子，全是黃鼠狼的棕褐色尾巴，陽光下油光閃閃。

「聽起來是真的。」古阿霞說：「我都相信摩西把紅海劈成兩半通過，滿山剁黃鼠狼這點我更能相信了。」

「結果，做毛筆的師傅嫌黃鼠狼的毛太多了，夠整個花蓮的小學生用。我把剩下的毛拿來洗乾淨，做成棉被，結果短毛老是穿出被套，只能燒掉。想到那麼多黃鼠狼失去自己的尾巴，那應該是悲傷的事。」

「悲傷？」

「對身材苗條的黃鼠狼來說，尾巴是平衡器，失去尾巴就像在激流中失去舵，像剃光鬍鬚的貓在夜裡走路。想到這麼多黃鼠狼在山上沒有平衡感，還真有點悲傷。」

這沒有引起趙旻的悲憫，他用傳統的八角輪捲線盤的甩竿釣「鼠王」，把牠綁在釣線，放回箭竹草坡，要是牠逃了就抽動釣線勒緊痛處，趁牠鑽回洞穴前，狠狠的當魚拉回來。古阿霞勸不了。

古阿霞只好在帳篷把腿擱在帕吉魯的肚皮上，念著水牛出版社的《小王子》給他聽。帕吉魯覺得這隻金毛的「老蛤蟆」實在有趣，有狐狸、玫瑰朋友，不過太固執了，最好選個石頭星球隱居，不用來壞人這麼多的地球。古阿霞說，小王子不是蛤蟆，是不想長大的小孩，而且石頭也不是石頭，是小行星。

「老蛤蟆是什麼意思？」古阿霞知道帕吉魯從小給客籍的祖父帶大。他的祖父也正是教他傳統伐木的師傅。老蛤蟆顯然是她不懂的客語。

「長不高的大人。」

「侏儒？唉呦！小王子不是侏儒，他是小孩子。」

兩人為小王子是侏儒或小孩子吵著玩時，帕吉魯安靜下來，趴在帳篷地上聽，突然說：「海來了。」趴在帳篷外的黃狗豎起耳朵，站起身來，尾巴停止搖擺，瞬間追了出去，吠聲傳遍湖圈。

「哪來的海？」古阿霞說，有什麼厄運來了似的。

「跑。」

他披起了紅色大披風，拉她往外去。高山空氣稀薄，古阿霞喘得跪在地上乾嘔。帕吉魯背起了她就跑。她的鼻子跌進那股汗水與檜木氣息混合的髮髭，便一路裝死。他們來到了山崗，風吹擴了視野，近處的卡社大山、草山在晴光下閃耀，遠處的玉山逼人，山崗匯集了八方最曠遠的景致。

瞬間，數千億顆微小的霧粒以集體的暴力之美，從花東縱谷衝了過來，活生生的把他們淹沒了。這是海，山上的人才知道，古阿霞見識了，她回頭看著帕吉魯不禁笑了，兩人髮絲結滿霧珠，沾了雪似，這可說是一場寧靜的暴風雪。

經過兩天與素芳姨母子的交談，古阿霞對帕吉魯的身世有譜了。他父親叫伊藤典裕，日本人，十六歲時來臺灣總督府高等學校就讀，是非常優秀的「蹺課專家」，不愛在課堂，老是外出採集植物與昆蟲，對原住民調查很有熱情，足跡踏遍布農族、鄒族與達悟族的生活圈，對南湖大山的冰河圈谷極有興趣。這熱情高中生把大自然當教室，超出同年紀學生的標準，因課堂時數不足，差點無法畢業，卻神奇的靠自學考上臺北帝國大學，走上生物學家之路。太平洋戰爭爆發後，他第二次從花蓮摩里沙卡深入中央山脈，調查傳說中的高山湖魚種，揭開這祕密將是繼「天然紀念物」——撒拉茂鱒①之後最重要的發現。

---

①櫻花鉤吻鮭的舊稱之一。

「撒拉茂鱒？好古怪的名字。」古阿霞聽著山風與濃霧拍打帳篷。帳篷外層鋪滿了露水。

「嚴格來說，那是鮭魚的一種，不是鱒魚。」素芳姨說：「四十幾年前，一位泰雅山地人，在宜蘭街上賣這種魚被警察抓到。警察認定這種高貴魚是從日本內地運來的洄游魚種，肯定是山地人從日本家庭偷來的食物，犯了偷竊罪。那個山地人卻說，這種魚在大甲溪上游到處都是，跟石頭一樣多。這件竊案引起大家的注意，生物學家終於在大甲溪上游的撒拉茂部落找到這種鱒魚。」

「他們有吃過這種魚吧！」趙旻的腦海裡剩下吃。

「有，肯定有。」素芳姨說：「那時候的撒拉茂鱒很多，大甲溪上游的支流都是這種魚，生物學家嚐過這種魚。」

「耶，我就說嘛！生物學家都是偷吃專家。」

古阿霞覺得老是打岔的傢伙真煩，說；「這樣好了，你去釣魚，釣到魚我就幫你做紅燒魚、糖醋魚、清魚湯。」

「雁子呢？」

「也會幫你殺，做幾道好菜。」

趙旻馬上出帳篷，帶著雙傻，拿起釣竿往湖邊走去，還不忘回頭對古阿霞大喊：「那隻鼠王不能殺，我要好好整牠。」

「沒問題，我們的生物學家兼整人專家。我們等你回來。」古阿霞從帳篷縫隙看著三人離開，也看見那隻頸子繫著的黃鼠狼被趙旻手中的釣竿吊著走。她才轉過頭來，說：「那幾個煩人鬼走了，他們不會釣到魚的。」

「去吧！」帕吉魯說，「等魚自己跳上岸來。」

走了三個，留下的這個也要起嘴皮子。古阿霞倒是希望他多講些話，廢話也行，哪種話她都喜歡聽。可是，帕吉魯講到魚跳上岸，便自顧自笑起來，被自己的笑話逗得險些失控。

「所以，伊藤先生在湖裡抓到魚？」

「那時候，我的年紀比妳小，負責煮飯與補給的工作，那天與一位山地人回到山下的伐木站補給糧食，回來的時候，帳篷邊放了兩條成魚。伊藤典裕與兩位山地助手興奮的討論這幾條魚，喝起清酒慶祝。」

當時的伊藤典裕喝完酒，仍遏抑不了興奮，就著煤燈，在筆記本寫下當日發生一切，記錄魚體的特徵與長度。隔日回到山莊，魚體腐爛速度很快，伊藤典裕打算用俗稱「福馬林」的甲醛溶液將魚體製成標本。不知怎麼的，他最後沒這樣做，若有所思的在山莊待上兩天，匆促離開。他隨即被徵召前往日本在南洋的屬地擔任職務官，先在菲律賓的馬尼拉，緊接調往北婆羅洲的沙勞越熱帶叢林。

「戰爭吃緊，通訊完全中斷了，我寄給伊藤典裕的信沒有下文，甚至寄不出去了。」素芳姨在這麼多年後說出來，沒了憤怒或埋怨的口氣，「後來我寫信去日本伊藤典裕的老家，他妹妹伊藤美結子回信了。美結子說，她也積極在找，向掌管的陸軍省軍務局與人事局調查，最後的結果是，伊藤典裕神祕的消失在沙勞越熱帶叢林，下落不明。」

「沒有結果？」古阿霞問。

「是沒有真相，沒有屍體，人也始終沒有回來。也許他一直躲在熱帶叢林研究，忘了回來。」

「妳會恨伊藤先生嗎？」古阿霞知道這樣問需要勇氣，但是她更知道，伊藤典裕與年少的劉素芳的短暫戀情，留下了帕吉魯。一個未婚的少女要帶大孩子更需要勇氣。

「只能說，沒有釋懷這回事，時間會洗淡了一切，就像水瓢裡的一匙鹽巴不會因為加入更多水而消失。對伊藤來說，他的不回來也是痛苦的決定，不論是死亡選擇他，或是他選擇了叢林。」

古阿霞想追問下去，但追問不會有答案。她想起不久前轟動國際的傢伙李光輝，一個為日本打仗的邦查人，戰爭結束了仍不願投降，躲在印度尼西亞最北端的摩羅泰島（Morotai）叢林，憑著原住民的求生技巧與野宿技術，在島上活了三十一年，直到被印尼軍隊逮送回臺灣。古阿霞還記得，有十個小學剛畢業的男孩崇拜李光輝，前往臺東鄉下向李光輝拜師，花半個月走了一百五十多公里，靠吃野菜、釣魚、露宿。榮歸故鄉的李光輝成為觀光遺產，住在仿照印尼叢林的茅屋，卻穿西裝，安靜沉默，任觀光客穿梭到訪。他一天抽十包菸，老是活在迷幻世界的毒蟲，把野蠻世界無法獲得的文明安慰劑一次補回來。小學生很失望，李光輝無法像小說《人猿泰山》中能在樹林吊藤蔓、百發百中的神射手泰山。突然有個講日語的觀光客拿出攝影機，大喊：「巴格野鹿，中村輝夫②，米國軍來了，自殺攻擊。」李光輝跳起來逃掉，惹得觀光客們邊按快門邊大笑。十個孩子揍了起頭的觀光客，也跑掉了，他們一路哭回花蓮，突然一夕之間長大了。

沒有答案，會是最好的答案，古阿霞心想。保持原狀是保守的想法，也是最安全的。李光輝要是繼續待在叢林，會是生猛的魯賓遜，活在現實世界則淪為觀光客的丑角。始終沒有回來的伊藤典裕也是，時間喊卡都這麼久了，活在或死在那個遙遠叢林成了最美的意境，要是他回來，暫時的喜悅之後，該如何面對已經低溫的親情。古阿霞不想在此問題打轉，她轉而想知道的是，到底為什麼伊藤典裕放棄兩隻湖魚與儒艮殘骸，離開山莊，然而這也無解。在與素芳姨一來一往的閒聊後，她把問題拉回七彩湖的魚類。

「沒有魚。我來過幾次，自己划船，都沒有看過魚。不過有個說法……」帕吉魯說。

「說法？」古阿霞追問。

「白雲掉下來，變成花魚了。」

「花魚？」

素芳姨解釋：「這是美麗的山野傳說而已，湧動的霧氣躍過山嶺，穿過盛開的高山杜鵑，碰觸湖水的剎那，霧氣變成花魚。也有另一種說法，烈日下，湖水受熱蒸發，噗噗噗變成一朵朵魚樣的小雲，在空中游走了。這種高山湖泊的傳說到處都有，北從太平山的翠峰湖，南到三叉山的嘉明湖都有，以為有魚，細看不過山風吹的漣漪。山上的人都很寂寞，有時候，需要靠傳說填滿空虛。」

古阿霞能理解素芳姨所言，就像神給了她的生命力量，曾經是，現在是，未來也是。教會圍牆外的人，都說教友靠一本天花亂墜的故事書——《聖經》，吸引同類。與其跳出去跟人爭辯，不如跳進《聖經》裡更信。而且，藉著《聖經》當跳板，她相信世界更具可能性，「摩西過紅海我都能相信。」她又搬出這套口頭禪了，「雲變成魚，這有可能是真的。」

「這也許是真的，雲可能變成魚。」素芳姨說，「我想說的是，人最有可能改變自然，舉例來說，臺北新店溪曾出產香魚，一年數萬公斤，就像一百五十年前的臺灣一年能出口三十萬張的梅花鹿皮。但是，新店溪污染嚴重，這種洄游的魚類到海口產卵的時候，全部死在鬼門關。後來，從日本和歌山取得陸封型的香魚種苗野放，新店溪才有了新香魚，但不是原生種的香魚了。」

「所以七彩湖的魚，是野放的？」

「我在湖邊撿過死掉的金魚，還有死鯉魚。」帕吉魯說：「就是沒有看過伊藤典裕筆記簿裡的魚。」

古阿霞睜大眼，心想，「伊藤是你爸爸耶，怎麼可以直接喊名諱？」可是從帕吉魯是遺腹子這層次來說，她隨即能理解，伊藤典裕不過是個名字，哪有半點記憶了。

「鯉魚應該是西邊的人放生的。」帕吉魯隨即解釋，「西邊的人」是指木業鉅子孫海領軍的林場工人，他們以水里為據點，沿著六十公里長的孫海林道向中央山脈的丹大林場挺進，與東邊的林田山會師在七彩湖。

②李光輝的日本名。

「卡社溪，位在丹大林場深處的溪流，兩岸都是野楓的美麗溪流。」素芳姨說：「我查過資料，在日本時代就有人野放日本紅鱒，我想原因有兩個，第一是嘗試紅鱒是否能在臺灣溪流生存；第二是為了太平洋戰爭時，提供了臺灣本土山地作戰時的糧食，這像日本人野放外來種的非洲大蝸牛當作移動的生鮮罐頭，現在成了移動的垃圾。所以可能是，日本人嘗試野放紅鱒到七彩湖，剛好被伊藤典裕抓到。」

「所以七彩湖的魚類是紅鱒。」這是古阿霞的答案。

「不是，為了證明這件事，我去卡社溪抓過紅鱒，特點跟伊藤典裕留下的筆記內容不一樣，無論是魚體斑點或下顎都不一樣，我以為是成魚或幼魚間的比較出了問題，但我有個結論，湖裡的魚是很特別的。」

「我越聽越不懂了？」

「所以我才說，有可能是雲帶來的。」

「這更難解釋了，除非說這是上帝的意旨。」

「與其說是雲帶來的，不如說是大自然的現象。野雁，這高山湖竟然有迷途野雁，不可思議。」素芳姨說：「這個推理是這樣的，一個新挖的池塘，不久來了青蛙，長滿了水生植物，甚至有了魚。青蛙是自己跳來的，植物種子是藉由風飄來的，魚呢？魚類從封閉的水域橫過陸地到另一個水域繁殖，鳥類扮演相當重要的角色，鯽魚卵可以黏在野鳥的腳上，被帶到另一個遙遠的水域。我們來的第一天不是看到野雁嗎！如果高山湖裡有魚，可能是候鳥的因素吧。」

「所以有可能是野雁帶來！牠們算是固體的雲。」

「無論是紅鱒或撒拉茂鱒，原本就可以適應湖泊型態的環境，撒拉茂鱒是降海型魚類，因為一萬年前的地質變動切斷當時的大甲溪，牠們洄游不到海裡，其中有些死亡，殘存的魚類適應環境轉型成陸封型魚類，在牠們的集體潛意識必然存在那次的轉變痛苦，成為基因密碼。如果再次遇到困境，從溪流落入湖泊，一定會再次釋放這基因密碼，重新對抗環境，不是嗎？」

「我懂了，這是生命在對抗環境。」

「是的，落入高山湖裡的魚卵，即使第一次孵化不出，總有第二次、第三次一直下去，幾千年來一定有一次成功，魚就定居了。」

「總歸來說，湖裡可能有魚，但除了伊藤典裕之外，就沒有人再次看見。」古阿霞說。

「沒錯，這個湖是高山貧養湖，也就是營養不良的傢伙，我觀察過，有浮游生物，最大的生物是豆龍蝨，冬天偶爾結冰，這麼惡劣的環境能有什麼魚，永遠是個謎。」

這時帳篷外傳來了叫聲，有人不斷大喊他釣到了，終於釣到了。古阿霞往外看去，只見大霧中有三條輪廓暈開的人在外頭玩。大霧往高山湖奔去，有如萬馬奔騰，在短箭竹的草坡留下了無數冰晶似的小水珠。雙傻搭成了雙塔，趙旻坐在兩人中間連結的手臂橋，拉起甩竿。那是旱地釣魚法，魚線消失在大霧中，看不見的線尾那頭有隻大黃鼠狼仍奮力逃脫。牠只能這樣，不斷讓魚竿彎曲，好證明牠對自由的渴望。

湖波生皺，放水燈的時間到了。

夜很黑，霧散了，星子好低，要滴下似的。

星光熱鬧，船下了水。船不是真的，是帕吉魯的伐木箱，遵傳統以十噸重的雲杉鑿出的無縫長方體。古阿霞對這種多功能木箱能當作小船，不敢恭維，深怕來個噴嚏就翻了。可是當木箱入水的剎那，湖水漣漪，接納了船的到來，古阿霞有點心動。木箱內側刻了一條魚，栩栩如生，那是帕吉魯仿照伊藤典裕的筆記素描刻上去的。古阿霞猜想，想必他有無數次獨自划船入湖，不過想找出與木箱魚刻能吻合的魚類。

古阿霞思忖，在某種程度而言，多年來尋魚的過程等同尋父，便說：「或許這種曖昧的魚，代替了伊藤典裕吧！」

素芳姨與趙旻把蠟燭固定在船舷，雙傻把褲管捲起來，推船離岸，水冷得讓他們的寒毛直豎，要不是素芳姨喊他們回頭，他們會游起來。

燃著華麗燈的船舫，往湖心去了，有划浪之聲，有深幽的碎浪映出一縷縷燭光。帕吉魯是拙劣船員，靠一支船槳，船身扭來扭去的前行。船槳是用木棍綁上儒艮的下顎當作划板，古阿霞不懂用意，甚至發現他把儒艮骸骨帶上山了，一路發出聲響，卻不是出門的孩子隨身帶積木的玩樂心情。古阿霞靈機一動，拿起儒艮上顎，幫忙划水。湖水冰寒，凍得關節僵硬了，她沒抓穩，失手的儒艮上顎往外漂，古阿霞伸手撈回卻被偏行的船帶到他方。

「快回頭。」古阿霞有點驚慌，「美人魚的骨頭給我搞丟了。」

帕吉魯沒停船，「嗯！」簡單回應，一副事不關己，看著那片下顎隨波浪而去，消失在夜色中，不知是沉入水下還是漂遠了。

「怎麼了？」

「它要走，就讓它走吧！」

船走了，岸上的人也糊了，依稀能辨的剩下殘火與星光。到了湖中央，舷上的燭光往外推出了幾公尺的光罩，把草坡上的永澤蛇眼蝶吸引過來。牠們飛行方式很古怪，忽上忽下，擰落些許的鱗粉光，有的落水中掙扎，忽而拔飛起來。帕吉魯用小刀把舷上的蠟燭挖下，放進儒艮的椎間盤，那剛好是燭臺，放在湖面漂浮。一盞盞的紅燭火襯著霜白殘骨，泛著朵朵漣漪，散就散去了，有股淒冷無比的美感。

有種力量傳來了，非常微弱，確鑿無誤，古阿霞在狹小的船內感受到了。帕吉魯要她俯身船底去聽。她貼上船底。太神奇了，湖裡的聲音被放大數倍，木船像是聽診器般的完美收音，起初有多種雜音干擾，她繼而聽到湖水拍打木箱之下的更多聲音。有撞擊聲，也有什麼迅速穿過水流的摩擦聲。湖泊是活的，屬於聒噪要說話的那種，不是一灘水而已。

「湖是巴爹力（battery）。」

「這說法太神奇了，」古阿霞睜大眼，仔細聽他講，然後整理出結論，「所以是這座湖水提供微弱的電力，放大了山的動靜，我聽到的是中央山脈長高的聲音。另外，還有各種湖裡活動的聲音，那是某種生物嗎？」

「也不是。」

她再整理一下，又說：「湖是電池，不只放大聲音，也可能儲存聲音。我聽到的可能是某種在湖裡活動過的生物？」

「是的。」

「如果那不是魚，是什麼？」

突地，船殼傳來輕微的撞擊，打斷兩人對話。古阿霞感到那不是昆蟲撞擊船舷，是強穩的力道扣響船底。帕吉魯也是，他對木箱的傳音效果有信心。這木箱是雲杉，材質輕，共鳴效果好。水底傳來的撞擊，很清楚的力道，帕吉魯甚感大驚。不過接下來的長久時間，沒有任何下文。

「剛剛是爸爸留下的話。」帕吉魯說，「他說——咚。」

「咚，好大的一聲，咚是什麼意思？」

「再美麗的山都會垮掉，再美麗的樹都會倒掉，再美麗的魚都會死掉，再美麗的湖也會乾掉。」帕吉魯講得很順，不是練習很久，就是放在內心很久：「美麗的東西卻不會在那個人的心裡死翹翹，這就是『咚』。」

「說得很好。」古阿霞鼓勵他講下去。

「湖是巴爹力，也是爸爸的墓。」帕吉魯不再多說了，話是障礙。風沒說過話，山也沒有，整個大地沒有，卻處處充滿豐富的言語。他把剩下的那些儒艮殘骸與湖魚魚骨，放入水中，儒艮下顎的船槳也放入水，看著它們沉到八公尺深水中，連最後一滴白影也被吞進湖底。

這是巨大的液態墳墓。

帕吉魯靠雙掌划水，水聲嘩然，引船靠岸。古阿霞躺在船上，敻遼星空，看似凌亂，卻處處經緯分明，人類的文化將流轉與集體心事，都託付在那些一點一滴的光明。

星子們也會說話嗎？他們想說嗎？整片天空都是語言。

古阿霞唱起歌來，她怎麼唱，就是星子怎麼說了。

晨霧起來了，湖邊傳來一陣陣水鹿的撞擊聲，古阿霞骨碌的爬出睡袋。外頭一片朦朧，撞擊聲非常的明顯。大家專注傾聽。趙旻不小心踩到黃鼠狼，牠發出淒苦的哀嚎聲後，一片寂靜。然後，大家起來工作，整理東西的開始整理，煮飯的煮飯，準備吃完早餐下山。

吃完早餐，人們往湖邊去瞧那撞擊聲。獵獵霧色中，兩頭鹿角巍峨的公鹿斂起蹄子，用額頭互鬥，發出聲響，母鹿或子鹿在湖水邊喝水。古阿霞先前的惶恐釋然，一股熱血奔散開來。

「七彩湖，美麗的名字。我們叫她七星湖，來自七星崗伐木站，這是跟伐木有關的湖泊。」素芳姨說：「然而這個湖最早的名字叫『鹿湖』。」

「美麗的水鹿的家。」

「很年輕的時候，我看過一百多隻鹿靠在湖邊喝水，幾乎是豐年慶的歡樂聚會。牠們集體的叫聲可以譜成曲子了，很難忘記那種叫聲。」素芳姨說起了難得經驗。

古阿霞沒聽過百鹿歌唱，她不奢求，靜觀眼前鹿群的來訪就好了。空氣中瀰漫水鹿啃咬青草後的味道，鹿糞落在淺水灘。不久太陽升起了，鹿群散去，世界又恢復乾淨明亮的色彩，古阿霞心中充滿暖意，往營地走去。渾圓身體的黃羽鸚嘴在草坡跳躍，春季往往儷影成雙，吱吱短叫，呼喚她回頭看看。古阿霞回頭瞧，高山杜鵑開遍了，大地成了豔花編紡的波斯地毯。時值五月，高山才進入百花盛開的春天。

噗啦一聲，碎光沸動的七彩湖，這時跳出一枚魚影。

古阿霞看出那是紡錘狀的魚類生物，那是被水鹿味道吸引的魚嗎？或是陽光留下的一片蜃影？她不是生物學家，無須為這問題再爭辯下去了。

營地空了，人們背著背包在更高的山崗呼喊她，回去了，跟上來吧。太陽拴在高處，影子越縮越短，雲影越來越多，她望著帕吉魯背著大木箱逆光上坡的背影，雲也一卷卷翻上天。被釋放的野雁越飛越高，高過每座山，高過每片風，黃狗孤獨朝著雁去的方向吠。黃鼠狼呢？趙旻一心想整死的傢伙不見了，獨留一圈魚線在原地。是不忍而放了？或者牠是傳說中的雲豹會在驚險一刻從陷阱裡自殘逃生？

無論如何，縱使傷殘，如今牠已又是森林及草原的子民了……

七個植物名字的呼喚

卡瓦斯（Kawas）是邦查對所有靈魂的稱呼。人在睡覺時很容易流露出靈魂的屬性，男人從打呼聲、女人從睡姿會露出原形，「男人冒出的原形是動物，女人是植物。」古阿霞記得祖母這樣說過。

伐木工宿舍是最吵雜的「動物園」。三十個男人睡通鋪，橫了左右兩排。那些激烈的打呼聲，要嘛是一群人砍倒千年樹的吆吆喝喝也行，要嘛是一行國劇的銅錘花臉高唱《野豬林》也行。這次，古阿霞夜闖進宿舍，一股黏溽的男性腥味殺來，三十人到處打呼咆哮。她嚇得不敢照祖母說的，去觀察那些男人屬於哪些動物，更不敢打擾動物的社交聯誼：前排那個大塊頭的打呼是野豬啾；角落那位的大胖子是黑熊吼；有四隻野狗與野貓在鬥嘴，一隻貓頭鷹當裁判。有隻公雞啼了八聲，「睡眠呼吸中止症」來犯而呼吸停了兩秒，忽然氣通爆炸響，把自己也把動物們嚇回人形。一陣翻身後，眾人閉上眼，喉嚨們又馳騁了。

對古阿霞來說是災難，哪管男人原形是什麼。尤其工人們被某個人的打呼吵得集體翻身時，宿舍靜極了。古阿霞也嚇壞了，感到自己戳壞了他們的睡眠。不久，打呼再度響起，她鬆口氣走到那端找雙傻。沒想到畫面令人非常不舒服。雙傻躺在通鋪角落，兩人縮成一團，為彼此口交。宿舍很暗，門口一盞微弱的十瓦蓄電池電燈泡亮著，古阿霞沒看錯，雙傻以69的姿態玩弄彼此下體。

目擊到雙傻的口交，古阿霞有極為扞格的感受，她被褪去衣服，強迫性，羞辱的走在三十個男人夢裡，身陷狂歡的動物堆裡。那些動物不是彼此對話，是對她嘲笑。她顫抖著往後退，退到門口那盞微弱燈下。

古阿霞得叫醒雙傻的工作做不下去了，恐懼蓋過一切。

這時，帕吉魯從客廳走來找古阿霞。他的預感是對的，古阿霞要是晚幾分鐘回來，肯定耽擱了。他看見古阿霞站在門口，誤以為她不敢跨進宿舍，殊不知是去了一回被嚇壞。他輕拉她的手，晃得小，晃得緊，只有曾經在伐盡過後的山坡種上檜木苗的人才會有那樣握法。

古阿霞知道誰來了，頭也不回的說，「這真是可怕的地獄。」

「我去地獄，妳先回去。」帕吉魯說。

她先回客廳，經過走廊時差點踏到食蛇龜。那隻山莊的寵物到處跑，古阿霞有段時間沒看到了。烏龜老得可以成為山莊歷史風華的觀察員，沒有人知道歲數。邦查人對入侵屋內的蛇視為是惡靈，不能打死，不然惡靈不走。食蛇龜或許是趕蛇的好幫手，因此古阿霞對牠有好感，後來才發現牠不吃蛇，吃青菜、蚯蚓或牆上掉下來的壁虎屍體。

她抓了食蛇龜，來到客廳。客廳所有的人回頭看她，只有那個躺在火塘旁的女孩又陷入沉睡。今晚的慌亂都來自那個村落的女孩，那是發生在一小時前的事了。

女孩八歲，活潑好動，愛用手指頭偷吃鹽巴，今天卻腹痛了整個下午，被祖母餵了幾顆正露丸都不見效，晚上送到山莊來診療。莊主馬海拿出醫療箱，簡單觸診，拿出止痛藥給小女孩服用。時間一分一秒過去，小女孩的疼痛沒減少，哀號也沒有少，整張臉是被揉壞掉的慘白。火塘邊的工人喝完酒，回宿舍去睡，最後離開的那位建議馬海給女孩一瓶米酒，酒是最好的麻藥。

祖母用偏方治療，要古阿霞煮個水煮蛋。古阿霞在火塘上掛起小爐，放了個土雞蛋，等水沸是漫長的，女孩的肚痛卻在沸騰狀態。蛋熟了，古阿霞用筷子老是夾漏了，有些急的老祖母用長滿繭皮的手伸到水裡掏起蛋，剝起蛋殼。沾了檜木油放在女孩肚臍眼，慢慢滾動，讓溫熱的檜木油揮發進體內。女孩的母親怪起老祖母總是用偏方治療，錯失傍晚坐最後一班流籠下山治療，也責怪自己要是早點下工就不會這樣了。

古阿霞不反對偏方，她的祖母也常用，比如熬山棕葉湯來退燒，香蕉的根與小葉黃鱔藤搗碎後加紅糖喝可以治膀胱痛，麵包樹的花粉可治療嘴角炎，枕在五張烤熱的月桃葉上可以治療頭痛。偏方無效，當安慰劑也行。一顆蛋能否緩解女孩的肚疼，試試又何妨？不行就把那顆蛋吃了，也沒浪費。

「像盲腸炎。」馬海擔心的說。「這種痛會痛死人。」

「那怎麼辦？」女孩的母親說。

「盲腸炎！」祖母驚訝的說；「叫她不要黑白吃，吃飽不要跑，東西會掉到盲腸了，也不要偷吃鹽，可是她這麼孽驍①，我管不住呀！」

「病情診斷是醫學中最難的；治療反而比較簡單，對症下藥，照書寫的做就行了。」馬海用手指壓女孩的右下腹部，然後放開，沒有出現反射性疼痛，那是盲腸炎的最重要徵狀。女孩卻出現發燒、噁心等類似症狀。「我沒有辦法很確定是盲腸炎，只能說很像是。」

「要緊急送下山嗎？」

「還是那句老話，有人半夜送來山莊就診，我都希望能送下山。」

古阿霞很清楚這項判斷的意義。山上的簡易醫療站沿八十幾公里的鐵路分布，頂多做簡易包紮，重症才送下山。舉凡原木壓傷、遭斷裂鐵索打傷或木頭刺傷，多在白日發生，以流籠送到山下的大型醫療站。那有專科醫生駐診，再不濟送到鎮上醫療也行。當然，如果得夜間送下山，勞師動眾，費用也得由傷患家屬付出。所以，馬海每次都得審慎判斷，家屬的錢要是不能用在刀口上，就痛在心口了。

「還是送下山去，比較好。」古阿霞說，她知道這是最好的。

說到花錢，家屬心急之餘，沉默的看古阿霞。古阿霞有點尷尬，她知道這家人窮，夫妻幾次在鐵軌上要嘛吵著沒錢，要嘛吵著自殺，阿嬤則視錢如命，要是小女孩打破個碗就被罵一禮拜，要他們擠出幾個錢很難。古阿霞心裡也盤算著，下山急救的錢，要不要從復校基金那裡先墊。她的猶豫是，日本慈善家的支票還沒有兌現進來，戶頭很窘。

馬海知道，說服這家人要有更進一步的診斷，「找助手來，把浪胖叫過來。」

很多人糊塗了，找黃狗當助理？這哪門子的道理。

始終在角落安靜的帕吉魯，站起來，往門外去，把那隻黃狗請了進來。黃狗進門便打了個哈欠，拉長身體欠腰，哪都不去，挑了古阿霞身邊躺下，把頭放在兩肢之間，用黑眼睛看人。

馬海又叫人去做些工作。王佩芬到後院摘了些青蘋果，用菜刀把籽取出，拍碎待用。古阿霞弄條濕熱的毛巾，把女孩肚臍上的檜木油拭乾淨。素芳姨則站在梁柱下，雙手叉在胸前，微笑著。這微笑意味著她知道接下來要進行的「狗醫生」診療。

十年前，素芳姨看過一個非正式的外文醫學訊息，說不上是研究報告，只能當成雜談。報告指出，有些醫生在切下的壞疽或發炎的盲腸，聞到杏仁味。她把這件事告訴馬海。馬海不斷點頭，說他可以理解，中醫所講的「望聞問切」中的「聞」，不單是聽病人講述症狀，還包括聞病人身上的腥羶之氣。糖尿病患者在呼吸間有丙酮水果氣味，肝昏迷的人有淡淡甜味，懷孕五個月以上的婦女有奶香味，身體改變了都可能發出味道。

「狗的鼻子特別好，比人靈敏一百倍。」馬海要求古阿霞再次擦乾淨女孩的肚皮，說：「牠可以聞到人體內的腫瘤味道。」

「所以有請『好鼻師』上場了。」素芳姨說。

①頑皮的意思，閩南語。

「這樣就可知道是不是腸胃炎?」古阿霞問,「我把肚子都擦乾淨了,也許狗醫生還可以聞得到她吃到肚子裡的仁丹薄荷味,也聞到小孩子吃著驚②用的黑矸仔標『驚風散』味道。」

王佩芬從廚房走來,用盤子端著拍碎的蘋果種子,說:「狗飼料好了。」

沒笑聲,大家期待的是馬海接下來的重頭戲。

「杏仁味,盲腸炎有股杏仁味,可能是腸糞石長久在那累積的。」素芳姨還記得那篇醫學英文報告提出可能的解釋。

「糞石有香味?」連古阿霞也提出疑問。

「中藥材中傳說的龍涎香,像壓縮的蜂蠟,有股香甜味。龍涎香不是天然的產物,也不是傳說海中蛟龍的口水,是抹香鯨腸道裡的消化物。這點西方科學家老早就證實了,而且龍涎香也被拿來做香水。」

馬海要黃狗去聞女孩的右下腹,可是不知如何指導狗,狗的脾氣不好,貿然抓住狗頸環也沒好下場。這不如請主人發號施令。帕吉魯找到吸引狗的道具——如拳頭般大的鴨腱藤種子——丟進火塘的熱水鍋,接著取出,放在女孩的肚皮上。這招奏效了,黃狗起身,前去嗅了嗅,舔了舔,在肚皮上琢磨,找端倪似的,最後抬頭看帕吉魯。

帕吉魯拿起鴨腱藤種子,一路敲著種子發聲,一路前進。動作越來越快,聲音越來越急,最後種子藏在袖子而佯裝拋出去,要狗出去找。古阿霞想起在臺南的公車失火時,帕吉魯也這樣誘發狗進火場救人。奏效了,狗跑去找種子,抽著鼻子到處聞,然後走到櫃臺桌上的某個盤子叫著。盤子放著拍碎後的蘋果種子味道,像杏仁。那是馬海要王佩芬放的。

這說明小女孩極有可能得了盲腸炎。但是,媽媽仍猶豫在精打細算,一旦啟動日製野馬牌流籠發動機的聲響足夠讓全村知道半夜發生了事情,她得拿紅包給操作師。在淺眠與疼痛間輾轉的小女孩,這時睜開了眼睛，大聲說她不想坐棺材下山。山莊陷入一陣沉默。

「去把阿達瑪、孔固力叫起來，那兩個傢伙腳程快，背下山，一個半小時就行了。」馬海說，而且這兩個傢伙的工資便宜。家長不再反對。

古阿霞立即走了一遭工寮叫人，卻被雙傻口交的難堪畫面嚇壞，回來時只抓了隻食蛇龜，覺得整晚被折騰，手中抓著烏龜而失神中。

但是，接下來她被嚇壞了。老祖母伸手，把食蛇龜拿過去。烏龜的四肢與頭都縮進殼，臉沒了，露出兩個小小的鼻孔呼吸。古阿霞有點恍惚，不曉用意，但是她醒得很快，卻來不及越過火塘去阻止悲劇了。

老祖母殺了烏龜。她取下細長的鐵髮簪，戳進烏龜的胸腔。這是治盲腸炎的偏方，把烏龜放在火上烤，用溫熱的龜殼貼上女孩的肚子治療，這樣也許連請雙傻抬下山的費用都可以省下來。

運送小女孩的救護隊出發了，沿著流籠發送臺旁邊的小徑走下去。中低海拔的豐茂雜林展開了，動物與昆蟲在幽密處活動，牠們沒睡，森林也沒有睡，微霧滋長一切，如果這時有盞像太陽的巨大燈光打開，能看清楚大自然的熱鬧夜市如何運作。

雙傻抬著擔架，隨時分心在周遭的變化，素芳姨在前拿著手電筒引導，帕吉魯與古阿霞殿後。隊伍在火燒柯樹下稍作休息後，古阿霞的悲傷終於成淚了，淚停不下來，只能停下腳步，才不會看不清路而跌倒。

帕吉魯揮著手，示意隊伍前進，由他留下來照顧古阿霞。他摸著她又硬又鬈的黑髮，幫忙抹去眼淚，結果他會發現，等待紅楠樹的紅花盛開，或花上一天時間觀察將臨終的老山羊習慣性的下降到河谷長眠，都

②驚悸的意思，閩南語。

會比安撫哭泣的女人容易。人的行為模式很複雜，尤其是女人，很會哭。他很快理解到，不要直接處理她的情緒，那很棘手，就把她當成哭泣的小動物吧！一個在夜間森林哭的小山羌，她的叫聲介於狗叫與貓頭鷹啼叫，異常悲傷。

帕吉魯盤坐在火燒柯鋸齒狀的鏽黃落葉上，寂靜的，觀察他的小山羌淡淡的哭泣。他把時間往前挪，好理解哭泣的原因，一步步推敲小山羌走過的足跡、啃過的蕨草、喝過的小溪流水。他知道了，他到伐木工宿舍找古阿霞時，原以為她站門口不敢進去，事實上是走一遭而被男人們驚駭了。她的勇氣是在宿舍裡被嚇光的。

小山羌沒有停下嗚咽。就在此時，帕吉魯說：「走吧！我背妳。」他無計可施，或許走動會好些。他認真走下山，每步皆然，不時彎低身好把下滑的古阿霞往上托上去點，每步沉重，能感受到霧氣潮潤的落葉在抬腳時脫離了腳板。幾段沒有樹冠的路段露出了星光，低垂燦爛，來安慰古阿霞似。

過了幾個彎，古阿霞主動滑下帕吉魯的背，走起路。給人背是挺享受的，她還真希望給人無止盡的背下去，夫復何求，不過她只要片刻甜蜜，不想成為永久負擔。她該停止哭泣了，卻老是控制不了，甚至在帕吉魯背上留下足供一隻小蝌蚪存活的駭人淚漬。現在她的手搭在帕吉魯背上，慢慢走，好好走，哭糊的雙眼才不會失去方向。

帕吉魯忽然停下來，尾隨的她撞了上去。她往四周瞧，四百公尺外的救護隊在一個手電筒迴光後消失殆盡，雜林很黑，唯有昆蟲單調的嗚唱。

「有味道。」他說。

「就在這附近。」古阿霞終於聞到那股味道，「Falidas，我遇見我的第七個名字。」

「法？」

「法・莉・妲・絲，傳說中的妖怪婆婆的住家，我聞到她在家裡洗澡的味道了。」

帕吉魯笑了，為古阿霞豐富的想像力發出笑聲，他得找到味道來源，好拜訪妖怪婆婆的家。他閉上眼，深呼吸，冷冽的空氣滑進肺腔。這很難找，要是在有風的白天，倒還可以藉由自身的位置變化與風勢強弱，判斷味道來源。夜風幾乎凝滯，雜林沒有半點傳遞訊息的風吹動。他帶著古阿霞往前，確定味道從前方來，越來越近，也越容易在野性的灌叢林中迷路。

在他們迷路時，大自然助他一臂之力，昆蟲從遠方飛來，穿過他們身邊可以聽見高頻率的振翅聲，之後往另一個方向消匿。兩人跟著昆蟲前往，穿過姑婆芋與卷柏蕨類之後，發現了主角——山棕花，她橘黃的花朵窸窣落下，有的順著才成型的小溪向下流，一路芬芳的穿過林子。她的香氣在濃郁之下、謙沖之上，不會令人聞了頭暈。

帕吉魯動手去摘了花，站上長滿了石葦的岩石，差點摔倒，尖銳的山棕葉抵抗，還遭採蜜的昆蟲反擊。他沒有反抗，摘野花最好的方式就像偷蜜的黑熊無懼的面對蜜蜂攻擊，專心幹活，上手了就閃人。

他們又回到山路，往山下趕路，要追上救護隊。帕吉魯的貼心，換來古阿霞的苦惱。山棕花不是擁有美麗花瓣的植物，一串的柔荑花序，花朵小，有裂開的殼，這是用人海戰術吸引昆蟲播粉。遠遠聞，還挺有滋味，一旦落入手中，久了就乏味。古阿霞向來認為有些邦查人誤解了山棕花，現在她了解了，這花還挺鬼豔的，難怪看成怪婆婆。

「我剛出生時，黏答答的像是塊泡水黑炭，哭個不停，那種哭法據說還真令人痛苦。我祖母幫我洗澡，到後院摘了烏桕葉，丟入澡盆的溫水，再把我放進水裡泡，這樣能讓我安神，能停止我嚇人的哭聲。」

「烏桕，是好樹。」

「Aliloalo，阿莉露阿露，烏桕的意思，這是我的第一個名字。這名字不大好念，所以我繼續哭個下去。」

「阿莉露阿露。」

「Papociay，帕珀西艾，這是我第二個名字，酢漿草的意思。」

「帕珀西艾。」帕吉魯的舌頭開始扭曲了。

「後來是月桃，Rong。」

「瓏。」

「再來是Papowahay，倒地鈴。」

「帕波瓦海依。」

「第五天，祖母煮了芭蕉Polet的洗澡水給我泡，我還是哭哭鬧鬧。第六天祖母用味道強的Kidafes——芭樂——給我泡澡，希望我聰明伶俐，奇妙想法有如芭樂種子一樣多。」

「妳很芭樂，想法很多。」

「我才不芭樂呢！那種東西吃多了肚子怪。」

「我喜歡吃。」

「好吧，第七天了，祖母說她用法莉姮絲安定我的小靈魂，她摘了一條條的山棕葉，還有小一株花串。洗了山棕的葉子澡，我不哭鬧了，像個小嬰兒懂得該笑了，身上也多了嬰兒該有的奶香。」

帕吉魯心想，法莉姮絲這名字比古阿霞好聽多了，乾脆這樣叫她。可是一旦開口，法莉姮絲的四個音節在腦海混亂組合，不知道該從哪下口，他的舌頭是語言上的蝸牛，爬不過鋪滿灰的文字障。

「法莉姮絲，你記得這名字了嗎？」古阿霞說。

帕吉魯一驚，她懂他的心思，不過他一開口，卻說：「嗯！法姮打達，記得了。」

「法莉姮絲。」古阿霞再次為他朗讀自己的名字，多少也是很久沒有這樣默念自己，「帕吉魯，你有一個邦查名字，我有七個，你能記下我全部名字嗎？我喜歡別人念我的名字的感覺。」

「法法打絲。」

「好吧！看來你有得學了。以前，祖母把日子分成七天，每天叫我的一個名字，七天叫完就過了一禮拜。法莉妲絲，這是禮拜天的名字，也是基督教的主日，有重生的意思。」

「那個法莉打死，不是怪婆婆的家？」

她有七個名字，光是「法莉妲絲」就在帕吉魯口中又滋生了幾個怪名。古阿霞笑了，為他的語言死穴發噱，這樣也好，可以消遣長夜漫路。她告訴他，那是邦查小孩的傳說，「長奶婆婆鬼」住在山棕裡，她的奶子很長，會趁小孩在白天應該睡午覺的時候到處遊蕩。小孩看到她或夢到她，注定生病或夜啼。當然，小孩要是去採山棕做掃把，一定要成群結隊去，先用石頭朝山棕亂丟，用狠毒的話罵，把「長奶婆婆鬼」趕走。做好的掃把也要先放臭屁熏，免得「長奶婆婆鬼」搶回去。

「看過長奶婆婆鬼嗎？」

「沒有看過這樣的鬼，但是有個真實的老婆婆卻是很像。她是山裡來的老婆婆，奇怪的是，她完全符合『長奶婆婆鬼』的樣子，奶子很長，垂到肚臍，有很多小孩子說看過她的奶子從衣服下襬垂下來，又黑又老。」

帕吉魯笑起來，為那逗趣的畫面，老人家不太會穿胸罩，奶子在衣服裡甩是常見畫面，但垂到腰部還真罕見。古阿霞狠狠瞪回去，黑暗中那種眼神沒有任何效果，她改用擰的，給他吃痛。

「真的很好笑。」他抱屈。

「好吧！那你就笑，但不要發出聲音干擾我講下去。」古阿霞繼續說：「小孩的傳言太兇了，還說那位老婆婆的奶子可以在胸前打結，彎腰工作時嫌麻煩，就把奶子甩到背後，真的符合傳說中『長奶婆婆鬼』的樣子。小孩還說，老婆婆常常下山來割人頭，會在人家門口插上山棕花，用香氣迷惑整家人昏迷，再摸進家裡，拿鐮刀割下人頭帶走。我看過那個老婆婆，她是山地人，臉上的紋面非常黑，背個大背籠，在籠子邊插上一綹極為鮮黃的山棕花。早晨時，她沉默的從太魯閣那個方向來，傍晚又走回去，非常孤單的一個人走著，背著竹籠子，小孩都說她把長奶子甩到背後當作背籠的墊背。後來呢！有個小孩的爸爸不見了。那個爸爸愛喝酒又不負責任，我們都知道他可能跟別的女人跑掉了。可是小孩不相信，認定是被『長奶婆婆鬼』殺了，他親眼看見背籠裡裝的是人頭，那裡面都是人頭。他邀其他的小孩進行報復，搶回他爸爸的人頭。」

「妳去破壞他們。」

「不算破壞啦！是我去當『抓耙仔』③。」古阿霞吸一口氣，好讓她能在漫黑的山路上講完這個故事：「在小孩設下的關卡前，我把老婆婆騙到另一條路繞了過去，再跟她說明原因。老婆婆停下來，沉默了一下，回頭走，回到原先我要把她騙離開的路，不論我怎麼勸都沒用，反而是我停下來，看著老婆婆一步一步走向全村小孩設下的陷阱。最後，在黑暗轉角，陷阱來了，老婆婆忽然絆倒了，與其說是不小心被繩子絆倒，不如說是故易跌倒在那條繩子上。她的背籠裡如傳言中是個殺人的工具箱，掉出了三個頭，還有一堆頭髮，連我都嚇一跳，心想剛剛跟一個危險人物走在一起。接下來是重頭戲，幾個拿了水桶的人衝出來朝她潑髒水，然後丟泥巴與樹葉，帶隊的小孩衝出來撿走某個人頭後，所有的人朝老婆婆吐完口水，跑個精光。」

「人頭？那個『番人』會這樣嗎？」

「這時代還有砍人頭的習俗嗎？怎麼連你都相信。」古阿霞笑著。

「妳說的。」

「我確實是說小孩搶走了人頭，不過當他們緊張的跑到最近的路燈下，燈光會解釋清楚，那是南瓜，不是人頭。他們準備了一個禮拜的伎倆，沒有人頭，沒有傳說中割人的血淋淋兇殺。我是等到小孩跑光了，才走到老婆婆身邊，看見剩下的兩顆人頭是南瓜，一堆頭髮是快枯掉的甕菜。我腦海響著一個念頭，她真是不聽勸告呀！說馬纓丹有毒妳偏採來吃，說赤尾青竹絲有毒偏要給牠咬一口，活該，我這樣想。我看著老婆婆全身濕答答，又臭又髒，有幾分鬼樣，尤其是那對垂下來的奶子從濕衣服裡透出來，清楚得很。可是她，從容的收拾東西，再度站了起來，告訴我，她感謝我，但是她得通過那關，至少她今天有心理準備通過那個考驗她的關卡，要是她繞過去，小孩子不會就此放過，他們會在某天、某個她不知道的地方設計她，那時她會沒心理準備，反而更糟，老太婆走的時候說：『他們一直把我當鬼，今天看到我很破爛的樣子，也會跌倒，也會哭，以後就不會當我是鬼了。』」

「人比鬼可惡，說那個老婆婆是鬼絕對是錯的。有人不過是跟平常人不太一樣，就被當鬼來看了。人比鬼可惡。」

「鬼比人可愛。」

「我就是鬼。」

「你是啞巴鬼，我就是捲毛鬼。」古阿霞稍微打住，下山不會太喘，但是邊走邊講話卻容易亂了呼吸。這時候，她感覺身體這個容器空了些，腳步輕盈，可能是把一份往事給了帕吉魯。走了一小段，在個拐彎處，褐林鴞在樹杈的鳥巢蕨發出泣嬰的叫聲，遠處山谷傳來山羌的吠叫，不明就裡還真恐怖，古阿霞還來不及反應，手被抓牢了，腰被攔下，那力道太猛，她感到自己要被扯壞了，隨即有一個嘴巴貼過來。

她被親了，一點也不溫柔。她感到好笑的是，帕吉魯很緊張，身體發抖，用嘴堵死她的口鼻，牙齒碰上她的牙齒，害她不能呼吸，更掙脫不了苦難之吻。她趕快後退，一陣搞不清楚的旋轉，兩人往路旁的斜坡跌得手腳打結了，山棕花也不見了。這場親吻以狼狽收場，兩人從草叢爬出來，他不會說，她也不提，當作什

③告密者，閩南語。

麼事也沒發生過。

她的腳踝有點扭傷，有點拐著走。帕吉魯檢查傷處，用手仔細摸一遍，說這是小傷，無礙。而且他為剛剛失敗的吻而贖罪，背古阿霞上路。她心都酥了，給那雙手溫柔、坦白、純真的摸了一回，從腳板摸到了膝蓋，不只摸進骨頭，也摸到了心坎。她覺得那雙手比舌頭還靈活，兩面夾擊，摸出一身快感，雞皮疙瘩都冒出來。她覺得這足以彌補失敗的索吻。她把頭擱在他的肩上，聞他的汗味，聽他的呼吸，覺得腳傷有了代價。

「他們是老公與老婆。」帕吉魯覺得該跟她說明白。

「你說的他們是誰？」

「阿達瑪和孔固力。」帕吉魯把她往上托了一下，又說：「他們很笨，沒有人會嫁給他們。他們的媽媽從小說給他們聽，你們呀！不是哥哥或弟弟，是老公與老婆。」

「一對夫妻？」

「是呀！哥哥不會幫弟弟很久，可是老公會幫老婆很久，兩個人生活很久就是老公和老婆了。」

古阿霞習慣了他古怪歪斜的辭彙，也懂意思了。兄弟會分家，各有家庭；朋友難長久，各分東西。但是任誰只要兩人彼此照顧一生，便是夫妻了，不管性別或親屬關係如何。古阿霞明白了，她第一次撞見雙傻是在寒風吹襲的山莊門口，兩人在地上抱著睡，現在想想，那是徵兆，同時也解釋為何他們會在伐木工的宿舍為彼此口交，他們在行夫妻之實。雙傻的身體已經長大了，有了肉體的需求，但心靈永遠沒有長大的機會。

古阿霞想，雙傻的父母從小教他們，是藉由和對方宣洩肉慾，才不致對別的女人騷擾。不過，誰在乎一隻小公狗趴上另一隻小公狗的屁股上，不過一個男人和另一個男人這樣做，未必能抹去自己的驚恐，但是聽完帕吉魯的解釋讓她心裡獲得了寬慰。

背了一小段之後，古阿霞知道她享受完了，這是小傷，不能裝死太久，沒有人會希望自己好手好腳還成為別人的負擔。她下來走，山路夠寬，能肩並肩，也不會腳絆腳了，兩個人平靜，但內心充滿一種奇異而溫潤的情愫，甚至滲透到身體各處。

山路最後被一條伐木林道切成兩段。林道露出黃褐泥土，顯示這條路是新闢的。雙傻蹲在路邊，握著擔架上小女孩的手，好給她溫暖。素芳姨從背包拿下俗稱「越戰爐」美製Coleman的高壓汽化爐——這種曾在越戰野地中快速烹食而得名——煮一壺紅糖薑茶，喝上一杯，讓長途行走的人獲得滋潤。

古阿霞喝到第二杯時，看到希望的光芒順著山路而來，一臺伐木車來了，空車斗在崎嶇的山路震響。那是駕駛接到無線電來支援運傷患下山。他們把小女孩搬上墊著厚棉被的副駕駛座，那不會太顛簸，從引擎室輸送來的暖氣令人舒服。病患送走了，雙傻與素芳姨隨車護送下山，古阿霞鬆了一口氣，與帕吉魯沿路走回村子。

「法……莉……妲……絲。」他從褲袋掏出綠豆殼大小的花朵。

「帕吉魯，你答對了，好厲害呀！」她的口氣驚喜，而且從他手中接下那些她原以為遺落在草叢的花朵。

「牠死得很好。」

「他是誰？」古阿霞驚訝的問。

「烏龜。」帕吉魯想起她看見了老祖母殺龜的那一刻，臉上露出悲傷，那招確實出乎意料之外，他也嚇壞了。不過他看得出來，老祖母是老手，她用長鐵簪穿過烏龜的頸部，直抵心臟，轉動髮簪加速烏龜死亡。他當時的悲傷絕對不亞於古阿霞。不過牠死的時候沒有太多痛苦，他是釋懷的，這該如何跟古阿霞解釋呢？沒關係，路很長，需要有些話題才好走，他會慢慢說的。

阿兵哥來蓋學校

夏天來了，山莊地下室的動物避難所空了。最後走的是山羌，牠左耳有白斑，贈給在機關室燒柴的古阿霞一道稍縱即逝的回眸後，穿過灌木叢消失。古阿霞聽說了，山羌是帕吉魯從獵人陷阱救回來的，給牠紮好斷腳，上石膏，痊癒後野放的牠，每年總是「早到遲退」的來山莊掛單。

動物太靠近人是危險的，自從食蛇龜被殺後，古阿霞深信此事。動物們隔年會回來避冬，難保哪天不慘遭毒手。她聽說，黑熊最可怕，夜裡會闖進山莊偷吃東西，還攻擊人，據說有隻帕吉魯撿來養過的小熊在野放後，曾回山莊。古阿霞祈求不要遇到黑熊，除了擔心被撕成兩半，也怕黑熊被人殺了。

在白耳斑的山羌離開山莊的那天，古阿霞半夜小解，走到後院廁所時，看見一道黑影從結滿青蘋果的樹下離開，空氣中瀰漫腥臭，嚇得她躲回廚房。她很確定，遇到熊了，躺回床上難以入睡，憋尿不敢再去廁所。古阿霞腿夾緊，等天快亮，樓下傳來人聲，才放心去小解。屙完尿，一夜的警報解除了，卻換來尿道口隱隱作痛。她蹲在廁所緩解疼痛，直到王佩芬在外頭敲門等著用，才起身出去，慢慢走去開山莊大門。

大門拉得費勁，好像有人故意在另外一頭扯著，拉了幾下，她用力扯，猛然一聲咚嚕響，有個東西從大門咳出去般嚇人。她定睛看，這還得了，地上有顆人頭含冤的瞪來。

「救命呀！快救人。」她跑進屋內張揚，處處捉人幫忙。

王佩芬被捉著臂膀，疼得反問，「一大早鬼叫什麼？」

「完了，剛剛有人跟我在門外玩，頂著不讓我開，我太用力開，把他的頭給鍘下來了。」

「急什麼，人也死了，不用這麼急了。」

「妳說什麼？」

王佩芬笑出來了，說：「有些腸子塞屎的小流氓，會在門口卡個水桶，妳一開門，水桶翻了，裡頭的雞腸噴出來嚇死恁祖嬤過。」

「可是真的是人頭。」

「殺了人，驚啥，恁祖嬤幫妳撐腰。」

王佩芬逞出大姊頭的模樣，唰啦一聲，把半遮的大門拉開，走出去。害怕得在門內等待的古阿霞，好一會兒都聽不出門外的動靜，心知王佩芬把自己看錯的東西處理了。警報解除，古阿霞自責太魯莽，好在沒大聲嚷嚷闖禍。

忽然，一個拔尖的聲音傳來，是王佩芬尖叫，足夠讓全村醒來。她叫得五官沒有好好的掛在原位，衝進來大喊：「古阿霞殺死人了。」她衝到二樓喊，衝到廁所喊，衝到高級宿房喊，衝到伐木工宿舍把一條條打呼的男人吵醒。大家當下嚇得不敢動，差點被王佩芬驚恐破表的表情與音量殺死了。

門口遠處有顆嚇人的大頭，眼睛沒闔上，冷冰冰的，最先趕來的三姑六婆在那叫不停，最後來圍觀的人群則嘰哩咕嚕說個沒轍。古阿霞憑著上帝的聖靈鑽了過去看，還好是豬頭。豬頭給刀子割得亂七八糟，豁開深紅傷口，有些還撕掉皮了。最恐怖的是，眼珠插上筷子，一把生鏽的刀子從嘴巴戳進，古阿霞看得自己眼珠與嘴巴給人又戳又插似的疼涼。人們談論說，豬頭不可怕，豬肉攤的鐵鉤子都掛著，有時七八顆懸著，還吊舌頭；但是，把豬頭弄成鬼畫符德性，掛在你家門，那就有點警告的意味，分明是對山莊的挑釁。

馬海走出人群，拔掉筷子與刀子，拎起了豬頭，說：「沒事，沒事了，這顆頭買來熬湯的。」

「這豬頭殼是警告，吃了會衰小。」

「我叫人下山買來的，你講吃了會衰小，最好是這樣，不然我煮豬頭給大家吃。」馬海說完，要王佩芬把豬頭拎進廚房，可是她怕死了。

古阿霞走過去，提了豬頭往山莊裡走，她得裝作這真的是買來的。可是豬頭不配合演戲，好重，她一手捉來，霎時心中喊苦，腰都彎了。她用雙手抱起，被村人笑是古禮迎親的新郎在胸前掛個血淋淋的紅繡球，內心與體力都掙扎的走進廚房。

「這顆豬頭好大呀！」素芳姨走過來幫忙。

「一點都不好，把豬頭當砧板濫砍，這是衝著我們來。」湊足了手腳幫忙，古阿霞喘口氣。

王佩芬追了上來，沒動手抬，卻動嘴說：「太可惡了，這次分明是蓋布袋砍人頭的意思，下次就丟個砍斷腳筋的豬腳，下下次可能就剖豬肚。」

「好可怕。」

「我看是情殺。」王佩芬又跑起馬了，說：「我看宿舍那群男人是為了某個女人鬧翻了，把帳記在山莊。」

「為了誰?不會是妳吧！」古阿霞說。

「有可能，我最近老是覺得耳朵癢，有人肖想著恁祖嬤似的。」

「不是講風涼話的時候了。」古阿霞正經的說：「我們抬到後院去，找個地方把豬頭埋起來。」

一路沉默的素芳姨忽然大喊：「埋了，太浪費了，煮湯好了。」

「煮湯？」

「煮了就給他們喝，豬頭湯，一定很好喝。」

「他們？」

「阿兵哥呀！他們今天要來蓋學校了。」

國軍說來就來了，穿山過河，坐著流籠上山，唱著軍歌：「我有一支槍，扛在肩膀上，子彈上了膛，刺刀閃寒光……」他們穿軍綠服、戴軍便帽、S腰帶上掛個鋁壺，褲子繃得緊，眼神很亮，十二人走下來橫成兩排報數，深怕流籠不知不覺吃了誰。發號施令的是一個五十幾歲的士官長，軍便帽露出了幾縷白髮，他叫詹旦榮。士兵明著叫他詹排副，私下叫卵葩。

他們是每年夏天的稻子助割部隊，白天分配到各據點，晚上回去駐紮點睡覺。山上沒稻浪，部隊不來才對，可是詹排副向砲兵營長提議，山村有個學校復建，不如調幾個懂水電木工的壯漢去。古阿霞神奇的募款復校事蹟，砲兵營長早已聽聞，當下要詹排副把事情搞定。

阿兵哥只支援半個月，一切得加快速度。所以前置作業得先弄好，古阿霞先花了筆錢，請人規劃了校舍的修復細節。當她看到修繕費用時，心揪得緊，材料近二十萬元，磚塊十車、水泥四十袋、沙子十噸，各式主梁、橫桁都不能少，她還了解木材專用的螞蝗釘與鐵釘的價格。如果要再壓低價格，她跟帕吉魯勢必要從原料廠跑一遍。山下的製材廠用成本價賣出，古阿霞仍一邊殺價，一邊看著直徑兩公尺的扁柏由梁上的橋架型起重機「天車」吊掛到平臺，進行開剖，鋸片噴出高分貝的音量與香味，她的殺價聲快高過了那些聲音。吵輪的廠長怒摔記事本後，與她握手成交。

接著，古阿霞坐火車到鳳林磚廠買磚，看上細緻的清水磚，她跟帕吉魯跑了三趟，兩人吵三次，最後她點頭，用便宜、但效果一樣的次級磚。至於瓦片，她用較好的灰瓦，絕不用入嫁新娘進大廳前得「破煞」而踩破的「薄仔瓦」，因為不敢想像調皮的學生爬上學校屋頂踩破瓦片的凶煞場面。這些原物料由三十趟的流籠載上山，用帆布蓋著遮雨，毫無動靜，直到阿兵哥來了。

阿兵哥上山幫忙，把建料搬到校園，每個人看來高矮胖瘦不一樣，幹起活來一樣棒。然後，他們把自備的鋁殼便當飯菜，丟到臨時收容所的豬圈當餿水，豬回報了高亢軍歌般的叫聲。飯菜是紮營的伙房兵弄的，說不上豐盛或寒酸，只是菜色變化不像晚娘的脾氣又快又狠，士兵膩了，要來點新鮮快炒之類，讓舌頭給爆蒜蔥辣抹過去的爽快感。

「吃的，別太花心思，要是這樣我就過意不去，不如叫那些兵，把餿水挖回來吃。」詹排副大嗓門講話，笑聲也雄壯，這是他的專利。

古阿霞連忙搖頭，說：「只是幾樣菜，沒什麼。」

詹排副瞧去，山莊煙囪冒了炊煙，把襯著的中央山脈抹暈了，說：「嘖！都開伙，我也去幫個忙。」然後他轉頭對士兵說，「別打混摸魚，人家是菩薩心腸蓋校，你們別撒旦搞破壞。」

詹排副一走，士兵們嘻嘻哈哈的說，「卵葩」發情了。古阿霞懂這句話的意思，詹排副對廚藝有點能耐，更對素芳姨有情意。在這半個月的上山期間，他有空就來瞧瞧素芳姨，要是見不著人，會失魂的打菸抽。

王佩芬不會放過對古阿霞講更多的八卦，比如詹排副挨過共產黨一槍，打壞一顆睪丸，士兵看到洗澡的他只有一顆蛋，才叫他「詹公」，比太監叫法的「詹公公」好一顆。不料，詹排副聽了不爽，說他有隱睪症，又說他練「縮陰功」把傢伙藏到肚子裡了。阿兵哥私下說，「縮陰功」是生過小孩的女人把鬆掉的陰道縮緊，男人練來是切屌的嗎？詹排副又動怒，誰再說他「詹公」，一腳踹爛誰的卵葩。這是他另一個綽號卵葩的由來。王佩芬的結論是，詹排副很在意別人叫他詹公或卵葩，是他怕自己在喜歡的女人面前變孬。

詹排副往山莊走得勤，古阿霞心中不免滋生趣味。她聽說，詹排副在大陸浙江還有妻小，對素芳姨就不好擺明意思，只打空包彈的情愫。不過他大嗓門不隱藏，進了廚房，便喊：「今天，要吃什麼，我來瞧瞧。」

蹲在地上夾豬毛的素芳姨，聽到詹排副說著來了，把張開的腿闔一邊，也不回應，繼續幹活。

詹排副把灶頭、桌上與地上擺的肉菜瀏覽一遍，連連說好，別弄得太好，要不然把阿兵哥吃成豬，這就不好。然後，他瞥見豬頭擱在臉盆，當下大驚：「這豬頭也太大了，能吃嗎？」

素芳姨抬頭衝著他笑，一臉尷尬。

「肯定能吃的，新鮮的，一顆抵上滿漢全席。」詹排副話鋒一轉，把豬頭說得稀世珍寶，當成人參果似的，能生啃。

「新鮮的，剛運上山的。」素芳姨笑著說，其他人也應和著。

「怎麼煮？」

「煮湯。」

「天呀！豬頭湯。我打娘胎出來，就沒嚐過。」詹排副瞪大眼睛，說：「今天我得好好嚐它一嚐。」

「是呀！」

「怎麼煮？」

「煮湯，對呀，我忘了，你看我急得連煮湯都忘了。」素芳姨說得低頭嘻嘻笑。

詹排副瞧著素芳姨拔豬毛，也不說話。她用鑷夾除毛，拔完幾根，往腳旁的那碗水和兩下，黏在鑷夾上的豬毛便掉進碗底。給人瞧透了，素芳姨感到拔每根毛都礙著，這樣下去，她幹不完活，便說了幾句打發詹排副走開。

詹排副唯唯諾諾的應承，靈機一動說：「阿兵哥都是牙縫大、腸子寬，不怕卡豬毛，別這麼費事了。」從火灶拿出一根帶火的木柴，火正旺，在豬頭上滾它幾下，毛都迸個精光。然後，他喜孜孜走開，跟那些拆牆整屋的士兵說，有得吃了。

到了中午，累死了的兵衝著吃而活過來。他們先到水槽邊洗把臉，掀起草綠內衣的下襬擦乾，露出黑黝的胸膛。他們把濕衣服晾在門外，太陽會收乾的，留下一圈水漬圖案般的薄鹽。軍營規定不能喝酒，古阿霞用大鋁壺為他們倒上一杯青草茶解渴，或遞上菸。菜很快上桌，在香腸冷拼盤之後，熱食陸續來了，一位士兵喜歡用湯汁和飯，拿了碗，穿過十幾顆把頭栽進飯桌的人，在湯鍋邊發出了大叫。然後惹得士兵們圍過來看這鍋豬頭湯。

「被詛咒的豬頭。」一個士兵聽說了，豬頭是早晨送來的警告。

「被煮皺的豬頭有啥不好，滋味更好。」詹排副走過來，往湯鍋瞧去，大嗓門解釋：「豬頭沒皺呀！要是皺了就當一顆大酸梅乾也行。」

食堂爆開了笑聲，這讓聽差的詹排副急著解釋豬頭有沒有皺，把湯鍋旁的士兵說得哭笑不得。士兵把原委說出來，詹排副又把他們罵得慘，把好好的山莊說得成鬼屋。古阿霞上前去說，豬頭確實是一早出現在山莊門口，劃了幾刀，但是她沒有說得很糟。詹排副一邊聽一邊點頭，往素芳姨那瞧去，見她一笑，不罵兵了。

「我不是說這豬頭不好，掉進糞坑溺死的豬，我都吃過。」那位被罵的士兵巴結著解釋，「只不過，沒人這樣煮湯，把豬頭放下去。」

詹排副嗓門直起來，說：「你們坐回去吃，先別喝湯，先吃飯，我說完了你們才喝湯。」

「別唬爛太兇，我們得聽真的。」

「我哪次說假的，是你們經歷少，眼光小，呆頭鵝的，十幾啦吧的沒打過真槍，我打的響槍，你們當屁放；我放個屁，你們又當槍響。」詹排副又說，「大江南北怎麼煮的我不曉得，但是大江南北的吃法我最懂。」

詹排副舀了湯，把豬眼睛也給摳進碗裡。他喝口湯，清甜中有淡淡焦味，豎起拇指大喊好喝。喝完，他把豬眼睛蘸了醬油膏，扔進嘴裡咬，黑汁瞬間從詹排副嘴裡噴出來。他低頭讓黑汁順著嘴角滴下，豎起大拇指暗示好吃，這副德性可以申請饕餮的商標專利了，而且豬眼的膠質很硬，咬得很響。阿兵哥聽了，腸子都長出了雞皮疙瘩，沒人敢去品嘗湯。這鍋詹排副要幫素芳姨扳回來的湯，活生生搞砸了。

詹排副不死心，下午要回到駐紮地時，拿了麻布袋裝豬頭，甩在背後帶下山去，這個北方的漢子擠在流籠廂，說要把豬頭剝了皮，斬出腦漿，絕對好吃。阿兵哥們苦笑，可是當他們聽到詹排副說，願意來吃的，有免費的酒好配，大家都喊好，下山的流籠傳回了下流歌：「我有兩支槍，長短不一樣，長的打共匪，短的打姑娘……」

第二天，詹排副領了阿兵哥們上山幹活，用麻布袋扛了顆大傢伙回來，笑嘻嘻的，衝著山莊走來，他把麻布袋甩在廚房地上，咚一聲，把埋頭幹活的女人嚇著了。古阿霞走來瞧，心裡喊糟，昨天你帶下山，今天幹麼原璧歸還。詹排副也不回應古阿霞，伸長脖子看，問素芳姨在哪，今天帶了好禮物來，見她來了，卻一字也吐不出來，咧著嘴嘻嘻笑不停。

「怎麼把豬頭拿回來了？」素芳姨說。

詹排副笑了一會兒，才說：「是剛買的好傢伙，今天送來了。」說罷，捉住麻布袋邊，往外慢慢捲下去，底下露出豬頭。

千不該、萬不該，不該又來了豬頭。這顆頭很腥，剛剛才摘下來的充滿了新鮮的怨氣，長舌頭晾出來。素芳姨表明不碰了，而且凡是鴨頭、雞頭或魚頭，她都沒興致了。廚房幹活的人也搖頭，沒人想碰豬頭，用剛出家來搪塞。

「豬頭好東西，可是我們手藝不好，怕弄壞了。」古阿霞推辭說。

「牠確實是好東西！就等妳這句話。我昨晚問了幾個懂吃的老鄉，學了幾招，現學現賣，教教大家。」

詹排副說豬最貪吃，常活動的腮幫子有彈性，這俗稱的「嘴邊肉」最好吃。煙燻豬耳朵也是饕物，豬鼻子、豬頭皮切薄是美食「雲南大薄片」，豬頭殼煮湯，豬腦當湯料，他把豬頭說成是神給人的恩寵。他也知道，沒人敢處理，便自己搞定這寶貝，後續的料理就交由廚房的姊妹們。

他抽了袋子，叫豬頭滾出來，拿菜刀就是追殺，砍得豬頭殼要嘛就滑了廚房一圈，要嘛就是亂彈，才剝下豬頭皮；接著是斬殼取腦漿，詹排副砍壞了兩把菜刀，連吼了十八響老子拚了，拚出半斤汗，才把豬頭搞定。

他抬頭看，廚房空無一人，只剩一雙豬眼怨恨看他。

古阿霞不是逃開，是查看校舍。

復建進度已達百分之八十，連最難的教室水泥地，士兵都能用鐵鑿敲除後重灌，她對阿兵哥「軍民一家」的付出很滿意。猶記幾日前，當八位士兵把散發檜木香、由她題上「明天會更好」的主要橫桁拉上屋頂定位時，數十位被糯糬甜點吸引來的村民猛鼓掌，鞭炮聲響起。在硝煙中瞇眼的古阿霞，看到新建築從舊基冒出新芽的實體，覺得踏實，可惜帕吉魯去伐木，沒能一起感受。但是，日子一久，古阿霞察覺了免錢的阿兵哥不對勁，他們越做越慢，總是趁機休息，或是找病痛拖班。

「唉！稻割完了，阿兵哥也想摸魚了。」詹排副解釋，花東縱谷的助割接近尾聲了，上萬頃的稻田幾乎收割完，山下派駐點的士兵不是排假，就是幹些輕鬆的活。可是復校的工程很操，相較之下，散漫之心就來了。

古阿霞走上操場時，看見三個不到休息時間就躲在樹下抽菸的老兵，一個違反槍砲彈藥條例入獄而期滿的回役兵躺在角落睡覺。其他的士兵把瓦片按上去，卻激情的討論豔星恬妮在電影《金瓶雙艷》演李瓶兒與西門慶的春宮戲，肉條霹靂，絕對是真幹。兩個士兵為真假起口角。古阿霞走入工地時，爭執反而大聲起來，有點找她評評理的味道。她很清楚，要是走來的是上相的王佩芬，士兵們會裝出紳士模樣，而她淪為歐巴桑的份。所以，她能做的，頂多是衝著他們笑，希望他們不要累著，也不要受傷了，最後講了一句她常講的：「等一下我們會準備小點心，也會煮了澎湃的中餐。」

「那豬頭餐太可怕了。」一位士兵大喊。

古阿霞連忙解釋：「那是詹排副的心意，而且我們還準備了別的。」

「我們昨天回駐紮點，想把豬腦拿出來吃，用軍斧砍，用上一個班人力。那個豬腦，比起九十餘公斤的八吋榴砲還難搞，還要硬。卵葩就是卵葩，沒事也會拿顆超級大卵葩給我們練習砍。」

不知道誰大嗓門說了話，惹得士兵們歡呼，連躺地上睡的回役兵也折起腰笑。這時候，從校門衝出一道吼聲，邊走來邊罵是誰說他的壞話，不久詹排副走上最後一階，熾陽在他身上刷下濃淡對比的色塊，臉上沾著殺完豬頭的血腥。士兵們趕緊按在位置上幹活，睡覺的回役兵不知道是嚇得還是曬得一身是汗，總之非常會演戲。

「誰罵我？站出來。」

一位站在旁邊被吼到的士兵，嚇得說：「報告，沒有人罵您卵葩。」

「再說一次，你說我啥？」

「我沒說您是卵葩。」士兵發現說錯話，連忙解釋：「罵您的人跑了，不知道跑到哪去。」

詹排副緊急集合，把人點一遍，果真少了一人，便罵不管是誰，逃到哪都會被揪出來。古阿霞見士兵都鴨子聽雷似的裝呆，不敢回應，才跟詹排副說明，少掉的那個人是一早去村子支援老人的家戶修整。原來是學校復建，來了群士兵，村裡的獨居老人覺得自己無力將家舍修補，希望借調士兵，詹排副便撥遣一個士兵去修葺。經古阿霞提醒，詹排副點頭，但剛剛那股怒氣還梗在心頭，要是留在這裡肯定會罵下去，便轉頭往村裡去視察士兵狀況。士兵們鬆了口氣，古阿霞卻怕詹排副的怒氣牽連到無辜，追了上去。

「我不是去揍人，是去把人找回來幫忙。」詹排副說。

「這我就放心了。」

「這些阿兵哥，沒人把心放準，一個個在打混，把工程耽擱了，我也不是三頭六臂的傢伙，能有幾雙眼睛盯他們。」

「他們也需要休息。」古阿霞緩頰。

「坐也給他們坐出痔瘡，躺也給他們躺出褥瘡，他們休息夠了，再下去就是成癮了。」詹排副沿著石階走，又說：「我把阿兵哥找回來，多個人手，也好把工程早點做完。」

經過村莊的某戶，詹排副瞄到有個穿軍綠內衣的傢伙在屋簷下的躺椅睡，那正是要找的士兵。軍中文化是「不打勤、不打懶，專打不長眼」，睡著的傢伙被活逮，渾不知覺。詹排副不多說，把躺椅掀了，那個兵在地上翻了幾圈，睡意也翻光了。

「報告排副，我下次不敢了。」士兵站起來回應。

「給我站好。」詹排副剛講完，一拳打去。

士兵胸口吃痛，人往後翻，從房屋旁的矮牆翻下階梯，他立即站起來，口吃般說：「報告排副，我下次不敢了。」

「有種別跑，給我站好。」詹排副走下階梯，一腳踹去。

士兵這下有了準備，閃開了，讓詹排副撲空，滑稽得差點跌倒。兩人遂展開追逐戰，一個叫人別跑，一個又不敢跑遠。詹排副叫出了怒氣，士兵也躲出了名堂。詹排副放話「再躲就法辦你」。士兵則嚇得呆若木雞，準備狠狠被打，挨過一頓就天下太平了。

「跑，快跑。」古阿霞大喊，她看見詹排副半路抄了一截帶釘子的木棍，走向士兵。

低頭受挨打的士兵一看，趕緊跑掉。

詹排副大罵跑得了和尚，跑不了廟，他在學校等他回來。然後，他狠狠回瞪古阿霞之後，往學校走去。

古阿霞愣了一會兒，連忙走去找素芳姨，只有她能阻止一切。素芳姨在後院忙著，把切條的豬頭皮掛在木箱內，點燃從山下鋸木場運來的檜木粉屑，幫食材上色與燻香。她聽完了原委，馬上跟古阿霞到校園，只見詹排副站在校舍前頭監工，口氣甚差。士兵們神經繃得緊，哪有缺就往哪遞補，忙著做工好預防接下來不會掃到的「颱風尾」。

素芳姨衝著詹排副，不曉得要怎麼回應，便說：「午餐，快做好了。」

「辛苦了，這樣真不好意思。」詹排副笑起來，不過笑得很淺，撒在臉皮上而已，「對了，請妳們中餐做慢一點，我看他們也不餓。」

「不餓？」

「我看他們在打混摸魚，肯定不餓，要是努力幹活，現在他們肚子一定響得我耳膜子疼。」

「飯快做好了，不吃不行呀！」

「那不行，妳們得學著打混摸魚，菜不要洗，肉不要熟，柴火小一點，鹽巴放錯點，最好去睡個午覺再起來幹活，做飯急不得，急起來就不好吃了。」詹排副說得響亮，不是說給素芳姨聽，是給士兵訓話。

這話接不下去。素芳姨要古阿霞找回惹事的士兵，一起跟詹排副說明白、講道歉。也不用找了，古阿霞回山莊就見到士兵坐在火塘邊抽悶菸，村裡的老阿嬤們站在身邊支持他。她們聒噪討論，有兩人抄了家私，一把扁擔與發出強烈味道的夜壺。有個老阿嬤說用扁擔打倒老芋仔。另一個說，不行，得灌點尿，來點教訓。這群阿嬤最後圍到古阿霞身邊，大喊跟老芋仔拚老命了。

這群阿嬤為一位士兵拚老命，是有原因。山上孤寡的老人家不少，每日生活不是發呆，就是將刨過的檜木皮撚成線絲編成草蓆帽。士兵上山了，可以借調民家了，起初確實在修屋頂、木窗與椅子，半個月後事情少了，士兵每天仍然被阿嬤們請調出差，陪她們講話，排遣寂寞，卻被查訪的詹排副逮著睡死的模樣。現在士兵有難，這群阿嬤義氣相挺，在山莊密謀如何反擊詹排副，卻為了如何報復的細節談不攏而吵架。這讓一旁聽的古阿霞腦海浮出火雞群的模樣。

「那你怎麼說？」古阿霞撥開人群，對士兵問。

「要回去啦！沒回去部隊穩死，不過等卵葩涼了才行。」士兵的閩南語說得溜，卻說過頭：「我的意思是，等詹排副不生氣才行。」

「詹排副說，要等你回去才開動午餐。」古阿霞說，「你現在不去道歉，大家都餓了，不如大家跟你一起去跟詹排副求情，人海攻勢。」

「妳這個Q毛①的，就是愛動嘴，才會給人放豬頭。」一個阿嬤說完後，山莊氣氛瞬間收斂。

古阿霞以為自己聽錯，但是四周冷下來的氣氛，說明不只她聽到。自從山莊被放豬頭警告後，各種流言傳出，尤其是晚餐後的酒鬼們聚在山莊，幾乎扮起偵探破案或乩童降乩來抓鬼。有人說是王佩芬的多角戀情，王佩芬卻唱反調的說自己是名花無主，別搞壞她的行情。有人說，是住宿的伐木工與某些村民結仇。有人說，蔡明台近來包下一條穿越中央山脈而與西部孫海林道相通的山道，跟人有了利益上的衝突。流言東扯西扯，就是沒有扯到古阿霞，現在被阿嬤扯到了，她有種中箭後處在不知被什麼武器斲傷的昏聵狀態。

氣氛跌到谷底，一片肅寂，這時才有人出聲拉回如何對付詹排副，恢復了吵雜聲。可是，古阿霞內心有了芥蒂，出自她對阿嬤有些了解。阿嬤是產婆，也做些小孩半夜收驚。大家稱她「著人嬤」，源自她年輕守寡的時候靠自己信仰的一句話「也著神、也著人」②度過難關，養活三個孩子，大家乾脆叫她「著人嬤」。在古阿霞的印象中，「著人嬤」不輕易講話，凡是講出來的話都有分量，她會這樣說古阿霞，想必不是空穴來風。古阿霞看著「著人嬤」，希冀獲得更多的解答，但是「著人嬤」也安靜看過來，卻不開口。

人群移動了，往學校走去。大家決定照著古阿霞所言，以人海攻勢向詹排副求情，還把素芳姨拉來當第一個擋箭牌。摸魚的士兵被阿嬤們簇擁出現，激起同袍的憤怒。古阿霞前去阻止，她的見義勇為讓她總是走上第一線，以前或現在都是，當她要走前去的時候，手被「著人嬤」拉著。

「不用堵強，厲害的豹一定是惦惦看，再衝出去。」說話的是「著人嬤」，她說：「我們這群歐巴桑也是嗄嗄叫，這次讓她們動手好了。」

古阿霞懂得這句話，沒有她的介入，結局也許不盡如她的意思，但是照樣能完成。她好奇眼前的問題如何解決的時候，看見預謀的一幕，阿嬤們衝著拿著工具前來的士兵微笑。微笑非常誇張刻意，露出缺牙，連酒窩都摺進了皺紋堆。那微笑無非也是武器，不過不是握在手上，是握在臉上。

士兵不曉得怎麼辦，他們原本要先揍一頓摸魚被抓的阿兵哥，給他點顏色瞧。他卻躲在十幾張笑臉的老人牆後頭。

素芳姨先走進了教室區，看見詹排副坐在木條堆，手中拿根木棒。她用盡了微笑說：「你知道我來的用意了。」

詹排副說：「我告訴過自己，別太拗，也別跟那些阿兵哥計較，可就是跟自己的脾氣過不去。」

「我也常這樣。」

「我太糟了，都快看扁自己了，凡是那些兵叫我齷齪點的綽號，我也毫不給面子的給他們個下流綽號。可是，我發現他們的名字多漂亮，像條漢子。」詹排副扯開喉嚨對外喊：「你進來吧！誰打你，老子就給他

---

①捲毛，閩南語。
②指除了靠神，更要靠自己才行，閩南語。

顏色瞧。」

那個摸魚的士兵走進教室，一群人圍在沒有窗戶的窗臺看。一個老兵伸腳輕輕踢了他的後膝蓋，令他跪在詹排副前，低頭懺悔。

「站起來，我不要你老是低頭，你們也是，全部抬頭往上看。」詹排副也站起來，用手中木棍指著屋頂上的梁，「告訴我，你的名字寫在哪裡，大聲的念出來。」

摸魚的士兵指著梁木一角，囁嚅不語。

主橫桁用毛筆寫下所有阿兵哥的名字。那是當初上梁前，士兵親手寫下，一種對無給職工作的付出誓言。

「趙勇明，你這名字很勇敢。」詹排副轉頭對摸魚的士兵，說：「你們能夠每天站在底下讀自己名字嗎？」

士兵們搖頭。

「這些孩子給了你們什麼承諾？」

「每天早上第一節課，抬頭大聲朗讀我們的名字，說謝謝。」

詹排副說：「在你們退伍後的很多年，回到兩百公里外的高雄或更遙遠的澎湖，當你們生病或年老的時候，當你們孤單的時候，在這裡上課的小孩仍會抬頭朗讀你們的名字，感謝你們做的事，祝福你們。告訴我，現在你們要怎樣保護這些梁上的名字，如果在經過很多的颱風與地震之後，那些小孩還願意大聲讀你們的名字嗎？告訴我？」

這是古阿霞聽過最有智慧的領導談話，被視為粗話滿嘴的老芋仔，也有極其溫柔的人生哲學，讓士兵們臣服且充滿愧歉，恢復了當初來蓋校的熱情與工作速度，工程還提早一天完成。他們在最後一天辦了澎湃的慶宴，破例喝酒，檜木屑煙燻豬頭皮成了最受歡迎的下酒菜，在烏桕樹傳來了東方蠟蟬與小蟪蛄的集體歡鳴中，古阿霞邀約下個十年他們能重返摩里沙卡，可是士兵們醉得把豬頭殼當足球在操場踢起來。

校舍蓋好的那晚，照例來了一群伐木工喝酒慶祝，他們永遠找得出名目喝酒。在菊港山莊要關店之際，手攬小臉盆的「著人嬤」走進來，顯然才剛從公共澡堂過來，身上散發著白蘭香皂與貝林清香痱子粉的味道。她把古阿霞叫出山莊，在牆角的蟋蟀聲中，說：「我不是為幾天前講過的話回失禮，妳知的，我講話從來不黑白講，也不會糊糜糜。我是來恭喜妳的，學校蓋好了。」

「這該多謝大家湊手腳。」

「我今天來是把那天沒講完的講完，我憋太久了。」著人嬤吸口氣說：「蓋學校的代價很大，把摩里沙卡都賭了。」

「賭上了？」

「我希望我講錯了，但我也煩惱我講對了。」

著人嬤說完走了。古阿霞不懂意思，也不用追問了，不把話憋心裡的著人嬤已經把所有的話講完了。那些話令她茫然，她瞥了繁星擁擠的夜空，光芒無比清亮。她想，要是帕吉魯現在在身邊，也許能解開這困惑，無解的話也能陪伴她的茫然呢！

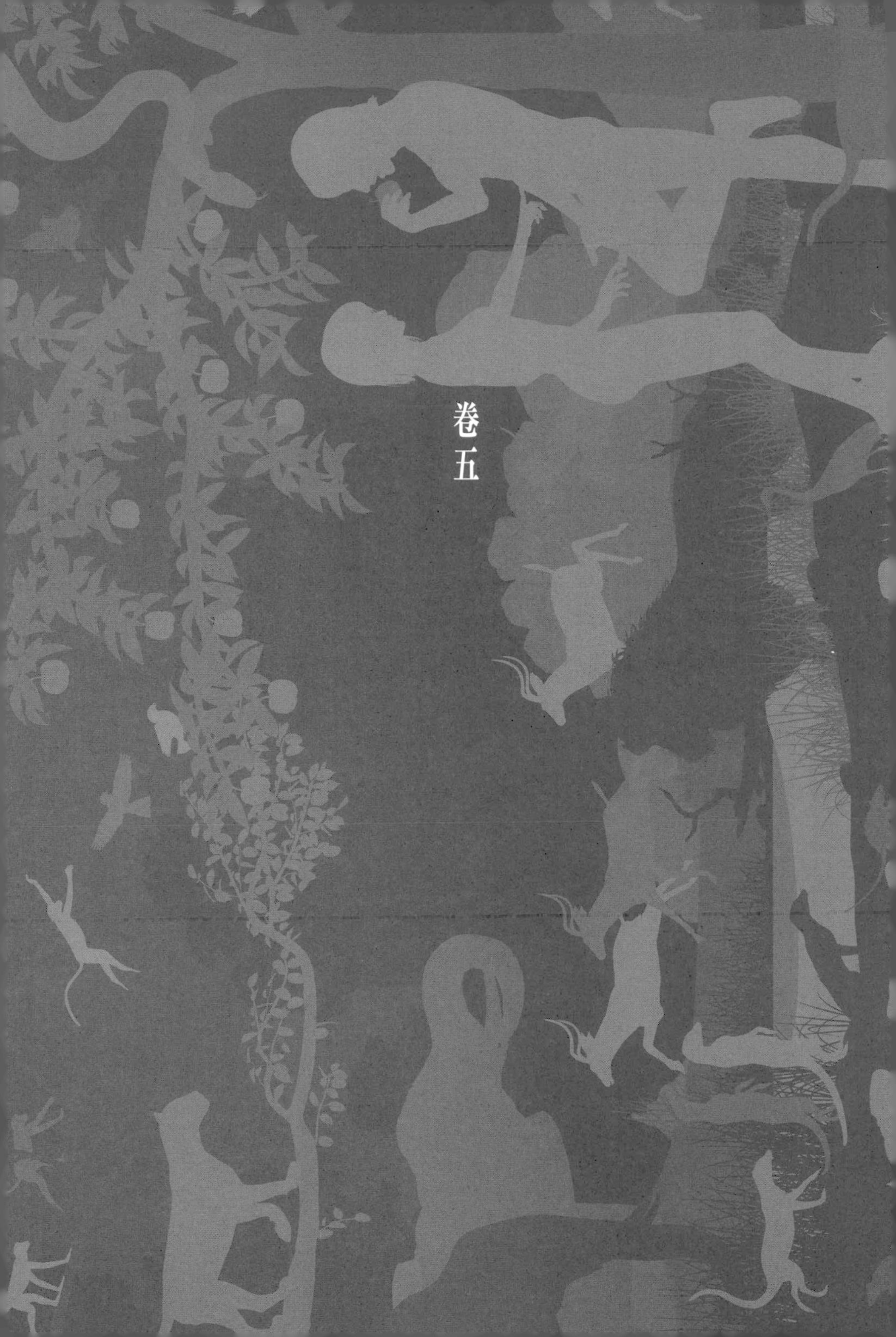

卷五

白瞳女孩小墨汁

下午三點，電話鈴聲響起，接電話的古阿霞從「歐匹將」得到訊息：「有個重患快到了，請流籠機械室人員待命。」古阿霞追問傷患情狀。電話那頭說，危險隨時都在，病患永遠為自己撐下去。這是實話，沿線六十公里、一萬公頃的伐木森林，危險像愛國獎券強迫中獎，被十噸的原木壓身、遭斷裂鋼纜打傷，或被傾倒的運材車、斷纜的流籠壓得剩下牙齒是健全的。這仍阻擋不了男人上山，因為排隊想賺危險錢的窮光蛋太多了，除非有人離開。最快離開的方式是死亡。

當然也有傳奇故事。有個十年不下山的伐木工賺夠了，離開前來到菊港山莊住一晚，他頭髮與鬍子蓄得很長，幾乎找不到臉，被成天逼著洗臉的孩子視為英雄。他洗了山莊著名的大澡堂，跟古阿霞感嘆說他連蔣公過世了都不知道，花錢請人剃髮剪鬍，帥過秦漢。還有個傢伙瞬間致富，因為他在颱風天停工時，贏光菊港山莊所有伐木工的錢，趁夜反向跑走，穿過中央山脈、沿「孫海林道」下達南投水里，躲過那些氣得在山下攔截的輸家。

傷患更是傳奇，源自對抗死亡的勇氣。到了晚上七點，運材車才把病患送到菊港山莊，他腰上即使纏了無數的紗布與袖子，仍被鮮血頑強的穿透。撕袖子給傷者是伐木工祈護的傳統，多少袖子便意味著多少男人的保護。古阿霞事後算出有一百零五隻，沿途的伐木工幾乎撕下袖子。這麼多的保護仍讓傷患在抵達前快斷氣了。

四個流籠捆工跳上車，小心搬動傷患，他們平日搬原木都粗手粗腳，現在要像挪豆腐般綁手綁腳，一邊的人喊小心，另一邊便喊抬高點。有個捆工摸了傷患的氣息，發現他斷氣了，不知所措的停下，另外三邊用木板繼續搬運的捆工被扯了一下，失去平衡。死者滑落到鐵軌，頭殼大力撞擊發出聲響。

六十幾歲的流籠操作員阿海師走過來，說：「救一下。」

「阿彌陀佛，我不是醫生，也不是神仙，怎麼救活？」一個捆工說。

「電影上怎麼演，你們就怎麼救。」阿海師接下來蹲地上，對死者說：「好兄弟，忍耐點，我們會把你送下山的。」

流籠不載死人，只載活人。載了死人沾穢氣，傳言流籠會斷纜讓乘客從百公尺的高空摔成肉泥。所以，剛死的傷患會佯裝仍有氣息在急救，這是搭流籠的權宜之計。四個捆工在阿海師的命令之下，輪流幫死者做胸外心臟按摩，起先手勁輕緩，擔心死者會喊痛，漸漸的用力施壓死者胸部讓肌肉牽連手部震動，有復活的徵兆。四個人都拚了，有人往死者腹部施壓。血水從腹部滲出，血塊從嘴巴被擠出來後湧出大量血水。遠處圍觀的人以為榨乾傷者那溺水似積在胸口的血水，過不久他會咳幾下，醒過來感謝。

剛從山下發車的客車流籠，約十分鐘後抵達。也就是說表演過程得再延長十分鐘，甚至再久，直到客車關門的剎那才謝幕。菊港山莊的莊主馬海，穿過了滿懷希望的人群，對四個急救的人說：「可以了，別再拖磨下去，他夠艱苦了。」

阿海獅點頭說：「你說了就算。」

「送到山莊來住。」

菊港山莊歡迎伐木工下榻，死了也行。這次是馬海免費招待的第十八位罹難朋友，待如手足。他在菊港山莊邊搭起臨時棚，設了腳尾的米飯、鴨蛋與香燭，要古阿霞從澡堂提桶溫水。古阿霞對此事軟弱又膽怯，馬海擺明要她這隻山莊的菜鳥來做。表面上，她眉頭不皺的幹活，找水桶的時候卻藉故琢磨了一段時間，該用舊水桶？還是廚房桶？說明了她多麼的抗拒這件事，最終找了自己的臉盆來用，終歸這件事沒人要借。

馬海剪開死者的褲子，綁滿繃帶與袖子的腹部很棘手。端水進來的古阿霞看到那個更棘手的男性下體，藉故忘了拿毛巾離開，然後又藉故拿刮鬍刀，她把一次能做完的工作，被枕頭、被單或蠟燭等靈堂該用的物品切割了。然後她深深吸了口氣，再度進入棚內，拿來她喜愛的剪刀幫忙。她處理過的亡者是祖母，縫合她頸部的刀傷令人不捨，處理陌生人則令她不舒服。不過當她剪開第五隻打死結的袖子的時候，專注幹活，心中也平靜下來，難纏的袖子最後全部移除了。

傷口埋藏在袖子底下，傷口的肉層外翻，血液乾涸在肚皮上，一截粉色腸子露出來。馬海用彎針縫合傷口，他上次使用是兩年前的事，技術卻退步了好幾年似的，多虧古阿霞幫忙才完成。接著，古阿霞擦乾淨死者遺容，把泥巴、淚水和痛苦從臉上拿下來。馬海幫死者剃好最後一次的鬍子。最後，死者換上乾淨的工作服、夾腳工作鞋，一切看來像是躺在森林光斑下的午眠。

馬海沖洗完手，便坐下來喝茶，喝完第三杯，從廁所出來的古阿霞終於用肥皂洗完了三次手。她臉上沉默無語，無法想像她剛剛做了什麼，並希望下次不要碰到了。

「他是被斧頭砍到肚子，怎麼砍到我不清楚，卻造成脾臟破裂，大量失血，休克走的。」馬海得講明道理給古阿霞聽，「剛剛在死者前講是不敬，他可能不是好的伐木工，沒注意危險，卻是好爸爸。」

「是嗎？」

「他的左手一直握著胸前掛著的小木盒，太用力了，盒子都碎了，破片插進掌中，我在妳來來回回去端水的時候清理很久。」

「抱歉，我有點緊張害怕，老是弄錯。」

「嗯，我看得出來。」馬海又說，「那個小木盒裝的是平安符。平安符是廟裡求來的紅色小布袋，裡頭放符籙，用紅線掛在脖子。這紅布袋是親手縫製，針法不好，可能是小孩或不常做針線活的女人做的。又怕汗水把紅袋子和符籙弄爛了，用小木盒裝著，掛在胸前。這個年輕男人要是剛結婚，頂多在家附近找個粗活，有孩子就不同了，他是爸爸，他要多賺點錢，得到更遠的摩里沙卡幹活。他受傷時，很擔心自己要是不行了，家裡那些人怎麼辦，於是他緊握胸前的小木盒祈求，都捏碎了。」

「我知道你的意思，他是好人，幫助好人可以讓我放下害怕。不過這樣讓我反而更愧歉，因為我剛剛想太多，沒做好。」

「沒有人一次能做好，不過妳有彌補的機會了。」

古阿霞睜大眼，心想還得做完哪些對死者的儀禮，起了掙扎，顯然剛剛她說放下了害怕的心念，只是口頭放下，尚未自心中放下。

馬海笑了，說：「不用擔心，彌補方式是要妳去煮一大鍋消夜，等一下會有人來拿回袖子。」

到了滿天星斗的晚上八點，最後一班從79林班地的運材車，從海拔兩千五百公尺的山麓到來。從村口就可以聽到沉重的剎車聲與軌節聲，兩百五十噸的檜木與鐵杉分置在八個車臺，最後兩節載滿了伐木工。碰碰車破例的在菊港山莊前停車，響笛三長聲，三十多個伐木工跳下車，他們分批擠進為死者搭的臨時棚內上香，從流籠工作臺拿來兩百公升的汽油桶燒紙錢，也丟檜木燒，這一夜會長得需要點芬芳、光明與溫暖。他們感謝菊港山莊的免費消夜與住宿，喝著米酒，大聲聊天，該大笑的時候絕對不會憋聲憋氣。即使氣氛閒常，古阿霞感到他們的互動間充滿壓抑的悲傷，來自失去一位令人都尊敬的朋友。到了晚上十點，他們躺在客廳的榻榻米上睡去，並輪流起床到死者旁守喪，拿起古阿霞整理好的袖子縫回自己的衣服，彷彿失去的手足，又縫回心中。

到了天亮之際，睡二樓的古阿霞不再聽到從樓板下傳來的男性鼾聲，而是一種密謀似的呢喃，時而低沉，時而喟嘆。她在樓梯旁往客廳望去，三十個伐木工擠到大門口吟唱，沒有歌詞，甚至不成曲子，只是鼻腔與喉韻間的轉調。整首調子由最靠近死者的那個人帶頭，凡是他轉音，周圍的人隨之，整座木造客廳形成共鳴的老音箱。那是她這輩子聽過最深沉的唱和，不知不覺流下淚來。她聽帕吉魯說過，在林場要有伐木工死亡，男人們會停下工作，像鯨豚在吟哦，似乎在掩護某些悲傷者的啜泣。她現在完全同意這個說法。

天越來越亮，藍潤的天色裝飾了村子，黃胸藪眉清脆的「雞—酒兒」鳴叫意謂又是乾淨晴朗的一天。四個男人抬著死者，沿山路下山，其餘的人跳上碰碰車回到林場，用剛縫上、沾著血漬的袖子幹活，他們絕不會遺忘什麼，甚至刻意記得什麼，忙著點，苦中作樂點，這就是伐木工的生活。

到了早晨九點，三十年歷史的日製愛知（Aichi）發條老鐘響起來了，穿綠衣的郵差總在這時來送信。村子不大，一小時就送完半袋信，剩下的收信人是住在廣袤林區的伐木工，郵差難送達，把信託在菊港山莊，交由各林區每日定時下山的人員領回去發放。菊港山莊的櫃臺塞了一小櫃永遠發不出去的信。古阿霞翻過那些無主信，信封出現黃斑，郵票的郵資與圖案都是幾年前的規格。

山莊還有為數眾多的電報。報差穿藍制服，通常也坐九點的流籠上山，沒送達的電報會掛在山莊，打電話請山上的人來拿。比起閒話家常、寒暄與報平安的信件來說，電報報兇，帶來壞消息。古阿霞研究過電報，有兩大特性：一是以字計價，所以內容短；二來，急迫性，死訊居多，比如「媽媽在十月三日下午三點去世，請速回。」或更短的「爸病逝，等你三天。」古阿霞從而想起那些接到電報者焦急難過，一夜難眠的等待隔日早班車回家。電報簡直是一把小李飛刀，咻一聲，不偏不倚，直插在胸口。

那是八月底的晨光，陽光把村莊的灰瓦照得發亮，昭和草絮到處飄，古阿霞坐在玄關穿鞋子，正要離開山莊，往78號林班地。這時候，報差把剩下的電報掛在山莊的「郵件櫃子」，馬海拿了看，把古阿霞叫下來，要她把這張電報送到林班地的收件者。

「那裡是新的林區，沒有電話。妳要去哪裡，順便幫忙。」

古阿霞心想，一點都不「順便」呀！她的歌聲如喜雀，不去報喜，卻要學著烏鴉報兇，這是哪門子的順便。她瞥了那張「母病，速回」的電報，只有精簡扼要的四個字，這戶人肯定窮得省錢，便不推辭。

「對了，那幾張也順便拿去吧！」馬海從櫃子整理出幾張舊電報，一併交給古阿霞處理。

古阿霞沒想太多，拿了就走，跳上正發車的碰碰車，順著森鐵往上爬，時而是山壁旁的急速回音，時而是橋梁下的空蕩，這條四十年前由日本人建築的軌道，至今仍由道班工人每日徒步檢修每個環節。古阿霞放眼望去，處處是壯麗的自然景觀，處處見到人定勝天的努力痕跡。

教古阿霞頭皮發麻的是，坐上載原木的空車板上滑過一千兩百六十公尺長的高嶺索道，令她兩腿發涼，感到內臟空蕩蕩的。古阿霞剛著陸，又坐上森鐵火車暈眩得閉眼休息，隱然聽到有人追著對她笑。她定睛看，是黃狗。牠戴上嘴套，追著火車跑來了。她有些話從心坎捏到了喉嚨，大喊，「我下車，我來了。」她撿了火車轉彎慢速的時候跳車，沒抓準要多跑幾步才行，失去平衡跌倒，袋裡的罐頭、睡袋、衣服等細軟撒了出來。

她搗著給石碴扎疼的屁股。黃狗用嘴套頂著她的手，鬧著玩，挺癢的。古阿霞瞧兩轉，知道會看到誰，就他，帕吉魯。他站在不遠處的人立看板下，拿著畫筆衝著她笑，人在晴空烈日下箍在一圈圈爆開的光芒，那揪人心的光芒只有古阿霞體會到。她坐地上，手叉在胸前，把歡心的笑意憋在臉皮下，要人扶起來。帕吉魯用兩手把人從胳肢窩抓了起來，一點都不貼心，讓古阿霞跌進他的懷裡，像預謀好的見面方式。

古阿霞怕在別人面前拉拉扯扯的給自己害羞，選個話題，說：「怎麼了？你當起畫家。」

「他們會冷。」帕吉魯攤開沾了紅顏料的手。

古阿霞往「他們」看去，差點笑壞了。那是個看板，上頭畫有兩個坐在石頭上的胖子，剛剛才給帕吉魯畫上拙劣的紅油漆披風，像被割喉，血噴得「孔雀開屏」。這看板在日據時期給人畫上了曾任臺灣總督的兒玉源太郎，光復後補上了紀念抗日名將張自忠拿大刀作勢要砍前者。有人說，這樣天天砍不是辦法，論英雄、論倭寇都得放下成敗，在荒嶺作伴，改畫成兩人坐在石頭談天。這個站最後名為「將軍說再見」，官拜將軍的張自忠與兒玉源太郎只能目送人離去。到了秋天，周圍的黃花三七草開了黃燦燦的花朵，蕭索之外，又帶點浪漫。

帕吉魯把油漆收了，扛起了大木箱上路，把黃狗叫緊點跟上來，邊走邊跟古阿霞說話。他說，那兩個石頭上的胖子本來不胖，因為山上多風多霧，有時下嚴雪，有人看不下兩人會冷，多年來不斷畫上新衣，落漆就添，三十年來就穿成了胖子。

「應該先把他們舊衣服脫掉，再畫上新衣服。」古阿霞說。

帕吉魯點頭，深有同感，卻說：「將軍，不給人（脫）掉衣服，他們很會比較，誰都不先脫。」

「幹麼不給人刮掉舊衣服？」

「脫了，誰就先輸了。」

「這樣的呀！」古阿霞想了想，說：「那兩個胖子會說話嗎？不然你怎麼知道他們在想什麼。」

他停下來，望著天，沉默著，讓古阿霞也跟著望去。晴空像是瓦斯爐的藍焰般閃閃發光，藍光的盡陲是中央山脈稜線，那有著近午從地表熱氣蒸騰的水氣雲。白雲此刻出發了，不久會占滿藍天。帕吉魯看著雲，說：「雲沒說過話，山也沒說過話，看久了就知道他們在說什麼，那兩個人也是。」

「說的也是。」古阿霞應著，心裡納悶，又說：「那為什麼這裡叫『將軍說再見』，名字這麼長？」

「他們想說再見。」

「怪了，那為什麼不是『將軍說您好』或『將軍說很無聊』，卻偏偏要說再見？」

帕吉魯又覷了天，連黃狗也跑過來瞧，瞧天空寫了什麼答案。他說：「看就知道他們在說什麼，就是再見。」

「這樣也是。」

「當然！」

噗哧一聲，帕吉魯笑了，古阿霞也是，兩人積了好久的笑意終於洩洪。古阿霞覺得這傢伙肚子裡有鬼了，半個月不見，話多了，急著把想法清倉，免得生出寂寞病。帕吉魯從箱口邊上拿出一束紫色的馬先蒿花束。這是高山的路邊草，帶著魔幻紫光的輪繖狀花序，斑斕堆疊，有點討喜，古阿霞不道謝就奪來，早就知道這束花屬於她的，看就知道，何必道謝。

「你在這等我等很久了。」她說。

「哪有？」

「我常打電話上山給你，一個一個點打下去，都說你不在。原來你哪都沒有去，就在這等我上山。」

「我不坐車，一人走，慢慢的，現在才走到這。」

「你走到這就等我來，早就知道我會來這。」

「哪有？」

古阿霞裝模作樣的看天，黃狗也瞧著，天藍油迸的，有什麼答案閃著，「你沒誠實講喔！我看就知道。」

「不可能。」

「當然，你看那張看板圖裡的兩個胖子，就知道他們在想什麼。你看雲看山都看出了道理，我比你冰雪聰明，就只能在蛋殼上鬼打牆？我能看穿你，曉得你腸底養了什麼蛔蟲，不是嗎？」

這麼一說，帕吉魯笑起來，古阿霞也是，然後一來一往的說起來，順著森鐵往上走。細瘦的鐵軌在陽光下反光，開著花蕊的矮菊沿著鐵路竄出，不斷往上延伸。黃狗追著一隻巨嘴鴉，跑得好遠，影子都沒了，不要當電燈泡妨礙古阿霞與帕吉魯談話。

古阿霞來到78林班地，她第一次進入砍伐的林場。摩里沙卡事業區，以逆時針在萬里溪與知亞干溪劃分一百零八個林班地，形如孔雀開屏，不是華麗盛開，是華麗後的殘敗。古阿霞來到這，便知曉所有大地的砍伐故事。

在森鐵邊，豎起了高大的集材木，從柱頂向外延伸出蜘蛛網似的鋼索，好把各地吊掛過來的原木卸在鐵軌旁，再由捆工吊掛上火車拖板，運送下山。古阿霞想起那個剛來摩里沙卡的傍晚，一個人爬上集材木上燈的景象，不過這裡的景觀更加蒼涼，風聲吹過鋼索與集材木發出了尖銳聲響，那可能是戰鬥吶喊，或是荒地的輓歌，取決於聽者的心情。

兩人坐在鐵軌邊，共食了古阿霞帶來的一人份鋁盒午餐，有醃黃魚、麵筋與荷包蛋。這會是他們接下來幾天吃得最好的午餐。沒吃飽的帕吉魯拿出乾糧，也分些給黃狗吃。餐後，他們走在土徑往上爬，沿路所見光禿禿，只剩樹墩與無價值的矮灌木。更遠處傳來混雜哨音、吼叫與柴油引擎的聲響，咆哮聲沒斷過。當她走上山頭，看到有五座稜線堆疊，距離往外延展一公里也是光禿禿，這場景是三百位工人不鬆懈砍伐的血汗，而最遠處有個伐木工爬上三十公尺高的樹頂製作集材柱，像兇狠貓頭鷹「鵂鶹」垂直站著，持電鋸操作，畫面驚險，這讓古阿霞多看了一會兒。

古阿霞看到被殲滅的大地，喉嚨發出「啊」，那是無比讚佩，工人竟然能把樹林砍得精光，幾乎把地皮翻過來，在熱日的暈照下，像是黑白電視裡阿姆斯壯登陸月球的惡劣背景。地表留下大小不一的樹墩，密密麻麻的，在第二個山頭下方，她看到一個難以估算的大樹墩，少說有兩千年的歲數，樹緣留著鋸裂的齒狀樹皮，可以停小巴士。古阿霞被菊港山莊那些圍著火塘聊天的伐木工影響了，心中盤算，這棵樹的材積多少，能值多少錢，然後把這問題問他。

帕吉魯走上樹墩，手滑過細齒狀的電鋸截面，那瞬間算出了年輪密紋，知道這棵有兩千一百歲，美妮喜①，一千年前曾被颱風吹斜，兩禮拜前被砍倒，歷時約兩小時，而它換算的價值是「能請五個老師，兩個月薪水」，帕吉魯說。

古阿霞覺得這想法挺有意思，他能換算成教師人力，便考考看：「這棵樹可以做成幾張桌椅？」

「用五個老師教書兩個月的薪水，可以買很多桌子、椅子。」

古阿霞聽糊塗了，說：「所以，這棵樹不能做成桌椅？」

「美妮喜比較貴，不適合。」

「那棵呢！可以當桌椅嗎？」古阿霞指著不遠處的另一個樹墩。

「那是值兩個老師的薪水，可以買五張講桌。」

帕吉魯把學校當作金錢轉換的平臺，這引起古阿霞注意，說明他關心復校的後續發展。古阿霞說，她有幾次打電話給帕吉魯，打了每個點，就是找不到，「我十天前到山下，打電話給省府教育廳，他們說原則上同意在山上設立分校，這是好消息。」古阿霞繼續說，「不過，教育廳人員說，設分校要學生人滿三十人才符合規定，才能借調老師上山來上課，人數不足只能辦私立小學，得花很多錢請老師，當然不行。山上學生目前只有二十七人，缺三個人湊滿就行了。」

「要我加入？」

①Benihi，紅檜。

「我打電話給你，就是要問你這件事，你回學校吧！」

帕吉魯想了一下，非常平靜的點頭。

「我不是真的要湊人頭，我要你回學校讀書，把書讀完。」

帕吉魯連忙搖頭。他沒拿到小學文憑，當年偏遠山區沒有「啟智班」供他讀書，在文老師轉校後他又恢復蹺課，最終沒畢業。現在他三十郎當了，哪能整天坐教室孵蛋，為了回答螞蟻有幾隻腳，跟著小孩興奮的搶著舉手，露出胳肢窩的黑腋毛，而且肚臍也露出桌子的窘狀。

幾過了幾秒，帕吉魯回答：「螞蟻有（幾隻）腳很無聊。」

面對天外飛來一筆，古阿霞愣了一下，「只有那些喝醉的伐木工才會這樣問，還是你在考我？」

「反正不會去。」

古阿霞不勉強他回到學校，因為學校不能教他什麼了。她這次上山的目的是找趙坤，他是二十郎當的壯漢子，小學文憑沒拿過，找他充人頭。她對趙坤印象最深刻的是那天他跟一群人帶了一隻會吃電的豬修理了教育官員。帕吉魯對趙坤沒印象，林場人多，生的熟的，他都不理人，大家對他背木箱比較有印象，背地裡用閩南語說是「扛板仔」②。

果不其然，他們在伐木區前進，邊走邊聊，很容易成為焦點。雖然只是短暫的幾秒，但古阿霞有芥蒂，自覺那些眼光聚焦在她身上，看穿她是叼著電報的報兇烏鴉，即使沒有呱呱叫，但整身較黑的皮膚就是印堂發黑的象徵。她把自己的不安告訴帕吉魯。

「臭美。」帕吉魯笑了，說：「他們是看我，全摩里沙卡扛著自己棺材走路的，是我。」

「真的嗎？」古阿霞睜大眼，「我以為大家都習慣你這怪胎了，你在林場走來走去，都至少應該看慣你了。」

「我很少來林場。」

「你很少在山莊，如果不在林場，那你到底躲去哪？」

「慢慢走，有時去種樹，有時去看樹，有時跟樹說話。」

「那你今天來幹麼？」

「跟那棵樹說話。」

第五座山頭旁，矗立一棵剽悍巨樹，散落一旁的工人渺小如芥粟。她得花二十分鐘的腳程才會走到大樹旁，路途經過作業區，一根根三噸重的原木咻咻的拖過頭頂，兩架臺灣機械公司製造的五噸柴油引擎運轉聲蓋過一切。照帕吉魯指示，古阿霞找到了頭綁毛巾、負責監工的「苦力頭」，託他把電報轉給下屬，免除直接送電報的壓力。再走上五分鐘，她看到那棵巨樹，非常大，非常美麗，是為了榮顯上帝而立在這裡的。

「幫它取個名字，我們要跟它做朋友。」

「Q毛仔。」這是古阿霞小時候的綽號，也是她看到巨樹的反應。

「換一個吧！」

古阿霞搖頭，說：「就是Q毛仔。」

帕吉魯卸下大木箱，說這生長在每塊林班地最高齡的大樹稱為「伯公樹」。伯公樹是客家話，指的是土地公樹，是他的客籍祖父、也是師傅對巨木的敬稱，一如每個村莊最長壽的大樹總會庇蔭著底下的土地公廟與村民。帕吉魯牽起古阿霞的手，合抱巨木，慢慢說：「敬愛的伯公樹，我是帕吉魯，她是法莉姐絲，從這時起，我們成為你的朋友了……」他的臉貼在粗糙樹皮，越說越小聲。

②扛棺者的意思，閩南語。

古阿霞也貼上樹，似乎聽到巨木的語言，類似各種溫柔的呢喃，聽到樹根從各處傳來的聲響。樹蔭如此清涼，她打了盹，種下個夢，很溫良，夢到自己在釉藍的海裡漂浮，所有的疲憊與憂傷都包容了。

她醒起來，往後退，看見帕吉魯已經睡在樹根上，涼風習習，樹影慢慢爬過去，一切那麼美好。

七棟房舍、每棟三十餘坪的林區工寮，住了兩百多人，瀰漫蟑螂與霉味，蓋過了檜木建築的味道。古阿霞得待三天，甚至更久，面對喧鬧工寮。小孩跑來跑去，洗完澡的男人們身體紅通通的坐在榻榻米，忙著賭博、喝酒、聽收音機或罵小孩別跑了，山上沒有太多娛樂。

在山上只有工寮的機能較好，有水、有廁所、有食物，古阿霞在七彩湖搭過幾天野帳，又冷又凍，五月草木在凌晨結了霜，美得在月光下發出亙古光亮，足以讓她走出帳外尿尿的屁股涼透了，她不太喜歡。有房子遮風避雨好些。古阿霞這幾天放帕吉魯野宿，他喜歡野外，讓荒野包容他。當然，古阿霞入住工寮，引起了男人們的騷動，頻頻獲得招呼，即使她自認又黑又瘦又醜，在男性強勢的山區仍引爆了「母豬賽貂蟬」效應，甚至她蹲下工作，後背褲腰露出的內褲鬆緊帶都會令看到的男人腎上腺素發飆。

「免驚，他們都是沒膽的豬哥神，不過千萬別把底褲曬在外頭，可能會給人拿走的。」一位叫「媽祖」的中年婦女告誡，又說：「來山區住，都要先登記住宿，不是來就來，走就走，我會安排頭路給妳。」

「什麼工作？」古阿霞很好奇。

「妳先去吃飯，『風呂』③的時候較有閒，再跟妳說。」

古阿霞到餐廳吃大鍋飯，雙手放在胸前，默念謝飯詞。有位名叫小墨汁的七歲小女孩，右眼得了白內障，頻頻問古阿霞，是不是吃飯前要偷瞇了手裡藏了什麼菜。古阿霞餓壞了，一邊點頭一邊夾菜，吃到最好吃的高麗菜滷。這道菜加入淬釀昆布醬油，混合蝦米、麵筋與香菇絲，自種的高山高麗菜極為爽口。她驚訝的是，同桌的無人露出驚豔。他們對高麗菜厭倦了，感到了無新意，後院菜園源源不絕的供給讓他們放的屁都是高麗菜味。

吃飯時，古阿霞頻頻抬頭找趙坤，心中惦記仍是學校之事。她往哪看，哪就有群男人笑咪咪看來，古阿霞在男人堆裡找不到人。小墨汁靠過來說，要找人問她就行了，她懂得工寮的每個人或動物，甚至餐桌上的每棵菜。古阿霞說出趙坤的身高與外貌，尋求幫助。

小墨汁打起商量，說：「妳要先跟我說，妳吃飯前幹麼要一直聞手？」

「這是蒼蠅教我的，牠們吃飯前會搓手，代表洗手，也是在說謝謝。」古阿霞多年來累積一套對小孩子說話的方式，得用上譬喻：「這就是祈禱，目的是吃飯前會謝謝上帝，祂給了我一餐。」

小墨汁點頭認同了，這見解如此迷人。然後她說，工寮有兩張飯桌叫作「攝屎④羅漢腳」，比別人晚開飯，得到廚房找。

工寮有著特殊的文化，聘請炊婦幫工人打理日常細末，從煮飯、洗衣、打掃等都包辦。工人們吃飽早餐上工，中午便當已備妥；他們下工走幾公里回到工寮後，晚餐正好上桌。不過，有些未成家的男人，既沒有一起上山的老婆打理，也不想出錢請炊婦，只好自己來。「攝屎羅漢腳」有取笑濃厚意思的「吝嗇的單身漢」，他們不花錢，自己打理一切。

古阿霞到廚房瞧，果真看到八位男人在廚房的煙霧裡被折磨，有人切菜炒菜，有人煮飯顧火，有人裝忙的用手偷夾菜吃，濃煙與蒸汽襯托出了排場，有種戰場硝煙味。

③指洗澡。
④憋屎的意思，閩南語。

的。這是幹活的人流汗多，羅漢腳又錢少，多下點粗鹽，害得每道菜像活生生的蟹螯，吃了都夾舌，得嗑上三碗飯才能消苦。趙坤被炒菜的鹹油煙氣嗆到，喝碗水，回頭看，鑊子被古阿霞奪去幹活，碗就懸在嘴邊愣住了。

趙坤的個兒高，站在由五十加崙汽油桶切半製成的爐灶旁，拿鍋鑊炒菜。他加鹽巴按山上的章法，挺兇

「到餐廳去等。」她說。

「我幫忙端菜。」趙坤說。

「你以為這是總鋪師辦桌嗎？有上百道菜要你湊手腳。」

古阿霞說罷，把菜盛在琺瑯瓷盤，一邊端菜，一邊把他們趕到飯桌。羅漢腳抄起了筷子，喉嚨唏哩蘇嚕響，扒飯夾菜，額頭冒汗，最後幾個還為了搶盤子裡的蒜末，筷子都拌死在一塊了。

不久，古阿霞又上豬肉炒蔥苗。羅漢腳都猜這菜更鹹，一吃，鹹淡適中，入口都是喜悅，都說操你媽的好久沒吃到不夾舌的菜了。有人驚醒的說，「我們今天沒買這道菜，啥人出錢？」

「這我請的，錢我出的。」古阿霞說：「我是感謝趙坤，他上次牽來一條會裝死的豬，幫助了我。」

「我也有睡死的功夫。」有人說。

「你有臭死人的功夫啦！比較像豬，下次牽你去。」有人呼應，惹得大家笑起來。

趙坤笑著，不過笑得靦腆，有些心事的那種。這種荒山野嶺的世界，沒人跟他們計較就好，還有人幫小忙，心頭自然洋溢溫暖。古阿霞這時候也避開不談趙坤進學校的事，說服二十郎當的苦力人回學校的機率很低，呷緊弄破碗，陪著他們笑就行了。

「一起來吃吧！站久就沒有了。」趙坤說罷回頭，菜餚告罄了，琺瑯瓷盤的湯汁反射著電壓不穩的燈光。

古阿霞顧著笑，一種純真自然且把謝意挪到了眼裡發亮的那種，滿臉是細細軟軟的微光。她搖頭說，她

吃飽了，夜會很長，吩咐大家多吃點，明天有空再幫大家多炒樣菜。然後，同桌的羅漢腳鬧著說，山上很無聊，妳會有空到想找個男人結婚的。這群男人接下來會越說越荒唐，古阿霞知趣離開，她不喜歡陷在無聊語調的泥淖。

趙坤追了出來，在工寮間的通道攔下了古阿霞。他想說些什麼，心思磅礴洶湧，喉嚨卻單薄的說：「謝謝，謝謝妳煮的菜。」

「別介意，這沒什麼。」

「來山上，很冷清，要什麼幫忙，儘管說。」

兩個人愣在那，也不知道要說些什麼，氣氛不冷也不熱。忽然間，始終發出巨大咆哮運轉聲的三千瓦的柴油發電機停了，斷電了，走廊的小燈泡熄了，伴隨人們的嘆息與怒罵，工寮陷入漆黑，旋即有幾處迸出了燭火與煤油燈。極度黑暗與喧鬧聲中，古阿霞聽到趙坤打破沉默的說話，不過非常小聲，稀釋在喧鬧與風聲中，讓她聽得辛苦，連忙問：「哎呀！再大聲點。」

一陣沉默後，趙坤大聲說：「雲海，夜晚的雲海很美。」便拉古阿霞去看雲海。古阿霞急縮手，溜出了他的掌心，心頭驀然一陣騷動，她想他不應該這樣莽撞的，不過有可能是她多心了，也許趙坤是單純想找人分享風景，因此沒有拒絕他的好意，跟著去看雲海。

世界沒有想像中黑暗，斷電後，古阿霞的眼睛適應黑暗了，清淡的月光溫潤著大地，射入了工寮間的空地。她沿菜園的小徑走，一片蔬菜反射綠光，她行走的褲管被寬肥的菜葉撩撥，窸窸窣窣，便沾了露濕。小徑盡頭，是個垃圾場，宛如被封存在熱帶淺海的珊瑚礁生物，齒緣切開的各式鑵頭像是扇貝，養樂多碎玻璃發光，彩色塑膠罐在枯枝間閃著虹光。繞過了垃圾場，是個下坡，他們站在一方伐過的鐵杉樹墩，望向東方，月亮從海岸山脈升起，半輪清輝，夜色雲海如此美麗，一些奇特的、單音的動物鳴叫從山谷方向傳來，似乎是禮讚。

這夜的雲海真美，或說每夜的雲海都是美的。

他沒有騙她。古阿霞心想。

古阿霞討厭洗大澡堂，得跟女人們和在一起。

澡堂是木造池，池底下有個大鐵鍋爐，中間以木條隔著。鍋爐熱水在傍晚就暖好了，小孩先衝進去洗，他們叫「洗菜頭」，白蘿蔔下熱水洗成紅蘿蔔。第二批去洗的是剛下工的伐木工，一組組跳下去，水嘩啦的溢出來。男人以日文稱洗澡為「風呂」。不過小孩稱「洗火雞」，他們觀察到男人因為高山冷縮的陰囊在泡澡後，像火雞頸部的紅色肉瓣垂下來。最後去洗的是女人，小孩都睡了，懶得管她們洗澡叫什麼了。

即使泡澡前得先打肥皂洗乾淨身體，即使木池的水會流動，古阿霞還是認為，男人們用過的水是髒的，他們可能在裡面尿尿、放屁或吐口水。在菊港山莊如此，在山上工寮也是，她非常懷念在花蓮市一個人洗澡的時光，水不夠熱，空間不大，卻足夠自在了。

古阿霞排斥的還有女人們裸身相見。各年紀的女體泡熱水，高矮胖瘦不一，身子熱了，自然吐舌頭做起長舌婦講八卦。古阿霞記得在菊港山莊跟王佩芬洗大澡堂時，聊著聊著，王佩芬大聲說，「阿霞霞，妳的是『窩肚奶頭』。」一群女人划水過來看古阿霞的凹陷乳頭，她們用過來人的姿態說，等妳結婚生了小孩，嬰兒會幫妳吸凸的，或奶脹會把乳頭撐出來。古阿霞聽了臉紅，趕緊搬出少女的說詞，說「我以後不結婚的啦」，結果被回罵「練痟話」。

在工寮，輪到女人的洗澡時間，古阿霞搶剛開始沒人的時候洗。她先打桶熱水泡腳，這是帕吉魯教的，不會脫衣服就冷得冒疙瘩打顫，然後脫衣沖澡，跳入水池泡。她感受到水質特別，有海帶清香。隨後，三個女人進來洗澡，其中一位叫「媽祖」。她們把衣服、衛生褲、內褲一次到位的脫掉，滑入水，有種「只剩女人就不用先沖澡」的方式入水。

「媽祖桑，妳不是說過要分配什麼工作給我。」古阿霞說。

「媽祖桑？我又不是慈悲為懷的。我叫莫茲（まつ，motsu），日本話是松樹的意思。」

「歹勢，聽錯了。」

莫茲桑說，無論臺灣二葉松或五葉松，都有擴張地盤的本事，它們生長在乾燥的向陽坡，樹幹富含油脂，松果更能夠在大火中保存種子。松樹像插在地上的火柴棒，不時向烈日或閃電說「借個火吧」，常常引起森林大火後將種子散布生長。古阿霞聽了之後，默默點頭，心想有個芥蒂，眼前的婦人肯定難相處，脾氣不好，常怒火自燃。

「不過呀！妳不用操煩我的脾氣不好，那棵雷公性的松樹，是我阿母，大家沒膽在前頭這樣喊她，就這樣喊我。」

「原來是這樣呀！」古阿霞點頭。

在爽朗笑聲之後，莫茲桑向她說明，工寮起居的注意事項，用膳時間與餐費採月結，並交代她的工作是每天早上洗刷大澡堂。古阿霞點頭，起先聽得了，但是後頭都聽糊了，只覺水很熱，身體熱通通，血液被擠到頭頂似的悶悶沸沸。她想出水，卻不想把身子晾在三個陌生女人眼前，深怕被看到凹陷奶頭，便把自己裹在燥熱的水裡了。

古阿霞昏沉的時候，看見令人難忘的畫面，或許只有山上的女人才會這樣幹活。她們站起來，把門口那堆小山高的伐木工換洗的髒衣服拿來洗，丟進一個直徑一公尺半、深半公尺的圓形木盆，撒進天香雪泡牌洗衣粉，洗起衣服。那是古阿霞見過最古怪、最有效率的洗衣，勝過菊港山莊的混凝土攪拌筒。三個女人的手搭在彼此的肩膀上，一隻腳踩在地面，一隻腳用力踩進洗衣桶，伴隨著歌唱轉圈子。她們的下垂的胸部與充滿脂肪的臀部，隨著節奏顫動，每寸體膚充滿了美感。

這種結合邦查或魯凱族的洗衣歌與舞韻，深深吸引古阿霞，她把雙手搭在澡池木緣，觀看表演。高山的冷風狂妄喧鬧，從木板縫隙吹入，掀起一層又一層的霧氣，因停電而掛上的煤油燈，把流霧都染成飄紗。然後，三位婦女把踩踏好的衣褲扭乾，丟進洗澡池，熱水能滌淨頑強的髒污。

男人的衣褲像是奇特的熱帶魚浮沉，暗沉色系為主，古阿霞甚至看到五、六件的褲管伸出一對大蟹螯，靠近她攻擊。但是她力不從心了，頭殼暈沉，人也沉浸水裡，昏倒了。

古阿霞來到伐木工寮就鬧笑話了，泡澡暈倒。

三位婦女對急救過程熟常了，把古阿霞拖出來，橫在地板上，輕拍她的臉直到人醒來。洗澡水之所以變熱，是最後一批人洗澡了，負責添柴的燒水婦女也要洗，會多塞幾根柴火。古阿霞把自己埋入熱水中，奔騰的血液集中在燥熱體表，腦袋缺氧昏倒了。

莫茲桑用木勺端來鹽水，倒給古阿霞喝。鹽巴是放在浴室供男人搓洗黏在身上的厚角質層，或寒冬時婦女加入水中洗衣，防止戶外晾衣時結冰。鹽巴混合霉味與男人汗味。古阿霞喝了霉鹽水，嗆得她直咳，把精神咳回來了。

這件事情很快傳開來，無聊的山上需要新話題。小墨汁跑來問古阿霞昏倒時會作夢嗎？另一位小男孩笑到重複唱「茫呀茫呀茫」，意思是昏沉。古阿霞繼續咳著，預估自己不久會變成鹽柱那般苦澀，咳得淚眼矇矓中，看見趙坤走了過來幫忙。

「把水吸去，咳嗽不久會好。」趙坤拿了水瓢，捧一把溫水，教她從鼻孔吸進去。

古阿霞心想，她剛灌進的鹽水搞得像溺水，現在又要她溺一次，不幹。趙坤解釋，在林場大火中，被混合各種植物的濃煙嗆傷，最好的治療方式就是掬起水，不多不少，就一捧水，吸入「洗肺」便可以了。古阿霞要是有選擇，寧願向上帝祈禱，不過她的眼淚與鼻涕不聽話的橫過了半張臉，在下巴匯成水柱。她捧起水，吸了進去，激烈咳嗽，最後在高壓鍋爐爆炸似的噴噓助勢下，一小團東西噴出來，咳嗽神奇的好了。

那是掉入浴室鹽巴盒的男人角質層死皮，和入水給古阿霞喝之後，哽在氣管裡引起咳嗽。小墨汁拿回那團死皮，說成是肺塞子，被咳出來，會氣胸漏氣。小男孩則說那是松樹種子，還好咳出，不然每根頭髮會長出鹿角，成了樹枝頭。小孩們長時間的爭辯，把古阿霞說成病入膏肓的廢輪胎了。趙坤搶過那塊髒兮兮的死皮，觀察很久，咬起來，吞了下去，這不過是安古阿霞的心，說明這不是壞東西。

「這味道比正露丸好吃。」趙坤回味舌尖上的滋味，「吃起來有病治病，沒病強身，可惜只有這一顆了。」

「那怎麼會在她的肚子跑出來？」小墨汁問。

趙坤愛聽、愛看中國與日本俠義小說，他說，日本舊時代有個傢伙叫「石川五右衛門」，他像廖添丁是俠盜，專偷奸商貪官的錢，救濟窮人家，後來被死對頭豐臣秀吉抓到了，丟進熱油鍋子裡施以殘酷的「釜煎之刑」。不知怎的，炸也炸不死，因為石川五右衛門的喉嚨有顆太上老君給的中藥丸，好好保護他。豐臣秀吉叫全日本最會講笑話的雙人組「王哥柳哥」，逗得石川五右衛門大笑，喉嚨裡的中藥丸噴出來，人就活活被油炸死了。

小孩子頻頻發問，如果廖添丁與石川五右衛門廝殺，誰會贏。古阿霞把整張臉笑癱了，日本故事扯到太上老君、王哥柳哥，恐怕連石川五右衛門也是唬爛的人物。趙坤見古阿霞笑起來，繼續扯淡，口水毫不費力的濺到小孩臉上。這時小墨汁驚訝的問，不是賭博時間到了，你不去賭，今天就沒輸錢給大家了。這搞得趙坤不知如何接下去，最後以古阿霞要休息為由把小孩都拐走了，邊走邊說他們亂講，他早就不賭了。這都是說給古阿霞聽的。於是孩子們大喊，騙痟仔。

直到爭執聲遠了，古阿霞才停下笑聲，地上的月光極為明亮吸引人，她站起來瞧，愣了好久，中央山脈的山稜線發光，有十分鐘無法聚焦在眼前美景，她發現，她有了心事。

古阿霞第二天早晨回到澡堂打掃，那裡水光四射。陽光被地面積水反射在天花板，搖曳晃動。早來的小墨汁把澡池的木板拿出來，在鐵鍋裡賣力的刷，聲響扎實，天花板的光紋隨她的節奏綻曳。古阿霞從池邊探頭，看她蹲在那，絳紅衣服很顯目。那是昨天遇到的女孩，古阿霞記得她右眼矇了。這時，兩隻李斯晏蜓在澡堂飛來飛去，體側有黃斑，在陽光下拉出無限延伸的光絲般醒目。

「蜻蜓是鬼變的，牠們會在晚上等我們睡著後來洗澡的。」小墨汁見到古阿霞便說，「你不要去抓牠們，用手抓會臭頭。」

「我不會去抓的，蜻蜓這麼漂亮。」古阿霞負責刷木條，經過一夜之後上頭有層透明的黏膜，有時得抓把鹽巴去漬。

「妳會結婚嗎？」

「不會。」古阿霞說得斬釘截鐵。

「妳會生小孩嗎？」

「不結婚哪有小孩？」

「有人就是不結婚就能生小孩。」

小墨汁把刷子丟了，爬出了鐵鍋，抓著古阿霞的手幫她算這輩子會生幾個小孩。這是孩童遊戲，被重重打手掌後緊握，算手腕上浮起了幾個小肉球。古阿霞玩過這遊戲，永遠看不出來自己或別人手腕浮出什麼暗示，可是總有人嚷嚷，他看到幾個了，好像手腕上裝了水晶球。這遊戲令人樂此不疲的是，古阿霞的右手被打了，下意識的握緊，等待小墨汁凝視之後大喊「妳有五個小孩」——這數字從來沒有相同。

「那我會跟誰生？」古阿霞問。

「一定要小心蜻蜓就是了。」小墨汁抬起頭說，「有些鬼會化成蜻蜓，跟蟑螂或蚯蚓交配，再飛到女生肚臍生卵，肚子裡就有小寶寶。妳要是發現蜻蜓，不要抓，用吹的把牠吹走，抓了，下次牠們來偷偷在妳肚臍生卵，讓生下來的小孩有隻眼睛變成白色的。」

古阿霞凝視她的眼疾，心想，小墨汁說的蜻蜓故事，肯定有關她的人生。古阿霞事後打電話向馬海詢問病因，得知那是先天性兒童白內障，開刀能治療，但風險高，大部分的人會選擇跟眼疾共存。但是，當古阿霞靜靜看著那隻眼睛時，有種奇特感覺，如果她不翻轉故事，這故事會變成一種罪惡與詛咒，成為跟隨小女孩一輩子的惡魔尾巴。

「所以，妳媽媽不小心抓到了蜻蜓。」

「我知道她不是故意的，有時候我也很想抓蜻蜓。」小墨汁壓低音量，說：「我媽媽是莫茲桑，不過她不喜歡我叫她媽媽，叫她莫茲阿姨，然後大家把我叫來叫去就變成『小墨汁』。」

「妳會『恨』，」古阿霞突然意識到措辭嚴厲，改口：「我是說妳會討厭莫茲阿姨抓了蜻蜓嗎？」

「那是非常漂亮的蜻蜓，發著黃色光，七種顏色的翅膀，要不是說牠是鬼變的，我也會想去抓。我不會討厭莫茲阿姨，只討厭我做錯事的時候，別人叫我白目。」

「七彩蜻蜓不是鬼變的，牠們是上帝的送子鳥。」

「送子鳥是什麼？」

「幫上帝送天使到人間的郵差。天上有許多的天使，天使來到這世間變成小寶寶。有的天使不是很完整，有的缺手，有的缺腳，有的缺少眼睛，上帝不忍心他們到世界上受苦。可是，天使們希望來到世界上體驗人生。上帝心軟了，告訴這些殘缺的天使們，凡間有許多考驗，所以，祂必須在這些天使的心中，種下更大的力量，叫作愛的力量。」

「那我的哥哥也算天使了。」

「誰？」

「雙傻，妳認識嗎？」

古阿霞心頭震動起來，浮起滄桑荒涼之感，想起昨夜莫茲桑裸身在浴室搗衣的模樣。一個女人獨自帶著三個身心都殘障的孩子，想必有不少的辛酸。接下來的時間，古阿霞陷入沉默的工作中，蜻蜓早已飛出去，陽光照進來，澡堂成暖光匯聚之地，溫暖平靜，花了兩個小時，澡堂才刷乾淨，她腰椎痠得吱吱叫。最後，小墨汁用大片的海帶教古阿霞如何塞入澡池的木板縫隙，非常專注。當熱水注入水池，膨脹的海帶會防止木縫漏水，「這是煮味噌湯的味道。」小墨汁說。

夜裡睡覺，古阿霞腦海盤桓著小墨汁與莫茲桑的身影。隔天，她去林場找帕吉魯前，到後院摘顆高麗菜上山。小墨汁在澆肥，用長柄勺從公廁邊的糞池口舀水肥，走上三十幾公尺的小路到種滿高麗菜、青蔥與紅蘿蔔的菜畦，仔細的澆到菜根外圍的十公分，以免肥傷。古阿霞對她充滿敬意，甚至想幫忙，最好的回饋仍是讓她獨自完成工作，在餐桌上讚美她種的每道菜。

帕吉魯與喜多普的PK

有陽光的日子真好，萬事萬物都對人眨眼似。

古阿霞沿著森鐵前往林場走，非常舒服，嫩紅的虎杖花撒開，鐵軌向遠處拉出光絲，白雲從萬里溪河谷冒出來，也向更深幽的河谷撒下雲影。她走過兩座高架橋，來到集材柱，趙坤與十幾位工人把原木吊掛上火車。古阿霞很清楚，暫時不想見到他，那傢伙老是熱情的貼來。她繞路，從下方小徑爬過更斜的陡坡，差點讓袋子裡的東西掉出來，這才看到那棵巨大的樹矗立眼前。

黃狗來迎接，猛搖尾巴，纏在腳邊繞圈子，古阿霞對牠微笑。帕吉魯盤坐在樹蔭下，拿了刻刀雕樹頭，一刀刀的剃。一個鐵壺架在旁邊，冒蒸汽，蓋子咯啦動著。帕吉魯把剃下的木屑條丟到火堆，迸出一股清淡的雨落草叢之味，古阿霞知道那是來自他手上拿的「透仔」①。一種職業的上乘之境，必定花費不少苦心。古阿霞已經能從味道分出樹種。

那尊一直放在大伐木箱的石像，現在移架放在鐵架邊，古阿霞說：「你終於把伯公②拿出來曬太陽了。」

「不是伯公。」

這尊石像是帕吉魯的祖父遺物，古阿霞認為是土地公，「不是土地公是什麼？」

①臺灣鐵杉。
②指土地公，客語。

「Q毛仔。」

她不是信了上帝，這世界只能祂當家了，其他人的信仰歸為邪門歪道。對她而言，所有為人生的終極關懷而立的信仰都有價值。土地公都叫福德正神，用上她的綽號令人毛毛的。她央求要改名，叫什麼都可以，叫Q毛仔頗逆耳。帕吉魯不搭腔，一刀刀剃樹頭，力道算得好，片出來木屑都一樣，捲得小浪似。古阿霞坐下來，倒了茶喝，閒看世界的變化，集材機把每根十噸的原木拉下山嶺，空氣瀰漫各種木頭死亡的芬芳，盪著機械運轉與指揮工人的喇叭聲響，光禿禿的山林，攔不下風，古阿霞覺得風有點大，雲也跑得快。

久久，帕吉魯昂起頭，說當初要換，妳不換這名字，現在也改不了，「我勸了祂很久，祂才說可以（接受）這名字。」

「你不是不信神，怎麼會跟這石像說起話？」

「石頭是大自然的，說久就說通。」帕吉魯喝了茶，又說：「放石頭是給那些人看的，看了才知道我很厲害的。」

古阿霞仔細聽他解釋，覺得頗有理。帕吉魯的言下之意是，這方圓百來座山頭會幹他這行的，只有他。世界上，把技藝幹到人皆不能的絕活者，通常帶有表演成分。這是他阿公教他的。如果拿把斧鋸，二話不說就把幾千年大樹放倒，外人覺得用鏈鋸也行，也不覺得神木有什麼氣體。你得在神木旁邊多耗點時間，放個石頭請神，做成宗教儀式，跟樹說說話，慢慢表演下去，從頭到尾就能把這件事弄得了不起。

「還說你沒信教，自己就搞了個教派。」

「大地就是個教堂，就是廟，我們卻多蓋了一個小房子，把自己塞進去，說那是廟，說那是教堂。」帕吉魯多話了，說得挺清楚，也沒掉渣。

「可是，你砍了自己的廟，砍了自己的教堂。」古阿霞指的殿堂就是眼前的神木。

「我不太會說。」

「慢慢說吧！我能等，可以像樹等在這等上一千年。」

「我以前殘忍，現在慈悲。」帕吉魯站起來，往大樹走，撫摸俗稱「黃牛脖子」的紅檜板根，大樹在微風中輕擺樹葉回應。臺灣紅檜常生在靠近山谷陡坡而發展出大板根，好支撐樹身，樣子像黃牛鬆弛的皮頸得名。帕吉魯說，他只砍每個林區最老齡的樹，其他的樹交給拿電鋸的伐木工。以前，他會對大樹說，「我來跟你作伴了，別怕」，設法把樹留下來，比如跟大家說樹大有靈，或偷偷在伐木工的飯鍋裡放紅麴造成傳說中血紅飯的恐怖傳說。大樹不被砍，成為種樹，每年採收健康的種子繁殖後代。

「現在呢！這麼大的樹，砍掉才行。」帕吉魯說出結論，「一棵樹死掉，大家都開始難過了。」

古阿霞難懂這句話，經過多番的琢磨與詢問才懂，森林是一座網絡發達的親屬關係，不只是直系血親的種苗傳承，地下的根絡也傳遞訊息。每當砍伐樹木之後，森林以極為細微的訊息透過根系傳遞死亡訊息，悲傷瀰漫，獨留下來的巨大母樹，最終是餘命悲傷，煎熬活著。帕吉魯昨天親近這棵大樹，劈頭就說，「我來幫你睡倒吧」！明白點就是「讓我來殺了你」，殺光大樹才是仁慈的，一棵都不剩，都不要剩。

帕吉魯抬起頭，說：「樹會流淚，會自殺，最後害了其他的樹。」

古阿霞聽過動物自殺，虎鯨與海豚會不明原因而自發性的擱在淺灘死去，旅鼠集體跳入海終結生命，有些動物因為食物、生殖與環境變化而集體自殺，有些個體動物出自疾病或生理而自殺，沒聽過植物會自殺，前所未聞。

帕吉魯說，巨樹「自殺」的方式，有快有慢。慢的如紅檜與牛樟，加速體內的病菌腐敗，最後倒下死亡；較快的呢，如扁柏與鐵杉會激烈的吸引雷電打死自己，引發大火。無論哪種方式，樹木自殺讓森林的蟲害和疾病威脅日漸升高，森林大火甚至一夕毀滅大地。一株孤獨樹的求死意念太強，牽連森林。

帕吉魯說話時沒有憤怒，沒有緊張時的口吃，還雕著木刻，彷彿他的所見所聞是來自樹木親口告訴他，要求他砍倒，不是臆測。古阿霞知道那是來自他最真誠的想法，可是不曉得該如何回應，她這時候有些心事糾葛，說了也說不清楚，不說梗在心裡。她從袋子裡打開Sony調頻收音機，山上無聊，聽音樂會上癮，總是固定聽幾個流行音樂頻道打發時間，隨口哼哼。

到了下午，音樂聽久了，她跟著帕吉魯學木雕，一刀刀剎，每刀都把擠壓在年輪裡的香味挖出來似的，她也不講話，雕出了安靜。山裡的夜色來得快，柴油機械聲響漸漸安靜下來，人都走了，晚霞在地平線鑲出火亮銀絲，天地暗滅。古阿霞留在山上過夜，不想回工寮面對趙坤了。

到了晚上，古阿霞冷得想睡覺了，鑽進被窩。

她記得昨晚在工寮時，把身體塞入某床又濕又硬、如百頁豆腐塊的棉被，足足發抖五分鐘才暖起來。夏天如此，入冬不凍死人才怪。現在她鑽進睡袋，抖得像壁虎的斷尾，身體仍比木頭還硬，一點都還不暖。她鑽出了睡袋，決定跟帕吉魯一樣窩在火堆旁，確實溫暖多了。帕吉魯告誡她還是回工寮比較好，有水、有電、有食物，而他在砍倒大樹的半個月內只想待在這。古阿霞心裡冒涼，這無聊的下午足夠她一根根的數光頭髮數量，要是在荒山野嶺多待半個月，哪有這麼多無聊的活可幹。還好她把《聖經》帶來了，可多讀幾頁。夜裡又冷又黑，還令人感到溫暖與興味的是看著篝火燃燒時千變萬化的姿態。火焰沒有重複過自己，《聖經》永遠讀出新意。

這時候，黃狗叫得很緊，音量扯破了無盡的黑夜。有幾蕊燈光從第五座稜線外射來，一隊人馬走了來。帕吉魯好奇，誰會在收工後的林場走動，隨後從頭燈的位置判斷這是專業登山隊的走法，興奮的說媽媽來了。燈光越來越近，顯示這支隊伍的陣容超出預期，素芳姨背著一百公升的鋁架背包，掛S腰帶，撐著登山杖前進。同行的還有兩位登山隊員，古阿霞是第一次認識他們。不過，雙傻也來了，阿達瑪把妹妹小墨汁放在肩上，孔固力挑著裝滿棉被與食物的扁擔上山。殿後的是趙坤，往古阿霞瞧得仔細。

古阿霞稍後才了解，這支隊伍出現的主因是她沒有回工寮夜宿，莫茲桑叫雙傻拿家當前來，小墨汁與趙坤也前來。這個臨時組合的救助隊在森鐵邊遇到了素芳姨三人駐紮的登山隊，雙方揪團一起來。七人從很遠的地方來，瞎火似的看不著，只看到古阿霞待的大樹。大樹是放大鏡，篝火的光芒順著樹幹爬上去，成了高調的火焰之花。

人氣多了，聚在大樹下，像山下廟邊、雜貨店旁的榕樹下光景，拉起藍白交替的防水布，用臉盆煮起晚餐。古阿霞看了腕錶，晚上七點。時間是相對的，山上的人早早入睡，山下人才要用餐。那鍋臉盆菜添了火腿、麵筋與當令蔬菜，它們在鍋裡噗噗翻騰跳動時，古阿霞的腸胃又餓出了空間，以沒刷牙說服自己嘗兩口，一嘗便覺丹田有火苗冒出來的溫暖。

另兩位跟著素芳姨來的隊員，男的叫「豬殃殃」，戴黑塑膠框眼鏡、梳旁分頭，對青蛙有深厚興趣，個性沉默，安靜煮晚餐。女的叫「粉條兒菜」，喜愛紅色系列，穿紅外套，紅長襪套在牛仔褲的褲管上，語言活潑。這群山友都愛用植物給自己取名字，豬殃殃全名是「南湖大山豬殃殃」，極端低調的原生植物；粉條兒菜全名是「臺灣粉條兒菜」，是極度高調的陽光主義者植物。尤其後者率性，很快的把這次行程講出來，他們打算從七彩湖倒走中央山脈北段，沿路是海拔約三千公尺、挑戰極大的山徑，以十五日無補給方式走完，最後在宜蘭的思源埡口下山，三人背負的乾糧食物與器物有上百公斤。

「慶祝我們要爬上世界屋頂了。」粉條兒菜拿出一罐六百毫升的高粱酒，倒進鋼杯，要大家傳下去喝。

「不是要去爬臺灣屋脊？」古阿霞問。

「也是啦！不過我們要去珠穆朗瑪峰，申請到了。」

「真的？」古阿霞大驚。

素芳姨點頭了，把手裡代表慶祝的鋼杯傳給趙坤，「敲了好久，這次終於從日本那邊談妥了，加入國際登山隊。」

趙坤大口喝鋼杯裡的白酒，當起白開水喝，說；「我們都是山裡長大的，就像大衣天天穿著，碗天天捧著，爬山哪會難，欠幾步就到山頂了。」

「沒錯，登山不難，一步步別放棄，一天天別給爛天氣打倒就行了。」素芳姨說。

趙坤無意把鋼杯遞出去，多喝了一口才說：「我在山上滾出來的，如果欠腳夫，我也可以幫忙扛行李。」

古阿霞看著柴焰無時無刻不變化，心思飄蕩，說：「珠穆朗瑪峰就是我們講的聖母峰，是世界第一高峰。」

趙坤講話是衝著古阿霞來的，語氣帶著動物性費洛蒙，他多喝了鋼杯裡的酒才傳下去，「馬博拉斯山、馬利加南山、喀西帕南山，臺灣一堆怪名字的山，跟摔角的豬木什麼峰搞錯也是正常的，所以你們要去日本爬山囉！」

登山隊大笑起來，大家也糊塗的笑起來，不明就裡。

古阿霞從趙坤手中接來鋼杯，不喝，遞給下一位。鋼杯給大家共喝，雙傻離口的時候口水牽絲在上頭，她想到眾人口水，不喝了。火淡了點，寒意漸漸從四周逼近，有人扔去一束金毛杜鵑的枝葉，火勢乍亮，吱咂咂響起來，每片樹葉從葉緣往內燒出一圈光環。

火光中，古阿霞想起那個她與素芳姨合用的臥室，堆滿登山杖、帳篷、雙層雪鞋與五釐米攀岩繩索，以及受警政署管制的兩萬五千分之一登山地形圖。木牆上貼了幾張大圖片，左邊是手繪臺灣山岳，三千公尺以上的大山不計其數；右邊是日本女性登山家——田部井淳子坐在雪巴嚮導肩上的照片，她頸子披了藏族祈福的圍巾哈達，高舉雙手，接受眾人歡呼，照片時間在一九七五年，她是第一位登上聖母峰的女性。中間照片是紐西蘭艾德蒙・希拉瑞與雪巴嚮導丹增，他們在一九五三年成了人類首次爬上聖母峰的紀錄創造者，身上掛著克服高山低氧狀態的空氣補給罩。

素芳姨對古阿霞說過，艾德蒙與丹增，是誰先爬上峰頂，一直是個謎。這或許是礙於丹增是嚮導，淪為配角不受重視，類似爬玉山會請東埔的布農族當挑夫。不過，艾德蒙不忘受過雪巴人的恩惠，高調的藉自己的聲譽向世界募款，在尼泊爾蓋學校與公共設施，改善雪巴人生活。當時古阿霞聽了，心想：「除了天父在艾德蒙的身上找到窗口，不然就是他們爬上死亡關口時，風雪與危難，讓兩人有了患難之情。」

「你們籌備了好幾年，終於能登山，應該慶祝。」古阿霞說。她不喝酒，大鍋菜倒是可以。

「五年了，我們搞這件事夠久了。」素芳姨說。

「這足夠搞出一籠子的鳥氣。」粉條兒菜聲音高亢，「我們被人踩扁了，踢來踢去當笑話。」

「沒那麼糟。」素芳姨盛起了麵菜，拿給雙傻。

「那是我們都被踹到馬里亞納海溝，沒有更糟了。」粉條兒菜不吐不快，「先是沒有成立登山協會，無法向教育部申請經費，可惡的是有官員擺明要賄賂。我們不肯，決定先成立協會，又被資深的登山協會打壓，把我們的登山計畫批評得一文不值。我們後來才知道原因是『老的』還沒去登，『小的』不准去。我們在臺灣的申請與計畫都被打退。」

「這才叫爬山，一步步走到山頂。」沉默的豬殃殃終於講話了，他的黑塑膠框眼鏡在篝火中反射。

「爬？這叫被打趴。」粉條兒菜大聲說。

「也許我們下次可以用爬的上山，我的意思是四隻手腳貼在地上，爬上山去，像尺蠖那種蟲子拱著身體爬。」

素芳姨把麵菜端給古阿霞，說：「世上真的有『三跪一拜』的爬山方式，在西藏布達拉宮，是藏傳佛教的聖地，不少信徒用三跪一拜的朝聖前去，一輩子就這麼一次，那種朝聖方式起碼爬一個月以上，爬呀跪的！爬上一千公里都有。這才是真的爬山。」

「改天來試試看吧。」豬殃殃說。

「你去獨享吧！」粉條兒菜大喊。

「那麼多阻礙，最後怎樣申請到的？」古阿霞捧在手的麵熱滋滋的，可是心裡更想揭開那個答案。大哉問，點起了帕吉魯的疑惑，多年來他與母親生活在山莊，深知她為聖母峰奮鬥很久了，她如何突破，令人好奇。艾德蒙在一九五三年攀登世界峰頂，當時帕吉魯透過收音機聽到消息，記憶猶深。素芳姨解釋，聖母峰是玉山的兩倍高度以上，難度卻萬倍之上。「（為什麼）爬這麼危險的山？」他用僅限的語彙問。素芳姨用譬喻解決了：「山在那裡，就像大樹在那裡，你會想去爬。」他現在回想起來，那時凝視母親的眼睛，能看到聖母峰的倒影在其中閃爍。

素芳姨沒回答，繼續盛麵，火光與柴爆響填滿了每人吸麵聲的靜謐時刻。古阿霞發現她的提問，淹沒在眾人吞食的飢餓衝動中，只有帕吉魯望著她，一副想得到答案的飢渴表情。

「到底怎麼申請到的？」古阿霞又問。

粉條兒菜有破冰船的性格，對帕吉魯說：「有你姑姑呀！」

帕吉魯會意不過來，古阿霞卻驚訝的說：「是伊藤美結子，你日本爸爸的妹妹呀！」

二十多年來，素芳姨與伊藤美結子保持聯絡。即便美結子出嫁，換夫姓改名為岡本美結子，兩人情誼依舊。郵差送到山莊、用橡皮筋套著的一疊信件中，偶爾有日本來的航空信，署名給劉素芳。所以，當古阿霞聽到姑姑兩個字，立即想到岡本美結子。

「美結子確實幫了大忙。」素芳姨說，「臺灣的外交快斷光了，在世界上像鬼船漂盪。我們能做的不能只有等待，因為等太久。美結子知道狀況，一直幫我想辦法，最後我們用特殊身分加入了日本山岳會（The Japanese Alpine Club, JAC），這山岳會累積了會員攀登珠穆朗瑪峰與世界第八高山馬納斯盧峰（Manaslu）的經驗，然後經由對方的媒合，通過了國際混合團隊攀登聖母峰的考核了。」

「太神奇了。」古阿霞說。

「還有個人也幫了大忙，田部井淳子。」

「又多了一個日本姑姑，有姑姑們真好。」趙坤綳著笑聲。

古阿霞思索那似曾相識的名字，突然想起房間牆上的那張照片裡，有個被扛在雪巴人肩上的女人，說：「太神奇了，她竟然也幫了忙。」

「她到底是誰？」趙坤問。

「是世界上第一個爬上聖母峰的女人。」

「美結子把我的處境寫信跟田部井淳子說了，多虧她的牽線，我們才能加入日本山岳會。」素芳姨說。

「妳說很複雜，說得我得喝點酒才懂。」趙坤伸手拿回鋼杯，把杯底的白酒喝盡，「現在我懂了，第一，你們可以可出國比賽了；第二，我們自己人很懂得扯後腿；第三，這裡好冷，我要回工寮去了，明早還要燒火爐幹活。」趙坤站起來，遞出鋼杯多討白酒，見到粉條兒菜猛搖頭，轉頭又問古阿霞，要不要一起走回工寮比較有得聊。

「我們也可以一起聊。」小墨汁爬上了阿達瑪的肩上。

「暫時不用了，」古阿霞說，「我比較喜歡大自然，要待在這裡，如果要回工寮，我走夜路時會注意安全。」

趙坤對帕吉魯說：「兄弟，幫我照顧你的馬子。」說罷微笑，帶著雙傻與小墨汁走回工寮，幾個人沿著足跡打磨的山徑走，趙坤的口哨聲縷縷不絕，小墨汁說會招鬼，別吹。趙坤不管，伊伊哦哦，吹得更淒絕，在第五道稜線盡頭，趙坤回頭搖晃手電筒說再見。

古阿霞忍著笑意，對帕吉魯說，「這位弟兄，你遇到情敵了，說幾句反抗的話吧！」

帕吉魯表演起來，他作勢哽到，掐著自己脖子無法呼吸，腮幫子鼓著兩團氣，最後倒在地上。黃狗朝他過去，直舔著。古阿霞說，這是標準的遭情敵餵毒後的垂死掙扎，不是反抗。帕吉魯在地上癱著，指著天空，要大家往那看。月亮爬上巨樹的枝枒了，從紅檜扇狀的葉片浸潤而來，在樹隱蔽處，一隻黑影蹲在那凝視地平線，發出「呼、呼、呼」的叫聲。素芳姨說那隻貓頭鷹是灰林鴞，牠不太可能接近人群與營火，也許是森林剛砍光，高山鼠類或蟲蛾的蹤影易辨，牠趁機在這視野最好的樹頂獵食。也或許是，這棵樹是牠堅守到底的家園。

「你們哪時出發去尼泊爾？」古阿霞問。

「明年二月出發，我們計畫在尼泊爾待幾個月，搬運物資、體能訓練、高度適應等，在最適合的五月攻頂。目前就是缺錢。」素芳姨說。

「一文錢能殺死英雄。」豬殃殃說。

「是巾幗英雄。」粉條兒菜說，「我們這次無補給登山，是希望記者報導，募到款項。唉！這年頭，作夢不用錢，築夢要燒錢，要是開廟賺大錢，就不用籌錢了。」

「開廟？」

「開一間登山廟。」粉條兒菜說，「百業拜祖師當神，算命的拜鬼谷子，賣豆腐的祭拜曾做過此行的關公，剃頭的拜呂洞賓，登山要拜什麼廟？」

「孔子登泰山而小天下，周公登『枕頭山』而睡去，兩個人都行。可是我保證妳開了就倒廟，『登山教』沒多少信徒。」豬殃殃說。

「會嗎？」

「你們相信山神保佑你們去尼泊爾一路平安嗎？你們相信山神會保佑你們平安爬上聖母峰？」古阿霞打岔問。

這令大家不知該如何回應，彷彿在問冒險有沒有買「宗教險」。素芳姨沉默之後，說她相信山神，大山都有巨靈的力量，祂始終保佑敬畏祂的子民。素芳姨反問，為什麼這樣問。古阿霞說，她聽過帕吉魯談起此事，在他襁褓之際，依稀記得母親背著他穿過森林來到一座湖邊，湖水澄澈，然後向廟裡的山神祈求，在南洋作戰的父親一路平安回臺灣。這讓素芳姨臉龐在跳躍的篝火中，突然深了，帕吉魯則往火裡塞了柴，一群火星爆撒出來，隨熱氣往上飛。古阿霞有點尷尬，自責不該伸手往幽暗染塵的房裡撳下了記憶的燈源開關。

「那是美麗的湖，非常遠，非常高海拔。」素芳姨說，「妳人會去那裡嗎？很遠呢！」

「沒錯，再遠我都去，向妳的山神祈求，我會以朝聖方式，一步步走去，祈求你們一路平安。」

「在哪？」豬殃殃問。

「翠池。」

登山隊陷入了靜默，這條路對常人而言非常難，腳程非一個月不可。翠池位在海拔三千八百八十六公尺的雪山西側圈谷下，是臺灣海拔最高，也是最深邃的湖泊，從摩里沙卡沿中央山脈走去，沿途兩百餘公里。但是，古阿霞信心滿滿，令素芳姨不得不點頭，說等走完這趟路，會帶她去翠池。古阿霞將會有一趟永無退卻的高山朝聖之旅，虔誠向別的神，祈求祂們的子民平安。

「還有，我想知道妳的植物名字。」古阿霞問起素芳姨。

「籟簫，那是一種在破碎岩塊縫隙常見的高山小花。」素芳姨喝完麵湯，「凡是心懷美感，注意小處，妳有天會遇到它們的。」

帕吉魯在大樹旁架起了工作臺，工作時能保持水平角度。

他從兩點鐘的樹幹處下斧，砍出楔口。楔口方向決定了樹倒的方位。如果以山坡正上方為十二點鐘方向，好的伐木工讓樹木倒向兩點鐘、四點鐘、七點鐘與十點鐘方位。十二點鐘與六點鐘是最差的倒法，樹幹會滑下山坡，增加集材負擔。集材工雖然不敢拿電鋸像魔術表演把你鋸開，通常氣得牙癢癢，另外架起鋼索把原木從深谷拉上來。

帕吉魯不喜歡古阿霞幫忙砍樹，生手很礙事，常常幫倒忙。他喜歡一個人慢慢磨，不會提早幹完，有時還拖拖拉拉。伐木工的薪資是靠砍倒的材積計算，砍越多，賺越多，如果要多賺，拿電鋸砍樹像拔蔥蒜般快速。他不在乎錢，喜歡獨享砍大樹過程，孤獨得很，這是一門偉大的表演藝術。

「女生還是拿鍋鏟，比較好。」帕吉魯說，「從前從前有個女的索馬，結果砍斷自己的腳。」

「你是講盤古時代的故事嗎？用從前從前當開頭。」

「後來後來是砍斷腳。」

好吧！古阿霞心想，她擅長把他難解的文言文翻譯，經過幾次的來回詢問之後，總算明朗了。伐木行業最初是兩人一組，站在工作平臺兩端，拉動長達三公尺的截鋸，工作又長又無聊，兩人得找話題打發時間。伐木沒限定女的不能幹活，只要兩人有默契，夫妻或情侶檔都行。帕吉魯就跟他祖父學了五年，兩人一起鋸樹，不過他的屁聲可能多過於跟祖父的話語。電鋸時代來臨，伐木進入單兵作業，無法兩人照應了。某次，摩里沙卡有個女伐木工出意外，被倒落的樹壓住小腿，無法離開，在野外三天呼應也無人來救，她最後做了個重大決定，用電鋸把自己被壓住的那隻腳鋸斷，脫困逃生。

古阿霞想到以電鋸鋸斷膝蓋，肉屑、骨屑與血液噴開來的畫面，她的頭皮發麻。

「這是真的，摩里沙卡的人都知道。」

「後來那女的呢？」

「後來就不喜歡女的拿鋸子了。」

「你這是告訴我，不要太靠近你那把鋸子吧！」古阿霞說，「我告訴你，我寧願拿鋸子在砧板上剁菜，也不會拿來砍樹，你知道為什麼嗎？因為做菜可以跟自己喜歡的人分享食物的喜悅，在餐桌分享心情。可是，誰會在鋸樹倒樹之後，說：『來吧！我們來吃樹』，又不是獨角仙。」

「砍樹也像煮菜。」帕吉魯從楔口取下一塊斧劈的木片，往山坡扔。

黃狗承了主人的意思，跑去把木片又咬又甩，叫了幾聲。

「好吃吧！這有一棵大樹給你吃。」帕吉魯拍拍大樹。黃狗衝了過去，只對大樹撒尿。古阿霞說，黃狗知道要給這棵大蔬菜澆點肥料，好廚師。說完，兩人大笑起來。

比起咆哮的電鋸，古阿霞覺得用斧頭搏感情的砍樹，還真花時間，不過她有更多時間，拉長Sony收音機天線聽廣播音樂，有些歌曲聽旋律就會唱了，甚至拿出掌中型的本子把歌詞抄下來。在不想聽歌唱歌的時候，她觀雲，看千變萬化的雲姿，或乾淨如洗的藍天。

「看山的夢呀！看多久都不累。」帕吉魯說。

「山哪有夢？」

天空亮得刺眼，有些熱。帕吉魯頭綁白毛巾，上衣捲在腰部，一次又一次下斧，赤裸的上半身被精悍肌肉撐得飽滿，不容贅肉，汗水敷滿了陽光，鍍了光膜般亮眼。

古阿霞坐在大樹蔭裡，仰頭看著那個傢伙，看著他皮膚被陽光烤得酥褐似的，她又喊回去：「山哪有夢？」

「雲的褲子呀！」

「雲哪像你有褲子穿，說呀！」

「唉呀！就是褲子，妳看褲子來了。」

哪來的褲子，是雲影，只見一朵當空罩下的雲影飄來了，起起伏伏，閒散優雅。古阿霞看去，白雲剪影朝她來，後頭招來更多的雲影，大地織就了一塊光斑抖動的地氈。

「人是活的，山也是活的。」帕吉魯說。

古阿霞滿心歡喜那朵雲，只有花蓮的雲影才這樣，她笑問：「山怎麼活？她穿褲子嗎？」

「山活著就有夢，就會冒出褲子。」他還是把褲子、影子說成一團。

「我知道。」她笑歪了。

「天亮了，小鳥叫。山醒過來，它們起床了。森林會抽出山昨晚的夢，存在樹木裡。可是太陽曬著，樹葉冒出蒸汽了，把夢抽走，變成雲。妳看雲的褲子就知道昨天晚上的山作了什麼夢。」帕吉魯停下斧頭，指著一百公尺外那片正要被伐木工砍的森林。他要古阿霞看清楚，森林上方冒出一股氤氳水氣，如蒸籠冒出的水蒸汽，令背景的藍天顫糊糊，那是山的夢，噗嚕冒上天了。而他們下方一片砍盡的山坡，寸草不生，別說能看到稀稀拉拉的水蒸汽，連屁渣都沒有。

古阿霞的心被撓了，癢癢的，痲痲的，她對剛剛的嘲弄略有不好意思，又覺得憑兩人關係，還不致該道歉。她愣著，看那雲影越來越近，問：「那是怎樣的山夢？」

「一個大褲子，還有很多的小褲子。」

「是呀！像三角內褲、四角內褲、五角內褲的那種。」古阿霞笑起來，越看越像。

帕吉魯也大笑起來，讓伐木多點樂趣。

帕吉魯不愧是山裡人，說觀雲不能老是仰天，天太亮，看久了如滿眼飛蚊症，得看「褲子」橫過大地……

到了傍晚，天光茜紅，晚霞像夜色準備要與星子約會前的薄妝，她哼著紀露霞的日本歌風的〈黃昏嶺〉，有點悲傷，可是帕吉魯要她唱那優美歌調的〈綠島小夜曲〉。有什麼打斷古阿霞的餘光，是隻小卷尾飛閃而去，後頭追隨十幾隻波狀飛行的灰喉山椒鳥，劃出一抹金光。接著，有隻青背山雀在附近砍倒的樹墩發出悅耳的鳴唱，技壓古阿霞。她願側耳傾聽。

這片山野曾是被歸為鳥兒的「餐廳大街」，秋冬結出裡白楤木的果實，山桐子掛滿枝頭如垂瀑，大葉南蛇藤結了紅通通的果子，現在被斧頭搬光了，樹墩長出孢盤菌，青背山雀的鳴叫是輓歌，一曲曲綿延，叫給那些把電鋸背在挑竿、下工經過的伐木工們。遠方的集材機發出收工的喇叭聲，人走了，山雀也飛了，往天空一躍，拖出了星斗滿天，留下孤寂，滿山的孤寂，連蟲鳴也沒有。

這裡孤寂得沒有野菜，古阿霞吃遍荒野的邦查美學，到了高山沒轍了，不過她仍在附近摘到一把刺楤芽，夠今晚的湯麵添點顏色。飯罷，她整理了行李，決定走夜路回工寮洗澡。男女不同，男人可以餿到底，女人得洗，洗完澡才算過完一天，這幾天在野外擦澡的生活挺難熬的。她不喜歡帕吉魯的野地澡。他用食指搓澡，沾水往身上擼出一條條泥垢，尤其是腳踝凹處更是可觀，最後把垢團用手指彈到大地。

帕吉魯寧願守在大樹旁，也不願跟她回工寮，守候到樹倒之前是索馬師仔的本分。古阿霞求了幾天陪她回去洗澡，他都不點頭，便自個回去，拿手電筒沿小徑走，黃狗跟在後頭。

「喂！」帕吉魯喊來了。

古阿霞回頭，看見他在火堆旁招手，把纏在她屁股後頭的黃狗叫回。她有點生氣，現在得一個人走了。

「喂！」帕吉魯又喊來了。

古阿霞回頭，看見他在招手。他把火焰弄熄了，留些炭火給黃狗，自己跑來纏在古阿霞後頭，大喊：「牠去守大樹了，我來跟妳走。」

「你不是要照規定來，不能走。」古阿霞說。

「我跟Q毛仔問過了，」跑過來的帕吉魯有點喘，「所以我跑來了，叫浪胖回去守著。」

「那也不用這麼急。」

「因為Q毛仔說：快滾，漸漸忘油。」

「是見色忘友。那我們快點走吧！免得祂反悔，叫我們回去。」古阿霞笑得好壞，拉著他的手，走得又快，又快活。

走了半小時的崎嶇夜路，古阿霞還沒到工寮便聽到人聲吵切，廚房傳來豬油爆蒜頭、薑片麻油、米酒入菜的味道，還有發電機柴油味，混合成一股「這就是人間」的恍惚美覺。

莫茲桑見到古阿霞，馬上說妳這快臭掉的人，總算回來了，只有動物與死人才住在荒郊。古阿霞露出苦哈哈表情，因為山野確實如此，寸草不生。但也沒糟糕到底，帕吉魯幫她造了一張高架床，睡覺時在床底放紅炭取暖，上半夜有「烤人肉乾」的感受，差點流出人油，下半夜炭火漸小，則有凍肉的感受。還好她把自己當成高山蔬菜的日夜溫差、冷熱懸殊的生長方式，體內滋生出甜蜜感覺。

「我只是來洗個澡，順便補充些食物。」古阿霞說。

「妳還要回去當野獸。」莫茲桑有點驚訝，發現這樣講很失禮，「我年輕時也很想跟情人去露營，只是很忙的。」

「露營不好玩，但是睡大通鋪也很吵。」

「颱風要來了，有聽廣播吧！回來住大通鋪最安全，滾來滾去多自在。」

關島附近海域生成的中度颱風，時速二十公里，正朝西北方的臺灣撲近，氣象局預計發布海上颱風警報。古阿霞數次從新聞廣播聽到颱風動態，要是這樣被逼回工寮居住也好。

「每次颱風來，什麼都吹壞，前年竟然把油槽砸破，大家不能用鏈仔鋸③，一星期沒薪水可領，只能每天在工寮保養工具。」莫茲桑邊從櫃子裡拿出罐頭、乾貨與調味料，「我拿好東西給妳，但還是得算錢，不過這罐免費。」她拿出用剩半罐的辣椒醬，解釋這是被打翻的，不過沒弄髒。

古阿霞把物品收拾到袋子，發現帕吉魯站在廚房門外，她催他去洗澡，別像小孩連洗澡都被大人逼著上刀山下油鍋的酷刑樣子。帕吉魯偷偷招手，有祕密要講似。古阿霞走過。帕吉魯說，他聽說工寮有兩位從宜蘭大元山來的伐木工，他要古阿霞幫他去詢問師弟的訊息。

「你有師弟？這可新鮮了，你們也搞武俠小說的派系。」

「妳去問『手斷師』——阿骨師的消息，他沒有跟我聯絡過。」

古阿霞心想，你這小子沒朋友就算了，誰還會跟你聯絡感情。況且以「手斷師」強調伐木工也頗可怖，讓古阿霞聯想起從高樓摔落以手著地、球棒打架時以手肘接招，有這種高職業風險的朋友，平時不關心，現在才打探消息，也未免太不夠厚道。

帕吉魯無法解釋清楚這點，「手斷師」是宜蘭人對索馬師仔的稱呼，各地稱法不一，就像扁柏有黃檜、

③指電鋸。

松羅、喜諾氣等稱法。一般民間學工藝得學三年半才出師，傳統伐木得學五年才成，幫師傅挑家私、洗衣、煮飯是小事，如何跟大樹相處才是難事。他的師弟阿骨師入門晚，慧根淺，手藝薄，不過學藝期間，對帕吉魯還不錯。這才讓帕吉魯惦念在心。況且做手斷師或索馬師仔，還有項不成文的說法，砍完一座山頭，折鋸斷斧，隱山了，照顧那些種下的造林苗，幹些除草、修枝與疏伐的無聊活兒。所謂的不成文說法，是他的祖父兼師傅那輩的人，從來沒有體驗過電鋸惡魔降臨世界前的浪漫淑世作法。阿骨師活動在宜蘭大元山，那是資源豐富林區，伏地索道、高山流籠與森林鐵道密布，不過大元山森林資源在一九六〇年代末殆盡，帕吉魯不希望阿骨師就死守山頭，期待他轉移陣地到附近的太平山，畢竟劍客有劍無江湖，愧對武藝。

「走吧！我幫你問個清楚。」古阿霞把袋子背上身，幽默的說：「要是問到了，你要飛鴿傳書，跟人家寫信。」

「寫字會要命，打（電）話就好。」

「打電話，這是你說的喔！」古阿霞笑著說。帕吉魯發現中計了，也只能嘴角勾笑著。

「小心點，那些人在跋牌仔④，跋得這幾天氣氛不好。」素芳姨說那個大元山來的人連贏了幾天，贏者想抽身不能，輸者又不甘願，現場火藥味濃，還是少去打擾。

忠告反而挑逗起帕吉魯的好奇心，拉著古阿霞往公眾休息區去，榻榻米上攤著鳳飛飛當封面人物的《歌林》雜誌，角落有三個小孩把壞掉的新格牌黑膠唱片當砧板，玩扮家家酒。小墨汁跑過來把日曆包裹的一顆七彩硬糖給古阿霞。男人們擠到客廳，手指縫夾了長壽或報紙捲的草菸，要嘛不抽，要嘛便吮得菸紙啪啦響。他們圍著木桶賭博。木桶是一九六〇年代廉價暢銷山區、受勞工歡迎的七十公升太白酒容器，當年才運到便成了男人爭相取用的加油桶般。現在他們不時大聲幹譙輸錢，一如當年喝酒訴苦的景況。至於牆上掛著的老式收音機正放送吳樂天講古廖添丁，戲正進入高潮，現實的賭場沒有人想知道故事結果。

古阿霞不喜歡這，男體腥臭，空氣燥熱，混合著抽廉價的「芙蓉牌」菸草與燃燒檜木取暖的刺鼻味道，有掐著人喉嚨不放的窒息感，她寧願「裝幼稚」跟三個小孩玩扮家家酒，也不願跟一群男人「真幼稚」在賭博。她躲在門口邊呼吸，看著帕吉魯鑽來鑽去，把頭磨尖了，也找不到人縫進去，這群男人賭性堅強，有如銅牆鐵壁。

當古阿霞打開掛在腋下的袋子，盤算該付出多少貨錢時。男人們吵起來，二十幾個箍成榨油餅的男人鬆開了，迸餡了，露出以橡木桶放上鐵杉板當賭桌的牌局，隔桌叫囂起來。大家會鬧起來，不過是輸不起，幾個人說太平山來的伐木工是奸鬼，哪有人把把贏，這是詐賭。太平山來的傢伙說，剛剛讓了幾把，可是運氣擋不住，要是有詐賭，他把十根指頭一根根剁下來。參賭的有位老年人，得了伐木工的白蠟症，抖個沒影的手還捏穩二十張四色牌，說這牌不錯，他堅持賭完這把。話沒說完，賭桌被踢翻，紅黃白綠的四色牌散開，兩邊人馬打起來。

工人酒後爭執，時有所聞；賭博滋事，倒是首見。不過比起醉醺醺、腳步不穩、拳頭老是揮空的華爾滋式的酒後打架，為錢財鬧事，幾乎拳拳到肉。原本看不出誰跟誰打，在扭成一鍋大雜燴後，很快呈現油水分離的態勢——兩個大元山人，對上一群摩里沙卡人。勝負很清楚了，一群人痛打兩個遠鄉來的人，罵他們宜蘭人就是賊，每次到羅東住宿都被坑錢，這兩人是賊窩裡混不下的潘汨⑤，逃來這裡混。然後一群男人粗暴的扯掉兩人衣褲，又叫又鬧，把口袋裡的賭資拿出來分掉。

始終站在門邊的古阿霞嚇到了，緊捏手中那顆日曆包裹的硬糖。當眾人脫去兩人的衣褲，她撇頭離開，

---

④指賭博，閩南語。
⑤指傻水，閩南語。

走了幾步，心頭浮起一道陰霾——雙方的陣仗截然分明，她深怕帕吉魯會插手，得拉他離開現場。尋思間，回頭看，怎麼場子都照她的擔憂上演了，只見帕吉魯跳了下去，又打又拍、又閃又突，把伸到衣褲裡掏錢的手都打響，來一雙，響兩聲；來一打，響一串。

「你們這些人，不是偷，就是搶，現在欺負一個人。」古阿霞大聲說，她知道得趕快化開死結，免得事態擴大，「好了，去洗澡了。」

男人們哪管，繼續奪衣褲裡的錢，可是不管怎樣，他們伸手就是挨痛，不得不放。那是「殺刀王」帕吉魯用手刀切他們的手腕。他們轉而對帕吉魯下手，又推又擠的打起來。

「你們再打呀！山地警察就來了。」古阿霞大喊。

山地警察是林場駐點的警察，在幾個重要的點設立崗哨攔檢，平時也機動性巡邏。這些山地警察通常背滿了大小申誡，被調到山區，不圖大志，只圖賭博時多贏一把。有值完班的警察到工寮參賭，聽到古阿霞大喊警察，吼回去：「已經來了啦！不要吵啦！」

「痟查某，閃啦！」

「走啦！」

沒人聽女人的話，難堪又粗暴的罵回去，還說觀世音菩薩看到妳這樣都會掐死妳。工人們還罵帕吉魯是林場的人，卻幫外人，這啞巴養老鼠咬布袋。古阿霞見苗頭不對，去搬救兵。正在縫衣服的莫茲桑認為男人們打架能發洩情緒，一甕螃蟹磨蹭哪有不掉螯的。古阿霞靠那張嘴添油加醋，說要出人命了。這時工寮發出拆房子的聲響。莫茲桑跳起來，拉古阿霞穿過兩棟工寮，來到另一個賭場。這邊的「苦力頭」男人們有點歲數，賭得比較溫和，繚繞的香煙讓他們安靜得像廟裡的神像。

伐木林場的人力分配依班別，每班八到十人，配一個監工與領班，這個頭子稱為「苦力頭」。他們的組別稱呼，常以苦力頭的綽號為主。有時會以地域分，原因是遠地來的老領班會在這另起爐灶，把原鄉的人馬找來。苦力頭都是拿令牌的，有影響力。莫茲桑知道，這時候找誰去救火比較快。可是，這群苦力頭也賭到酣了，不太愛理女人，只顧著叼菸、瞇眼與摸牌。

莫茲桑怎麼催他們都無法起身，一氣之下，把手上縫補的大衣蓋在麻將桌上，又把針插過衣服，立在桌上，說：「麻雀就打到這，誰人也不准打開布，歇睏一下，隨我來去吧！」

「喔！」苦力頭們發出這樣的回答。

「來去！」

「喔！按呢喔！」他們不動。

古阿霞不得不展現她的絕活了：「莫茲阿姨的意思是，她幫你們辛苦縫衣服啦！煮飯啦！有時候也搞不清楚針會掉進飯裡，還是留在褲子裡……」

「停……」莫茲桑大喊。

「蛤？」眾人瞪眼。

「我。」

「按怎？」

「我的功夫是，拿長針，掛長線，趁你們睡覺時，把所有掉出褲襠的卵葩縫在一起，然後狠狠拉線頭……」

啪！有巨響突然在幾個苦力頭的腦海迴盪，出現用菜刀側大力拍爆幾顆蒜頭的畫面，他們頓覺——屁眼往大腸倒縮，蛋疼起來，於是起身跟著莫茲桑走。那頭的現場沒有多出太濃的火藥味，不過是打架與喧囂，可是往人群內圈看過去還有點場面了。

這場面快嚇死古阿霞了，比畫的兩個人她都認識。一個人是帕吉魯，他拿出衣袋的玉兔原子筆——他一直有將筆蓋當掏耳棒的習慣，現在多了防禦功能——握在手端，露出大半的筆桿當刀子。另一個人是趙坤，他的手上握著有尾環的扁鑽。這扁鑽是用來修理山豬、老鼠或挑出插入肌膚的木刺，爾偶用來修理人。趙坤不斷用優勢往前劈，發出冷笑。帕吉魯沒有退太多，背後都是工人的手在偷襲，他只能巧妙的閃掉來襲，然後用原子筆反擊。帕吉魯鮮有對手，即使對方拿刀也是，他有兩次刺中趙坤的手，迫使對方吃痛，扁鑽落地上。不過，落地的扁鑽很快被圍觀的工人踢回趙坤腳下。

帕吉魯知道，他得用強招，才能真正打平這場架。他把手伸出去，幾乎快伸直了，這是殺刀的邀架招式，李小龍在《精武門》電影靠這招打遍天下。他現在要做的，不是變強，天下沒有瞬間變強的內力。而是用想像力與勇氣說服自己，對手拿的扁鑽，不過是個叭噗或冰棒。要這樣做，他先得有膽量把自己手中的原子筆丟掉。

帕吉魯丟掉原子筆時，現場響起小小的歡呼。古阿霞卻沒聽到歡呼。因為一群苦力頭進來時，其中一位看自己招來的大元山工人被人壓跪地上，心有不滿，也跟其他苦力頭鬧開來。新仇舊恨，沸沸揚揚，嘴巴吵，手也推擠，卡在人群中央的古阿霞覺得太陽穴發脹，她不是提水救火，是提油救火。她努力擠進人群，要趙坤放下刀，她覺得趙坤衝她來的，帶著醋勁跟帕吉魯比畫，或許，她多點懇求可以阻止。

事實上，手握扁鑽的趙坤有點心虛，他只想小小教訓帕吉魯，深怕利器壞了人命。可是，他越鬥，火氣也越大，被帕吉魯撩撥得躁亂。這時候，他看到古阿霞進來勸架，心念被張揚了，大吼一聲，要劃傷帕吉魯的虎口就收手了。他要在古阿霞眼前輕輕傷了這傢伙。

帕吉魯要想像那把扁鑽是叭噗，或冰棒，簡直做不到。他耍賤，把手往右虛晃而帶走趙坤的眼神之際，把嘴裡滿滿的口水吐出，又準又狠的呸中對手的兩眼，趁機跺對方的腳，用手刀砍對方手腕，膝蓋朝他胸口頂去。打架不用賤招怎麼贏，打贏就對了。

趙坤被掀翻了，人往後倒，手中的扁鑽沒了，他這下惱怒不可遏抑，站起來往前撲，氣得亂出拳腳。帕吉魯也沒怕，把他研發的一籮筐賤招都用在這個瘪蛋身上。最後兩人扭打在地上，摔爛成不清楚是皮是籽的木瓜泥。

啊——，一道高拔的尖叫爆發，音量往四周噴捲。

那些打架、爭執與喧鬧的人，不得不停下動作看古阿霞在尖叫。他們事後有人說那張大嘴巴把空氣吸過去，把所有人的靈魂都往裡吸。尖拔之音後，古阿霞游刃有餘的把聲音降低，稍事停頓，喉嚨一挑，唱起鄧麗君的〈水調歌頭〉。她知道，她的尖叫把大家嚇壞了，得這樣才能把工寮的爭執轉移，再用歌聲把氣氛切回去。唱罷，大家耳朵有什麼在閃亮，靈魂微醺了。現場只剩收音機在播放吳樂天講到了盜俠廖添丁用長腰帶拋上梁柱，盪過日警的追捕，徒留黑夜的一縷光痕而去。

歌聲也如光痕逝去了，闃靜時刻，古阿霞用手指出了觸動她尖叫的畫面。那把不見的扁鑽在推擠中，刺中了某位苦力頭的屁股。

「阿娘喂！」有個人稱阿南哥的苦力頭回看，大喊：「我還以為那麼好聽的歌，怎麼會聽到剉賽？原來插了一支冷冰冰的鐵標。」

「別動，趴下去。」莫茲桑說。

「趴不下去，拜託，會痛。」

「褲子脫了。」

「卡住了，怎麼樣脫。」

眾人把阿南哥扶倒，莫茲桑拿來剪刀，在扁鑽周圍剪開。在外褲、衛生褲與內褲中央，一支鐵鏢豎在白滋滋的屁股，掛了三張布。有人說這是武俠電影中飛刀傳信的錯誤示範，忍不住笑了。醫護前去別的林區支援，這傷口令大家不知所措。古阿霞打電話向山莊的馬海詢問。馬海說，電話問診，完全摸不透傷勢，最好連夜送下山。電話掛斷，她走到現場，聽到阿南哥說：

「扁鑽拔出來好了。」

「不要。那刀子剛好堵死傷口，拔起來就流血了，把明通治痛丹、虎標萬金油拿來。」大家丟起意見，把藥品都拿來，當作煮火鍋料，全下在兩個大碗公，一個給人喝，一個塗在屁股上。

阿南哥說：「趙坤，不要跪了，過來扶我到房間，房間較冷，血流不快，死不了的，明天再下山治療。好啦！大家回去休息。」

長跪在地、不斷低頭道歉的趙坤，手絞著膝蓋的褲子，眼眶紅了好久。他起身來，鑽過阿南哥的腋下扶起他，走回房去。走過門檻時，阿南哥扭起屁股，扯到傷口而大喊，「夭壽痛呀！不過，好佳哉！沒給扁鑽插中洞⑥，不然天天糾賽了。」跟後面的幾個人笑著回應麻將術語，插中洞，多一臺，賺到了。工寮瞬間又恢復了往昔的笑鬧場面。

星空夐澹，懸在精神飽滿的夜空。山野沒什麼植物，山風無法被安頓似掃過去。古阿霞沿山徑往上走，海拔越來越高，卻沒有冷卻她的怒氣。她剛剛是在古羅馬圓形競技場裡跟獅子戰鬥的基督徒，導火線是好鬥的帕吉魯。只容一人旋身的山路，她邊走，邊撥掉他從後頭伸過來和解的手。第二十八次撥開時，她覺得他的手好冷好細，緊捉，竟是一根樹枝條。她搶過枝條，轉身就敲他的頭。這時他拿著手電筒從下巴往上照得臉龐鬼幽幽，被敲了頭，縮一次，又主動伸出來。古阿霞啼笑皆非，敲了七、八下。

「這樣多好，人家打你，你乖乖被人打，事情會鬧大嗎？」

「刀呢？」

「跑呀！人家拿刀子，你就跑呀！」

「……」

「你不要死腦筋，人家拿刀子，你就跟他鬥；人家拿槍，你就咬槍管。狗也懂看苗頭不對就跑。人家還會拿什麼？」古阿霞突然看見他手抱東西，「你拿什麼？」

「石頭。」他在右腋下夾了兩顆石頭。

「幹麼，拿這謀殺我？」

帕吉魯也不多解釋，邊走邊往小徑旁觀看，想找出更多石頭。古阿霞懶得再跟他耗，用竹枝打了幾下，氣消了點，她今晚被搞得疲累，想趕快鑽進睡袋，化成一灘夢。

帕吉魯還沒回到營地，黃狗已從微溫的火炭堆旁站起來迎接，搖尾巴。他把石頭卸下，朝營火的餘燼丟上幾根松木與紅檜，撒一把從俗稱「油柴」的扁柏樹頭削下、飽含樹脂的火種片，樹片瞬間著火。他把石頭丟進火裡烤，要給古阿霞燒熱水。他沒這樣試過，在荒野的惡環境，給女人煮洗澡水。

他提著斧頭四處看，記得有幾處水窪。水窪是挖樹墩留下。百齡以上的樹頭有雕刻或觀賞價值，挖起它們，塗上護木漆，展示在藝術館、餐廳玄關或富人客廳。工人們會從遠地背水灌入高壓噴水機內，一邊用圓鍬挖，一邊以強力水柱噴開泥巴，最後斬斷無價值的細根，用集材機把樹墩拉出來，留下大土坑。帕吉魯知道，一窟窟大水窪，夜裡經過很危險，稍不留意便跌入爛泥陷阱。他有幾次從水窪拉起半夜哀鳴的山羌或山羊，牠們下半身埋在泥膏裡掙扎。

⑥指肛門。

帕吉魯經過幾處水窪，趴下身，把捲起袖子的手伸到水裡，撈鵝卵石。這些河岸才有的渾圓石頭，是千萬年前河川淘洗留下的，隨造山運動而陷入了深厚地層，但大樹的根會抓住鵝卵石，一千代以來的巨木都如此，山峰已成，仍能在高山巨樹林的地表淺層挖出鵝卵石。

他把撈起來的鵝卵石丟進火裡烤熱，用泡濕的檜木皮裹起來，丟進附近的某個小水窪。水窪位在三棵巨樹墩之間，不是挖起樹墩的殘穴，是砍伐後的樹墩流出的水。樹木確實會流血，砍下去時，皮層會滲出水分，有時達三天以上仍在流出乾淨能喝的樹汁。帕吉魯丟入了八顆熱石頭，從水底冒出熱氣，發出咕嚕嚕聲響，水溫達到攝氏四十多度。這是古阿霞在木瓜溪橋下表演過的邦查石頭火鍋「巴梯尼斯（Patines）」。不同的是，她用來煮湯，他用來泡湯。

古阿霞睡得非常熟，睡得無骨無肉，一灘呢喃夢。帕吉魯叫不醒，把睡袋裡的她用公主抱方式，擱在胸前，一步步走到了溫水池，用熱毛巾幫她酣睡的臉龐洗把臉。古阿霞漸漸醒來，見著冒熱氣的池水，完全搞不清楚狀況，但是她很快看出了端倪，驚豔大叫，爬出睡袋，把保暖襪脫掉，用腳試水溫。最後她把衣褲脫了，只穿胸罩與內褲，滑入了水中，又熱又舒服，冰冷的腳趾與手指因為急遽碰觸熱水而傳來的微微刺痛也消失了，最後剩下嘆息。她五天沒洗澡了，今天回工寮洗卻被帕吉魯搞砸了，全身的怨念與髒污，在熱池裡被消滅了。

「一起來泡湯吧！」古阿霞說，她看見男人為了保持水溫，來來回回的烤石頭，丟石頭，「但是，不准全部脫光光，也不准跳水。」

帕吉魯把脫光的衣服又套回去，可是冒出來的雞皮疙瘩讓他絆手絆腳，黑暗中，他把兩腳塞入一個褲管，身體失去平衡，「啊！」得好大聲，在土坡滾了幾圈才掉進熱水池。

「啊！」古阿霞嚇壞了。

「撲通。」黃狗也隨主人跳進水裡，藉水聲大喊。好好的溫泉不泡，搞得像非洲犀牛群的泥巴浴「趴踢」，真慘。帕吉魯頭下腳上的栽進來，激起大水花，黃狗又玩起狂甩水的遊戲。古阿霞的頭髮被爛泥巴裝飾，只能乾瞪眼，她討厭洗澡弄濕頭髮，大喊：「你們這兩個，把泡湯的氣氛搞砸了。」

「還有一人。」帕吉魯把手伸進池底，摸了幾下，撈出一塊燒得烏漆抹黑的石頭。古阿霞當下無言。那尊是帕吉魯砍樹時祭拜的土地公。石頭沒這麼多，他就把祂丟進火裡烤，還頗好用，遇火、入水都不迸裂。古阿霞心裡有芥蒂，這不是多一尊神像當電燈泡的問題，她可以男女共浴，跟神像洗澡便渾身不舒服。帕吉魯說他有先請神，請都請不到，可是他說到可以跟女人共浴時，卻連續得到三個「聖筊」，不過他沒先說明得先用大火烤神。帕吉魯越說越好笑，最後把那尊石像拋到土墩後頭，眼不見為淨。

「這是真的嗎？」古阿霞說，「你不是不信神，幹麼請神？」帕吉魯不斷笑，水池不斷隨他的胸部起伏生波，他笑得氣緩之後，深深看著古阿霞，「妳可以幫我受洗嗎？」

「不可以。我不是牧師，不能幫你受洗。另外，你還沒準備好相信主耶穌。」氣氛沉默，從森林來訪的水鹿發出單鳴，黃狗的划水聲倒很喧譁。帕吉魯從圍拱的土丘看天空，月光淡了，由仙女星座與飛馬星座組成的「秋季大四方」明亮無比。帕吉魯看著星圖，說：「這世界太多公的神。」古阿霞說，「公的？」帕吉魯說，耶穌是公的，佛祖是公的，玉皇大帝也是公的。帕吉魯又說，他記得文老師說過，這世界是女神創造的，祂把泥巴捏成人，又覺得這樣捏人，速度太慢了，用繩子沾泥巴，甩來甩去，變出更多的人。可是那時候的世界是平的，使得海面與陸地一樣高，某次颱風來了，海水灌到陸地，人類到處漂來漂去。女神很著急了，吹了一口，海浪凝固成了山，人才不會溺死了。可是山很滑，人走不了，一個勁的滾到海裡淹死。女神把祂的長髮剃下來，頭髮碰地，長成了大樹，樹根把地扎得又鬆又軟，人可以在山裡活了，耕作、唱歌、生小孩了。

「這是女媧造人的神話。」

「我當真的，我很聽文老師的話，不是當故事。」帕吉魯說，「這世界是母神造的。」

「你相信？」

「山想念海，山是從海浪變硬（凝固）的，卻回不去海裡了。山就哭了，夜裡哭得特別厲害，嗚嗚嗚的。山也會流眼淚，一點一滴的淚變成了河，流向大海。山用很多條的河流告訴大海，他很想她。」

古阿霞認真的聽，這故事超出了女媧造人的版本。她想，帕吉魯是怎麼想到這些的，把這世界燃燒得浪漫，就像給星星多點安排，他們成為繽紛的星座與故事，不再只是盤踞黑夜。

帕吉魯又說：「山裡有魚，石頭也有魚。」

「河裡才有魚吧！沒水活不了。」

「女神吹得太急了，把海變成山，魚也留在山裡了，牠們睡成了石頭，石頭裡面有魚，我看過石頭裡的魚。」

對古阿霞而言那不過是化石，但卻比不上「魚睡成石頭」來得具體。她喜歡這想法，也第一次聽到帕吉魯說到這段事。

「妳是神。」帕吉魯說。

「什麼？」

「妳・是・我・的・神，可以幫我受洗嗎？」他走過來，水聲嘩然，一波一波，張揚了他的心事。

古阿霞凝視他，摸他的頭髮，剃掉他臉上沾到的泥巴。他們靠得很近，感受到彼此有點急促的呼吸與心跳。古阿霞想，他真像喝奶會在上唇留下白圈、吃飯會在嘴角留下飯粒的小孩，不，或許該說是外星人，在成人世界什麼好人、鳥人都有，獨缺外星人。古阿霞覺得嬰兒都來自外星，純真可愛，可是漸長之後染上了人類惡性，因為頭頂的外星天線自動收進腦殼了，或給爸媽折斷了，或給老師用教科書打斷了，不然就是給時間上鏽了，外星人最後變成了地球人。

可是古阿霞眼前的男人，還是外星人，講個話要斟酌再三，帶著她還能忍受的憨氣，卻擁有柔軟的心。現在，他說，古阿霞是他的神，要她幫忙受洗。古阿霞知道，他此刻不是講外星語言，她懂得的，無須斟酌，可是她不是神，是他的女人，一個卑微卻還有點夢想的女孩，才會為他這句話而感到溫暖無比。他們擁抱，彼此親吻，當帕吉魯把手在她背後花了三分鐘忙著解開胸罩環而徒勞無功時。古阿霞有點清醒了，她用力捏他的手臂阻止，輕輕的說：「夠了。」

那天晚上，他們沒有睡在帳篷，睡在巨木的楔口，位置夠兩個人躺。帕吉魯修整得平順，用防水布圍在樹腰，非常溫暖。古阿霞非常擔心，躺在楔口就像躺在老虎張開的嘴巴裡，難保它不忽然倒下。

「聽，全世界最美的聲音。」帕吉魯說。

古阿霞側身，耳朵貼在木頭上，聽見了微妙的聲響。巨樹的枝幹往夜空款款伸展，在微風中收取微弱的能量，每片樹葉、每根樹枝呢喃著，聲音在樹幹流動成音樂。那也可能是來自地底樹根活動的聲音，匯聚在樹幹。甚至是三千年來大樹貯藏的言語。那些聲音毫不衝突，成了動人的低吟。

「這是最美妙的合唱，一棵樹竟然有這麼多聲音。」古阿霞眼角含淚的進入夢中，在大樹的嘴巴裡睡去。

帕吉魯從睡袋裡拿出「水龜」，準備洗臉。水龜是錫製的熱水保暖器，狀似烏龜得名，這是山上保暖的利器，有時候居民也會用日語稱它為「油湯婆」。入睡前，把熱水灌入水龜內，用布套裹住防燙，放入棉被保溫，到了隔天水還是溫的，夠洗把臉清醒。帕吉魯洗好臉，幫古阿霞洗。

她從睡意中被叫醒了，腦海仍殘留甜美的蜃夢，隨即被一塊溫熱的毛巾擦去睡意。夜正濃，星群也濃，她的睡意更濃，不懂為什麼這麼早醒來。帕吉魯笑說，「去報仇。」他跳下楔口，沿著工作臺走下去時，撫摸大樹，謝謝它借宿與播放天籟。他撥開營火的餘燼，一陣星火冒出，從底下燒得堅硬的土壤挖出早餐，那是昨夜放下去的泥裹地瓜。然後，他重新燒熱水，灌入水龜，距離清晨之前的夜最寒冷，他還有一仗要打。

「走吧！」他帶了兩個水龜，一人一隻，也把兩個睡袋收妥，想了想，心懷詭計的把其中一個留下來。

「貓頭鷹叫了整晚。」古阿霞往大樹頂看，除了夜，除了銀河，現在什麼都沒了。

「大樹是牠的家，樹家裡還有人。」

「當然有人，就是我們。」

「別的鳥。」

走到第二道山稜外，古阿霞仍想不懂，那棵大樹整晚吟鳴，她卻聽不出有第二隻鳥的叫聲。走到第三個山稜下方，他們蹲在紅檜的板根間，披睡袋禦寒，把水龜放在胸口取暖，讓黃狗窩在腳邊。古阿霞抱怨一個睡袋不夠兩人用。帕吉魯的手順勢勾來古阿霞的腰，貼得更緊，他說那個睡袋破了，不想拿來。

「是你腦袋破了吧！想占我的便宜。」古阿霞說罷，身子擠過去，實在是太冷了。

他們並非最早起的，四十幾公里長的森鐵已有鐵路工人巡路了，拿手電筒查看有無寒霜鑽破岩塊而造成的落石壓軌，以免火車脫軌。她看見黑暗世界有許多明滅的燈光。不久，山邊有動靜，有道手電筒光沿森鐵來，切入山徑，停在一架龐大的機器邊，打開爐門燒火。那機器是俗稱「水煙仔」的傳統蒸汽集材機，動能強，五股集材滾輪的作業區可達五百公尺，比作業範圍兩百公尺、俗稱「落船仔」的柴油集材機來得寬大。不過維修不易，機動性差，搬移得拆裝一個月。這是摩里沙卡最後一臺「水煙仔」，用來吊掛大噸位的樹頭，做完這林區，它就要退休了，放在原地任其腐朽。

古阿霞現在懂了，為什麼帕吉魯說是來復仇的，眼前給「水煙仔」燒火的是趙坤。她犯了嘀咕，給了白眼，心想昨天才說帕吉魯是可愛的外星人，今天起個大早迫害地球人。帕吉魯拿出一條烤好的地瓜，一半給古阿霞，一半給自己，他說給「水煙仔」燒足水蒸氣壓力要在開工前三小時點火，不斷丟柴，很辛苦，不過可以多掙點薪資。

「然後呢？」古阿霞心裡想，難不成陪他看人燒火。

「喜多普，他的綽號叫喜多普。」帕吉魯想起這個比他小十歲的趙坤，有如此小名。喜多普是伐木工寮的鍋爐，以兩百公升汽油桶截成，另製造煙囪直通屋頂，供廚房煮菜，或放在公眾廳煮開水或單純燒火取暖。

「這是他喜歡燒鍋爐，或下工後進廚房的原因，然後呢？」古阿霞知道，君子遠庖廚，不過有些男人喜歡黏在廚房。可是天冷，來偷看人幹活，沒意思，尤其她看到趙坤爬上梯子，一手抓穩，另一手對著鍋爐水箱口撒泡尿的賊樣子，還真無味。

「這時候，很早，天氣很冷。」

「確實很冷，雞皮疙瘩都不太想出工作了，只有鼻涕出來工作。」

「大家睡覺，他一個人工作。」

「然後呢？」

「他很孤單，去問他要不要上學。」

這半個月下來，她在山上待久了，淡忘此事，經過帕吉魯提醒，真有點酥酥麻麻的歉意。古阿霞知道用意了。兩人起身往趙坤走去，先衝去的狗引起了對方的回應，拿手電筒照過來。古阿霞放下手電筒給對方看清楚，這是山區禮貌。

「早起的鳥兒有蟲吃，不過得發明手電筒才行。」趙坤打招呼。

「這是你的蟲兒早餐。」古阿霞拿出熱地瓜，「還有，我們不是路過，是專程。」

「你們對我用情這麼厚，水深火熱，我渾身起雞母皮。」趙坤拿過來吃，這麼冷還是需要點暖意。

古阿霞不喜歡耍嘴皮子，說：「倒也是，不過不會拿扁鑽戳人。」這說得趙坤苦笑，差點烤地瓜也吃不下去。「我覺得你喜歡拿球棒，多過拿扁鑽吧！」古阿霞剛剛看見他拿著棒子，把小石頭打出去。夜裡只有火爐迸出薄薄的光亮，晃著跳著，把人照得幽幽，趙坤能將幾乎看不到影子的石頭在起落間擊出。石頭飛出去，沒回音，肯定打遠了。

「都幾歲大的人了，還學小孩子玩棒球，沒用。」趙坤吃罷地瓜，拿起斧頭劈柴。這些檜木角柴劈小點，才夠扔進火爐門。他得多劈點，火爐整天吞進去的木柴得在兩小時劈完，天亮了還要去林場幹活。

「你不打完棒球賽？」

「紅葉少棒打完了，成棒又被人打假的，沒人玩。」

「投手呢？你懂的。」

趙坤把斧頭重重的劈下，直破木頭，斧刃嵌在墊底的樹墩，沉澱的心事又被攪動混濁了。他停工，把劈開的木柴踢開，喝口水後，回頭幹活。他把斧柄左右搖幾下，重新把斧頭提起來，就虛勁的愣在那。

「你很想當投手。」

趙坤笑起來，說：「當然，不過呢！不是每個人都能當投手，總要有人當閒閒的右外野手，不然誰去撿球。」

投手並不是棒球文化，是林場術語，指的是電鋸伐木工的工作。

關於林場術語與文化，古阿霞漸漸掌握了，也翻轉既有的錯誤印象。林場大部分的是運材、集材、捆材工人，其中以集材工最多，伐木工最少。伐木工拿電鋸，約一小時左右便砍倒千年大樹，胴剖分為四材，必須經過數十位的集材工裝吊，才能拖到幾公里外的森鐵邊，再以火車裝載下山。集材工是主力軍，可是焦點常在伐木工。

古阿霞當初到山上時，老把穿分趾鞋、戴膠盔的男人都當作伐木工，但是時日久了，她能熟常分辨職差，伐木工的褲管常常沾了木屑；胴剖師的食指沾著勾墨斗線留下的黑墨；集材工成群出現，雙手操作鐵索而粗糙無比；機械操作師的袖套有機油味；各關口負責計算材積的檢尺，會穿有胸袋的上衣，方便放筆；原住民都擔任薪資低的捆工，負責流籠的材車解索、脫離笠木的工作，通常邦查人團結得要去採野菜般聒噪，太魯閣族像獨自埋伏草叢等待獵物般沉默，排灣族的國語有很濃的腔，輪廓很深又很黑。

伐木工畢竟是少數，工資較高，林場的人給他們「投手」的封號。趙坤想當伐木工，古阿霞是聽帕吉魯說的。帕吉魯說，趙坤曾向某個伐木工拜師，得當完三年六個月的徒弟才能自立門戶，勤於打雜侍奉，師傅便多教幾招。不料，趙坤在清除倒木周圍的危險因子的時候，有缺失，倒洛的大樹砸中一根樹枝，彈射出去，把師傅打斷腿。師傅自此退休。趙坤差半年出師，可是再也沒人願意收留他為徒了。

「當投手還得學三年半，當學徒月給少，我沒食飽閒閒的工夫了。」趙坤還有此夢想，但重起爐灶很難，人生又有幾個三年半，還不如安分當集材工。

每個人都盼望完成夢想。何其不幸，成功不是每個人的權利，挫敗是最常盡的義務，有人懷夢，有人築夢，更多人是夢破了。古阿霞知道這點，尤以夢破了最無奈，破成無數碎片，補不起來，甚至觸摸時都被扎出新傷。

「我快沒錢賺了，也別找我回學校了，都幾歲了，還去讀小兒科。」

古阿霞笑著不回應，既然知道她上山的目的，她不再扭捏打轉了，直接跟趙坤說：「你回來學校讀書，讀半年；另外半年，我們找個索馬給你拜師，你這樣就可以出師了。」

「師傅？妳是說向他學剉樹？」趙坤看了帕吉魯：「我不要拿老家私頭仔⑦，剉整天，只能拿零星錢。我要拿鏈仔鋸，賺比較快。」

「之後我們會叫人安排一個索馬的工作給你。」

「哪有這麼好運？」

「我們菊港山莊，不講白賊話⑧，講到做到。」古阿霞開出條件，惹得一旁的帕吉魯偷笑。不過，她相信影響力極大的菊港山莊能做到。

趙坤陷入沉思，他繼續掄斧砍柴，掩飾自己的猶豫，盤算著這樣的條件恰當否。他最後發現，給再多時間，他仍陷入兩難抉擇的泥淖：重拾夢想的付出，或安於現狀的慣性，都是茫然，都是兩難。

「喜多普，」古阿霞丟出他的小名，「你要當投手，或是想在廚房幹活？」

喜多普這小名是關鍵詞，直擊了趙坤內心最深的情感。他眼眶微酸，站著不動，過了很久，才有下個動作。他從腹部解下了一個腰袋，袋子裡裹著細長的白色物。那是發酵麵團。他說，父親從小把他用花布背著上山幹活，他是被鋸木聲餵大。他父親有個絕活，上工前揉個麵團，天冷，掛在腰部靠體熱發酵較快，那是充滿汗水與父味的發酵麵包。趙坤一邊說，一邊把麵團解塊，放進「水煙仔」爐火旁給工人蒸便當用的特製小壁爐。

「只有我是能夠守在火爐，第一個拿麵包的人，『喜多普』是這樣來的。」趙坤說，可是到了三歲，他爸爸得了病，花大錢，沒法上工，只能在家裡。在趙坤的記憶，有段隱諱難言的片段，媽媽為了賺錢，每當有伐木工來家裡敲門，她會叫丈夫帶小孩子去操場打球，獨留自己與別的男人相處。趙坤在很多年後初懂人事，知道發生了什麼事，為何媽媽會和男人在房裡呻吟或吵鬧，這樣攢錢維持家計，令他羞愧與難堪。

可是，趙坤只委婉的告訴古阿霞，他有段一輩子抹去不了的好記憶，是爸爸拄著拐杖，帶他去學校打棒球，他當投手，用棉線纏著廢布當棒球，爸爸用拐杖打擊，度過歡快時光。後來他爸爸去世，媽媽離開了摩里沙卡，把他交給姑姑收養。他現在稱呼的媽媽並非親媽，而趙旻也非親弟弟，是表弟。至於阿南哥，是爸爸的好友，多年來多虧他照顧了。

麵包十分鐘就熟了，古阿霞握在手中沉甸甸，有質感，像外省攤賣的老麵大餅槓子頭，硬得只能用閩南語「堅粑」形容，咬久了，腮幫子長出國字臉。趙坤抱歉說，沒做好，成了石頭。古阿霞與帕吉魯搖頭，越嚼越香，配著趙坤講的故事饒有味道，人生不是每次都拿到好麵包，吃掉是過程，必定回甘。

天亮了，東方的海岸山脈在低埋的雲層中透出光亮，遠處傳來碰碰車的喇叭聲，茶腹鳾在山麓急促高亢的叫著。這世界又是新的開始，趙坤拉動蒸汽爐的笛聲呼應，尖銳聲響起，再半小時蒸汽壓力達飽和就可以操作了。

「我會考慮的。」趙坤對離開的古阿霞與帕吉魯喊。

趙坤答得爽快，就意謂同意了。古阿霞回頭瞧，帕吉魯也是，黃狗繼續爬上小徑，追逐自己剛長出來的影子。一群飛鳥往森林疾飛而去。太陽來了，晨曦鍍滿大地，萬事萬物拉出細長的影子，橘紅光芒令人溫暖，這真是美好的一天。古阿霞想。

⑦傳統鋸子，閩南語。
⑧指謊話，閩南語。

砍倒三千齡樹屋

帕吉魯用長三公尺、直徑十五公分的螺旋鑽子穿通大樹胸膛，樹太大，鑽子得用上加長型。他要打幾個孔才行。臺灣針葉木多長在陡坡，年輪的同心圓會往山坡方向偏移，形成支撐力量。不打樹孔，貿然用鋸，樹木應力作用，隨時會垂直裂開或倒下，除了造成危險，樹木裂開，價值也打折。

從森鐵那邊傳來鞭炮聲，是廟會活動。帕吉魯專注工作，不受干擾。兩尊神將沿小徑往上走，護著後頭四人扛的小神轎。神將約三公尺高，分別是千里眼與順風耳，兩臂搖擺，步履蹣跚的走在看似遭受隕石摧毀的月球表面——斷身的樹墩，挖去樹墩後留下的坑洞，寸草不生的陡坡，這形成林場奇特畫面。

站在大樹下的古阿霞，觀神偶祈福，有迴然的詭異感受，半個月前她初來到林場，看巨樹倒下，油然浮起人定勝天的震撼。可是她待久了，森林白天沒有遮蔭，夜晚陰風慘慘，處處所見，是荒涼，是蒼冷，是殘軀敗壞，呈現「活活被凌虐致死的剝皮牛」而裸露的血肉斑斑。現在，兩尊神偶走在牛肋骨上，走在腐敗牛屍上，古阿霞想，收妖的神隊到底是保佑人們平安，繼續砍完森林，或是庇佑受傷的大地休養。答案出現了，神將停下來，有人從神偶腹部的觀景窗抽菸，喝摻了養樂多的藥酒保力達。神，是人操控的。

這是颱風前夕的媽祖遶境，神偶從山下的廟裡出巡，坐流籠，乘森鐵，到沿線的工寮祈福，人們將三牲酒禮放在桌上祭供。山太陡，海拔太高，神偶爬得很累，需要點菸酒助興。

「那尊是二媽，出來找大媽。」帕吉魯指著神轎內的媽祖像，「大媽跑掉了很久。」

古阿霞思索神將入山林的意義，這才回神，說：「神像會跑掉？」

受臺灣林場始祖阿里山拜媽祖的影響，各林場也常拜媽祖。摩里沙卡最早的媽祖廟是在48林業區，這是極其神祕壯麗的森林，日本人蓋神社，光復後改祀媽祖。不料，媽祖神像失蹤了，而且48林業區充滿鬼怪神祕，便在山下另建宮廟，再迎一尊新媽祖，從此香火大盛。

古阿霞聽了帕吉魯解釋，認為神像不會自己跑掉，是被偷走了。

「真的，真的跑掉了，下次帶妳去看看。」帕吉魯說。

「好，沒問題。」古阿霞猛點頭，卻沒有認真聽，她的焦點放在廟會隊伍後的兩位青少年。一男一女，男孩背女孩。男孩走得喘，走幾步停下來休息，卻沒把女孩從背上放下來。

古阿霞對這兩人沒印象。女孩是穿了俗稱「鐵腳」的小兒痲痺症患者，手拿著拐杖之餘，用毛巾為男孩擦去額頭汗水。古阿霞有點觸動了，虔誠的跟隨廟會活動的人都有所祈求，她臆測是來自女孩遲遲無解的腳疾來的，覺得該去幫忙。她拿了水壺，走向廟會隊伍，留下帕吉魯繼續幹活。

廟會的鞭炮繼續放，一拋手，一串辣聲，一陣青煙，在山壑迴盪。古阿霞顧著腳下的土丘，才抬頭，失去兩人的蹤影。她失禮的逆向穿過神偶隊，在挖過樹頭留下的凹洞，發現兩人狼狽得摔了進去。男的腳陷入洞底未乾的爛泥灘，女的倒栽蔥卡在坡上，行李散落。古阿霞使不上力幫忙，回頭叫了三個工人把他們救出來。兩人被拉出洞穴，有了齟齬。男孩眼眶紅，跌入洞穴成了這趟困頓的旅程的爆發點，他大力呼吸，然後努力眨眼睛不讓淚水掉下來，女孩則不斷安慰他。古阿霞從對話發現他們的關係，瘦弱與腳疾是姊姊。

「我的山羊腳掉了。」弟弟指著洞底、陷入泥膏的分趾鞋。

古阿霞撿了回來，敲掉鞋子上的泥巴。分趾鞋自唐朝便有，日本人沿用，這是林場男人的日常工作鞋。鞋腳板是黑橡膠製，鞋踝是帆布，特色是拇趾與四趾分開穿，頗像偶蹄目動物的腳。

「用山羊腳來形容『榻米』，很有趣。」古阿霞發現它不合腳，頗大的，裡頭的鞋尖部位塞了塊布。

「那是我爸爸的鞋子。」姊姊坐地上，腳疾使她無法在陡峭山坡起身，「爸爸說山羊能站在陡峭的山壁，行走自如，因為牠們有雙奇特的腳，所以才叫這種鞋是『山羊腳』。」

「才不是山羊咧！是豬腳啦！一直穿，一直掉；一路走，一路跌倒。」弟弟很生氣。

古阿霞問：「你們是來找爸爸？」

憤怒的弟弟忽然安靜下來，有種悲傷浮上來，看著姊姊。姊姊用拐杖撐起自己，鐵腳發響，說：「我是來找阿南伯父。」

「他的尻倉①被……」三個工人笑著。其中一人說，阿南哥的臀部昨天晚上被扁鑽刺傷，今早才送下山去拔掉，妳要是在路上沒遇到，在這裡也不會見到本尊了。說完，三個人又忍不住大笑。

姊姊堅持繼續跟隨廟會活動，往林場前去。弟弟咬著下唇，背起她前進。古阿霞幫忙拿拐杖，提起那個原本掛在弟弟胸前的背袋。海拔兩千多公尺，比平地少了百分之十五的含氧量，古阿霞已能適應，但對初次上山的弟弟來說，負重爬坡有如背著兩袋四十公斤的水泥跑操場。來到三百公尺外的林場前線，弟弟的脊背一片汗淖，腳快抽筋了，把姊姊放下，仰躺在地喘氣。

「我們可以在這表演嗎？」姊姊問。

「我不能作主，妳應該問那些男人。」古阿霞看著這位十六歲的女孩，腳疾讓她顯得矮小，眼睛卻無比透澈。

一個苦力頭被古阿霞拉來，回答姊姊：「妳是宮廟裡請來的？還是來表演賺錢的？」

「都不是。」

「隨在妳，這沒人會給妳錢，一個銀角仔都沒。」

兩人選了直徑兩公尺的樹墩當舞臺，姊姊唱歌，彈奏由中秋月餅鐵盒自製的小吉他烏克麗麗，弟弟吹直笛伴奏。姊姊的唱腔與彈調還可以，音質乾淨，玲瓏悅耳；弟弟的直笛則走調，壞了氣氛，每奏完曲子，用手蓋住直笛的消音口，猛吹氣，要把樂器囤積的口水噴出來，實則掩飾他心虛與拙劣的演技。但是，弟弟隨即拿出鐵製的卡祖笛（kazoo）翻盤演出，搖頭晃腦吹起來，曲律頗好。

古阿霞對卡祖笛很眼熟。花蓮市的小孩稱那種古怪的笛子叫「放屁笛」，是一九六〇年代的美軍第七艦隊與越戰來臺休假的美國大兵帶來的，跳蚤市場還找得到。吹「放屁笛」不需要好技巧，透過喉嚨唱腔，可以隨意的改變笛聲，比放屁還簡單而得名。

中餐時間到了，工人陸續休息，生火蒸便當。古阿霞打算回去給帕吉魯弄個簡便午餐，卻被爭執留步。原來是姊弟轉移到另一個樹墩表演，那裡人多，演奏到李叔同的〈送別〉時，幾個工人不耐煩的說廟會怎麼來個「糞埽聲」，是誰找來的。

「阿南伯父說可以來這裡的。」姊姊說，「如果你們不喜歡，我們還可以彈別的。」

「妳跳舞的功夫很穲（遜），阿南哥不會找這種落魄水準。」一個工人點出殘疾女孩唱到興致時，扭動的下半身很不搭。

這下弟弟難過得為姊姊而大哭，姊姊拄著拐杖過去安慰。

說曹操，曹操就到。阿南哥從山下來了，他得主持廟會結束時的謝神與送神儀式。背他的是趙坤，越過了幾道山，渾身是黏膩的汗水。阿南哥到了，工人們站起來，問他的傷口好點嗎。阿南哥指著包繃帶的大屁

①指屁股，閩南語。

股，說，包尿褲來了，而且屁股多了個洞，以後不用掛慮痔瘡與祕結②了。工人都笑起來了。

阿南哥的眼神穿過人隙，看見古阿霞安慰的姊弟是他認識的。他拐著屁股傷走過去，想說些話又說不上，怕說了又讓自己在五十幾個男人前落淚，只摸摸兩人的頭安慰，臉上充滿了不忍。那雙手是模仿慈父的方式，讓始終在哭的弟弟，終於擦乾淚；而老是堅強的姊姊，這下哭壞了，她低頭把臉埋在黑髮裡，拄著的拐杖與支撐下半身的鐵腳處在細微震動。

阿南哥拉高音調量，對工人們告誡，不要欺負阿水兄弟的兩位囝仔，他幾天前去參加告別式，這兩位兒女有心，要跟大家說聲感謝，上山來看爸爸工作的地方。

古阿霞想到了，姊弟的父親是半月前送到山莊便傷重過世的伐木工，她幫忙縫過大體傷口。現在，一切明朗了，弟弟腳上穿著不合的綁腿與分趾鞋是來自父親遺物。姊弟一開始不表明是遺孤，是不想靠感情來博得演出的讚許。古阿霞更意識到，這對姊弟可能是隱性的邦查人。邦查有個習俗，活著的人回到死者長年工作或生活之地，取得更多的慰藉，好獲得餘生更大的生存動力。

人是感情之體，工人們這時反過來安慰姊弟，有的說唱得好，有的說耳朵已經回甘了，紛紛讚嘆。

「唱國歌。」阿南哥大喊。

「山民注意，五檔爬山……」眾人立正唱和，這歌詞亂改，每個人卻唱得一臉肅穆，不是他們那種平日喝酒打鬧的習性。

「囝仔，這是你爸爸有夠得意的把戲，人家機車四檔，他多一檔。」阿南哥拍拍姊弟兩人的肩膀，說：「這麼陡的山，你們爬上來，證明你們是摩里沙卡最棒的囝仔，來吧！今年的主祭詞妳來講。」

「我不知怎麼講。」

「不是講什麼，是你們來了，學到你爸爸五檔上山的真功夫。」阿南哥指著光禿禿的山川大地，「看這些被我們剉光光的山，沒一寸是美，沒一寸是好，只有勇敢的囝仔最美。」

這是古阿霞參加過最溫潤的廟會了，因為她進教堂後，沒參加過任何的道教活動。她看著姊姊擦乾淚，在人群前虔誠的帶領大家拈香，祈禱風調雨順、國泰民安。古阿霞也低頭，十指緊扣，祈求上帝對這塊山川的苦難者懷抱希望，保佑他們平安，賜予大地能恢復生機的橄欖枝。

從太平洋撲來的中度颱風從花蓮登陸，工寮更熱鬧了。

臺大學生登山隊緊急從七彩湖撤退避難，擠在走廊煮飯。五個原木調查隊員邊抽菸，邊收聽廣播節目。二十五個支援的森鐵養護技工在保養與清點裝備，他們神經繃緊，明早颱風過後得分批維修四十幾公里長的鐵道。林場工人的工資是照運到「土場」③才計算。鐵路三日內不搶通，工人沒了三天工資，會給養護技工壞臉色。工寮的屋頂下人多熱鬧，屋頂上更是風雨喧鬧。屋頂用木條強化，牆縫用大片的檜木皮補強，但是每隔幾分鐘，都能感受到強風吹過屋頂的呼嘯聲，隨之而來的暴雨更是猛烈敲打。

小墨汁教古阿霞用衛生紙摺紙飛機，那是纖維糙澀如冥紙的厚紙。心不在焉的古阿霞摺了三次，摺不出什麼，她老是注意大門，被風敲得格格響之外就是不見帕吉魯進來。

自從發布林場防颱，林場撤守之後，工人將所有機具與鋼索就地保固或拆卸。加藤式火車運來一批四日份伙食，運走最後一批原木，伐木活動停止了。帕吉魯要古阿霞先回工寮，他說，整理好砍大樹的工作，會好好面對颱風。他沒有說撤退到工寮，在工寮的古阿霞卻以為他會回來避風。

她腦門脹著，渾身疙瘩，非常擔心帕吉魯，非常非常……

②指便祕，閩南語。

③貯木場。

古阿霞站起身，想去林場，可是剛到門口，卻被雙傻擋下來。雙傻銜母令守門，不要給古阿霞去林場。她只能回榻榻米陪小墨汁玩摺紙飛機。到了傍晚四點，古阿霞跳起來，在背包塞了四包泡麵、灌滿了煤油的汽化爐、蠟燭、孔雀餅乾，衣服另外用塑膠袋紮好防水，她穿上雨衣，要去找人，在門口與雙傻幾度推擠。這時候，莫茲桑趕了過來，用感嘆的口氣說：「我年輕時候，從來沒有個男人讓我在颱風天跑出去找，趁雨小，去吧！」

雨小了點，風還是猖狂，處處積了濁水，被打落的青綠樹葉到處是，有幾根沖來的樹枝橫在路上。雙傻跟來，連忙去除路障，他們的手腳從不合身的雨衣露出一大截，顯得蒼白。

「你們先回去，我自己去就好。」古阿霞決定的路，自己走，不希望有人陪著冒險。

雙傻站著，衝著她笑，跟她走，護著她，沒有掉頭，在幾處水窪處還跳進水裡，抱古阿霞過去。身體被接觸的古阿霞頗為尷尬，老是想起他們兩人扭成蚯蚓而為彼此口交的畫面。

「糟糕。」古阿霞佯裝苦惱，「我的『拉基歐』④沒關，你們去幫我關。」

雙傻站著，衝著她愣，不知如何是好。

古阿霞的那臺紅色Sony收音機是她收聽新聞與音樂的寶貝。山上的報紙總是隔天才到，天籟再棒也不能時時充盈耳畔，唯有收音機天下無敵。雙傻頗喜歡那臺收音機，也喜歡古阿霞，經過她的教導，懂得轉動調頻鈕與開關電源。很少有人讓雙傻自在的碰機器，深怕使壞了，因為他們曾經把搞不清楚怎麼轉的水龍頭用手指頭塞了一天止住流水。

「回去吧！沒關就沒電了，紅色盒子也不會唱歌說笑話給你們聽了。」古阿霞催促。

雙傻猶豫幾秒，轉身回去，頻頻回首他們無法守護的古阿霞。

「回去吧！去關掉收音機。」古阿霞又催促。

雙傻最後走了。古阿霞鬆口氣，繼續往林場去。天色暗了，她把懸在胸前的手電筒打開，風雨越來越大，辨不清楚前方，她幾次遭受強風吹得背過身，以免雨衣帽被吹掀了。森鐵依山勢而建，鋪在山腰的懸崖峭壁間，有不少橋梁與棧道式的懸空路段，她只能趴在地上前進，爬過橋梁。山腰沖下來的濁水夾雜石頭，撞擊橋墩發出砰砰響，古阿霞從傳震良好的雲杉木橋感受到劇烈激盪，祈禱上帝保佑她平安。

平日只要十餘分鐘的路程，她走了一小時才到林場，大部分是在強風中爬過驚險的橋梁與棧道。赫然，更懼怖的畫面攤開，光禿禿的林場泛滿大水，從高處宣洩，在兩道稜線間的凹谷匯成水渠。古阿霞用手電筒掃了一遍四周，不確定要不要走進去，她大喊，希望能得到帕吉魯的回應。然而，回應她的只有風雨，只有寒冷。

她知道帕吉魯沒回工寮，仍在林場，更擔心颱風天他能躲哪裡。她既然來了就沒回頭路，去找他。她沿著泥濘的小徑前進，跨過無數的小水渠，走過了第三道稜線，毫無遮蔽了，風雨越來越大，她用手電筒照出那棵大樹。它矗立在無邊際的黑夜與荒野，非常孤單的對抗風雨。可是，大樹旁沒有熟悉的帳篷，更沒有人影，風狂暴的吹過，枝葉捲向風去的方向。

帕吉魯會在哪避風雨？她用手電筒往四周掃。風嘶喊，雨越來越大，落到地表後，氾濫成流，帶來伐木工斲掉的原木枝條。人類文明入侵此地，加速了大自然摧毀的力量，堆積了世紀之久的豐饒表層土順著滾盪的水而流失。

古阿霞的腳站不穩，水流不斷撞擊，她心急了，快支撐不下去，在大樹附近大喊：「你在哪？你在哪？」這喊聲令古阿霞的心中有莫大恐懼，同時浮現「我完了」的恐懼，她在這個暴風荒涼的山林，無人，

---

④收音機的意思，閩南語。

無遮蔽。

她不但找不到人，也陷入困境，暴雨從雨衣縫隙鑽入了身體，衣服濕了，雨鞋積水，如果不能找到避難所，她會遭殃。她想到兩個地方，一是三百公尺外那片刀斧未至的森林，二是眼前三千齡紅檜大樹，後者留下的伐向楔口足夠她避風——那是她與帕吉魯度過幾晚的睡床——也是最近的選擇。

她從紅檜的板根爬上去。淺根系的紅檜凡是超過七十齡，會長出板根支撐主幹，坡度越陡，板根更扎實。三千齡的大樹，板根大，雨淋濕滑，古阿霞勉強爬上第二塊板根，摔倒了，雨水灌進衣服。她起身，從另一側架在板根上的伐木工作臺爬上去，不料滑跤了，連滾帶翻的往下坡甩了幾公尺，掉進一個挖掘樹頭後留下的大洞，要命的是它現在是雨水池。

古阿霞陷在泥淖，邊坡不穩固，一抓就落土，跟她落難的還有滿池打旋的落葉與枯枝。當她第三次爬不出水池，絕望一如冰冷的水不斷灌進來，她害怕會葬身在這裡了，可是她不服氣，靠著胸前掛著的那盞手電筒照明求救，又試了十次，壞了十次，手腳麻得失去知覺，只剩凍紫發抖的雙唇向上帝祈禱了。

她望天，張開嘴，眼裡是雨水，從槁灰的絕境看著沉甸甸的暴雨天空，祈求上帝一定是不得不的正確選擇吧！她祈禱了幾句，停下來，漸而輕聲呼喚，最後大喊起來：

帕吉魯，

帕吉……魯……

帕……吉……魯……

她的眼裡有淚，也有雨，淚水肯定多過雨而悲傷，可是水池裡的雨水越來越失控了，她的意識越來越淡了，腦海絞繞許多曾有的畫面：身上飄來香水襲人的母親、瀰漫邦查野菜味的祖母、拿著鏟子在大炒鍋裡追菜的蘭姨、一個她自囚五年的樓梯間小房，還有一個男人、一隻狗，那狗在夏天午後的巷裡追著腳踏車鈴鐺聲，咆個不停。

狗叫聲越來越近，不似在記憶裡。她張眼，一個熟悉的黃影子闖入眼簾，繞著水池吠個不停。隨後跟來的男人機靈的撲倒在池邊，抓住古阿霞的領子，使勁的拽出來。

古阿霞哭了，她又濕又冷，覺得要哭點什麼的才舒服，她更需要帕吉魯的擁抱才行。可是帕吉魯抓了她往三十公尺外的集材機走去。那是臺灣機械公司製造的KO型，五噸重，柴油引擎動力，是林場短材的集材主力。帕吉魯拿刀子劃破了工人防颱安置的防水帆布，拉動啟動繩，把古阿霞拉近那臺高速運轉而產生熱源的引擎。古阿霞感到溫暖了，躲在逐漸溫熱的防水布內，可是帕吉魯沒有躲進來的意思。他穿著吸飽雨水的衣服，往大樹走回去。

「這裡夠兩人擠。」古阿霞大喊，非常激動。

「油會用光，夜很長，我們會很冷。」帕吉魯說，「我去請大樹幫忙，蓋房子。」

大風大雨，哪能說蓋就蓋房子。古阿霞狐疑不止。那盞被帕吉魯帶走的手電筒卻暴露他接下來的蹤跡。他從爛泥中挖出了用防水布包裹的斧頭，爬上了伐木工作臺。在燈光閃動之間，古阿霞看到那個伐木箱綁在大樹旁。樹太大了，如果沒有繞一圈，不會發現死角有什麼。帕吉魯利用木箱躲風雨，清空工具，綁牢樹幹，把自己與黃狗塞進去。不過木箱開啟後，他弄濕自己，更不可能把兩人塞進去了。他得在失溫前，開闢避難空間。

帕吉魯爬上了工作臺，狂風吹來，大樹搖晃，工作臺咻咻的發出聲音，幾乎像在狂浪上的小舟。他沒辦法站定，張手就要飛走。他跪在楔口，忍著就要被吹走的危險，向大樹祈禱：大地上擺盪的女神頭髮呀！Q毛仔，我是妳朋友，妳選擇我把妳砍倒，不過，我現在需要妳的幫忙，請給我與古阿霞一個家，我需要妳的幫忙，我需要妳的保護，我們沒地方去了，請妳保護了。

古阿霞不懂他要幹麼，卻懂得這時砍大樹蓋房子，絕不可能，沒人能夠把兩個月的木工活，壓縮在幾分鐘內完成。除非上帝來了，給了帕吉魯魔法。不過，她隨即了解到他是荒野唯一能解決這問題的燈塔，她落水時，呼喊的是他，她蒼涼時，呼喚的是他。她現在能做的是，祈禱奇蹟，不，是看見奇蹟。

帕吉魯下斧了，下得重，下得謹慎。一分一秒過去，他重複相同動作，濕冷的古阿霞逐漸失溫，意念孱弱……

古阿霞慢慢醒來，四周很黑，很芬芳，並包圍了溫暖——這是寒冬時，躺在溫暖的陽光下的感覺，渾身的寒毛都酥了。

她無法形容那種感覺，剛剛瀕死，現在有呼吸、有心跳，還有個無風無雨的空間，這是天堂嗎？漸漸的，她回神了，也意識到溫煦來自有個男人抱她，給她溫度，而且這個男人沒穿衣服，她也是。古阿霞不敢多動，深怕是夢，剛從死亡淵藪爬出來，讓她感到在人間被愛是舒坦、真誠與感動。不過，由正面抱著的男人用充血的陽具貼在她臀部，有時還磨蹭，她知道那不是發抖，是情慾。古阿霞不由得流下淚，她懂得那種感覺，一種全心全意給他的衝動，一種在這輩子要為自己愛的男人生個小孩的衝動，一種要在身體生出個新生命見證父母白頭偕老的衝動。古阿霞睜開眼，眼前是黑的，她一手岔開指頭梳著他又濕又軟的髮，一手撫摸他的背，兩個人盤坐著摩擦，時而緩，時而疾，卻不讓他進入她的身體，整個空間隨之呻吟，輕輕晃動，直到他丟出一泡白濁的精液。

帕吉魯的射精，使古阿霞的情慾流動降溫了，有了羞怯，那泡沾在屁股的精液也令她覺得有股初潮來時的無所適從。她挪開他，久久沒有言語，心頭沾了糖粒似，又甜蜜，又嫌疙瘩。

「這是哪裡？」她問，摸來摸去，摸到衣服擦掉屁股上的精液。

「大樹的身體裡。」帕吉魯說。

「喔！天呀！」古阿霞發出驚訝，「你說，我們躲在大樹裡。」

檜木會受根腐病侵襲，心材漸漸腐朽。扁柏會得到「抹香腐」，材質腐朽成粉末狀的異香，卻不易形成樹體中空。但是，超過兩百年的紅檜，樹幹受「蓮根菌」感染，造成蓮藕般的蜂洞，三千齡紅檜的樹幹根基足以形成大空洞。帕吉魯有股能耐，繞著紅檜胸徑一邊走一邊用斧背敲擊，憑回音，能測出樹體內朽藕的大小。所以，在颱風侵襲的緊急狀況下，他從楔口鑿通到了樹腔，帶著失溫的古阿霞躲進去。

「我們在大樹的肚子。不過，很溫暖。」帕吉魯說。

「狗呢？」

「塞進那個箱子了。」

「牠一定很冷，要不要找牠進來躲雨？」

「不用擔心，牠很好。」

帕吉魯拿出以青箭口香糖片的錫箔紙防潮的火柴，點亮了，照亮四周，樹洞是圓錐狀，頂端有拳頭大的貫通樹洞透氣，波狀腐朽的樹壁飄香。風雨中，搖晃的樹腔是很好的共鳴體，呻吟著，搖晃著，古阿霞則擔心樹會倒。帕吉魯說，這棵大樹三千年了，少說熬過上萬個颱風與地震，還有數不清的雷電與豪雨，至今都沒有問題，即使今天她的肚子被鑿了傷，給人鑽進來，還挺得住。古阿霞讚嘆這一切好神奇，這大樹該叫神木才對，和無數的基督先知度過了艱困年代。古阿霞充滿感激，神木收留了她，和她的男人。

古阿霞從工寮帶來的背袋，也拿進樹內。她穿起了用塑膠袋防水的衣服，也拿一件給他遮，不喜歡他裸身翹著那根傢伙，裝作無事的看她。接著，她開心的拿出汽化爐與統一肉燥麵烹煮。他們不缺水，外頭很多，盛到小鍋煮開。帕吉魯等不及了，啃著調味包內擠剩的蔥乾與味精醬料。燃燒的汽化爐帶來熱源，廢氣從頂端的樹洞排出。最後他們吃起熱騰騰的麵，喊著燙，不時得把洞口塞住的衣服拿開，透透涼氣。

關掉汽化爐，改而點起蠟燭，照明外，也有暖意。古阿霞把項鍊取下，那是銀墜子，銅鍛十字架聖經，扭開經書罩子，露出的相框裡有張黑白照。她拿燭火上蠟，再上層薄薄的膜。她每隔一段時日這樣做，防潮防汗。

相片人物是古阿霞的父親，赫爾曼（Herman）。她跟帕吉魯提過，今天是第一次秀出照片。人像非常的小，牛奶糖膚色，帕吉魯慶幸不是像黑人牙膏商標圖的角色有多毛、三白眼的恐怖模樣。古阿霞說過這件事，總是說得含蓄：她媽媽十六歲時，在花蓮中山路的酒吧認識了從越戰來臺度假的美國黑人爸爸，懷上了古阿霞。赫爾曼休完五天的海外度假就坐飛機回越南。媽媽連寫十幾封信，告訴赫爾曼，她懷孕了、她水腫了、她生下了小女孩。赫爾曼回了三封信說，他很高興、他很思念、他很喜歡夕陽從山脈落在花蓮巷道的餘光，「霞」是他念過來最美的中文音，他會帶她們母女回美國。她媽媽又連寫了十幾封信，說小女孩很會講話，小女孩的眼睛像爸爸，小女孩要奶粉與尿布錢。赫爾曼再也沒回信了。

「我三歲時，媽媽帶我去找過赫爾曼，她說去找她的男人（her man）。」古阿霞說。

「越南？」

「怎麼可能，我們是跑去臺中。我們上次環島，繞北臺灣，路過臺中時，我跟你講過我去過臺中找親戚的事吧！」

「妳們去找『哈而鰻』。」

「是赫爾曼，她的男人，聽你說起來很好笑。」古阿霞說，「我們在臺中住了一年。」

「很久呢！」

「是呀！很久呢。」

古阿霞出生之後，被媽媽交給祖母養，從小在邦查部落的野地打滾。直到三歲那年，偶爾回來探視的媽媽帶她去臺中清泉崗找「她的男人」。那是記憶像月桃抽芽仍記得陽光刻痕的童歡時光，卻強行被媽媽摘下，離開阻攔的祖母。清泉崗（CCK）是東南亞最大的空軍軍事基地，是越戰期間美軍在臺駐屯最多人的據點，B-52轟炸機在F104戰鬥機的護航下，規律的從機場起降，轟炸北越。她的記憶中，媽媽把她關在一間她現在都說不清楚地方的租賃屋，屋瓦平房，有個小小的後院。她經常被關在房裡玩，聽軍機的巨大聲響。

有一天，她獨自在房間玩布娃娃，把父親留下的唯一照片放旁邊。忽然砰一聲，瓦房上掉下一個全身被空降繩纏住的菜鳥軍人，且是黑人，練習空降飄錯了地方。她嚇一跳，那個黑人跟照片長得一模一樣，難道她懷想爸爸，爸爸就從天上掉下來？古阿霞忍不住叫他Herman。黑人割斷繩子脫困，留下破屋頂，還有個永遠在風中劈哩啪啦響的綠色降落傘，在三天移除的空窗期，古阿霞還拿繩索當鞦韆。因為這件事，媽媽允許她到後院玩，免得她又被天兵嚇到。院子周圍在春天時長滿一種毛茸茸、未曾見過的植物，後來才知道那是麥子。

又有一天，有個喝醉的美國軍人開軍卡在田裡亂兜，先是臺灣警察來了，不敢動手，隨後來的四位美國憲兵很有效率，用毛巾包裹的大扳手，猛敲破窗，拉出一個黑得看不出屁股與頭在哪裡的黑人。白人憲兵非常討厭兩種人，種族歧視者與黑人，尤其是後者犯罪就用警棍痛打，帶走。那是她第二次看到黑人，世界上很接近她血緣的人種，場面卻非常難堪，酒醉、流血與哀嚎，戴上手銬，死拖上吉普車帶走。然後，她發現自己遇見的兩個黑人都很慘，不是卡在屋頂，就是被打，她不要這樣的爸爸。

古阿霞還記得，媽媽總是穿高跟鞋，衣著亮麗，噴上美國軍官送的雅詩蘭黛（Estee Lauder）香水，塗雅芳（AVON）的粉紅色指甲油，傍晚出門，凌晨回家。有時候帶不同的白人軍官回家，古阿霞知道他們在幹麼，床是邪惡的化身，帶給小孩噩夢，帶給大人淫念，人類被它教壞了。然後，她在某個作完噩夢的下午把床腳鋸斷，用剪刀割壞床單，把枕頭裡頭的棉絮拿到後院丟盡，隨風而去，反正日子長得很無聊。

還有一次，有個白人軍官用吉普車帶她們母女進城玩。古阿霞對美國男人的印象就是清醒時叼雪茄，而想要清醒時就喝酒。這個白人喝點酒，等紅綠燈看見一群小朋友放學過馬路，隨手丟巧克力與水果糖，像餵鴨，撒一把，小朋友瘋狂的衝來搶。然後，白人要她把剩下的糖果也丟下去。她拿起糖果，竟是朝他們低下去的頭砸。這引起幾位較年長的小朋友憤慨，罵臭雞掰，把手中糖果砸回來，用閩南語罵她「潘桶人」，意思是廚餘餿水攪和得分不清楚的混血兒。聽不懂閩南語的古阿霞沒有意識到取笑，媽媽卻衝了下車，甩了對方兩耳光。

那個撒糖的白人軍官帶她們去軍官宿舍，那是美村路附近的雙併豪房，外頭有白牆、鐵欄杆、梔子花；家具是日製松下冰箱、冷氣機，潔白浴缸大到可以游泳了；音樂不是Bob Dylan，就是迪斯可。古阿霞之所以會記得那間美式裝潢的房子，是白人軍官黏媽媽黏得很緊，她常去。

她媽媽卻跑到黑人酒吧混。黑人的體味重，用的香水比較衝。白人軍官的大鼻子專門能嗅出異類的味道，大罵她媽媽，兩人吵起來。古阿霞被媽媽拉過去遮死眼睛，來不及了，白人軍官把褲子全脫到膝蓋，說：「大香蕉不夠用嗎？」媽媽吼回去：「天地良心，要比手電筒硬才行。」兩人打起來，瘦小的媽媽被揍得流鼻血，頭被塞進馬桶裡。

古阿霞鎮定的告訴自己，打完就可以離開臭男人，媽媽忍一下。媽媽招了計程車回去房間，把屬於男人的東西都撕掉，包括赫爾曼的照片，輕蔑說：「這爛黑鬼現在是別人的男人了，死去給越共當靶子。」然後把細軟收一收，回到了花蓮，把她丟給祖母後，又跑走了。

「這張被撕碎的小照片是從臺中帶回來的。」古阿霞說。

「我知道了。」帕吉魯輕輕的把古阿霞抱在懷裡，他不是回應古阿霞剛講的故事，是他真懂了，為何每次碰到她的身體，都有意無意的被撥開，這來自幼年遭受洋人白屌驚嚇的噩夢殘遺。「我知道了。」他再度說，卻不是回應她對照片來源的解說。

古阿霞偎在他懷裡，泊靠在溫暖的臂彎裡。樹腔內，就著小燭火，古阿霞聽他呼吸，聽他心跳，一切靜好。她甚至有種奇異感受，大樹就像拉長的天線，她可以收聽宇宙夐遠之聲，銀河輕碰、星體凝聚、光線穿過星際塵埃的孤寂之音，還有，「鳥叫聲。」古阿霞睜開眼說，真的是鳥叫。

鳥叫聲真的很近，在不遠處。古阿霞坐在帕吉魯肩上，舉著燭火，往頭頂的樹凹處看去。那蹲了一隻眼睛清亮的灰林鴞，樹穴邊有混合鍬形蟲、青蛙或金龜子殘骸的條狀鳥屎。古阿霞意識到，她手上的光芒干擾了牠，把燭火低下去。

「那是殘障鳥。」帕吉魯在下頭說。

鳥哪來殘障之分，古阿霞狐疑，不久看出端倪。灰林鴞的右翅膀非常小，屬於發育不全的那種，鳥類難道也有小兒痲痺症，「牠怎麼飛出去吃東西？」她問道。

「還有一隻朋友幫牠，在最高的地方。」

古阿霞往上瞧，約十公尺的幽黑高處，另有隻灰林鴞停在樹壁的凹槽。牠身體縮緊，受古阿霞的來訪驚擾，也沒辦法逃到颱風天裡。這是牠的家，牠幾天來都站在大樹的樹梢鳴叫，古阿霞絕對不會陌生。她為這風雨天的造訪而愧歉，同時湧起感動，那種直透酥麻的感受是：某些動物跟人類一樣有高尚情操，也會照顧殘弱者，不離不棄。

夜很晚了，古阿霞和帕吉魯曲身盤睡，額頭碰額頭，膝蓋碰膝蓋。他們討論兩隻灰林鴞是兄妹、情人或父女之間的關係。這問題無解，夠他們又笑又鬧的跌進夢裡，「晚安！謝謝大樹，謝謝貓頭鷹，在颱風天收容了我們。」古阿霞說完話，倏忽跌進豐饒酥軟的夢裡，直到天明。

天氣很好，古阿霞坐在大樹楔口，曬著太陽。

颱風掃盡了大地，林場布滿潺潺的小水流，土窪坑的積水沉澱了，飄著的落葉在浮光間閃爍。塵埃滌乾了，大山清晰，一百公里外的大武山群峰可見。古阿霞心想，她乘坐整夜搖晃的紅檜「搖籃船」，過程像是挪亞用「歌斐木」造舟，躲過了上帝懲戒世界的大風雨。雨停了，她把自己攤在陽光下，用日光抽出內心的陰霾，一點一滴蒸發。

天空是透明的藍琉璃光，雲嵐夾在山谷間，雲影投影大地，地平線吸收熱量而微微發脹。呼應好天氣的方式是曬衣物。古阿霞把潮濕的衣褲與睡袋攤在工作臺，陽光透透，水蒸氣暈暈，給古阿霞過不久就會隨雲飄走的錯覺。

很煞風景的是，帕吉魯繼續用螺旋鑽子鑽樹，傳來澀礪的聲音，透過樹腔放大成悲切的泣鳴，他這麼努力的殺死救過他們的大功臣。古阿霞站起身，逃避離開，看見工人們沿泥濘的小徑走來。他們上工了，檢查各項機具有無損壞，吊回被大水沖走的原木。這時走在隊伍後頭的趙坤，向古阿霞招手，不久超越到人群前頭，大力揮著焦急的手勢。

「孬材了，雙傻出事，來去湊手腳幫忙。」趙坤來到大樹下，他的分趾鞋沾了一圈爛泥，「他們昨晚沒有回工寮，被透早去巡路的森鐵養護技工發現掉到橋下，受傷了。」

古阿霞跟去瞧，來到森鐵上。橋上聚集一群人，山地警察也在其中，往橋下叫著。古阿霞還沒到，先側著身子往橋下看狀況，腳底發涼了，橋梁有二十公尺高，一邊是颱風後不斷洩水的峭壁，一邊是不見底的懸崖。雙傻站在橋下的梁柱間，一個不動，另一個不斷挪動久站的雙腳。

鐵軌的兩枕木間會釘上木板，專供人行走。有塊木板留下民間燒冥紙剩下的灰燼，另有幾炷香插在縫隙，這是有人死去的意思，古阿霞見了五雷轟頂，手腳發抖，內心失了章法。她蹲下去，手抓住鐵軌，放低重心好把身體往外拉，忽而淚眼模糊，她哭了，確定掛在橋梁間的那個人死去了。

有人死了，而自己是禍首。古阿霞心碎了。

古阿霞猜想，昨日上林場，她把跟來的雙傻叫回去，必定是兩人走到半途又折了回來，出了意外。她的臆測獲得證實，一個森鐵養護技工說，早晨巡路，把枕木間某塊脫落的木板釘回去的時候，從空缺看見下頭的梁柱有兩個人，一個人往生了，另一個人緊緊抱住他。往生者可能是踩空掉下去，卡在梁柱，被山壁間沖下來的大水溺死；另一個爬下去，緊抱住死者，守候了整晚。古阿霞聽了，心情亂得失去頭緒，掉頭回去林場，要是多待在意外現場，自己會崩潰。趙坤沒有跟上古阿霞，他被人留下了，上安全腰帶去橋下幫忙拉屍體上來。整個早上，下去了幾個人拉都沒輒。

古阿霞多麼討厭颱風，討厭山徑泥濘，討厭自己。她內心浮起四歲那年的夏天從臺中回來的路上，在每站必停的臺鐵平快車，她餓得想吃便當，一路氣飽的媽媽當著眾人賞了她耳光，大罵掃把星，黑鬼，一輩子袪捔⑤。她不需要知道掃把星與袪捔是什麼意思，媽媽的憤怒就是解釋。漸長，她發現這兩個詞成了一把刀的兩刃，插進胸膛，討厭自己時就會碰到那把刀，無論拔出來，或埋藏到更深的體內，都是痛，都是血。

黃狗叫了，淡淡的，帕吉魯很遠就看到悲傷的古阿霞。她兩手抹淚，沿蜿蜒的山徑來，穿著他在臺南買的紅雨鞋、藍色外套，給光禿的大地添了顏色，可是她很悲沉，在泥地連摔了兩次都沒有忘記流淚。他走下工作臺，迎面抱著走來的古阿霞。

---

⑤沒出息的意思，閩南語。

「我是罪人，我害了別人。」她不斷說。

帕吉魯什麼也沒說，他沒把握化解她的哀傷，可是有力量給予擁抱。他撫著古阿霞的背，慢慢聽她說起昨夜發生的事，到今早看見的景況。他的眼光穿過她的耳際，看風拂過大地，遠方抖擻的樹林傳來細微聲響，白雲滑上了普魯士藍的天空。他想跟她說，學著大自然的寧靜、澹定與平和，卻說不出來，於是將心靈的那份寧靜，透過一雙手的撫摸傳遞，直到古阿霞安靜的靠著他。

「我突然很想蘭姨，好想離開這。」古阿霞說。

「去哪？我們一起去。」

「不曉得，」她的下巴磕在他的肩上，淚濛濛的說，「祖母死前，把我交給蘭姨，那時我就覺得自己是個沒有家的人，去哪都行。」

「去臺東？」

「荒涼。」

「高雄？」

「太遠了。」

「臺北。」

「有錢人才住得起。」

「去月球吧！妳當嫦娥，我當吳剛。」

「也好。」古阿霞覺得，要是能上月球，現在就去，那裡沒有人事紛擾。如果在月球，帕吉魯會有一棵永遠砍不倒的大樹，可是她不要玉兔，只要荒野，自然會有充滿生機的野菜。還有，不要叫阿姆斯壯來，他只會留下擦不掉的鞋印。

「走。」

「哪可能，你有太空梭？」

說走就走，帕吉魯拉她上了工作臺，把螺旋鑽子拉出來，塞上衣服，之後從楔口洞把古阿霞推進樹內。她大喊不准對她毛手毛腳。他們再次進入樹腔，馨香淡淡，哭得鼻塞的古阿霞頓時鼻腔開通，一股爽颯鑽進腦門，直上天靈蓋。帕吉魯要古阿霞坐定位，準備發射太空梭，倒數完畢，自導自演的發出推進器噴發火焰的劇烈聲響，梭體與空氣激烈摩擦，穿過同溫層，進入太空漂浮，最後降落在月球。古阿霞覺得扮家家酒遊戲太滑稽了。帕吉魯靠嘴演盡，不過在回音大的樹腔內，竟然有進入戲院被杜比環繞音場嚇著的感覺。

「然後呢？」古阿霞問，他們來到遙遠的月球了。

「等一下，光就要來了。」

光來了，太陽橫過樹頂，一塊光斑從樹壁滑下來，滑過受蓮根菌傷蝕的皺褶紋。他們躺著看，光裡有細微粉塵，旋轉、輕飄、發亮。光斑最後從樹頂直直的貫落到底，打在古阿霞的肚子，充滿聖靈力量。「耶穌光」，她想這種在花東縱谷常見的雲隙光，從低沉的雲端散射地面的立體光柱。

古阿霞讚嘆說：「非常屬靈的光呀！」

帕吉魯卻說：「那是發光的地球，宇宙中耶穌唯一去過的地方啦！」然後他說他要去月球表面幹活了，玉兔餓了，在學狗吠，他說完就爬出洞。果真，古阿霞聽到黃狗在外頭叫著。

在樹腔內，古阿霞仰看光斑，一切有其黑暗，一切自有光明。她想起了以前在教會時總是被拿來討論、甚至責備的先知約拿。約拿被上帝派去宣道，前往罪惡的尼尼微（Nineveh）大城，他卻落跑了，坐船往反方向逃。上帝掀起了大風浪考驗，船上的漁夫們無奈，把約拿丟入海中息怒。約拿還被上帝派來的鯨魚吞到肚裡，待了三天三夜，想通了才去尼尼微城，怎料進城宣道時，耍了脾氣。教會的人都無法想像，怪胎約拿也能位列先知，可是大家都承認，約拿是所有先知裡面，最抗拒考驗，最像凡人，跟大家一樣庸弱。

用衣服塞住的鑽孔打開了，帕吉魯伸進手，端來一碗燙麵拌醬油，上頭擱了幾片高麗菜。古阿霞抓住那隻手，從強光的小孔往外看著模糊線條的人影，她抓了很久，他也是。

「跟我回去。」古阿霞說。

「不待在月球了？」

「我想回去地球，回到耶穌基督去過的地方。我得去找莫茲桑，被她打、被她罵都行。」

「嗯！」

「我想要你幫我。」

帕吉魯說，沒問題，不過得先坐太空梭回地球。他走進樹內，吃完了麵，又跑了火箭如何從月球回到地球的流程，才爬出樹洞。古阿霞來到日光強烈的地球，山林光禿禿，殺伐氣重。地球非常危險，充滿了死亡、灰心與挫折，要是沒有胸懷著愛，最好不要降臨此地。她走下工作臺，走下山，沿著森鐵回去。她得這樣做，那隻受困在樹腔的殘障灰林鴞總是想回到危險的森林，約拿必定在反覆之後才走上尼尼微城，她的挫折來自上帝允諾的考驗，她手中握的是來自帕吉魯溫暖的手。

他們返回工寮，卻困在木橋，原因是屍體還沒吊掛上來。養護技工架設了簡易的升降架，以滑輪將人員垂降下去，好綁住屍體後拉上來。但是，遇到了兩個困難，造成救難作業延宕五個小時。第一，亡者摔落在橋梁的Y型支撐架時，遇到山壁間沖落的大水，因溺水恐懼，緊抱支撐架，身體經過一夜僵硬後很難解開。第二，另一個人阻撓了救難，緊抱亡者不放。

莫茲桑是第五次垂降，帶了他們最愛吃的烤醃魚，那足以花半天的工資。可是沒有解決問題，無論她怎麼哄就是不行。她被拉上來時，頭髮亂糟糟，疲憊完全掛在臉上，看到古阿霞穿過人群走來，悲傷說：「人已經害了了，還要把大家這般拖磨。」

「我來試看看。」古阿霞說，這是她能贖罪的方式。

古阿霞的話沒有給救難人員帶來希望。他們都不信，一個女孩能幫上什麼忙，所以古阿霞走向升降架時，沒有人願意將她吊掛下去。救難人員在商討是否把支撐架鋸下來，連同死者吊掛起來。養護技工反對，這會危害橋梁。

帕吉魯拉了古阿霞前去升降架，幫她按上腰帶，安靜看她。古阿霞知道那意思，點了頭。幾個救難人員阻止不了，勉強放她下去。在八公尺深的木橋下，古阿霞看見了卡住的死者。他死亡十二小時的身體發黑，臉部扭曲，嘴張大，眼睛也是，溺水的恐懼靜止在最苦難時刻。雙傻的外貌與行為都一樣，臉上也沒有足以分辨的痣。可是，只消看他們面孔就知道誰是誰，因為多年前有個王八蛋在酒醉後，用針蘸了柏油，在他們眉間分別刺青了五元硬幣大的ㄚ與ㄎ。死者的眉間有個ㄎ，是孔固力。

「阿達瑪，你看看，孔固力肚子餓了，嘴巴張得好大，好想吃飯。」古阿霞指著亡者，「我來餵吧！」久久，阿達瑪點頭了。他花了六小時拒絕大家的美食賄賂，免得死去的弟弟被帶走，卻很樂意弟弟先吃點東西。

橋上的人趕緊吊下食物來。古阿霞勉強克服了搖晃的繩索，用湯匙舀了冰冷的糙米飯與魚乾，放進死者嘴裡。三匙就滿出嘴了。一旁觀看的阿達瑪無言，瑟縮發抖，緊抱死去的弟弟，如果他再堅持下去，會體力耗盡，掉下橋去。那是萬丈深淵，摔下去必死無疑。古阿霞心意不在餵死者，死者已矣，她要幫助生者重新站起來。然而生者抱著死者超過十二小時，如此艱困的陪伴超越了颱風之夜的折磨，是什麼力量促成的？這是常人做不到的，由一對智力永保四歲的兄弟做到了，成了摩里沙卡的傳奇。

「阿達瑪，你看看，孔固力都吃了，他希望你也吃，你也吃幾口吧！」

沉默一會兒，阿達瑪點頭了。

橋上那些臥軌橫著身體往下看的十幾個人，發出驚嘆聲，他們搞了一個早上，不如古阿霞的幾句話。阿達瑪伸手，徒手從古阿霞端的碗裡抓了飯菜，往嘴巴囫圇。他的嘴巴張開了，氣勢如飯桶，把橋上吊下來的食物都吃光了，也喝足味噌湯，脫掉那件潮濕的破衣服，換上乾淨的。

「走，幫我帶孔固力回去關收音機吧！他會想關掉收音機。」

這次，阿達瑪很快點頭了。古阿霞晃動身體，讓繩索擺向橋梁，她用腳夾住死者，好把橋上的另一副吊掛下來的繩索綁在死者腰部與胸部。這活兒已經讓古阿霞汗水直流，而且山谷鑽上來的寒風，冷不防從衣縫竄進了脊背。

比較難的是，把孔固力環抱橋梁的僵硬雙手鬆開。吃飽有活力的哥哥，喝一聲，便把弟弟從卡死的橋梁縫拉起來，看屍體漸漸被拉上去，拉上晴朗乾淨的藍天，要消失似的。阿達瑪的心慌亂了，把古阿霞往外推開，忍了一夜終於哭叫，沿著橋梁爬上去，又蹬又攀，非常敏捷。

下午三點，菊港山莊的馬莊主來到了工寮。鐵路斷了幾處、山崩了幾處，他幾乎是徒步來的，為死者「趙柏青」開死亡證明書。馬莊主也詢問了阿達瑪的名字是「趙柏長」，柏樹長青，兩兄弟的名字不俗。馬莊主檢查死者的大體，猙獰僵硬，雙手虛抱什麼。他告訴莫茲桑，只要慢慢的挪動死者關節，能恢復平躺姿勢，如果把大體放置十六小時以上，也會恢復平躺，不過這時意味著肉體趨於腐敗了。

莫茲桑從口袋拿出紅包，謝謝馬莊主前來開立死亡證明書。然後，她要阿達瑪抱起亡者，拿去安葬，有點急著把事情解決，連古阿霞都有點驚訝。莫茲桑有她的主張，森鐵斷了，要送下山到公墓安葬，得等上兩天，又要花上一筆公墓費用。找個山上荒僻處埋了，雖然違法，但是相信大家會體諒她的選擇。

馬莊主把紅包拿下，錢退還給莫茲桑，說：「留下來，一點心意。」

莫茲桑婉拒，說：「一切都很簡單，不會花錢，我要用基督教葬禮。」然後轉頭對古阿霞說：「可以幫我嗎？到那片Kiyoko樹林埋了。」

古阿霞初為震驚，後轉為認同，緊握帕吉魯。說走就走，連葬禮也是，基督教沒有佛道教喪禮得遵守吉時的概念，只要虔誠無比，就是好時刻。莫茲桑要阿達瑪背起用毯子裹住的亡者，帶了鏟子與開山刀，立刻出發。

他們沒有帶銀紙與香炷，也沒祭品，倒是摘了不少小徑旁的花朵，小墨汁幫哥哥折了高山薔薇，白瓣黃蕊的花朵，甚是嬌惹。她嫌太少，穿過巒大杉混合林時，摘了兩朵釉紫的阿里山龍膽花；又在向陽的崩塌地看見了早田氏香葉草，花朵紫白相間，遍地輝煌，昨夜的颱風沒有打壞它們。她總算把手中那把有點惹人嫌的虎杖花通通丟掉。

前往那片Kiyoko樹林約半小時的路程上，颱風蹂躪之後的道路更難走，處處是泥濘與坍毀。一小時後，他們來到了杉木純林，這時是下午四點，斜照的陽光穿透樹林，有飄渺之美。帕吉魯在林隙找到平坦地，拿鏟子挖洞。小墨汁用花朵在四周布置。莫茲桑用毛巾沾了水，幫亡者淨身，發現四肢柔軟了，表情安詳，膚色回潤多了，只有胃部殘食在背負過程中被頂了出來，溢在嘴角。

古阿霞用生疏的刀法做了十字架，在交疊處鑿了凹楔，又割下袖子，好把兩根木頭綁上。這是她第一次做大型的十字架，代價是手臂疼痛與手掌破了皮，卻換來了內心滿足。十字架插在墳頭時，陽光穿透逐漸飄霧的森林，呈現難得的耶穌光。

「非常漂亮，連我都想留著使用。」莫茲桑讚美說，「阿青會喜歡，十字架很美。」

「這片樹林也很美。」

「這是什麼樹種？『放山雞』？」

古阿霞眼下的樹木通直，三十公尺高，直徑二十餘公分，疏密有致。伐木後的造林常以成長快速、能迅速回本的杉樹為主。中、高海拔造林，常常種日本柳杉，稱為「蘇雞（sugi）」，與「放山雞」一音之差。山上的人常常叫日本柳杉為「放山雞」，有砍光野生動物改養放山雞的詼諧。

「不是『放山雞』，是臺灣杉。」

「是Momi呀！這種樹難得見到。」古阿霞很驚喜。

Momi是日文漢字「樅」的發音，指的是臺灣冷杉，樹形峭聳，能在臺灣海拔三千公尺以上高度形成最美的針葉純林。這片林子海拔較低，顯然不是臺灣冷杉，古阿霞講錯了。

「不是Momi。這是臺灣杉，叫Kiyoko。」

「對呀，妳一路提到Kiyoko，我怎麼忘了。」古阿霞一路有所思，有所愧歉，沒注意莫茲桑老是把這詞兒掛在嗓眼。她臉露苦澀，卻看到帕吉魯臉上的笑痕很深，有點惱他。

帕吉魯的笑，是對古阿霞肯定，畢竟她不是他祖父以客語說的「躦山人」——走踏在山裡的伐木工。古阿霞只是博學強記，耳朵較尖，眼睛較利，學得比較快的人，不過真正經驗得從山裡滾出來。菊港山莊常有木材商往來，言詞間都是術語；山莊牆上也貼有各式木材胴剖圖與樹木的中文名字。古阿霞耳濡目染，能掌握幾分，不過還是半吊子，會誤認「臺灣櫸」和「臺灣山毛櫸」很相近，然後把各類杉木誤以為差異很大的樹種。對帕吉魯而言，臺灣木業沿用不少的日本文化，像是鐵杉稱「栂」（Toga），雲杉稱「唐檜」，扁柏叫喜諾氣（Hinoki）是「火之樹」的意思，因為飽含樹脂。這種文化不能光從表面的漢字理解。

「這片樹林是二十年前，我還在植樹班工作時，種下的。」莫茲桑說：「那時候，我年輕，從臺東跑到這裡的山上，剛懷胎，只是不曉得一次來兩個搗蛋。我那時候只顧種樹，哪管種的是冬瓜還是西瓜，有錢就好。」

「現在很美了。」

「那時，跟我一起在植樹班的劉素芳，她說一個有關Kiyoko的故事。」莫茲桑說到這時，轉頭對帕吉魯說：「你媽媽對樹呀，對草呀！是嘎嘎叫的人，很有研究。」

古阿霞肯定這點，素芳姨的房間堆了一堆關於植物、登山冒險的書籍，大部分是中文與日文書，少部分是英文。對自小受日本教育長大的素芳姨，能順利跨越語言障礙學習中文，古阿霞剛開始以為不可思議，但想想自己憑著對書本渴望與世界好奇，不也這樣讀通一切。

莫茲桑又說：「Kiyoko的日本話，跟樹沒有關係，是指純淨的囝仔。這是素芳跟我說的。」

「純淨的孩子？」古阿霞很好奇。

莫茲桑在講述那段記憶時，忘了很多關鍵詞，不過古阿霞事後向素芳姨詢問過，拼出更完整的傳說。這故事跟「早田文藏」有關，一個日本植物學家，他在二十世紀初來到臺灣。那正是全世界植物科學進行大量植物的命名的高潮，植物學家將之歸類後，循慣例在學名後，添加自己名字。臺灣植物的學名後頭掛有早田文藏（Hayata）的約有一千六百種，尤其是臺灣原生裸子植物最常見。早田文藏忙於歸類植物時，厄運吸附而來。他忽略了次女日漸惡化的疾病。某夜，他從總督府的辦公室回家，才連忙找三輪車將呼吸微弱的次女送醫，可是次女卻在震盪的車上離世了，他淚流不停，請車夫在臺北街頭悠轉五小時直到天光，終於給了女兒生前最期待的旅行。早田文藏突然想起了他在地表見過最美麗的樹木——臺灣杉，樹形筆直，樹高近一百公尺，樹齡可達千年。

早田文藏第一次見到臺灣杉時，希望孩子們都能這樣，要歷經災難，也要屹立不搖。可是，次女卻倒在他懷裡，難過得說不出話。他在次女的葬禮過後，連拍了幾封電報回日本，要求將新發表的植物群歸類命名中，把臺灣杉的英文學名改成次女的名字Kiyoko——潔子，意謂純淨的孩子——取代自己的名字。可是論文已印刷完畢，他只能在往後出版的《臺灣植物圖譜》，以一種錯誤、荒謬、無人理解的手法將臺灣杉的學名換成潔子樹，未獲植物學界的認可。

「這樹名真好，我才中意這片樹林。」

「Kiyoko，以純潔的孩子為名的樹，真的嗎？聽起來很美。」古阿霞眼神逡巡了這片二十餘齡的樹林，想像它們活上千年的壯觀。

「真假不重要了，重要的是，我喜歡這故事。」莫茲桑看著由毯子包裹的亡者，說：「懷他的時候，我就種下這片樹林。這囝仔二十歲了，卻活在四歲的能力，我沒有辦法時時把他拴在身邊，只求他不要害人就好。他做到了，他沒有害過人，那些沒有機會長大的日子，就由樹來代替了。」

古阿霞不禁難過起來，眼角泛淚，想到孔固力是颱風天護著自己上林場，不幸墜橋，悲愴絞心。入葬開始了，他們抓住毯子的四角，將亡者放入墓穴。古阿霞有多次在「安息聚會」上擔任詩歌吟唱的經驗，她這時唱了亨利萊特牧師的名曲〈求主同在〉（Abide with me），她唱到第六個段子，大家也把土覆完了，古阿霞卻淚流滿面。

「我疼惜的囝仔，媽媽沒有機會看到你了，也老了，沒有能力再把你生出來了。」莫茲桑說，「你就快樂回去天上吧！」

「再見了，我會常來送花的。」小墨汁把早田氏香葉草的花朵鋪滿墳塋，她期許晚上時，星星都垂下來撿花，順便把哥哥帶走。帕吉魯安靜合十，盼望森林給亡者的靈魂翅膀飛翔。他們回去的路上，阿達瑪吵著沒把孔固力帶走，不過他很快被古阿霞吸引了，她哭得眼睛都快壞了，誰安慰都沒用。

「阿霞，阿姨再講個故事給妳聽。」莫茲桑說。

古阿霞仍哭著，不過她學著聆聽，至少耳朵沒有淚水。

「天上的天使，最大的期待是來到人間成為寶寶。有些天使卻沒有辦法來到人間，因為祂們不是破相，就是半遂：有的缺手，有的缺腳，有的缺眼睛，只能羨慕別的天使成為寶寶。祂們只能待在天上，因為上帝疼惜祂們有所殘缺，到人間會受到更多的苦難，受到更多的傷害。上帝不忍。」

「我知道。」古阿霞說。

「破相、半遂的天使，吵著要去人間，再多的艱苦，祂們都願意承受。上帝說，不行，祢們不知道世間的苦難。上帝沒有答應過。」

「我知道。」

「有一天，上帝發現，那些天使竟然辱罵、羞辱、攻擊對方，祂很生氣，把祂們叫過來責備。可是天使卻流淚說，祂們是先學習人類才有的互相傷害，讓自己變得更堅強，祂們想去凡間。」

「我知道。」

「天使們的努力學習付出，感動了上帝，答應讓祂們到人間。上帝說，人間苦難極多，祢們的心志強還是不夠用，需要比一般人更強的父母。因為祢們多受一分苦難，祢們的父母會承受兩倍的苦難。我會為祢們選擇人世間最堅強的父母保護祢們，好了，我的小天使們，下去凡間吧！」

「我知道。」

「妳知道這故事怎麼來的？」

「我說的。」那天古阿霞知道小墨汁與雙傻的身世後，覺得該給莫茲桑一點支持，便選了時機說出這個在教會流傳的故事。

「這是我聽過最美的故事了，不是別人告訴我妳上輩子造業、這輩子要忍受，而是告訴我，妳是多麼有用、多麼堅強的能保護自己的孩子。那天妳講給我聽之前，我心情鬱卒得像一坨屎，有去死的衝動。可是，妳這故事讓我在睡前躲在棉被哭了好久。阿霞，我要謝謝妳，一定是我這做媽媽的在最軟弱的時候，上帝派妳來了。妳是我見過的第一位天使。」

那是古阿霞聽過最棒的故事，自己丟出去的故事又跑回手中安慰自己。自此，她的淚水更多，她的手緊握著帕吉魯，她是需要被愛的世俗女孩。

在三千齡的紅檜旁，殺戮要完成了。一架吊掛來的集材機待命，三位拿著兩公尺長電鋸的工人待會負責胴剖。早晨九點，三天來留在工寮幫忙莫茲桑打掃的古阿霞，越過五條稜線，前往大樹，森林線撤得很遠，留下乾燥凌亂的大地。她看到帕吉魯倚在大樹下，要把三千齡大樹放倒了。

古阿霞掙扎了幾次才來，畢竟砍掉大樹還真不捨。大樹在颱風天庇佑她，在悲傷時撫慰她，說再見真難。她不捨帕吉魯砍倒大樹，好不容易磨出情感，又要告別。不過，帕吉魯的心情始終平靜，在很遠的地方對古阿霞招手，背後襯著雲痕輕抹的飽滿藍天，臉上微笑。古阿霞心想，這樣也好，經歷大樹之死，又很快放下了。

「來吧！帶走朋友。」帕吉魯說，「到樹洞吧！很安全的，沒有要它倒，它是不倒的。」

古阿霞知道找誰了，她爬進樹洞，把帕吉魯當梯子爬上他的肩膀。在視線所及的小樹洞，看見那隻殘障貓頭鷹。

「用布套牠，輕一點。」

古阿霞做了，手被貓頭鷹穿過布套的利喙啄傷，痛得往後靠，樹壁遭蓮根菌侵蝕的粉狀樹屑掉落。古阿霞想起《聖經．出埃及記》描述的樹是「淨水器」，當摩西引領以色列人出奔時遇水荒，照上帝指示把一棵樹投進一窪苦水，水變甜了。她想，這棵龐大的淨水器，來自三千年前的一顆小小種子，某個微潤時刻發芽了，在這片土地長成美麗姿態，卻在還有生命存活下去的時刻被人喊停了。古阿霞摸摸紅檜，無盡的道謝與道歉，「再見了。」她在樹內繞了三匝，看著樹頂的那圈小藍天，充滿不捨。爬出洞穴時候，差點抓不住手中的小生命。牠似乎很悲傷。

帕吉魯用斧背大力敲樹身，引起巨大回音，目的是讓另一隻灰林鴞從樹頂飛出來。牠遲遲不走，深情呼叫幾聲，古阿霞手握布袋裡的那隻也悲鳴著。牠們要別離了。

帕吉魯用斧背撞擊塞在鋸縫的木楔，撐開樹縫，大樹將要倒下。帕吉魯吞了口水，氣灌丹田，喊出了一串無法分辨內容的吟哦。古阿霞被這種呼喊大家閃躲的聲音嚇到，繼而笑出來，她沒料到這幾乎不講話的傢伙會大喊。然後，帕吉魯離開工作臺。

大樹要倒了，過程極其細微。先是傾斜，發出的斷裂聲類似手錶秒針一秒一頓的聲響；接著傳來木材在熾火中爆裂的聲響，嗶嗶剝剝，最後發出嘰嘰嘰狂鳴，往兩點鐘方向的安全範圍倒下。轟隆一聲，地面震動，塵土噴起來，樹倒的聲響傳過了幾座山谷，又傳回來。

「喔嗚！喔嗚！」帕吉魯再度大喊，表示大樹倒下，無人受傷。

「再見了，Q毛仔，再見了。」古阿霞也喊起來，把心中那股無以名狀的情感喊出來才行，不然會哽住呼吸，因為她搞不懂，這麼努力在改變的事，卻像毀滅世界。她更懂的是，即使今天撒下了千千萬萬個種子，她的第三十代子孫也未必能觀賞到一株如此美的巨樹，不過，她會把傳奇說下去，她是見證著大山大樹的人。

大樹倒下時，樹頂的灰林鴞直到再也不能多停了，振翅飛去，中途得在刨殺露骨的林場停留五次，才能找到殘林躲藏。順著貓頭鷹飛去的方向，古阿霞看見奇特景象，有一群人朝這裡走來。工人們站在龐大如盤古死後的殘骸大樹上，停下電鋸。大家安靜下來看那群人。

那群人，為首的是綠衣郵差與藍衣報差，後頭跟來了工寮的小孩，小墨汁跨坐在阿達瑪肩上不斷揮手。古阿霞懂了，摩里沙卡自伐木以來，第一次有郵差與報差聯袂上山，是找她的。古阿霞擔心蘭姨出事了，那是她最關心的至親。她向主耶穌祈禱，給她勇氣，好面對接下來的挑戰，阿們。可是卻不爭氣的靠在帕吉魯身邊猛烈發抖。

古阿霞從郵差手中收取雙掛號，絞開信，看到省教育廳的公文，說明大觀分校復校生效了。她又把報差遞來的電報抽出來看，看了五分鐘才懂。這封電報迥異於寄掛在山莊的樣本，從臺北總局轉來的，先是英文電碼，再譯成中文。古阿霞看得又笑又哭的，讓四周等待的人都傻了。

「我們成功了。」古阿霞看著帕吉魯，說：「這是國際電報，那個日本人拍來的，他把蓋學校的費用，匯到指定的臺灣銀行了。」

日本人遇到喜事也會拍電報，跟臺灣不同。大家響起掌聲，小墨汁大聲叫起來，其他人也是。郵差與報差早已獲知好消息，破例上山，他們想參觀林場，更想看努力為自己、也為別人的古阿霞破涕為笑的喜悅。

「這真是美好的一天呀！」她激動抱著帕吉魯，今天，上帝同時把一雙手放在她的肩上賜福。

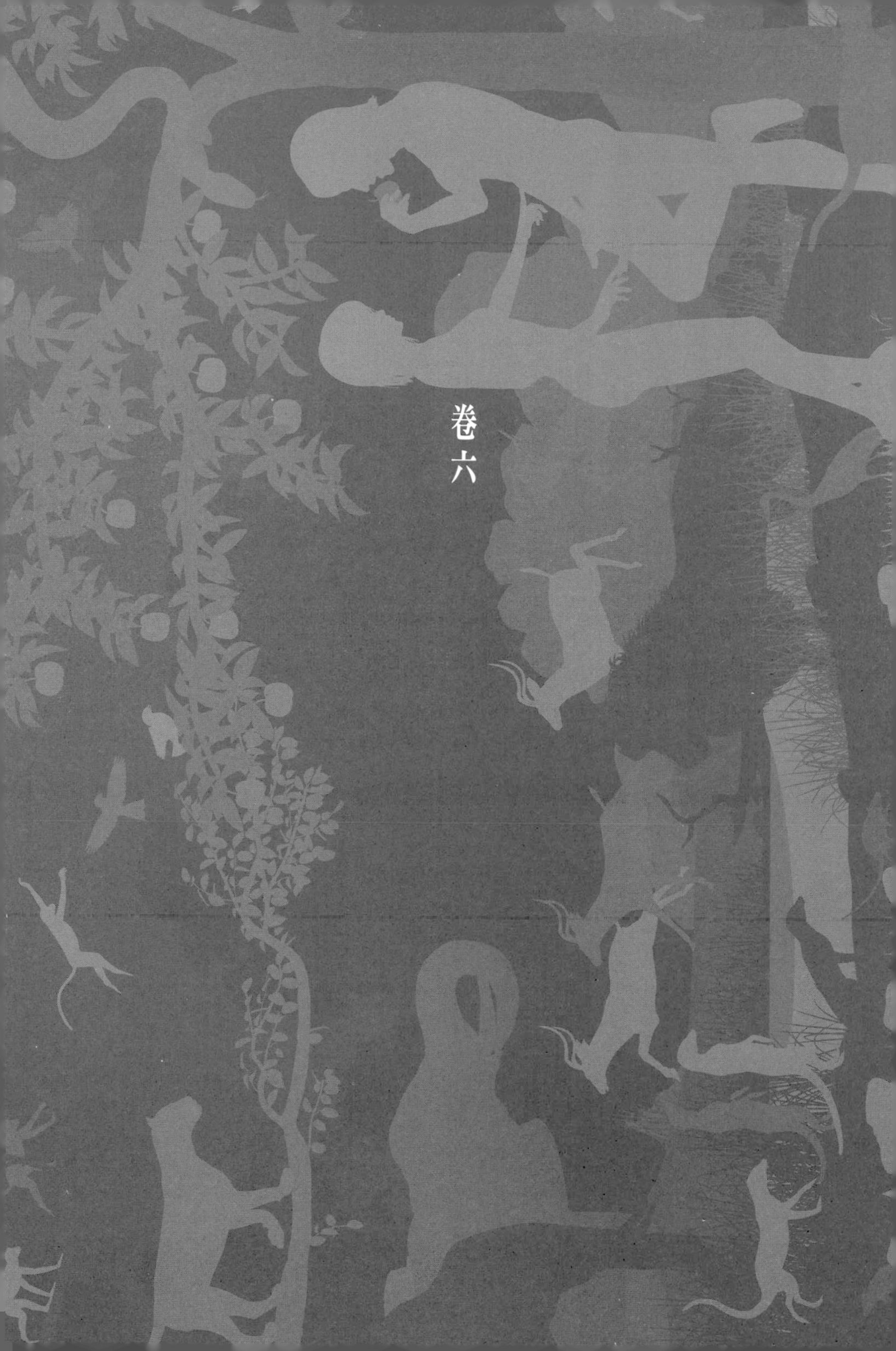

卷六

河流帶來的黑熊姑娘

十月，蘋果成熟了，學校成立，趙坤回到學校擔任半年校工，小墨汁也下山讀書，住在菊港山莊。古阿霞原以為生活應該清淡如蛾藍天空的日子，慢慢陷入了危機與殺機，覺得唱歌不再是享受了。

首先是王佩芬，老是跟古阿霞抱怨她的身體有個惡魔，慢慢啃食她的腳趾甲、腳踝、大腿與胸部，最後齧食大腦。王佩芬也越來越怕黑，在山莊規定的時間熄燈後，她不禁打冷戰，嘴裡發出無奈，她不喜歡煤燈或蠟燭，抱怨僻村沒有電就會一步步陷入毀滅。她向古阿霞詢問，有沒有神父可以免費幫她驅魔。古阿霞說，她沒看過神父或牧師從事驅魔，不過她可以祈禱，祈求天父趕走王佩芬的心魔撒旦。王佩芬只要是免費的都行，然後閉上眼，讓古阿霞一手拿《聖經》與十字架，一手放在她額頭禱告。

「手要放這裡。」她把古阿霞的手抓下來，放在下巴，然後又移到鎖骨、胸部、胃部，直到停在丹田才說：「我覺得惡魔在咬這裡。」

古阿霞繼續祈禱，直到王佩芬不耐煩的說，「行了，有效了，我想大便，去廁所把惡魔拉出來了，我們改天再來。」

改天之後，王佩芬逢人便說古阿霞信得不虔誠，免費的驅魔沒用，寧願花點錢找不是神棍的道士。她也抱怨，看見山莊內有恐怖的幽靈移動，一下子在廚房鬼鬼祟祟覓食，一下子縮在雨淋板縫隙窺人，一下子在被煙燻得發亮的軒桁之間亂跑，到處有腐敗的味道。

被念煩的馬莊主沒好氣的說，「我也看到了，那是老鼠，丟幾包老鼠藥就可以驅魔了。」

古阿霞在某天傍晚時，覺得王佩芬說對了，空氣中瀰漫臭味，某種混合死亡與羞辱的瓦斯味很嗆鼻，從清朗的天空傳下來，讓人無法安靜下來。在學校打雜的趙坤下班了，從山莊側梯爬上去檢查。小墨汁認為這剝奪了她練習爬集材柱上燈的好機會，很不高興，不過她隨後慶幸自己沒爬上去。趙坤在屋頂看見五隻腫脹的鼬獾屍體，流動白蛆與屍水。他把屍體裝進麻布袋，用石灰消毒，這搞得他又累又疲，把沒綁緊的屍袋從三樓高的屋頂扔下來時爆開，把樓下圍觀而不願走的村人全趕走了。被屍水濺到的王佩芬大哭，花了好幾天刷身體，也氣得好幾天不說話。馬莊主則拍拍趙坤的肩膀，稱讚他斬除了長舌婦們。

晚上的伐木工聚會時間，他們圍著山莊的火塘，現出原形──枯燥無味，靈療戒酒會那樣低頭懺悔在一起。但是喝了點酒，隨即開啟「菜市場模式」，彼此長舌起來，「這又是警告，跟上次放剝皮豬頭一樣。」一個伐木工針對丟屍體發表意見。這些男人喝越多，話題也越深，幾乎可以把痔瘡掀給人看，或表演用電鋸機油來炸番薯條配酒的絕活。所以，當晚上九點發電機停火熄燈，王佩芬照例又要小小的尖叫聲之後，假裝在櫃臺看書的古阿霞可以聽到更多內幕。

到了十點，她聽到他們不斷繞著關鍵字「咒讖樹林」。山莊的金主蔡明台取得了「咒讖樹林」的開發權，從外圍的森林，逐步往那片被詛咒的森林開發，也因為這樣，引起了其他苦力頭或權力者的不滿，利益談不攏，把死貓死狗丟到山莊抗議。不過，馬莊主極力否認蔡明台是山莊的一分子，強調他只是長期住戶而已。

古阿霞想繼續聽下去，卻第五次被小墨汁打斷了。小墨汁執意在睡前去下燈，來來回回被阻擋，最後趁隙跑出門。古阿霞追上去，緊抓住了女孩的手，不讓她爬上二十幾公尺的集材柱。上燈、下燈是古阿霞的責任，只要她在山莊，這件活就該她來做。

「我來一次就好。」小墨汁說。

「不行，這很危險，要是沒踩穩妳會摔下來。」古阿霞答應莫茲桑，好好照顧這小女孩。

「我要像妳一樣勇敢，拜託，一次就好。」小墨汁說。

「不行。」

「從很遠的地方就可以看到集材木上面的燈。」小墨汁說，「我去把燈拿下來，媽媽從山上就可以看到我了。」

古阿霞同意了，被倒了一些軟性情感就投降。她答應小墨汁能爬集材木，今天只能爬到第十階、約一樓高之處，還得用繩索確保。不過不用勞駕古阿霞回頭拿牛皮護腰確保繩了，趙坤已拿來了。原來趙坤看見古阿霞急急忙忙的追出山莊，人也跟出去，聽了兩人對話，掉頭把東西拿來。古阿霞再次告誡小墨汁，她視力不好，得一步步來，千萬用腳底板踩鐵梯，別用腳尖踏。

「妳注意我一隻眼睛不好，卻沒有注意到我這邊的這隻特別好。」小墨汁反駁，白內障那隻看不太清楚，好端端的那隻卻兼具了千里眼與放大鏡的功能，她能算出十二公尺高的一叢松樹的松針有幾根，也能分辨五公尺外草叢的螞蟻種類。小墨汁又說：「妳一定沒發現下燈時的祕密？」

古阿霞追問，「什麼？」

「會有反光。」小墨汁指著大山的某一隅，說：「妳熄燈的時候，那裡會有反光。」

濃黑不見框的山上只有工寮的燈火，以及稜線上的星光，哪座大山會有餘光折射？古阿霞決定自己爬上去測試，她特別注意看，夜是黑的，山是冷的，不見任何折光。當她在二十五公尺高的集材柱頂取燈時，小墨汁發出歡呼，連趙坤也看見那朵光瞬忽迸發。古阿霞猜想，那是帕吉魯的把戲，這世界只有他會這樣對她回應。這幾日山莊的蘋果日漸成熟了，需要蜂蜜製作蘋果膏，帕吉魯負責去採蜜。他的採蜜蹤影在大山中曝光了。

古阿霞用遮燈罩遊戲，隨意打出明明滅滅的燈號，那頭也有回應。她很確認那是帕吉魯了。小墨汁大聲說她也要玩，要打燈給媽媽。

「燈光從咒讖樹林來的。」趙坤說。

這是古阿霞今日聽到最頻繁的詞，如鬼魂掐住喉嚨，逼得人難以呼吸。她想到帕吉魯就在那，多了擔憂，便問：「那裡多可怕？」

「也沒有多可怕，比起跟傷亡靠近的伐木林場，那最安靜。而且那是村子的水源區，我們每天喝的水從那裡來。」

「那一定發生過什麼事，不然不會給安上這麼可怕的稱呼。」

「那有一片大森林，非常大。有幾次要往那裡砍伐，總會發生人命，後來就停了。」

接下來幾天，古阿霞遇到人便問起「咒讖樹林」的狀況，回答者反映了自己的性格與脾氣。馬莊主說得雲淡風輕，一直強調別相信謠言。素芳姨很謹慎，把那片森林形容成陽光、大樹與清澈流水的故鄉，帕吉魯的祖父就葬在那。王佩芬和幾個常來山莊幫忙的阿桑，說得膨脝加料，變成一本融合懸疑、謀殺、鬼怪與宗教的小說，聽得古阿霞腎上腺素升高，得在胸前畫記十字聖號。

綜整各家意見，古阿霞大概理出個譜。水源地約三個林班地大，一般以48號林班地統稱，日本時代蓋了神社，光復後當作媽祖廟，最後媽祖神像竟然人間蒸發不見了。那地方偏遠，人們索性在村裡蓋了有石龍柱與麒麟垛的氣派廟代替，逐漸遺忘那裡。

比起消失的媽祖神像，人們更樂於談論森林開發而引起的死傷，首先是飯鍋接連出現了白米煮出血飯，不是人血，是檜木受鋸時樹皮流出的紅液。接著，發生二十幾位的工人集體癱軟的狀況，全部被詛咒了，渾身無力，癱倒在地，那些工人們事後形容自己是被剪斷線的傀儡，說不出話來，處在恐懼與死亡的邊界，卻在兩小時後陸續恢復體力，醫生檢查不出原因或病痛。日後，這些工人經常無緣無故的失智陷眠，要好久才會回神，只能回家休養了。王佩芬說這些人是集體「著猴」①，活見鬼了。這些工人有些還住在村子裡，不喜歡外人提起這件往事。

這只是水源地開發的前菜，主菜更血腥。砍伐48林班地之後，首先是集材機的鋼索斷裂，把人鞭死；貯木池排列的原木突然裂開，把人夾在水下溺死；悲慘的命運陸續發生，水源地森林運出來的原木發生鐵軌翻車或流籠斷裂，總共有六人意外身亡。

最後是有人被謀殺在那片森林，「被殺死的是劉政光的阿公，死得很慘，我看絕對不是大家說的自殺。」王佩芬用極其誇張的表情說。一連串的意外與謀殺事故，大家相信了，森林會反撲，「樹靈復仇」成了山村的最重要傳說，開發便停頓下來了。

事情要是這樣的話，古阿霞能理解山莊被丟屍的原因了。那片林子果真怨念很深，問題很大，或者說住了撒旦。

秋光漫漶，蘋果在日光中個個紅溫可愛，這就是古阿霞這幾天為何喜歡摘蘋果了。她穿長袖長褲，披頭巾出門，不用在山莊裡與馬莊主討論時事——中共與美國建交、美國與中華民國斷交、美國海軍第七艦隊停止巡弋臺灣海峽——馬莊主會問，至少妳有半個「阿兜仔」的血統，如果起乩，比較知道前美國總統尼克森與現任的卡特在想啥。古阿霞會反駁，她信耶穌，也不起乩。然後，馬莊主會追問，那在天主教裡，起乩叫什麼。古阿霞又反駁，她還是基督教的，而且阻止不了馬莊主繼續追問一堆怪問題。

這時候多虧電話拔尖響起了，把兩人對話掐斷，給古阿霞去接。那頭的歐匹將衝著她喊，「阿霞呀！有個山地人說要讀妳的學校。」

「山下有學校了。」

「我也是這樣跟他說了。可是，他說他可能沒幾年可以活了，在山下待得很悶，很想山上的空氣。」

古阿霞抓住話筒，一隻手絞著捲曲的電話線，她腦海浮起了蒸汽火車沿萬里溪的河畔奔馳時，煤煙飄往那個灰色的百來間竹子屋部落，是窮困、孤絕與受排擠的地方，裡面的人拚命往外逃，進去的只有基督教長老教會與天主教聖母堂的使者，這是古阿霞對部落的印象。「沒有問題，跟他講，隨時歡迎他來。」古阿霞說。

「他說，妳去找他會更好。」

「我會去那裡的。」她認為這個要求還好，不過分。

馬莊主看到古阿霞掛斷電話，絕不會放過先前被折斷的話題，問：「我還是搞不清楚，基督教跟天主教差在哪，不是同一個老闆？」

要對只懂得榕樹的人，解釋扁柏與紅檜的差異，太難了，古阿霞說：「會有兩個教派，是上帝伸開兩手，幫助世人。」她不喜歡外人用拆夥、開店，或用亞伯與該隱的紛爭解釋。

「那千眼千手觀音呢！不就開起連鎖店？」馬莊主裝糊塗。

「報紙來了。」古阿霞瞥見上門的郵差把昨天的報紙送上山。談時事，找報紙就對了。

馬莊主找到對象了，戴上老花眼鏡讀報。古阿霞去摘蘋果，至少蘋果不會跟她討論時事，它們懸在樹梢，安靜泛紅。這些一九四〇年代從日本移植的青森蘋果，果皮深紅，略帶小白斑。或許水土或高度氣候不符，果肉不是很甜，照顧也不夠體貼，蟲疤、畸形累累的都有，有些挺酸的，咬一口，臉皺得快把鼻子眼睛兜攏了。古阿霞站在木梯，搞不清楚哪些可以現摘，哪些晚熟的得慢摘，每次下手都猶豫。

①指中邪，閩南語。

古阿霞想詢問素芳姨，可是看她心事重重，也就算了。她知道素芳姨為了登聖母峰的經費苦惱。素芳姨登完中央山脈北段後，在宜蘭召開募款記者會，刊登的報紙在幾日後送上摩里沙卡。版面很小，標題鬆散不吸引人，後續募到的錢少得可憐。

這些蘋果不好下口，製作的「熊牌」蘋果膏卻是菊港山莊的招牌商品，生吃能生津止渴潤喉；拌熱水喝，對咽喉腫痛、痰黃黏稠都有效。大家愛搶購，得預約才行，從來沒有擺上架的機會。古阿霞吃過去年的製品，芳香四溢，比川貝枇杷膏還順口，難怪得放在上鎖的櫃子，免得小孩偷吃。

「我們該幫素芳姨一個忙。」古阿霞對王佩芬說。

「那當然的，我哪次沒幫過。」王佩芬手腳俐落，把蘋果摘了，放在腰際的竹籠。

「這次賺的錢，全部給素芳姨，她登山需要錢。」

「什麼？全部。」王佩芬從枝枒往下瞪。

「那改捐八十趴就好了，我知道妳每年就等著賺蘋果膏的錢。」

王佩芬有一籮筐計畫，就差臨門一腳的蘋果膏錢，就能擁有期待的香港熱褲或喇叭褲，還有燙個奧黛麗赫本髮型。她從木梯爬下，把蘋果倒進大籮筐，靠近古阿霞說話時，還很注意素芳姨的距離，說：「我覺得登山太花錢了，要一百萬元，太貴了。」

「貴是貴，但我們不能連幫忙的誠意都沒了。」古阿霞看過那本攀登聖母峰的預算冊，費用確實龐大，這還是拮据算法，隊員得勒緊皮帶跑計畫才行。

「我當然捐。」王佩芬很認真說，「我也說說，我今年幫蘋果樹做了什麼努力，噴農藥趕走蠹蟲、蚜蟲、毒蛾、瓢蟲，我還用鐵絲往樹頭鑽死那些白肉釘子的吉丁蟲幼蟲，不讓蘋果樹爆裂。」

「我知道，我也挖過蘋果樹的吉丁蟲。」

「我知道妳一張嘴巴很厲害，說不過妳。不過，我要捐的錢先放我口袋，等欠我這筆就湊成一百萬元時，我就拿出來。」

「那，算了，當我沒說。」

「我有個計畫。」王佩芬忽然說，「我們的蘋果膏可是好的，妳留幾罐，每天早上空腹喝一匙，保證妳登上五燈獎衛冕者寶座，可以捐獎金。」

古阿霞知道王佩芬的意思，說出她的苦惱。一個禮拜前，她收到信，拆開是五燈獎花蓮區「巡迴公演」通知書。五燈獎是平民歌唱與才藝選拔大賽，先透過巡迴公演選出各地的優秀選手，再前往臺北錄製電視擂臺賽。花蓮區巡迴公演在山下的中正堂舉辦，那裡通常放熱門影片，古阿霞記得門外看板把五燈獎選秀的海報貼得很大。林場也通知員工與約聘員，能唱幾句的都可報名。她曾動心，只是臉皮薄，沒想到她的歌喉化解了高山工寮的打架風波，阿南哥說被耶穌親吻過的喉嚨不幫她報名就太無彩了。不過，這點心事不成愁，她這陣子心中的大石頭已放下，學校能運作了，至於比不比賽不重要，大不了放棄。

蘋果摘下後，在蔭涼處放幾天能熟成，做成的果膏更具滋味。樓梯下的小空間堆了小山似的酡豔色蘋果，清甜香味，曬足太陽的更是紅潤。山莊的「熊牌蘋果膏」不摻中藥當歸、陳皮、甘草與杏仁之類，滋味香醇，喉韻更順，但需要蜂蜜當賦形劑，穩定品質，降低蘋果酸味。

蘋果放了五天後熟成了，咬下會在口中響起令人大驚的回音。小墨汁說那堆蘋果是紅色氣泡墊，真想一顆顆捏爆，痛快的啵啵啵。可是壓碎蘋果做果醬的工作既累又無趣，耗費了整個下午。得有人先把蘋果切半，去蒂、削核、斬尾，另外有人拿雙菜刀在砧板把蘋果切成丁，廚房傳來咄咄咄的聲音。窗外聚集一堆小孩張望，鼻子眼睛擠在骯髒的紗窗上，烙下格狀的灰塵。

古阿霞想用水車舂米房壓碎蘋果，多年來在廚房剁蒜末讓她體悟機械化工具較省事。素芳姨卻指出，某年用舂米房榨蘋果，不只碎屑亂噴，有隻小雞從門隙鑽進來吃米粒，掉進舂臼打成了肉末泥，血腥的雞肉蘋果泥只能做派，各種菜色實驗都失敗的派。

古阿霞花了一個小時用推車把石磨運來，汗透後背，印出胸罩帶子。推磨子的工作更累，手臂痠痛，無法舉箸。王佩芬說，「妳真是老實。」古阿霞說，「是嗎？哪方面？」王佩芬馬上轉頭對那些紗窗外的小孩說，來來來，幫忙推磨，待會一人給一杯蘋果汁，你們真走運。小孩們被那杯號稱只有生病才能喝到的蘋果汁搔到了手掌，擠進來推磨子，沒碰到木推柄的都哭了。古阿霞不苟同欺騙孩子的小惡，因為王佩芬絕少兌現諾言。

「有人來決鬥了。」一個小孩忽然大力撞開廚房的紗門衝進來，被其他推磨子的小孩擠到角落去。

「你插隊，被淘汰了，沒有果汁喝，去喝西北風。」王佩芬對衝進門的小孩說。

「快來看啦！另外一個索馬師仔來了。」

磨蘋果汁的人跑去瞧。有個年輕的傢伙背了跟帕吉魯差不多大小的木箱，從流籠那走來，沿路的人都把眼光丟給他。小孩們圍著他，打量他，詢問是來復仇的嗎？而且打賭他會輸給帕吉魯，因為他負重的模樣快喘死了。

古阿霞倏忽有了答案，此人是帕吉魯同門同派的「阿骨師」，來自宜蘭的大元山伐木林場，她上前去招呼。年輕人驚訝的說：「妳知道喔！想不到阿骨師的名號在這也嘎嘎叫，不過，我是阿骨師他功力沒半撇的徒弟。」然後轉頭往不遠處看去。那有個年近五十幾、兩鬢微霜的中年人，坐在路旁抽菸，手摸十幾年前淘汰的「崛田氏索道」的一噸重八角水泥重錘。唯有上了年紀的人才懂這種系統引領過臺灣林業的風騷繁榮。古阿霞招待師徒到山莊小憩，端上剛榨好的八百西西玻璃杯裝的蘋果汁，令圍觀的小孩不曉得該看蘋果汁，還是看人。

綽號叫「七星」的年輕人放下大木箱，背上汗如泥淖，先打菸給師傅，再自個抽起來。抽菸比皇帝大，這是苦力人的習慣。他抽了兩口，對圍觀的小孩表演吐煙圈的絕活，噘嘴噴氣，八個環狀煙圈往上飛去，孩子都不太領情。沒有觀眾緣的七星喝上一口果汁，瞪大眼，全身冒筋的大喊：「這是啥？」

小孩們看著最精采的演員表情，更火勁的吼：「我們的林檎（rin-go）汁給你們喝掉了。」

「來，這杯給你們喝。」阿骨師把杯子往外推，把最靠近他的孩子的手抓過來拿杯，說：「我喝過了。」孩子們糊塗了，阿骨師從進門來都沒就杯，哪來喝過？可是他們絕不糊塗的是，不搶來喝只能見到別人嘴唇的渣圈了。

倒是古阿霞聽出了那句弦外之音。她發現，阿骨師從進門的那一刻起，盡往山莊的關節處細思，他認真瞧著拉門上方的欄間雕刻的儒艮戲浪圖，不會坐在玄關、原是日本壁龕的凹壁上脫鞋。他摸過櫃臺外緣某個完美的修補痕跡。他拿起火塘的一小撮木灰，朝那顆掩埋底下的紅炭撒去，表達敬意。他選擇在火塘旁第三榻的座位，而且先用指關節敲桌子打招呼。古阿霞發現，阿骨師能看到只對個人有意義的鐵架、刮痕或地板凹陷，在在顯示，阿骨師曾住過山莊，不難理解他說「喝過蘋果汁」的意涵，不過這是發生在很久之前的事了。

「唉！大門改了，我打不開了。」阿骨師對從廚房進來的馬莊主說。他剛剛走前頭，在大門前費了勁還是拉不開，把嘴上的菸頭咬癟了。

馬莊主未察覺是阿骨師，之後一愣，喊道：「那喔！是怕日本鬼來了。」他坐下來，要古阿霞把果汁杯撤走，沏壺熱茶。

「怎麼說？」阿骨師傾身從火塘裡把餘炭掏出來，餵柴燒水，一切熟門熟路的幹活。

「唉！」馬莊主邊泡茶邊說，十幾年前，山莊養的食蛇龜卡在某個深暗的木板縫隙一年出不來，牠抓木板的怪聲音令人起雞皮疙瘩，又發出怪味道吸引蟑螂成為牠的食物，惹得有些人天天說鬧鬼，見到影子就說什麼是日本鬼在鬧，他們就偷偷把日本的橫拉門，改成民國年代的推拉門了，這樣來鬧的日本鬼就連門也不曉得怎麼進來了。

「看來，我算是日本鬼，拉不開門。」阿骨師調侃自己。

「恭迎日本鬼來迌迌。」馬海大笑說。

兩人笑盡，沉默了些，不習慣凝視彼此，話都哽在喉嚨找不到開頭，便撤掉茶杯，換酒杯。男人喜歡喝茶，卻常常喝酒。廢話自此很多了，天黑之前就成了酒鬼。

他們把絞碎的蘋果泥放進紗布袋，放在板凳上，用十公斤的石頭榨出淡茶色的果汁，甚至用扁擔把紗布袋當三明治夾中間，絞緊繩索，好把果汁榨乾。紗布袋縫擠出渾圓剔透的水珠，均勻布滿，像樸實的臉在陽光下勞動後的汗水，誰看了都覺得一年的付出是值得的。

素芳姨傳授古阿霞如何熬蘋果膏，隱約建立了婆媳關係，或許這是她攀登聖母峰前得密授的傳家寶。用了兩鍋五十公升的大錫桶熬煮，花上一夜，以文火把果汁各收乾到十公升。再以蟹眼細火煮一天，直到成膏。在漫長的夜裡，收音機唱完國歌，古阿霞唱完抒情歌后崔萍的〈今宵多珍重〉，只剩沙沙雨聲從宇宙邊緣傳來似。外頭氣溫低到泛霜，來回戶外廁所用衝的，哪有閒情去讚嘆天穹光斑沸騰的星群。裹毛毯的古阿霞坐在火邊，注意火候，稍有疏忽就泡湯了。牆外的防火梯有時發出聲響，深怕又有人爬上去丟屍，古阿霞老是提心吊膽，拿起去年的蘋果膏泡了杯熱茶喝，能緩解緊張。

素芳姨有了多年通宵的經驗，能邊打盹，趁翻身的時候顧一下火，瞥見古阿霞縮在毛毯、看著兩手中那杯茶湯上層層疊疊的光波，模樣傻，肯定有心事。古阿霞回應，她腦袋確實轉悠著怪想法；比如，為什麼叫熊牌蘋果膏？要是帕吉魯來不及帶回蜂蜜，熬的這兩鍋蘋果膏不就沒轍了？又比如，阿骨師從那麼遠的地方來找帕吉魯肯定有事。

「最初是叫『小黑熊牌蘋果膏』，不過在標籤製版時，多加字，要加錢，才省略用熊牌兩字。」

「小黑熊比較討喜。」

「是呀！那是帕吉魯養過的小黑熊，牠是活招牌。」素芳姨說。

那是在帕吉魯八歲時，這樣年紀的小孩，在床底應該放尪仔標、鐵絲滾輪圈或酒瓶蓋製的飛鏢，卻出現小黑熊。小帕吉魯夠聰明，用鍋底灰塗在小熊胸前的白環，說牠是小黑狗。素芳姨注意到牠嘴巴突出、尖銳趾甲，是黑熊特徵，她沒戳破，因為眼前自閉、害羞與難語的小孩，為了熊試著跟母親辯解與求情。他帶小熊到學校，跟同學分享他的寵物，他懂得玩，懂得叫，也懂得哈哈笑，不再是被老師放棄、老是蹲在銀杏樹下發呆的學生。

「又是噩夢的開始。」古阿霞說。

「沒錯，一隻熊來到村莊就是錯的，不是牠死，就是我活。」

小帕吉魯越來越喜歡上學，朋友多了，危險也越多。他上午上課，下午帶小熊去遙遠的森林玩耍。傍晚回來時，他們身上沾滿又濃又臭的動物腥味，小帕吉魯沒有解釋，不說就是不說，撬開嘴巴、拉出舌頭也沒用。另外，可愛的小黑狗引起同學覬覦，也想養。沉默的小帕吉魯不得不拿出《臺灣哺乳動物圖鑑》，秀出上頭的成熊。

有的同學不信，罵小帕吉魯搞自閉。他被激怒，為了證明所言不假，帶十個學生去找黑熊媽媽。一小時路程後，來到陡峭的雜林坡，小黑熊掙脫小帕吉魯的手，奔向一個嘶吼的七十多公斤大黑影討奶喝，所有人——包括偷偷跟來的素芳姨，當下覺得多幾條腿都不夠逃。

只有小帕吉魯鎮定的走前去，站在母熊前，看著牠餵奶給小黑熊喝。母熊受困陷阱，鋼絲圈套勒住了右前肢的關節上方，使牠做不出大型哺乳動物最強悍的求生本能，扭斷勒住的手掌求生。素芳姨看得出來，眼前母熊的右前肢腐爛，成了蒼蠅與白蛆的樂園，死亡已近。小帕吉魯趁母熊受困，帶走了小熊，卻不忘每天帶小熊回來喝奶，並且一路搜集深秋掉落的青剛櫟或昆蟲給母熊當食物。母熊最後還是死了。

小熊很可愛，任何侵略性的動物都有可愛的童貌，人也是。小黑熊與小帕吉魯的可愛組合，成了話題，那年滯銷的蘋果膏、蘋果醬，多虧小熊貪吃的模樣逗人，暢銷了。熊牌，成了大家對蘋果膏的印象。小熊在一年五個月大時，被帶到十六公里外的樹林野放，小帕吉魯回頭了八次，每次都甩不開小熊，直到素芳姨拉起他跑走。小熊會長大為森林最強悍的動物，而小帕吉魯，又回到他自閉沉默的世界了。

「他回去找過小黑熊吧！」古阿霞問。

「我們一起回去的，回到當初跟小黑熊分手的樹林。」素芳姨說，「那是校欑②林子，有些樹幹留下熊掌痕，地上有熊糞，那樣靠近熊的地盤非常危險，可是，我知道不這樣做，不會死了他一條心。」

「看起來很危險。」

「我們待了兩天，當天晚上最危險，我把吃的食物埋在地下半公尺，怕熊靠過來；搭帳要避開殼斗科家族中果仁最大的鬼櫟，那對黑熊來說像巧克力；睡覺時拿著鍋子，有不對勁的腳步聲就大敲大喊。第二天下午，一隻兩歲的小黑熊靠近營區，那是我看到的第三隻黑熊，牠和劉政光相望了五分鐘，記憶與感情產生了奇妙的呼應，我們不曉得是不是去年的那隻，但是那樣的凝望是聯結。可是小黑熊很快恢復野性動物的反應，見到他往前，一呼溜跑走了。」

「相濡以沫，不如相忘於江湖。」古阿霞忽然想起莊子所言。

「留下緣分前最美麗的記憶就好了，所以呀！真的，要是不能永遠待在那片校欑林，讓黑熊去擁有也無妨。」

素芳姨很感謝小熊給過帕吉魯的心靈陪伴，所以，山莊養過各種獸性較弱的動物，烏龜、水鹿、山羌、貓頭鷹都陪伴過小帕吉魯成長。有些野生動物養大之後，完全走樣，水鹿到處啃居民的菜園，山羌叫聲吵人，貓頭鷹叼來的動物要是沒吃完會腐臭；烏龜可愛卻躲到不見了，曾締造了躲在隔板縫隙一年不出來的傳奇。說來說去，只有小黑熊最受歡迎，一砲打響了蘋果膏的知名度。

「我們還製造自己喝的熊牌蘋果酒。」素芳姨笑著說。

「蘋果可以釀酒？」

「當然，這是西方的名酒。十年前，一位天主教巴黎外方傳教會的教士來山上摘茶蔗子，這水果是歐洲常見的醋栗，可是臺灣卻長在高山。這位教士在山莊住了一禮拜，發現這裡的蘋果也可以釀酒，滋味還可以。」

「這裡的蘋果除了不太好吃，其他的好像都可以。」

「沒錯。」素芳姨點頭認同。

兩人猛點頭，臉給火照得幽晃，睡意淡了，夜仍濃。食蛇龜在屋內爬，殼腹摩擦地板發出怪聲；戶外貓頭鷹在蘋果樹上呼溜叫。古阿霞顧了一下火，又把話兜回蘋果膏，她說，她們已經決定把蘋果加工品利潤的八十趴，不，是九十趴——古阿霞把自己的所得也貼出來——贊助素芳姨的聖母峰登山活動。

「謝謝，這時候我也不能客氣起來了。」素芳姨擔任這次臺灣隊的發起人兼攻頂手，成敗壓力大。

「我可以將學校的一部分錢借給妳，這沒問題。」古阿霞順水推舟。因為攀登聖母峰是國際性團體計畫，年底前湊齊不足一百萬經費，計畫得取消，無法延後。

②青剛櫟的名稱之一，其橡果實是黑熊所愛。

「這點我就不能拿。那些錢是學生的，我不能用。」素芳姨說，「我知道海外登山很急。臺北那邊，有豬殃殃他們向體育用品店、公司行號募款，我們推得很積極，絕對不會放棄。但是，妳學校的錢，我心領了。」

攀登世界夢想的天堂，得從為錢所困的地獄爬起。古阿霞知道，她走過路迢迢的募款之路，備嘗艱辛之後，更希望自己能回頭拉人一把。她給素芳姨一個伏筆，如果急需一筆錢，她能幫忙，她願意幫忙，請素芳姨務必接受，海外登山的計畫盼了一輩子，也只有這一次了。

蜂蜜在兩天後由帕吉魯送抵，引來村人注意。

帕吉魯背著二十公升蜂蜜桶回到村莊。蜜桶由亞杉一體成型鑿出來的，質地堅硬，不易裂，貯蜜不容易變質。蜂蜜很鮮，一路上有二十幾隻蜜蜂在帕吉魯身邊糾纏，卻被插在蜜桶的長尾栲嚇走——樹葉震動的頻率與天敵虎頭蜂很近。他進入村莊，小朋友聞風跑來，往木桶邊揩蜜。黃狗套上嘴套，一路悶吠，偷蜜的小孩都懶得理。

山莊來了不少人，有登山客、觀光客，最多的是風聞蘋果膏而來的饕客。廚房鍋裡的蘋果膏與剛運到的蜂蜜攪拌均勻後，立刻裝入玻璃瓶，貼上熊牌標籤出售。櫟科的花蜜略帶苦味，不礙滋味。帕吉魯還拿出半斤的鵝黃花粉，今年櫟科的柔荑花開爆了，花粉大產。這包花粉值錢了，俗稱「賭博粉」，跟黃金一樣論兩賣，很多人愛摸麻將八圈打上三天三夜，吃了櫟花粉能精神通宵，跟毒品一樣卻沒副作用。這些收入能貼補海外登山計畫。

帕吉魯聽說阿骨師回到山上，不曉得他回摩里沙卡的目的是什麼，要是舊地重遊，也不至於背個大木箱回來，先去打聲招呼才對。他到擠滿人的客廳瞧一圈，沒見到人，轉頭要走時，發現門口的鞋櫃放了三雙分趾鞋，工人上山了，有誰會在這時候逗留山莊？他又把客廳的旅客瞧兩圈，心裡有個底了，是貴客來了。他把古阿霞叫來，仔細說明了原委，要她給貴客上茶。

古阿霞用托盤端了三杯蘋果茶，走過哄鬧的旅客，給窗邊的三人。兩杯摻了蜂蜜的給年輕人，一杯沒摻的給中年人。這位中年人年近六十，穿襯衫，腳上打綁腿，一頂翡翠綠的探險帽擱在膝邊。

「這是山莊招待的。」古阿霞微笑，接著對中年人說：「而這杯素的③，特別為您準備的。」

「妳怎麼知道我吃素的，臉上有寫字？」中年人笑著說。

「大家都知道您吃素的，孫海先生。」

三個品茶的客人，都停了下來，正眼瞧著古阿霞，有說不出的驚訝。他們三人不是走山下的檢查哨正門，沒登記名字，進了山莊也不張揚，怎麼會在三十來位的客人中沒理由的被揪出來，而且指名道姓。

「妳怎麼看出來的？」孫海說。

「你名字響噹噹，山這頭的人都知道。」

「這不是好理由，過了中央山脈，又是另一個場子，妳從哪看出來的，小姑娘。」

孫海，是素有「杜月笙」之稱的水里林業鉅子。他年輕時買下日本人的木材行，之後他標得林務局巒大山林場丹大林區的伐木權，以南投水里為基地，投入了兩千位民工、一千五百位榮民，在濁水溪與丹大溪匯流的布農族部落合流坪設立了「土場」，挺進中央山脈，螞蟻雄兵似挖山，築了臺灣最長的八十公里伐木山路——孫海林道，直通兩千九百公尺的七彩湖，東與花蓮林田山林場交接。孫海的「振昌木業」在中央山脈開發了一個臺北市大小的森林，養活了上千員工，間接帶動了水里經濟與情色事業。

孫海這輩子看過的風浪不少，自然會好奇，他從合流坪乘坐美製吉普車到七彩湖，搭摩里沙卡森鐵，直

③部分素食主義者不吃蜂蜜，認為在釀蜜與取蜜的過程易造成蜜蜂死亡。

下菊港山莊，他翻過了中央山脈，震麻的屁股還沒坐熱就給人看透了。他看著始終微笑的古阿霞，期待她給答案。

「首先，是你們穿榻米鞋進來，這時間工人都上山去了。」古阿霞說，「能留在這，確實很怪。」

「然後呢？」孫海問下去。這些不足以看穿他的身分。

「木材商人大部分穿的是皮鞋、布鞋來山莊。你穿了乾淨的鈕釦上衣，卻打綁腿，說明了你跟伐木業有關，而且關係很深。」

「這樣也能猜到，妳太神奇了。」

「這樣還是猜不到你的，是你的老朋友說出了身分。」古阿霞指著孫海腳邊的拐杖，說，「你年紀有點大，腳可能不方便，在山上工作需要登山杖。校櫕是當拐杖的好材料。這種樹的種子是黑熊的最愛，一百多公斤的熊爬上手腕粗的校櫕，樹也不會斷，當拐杖當然是好材質。」

「這樣說我就懂了，很少人看得出它的材質。」孫海拿起拐杖，撫摸了十幾年的好幫手，對另外兩位得力助手說：「你們看得出材質嗎？」

「確實是校櫕。」一位助手研究了許久，慎重下了結論。

另一位助手也靠過頭來觀察，伸手磨蹭一番，毫無頭緒，只能跟著說：「校櫕，沒錯。」

「沒那個屁股，就不要吃那個瀉藥。這根本不是校櫕呀！你們隨人看，也還是沒看透了。」孫海嘆了氣。

「不是校櫕？這是她說的，你也認同？」一位助理說。

古阿霞接下去說：「校櫕到處有，這種叫白校櫕。但是有種校櫕很特別，它只生長在埔里水里一帶，別的地方都沒有，叫紅校櫕④，木材紅潤。孫海先生拿的這根紅校櫕拐杖，說明了你們從那來。」

「懂了吧！我們水里名產你們都不知道。」孫海喝了杯蘋果茶，大嘆滋味微酸潤喉，是好東西，又說：

「我們一路低調，竟被小姑娘看出來了。」

「我沒有才調看出來，是我朋友發現你的。」

「喔！他在哪？」孫海的眼光忍不住往四周尋覓。

「他知道你們從水里來，是要找阿骨師，去把他找回來。」

孫海等三人大為驚嘆，這次的目的被摸透了，無話可說，只能正眼瞧著古阿霞，嘴上飲著茶。

阿骨師沒有住山莊，憑著索馬師仔的本性，在學校空地野營。不久，帕吉魯帶回阿骨師，從山莊門口進入，與孫海互為招呼，坐在同桌。山莊陷入莫名的氣氛，這幾人同桌有著風起雲湧的味道，卻沉默著，沉默是要看穿他人的心思，或別被看穿了。

孫海先開口，敬佩索馬師仔的功力，單憑一根拐杖來歷，抓出訪客身分，名不虛傳。孫海說，他對拐杖的挑選有特別感情，年幼時在雲林讀書，曾與摯愛的父親在淺丘走動，有一回，年邁父親在半途腳傷，選了樹材當拐杖，拄回家，插在屋角的土裡。之後，他父親的病況嚴重，躺在床上休養，最後藥石罔效，過身了。過了些時日，插在屋角的拐杖發芽，那時候他在阿里山從事木材販售，事後想想，那根拐杖是父親留給他的唯一信物，如何也不能忘記。他回到雲林故居查看，那根拐杖應該長成樹，卻無緣無故被誰拔除，不見了。孫海又說，多年來，他多次的思索，到底是哪種樹能當拐杖，事後插地成樹。

「令人想不到的樹呀！想不通。小時候，沒法度理解這麼多樹種，也就想不起阿爸當時用哪種樹當拐杖。」孫海感嘆的問兩位助理，「說說看，你會曉得是啥？」

這是孫海下的考題，氣氛靜謐。不論是帕吉魯或阿骨師，大家彼此在心裡與眼神廝殺，盤算幾招，就怕

---

④捲斗櫟，大部分分布在南投埔里與日月潭附近，橡果實有著像匈奴帽的金黃色絹毛殼斗。

開口沒把握。孫海下考題是拐彎抹角的問，要兩位助理先猜猜看。

「是校欑，這是當拐杖的好材料。」一位助手思考了很久。

「楠木吧！」另一位亂猜。

「還有嗎？」

古阿霞抓住帕吉魯在桌下的手，扼得緊，要他別輸給阿骨師，給山莊留個面子。帕吉魯反過來抓住古阿霞的手，匀開她的掌，溫靜貼合，用食指在上頭寫了注音符號答案。他寫了個「ㄐㄧˇㄡ」音，忽然又抹去，把古阿霞的手闔上，示意再思索。

帕吉魯看了孫海，又覷了阿骨師，進入了內心戲的戰鬥模式。他端起了蘋果茶喝，不過那手姿著實怪異，四指扣著茶杯，拇指扣進杯裡，類似用單手端大碗公熱湯上桌的模樣。是的，他賣了破綻，那是拿一公尺長的大剖鋸的手勢，施力關係與對準墨斗打出的開剖線，拇指得扣著鋸柄頭。大剖鋸的鋸柄材質通常是九芎，木質堅硬，年輪不明顯，不易斷裂。

「九芎。」阿骨師拿起杯，淡淡說。

古阿霞心頭一驚，怎麼帕吉魯抹去的答案，給人搶去了。不過，她很快說出了帕吉魯重新寫在掌心的答案，「芭樂樹。」她說完，心頭浮起陰霾，直覺人家問的肯定不是水果。

孫海端起茶，「謝謝，敬兩位師傅，還請解說。」

「九芎是好木材，大家喜歡當柴，燒起來無煙，不像檜木煙嗆。不過，九芎最特別的是皮薄，插進地下，樹皮袂用⑤，很快冒芽。所以九芎常用來做邊坡或崩塌地的地樁，很快長成樹木固定地形。我想，你阿爹有可能拿的就是九芎拐杖。」阿骨師點頭說。

孫海很滿意，「說得好，真好。」

「好工夫啦！」始終沉默的七星面露喜色，給師傅打菸，也給在場的人冉敬一回菸。

古阿霞見大勢已去，答案出現了，只能悻悻然說：「芭樂樹也是皮很薄，你們爬過就知，照理來說樹枝插地很容易發芽。其實，芭樂很多籽，你爸爸是希望你多子多孫，多福氣。」

這現場一陣沉默，莫不對她的無厘頭失了策，孫海隨後像發動汽車引擎似的爆出笑聲，其他人也大笑。這場角力戰，孫海沒有給正確答案，他說，他十幾年前曾經回到他與父親走過的山路上，沿路砍了些樹，插入土裡，確實只有皮薄的九芎或芭樂發芽生長。到底是什麼樹種，至今無解，或許這就是他父親留下的一項資產：永遠保有求知的動力，會比得到答案而從此停滯，來得無比珍貴。他也把這項道理傳授給子孫。

「小兄弟，雖然你這位頭手（師傅）不說話，但是二手（幫手）卻很稱職。」孫海對帕吉魯說，「很多年以前，我叫朋友來山莊，請你去我的林區迌迌，你沒閒不願去。要是現在有閒，可以跟你的二手一起去。」

古阿霞馬上說：「這可以斟酌的。」人家邀去玩，別說得太死，然後她把桌底下帕吉魯抗議的手捏得死死的。

「師兄要去，自然是最好，有伴相隨。」阿骨師對帕吉魯點頭，然後轉頭對古阿霞說，「你們兩個一起幫忙，做起事來也順手。我也帶了個能幹的二手，他可以出師了，卻也來幫忙。」

「多謝師傅。」七星又得敬菸了。

這下古阿霞明白了些，阿骨師不避嫌的稱許自家徒兒，明著說去西部，顯然不是去迌迌，是去工作。在浮出檯面的角力拉扯中，她理出更多頭緒：孫海遠從西部來菊港山莊，是專程接阿骨師兩師徒去丹大山伐

⑤不脫落的意思，閩南語。

木，卻更屬意帕吉魯的能力。帕吉魯不得不裝弱，把猜拐杖的答案用某種索馬師仔才懂的暗語給了阿骨師。然而，為什麼孫海願意出得了高價碼——超過電鋸伐木師傅五倍的價碼，邀請阿骨師，甚至邀帕吉魯前去西部工作？這其中的曲折令古阿霞想不通。

答案不會隱藏太久，會自己現形。在山莊向來是隱形人物的蔡明台，這時候恰巧出現，跟著馬莊主進來。這絕不是恰巧，古阿霞直覺是馬莊主通報他火速過來。蔡明台往那桌的人縫塞去，要大家挪出空間。馬莊主介紹他，可是現場話題斷了，該講的都講完了。

孫海挑話題，對王佩芬重端來的蘋果醬餅乾與蘋果讚不絕口，他說，日本蘋果不錯，口感爽脆，比韓國那種肉質沙沙的好吃。他又問，這是從梨山的福壽山農場移植過來的吧！那裡海拔兩千公尺的農區日夜溫差大，多霧，種出不少好蘋果，他在丹大林場種了上萬株的蘋果樹，盼往後也能大豐收。

蔡明台說，這是日本本州東北地區的青森種蘋果，一九四〇年，由他的祖父大江三郎引進，果樹不適應臺灣較炎熱的環境，卻發展出獨特偏酸的口感，適合做副產品。然後，他丟了眼色給馬莊主，不久端來了一瓶金門高粱罐裝的蘋果白酒，他說臺灣飲酒仍以蒸餾酒為主，這是私酒，拿出來就得趕快藏到肚裡，免得警察來抓。大家聽了，笑著啜酒。

酒，不愧是化解城府的利器，幾杯下肚，冰冷氣氛就升溫了。蔡明台老是說我這「日本鬼子」怎樣怎樣，孫海用俗名說我這「孫阿海」怎樣怎樣，漸漸轉入彼此的工作，進入了無設防的較量。蔡明台老是往孫海灌迷湯，他說，私人興業果然自由，而摩里沙卡處在林務局官營與中興紙業民營的模糊地帶，兩者不是並肩作戰，是拉扯的雙頭馬車。他讚揚孫海林道的艱鉅浩蕩，一人號召、千人呼應完成，開拓到了中央山脈山頂，這條「第二條中西橫貫道路」就差東部山頭還沒著落。

「你想當我孫阿海第二，自己去開路啊！」孫海大笑說。

「我這日本鬼子會向你看齊，我是有這樣的想法。」蔡明台放下酒杯，嘴角的微笑失陷，「但是，我絕對不會跑去水里搶人。」

酒也是撒旦給男人的武器，喝多了，膽量提到嗓眼，說話帶劍。雙方緘默一會兒，孫海嗅出火藥味，仍保持微笑，「搶人？這哪年頭了，我不是土匪拿槍在逼人。腿拴在腳上，心掛在腦上，人要往哪走也沒人管得著，說得難聽點，只有拿錢撒在前頭當蘿蔔引誘。」

「你們確實比較會『拔蘿蔔』，蘿蔔錢比較響。」蔡明台用原住民砍樹的術語回敬，「高海拔的蘿蔔也拔，很陡的蘿蔔也拔，拔完大大小小的蘿蔔，開闢農場。」

這是蔡明台控訴孫海濫墾濫伐山林。同桌的人聽出滋味，一時間都沉默得不喝酒，或猛喝酒。

孫海所屬「振昌木業」標下的丹大山第八林班地，有廣袤豐富的林場，來自得天獨厚的地理環境。由北向南的中央山脈，巇峮連嶂，在三千兩百六十公尺主峰威儀的丹大山轉而橫向綿延，直到三千兩百四十五公尺的義西請馬至山才再度恢復南北向。這段脊稜與依偎在西側懷中流幅廣大的丹大溪，是中央山脈的心臟地帶。這裡最詭魅迷人的是霧氣環繞，細小的霧氣分子湧動，吸附了空氣中的重要養分，成了飽富營養的「汽態土壤」，針一級樹木透過葉片吸收，在貧瘠高山就能孕育美麗林相，千萬年來如此。美麗的林相，等同於美麗的鈔票，而且源源不絕的印製。「振昌木業」的伐木林道比森鐵更容易建築，更容易挺向惡地與高山，多年來累積的運材車次達兩百萬，排列起來，可以環繞地球四分之三圈。終於，他們超伐丹大山林場，以兩公尺長的大型鏈鋸，挺向海拔兩千五百公尺以上、坡度三十五度以上的限定禁區，亦違規將某些肥沃的山林，用推土機推平，闢植高山蔬菜，或種植蘋果、梨子與加州李。

「說得好，砍頭的生意總得有人跳下去。」孫海不置可否，外人拿此向他開刀，他犯不著動怒，反問：「你們呢？有比我高貴嗎？能養活更多的工人，能力創造一個水里小鎮的繁華？」

「說得好。」馬莊主拿起酒杯一敬，「大家都是拿了政府頒的尚方寶劍討飯吃，哪棵樹大就先砍哪棵，稅錢也不少一毛的給政府。」

孫海說：「在七彩湖西邊的林道上，有個海天寺，供奉地藏王菩薩，那位在海拔兩千三百多公尺，視野盡好。從那看落去，可以看到整個丹大、巒大林場，還有埔里的晚間燈火。有時候，我站在那安靜看著山川，想著，我們人真是厲害，也真可怕，上萬個颱風都吹不倒的山林，上百人就可以了。我也想著，海天寺的地藏王菩薩、觀音娘娘一定很痛苦，祂們要保佑工人，又要超渡被砍的大樹，這一定是很矛盾的。保護工人去做另一件看起來就像殺人的事呀！」

「這也是沒法度的。」

孫海又說：「是呀！往大處想，我幫政府砍樹外銷，賺外匯，創造了水里的繁華。要是把我扳倒，水里的產業也倒了一半。我是誠懇的木商，誠實納稅，哪要我做公益，從來不比誰慢。要是我歪心去砍樹，有天大的膽，都是官員按的，要不是他們仔細的護著我，給我睜一眼、閉一隻眼，我敢把頭懸在狗頭鍘上滾來滾去嗎？」

阿骨師也點頭認同，誠懇的說：「這年頭，大家到山上吃頭路的都是政府的箍絡⑥，幫國家把樹砍了，大元山、阿里山、八仙山的樹都沒了。你不做，還不是給人整碗捧去吃。」

「臺灣的『針一級木』檜木能夠賣到日本，蓋神社、蓋寺廟；闊葉木製成枕木賣到南韓，銷售了七十幾萬根，從漢城綢狀鋪開來。」孫海大聲說，「幫國家賺錢，又幫國家闢些果園給那些榮民、山地人幹活，要是他們沒工作，會慌的，吃不飽，拿鋤頭與番刀造反。」

「說來說去，政府是匪頭，我們是嘍囉，對吧！」馬海說。

「對呀！」

「說得沒錯。」

原本楚漢爭執的言語，多虧馬海撥開，現在找到了國民政府當箭靶。王佩芬改上烏龍茶，銳利的酒氣被溫婉茶香取代，氣氛溫和。蔡明台安靜不少，似乎彌補先前的魯莽。孫海與馬莊主談開了，聊著山莊的建築史，阿骨師抓到了自己的話題，說自己住了幾年，懂得些。這時候，來買蘋果膏的人客相繼離去，客廳人疏，濁氣也清了。

打從一開始，同桌的古阿霞有奇特的感覺。那不是你爭我執的言語，是在於林場追求高效率伐木，砍越多，砍越快，賺越多的鵠的之下，有些事情卻違反高效率原則。孫海從西部來，迎接遠從太平山來的阿骨師，甚至有意邀請帕吉魯前去丹大林場工作。這兩人都是傳統手鋸師傅，孫海為什麼邀請效率低的人才？這是古阿霞心中的疑惑。可是，在濃濃火藥味中，她根本探不出頭發問，抓準了時機想發問，卻又被桌下帕吉魯暗示的手打斷了契機。

「我是人才。」古阿霞終於大聲說。

同桌的人肅靜下來，看著古阿霞，聽她再度說「我真的是人才呀」，好補足給沒聽清楚意思的人。

「妳真會滾笑⑦，我不知道該怎麼講下去。」孫海說。

「我會學著拿電鋸，很厲害的。」古阿霞說，切入核心才有答案，「我在林場看過我朋友用傳統鋸子，一棵樹砍半個月。你要找阿骨師去砍樹，不如找我比較快。」

「這是阿本仔的文化，日本人教我們認識檜木，教我們去砍山中大神木，現在賣檜木給日本人也要照他

⑥奴才的意思，閩南語。
⑦意思為開玩笑，閩南語。

們的要求。」孫海轉而看著蔡明台，說：「這些要問，就要問日本人最清楚。」

「當然，日本鬼子的功勞最大。」蔡明台接下棒子。

不只蔡明台發表意見，同桌的人也談論臺灣木業發展史，彌補了古阿霞空白的版圖。臺灣清朝時期甚少使用檜木，豪邸與寺廟的建築材料多來自大陸的福州杉、泉州石、漳州磚。但是，漢人對淺丘的樟樹卻有計畫的砍伐，提煉的腦沙結晶，外銷到歐美，成為醫療與無煙火藥的原料。漢人對樟樹的砍伐範圍，受阻原住民出草習俗，得在砍樹與被砍頭之間掙扎。

到了日本殖民臺灣，才以現代化的武力打破原住民界線。之後，日本開發阿里山檜木群，其中臺灣扁柏的品質勝過日本木曾、飛驒山的扁柏。阿里山開發與建鐵道的動機，純粹是經濟考量，運輸檜木，渡洋成為日本重要的神社建築以及知名佛教廟宇的建材。臺灣砍樹的技巧，完全承襲日本。二戰結束，日本撤出臺灣，撤走了他們的神，卻徹不走臺灣人對檜木的喜好。

一九六六年，一道打在日本東京澀谷地區的閃電，擊中了明治神宮的鳥居建築。明治神宮供奉了明治天皇與皇后靈位，是東京最蒼鬱的人造森林，不少樹木來自臺灣原生種，神宮建築也是取自臺灣檜木。

「鳥居，像是流籠發著臺的『开』字型笠木，是神宮的大門，也就是神的結界。明治神宮的鳥居是日本最大的鳥居，被雷打壞了，在日本一直找不到相符的材料，於是開始向臺灣買。」蔡明台說。

「一定給很高的價錢？」古阿霞心中浮出個底了。

現場沉默幾秒，馬莊主說：「很高，確實很高，獻給明治神宮的大門，要最好的材料，他們寧願慢一點重建，也要最好的。」

蔡明台說：「鳥居的建築必須一體完成，得要用完整的原木，不能用日本留下來的那套森鐵與流籠模式，要美國人在大雪山的開採模式。用森鐵與流籠運載，得把原木胴剖成小材，因為有載重限制。美國的伐木方式，開闢公路，用超大型的運材怪獸把原木整根運下山。」

「所以摩里沙卡不斷開闢山路，就是要載運完整的原木。」古阿霞的疑惑慢慢解開了。

「但是，我們還是比不上水里那邊，他們早期除了美援開闢山路，幾年前由政府花錢拆掉木造的孫海橋，改成水泥橋，就怕超重的原木把木橋壓壞了。他們還自創了母子車，一種兩節式的山路專用運材車，好把三十幾公尺的完整原木運下山。」蔡明台轉頭對孫海繼續說，有起底的口氣：「想必，你們對我們也調查得很清楚了吧！」

「美式史卡吉（Skagit）集材器，三百三十五匹馬力，可以把一臺二十噸的火車頭吊起來。還有，美國通用吉姆西（G.M.C.），十八輪的卡車，兩百五十四匹馬力，每輛可以載三十公尺的大原木，這是超級公路大怪獸。你們動員了。」孫海說，「抱歉，我沒有調查，不過是聽說而已。」

「這是一場戰爭，不只是公路運材大戰，也是在搶人。日本人想要傳統鋸子砍樹，製作鳥居，這樣對神才有敬意。所以，孫海請來了阿骨師當助手，好滿足日本人的要求。」蔡明台說，「但是，我們摩里沙卡不會輸的，有最優秀的索馬師仔。」

「是呀！日本人很龜毛，害我們得內鬥了，中央山脈隔兩邊大決鬥。」孫海笑著，而且越笑越得意。

「這樣我完全懂了，你們在爭的是誰砍下的檜木，可以成為日本明治神宮的大鳥居。」古阿霞說。

孫海說：「小姑娘，妳說得很好，把我們知道的都挖出來了，真是人才。」

「過獎了。」

「不是我褒嗦妳，妳確實是個人才，我可以請妳到我那邊工作。」

「真的？」古阿霞大驚。

「我看妳跟男朋友，在桌底下的手抓來捏去的。」孫海看著帕吉魯，說：「你始終不說話，不是不說，是情人幫你說了。我要是能請得到你的愛人，相信你會跟來水里的。」

「這樣我就不去了。」古阿霞說，「是人才就要留在摩里沙卡。」

「我永遠等待你們。真的，等待是為了得到更好的。如果你們要到西部來發展，我奉為上賓。」孫海說罷，隨意吃了便飯，要回西部了，預計搭下午的森鐵上七彩湖，坐吉普車下合流坪。

阿骨師與七星師徒兩人不坐森鐵，照索馬師仔的傳統步行，山有多高，路有多遠，終有抵達的一天，而大樹永遠在那等你溫柔的砍倒。吃完飯，帕吉魯與古阿霞陪他們走一段，沉默無語，唯有腳步的窸窣。在一株香楠樹，七星婉謝了帕吉魯的送行，路太長了，心意相隨即可。

七星爬上香楠，用小刀割了一叢樹葉，分幾片給大家。捻揉樹葉，聞，這是索馬師仔的惜別方式，此地告別，不知道多久後相見。他們的最初傳統是砍禿山頭，種活那個山頭，也把自己葬在那，可是現代化砍伐迫使他們要學遊牧民族移動了。

他們把樹葉放在手心搓揉，合掌聞，一起記得葉味，往後的回憶由各自看到兩地的相同樹種樹串連了。古阿霞看他們嗅得專注，自己也悶下頭吸，鼻腔卻被一股燃燒塑膠的臭味插入似，非常不舒服，猛咳嗽。臺灣特有種的香楠，名字與香味不相干，因製作香炷的黏著劑而得名。古阿霞猛喘氣，這種告別氣味，真是刻骨銘心，可是三個男人卻安詳。

阿骨師點了頭，走到幾步外，打菸抽。

七星背起了大木箱，對帕吉魯說：「師伯，謝謝你，你在孫海前頭，給足了我師傅面子。我知道師傅不好意思說，我來說。」

帕吉魯點頭，拍拍七星的肩。

「師傅知道你沒有放棄索馬師仔。可是，他十年前就放棄了，改用鏈仔鋸，他說，他對不起師祖，這次孫海邀請，為了多賺些錢才拿回鋸子。」

「這樣我們就放心了。」古阿霞說，「我們一直操煩阿骨師有妻小，堅持傳統鋸，一定討不夠生活。聽你這樣說，我們就安心了。」

七星眼眶微潤，他小跑步到阿骨師那裡，說了幾句，兩人回頭，深深折腰對帕吉魯鞠躬，彼此凝視點頭，上路去了。在香楠樹下，看著漸遠的背影，古阿霞輕輕挽起帕吉魯的手，深深著迷鼻腔殘剩的香楠味，薄焦輕淺，開始回甘，那才是人生況味。

前往「馬里巴西」原住民部落的是一條兩人寬的小徑，沒有聯外道路，火車鐵軌繞過去。那裡雞犬相聞，也是窮困與落後之地。古阿霞在部落門口猶豫，要不要去找那個想讀山上小學的山地人，因為怕被出草。這時，十位光著身體的小原民從河邊尋寶回來，他們精瘦，小腿滿是疤，有的光屁股，一起扛著紅檜漂流木。古阿霞跟了進去。

天真與無邪的小原住民，瓦解了古阿霞的戒心，跟著他們去找人。古阿霞忍不住瞧，日前的大雨從上游的漢人伐木村為他們帶來了什麼寶貝，有兩隻不成對的布鞋、三個玻璃瓶、一隻腫脹長蛆的死雞，還有一罐拜貢殺蟲劑。最大的收穫莫過於檜木，他們打算為其中一戶換梁，代替「長毛的鬼樹」⑧了。

這些寶貝很快被沿路的親戚們劫掠一空。布鞋被穿在不同腳上；死雞被老人拿走，剛腐爛且帶蛆的動物，可煮出視為美食的鹹湯；一個婦人拿走殺蟲劑，點火後，用罐內當推進氣的汽油噴出的火舌，燒掉豬肉上的硬毛，看得古阿霞快中毒了。小原住民快樂分享他們的寶貝，直到有人要搶走他們的漂流木才消失臉上

⑧筆筒樹。

的笑容。

在一間竹木、茅草與茄苳所建造的傳統屋舍前，一個中年人擋下隊伍，命令他們把漂流木還給河流。小原住民不肯，堅持拿走木頭。

啪，中年人給了其中一人巴掌，說：「百浪⑨警察會這樣打你們，到你們家把木頭搶走，說你們偷走了他們砍下的樹。」

「可是，這是河流帶來的禮物。」另一個孩子說。

啪，中年人又給了他一巴掌，說：「百浪這樣打你，他們說這些木頭屬於政府的，不是我們的。」

「我……」

啪，中年人又揮了巴掌。

現在，十個小孩，有五個人的臉頰痛，全都沉默的低頭。

「孩子們，放下木頭，進來吧！」屋舍內有個低沉的聲音說，把所有的孩子招去。

古阿霞站在門口眺望。屋內地上有三顆石頭架起的傳統火塘，燒著柴，煙霧往上騰，足夠的柴煙能把屋頂竹子茅草裡寄生的蛀蟲熏走。煙霧很濃，古阿霞看不清那個說話的人，但他肯定有點權力，才能訓著小原住民。

「百浪會用棍子打你們，怕嗎？」

「不怕。」

「百浪打你們，罵你們，你們還是堅持拿走祖靈給的禮物？」

「是的。」

「那就帶走這個禮物吧！」煙霧裡的那個人說，「要記得一件事，百浪打你們的時候，不要低頭，看著他們，用黑黑的眼睛告訴他們，你沒錯。他們可以拿走木頭，但不能拿走你們眼睛裡的勇氣。」

「我會哭。」

「擦乾眼淚，繼續瞪他們，直到他們低頭離開。」煙霧裡的人說，「外頭的黑熊姑娘，也是你們從河裡撿來的？」

「沒錯，布魯瓦長老。」

古阿霞趕緊走進屋內，濃煙遮蔽，她看不清楚，勉強從咳嗽的喉嚨清出一句話，「平安！我是古阿霞，是來找……」

「走，快走。」煙霧裡的那個人喊。

古阿霞遲疑了幾秒，朦朧中只見那個人往腰部拔了番刀似起來，衝著她走來。古阿霞轉頭便跑，免得被砍頭，眼裡都是煙燻的淚水，快跌倒了，背後傳來小原住民笑聲。那些孩子臉上的掌印被天真笑容埋葬了，追過來，追過古阿霞，大喊黑熊姑娘也是他們從河裡撿到的，是祖靈帶來的禮物。

「擦乾眼淚，走好來。」後頭追來的人扶起了快跌倒的古阿霞，說：「祖靈帶來的黑熊姑娘，我是布魯瓦，是那想要趕快到妳學校看的人，妳要是跌倒，就慢了。」

⑨指漢人。

前往翠池之路

登山隊沿中央山脈稜線前進，預計一個月，前往雪山翠池祈願，祝福素芳姨的攀登聖母峰計畫順利。首先，他們先坐火車前往一個神祕的高山草原車站。

火車過了七星崗伐木站，往北駛，滑進空曠連綿的大山，貼著稜線前進。布魯瓦長老有些激動，古阿霞也是，他們從推擠的雲縫間眺望壯麗的大山。這條三十四公里的鐵道沿中央山脈稜線的下緣前進，創造臺灣鐵道奇蹟，花了十年建造，決定這鐵路高度是砍伐的經濟植物——鐵杉，海拔兩千六百公尺是鐵杉生長的最高終止線。

她沿途所見是風華不再的景象。既是伐木業沒落，也是原始森林不再的再造林。就如同大部分的臺灣人，古阿霞不曉得這些砍下的鐵杉，因為具有長纖維的特性適合製成紙漿，承擔了他們每日報紙與書籍的責任，甚至製成衛生紙服侍大家的屁股。

再過兩小時車程才抵達終站。這個前往雪山翠池的祈福隊伍，心跳扎實，像背包裡的罐頭在高山壓力減緩下的膨脹聲響。傍晚時，火車駛出箭竹林，來到蒼綠平緩的草坡，矗立一株五百年來被強風與積雪壓斜枝枒的玉山圓柏，樹上掛了燈，映著樹下火紅羽葉的巒大花楸與高山杜鵑叢，一座荒廢月臺，一片草原，一個人，一隻狗，兩個影子在那。

這是高山鐵路的終點站，和起站一樣，也叫摩里沙卡。

等在那的是五天前提早出發的帕吉魯。

古阿霞覺得他真美，那燈下守候的樣子。

這個臺灣的最高火車站，位在海拔兩千六百八十二公尺的草原邊緣，地點靠近著名的安東軍山。站牌頹圮，生鏽的鐵軌瘞埋在草堆，月臺被風雨浸蝕，玉山圓柏的西半部遭登山客砍下當柴火。在車站住一晚，山風很激烈，激烈的還有星光掛在圓柏樹梢放光，連夢都是亮的。

這個車站的設立是紀念築路殉難者，三個日本人與十個臺灣人。傳說也挺恐怖的，鐵路剛完成時，黃昏時的運材車經過，駕駛回頭會看見一群鬼魂從山坡或草叢跑出來，跪在鐵軌幫忙敲敲打打，忙於未竟的志業，而不知魂已斷。於是建造了終站，設立石碑，告訴歷年來的十三位亡者，工程結束，慰藉亡靈，不用出來幹活了。

「關於鬼魂，應該是誤會，才多了個浪漫美麗的車站。」素芳姨說。這個話題再次被提是第二天他們在修復車站時，用帶來的油漆把車站漆成藍色，站牌修復，字體重描。

「哪裡看得出來？」古阿霞問。

「那些跪在鐵軌旁敲敲打打的不是鬼魂，是水鹿。剛好是傍晚之際，火車經過，水鹿才跑過來了。」

趙坤也跟過來登山，問：「水鹿是抗議火車經過很吵嗎？」

「相傳是在黃昏之後看到鬼，跟在火車後頭，駕駛當然嚇著。不過，那是水鹿出來活動的時段，牠們跑到軌道邊吃東西，才被誤會為鬼魂。」

「鐵軌旁有什麼好吃？難道跑來磨牙？」趙坤笑起來。

「沙子。」

素芳姨為了揭開鬼魂傳說，下山到林務局查看那幾年的出材量，發現某幾年砍伐鐵路沿線的鐵杉材積激增，工人換成五英寸的流籠鋼索，每輛火車的載重量勢必增加，好減少往返次數的成本。火車空車上山還好，下山有問題，遇到陡坡或轉彎處得煞車，這時後頭的十輛滿載原木的車板雖然也啟動剎車，但是仍往前擠。這問題原本就有解決方式，火車上坡或下坡時，從沙管不斷撒沙，增加鐵軌與鐵輪子之間的摩擦力。如果載重大，得採用顆粒更大的海沙，取代較小的溪沙。海沙有鹽分，火車經過時，水鹿便跑出來舔食。

「這火車站的建立，是水鹿的功勞了，應該叫水鹿站。」古阿霞說。

「水鹿站，跟它說再見了。這地方太偏僻了，你們第一次來，也可能最後一次來。」素芳姨說，「走吧！我們要出發往雪山了。」

對古阿霞來說，這趟旅程充滿了浪漫遐思，但是剛過半天，她改觀了。主要是遭逢龐大密生的竹林。這種竹子叫玉山箭竹，根脈很深，分泌微量毒素讓同個地盤的其他植物退讓，它們在鐵杉林與臺灣杉樹下的莖高約三公尺，如海浪洶湧，教人鬼打牆找不到出路，這讓古阿霞他們吃足了苦頭。押隊的人也很慘，前頭的人才走過，被推開的竹子狠狠甩來，正中後者的臉。

黃狗倒是一派輕鬆，到處亂竄。竹林底下到處是四通八達的獸徑，黃狗跑下去，又跑回來。有一回，牠從山豬大馬路跑出來，嘴上叼隻金翼白眉。這種褐身雜藍羽的鳥不怕人，最後淪為狗牙下的悲劇。帕吉魯拍了一下狗腦勺，把鳥屍扔了，走在後頭的布魯瓦撿起來放口袋。過了半小時，浪胖叼回了酒紅朱雀，布魯瓦照樣撿起鳥屍放口袋。如此幾回，黃狗咬死八隻鳥。古阿霞動怒了，這些鳥湊起來的肉，都沒有昨天晚上塞在牙縫的豬肉屑來得多，亂咬幹麼！正要賞牠一記爆栗，牠啪啦的吐下鳥屍，跑了。

到了傍晚，他們屯紮在一座山頭邊的小水池旁，營地是鬆軟的乾草。水取自快乾涸的小池子，深褐濃稠，與其說是大自然提供的免費咖啡，不如說是取自山豬與水鹿的廁所。古阿霞哪敢使用，但是髒水池是附近唯一的寶貴水源。

向來沉默如樹的布魯瓦，拿出口袋的八隻鳥，去毛，烤起來吃。大自然的經驗告訴他，這些食物不能浪費。

這時候，黃狗再度回到大家的視野，挑著眉，搖尾，一副好孩子模樣，嘴裡還叼隻巨嘴烏鴉。古阿霞氣炸，起身臭罵時，始終沉默的布魯瓦跳起來，喊：「好。」

這把大家都嚇到了，轉頭看著布魯瓦召喚黃狗，撫摸下顎，拿下那隻頸部被咬傷的烏鴉。布魯瓦扭斷烏鴉頸，終結牠的痛苦。

「這好狗，我想養，卻沒機會。」布魯瓦說，「牠叫什麼？」

「浪胖。」古阿霞說。

「哪來的？」

古阿霞搭不上，她確實沒有想過黃狗從哪來的，不就是誰家生了一窩就拿一隻來養。她看著帕吉魯。帕吉魯看著素芳姨。

「烏妹浪胖山撿來的。」素芳姨說。

烏妹浪胖山位在中央山脈七彩湖的南方，高約三千公尺，山容與視野都不出色。素芳姨說，八年前，登山經過，看到一隻幼犬，樣子挺可愛，眼睛瞇著，抖著尾巴與身體。她在附近遍尋不到母狗，帶小狗回山莊養。大家聽了都覺得不可思議，一來，臺灣超過三千公尺的山將近二百七十座，取名的方式不一，有的因為地形，有的因為附近原住民部落而得名，有的來自原住民語或日語的音譯，怎會有「烏妹浪胖山」如此令人想得頭髮打結的怪名。二來的疑惑才是焦點，高山孤寒，沒有食物、沒有住戶，鳥不拉嘰的地方，不可能出現小狗。

「牠是燒焦的『瑞克利』想要生下來的小孩子。」布魯瓦說，他無法用國語精準說出那種動物，只好摻雜太魯閣語。

「瑞克利？」

「高砂豹。」布魯瓦用日語說，然後又用國語解釋：「一種地上跑的黃斑皮毛的影子。」

「雲豹。」素芳姨說。

布魯瓦深深著迷某個神話。他說，傳說中，雲豹有三座山的地盤，卻因為疾病、天譴或中毒而陸續消失，有隻好不容易才懷孕的雲豹媽媽，被雷擊與森林大火弄壞身體，拐著腳步，走出三座山外求救，沒有找到任何的同類幫忙。雲豹媽媽走不下去了，她沒有太多力氣，而且瞎了一隻眼，兩隻腳骨折，她會在三天內死去，身體這房子沒辦法養小孩子直到出門。她決定找黑熊幫忙。她把最後一個眼睛給了烏鴉，牙齒全給了虎頭蜂們。所以烏鴉很黑，視力很好，帶雲豹媽媽找到藏起來的黑熊。屁股有了尖牙齒的虎頭蜂去叮黑熊，激怒牠。黑熊很生氣，張開嘴大吼，雲豹媽媽這時跳進那張嘴巴裡。她犧牲了，也把自己的孩子放進了黑熊的屋子裡養。直到有一天，黑熊發現家裡多住了雲豹的孩子，用銳利的指甲割開肚子，把小雲豹扔到高山，要餓死牠。

「這故事，對雲豹媽媽或黑熊來說，都很殘忍。」古阿霞說。

「只有人才會覺得殘忍與慈愛，對雲豹媽媽來說，這是小孩子活下去的機會。對黑熊來說也是，房子給雲豹的孩子住，就沒位置給自己的小孩住了。」

「雲豹的小孩，生出來怎麼變成狗？」趙坤還是用現實的觀點。

「黑熊提早拿出了雲豹的小孩，變成了狗。這種狗，不是普通的狗，牠有雲豹的靈魂，牠有力氣，夠安靜，又跑得快。」

「看不出你夠屌，吼兩聲來給大家瞧瞧。」趙坤對黃狗說。

布魯瓦很希望擁有這樣的一隻獵狗，雲豹的後代，安靜的時候像蕨類，行動的時候像虎頭蜂。他詢問，這隻狗受傷之後，就從來沒有幫牠配種嗎？如果配種成功，他希望能有一隻黃狗的後代。

帕吉魯非常佩服布魯瓦的眼力與判斷力，看得出黃狗受傷過。黃狗兩歲時，某天在野外，跟一百多公斤的大山豬衝撞。山豬衝過來，黃狗閃開，毫不猶豫追上去咬，兩隻動物殺成一團風，只聽聞彼此兇狠的叫聲。黃狗無論體型與戰鬥值都嚴重不足，胯下被豬獠牙刺傷，血流了不少，失去了一粒睪丸，牠回頭追，把睪丸找回來，一口吃掉。

「從那時候開始，牠就對異性沒興趣，也就沒有了小孩，也對異類的大型動物沒有好感。」古阿霞之前聽帕吉魯說過，這回又說了。

「太可惜，母狗們都沒眼光，只有我有。」布魯瓦說完，大家笑起來，黃狗則臥在火堆旁，沒有表情的瞧著烤鳥，身上的皮毛反射了火光強弱。

烤鳥的香味四溢，大家的目光轉移，從古阿霞用三顆汽化爐並排燉煮的臉盆菜——這是登山最經濟克難的烹飪，用臉盆煎煮炒——轉向柴火烤肉。那幾隻在火裡轉動的鳥，又癟又柴。過度飢餓，火源的熱空氣有如放大鏡，大家把牠們看成烤雞般誘人。

「那隻烏鴉呢？你怎麼弄？」趙坤說。

幾隻高山鳥類都烤了，唯獨烏鴉扔了。沒人會吃烏鴉，那是不吉祥的鳥，連原住民也不鍾情。布魯瓦說，待會就把牠埋了。

「小墨汁，妳敢吃嗎？烏鴉湯可以當藥。」趙坤轉頭對她說，「據說吃了對眼睛有效。」

「不要。」小墨汁大聲說。

「別亂講，這怎麼能吃。」古阿霞說。

趙坤急著解釋，剛剛布魯瓦說，雲豹把最後一顆眼睛給了烏鴉，獲得了帶路的代價。烏鴉確實可以明目。他又說，他有位遠房親戚，得了老年禿，髮頂禿得光亮亮，髮盤卻還有密密麻麻的髮絲，模樣人見人笑，像日本河童。據說越黑的烏鴉越能治療禿頭，尤其是羽毛發出藍黑光膜的，效果更是好。這位親戚吃了幾帖烏鴉湯，禿頭沒好，白內障卻好了，把自己的地中海醜樣看得更清楚。

吃完了晚餐，氣溫驟降，一群人都躲在帳篷裡。古阿霞想著，這種偏方沒有根據，可靠嗎？她在菊港山莊看過工人為了減緩磨牙，老是叼著豬尾巴，把她嚇壞了，以為見到穿山甲伸舌頭吃螞蟻。何況烏鴉湯，天下一絕，誰敢喝。但是剛吃完晚餐，小墨汁衝著來，說，「我肚子又餓了，想喝烏湯。」古阿霞嘆氣，原來這小女孩心裡也盤算這件事呀！

兩人鑽出帳篷，從地上挖出了那具還新鮮的烏鴉屍。這件事讓無聊的寒夜有了樂子，大家跑出來看，猛出餿主意，提出了燉湯方式，沒人煮過烏鴉湯，都是從燉雞湯的角度來著手。古阿霞認為，燉湯不能單味，得加些中藥，他們分批去找點高山藥材，一時間，淒冷的山頭綻了幾束光芒，帕吉魯在開闊的草坡找到了俗稱「馬先蒿」的玉山蒿草，素芳姨在草叢找到了俗稱「雞角刺」的玉山薊，古阿霞找到了小兒科的萬能藥鈍頭瓶爾小草，三種都是能入味的中藥。還是布魯瓦最乾脆，建議烤來吃，最簡單，又藥效好。

死的烏鴉不用殺了，直接去毛，取出內臟，把藥材都塞入腹中燉。古阿霞加入了自己帶來的枸杞入菜。一群人圍著爐火，心中各有滋味。湯燉好了，小墨汁猶豫得湯都變溫了，乾脆鼻子一捏，仰頭喝，一碗湯都沒了渣。

久久，小墨汁哭出來，哭了好久，才說好喝，很好喝。

一群人看了點頭，心酸得掉渣，各自回帳篷。

在白石池東側的箭竹短草坡，古阿霞找地方小解。這位置很空曠，夜色下什麼也看不見，她甚至費番勁才能找到鈕釦脫褲子。這幾天登山下來，最困擾她的除了不能洗澡，上廁所也麻煩，得走到隱蔽處瞻前顧後，雖然知道山上沒人，就是擔心撒旦偷窺。

尿聲窸窣，正暢快時，古阿霞沒注意有幾個影子悄悄過來。其中一個影子按捺不住情緒，衝過來，撞倒古阿霞，摸起了她的屁股，後頭的影子們也加入。古阿霞嚇壞了，讓恐懼情緒死死的綁住手腳，有半分鐘動不了，任他們摸夠。最後她大聲尖叫，提起褲子，邊哭邊跑回營地。

「有人對我亂來……」古阿霞滿臉受辱。

所有人瞪大眼，素芳姨看了四周，大家都在場，說：「是誰？」

「是一群人，他們把我推倒，摸我屁股。」古阿霞哭著。帕吉魯走上前去抱住她，古阿霞抓到了依靠，失聲痛哭。

布魯瓦抽出了番刀，提了煤燈走去，在路徑的制高點，把燈舉過頭照明，又走回來，說：「妳去尿尿吧！」

古阿霞猛點頭，說：「他們撲上來。」

「那是一群水鹿，牠們來搶妳的尿喝。」

「水鹿？」

山上富含鹽分的植物與礦物都很少，人類的尿成了水鹿的搶手貨。原來是水鹿幹下搶尿的勾當，大家鬆口氣，肚裡卻憋著快要沸騰的笑意，古阿霞仍陷在悲傷，晚餐草草做好，草草吃完，也草草的把自己塞進帳篷裡睡覺。帕吉魯盤坐在旁，兩手忙著，他的一隻手安撫睡袋，看著古阿霞縮在裡頭不探頭，另一隻手抓著黃狗的頸環，制止牠的興奮。帳篷外頭已瀕臨暴動，小墨汁大喊水鹿大軍朝我們的膀胱進攻了。

古阿霞從睡袋伸出手，勾了兩下，示意拿來收音機。她心情平緩了，想聽音樂。帕吉魯趕緊從鋁架背包拿出用衣服包裹保護的紅色Sony收音機。古阿霞的手摸了幾下，摸到收音機，熟練的拉出天線，扳開電源，轉動側邊的廣播轉盤。她現在不想聽中廣，想聽搖滾或抒情都可以徹夜播放的美軍電臺（AFTN），來點比吉斯（Bee Gees）或艾爾頓強（Elton John）的都行，能聽到瓊拜雅的更好。調頻網經過幾段空白訊，喇叭忽然傳來中共國歌〈義勇軍進行曲〉唱到「起來、起來、起來」的大合唱，古阿霞從睡袋爬起來，疲憊得像「撒旦出來打游擊，累壞上帝」的情緒，但是她得煮烏鴉湯給小墨汁。那隻烏鴉是黃狗好不容易抓來的。

素芳姨從外頭進來，頭撞到了帳篷頂的炙熱汽化燈，一陣光影交錯，也瀰漫頭髮淡淡的燒焦味。她抱怨趙坤在營地四周撒尿，吸引了四十幾隻水鹿，中央山脈的能高—安東軍山之間的連峰平坦，高山湖泊多，聚集不少水鹿，向來是西邊的賽德克族與東麓的太魯閣族獵場。這麼多水鹿騷擾，牠們的活動會持續到天亮，得換營地了。

「這是什麼廣播？」素芳姨尖著耳朵。

「隨便聽的。」山上收訊時好時壞，過了這山，就沒那山的收訊。

素芳姨把食指放在嘴唇上，示意大家安靜聽，很神祕的樣子。

收音機裡的女播音員，字正腔圓，說得較慢，說這是中央人民廣播電臺，現在開始對臺灣地區廣播，述說長江各省的物產豐饒，慶秋豐收，接著又說：「現在家住臺北萬華的趙華民，您媽媽找您。您媽媽說，你出生在山東臨朐，一九四九年春，你跟著國民黨部隊撤退到臺灣。從你走了後，您媽媽每年除夕還是煮了份水餃給你，你的衣服由媽媽每年都拿來洗。媽媽最近跌傷了，特別想念你，你要是想跟媽媽說話，請寄信到香港九龍信箱六八二二三，香港九龍信箱六八二二三。」之後，女廣播員下達指令給某些潛藏在臺灣的地下工作人員，重複兩次密語，「七七五同志抄收，本周指令是：二三四二一、三三六七八、三四六七四、八五七二六、六七三三七……」

這是從三百公里外的福建對臺廣播。古阿霞一看，是收音機設定到了調幅（ＡＭ）網，誤聽了對岸廣播。古阿霞伸舌頭道歉，轉移頻道。素芳姨則說，下了山別說自己聽過，不然得吃牢飯的。

「不曉得那指令是什麼意思。」古阿霞說。

「他們有個密碼本，照那個翻譯才行，不然沒有人知道內容；也可能這些同志的代號與密碼，只是障眼法，沒有任何意義。」素芳姨說。

「或許那個指令是，把某天某班火車鐵輪的螺絲鬆開，或把某座橋的橋墩挖走一塊磚，或是讓某個大官的傭人買到了注射農藥的菜，或者，嗯！裝鬼打電話給某個升學率高的學校的校長，嚇他，結果他被假牙弄得窒息死亡，反而讓學生很高興也說不定。」古阿霞說，「總之，一切裝得很自然，但就有東西被破壞了。」

「還有嗎？」帕吉魯問。

「又比如，在某個大官的牛肉裡塞辣椒，害他痔瘡破裂。也可能讓紅綠燈同時變綠，兩條路的來車撞一起。」

「小心匪諜。」

「就在你身邊。」古阿霞趕緊接下去。

「妳是匪諜。」

「才不是呢！我只是亂猜的。」

帕吉魯說：「小心匪諜就在你身邊。妳不是，媽媽也不是，只剩下我是了。所以，我知道那密碼的意思。」

「那你說說看。」

「密碼是？」

「我記得是二三四六五、二三四一四吧！」古阿霞下意識的轉動收音機，尋找那神祕的中央人民廣播電臺。

「那五八三六四九五五五七六呢！」古阿霞扯了一串數字。

「很・想・妳。」帕吉魯說。

「古・阿・霞・快・樂・點！」

「亂講，你鬼扯，果然是專搞破壞的匪諜。」

古阿霞笑了起來，果然被逗樂了。素芳姨也是，說兒子開竅了。這時候小墨汁闖進來，尋找中共頻道的古阿霞差點把收音機轉鈕弄壞，說進來也不敲門。小墨汁說帳篷沒門，怎麼敲，然後爬過了擠滿衣服與糧食的空間，端著那碗古阿霞煮好的烏鴉湯，說：「糟糕，外頭有一百多隻水鹿要搶我的湯，宇宙最厲害加三級的小墨汁，快喝。」她仰頭喝完，垮下臉說好喝。

這時候趙坤爬進帳篷，身上有濃重的動物腥味，他說水鹿太多了，山頭到處都是。小墨汁怪他到處尿尿，還把鹽巴亂撒，水鹿才跑過來。布魯瓦則往山谷走去，在草原與冷杉的交接處砍了枯木燒火，營火能趕走野生動物。不過他去了有些時間，素芳姨有點擔心的往大力晃動的帳篷外瞧。外頭被水鹿包圍了，身體擦撞帳篷，警告在牠們路上的障礙物。更多的水鹿聚在附近嚼帶尿味的草叢，情緒賁張，只有在福利社搶著免費贈送黑松汽水的小孩才會這樣。

帳篷裡的黃狗鬥志飽滿，被帕吉魯抱著。趙坤建議，放狗趕鹿，他在大家猶豫時，把蓋在黃狗頭上的衣服拿掉，還做了錯誤決定，把狗嘴套也拿掉，一切在帕吉魯還沒有反應前完成。

絨毛飛彈發射了。黃毛猛追，水鹿們全部散去。水鹿們沒有看過獵狗，佇立在附近觀察。黃狗得勢，一路都是最佳的跳躍位置，牠伏低的身子讓肩胛骨聳出背部，撲向水鹿。天下大亂了。

大家跑去阻止黃狗，連帕吉魯都沒輒，高山空氣薄，喘三口有兩口沒吸到肺裡，人追了五圈就瘪蛋。古阿霞躲在帳篷，縮進睡袋睡覺，她不想看到那些偷摸她屁股的傢伙，外頭的大吵大鬧，忍一下就過去，甚至帳篷被水鹿撞翻了，燈打翻了，空氣中有濃濃的煤油味，她也不想出來。

清晨的溫度很低，古阿霞走出帳篷，晨霧很淡，幾處向風處的高山芒與草坡結了白霜，玉山小蘗的紅漿果裹了層白，她走到湖邊，湖岸躺了四具眼睛還清澈無比的屍體。霧裡有聲音，很遠，很斷續，短的是鹿鳴，長的屬熊吼。布魯瓦從霧中走來，背後背了鹿屍。

幸好熊沒有來到這戰場漁翁得利。昨晚，黃狗咬死了幾頭鹿，現在牠們的屍體躺在湖岸。一早出去巡視的布魯瓦又找到一具鹿屍。五具屍體，在黑色板岩碎屑的湖岸一字排開。牠們的傷口都在喉嚨，一咬斃命。古阿霞從書上看過這是狼的咬法，布魯瓦卻反駁，這是雲豹咬法。雲豹懂得從樹上或岩塊後頭伏擊，咬獵物脖子，直到對方窒息。

布魯瓦拔出番刀，割開水鹿肚子，拿出內臟。水鹿的血液已凝固，沒有遍地鮮紅的血腥，扯出內臟的過程發出聲響，死亡腥味散開。布魯瓦割下一小片膜亮的肝臟，犒賞自己殺獵物的勇氣。

古阿霞不忍看下去，拿鍋子，到湖那端，煮鍋熱水洗頭。沒得洗澡，總得洗個頭才算數，況且過了白石池，將進入惡巖銳鋒著名的中央山脈北二段，得背水經過沒有湖泊之地。她舀了水，水池清澈，水中蠕動紅蟲子，泡爛的豆龍蝨蟲殼沉在水底。水花了很久才煮滾，她兌了些冷水，找了避風處，把頭髮洗乾淨，突然覺得有些舒爽，毛巾裹著濕髮，閉眼坐在草坡上等朝陽升起來。

等待中，她為昨晚的驚嚇，又流了淚。然後，有腳步聲來，窸窣且遲疑，她知道是帕吉魯來了，如果他願意坐下來，她也許會講出她為什麼躲在樓梯小房間五年的悲傷理由。

帕吉魯靠過來，坐下來，舔了古阿霞的淚水。

古阿霞睜開眼，她錯了，發現那是小水鹿，來偷喝她的飽含鹽味的淚。她看著牠，那麼近，濡濕的鼻孔歙闔，耳朵靈動，長長的睫毛下蹲了大眼睛，小水鹿一點膽怯也沒有。

多麼美麗的誤會與凝視，足以弭平一切。

天亮了，牠走了，那個偷走她悲傷眼淚的小水鹿，朝著臺灣杉密集的知亞干溪河谷走去，留下一抹皮光，更叼走了古阿霞的悲傷。

牠是上帝派來的小天使，古阿霞知道。

登山隊有了內鬨，不同意見對立。布魯瓦決定留下來處理五隻水鹿屍體，不再繼續前進。可是，這給要求團隊合作的素芳姨難題。登山行程的糧食都計算得剛剛好了，免得增加負重，他們得過五天後抵達中繼站的合歡山松雪樓，補充糧食，丟掉垃圾。在原地久待，勢必消耗糧食。

「只要吃掉水鹿肉，我們很快就可以走。」布魯瓦說。

趙坤點頭，「不錯，我們的工寮餐要是有葷的，也挺耐餓的。大餐開始，大家努力一點吃，努力一點拉，不就得了？」

大家同意，蓋過素芳姨的微詞。中餐過後，幾個人勉強吃掉算是最美味的水鹿腿，吃太多感到噁心。到了下午，布魯瓦從鐵杉下的箭竹叢帶回一隻孱弱的小水鹿，同樣是致命的喉傷。大家無心再罵黃狗了，發揮團隊合作救小水鹿，從藥箱拿出碘酒與繃帶，要是能起乩降靈也有人甘願做，就怕小水鹿一命嗚呼，又多幾餐。

到了傍晚，趙坤見局勢不妙，他抱起這個不斷悲傷哀鳴的小水鹿，偷偷尋個隱蔽處埋了。

「這個交給我來。」布魯瓦半路攔截，把牠抱回營地，觀察小水鹿傷勢，然後番刀出鞘的結束牠的痛苦。大家大叫，要為這具鹿屍再度折磨腸胃。布魯瓦當著大家的面，剖開小水鹿嫩白的肚皮，展現庖丁解牛的絕活，割肝片吃了幾塊展現自己的勇氣，把整腹腸胃取下，保留內部半消化的草糜，好煮成今晚的精力湯。

「番了，番了。」趙坤喊得心酸。

「要是不好，你們先走完，我會留在這弄好。」布魯瓦說。

「這最好。」趙坤說，「一切就交給你了。」

「我不贊成，這是集體行動，我不能留下李伯伯（布魯瓦的漢姓），我也留下來陪他。」古阿霞投下變數的一票，帕吉魯與小墨汁也決定留下。

「這最好，大家留下好作伴。」趙坤也無奈留下。

這是他們這輩子吃過最噩夢式的水鹿大餐了。在此之前，古阿霞講完謝飯詞，餓鬼們掃完一半飯菜，現在她念完《聖經》都沒有人想動筷子。他們以為肉熬不過兩天的白日高溫便腐爛，布魯瓦卻從山谷拖回松木生火，做起燻肉防腐，古怪的味道連黃狗都逃得好遠。

素芳姨知道德魯固或泰雅族喜歡生火，砍下飽含油脂的松樹或檜木燃燒，整夜躺在火源邊取暖，中央山脈是他們的獵場，懂野獸習性，勝過老婆的脾氣。但是，登山不是狩獵。她不喜歡野地生火，接受更西化的登山文化，好的登山隊應該更尊重山林，除了足跡，不留下任何東西，除了攝影，不帶走任何美景，只有救國團與童子軍才生營火與玩團康。如何在登山文化與傳統狩獵間取得平衡，她與布魯瓦有了爭執。古阿霞對這樣的登山感到辛苦，果皮收回背袋，上廁所用折疊圓鍬在根系三十公分厚的箭竹坡挖衛生洞。不過，她現在對布魯瓦稍有微詞了，她留下來，是不願讓布魯瓦放單，不代表她願意吃下眼睛嘴巴還在的肉。

「我知道你們不高興，但這是祖靈留下來的方法。」布魯瓦說，「我們得把打到的獵物吃光，吃不完就帶走，不能浪費，不然沒有下一個豐收。」

「我們不能待太久。」古阿霞說。

「阿美族的祖靈怎麼教導妳面對食物，如何面對這個山與河？」

關於祖靈與食物，古阿霞最記得巴歌浪（Pakelang）。這是在婚喪喜慶或豐年祭的「句點式聚餐活動」，大家到河邊或海邊抓魚烹食，所有煩惱與不悅都會付之流水，重新獲得力量面對未來。「巴歌浪」後來成了邦查的重要活動，以野菜或魚類的食物洗禮，用聚餐忘卻苦難。

「我們是平地的山地人，不是山地的山地人。」古阿霞強調，「祖靈透過了野菜大餐讓我們忘記煩惱，跟進教堂一樣有效。」

「祖靈跟教堂一樣有效，那上帝教妳如何面對這些山與河？」

「我不懂你的意思。」

「日本人來了，他們教會了我們是很殘忍的人，教我們穿上衣服與恥辱。紅太陽走了，白太陽來了，這個政府教會我們是很窮的山地人。我們在這塊大山大水生活了幾千年，才發現自己沒有錢，很苦惱。然後，耶穌來了，佛陀來了，外頭的神明教我們面對苦難、面對煩惱，卻教不會我們的子孫們面對眼前的大山與大河，連佛陀也不會，祂們是從很遠的地方坐船來。祖靈才會，可是，祖靈不會教我們賺錢，也不會學耶穌一樣給我們奶粉與糖果。」

「你們就是太懶了，努力工作就好了。」趙坤說。

「我們從來就是這樣生活，沒有懶，後來，我的兒子覺得自己太懶了，要多工作，去跑船，跑到南美的巴拉圭。」

「你很懂外國呢！」

「他死在那，我當然要記得那隻烏龜。」

眾人不知該笑，還是該悲傷。不過，布魯瓦繼續說，把話題拉回了獵殺水鹿的問題。他說，動物與森林一直是太魯閣人的夢，剝奪了夢，只剩黑夜。他們曾經被剝奪了夢很久，甚至剝奪了自己的名字。他又說，之所以會這樣，是因為他們不斷的「被帶走」。他們原本是住在立霧溪的陀優恩（Doyon）部落，日本人花了兩萬多個士兵，用精良武器，才讓三千個太魯閣人死去，或悲傷到老死。他父親就是後者，最大懲罰是永遠無法拿到獵槍，強迫遷到了整夜被山棕花甜味嗆醒的塔比多①居住。接著日本人要他們離開。他們往南走了三十公里，走到摩里沙卡開墾，那裡種了什麼都死，他也把死去的父親種在客廳地板下。後來，伐木開發讓族人被迫放棄墾地，遷往萬里溪北岸臺地，那裡什麼都種不活，只有石頭種得活。最後，被瘧疾殘害，和附近殘存的部落合住在現在的村子。他們不斷遷村，最後失去了部落名字。

「日本人與平地人拿走了太魯閣人的夢，太魯閣人的獵槍，也拿走了太魯閣人的名字。」布魯瓦說，「卻拿不走這片大山與大河，水鹿是這裡的子民，我們如果多拿了，就應該好好吃光。」

「現在我終於想起你的名字了，叫布魯瓦。」素芳姨隔著篝火說。

這幾天來，大家都以李先生、李伯伯稱呼布魯瓦，從來不曉得他的原住民名字。素芳姨這樣稱呼，著實令大家驚愕不已。

「妳想起我了，三十多年前，我當挑夫，我們一起跟那個年輕的日本專家登鹿湖②，見到一百隻水鹿舉

①即今日中橫的天祥。塔比多在太魯閣語有「山棕」的意思。
②七彩湖。

行豐年慶。」布魯瓦轉頭對帕吉魯說，「那個年輕的日本專家，就是你的爸爸。」

帕吉魯瞪大眼睛。大家陷入沉默，各有心事的剝著因為寒冷而裂開的指甲肉，或搓手取暖。古阿霞有點懂了，這個山下的原住民，不是無緣無故衝著山上學校來，還沾了別的目的，挺複雜的。

吃了三天鹿肉，他們終於要離開白石池了。

古阿霞站在海拔三千零五十九公尺的知亞干山頂，對著草叢裡矗立的聖母瑪利亞瓷像祈禱，並眺望這片美麗的旖旎高山草原。不久前，有人在長達十公里的草原設立一尊白色聖母像，成了教徒駐停處。

三天內，將有秋颱來襲了。古阿霞對聖母祈求路程平安，也求主保佑眼前十二位的大學登山隊，他們離開白石池了，背包防水套在草坡與高山芒之間的路徑移動，路很長，他們得在三天內進駐防颱避難屋——摩里沙卡的七星崗伐木工寮。古阿霞也遠眺學生登山隊的目標，直線距離六十公里外的玉山，銳利的山峰矗立在地平線。多虧他們帶走了部分水鹿肉，古阿霞才能提早上路。

當海上颱風警報發布之後，他們覺得不用擔心用水的問題了，開始擔心雨來得太多。不過，距離將降雨的十三小時之前，古阿霞從稜線往下方森林取水，在破碎岩塊與倒落的臺灣杉下方，她與帕吉魯找到匯聚的小水滴。那一刻，古阿霞大為驚喜，不是一朵盛開的臺灣野百合矗立在貧瘠環境的水源處，而是一直盤聚在東麓的雲霧瞬間消融，視野開闊，看見四十幾公里外的城鎮。

「是橋。」帕吉魯大喊。

「是呀！木瓜溪的大橋，去年我們在橋下住了一晚，那是你第一次跟我說話。」

「浪胖也是。」

「牠第一次跟我說話就是吠我，害我跌進水裡。」古阿霞說，「那時候，我們看到這頭的奇萊山都積了白雪。」

古阿霞有奇異感受，從另一頭觀看他們的出發點，充滿神奇能量。要不是這樣，她無法想像自己走過的路，陡峭、崎嶇與一波三折。她想，河流也有同樣的經歷吧！都始自每滴水，在每個轉折點，找到同方向的同伴，彼此傾吐、療癒或相互取暖的結伴而行，漸漸書寫出了土地的水系圖譜。如果水滴們也有回頭的能力，路途再遠，必然能看到它們的來源——聳立的群山如母親的乳房分泌著每滴水。這是一幅美麗的圖案。

古阿霞把自己的想法告訴了帕吉魯。帕吉魯對抽象情感很遲鈍，沒有勘破的心思，他安靜的聽，點頭認同，給她一個小小的吻，說：「現在，妳臉上也有很多水滴了。」

「絕對不能成口水河，太可怕了。」

水源頭眺望的溫暖想法，給古阿霞不少支持，減緩越來越沉重的腳步。她常停下來，脫掉紅雨鞋，掀掉兩隻每天添加汗水細菌的厚襪，搓揉拇趾。這些襪子要是丟進鍋裡煮，絕對能熬出臭豆腐火鍋。她很羨慕帕吉魯穿分趾鞋，來去自如，更羨慕布魯瓦只穿雨鞋，不穿厚襪保護，頂多墊兩張報紙吸汗。

他們爬上以壯闊的惡地聞名的卡羅樓斷崖，苦頭來了，走在尖銳發亮的稜線，彷彿在刀鋒的螞蟻。布魯瓦用傳統的德魯固族背籠通過，額頭加支撐帶，自在走過。素芳姨穿的是登山鞋，更是游刃有餘。古阿霞老是覺得下一刻就會拐傷腳踝，戴手套的手也被銳利的岩峰割傷，忽然間，她遇到寶似的驚呼。

「是籟簫，真的，她們開花了。」古阿霞指著貧瘠的石堆縫，冒出了一片綠意，綴著小白花。十月的籟簫花期已盡，花朵樸淡，枯了卻眷戀在花萼上，不掉落。古阿霞完成了登山目的之一，找到在日治時期名列花魁的尼泊爾籟簫。這也是素芳姨的植物名字。

花真的不大，一群人把頭磕成一圈，卯足了看，真得逼出佛心，才能讚嘆美麗。審美就是這樣，把籟簫的七層輪狀花瓣看久了，也看出樸情，尤其襯托在狂風惡地更顯得她的婉約，或孤拔。

「這麼一眯眯的花，是長出來給螞蟻看爽的。」趙坤說。

「我剛剛有看到，可是，我都沒有發現耶。」小墨汁說得令人摸不著頭緒，她自嘲沒有「雜草專家」阿霞姊姊厲害。

古阿霞笑了，她不是雜草專家，只是出自她邦查的野菜美學，能在毫無線頭的雜草叢看出端倪，何況在一大片碎石中看出籟簫。

真正的高山植物專家素芳姨指出，籟簫是《詩經》中「呦呦鹿鳴，食野之苹」的「苹」，非常秀氣，乾燥花可以泡茶，有菊花香韻。趙坤說古書寫錯了，水鹿大軍不吃籟簫，只會搶尿喝。眾人大笑。古阿霞卻覺得噁心十足，她細細摘了籟簫花，細細看了，細細順出了花瓣，也要帕吉魯幫忙摘，拿回摩里沙卡泡茶，一盅茶湯，一方桌子，聽霧氣在簷下凝落的水聲，忽爾的火塘炭爆，回憶這段登山。

忽然間，古阿霞又發出驚呼，眾人望了去，永遠記得有朵夢中才能看到的世界之花在此刻綻開了。逆著濁水溪來的西部氣流霧氣，與沿著木瓜溪支流巴托蘭溪湧入的東部流霧，在奇萊群山匯合，扭曲旋舞，千年來這兩股百萬噸水氣的聚合模仿了一朵龐大的複瓣白花盛開，無時無刻不改變花容。

大家在霧花綻放的瞬間，精神來了，因為風勢轉強，直吹得打哆嗦。在稜線上，小墨汁從背包拿出來保暖的衣服，不小心竟給風搶走了，所有人看著那件紅外套飛行了幾公尺後，消失在滾滾大霧。這強風是暗示，七小時後，一個突然轉向的颱風將從花蓮外海擦身而過。

古阿霞得注意陡坡的碎石，一不小心會讓她成為滾地棒球，由叢生的臺灣刺柏接著，或漏接後掉入百公尺的峭壁。兩者她都不想要。小墨汁比想像中來得堅強，沒有吭一聲，或許她知道堅強是給自己、也是給別人最大的幫助。卡羅樓斷崖沒有架設確保繩索，得手腳並用，繞過房子大的岩塊，或與宣洩而下的碎石打仗。漸漸的，古阿霞專注的「爬」山，手腳並用的爬過了險峰，她注意呼吸，只注意眼前兩公尺的範圍，暫時忘卻了煩惱——菊港山莊的仇恨、存款簿數字、素芳姨的聖母峰募款永遠沒著落等。然後，她回頭看那段險峰的來時路，總算了解素芳姨能夠二十幾年來愛上登山的心情了。

身為嚮導的素芳姨，在休息時聽颱風廣播，眉頭深鎖。他們離上個天池山莊有一天的腳程，離下個避難的成功堡山屋也是，現在困在以死亡聞名的「黑色奇萊」。多年來有無數的登山客在這條海拔三千公尺的稜線喪命。最著名的是民國六十一年，六位清華大學生攀登奇萊北峰，為了避颱風，做出了錯誤決定，在暴風雨中趕路回合歡山松雪樓，造成五人在路途中一個個失溫死亡。素芳姨每每想到這件事，心中充滿難過與不捨的，除了五個青春生命的逝去，也加深社會對登山冒險的不解，質疑年輕人沒事不讀書幹麼登山，出事了，又浪費社會成本去救難。

素芳姨研究過那次山難的報告。六個年輕人輕忽了大自然，應該找個避難處，不是橫越颱風。颱風襲臺，通常由東北處登陸，永遠庇佑這個島的是中央山脈，她把所有的狂風威力減半；山友躲在山南坳處，避颱風，比冒雨趕回山屋更安全。不過，這群年輕人撤退過程展現了情誼，他們不是要求同伴放下自己，先去求救，就是彼此扶持前行，直到死亡分開他們。這件事過後，「黑色奇萊」成了攀登奇萊山的死亡副標題。攀登過數次奇萊連峰的素芳姨，發現黑色奇萊一點也不黑，是臺灣杉與冷杉蒼綠的山脈，是明信片上風景照的翻版，大自然從來不是為人類而設立，人類卻會因為疏忽它，而有所怨念。

古阿霞同意下降到南側山坳避難，帕吉魯與小墨汁也附議。到達時，他們找不到平坦空地紮營。臺灣杉的樹根爬在岩塊，樹下密生的箭竹打來。趙坤的帳篷破了，擋不了雨。不太會搭帳的獵人布魯瓦，眼見它被風吹到樹上還不慌張。這下子，素芳姨得做最壞的打算，大家脫光衣服擠一起，男女分開，裸體躲進防水塑膠套可以藉彼此體溫取暖，度過颱風夜。

古阿霞面有難色，小墨汁馬上反對，說：「會被臭男生看到。」

「誰想看妳這塊洗衣板。」趙坤反駁。

「就是你偷看我尿尿，還大笑，你說有沒有啊！」小墨汁趁勢進攻。

「那是不小心的。」趙坤解釋，幾天前在屯鹿池草坡，起了濃霧，小墨汁在遠處小便，不料一陣風把霧都吹乾淨了，山頭出現了她蹲在地上尿尿的背影，還蹲著橫行找位置躲。趙坤見著，笑岔了，現在說出來也笑得像是被加入鹽巴的汽水降乩了，讓古阿霞與素芳姨臉色一沉。

「這附近有個美齡山莊，可以去住，不過有點路途。」素芳姨說，「這間山莊是七彩湖到南湖大山之間，唯一的五星級山莊。」

聽到有豪華的山莊避風，大家套上雨衣出發。他們爬上稜線時，狂風吹，臉肉成了被擀開的面皮，鼻子倒了，眼皮張不開，腳抬得起卻放不下，雨衣著魔般亂叫。小墨汁哭了，說想回家。古阿霞把背包交給帕吉魯，決定背人走。她的背忽然輕了，誤以為小墨汁被風吹走了，急著回頭瞧，是布魯瓦把人塞進了他的原住民背籠。背籠的紀錄曾裝下王武塔山最重的百斤山豬都沒問題。

半小時後，風雨稍歇，在四百年的鐵杉下，一個長橢圓的鐵皮屋出現在眾人的頭燈前。落隊的古阿霞靠在冷杉下快陷入失溫，走不動，血都涼了，眼前有座鐵皮屋都沒多大吸引力。一路用「只剩下一百公尺」矇騙她鼓起勇氣攻下假山頭或到達營地的素芳姨，怎麼樣都動不了古阿霞。

「撒泡尿，讓自己熱起來。」素芳姨說。

古阿霞朦朧中，感到雙腿熱起來，自己也撒起來，流下的熱尿使麻痺的肌肉有了知覺。這時候，她才驚覺第一泡的熱尿是素芳姨跨坐在她腿上拉的，讓腿甦醒了，古阿霞站了起來，走了百公尺，屁股被帕吉魯托上了離地一公尺的旅館大門。這旅館是架高的日本建築，高得不像話，也沒有階梯。

換上乾淨衣服，喝完一鋼杯的熱薑茶，古阿霞有了體力，拿出臉盆與汽化爐煮晚餐。汽化爐不是積碳，就是有點摔壞，煤油出汽量小。晚餐延後了，古阿霞有了閒暇觀察旅館：橢圓腹腔的空間、環狀肋骨、對坐鋁椅，還有瀰漫油漬的鋁皮牆，怎麼說都是未來主題式的鯨魚旅館，從強化玻璃看去的窗景是海中寧靜般狂搖的冷杉與箭竹，好安靜呀！

「鬼終於跟了上來，走得很可憐。」小墨汁趴在窗口喊，她從稜線就喊有幾隻鬼跟來。沒有人相信。鬼都被颱風吹回墳裡，哪有空出來喝西北風。古阿霞從窗口看去，黑暗中，十個亮著獨眼頭燈的影子飄來，跌的跌，撞的撞，哪是鬼，只有人生父母養的孩子才會過得這麼慘。大家趕快開門，把外頭穿著墨綠色小飛俠雨衣的士兵一個個拉進山莊。

這些是特種兵訓練，他們從三十幾公里外的谷關營區搭乘在越戰成名的UH-1H直升機，丟包到中央山脈各山頭，給少量糧食，從事野戰求生訓練，自力更生，最後走回營區。他們的特訓被颱風打亂了，習慣在寒流也洗冷水澡的身體泡了兩小時的高山風雨，再也無法咬牙撐下去了，牙齒格格打顫。

為首的班長脫掉鋼盔，用發紫的嘴唇說是來山上「散步」，看到素芳姨等人走前頭，才跟上來避風雨。素芳姨說，這裡很空，一起來住。這下，士兵們脫掉雨衣，換掉吸飽雨水的草綠服，坐在鋼盔上，展開了雨天取火術：有人拿出叢林野戰刀，切下膠製的鞋後跟當火種，有人拿出森永牛奶糖的防潮蠟紙助燃，太冷了，要他們生火，搞得比發明火還難，冷得抖動的手失控，著火的火柴，對不到該死的火種。

小墨汁大笑起來，古阿霞也是。古阿霞從這邊的爐火借火給士兵們。這些大男孩回報的方式，就是表現煮飯秀，他們拿出身上所有的塑膠製品燃燒，野戰靴後跟、原子筆與空塑膠罐，把M1美式鋼盔的內膠盔拿出來燒，用俗稱深水炸彈的壓力鍋煮飯，只為了早點填飽肚子。對他們而言，剛從颱風中艱困活下來，這種餘悸足夠燒掉他們的物資，換一頓餐。

對古阿霞而言，士兵把事情搞得太魔幻，弄出了七彩光芒的臭塑膠火焰，把旅館搞成毒氣室。煙太臭太濃，有人打開大門跑出去，有人淚流，有人迷路踢翻了壓力鍋。古阿霞趕緊把鍋子扶正，並且戴上國造六二式防毒面具防毒煙，她沒用過這種東西，終於知道戴上了蒼蠅拍與黏鼠板的滋味了。

飯好了，壓力鍋的排氣笛也停了。一位士兵用盡力氣扭開鍋蓋，國共內戰又開打了，砰的，發出巨響，米飯射出去，飛出去的蓋子把鋁板屋頂撞凹了，大家的耳鳴在十分鐘內塞下了五隻蟬聲。驚魂甫定，古阿霞檢查鍋蓋，是先前有人撞翻了壓力鍋，米粒堵住了排氣笛。士兵們真是失望又絕望，他們剛參加完二十一天走完五百公里的長行軍訓練，青春的靈肉在苦難中差點分家，緊接著被丟進中央山脈受訓，現在還挺能做的是學落湯雞，把射到哪都是的半熟米粒，一顆顆啄起來吃。

古阿霞能安慰這些士兵的，就是煮個餐。她重上火，放水放米，慢慢等水沸騰。士兵們把上千顆的硬米撿完時，水滾了，飯也熟了，他們不敢相信這麼快煮熟，高山氣壓低，水不到攝氏九十度便沸騰，再天大的本事也不可能讓水翻幾個觔斗就讓米滾熟了。拿了鋼杯舀來吃，都熟了，果真本事天大。

「如果你在廚房幹活幾年，發明的奇蹟多到可以讓客人每天來吃。」古阿霞說，「這些米已經煮過了。」

班長不解的問：「我看見妳掏出來的米是生的，倒入鍋沙沙響。」

古阿霞說，在登山之前，她把米糧都先煮熟了，然後倒在乾淨的桌上，勻開來，用扇子搧涼，乾掉的飯會還原成米，總之像是黏在袖口或領子的飯在幾天後乾成半透明狀。這些乾燥飯如果用點熱水煮，不需要太多火候，馬上變成飯。她在摩里沙卡林場待了些時日，那地方海拔高，要縮短野炊時間，說什麼也沒有比乾燥飯更方便。

士兵們吃到熟飯，大受感動，配著鮪魚或鰻魚罐頭，也不管強風如何把旅館吹得搖搖晃晃。他們很感謝古阿霞的乾燥飯，無以為饋，而老百姓也不想聽軍歌回報，只能感謝再三。不過到了晚一點，士兵們又餓了，年輕人就是這樣，腸子直，食物直往下掉。布魯瓦這時候說，他可以煮個玉米濃湯請大家喝，如果不嫌棄的話就靠過來。

「這是玉米粉，冬天的玉米曬乾後，磨成粉。」布魯瓦說。

人間美味，媽呀，有好康，有媽媽味道，有義氣，有人性！世界還是有溫暖的。士兵們靠過來，把好話搬出來讚美。

布魯瓦拿出沉甸甸的塑膠袋，「這是鹿肉。」

「幹！」士兵們捏拳大吼，用上最濃縮的讚美。

古阿霞與小墨汁縮到了角落，一副見鬼了。帕吉魯與素芳姨也避開，一臉苦笑，連黃狗也打了噴嚏。因為他們都知道，布魯瓦要放出惡魔了。果不其然，當布魯瓦用番刀割開塑膠袋時，士兵們聞到了殺千刀的味道，鹿肉腐爛發臭，白蛆鑽動，快樂得不得了。布魯瓦把鹿肉剁開，肉屑濺到士兵臉上，他們退到沒有路了，看著地上的蛆像是沒有頭、沒穿衣的縮小版女鬼們爬過來。

古阿霞很清楚，布魯瓦沒有開玩笑，他確實煮「勇士湯」給士兵喝。在古阿霞記憶中，邦查巫婆會把肉放進罐裡，放少許鹽巴與酒，等到長蛆後煮湯，那是古怪的治病方法，只有老邦查人才敢喝。

布魯瓦卻說，德魯固族的文化不同，日本人在「太魯閣戰役」後沒收他們所有的獵槍，將他們遷村到平地，打獵只能走路到遠山用傳統的陷阱放吊子。山區來往很遠，晚一步去，山羌水鹿都死在吊子上，山豬力氣大能咬斷苧麻絲，黑熊扯斷了前掌脫困，據說高砂豹能咬斷腳脫困，只留下斷裂的前掌。那些鹿屍與斷掌，蛆只吃到表面，雖臭，肉還是能食，獵人發現煮湯能成為美食，唯有吃了才能成為勇士。

布魯瓦的勇士湯煮好了，一群人鳥膽，都躲得遠。能當到特種兵的，五個有三個原住民。布魯瓦的眼神瞅了幾個深目的傢伙，說：「你們家阿公都是喝這個長大的，過來喝啦！」他們只好聚過來喝，寧願喝，也不願承認是「番仔」。其他人見狀，靠過來用指頭沾了吃，突破惡臭這關，味道還馬虎，完全被玉米甜味蓋過了。勇士湯不受青睞，而勇士最好的朋友是孤單，布魯瓦孤單的吃，決定剩下的鍋底留到明天當早餐，順便給士兵們考慮一晚要不要吃。

到了入睡時刻，古阿霞想找個好角落，她第八次嘗試拉開鋁牆上那個奇特的把手，門鎖竟然迸出清脆聲，開了。素芳姨站起來阻止，卻來不及。古阿霞走進去，看到的是重力扭曲的空間，還有兩具穿著連身淺綠飛行裝的白骨坐在那，是死人骨頭。

古阿霞大叫，嚇得跑回去，整座美齡山莊的人都舉燈望過來。她明白了，眼前鋁骨架構的魚腔旅館其實是一架飛機，她第一次搭飛機竟然遇到這麼恐怖的事。

「這不過是一架飛機。」素芳姨說。

「可是有死人。」古阿霞嚇著，所有跑去看的人也都看見兩具骨骸。

「我知道，因為這是飛機，總得有人開。」

「可是，」古阿霞想再說出自己的恐懼，卻發現多麼不合時宜，改問：「他們為什麼會停在這？」

「這是一架C47，又叫美齡號，跟蔣宋美齡女士有關。飛機有可能是在模仿『駝峰飛航』訓練失事的飛機。」

那是二戰太平洋戰爭初期，日軍占領緬甸，切斷了滇緬公路——這是中日開戰後，耗費數十萬人開闢出來，運送物資給中國的後門路線——為了支援國軍在南方戰場的物資，盟軍開闢了空中航線「駝峰航道」，由印度東北的阿薩姆運送物資到中國昆明，運輸機得躍過死亡關卡的喜馬拉雅山連峰。C47運輸機是初期的大功臣，但是飛航高度受限，只能貼著山隘與山峰進行死亡穿越，折損率四成以上，飛行員最棒的導航是山谷那些同僚墜機所發出的鋁片反光。

退守臺灣的國民政府，從沒有放棄將中央山脈當作國軍訓練地。素芳姨說，在陸地上，眼前的阿兵哥就是了。在空中，她登山時，不時看到F104戰鬥機沿木瓜溪或秀姑巒溪飛行，戰術式貼著河谷，遇到中央山脈急速爬升，站在稜線的她近得能看到飛機編號。C47運輸機也是，把中央山脈當作是牛刀小試的喜馬拉雅山，目的是為了有天反攻大陸。素芳姨又說，眼前的這架C47運輸機，可能機械故障或操作失誤，飛機下墜，駕駛員企圖安全降落，最後機身保持完整，但是駕駛艙毀了，駕駛員殉職。

「我上次登山經過時，在陽光下，看見金屬反光，那絕對是視野死角。只有天時地利才能看到的光芒。」素芳姨說，「我走下來看，發現是飛機，它像一個墓碑插在山裡。」

「妳怎麼不通報警察？」

「或許，它不想被知道，想永遠在這，這裡比任何地方都接近天空。」

「他們才是勇士。」布魯瓦拿了碗「勇士湯」走進扭曲的駕駛艙，向他的英雄致敬，「沒有你們倆，我們今天都會在風雨中死去。」

每個人都走進駕駛艙，默禱或致意，連最膽小的小墨汁都去了。古阿霞是最後進去的人，仔細觀察艙室，機頭撞上巨木，駕駛意識清楚的被夾在座椅與儀表板間，直到死去——因為古阿霞發現，正駕駛用血在儀表板寫了「雲」字。整個晚上，古阿霞躺在乾淨冰冷的鋁板艙，只有在風強到飛機有如遇到亂流震動時，她才驚醒，想到那個「雲」字，那也許是正駕駛寫給妻女的遺書開頭，未完的遺言。

第二天下午，他們趁風雨停歇，離開了飛機。在經過奇萊北峰下成功堡的一片草坡邊，巨豔的落日掛在天陲，底下襯著無際的雲海，吸引大家目光。

這是古阿霞看過最美的落日，乾淨無瑕，一吋吋落入地平線的雲海，萬物都染上柔光，人非得經過這麼多的登山苦難才能看見。這時候，她卻失控的蹲在地上，哭不停，心情透明脆弱，從頭到尾給大家看光光。

沒有人知道她為什麼這麼傷心，於是先離開，留下帕吉魯陪伴。在那片暈染的大地，古阿霞想到的是，她的名字很醜，要跟一輩子，可是她這時卻看到了跟名字一樣美的夕陽，她遇到另一個「霞」，一個攤在西海岸數百公里的落日，她這輩子看過最美的景。尤其是太陽擠開雲海，像是摩西帶領苦難子民逃離埃及追兵，紅海都分開了，這正是她宗教口頭禪「摩西過紅海我都能相信」的復刻版場景。

古阿霞這輩子都怪父親給她取了很醜的名字，到哪都被叫「阿ㄏㄚˇㄏㄚˊ」，如今卻是最美的了。或許，就像飛行員在喪命前寫下的那個字一般，她無情的父親真的死在越戰中了，留給她美麗的遺言，就寫在自己的名字中，就寫在大地上，她見了就哭。

經過颱風驚嚇，他們放棄走中央山脈，在松雪樓之後改走中橫公路，切入雪山山脈，行程足足縮短了一半。公路之行陪伴的都是藍天，色感樸淡，如長尾水青蛾的顏色，有水彩畫刷淡後的輕盈，有別於夏季深藍。閩南語稱蛾類叫「垃圾蝴仔」，意思是骯髒蝴蝶，要是看過長尾水青蛾的人絕對不會這樣想。帕吉魯說，長尾水青蛾蛻繭之後，總是沒日沒夜的飛行，因為牠們沒有嘴巴！吃不了東西，只能飛，不斷飛，把天空塗成那般的顏色了。秋日天空完全是蛾藍的。

古阿霞從素以冰河遺跡聞名的雪山圈谷爬上峰頂時，天好近，自己是天空欠缺的最後一塊拼圖，要歸位了。她沒有爬過這麼高的山，走幾步喘幾步，終於抵達海拔三千八百八十六公尺的雪山峰頂。這是值得的，如此能夠花更多時間，仰頭看看蛾藍天。

翻過雪山，在七號圈谷傾瀉而下的板岩碎片盡頭，一灘池水靜在那。這是泰雅語名為「石頭水池」的翠池，有個石化為水的傳說，綿延五百公尺的每塊碎岩終其萬年的一輩子都想滾過岸邊，掉入湖裡，化為一滴湖水，且拒絕還原。這造就了臺灣最高海拔的翠池從來沒有凍結的紀錄。

水池不大，很淺，很清，古阿霞站在原地，眼睛轉了幾圈，也走進周圍的玉山圓柏純林查看，哪有廟。這個山谷沒有素芳姨說的廟，沒有神，無法承擔她的祈求。她不是基本教義派的基督徒，只想向別人的神，保佑她的子民平安。

「土地公從來沒有離開過這片土地，即使這麼險惡。」素芳姨說。

「可是祂不在這裡。」

「祂在，只要我們努力往前走，祂就像影子在後頭。」

神奇的一刻來了，帕吉魯從他的登山背包拿出了一塊黑色石頭。古阿霞一眼看穿那是伐木土地公，他向來帶在身邊。她從來沒想過，經過這麼多困頓，這尊神像沒有須臾離開過。

帕吉魯把黑神像放在池邊。古阿霞要素芳姨拿下頭香的願望。素芳姨卻向神像祈禱，給這路途上最勇敢、最年輕的小墨汁右眼康復的機會。小墨汁很高興，樂得抱著素芳姨，大喊謝謝。

「可是走了這麼遠的路，沒幫妳祈願，有點小遺憾。」

「拿著這顆碎石，用兩手握緊。」素芳姨拿起一片碎岩。

古阿霞照做了，黑色石頭很快潮濕，滴下水。古阿霞有種幻覺，她把石頭擰出水。素芳姨解釋，這是大自然的現象，原本石頭裡的水受到手溫而流出來。這是百年前泰雅族來到這時，發現的奇特力量，給了石頭水池的名稱。

「阿霞，謝謝妳的心意。我會帶走雪山的一塊碎岩，帶去尼泊爾登山。」素芳姨說，「你們努力過的痕跡都成了汗水，凝固在我手上的石頭，那些石頭都具有傳說的力量，將汗水轉化成淚水，這價值勝過神的祝福，唯有愛的力量，才是我登山的勇氣。」

這時對古阿霞來說，眼前那尊土地公，不顯眼，又黑又瘦，像七號圈谷傾瀉而下的千千萬萬個碎岩中的一個，正確說來，其實千千萬萬個碎岩都是土地公們，素芳姨帶走了其中一個祝福。

翠池，一湖石頭淚，終年恆溫不凍結，泰雅傳說傳遞了祝福。

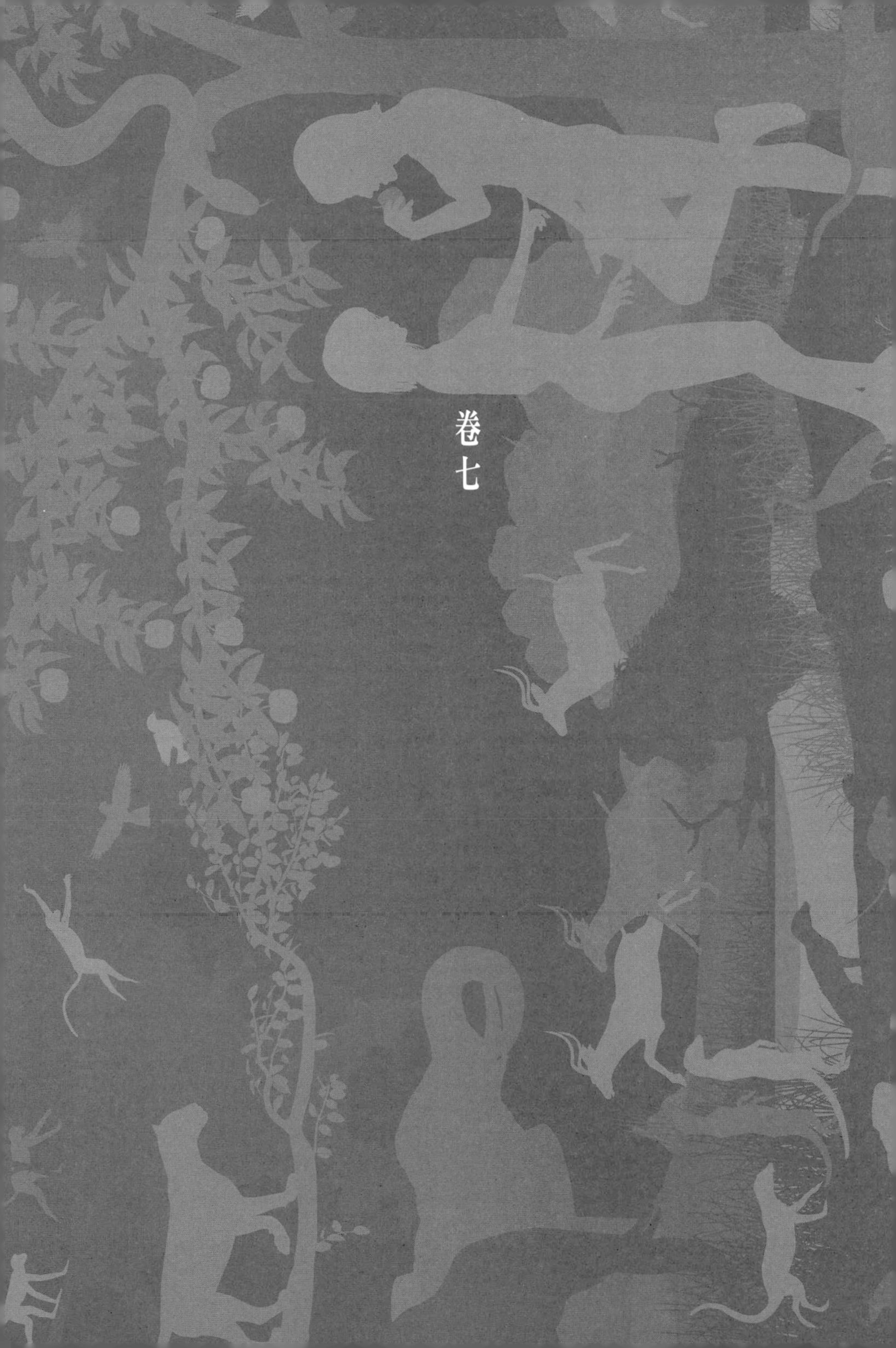

卷七

咒織森林與浪胖

半夜三點，微雨不斷，寧靜的菊港山莊客廳發出驚人的鞭炮聲，廚房不久燒了起來。大家慌亂的從樓上跑下來，火勢、濃煙與救災的人亂成一團。林場消防也出動了，推出二戰時期的人力消防車，費力推過鐵道，那時的火勢被控制得差不多了，最後消防隊往屋頂投了兩顆石灰水玻璃消防彈，熄滅高處的火焰。這場半夜的火災終於撲滅了。

失火之際古阿霞作了古怪的夢，夢裡她光著身體，在數百人看的舞臺上，一句歌詞也唱不出來。然後，她忽然驚醒。帕吉魯衝進房間緊張得喊火火火，把搞不清楚的她拉下床，拖下又陡又窄的樓梯。古阿霞這才醒過來，不是忙著逃，而是忙著救火。用防火沙與水桶救完火，她爬回床，把濕答答的衣服換掉，換上乾淨的衣服睡覺，第二天下床，右腳忍不住抗議似的疼痛。她從腳板拔出一根剩一小截的生鏽鐵釘，那是昨晚救火心急的證物。她拐著腳下樓，拿出藥箱上藥。客廳聚了不少人，榻榻米與窗臺有層昨晚火災留下的塵灰，山地警察對莊主馬海剛做完筆錄，言明會抓到縱火的人。

警察才走，馬海抱怨連連：「這案子擱很久了，先前被人家丟豬頭殼，丟動物屍，接著放火，我看下次……」他怕說下去是詛咒自己。

清晨趕回來的蔡明台說：「有人會被殺嗎？」

「亂說。」

「至少，我幫你說出心裡的話了。」

馬海斜了一眼，說：「我看你的皮也要綳緊一點，那件48林班地砍伐，你遲早會遇到麻煩的。」

蔡明台承認，砍伐「咒讖樹林」遇到些「意外」，不是麻煩，他認為這是工人不小心引起的，跟詛咒與外人刻意破壞無關。他比較擔心菊港山莊，這是木造建築，又位在村子裡，只要誰丟菸蒂，肯定當棺材燒了。他估計得花上萬元才能修復餐廳，得拆掉已燒成炭骨的廚房，以目前山莊經濟來說是大失血。

馬海站起身，幫古阿霞檢查腳傷，說：「將就好了。」

古阿霞睜大眼說，「將就？怎麼可以。」

馬海連忙解釋，他的意思是修復山莊，將就點，不用太費工。他說，當初建立山莊是依照木頭特性，比如冷杉與紅檜適合做抽屜，衣服放久也不會染黃，紅檜能耐潮、防蟻。亞杉防腐又耐水，做成浴室地板或水桶都好。紅豆杉的材質細，能當裝飾雕刻。但是說到當建材，還是扁柏是王中之王。馬海又說，樹木砍下來之後，沒有死掉，只是進入了長時間的休睏，非常長，直到腐爛。原木也不能馬上當建材，必須蔭乾一陣子，等裡頭的水分排得差不多才開剖。胴剖與刨光的木頭，看似平滑，其實裡面可是充滿蜂巢孔隙的結構細胞，這是木材會呼吸的祕密。

馬海又說，木材會依照天氣變化而呼吸。天氣乾燥時，窗戶與抽屜比較好拉動，這是木材的毛細孔把空氣與水氣排出來，乾縮了，可是木桶與木槽浴室就糟了，會漏水了。到了夏天或山上起霧時，空氣潮濕，窗戶常卡死，脾氣很拗的樣子，這是因為木材膨脹了。可是，同間房子常有不同事發生，比如夏天時，南方向陽的窗戶受熱膨脹難關，向北的卻簡單多了。

「不過，妳會發現，菊港山莊的窗戶都沒這問題。」馬海說。

「每扇窗都很好關。我以為在窗溝塗多點蜂蠟就行了。」古阿霞倒是想起山莊的木構問題不大，「難道是把木頭上漆，黏死毛細孔。」

「這樣也行，得常上漆，落漆了就壞了，不過要是天天曬到日頭，木材的變化大，上漆也沒用。」

「這我就不懂了。」

馬海說，木板一曬，會出現兩邊往中間翹、閩南語稱為的「笑」（瓦翹），或兩端往中間捲的「翹頭」，甚至扭轉的「揣（tsuainn）」，這幾種狀況最常出現在含油脂低的闊葉木。相較之下，扁柏的材質安定，軟硬適中，但是經過長時間曝曬，也是沒擋頭。建築山莊之初，為了解決這個問題，每個方位的建材都取自每個山位的檜材，比如南方窗材，取自山南常受日照的扁柏；北方建材，取自山北較陰的紅檜。如此呀！整棟建築處在安定的休眠狀態，永遠瀰漫芬芳。而且，某些梁柱與下層地板，用傳音與共振效果好的雲杉，能傳遞腳步聲，趕走老鼠與白蟻。

「確實很費工，這麼美好的建築，遇到火就完了。」古阿霞說。

「是燒錢，山莊可是錢糊上去。」馬海說，「現在沒有錢了，廚房將就修一修，也不用照老方法了。」

蔡明台說：「說不定有個王八蛋還沒等你修好，又放火燒了。」

「你這烏鴉嘴，都是你害的，還有心情說。」

「我只是在這付錢租房間，你大不了可以不租我。」

「正好，你這瘟神，不住最好。」

「瘟神是誰？好吧！瘟神是我。那你把劉政光抓出來問問，我是瘟神，他是火神，走到哪都著火。要是我走，他要不要走？」

兩人你來我往，帶著火藥味。古阿霞聽不出帕吉魯在這之間有何問題，開口追問。蔡明台與馬海安靜一會兒，說他沒問題，然後又吵起來。馬海要蔡明台出廚房重建的錢。蔡明台說這不干他的事，他沒錢。古阿霞搞不懂那些爭執的背後細節，她只聽懂，一向被外界認為有錢的蔡明台老是說自己窮，花光了家當開發的咒識樹林目前從外圍不值錢的二級木砍伐起。至於山莊也是慘澹經營，要挪出錢修廚房，簡直比逼馬海從扁柏擠出油脂來還困難。

兩人最後氣呼呼的指責對方，你怒氣那麼衝，山莊會燒光光。

修復菊港山莊，最後是靠小學生之手。

帕吉魯帶著小學生，從空教室搬出木材。木材是學校重建時拆下來的堪用廢材，現在拿來修復山莊廚房。小學生們非常認真的工作，視為一門學習課，因為他們花了兩天在黑板畫下的草圖，讓監工帕吉魯點頭了，照單全收。三位學生扛出那根曾經是走廊下的舊柱子，上頭有幾條恐怖的指甲痕，他們認為是被逼瘋的學生留下的傑作，應該立在校門，讓進來的兇老師有所警惕。

「是熊留下來的。」古阿霞轉達了帕吉魯的意思。

「那是被兇老師逼瘋的黑熊。」趙旻當下說。

「會嗎？」

「不然是被校長逼瘋的老師幹的，瘋子不兇，但更可怕。」

帕吉魯在一旁笑起來。趙坤也贊同，摸摸表弟趙旻的後腦勺說你將來是當老闆的料，然後把那根柱子放在自己肩上，說這工作他來就好，大老闆將來事業有成不忘分杯羹給他。

古阿霞指著柱子上又深又長的爪痕，轉達了帕吉魯的解釋，這隻熊可能是上梁去偷屋簷下的蜂巢，才留下指痕。

「他不是啞巴叔叔嗎？怎麼長出舌頭了？」一個小學生覺得帕吉魯突然對古阿霞說話了。

「他不是啞巴啦！」古阿霞說，「只是舌頭會認人。」

「所以他會講話，我以為他是啞巴。」

「妳很幸福，他會跟妳講話。我爸爸從來不跟我媽媽說話，都叫我傳話，他說，喂！叫妳媽煮飯，叫妳媽去買花生米。」

「謝謝。」

「妳親過他嗎？」有人一問，其他人起鬨了。

古阿霞的眉頭微皺，這些小鬼老愛問些有的沒的，要是答得不好，他們會打蛇上棍，越問越糟。她說，「要我回答很簡單，就怕講了你們不相信。因為，要是我說有嘛！我也說不上口；我說沒有嘛！你們又不相信。」

「到底有沒有？」

「問他呀！這種問題問男生最清楚了。」古阿霞把責任推給了帕吉魯，讓小學生們都氣結。

古阿霞向來關心小學生與帕吉魯的互動。自從學校復建後，回到學校的帕吉魯不可能回到課桌，他的屁股搭到椅子就短路，腦袋瓜冒火花。於是，他的課堂在操場，他會木工，會修桌椅，順道開了木工課教小朋友敲敲打打，帶著大家在黑板畫下山莊廚房的修復草圖，然後花了十天建好。所有人認出那是童話裡的陰森城堡，煙囪像刷子的木柄，馬海要是看過草圖，絕對不讓小朋友在他家後院蓋了一個放刷子的大馬桶。

帕吉魯還有個課也挺受歡迎的，叫「發呆課」。他喜歡發呆，就帶學生們去發呆，大家找個學校某處，圖個位置坐下，讓聒噪的身體在地表找到了安頓的插座，接上地氣，灌進大自然的靈氣。發呆沒這麼簡單，不能跟別人玩，不能跟別人說話，只能自己跟自己相處，自己跟自己的孤單、憤怒與無聊相處，最後不是待不住，就是睡著了。

帕吉魯解釋，發呆不是想東想西都不知道自己在幹什麼，比較有建設性的發呆是獨處，聆聽並分辨出周遭二十種以上的聲音，直到一百公尺外的微音也能入耳。發呆也可以做些事，比如：跟蹤一隻螞蟻在草坪上十公尺的路徑，即使混在上百隻的螞蟻隊伍中，也能清楚找到牠；沒有兩片落下的槭葉有相同的蟲孔、色暈與大小，想辦法在兩小時內找出最相似的；或算出一片樹葉的葉脈有幾道分岔，算出風中搖擺的銀杏葉，算出從樹幹到最高處的樹枝總共分岔了幾次。

「這哪算根蔥的發呆？是發瘋吧！」連負責溝通的古阿霞都發出驚嘆。

「我算出來了，六百五十二個分岔。」一個向來安靜的孩子說，「去年的銀杏從底下到最上面，有這麼多分岔，今年我就不知道了，樹會長大。」

「真的？」

「我沿著樹幹爬上去一個個算。」

「好厲害。」大家驚呼。

「還有呢！去年銀杏的樹葉超過兩千八百片，種子有四百三十顆。」

「吃飽沒事幹，你瘋了嗎？」有人大喊。

大家的眼神轉向了操場邊的銀杏，這棵樹齡四十年，越活越有精神，每年深秋，落下的白果種肉飄出一股濃烈臭味，有些小動物來取食。時序更晚，樹葉會暈黃如琥珀酒液，不雜一葉綠渣，便在突如其來的寒風中全部褪落，集體撤退到泥地成了發光的影子般。這時候有心的孩子可以算盡它的樹枝分岔。

那個算盡樹岔的孩子，覺得古阿霞與帕吉魯每每耳鬢交接，像蟋蟀溝通，便說，「他真的只跟妳說話？而且只跟妳講『蟋蟀話』？」

古阿霞說：「差不多。」

「那他怎樣才能跟我講蟋蟀話。」

「如果你能夠算出那棵銀杏樹的落葉底下，會有多少各種植物的種子，他就會跟你說話。」

「不可能的。」所有小學生大喊，因為有的種子微小難辨。

「蟋蟀叔叔算過，真的。」古阿霞說。

在海拔兩千公尺的伐木工寮裡，古阿霞為五個小朋友講故事，不過找她的電話也追來這了。電話那頭，趙旻在不斷干擾的雜訊中說，黃狗咬破了朱大媽的喉嚨。朱大媽受傷了，一直哀嚎，流了很多血。電話陸續打了八次，古阿霞除了接起前兩通，就不再理那些電話了，一來是她沒有辦法即時下山，二來她不希望老是有人中斷她在講故事。

外頭飄起又濃又冷的大霧，拍打屋牆。這間檜木皮工寮在海拔高處，地點偏僻，距森鐵有一公里，房舍老舊，不通風的空間在夜晚時因為人們的體溫升聚而在屋梁滴起水珠，像活在大野狼滴口水的嘴裡，這成為古阿霞說童話的背景，只要就一盞爐火講，孩子們特別專注。

「電話很急，怎麼了？」一個孩子問。

「朱大媽被咬了，嚴重受傷，流了很多血。」

「妳不擔心？」

「會擔心，但是光著急也沒用，山下這麼多人幫忙，他們會先處理。」古阿霞說，「對了，我故事講到哪了？」

這五個小孩中，有一位叫王大崇的小孩到了法定入學年紀，會寫些字，卻拖了三年遲遲不上學。學校通報了教育廳，公文跑了一年，要是再不入學，將由警察權介入。古阿霞此行是來勸說的。

小孩的母親曾說：「大崇怎樣都不想離開我，送他去學校又跑回來。我叫碰碰車司機不要載他，他就走路上山，走過幾百公尺又黑又滴水的山洞都敢。他每天晚上睡覺要摸我的耳垂，我看他將來的老婆得有彌勒佛的耳朵。」

古阿霞邊說故事，邊觀察在角落的王大崇。他的膝蓋縮在胸前，低著頭，右手老是摸自己的耳垂。古阿霞不自覺摸自己的耳垂，臨場發揮，說了一個改編自邦查的傳說：有一條鰻魚住在小女孩的耳垂裡，女孩得捏著那兒跟牠說話。王大崇瞪大眼，看了過來，著迷得忘記捏自己的耳垂。

「那是真的，我阿嬤說的。」古阿霞記得祖母說的是海鰻住在髮裡，從此主角的頭髮如水，發出喃喃思念。她不過是將鰻魚的住所改到耳垂。

「好棒喔！」

「你的耳朵裡也有鰻魚？」

王大崇說：「好可怕，我才不養那個，要是游進腦袋就完了。」

「那我們來交換祕密，我告訴你，你也告訴我，好嗎？」古阿霞把嘴靠近王大崇，說：「我在耳朵裡養了我的祖母，你呢？」

「爸爸。」

古阿霞聽說五年前的一場運材車翻車，所有木材從一百公尺深谷完好無缺的拉回來，繼續它們的旅程，三個慘死的工人卻終止旅程。小男孩的父親是其中之一。這種新聞在山上很多，而且很快被更聳動的新聞淹沒。古阿霞看著眼前不斷逃學也不願下山就讀的孩子，默默祈禱上帝，給他勇氣與恆念，好繼續展開他的學習。

「想跟我的祖母說話嗎？你可以摸摸我的耳垂。」

「不想。」王大崇遲疑了很久，才說，「妳想跟我爸爸說話嗎？」

「好。」古阿霞伸手捏了王大崇的耳垂，揣測要怎樣瞎掰一段話，給他一些安慰。

「爸爸說了些什麼？」

「他沒有說，真的。」古阿霞誠實以告，說錯了傷害更深。

「妳沒有騙我。他才不跟妳說話，因為爸爸真的越來越少跟我說話了。」

「爸爸最近跟你說了什麼話？」

「我也快忘了，好像是：他養了一隻小鳥什麼的。」

「我可以用筆幫你記下來，你就永遠不會忘了。」古阿霞拿出一本空白練習簿，放在膝蓋上，就著暈暈炫炫的火光寫，字難免有點歪，把王大崇的爸爸心情記錄下來。她說，她還會上山，幫他記錄爸爸的話。如果他願意的話，可以下山到學校來，那有老師會教他一些字，這樣就能靠自己寫下來了。最後她放了幾本從文老師棺材那拿來的破爛兒童雜誌《東方少年》與《學友》，留給他看圖文最多的漫畫章節。

這時，古阿霞起身去接第九通電話。電話那頭，有五個孩子用邊哭邊告狀的方式說，朱大媽流血很多，快死了。古阿霞掛上電話，走出屋外，霧浪一陣陣潑來，她的臉頰很快凝結小水珠，再走快點可以趕上要下山的末班森鐵。

朱大媽是古阿霞復校的老班底，是條豬。這條馬海賣給她的母豬，讓她贏得第一筆錢，也讓她從來訪的老奶奶身上學到一課。學校完成後，學生們敬稱牠為豬媽媽，又嫌以豬稱呼有鄙視之意，改稱朱大媽。朱大媽年事已高，不太適合生豬寶寶了，古阿霞乾脆免了牠的生育工作。

學生們將校舍南方的舊教室改建成朱大媽的家。朱家布置得溫馨，天花板垂下七彩紙片綴飾的玻璃風鈴，窗戶貼上紙花，門楣貼了橫批「諸事大吉」。朱大媽卻對美麗的裝潢不太領情，常常溜出家，在校園逛逛。學生們會從家裡帶把青菜梗，給些有的沒的。大家都承認，朱大媽是學校「最沉默的移動笑話」，牠甩著一排風吹窗簾似的奶子，只要走到哪，大家都笑。

星期四下午，朱大媽照例在校園逛，黃狗也是，雙方有點煞到。黃狗沒有戴上嘴套，撲咬朱大媽的頸子。朱大媽不太掙扎，表情沒有驚嚇。學生嚇壞了，他們拿棍子打黃狗屁股解圍，總算救了朱大媽，十幾個人抓起了牠就往菊港山莊衝去，那有唯一的醫生。

馬海被第一個衝進來喊救命的學生嚇著，接著被後頭的場景逗笑了。幾個小男生上身裸裎，把脫下來的卡其服交錯成墊著朱大媽的擔架，抬了過來。朱大媽躺著流血，身上披著無數只斷袖，被當作受傷的伐木工對待，給予祝福。他們要馬海趕快救治，又吵又鬧又流淚。馬海苦笑，覺得小孩好像在玩扮家家酒，而他不是獸醫。趙旻則打了八通電話叫古阿霞快點回來。

馬海檢查了朱大媽的喉嚨撕裂傷，傷口不大，血卻流不停。他無法處理血流不止的問題，要小學生們輪流壓著傷口，直到血停。

到了晚上七點，坐森鐵的古阿霞回到山村，她很快找到朱大媽的蹤影，順著地上的血跡找下去，她走到了菊港山莊，然後折回到學校的朱家。孩子們都聚在那，臉上盡是悲悽表情，有幾個人看到古阿霞來便在髒兮兮的臉上流下了兩道淚水。他們輪流按壓朱大媽的傷口，換手時，血液又流出來，年事已高的朱大媽很難癒合傷口。

古阿霞蹲下來看了朱大媽。牠的眼神清澈，神情安定，似乎就跟往日一樣從容，「牠看起來很安詳，應該沒問題。」

「可是血液一直流。」一個孩子說，「有人下山去找山地人的巫婆，她有神奇的藥。」

古阿霞剛剛在山莊聽馬海說，朱大媽只能靠自癒力了，鎮定劑、嗎啡或任何藥品不會用在動物身上，因為不曉得下一刻誰會從門口橫著送進來，而藥剛好被豬搶走了。

「浪胖呢？」古阿霞關心那隻肇事的狗。

「我們發出通緝令了，抓到那隻賤狗，吊起來打死。」趙旻很生氣，他強調這隻狗在村子裡鬧了很多案子，死雞、死貓、死了其中的三姑六婆，都是黃狗幹的好事，大家忍無可忍了。

「所以不能原諒浪胖？」

「沒錯，永遠不能原諒牠。」學生們氣憤難耐。

古阿霞知道，孩子們的憤怒現在無法化解了。她接手照顧朱大媽，施點力壓在傷口上方止血。朱大媽面對死亡，呈現了純美眼神，無尷尬，無罣礙，令人動容，古阿霞不自覺的想起了自己祖母的最後一眼也是如此堅定，便流下淚來。當古阿霞的看顧工作被下個孩子接手時，她發現，自己手上和臉上都濕了，她用滿手的鮮血在牆上畫了十字架，寫上「以馬內利」，在舊約聖經中的希伯來文是「上帝與我們同在」的意思。她跪在那向上帝祈求，給予朱大媽生命的勇氣，給予孩子們寬釋的能力。

當帕吉魯來到時，安靜的孩子又悲憤起來了。他們詢問主人，為什麼黃狗如此無情兇狠，敢對朱大媽下毒手？難道牠只能殘害弱者？帕吉魯無須解釋，多年來他面對了多次相同的問題，黃狗咬死家畜，他付錢了事。村民大會早在兩年前有了決議，黃狗再犯，受害家屬可以隨時動刑把牠打死。可是，大家寧願拿錢了事。

「不能原諒，吊起來打死。」學生們有了決定，「我們不要賠償。」

「交出牠來。」有人大喊。

「一隻獵狗永遠找得到山豬，就像高砂豹與水鹿沒有辦法生活在同一棵樹下。」布魯瓦來到現場後這樣說。原來是小墨汁下山去部落找巫婆拿藥，巧遇布魯瓦，便一起來了。

布魯瓦長得有點兇，學生們不敢回應，也深怕他腰間掛的番刀。當布魯瓦抽出番刀時，學生們驚嚇，認為布魯瓦想給朱大媽一個痛快。他們尖叫，連朱大媽也嚇得翻起身，極為激動，頸部的傷口大量噴出血來。

「別殺牠。」古阿霞趕緊阻止。

「你們當中有個人點頭，我會這樣。」布魯瓦用番刀削掉帶來的香蕉莖，用那兒分泌的汁液沾了混合茄苳與血桐等樹木燒成的粉末，塗在朱大媽傷口。這是巫婆交代的治療方法。

學生們期待巫婆藥塗上，生命便發亮。朱大媽卻安安靜靜的閉上眼睛，呼吸輕緩。「噓！牠睡著了。」有個孩子要大家安靜，瞬間朱家的聲響都沒了。直到天明前，學生們輪班用手幫朱大媽止血，他們躡手躡腳走路，比手畫腳講話，在走廊用桌子拼成床，裹著睡袋與棉被對抗十月的冷溫。

凌晨六點，東方天色深紫透青，屋簷滴著整夜濕氣凝聚的水滴，王佩芬匆忙的從霧中風景擠出輪廓，來到了校園。她沿走廊跑，泥濘的鞋子害她不小心撞到了學生的桌子床，學生們醒來，起身去看，發現輪到看顧的人早已抱在朱大媽身上睡得很熟，牠也是，不再流血了。

「我發現我身體裡的惡魔了。」王佩芬拉著古阿霞到一旁，「妳要幫我。」

「妳還好吧？」

「真的，妳要幫我，我月經沒來了，我肚子有了。」

疲憊的古阿霞沒有聽清楚，可是王佩芬把她的手臂抓青了，用五個指尖捏得死死。不知怎麼的，她有點慌躁，而且被身後小學生的巨大哭聲干擾了。

朱大媽不流血是牠剛走了。這是一堂通宵的課程，除了死亡與安息到來，奇蹟沒來。小學生最後大哭，深愛的朱大媽永遠醒不來了。

學生們投票表決，吊死黃狗。

他們會記得這次的行刑之路，循著森鐵旁的檜木製水道，前往咒讖樹林。他們無論如何都要吊死黃狗，古阿霞制止不了，將刑場定在咒讖樹林。戴著嘴套的黃狗一路自願跟來，牠的膀胱永遠能擠出尿水面對路邊花草，不曉得什麼叫作厄運。

在某段鐵道，分道揚鑣的檜木水道往山徑而去，不遠處立了舊木牌。木牌爬滿了苔蘚，用日文與中文雜混的寫「立入禁止、冤魂纏身」。原本嘰哩呱啦吵不停的小學生瞬間安靜下來。

「有骨頭。」趙旻指著木牌底下，那有一堆長苔的骨頭，刻意堆放，有些鼻腔較長的顱骨看得出是黑熊或水鹿，但有些頭顱看似小孩的，大家有點嚇壞。

「那是猴子的。」古阿霞說。

「是人的吧？」幾個孩子大喊。

「好，那回去吧！」這意味著死刑解除。

「不行，繼續前進。」趙旻他看見黃狗對著頭顱撒尿，狗的表情非常舒泰。他對黃狗又多了點恨。

他們繼續往前走，地上留有一條當初開發森林的生鏽鐵軌，大部分已經朽毀。濕氣越來越濃，得穿上雨褲，防止腰部以下被路旁植物的水珠打濕。在他們眼裡，正一步步走向了鬼的地盤，臺灣杪欏枯萎的長柄仍垂在主幹像鬼穿裙子，鳥巢蕨散發陰森氣氛；雜林深處，陸續出現了高挺的香杉、冷杉與雲杉，混著低矮的闊葉樹如巒大花楸等，臺灣瘤足蕨則霸占了底層，卻氣勢驚人。

通過一個長滿苔蘚的大石塊，便是森林入口。一株兩千齡的五岔樹枝的紅檜樹下，立了木牌，字跡寫著「回頭去，厲鬼附身了」，重描的紅字字跡清晰，牌子上的苔蘚濃得都快要掉下來。最醒目是牌子旁放了頭顱，米白色，牙齒仍在，古阿霞馬上丟出毒氣彈似的說：「那是人的，我們回去吧！」這樣就不用執行黃狗死刑。

趙旻說，「那是動物的，大猴子的。」

「我記得那個傳說，森林入口有個人頭骨。」趙坤說。

「真的嗎？」古阿霞上前摸，頭殼頂滑潤，在潮濕之地不著苔痕，眼眶骨卻微微長苔。忽爾，她轉頭向帕吉魯求證是真的嗎？

帕吉魯點頭，表示這是真的人骨。他上前去摸，似乎跟頭顱說我來了。許多年來，他每次入森林或離開之際，始終這樣摸，頭顱自然光滑不長苔。

「夭壽呀！這森林有死人。」這時始終沉默的王佩芬大喊。

「真的是人的頭。」小學生大喊。

布魯瓦蹲下來，打了菸與檳榔，聊表敬意。他摸了黃狗的脖子，牠隨時都很機靈與活潑，永遠帶領布魯瓦看到濃霧後頭的動物。

小學生們打了冷顫，一時間都愣著。古阿霞的雞皮疙瘩逃竄，也有點後悔讓王佩芬跟來。王佩芬懷孕之後，老是要她去村裡找老人家問墮胎藥，或陪她去花蓮市診所找密醫拿掉，行徑古怪，嘴巴更不饒人。古阿霞多次婉拒大嘴巴的王佩芬跟來，怕她講話膨脝，嚇壞人，偏偏她最後關頭要跟來。

「那是我阿公的頭。」帕吉魯穿過那株兩千年的紅檜樹底時，說出來。這棵紅檜底有樹根洞，人群依序通過，給他與古阿霞短暫講話的機會。

「太不敬了，哪有人把頭骨放在那。」古阿霞有點氣，更多的是嚇著。

「他死前說的。」

「他真敢，你也真敢。」

「嗯！他說要把頭放在入口，我不敢放，媽媽也不敢，放了會給警察抓。是他死掉後多年後，我才從墳墓挖出來放。」

「他怎麼走的？」古阿霞好奇起來。

「先是吃『一位』①的嫩葉自殺，沒死。然後開動集材機，用鐵繩把自己絞死，他的頭被絞斷，掉下來。」

古阿霞深呼吸，這是她聽過最恐怖的死亡。她想，帕吉魯的祖父堅決赴死，有可能是宿疾纏身，想脫離苦海。不料，帕吉魯說那時的阿公年近六十，手腳俐落，可以徒手爬上五十公尺高的臺灣杉。

「幹麼自殺？」

「他用一條命阻止這片的森林砍伐，成功了。」帕吉魯說，「他要我把他的頭放在森林入口，嚇每個人，最好能嚇死。」

於是，古阿霞不得不抬頭凝視眼前的森林，想著，有什麼道理值得以死來保護。

那是古阿霞看過最神祕與詭譎的森林，有過人工建築的繁華，也有大自然的繁華。森林中央有座清澈的小湖，湖岸蓋了座小的日本神社，沿斜坡而上的石梯兩旁有石燈籠，有一對石獅子與狛犬鎮守。石燈籠上落款的「昭和」年代字樣在光復後被鑿缺了。這裡後來改為媽祖廟，也因為媽祖「失蹤案」廢廟了，留下來的人工建築完全被灌木植物與苔蘚占領。

布魯瓦非常興奮，他的祖先來過這傳說中的森林，每年春夏之交的節氣，被稱為「老鼠居住的樹（qhuni qowlit）」的檜木會膨脹，這時的樹皮較不黏，能順利剝下整塊當作完好的屋頂。這片森林，隨時都能發現祖訓，他忙著打菸致敬，也忙著幫祖先好好抽完。除了布魯瓦、帕吉魯與黃狗之外，不知怎麼的，其他人都很不安。對於壓迫，或者說恐懼的來臨，搞得大家緊張兮兮。狀況陸續出現，有人忽然跌倒，有人鼻子過敏，有人胸口有壓迫感，連古阿霞都覺得腦殼脹脹的，她覺得是那臺湖岸邊的臺製蒸汽集材機所致，它不再冒蒸汽，卻冒出十五年來將垮解的濃烈鏽味。

詭異的疾病蔓延開來，首先有個小學生躺在地上。他兩眼無神，喃喃說自己手腳無力，胸部緊悶。古阿霞嚇壞了，好不容易說服家長們讓孩子來，要是學生有受傷，她很難交代。

「吸不太到空氣，頭很暈。」躺地上的小學生說。

「站得起來嗎？」古阿霞問。

「試試看。」那位小學生試著坐起來，卻一直站不起來，雙腿無力，便哭著說：「我中毒了。」

「你路上吃了什麼？」

小學生認真想了想，說：「刺波②。」

那是前往森林半途的開闊地，陽光足，長了一片匍匐的懸鉤子，藤蔓上綴滿金黃色果實。一個眼尖的學生衝上前去，摘了就往嘴巴丟，其他人也擁去，不顧藤上能劃破皮膚的尖刺，眼明手快的吃起大自然的饗宴。離開時，學生還用作成缽狀的小手裝滿野莓，邊走邊吃，意猶未盡。

古阿霞不相信野莓有問題，她也吃了幾顆。接著，趙旻跑來說，有個學生蹲在石階旁，全身漿汗。古阿霞忙著過去看，也找不出病因，同樣吃了野莓。但是學生們陸續出現病徵，嚴重的會四肢僵硬，躺在地上無法動。布魯瓦沒看過這樣的狀況，如果是中毒，應該是所有吃野莓的人都會出現這種徵狀，包括他自己。但是可以肯定的是病徵擴散，孩子或多或少的出現病狀，連古阿霞都覺得自己有點頭暈了。

到底是怎麼了，肯定有個環節出錯了，古阿霞想，一起進入森林的，除了大人之外，小孩都出現問題。古阿霞背包裡只有白花油、檜木油與正露丸，頭部出現暈眩的給予白花油，心神不寧的擦檜木油，可是想吐

①紅豆杉。

②指野莓，閩南語。

的孩子卻拒絕了有怪味的正露丸，他們一吃就吐滿地，裡頭有未消化的粒狀野莓與稀飯。陸續的，幾個孩子開始嘔吐起來。時間過去，趙坤也說自己不舒服了，坐在石階休息。古阿霞的焦慮這時達到頂點，到底發生了什麼事，因為連對野莓沒有興趣、沒吃上一口的趙坤也出狀況了。

「怎麼辦？」古阿霞向帕吉魯求救，不能讓學生們的安全出差錯。

「還好。」

「還好？倒得倒，暈得暈，這難道還好？」

「休息一下，會很好。」

他們很多人休息很久了，身體況狀還是沒好起來，令古阿霞的心懸得怦怦跳。

「離開森林，會好起來。」

「我知道，要怎樣把十五個學生背走呢？」

「那就等他們自己站起來，相信我。」

古阿霞真有點氣，當初學生們揚言要吊死黃狗，她阻止不了，於是照帕吉魯的建議，如果把刑場選在咒讖森林，也許能阻止學生的想法。不料，學生在猶豫之後表決要進入森林。「不應該來這邊的。」古阿霞心裡想，「來了才知道狀況很糟。」

「這不是食物中毒。」趙坤走來，說：「閩南語『咒讖』的意思是詛咒，這是個詛咒森林，陰氣很邪，連媽祖都會離開，來這的人很容易著猴，所以才很少有人來這裡。」

「這是mhuni（黑巫術），也是平地人講的下毒。」布魯瓦說，「不過這種毒不是吃下肚子，是下在腦袋裡。」

古阿霞不相信巫術有多大的害人效力。她記得祖母說過，邦查巫術頂多醫療或靈療，卑南巫術才是最狠毒的，尤其是「檳榔陣」。卑南巫師會把鐵鍋碎片夾在檳榔，下巫術。邦查人吃起來毫無異狀，把鐵片當石灰與荖花穗，然後牙齒掉光，血流不停，這個邦查人在死前還把檳榔渣塗在小女孩臉上。邦查語中，檳榔與女性生殖器同音，檳榔渣塗臉，意味著把卑南毒咒轉給了小女孩，讓她終身不受孕。

不知怎麼的，有一回，年幼的古阿霞被一位老人的檳榔渣擊中臉，嚇得她跑回家大喊，她中了檳榔陣。無論祖母怎麼辯解那血是檳榔汁，也阻止不了她悲慘的哭聲。祖母背著她挨家挨戶去拜訪，問是誰的檳榔渣不小心掉到她的臉上。最後，找到了禍首，小古阿霞看對方牙齒都在才安心。「巫術最強的地方是，妳得相信它是很可怕的。」祖母背著小古阿霞回家說：「妳不相信它，它就沒有什麼作用。」

古阿霞心中有了底，這是森林的詛咒應驗了，最先中毒的是心防最脆弱的人。他們還沒進森林就被傳說嚇壞了，進來更緊張，身體出現各種狀況。這座森林被下的蠱，正是千奇百怪的傳說，像是伐木工人的死亡、運材車翻車，成了摩里沙卡人的集體潛意識噩夢。這就像邦查人向來膽怯卑南巫術，在遇到之前，早已經被自己嚇壞了。

「如果中了心毒，哪找來解藥？難道要把帕吉魯祖父的頭骨拿過來，要他從空洞沒舌頭的嘴巴裡說，這是一場誤解？」古阿霞想。

帕吉魯從遠方小徑走來，淡淡霧中，他腋下夾了個頭顱，頭顱唱歌。他後頭跟著待在森林三天採集扁柏種子的素芳姨。古阿霞看傻了，等到帕吉魯走得夠近，看到他腋下夾的不過是個人工蜂箱，蜂鳴如歌聲。蜂箱是龍眼木刳的，保溫散熱的效果好，以繩索從高三十公尺的扁柏樹頂垂近地面，防黑熊偷吃。這裡產的蜂蜜是山莊熊牌蘋果膏的祕密武器，帕吉魯在一月前採收後，將大部分的蜂箱移往低海拔山谷禦寒。他手上拿的，是唯一留下給黑熊的，得給牠們留個甜頭，牠們向來是森林的守護神。

「他們大部分的症狀不一樣，應該是心理作用。」素芳姨說，「吃點蜂蜜很有效果，能轉移心情。」

素芳姨打開蜂箱蓋，蜂群在裡頭爬動，振翅聲可聞。還沒吃到蜜，幾個小孩都聚過來，看著蜂箱裡營營爬行的蜜蜂，四周也飛了不少蜂。氣溫低了點，蜜蜂攻擊力弱，沒有叮人。

帕吉魯把肋骨排列的蜂巢片折下一小片，金黃蜂液從指尖滲出。他把蜂蜜塞進小學生的嘴巴，也給古阿霞。蜂蜜非常甜，古阿霞感到一股黏膩的幸福滑進胃裡，從那升起暖意，不安的靈魂稍微獲得安頓了。幾位小學生看著蜂蜜散發誘人滋味，用手指摳來吃，他們很少吃過如此美味的瓊漿，這下心情都好了起來。濃蜜安慰驚魂甫定的孩子。

趙坤擠過來吃，仗著人高馬大，搶好位置。帕吉魯認為大人要是狀況好，不用跟小孩子搶，不過他不會拒絕，而是抓了一隻蜜蜂，輕輕擠腹部，用那根露出來的竄動蜂針往趙坤手臂叮去。

過了兩秒，趙坤才痛得叫了起來，他拍不掉蜜蜂，用手指彈掉，卻發現蜂針還留在皮膚，他幹粗活的手指長滿繭，做不了拔蜂針的針黹細活。古阿霞連忙用指甲拔出來，蜂針很有活力，仍不斷蠕動。

「痛醒來，腦袋很清楚了。你們也試試看打一針。」趙坤非常有精神，往蜂箱找蜜蜂，找爬最快的小傢伙，效果最好。

然後，小學生們叫起來，邊跑邊逃，見鬼了。

叫最大聲的是趙坤，他又被叮了。

爬樹是不簡單的事，尤其爬上千年的大扁柏。

素芳姨是人工造林班，趁秋季採集種子。每年十一月是採收扁柏種子的季節，紅檜則可以延到隔年初採收。咒讖森林的檜木、臺灣杉都是良好的母樹，等到毬果成熟且未裂開之際，爬上樹，用長鉤採集樹冠各方向的毬果，求得均質的種子育苗，種回砍光後的林場，摩里沙卡的許多樹種來自咒讖森林，這是母樹的森林。

爬高樹是危險的。素芳姨向學生示範如何爬上四十公尺高的扁柏，不過，這次她不是要去摘種子，是去找「朋友」。小學生要在森林待上一晚，內心的恐懼與黑夜一樣濃，有個「朋友」能安慰他們。

「那個『朋友』是誰？」小學生大喊。

「這是祕密。」素芳姨給帕吉魯一個神祕微笑，帶領學生沿石階來到舊神社旁，說：「有些事情先講破就不好玩了。」

「他在樹上幹麼？」

「每棵樹都有靈魂，靠近靈魂的方式是站在她們的肩上，所以『朋友』喜歡在樹上。」

她頭戴安全帽，戴手套，選定了靠近舊神社旁的大扁柏，近兩千年。扁柏長到這麼大歲數不容易，王者之姿矗立在擁擠的森林，綠袍苔蘚爬滿了五公尺下的樹幹，令周圍的扁柏要卑微的矮下身討取微薄的陽光。所以要爬上王者之樹更危險。素芳姨說：「這棵樹出生的年代，跟耶穌差不多了，對抗很多的疾病、地震與颱風，而且活得好好的，大樹不說話，我們都能感受到她的偉大之處。」

「她會死嗎？」有個學生問。

「耶穌死了嗎？」

「死了，聽說又復活了，後來誰知道。」

「所以她也會死掉，不過，這世界上會讓有意義的東西早點死掉的，通常來自人類之手。」

「她要是死了會復活嗎？像耶穌。」

「你們覺得呢？」

小學生覺得有趣，說著說著就七嘴八舌的吵起來，有人高喊太吵，他遲早會被人類害死，然後大樹也會被吵死。學生們轉而問古阿霞，耶穌真的復活了？因為她最相信耶穌。

古阿霞心想，《聖經》上提到耶穌受難後三天，屍體不見了，復活的神蹟才傳開來，從來沒有提到受難的耶穌好端端的站在大家面前。但是跟小學生談，或外人說，恐怕又是一番討論。對古阿霞而言，耶穌自然是復活了，復活的意義是能夠從人世的苦難中站起來，重新出發。哀莫大於心死，心死了就永遠沉淪，只能好死賴活的撐到死亡解脫。

「這個問題，我們可以問問看樹，她是耶穌的好朋友。」古阿霞說。

「又是問樹，樹不會回答。」有小學生抱怨。

「那就問樹上的『朋友』吧！」連古阿霞都很好奇，樹上的朋友到底長什麼樣子。

大家討論到此，素芳姨已經爬上一樓高了。她用木槌，將ㄇ字型鐵釘打入了扁柏樹幹，接著兩手抓住上下鐵釘，把身體提升。這亟需強健的臂力，多由男人擔任。素芳姨長年來靠著雪攀與登山練出了體能，吃下這份工作。她的身形一寸寸的往樹梢爬去，下到第五十釘，離地四十公尺，那有一根粗椏能掛上滑輪與吊繩。素芳姨丟下棉線，把攀樹的工具吊上去安裝妥當。然後，由底下學生們合力把人拉上來。

攀樹活動開始了，小學生們輪流吊上去，離樹十公尺後，他們很害怕，覺得腳底不夠踏實，並且流眼淚，尖叫，很快的被放回地上。趙旻的反其道表演太假了，他閉上眼睛，上升的過程猛鼓掌，大叫太美了。直到他從樹梢睇眼俯瞰森林時，發出恐怖尖叫，大喊太美了，不斷重複這句話，久久都不願下來。

真的很美，古阿霞驗證了趙旻所言。她被吊上去時，睜眼看著森林一吋吋的降下去，降到心靈最寧靜的時刻，感官全開啟。這真的是美麗森林，地勢較為平坦，扁柏筆直的踞立，光是千年以上樹齡的至少三百株以上，且是純林。扁柏林的邊緣才是紅檜、臺灣杉與殼斗科闊葉木的地盤。初入森林時，在恐怖傳說的影響下，密集壯碩的扁柏給人壓迫感。然而古阿霞從樹梢俯瞰，壓迫感減少，能與這種演化歷史可追溯到兩億年前的裸子植物並肩，古阿霞有種跟老友走在一起的感覺，她覺得自己也是樹了。

森林不是沉寂的，樹梢更能親近風。風與霧吹過時，扁柏押花似的樹葉攔下霧中養分，挺拔的樹幹在風中細微搖擺，發出的低吟歌聲，在潮濕空氣中更容易傳遞，這是巨木的音樂會。而且，高處的空氣流通，比森林底層那種濕濃、腐朽的氣味更加乾淨，或許苔蘚和蕨類的孢子造成小學生過敏，大家一進來就渾身不對勁。那種不對勁是還沒適應這裡的環境。

古阿霞晃動身體，好抓住了樹幹上的ㄇ字釘，然後再往上爬。「朋友」住在樹椏的樹洞內。古阿霞不太會爬，爬上去時又遇到麻煩，一隻被吵醒的灰林鴞發出咻咻叫響，睡眠不足使得牠脾氣暴躁，張開翅膀，要啄人。她嚇壞了，不敢亂動。

帕吉魯順著ㄇ字釘上來，脫下安全帽遮住貓頭鷹，並伸手拿回了樹洞邊那個特別的「綠苔球」。即使歲月讓祂包裹在綠苔裡，古阿霞仍看出那是傳說中在多年前失蹤的媽祖神像。這尊神像就是所謂的「朋友」了。

「是你藏到樹上的吧？」古阿霞記得帕吉魯說過，日本神社在光復後改祀媽祖，神像卻離奇失蹤，從此廢廟。

「鬼扯，你哪會通靈。」

「是媽祖託夢說，想坐船，樹上搖得比較像船。」

當那尊媽祖神像被帶到樹下時，所有人驚呼起來，靠過來看。隨著天色越來越暗，營火越來越亮，小學生對長苔的媽祖更加好奇，忍不住刮開苔，果然看到一座神像安穩端坐。素芳姨說，她是三年前上樹摘種子時發現的。這促使學生發揮了想像，討論起是動物叼去？人拿上去？還是媽祖自己爬上去？

古阿霞鬆口氣了，學生們的精神與身體狀態恢復了，又吵又鬧，恢復成失控的課堂，再加上信仰的媽祖陪伴，學生們安心了。學生講出自己想法，他們知道這座森林是水源地，日常用水來自這，卻常常被恐怖傳說嚇著，最常聽到的是巨樹踩人的故事。剛進來森林時，霧中的巨樹像是會抬腳踩死人，嚇壞了，現在仔細看看，巨樹確實會抬腳，卻沒有移動過，也不踩人。

「他們會踩，不過是踩在自己的媽媽身上。那些隆起的樹根，記錄了他們媽媽有多麼大，甚至偉大。」素芳姨說。

「可是媽媽呢？」有人問。

「最後腐爛了，不見了，身體印記卻留在孩子樹的身上。」

這引起了學生們的好奇。素芳姨解釋，這裡的六百零五棵大扁柏可以列為世界奇觀，通直漂亮，半數在千齡以上。扁柏的種子在年底的某幾天會爆炸撒出，尤其是風吹來時，暴雨灑落，高達數十萬粒芝麻般的種子落下。這裡的生活空間太擁擠，種子發芽後幾乎沒辦法長大，只有母樹倒下後，那些落在母樹身上的種子才有足夠的陽光成長，根慢慢延伸到土地，隆起的樹根是母樹腐爛後的空缺，看起來像巨樹抬起的腳。

「我插個話吧！他說，扁柏掉下來的種子不是數十萬顆這樣含糊的數字。」古阿霞口中所謂的他就是帕吉魯。

「又來了，他是算種子大王吧！」有小學生大喊。

「到底有幾顆？」

帕吉魯在地上寫下一串數字788762。小學生們兜頭算，個、十、百、千、萬、十萬，驚呼一聲，然後從十萬那頭念了過來，七十八萬八千七百六十二。一棵扁柏母樹有這麼多種子，可以種滿整個摩里沙卡了。小學生更訝異的是，一個人怎麼能把種子算到這麼仔細，七十八萬餘顆種子哪算得出來？一群人吵了起來，他們不相信，而且不說話的帕吉魯讓他們覺得肚子有鬼。

素芳姨緩頰，她說，據她所知，日本時代有個植物學家松浦作治郎，專門研究檜木種子發芽與生長，他計算過一棵扁柏種子的確切數字，紅檜更多，可以高達兩百萬顆，松浦確實算過。素芳姨說，「可是，那麼多的種子，長成巨樹的很少，除非這森林有一棵巨木死了，才能空出位置。」

「所以，你們殺了一些大樹媽媽，讓小寶寶長大起來？」布魯瓦這時從森林走回來，手上多了一隻抓到的飛鼠。

「那是很多年以前的伐木，後來停了。」

「現在又開始了吧！」布魯瓦把飛鼠放在火上，燒掉獸毛。

「是的。」

「會把這邊全部的大樹媽媽殺光光嗎？」

火光堆旁，素芳姨沉默的看著布魯瓦，又轉頭看了帕吉魯，最後她認真點頭說：「可能全部都砍光。」

「不是只砍一部分嗎？」古阿霞說出疑問。

「原本是這樣的，可是，美國與中共建交了，我們的美援就沒了。政府為了增加外匯，會積極砍樹賣。」

「你們從我祖先手中搶過去的好樹林，想到的都是錢，都要把大樹媽媽殺光光才行。」布魯瓦說，「難怪你們菊港山莊會被放火，我也想去放火。」

「我們山莊也不想這樣。」

布魯瓦拿出燒光獸毛的飛鼠，取出番刀，切開微微褐黃的獸肚，說，「那你們也該知道，這是你們的水源地，殺光了大樹媽媽，你們也沒了水，摩里沙卡也要死了。」

「沒錯，砍光扁柏森林會締造伐木事業的高潮，也會殺死摩里沙卡的最後命脈了。」

「人口渴的時候，會割破自己的喉嚨取血喝。」

「這叫自殺。」

「我對妳爸爸充滿敬意。」布魯瓦烤起飛鼠，說：「他用自己的死，阻止這些大樹媽媽被殺。這森林是妳爸爸的家。」

小學生們瞪大眼睛，對此毫無知悉，古阿霞也是。他們看著對方，聽著森林充滿蟲鳴。山羌短鳴、飛鼠咻咻叫聲與貓頭鷹的自然重奏，一遍又一遍詮釋森林的靜謐，更遠的地方有個湖泊，偶爾傳來潑剌一聲。大家充耳不聞，心中的陰霾正如將降下的大雨。

生理期來的古阿霞得定時回到帳篷更換衛生棉。

王佩芬躺在那，臉色泛白，身體流汗，一直拒絕古阿霞關心的她，終於說出自己真的很不舒服。古阿霞用毛巾幫忙擦乾汗水，握著她的手，要她深呼吸，很快能恢復心情，很快能適應森林的濕氣與傳說。

「我吃太多『一位』了，這種東西有毒，很不舒服。」王佩芬眼神瞥了幾顆在不遠處的略紅果實。

「有毒的東西幹麼吃。」

「可以流掉。」

王佩芬的目的很清楚了，她來到森林，表面是幫有糖尿病的村民採些紅豆杉回去當藥治療，私心卻是摘些紅豆杉果實墮胎。紅豆杉從根到嫩葉都有毒，民間傳說使用微量，可治療糖尿病，可以麻痺胎兒墮胎。大量服用會致死，有些自殺的人用這種方法結束生命。

「有解藥嗎？」古阿霞急著問。

「妳問我，我問誰？妳去幫我問素芳姨，怎麼辦。但是，絕對不要說我懷孕了。」

古阿霞衝向素芳姨，打斷她跟學生們討論森林的未來去向，拉到一旁說王佩芬真的中毒了，氣色很不好。古阿霞想出了個藉口，她說王佩芬要採些紅豆杉回去治糖尿病，把紅果實也摘了，摻在早上摘的野莓堆，不小心吃了幾顆。

素芳姨檢查了剩下的果實，確實是紅豆杉，心急了，連忙給王佩芬催吐。王佩芬說她已經自我催吐了，再吐就沒命了，說著說著，把頭歪到素芳姨這邊，給自己落了兩把眼淚。素芳姨心頭酸著，心想，王佩芬從國中畢業後就在山莊幫忙打理，愛爭些有的沒的，愛說些有的沒的，不想跟她有太多搭理，但是看著她流淚還真有點不捨。

趙坤、帕吉魯、布魯瓦走來關心，素芳姨說明原委，要他們背王佩芬去村子救治。此事刻不容緩。帕吉魯看了王佩芬幾眼，卻沒有中毒的症狀，比如呼吸困難、流口水、麻木與痙攣，她只是漲紅著臉，不斷流淚，那種淚幾乎是被命運打敗後的委屈，唯有哭才能發洩。

帕吉魯斷定，她不是中毒，又看到她身邊放了幾顆略紅的樹果子，全部抓了往嘴裡吃，表示這果子沒毒。帕吉魯這麼篤定，是紅豆杉的「紫杉鹼」毒性都在葉片與嫩莖，果子沒毒，是鳥類秋天打牙祭的零食。即使誤吃紅豆杉葉片，舌頭澀麻，也懂得別再吃下去，只有像他祖父這樣死意甚堅的人才會吃下去。

帕吉魯也很確定，離這最近的紅豆杉已經死了二十幾年，被當作集材柱，現在成了大赤啄木鳥的家。這種樹形醜，太硬，不受市場歡迎，最常被砍掉樹梢當集材柱，因此不受歡迎或視為老鼠屎的工人被同伴私下稱為「一位」。這附近倒是有幾株臺灣粗榧，沒有毒，無論果實與樹葉都跟紅豆杉很像，難以分辨的程度是砍下來觀察橫剖面的顏色才能得知。帕吉魯斷定，王佩芬沒有中毒，有，也是心毒。

古阿霞了解，帕吉魯用吃果子說明了它無毒，但是這件事不能演場啞巴劇就解釋了。她把帕吉魯拉出帳篷，仔細問透。

「她吃的是『三尖』③，沒毒。」帕吉魯說。

③臺灣粗榧。

「確定？你看她躺成這樣。」

「不會死。」

帕吉魯說這森林是他的地盤，他的場子，哪有什麼毒，他不會不曉得。古阿霞自此鬆了一口氣。兩人又多聊了幾句，有說有笑，忘了時間。

王佩芬從帳篷爬出來，一副大病初癒的模樣，給了古阿霞狠毒的眼神，「不要以為我不知道妳在說我的什麼。」

「我說什麼？」古阿霞辯駁。

「我要是死了，就是妳這大嘴巴害的，別以為我沒聽見。」王佩芬聽到古阿霞在帳篷外私語，當下以為自己懷孕的事曝光，惱火上身。

古阿霞懂了，連忙解釋：「我真的沒說妳。」

氣氛僵了幾秒，王佩芬走了過去，狠狠的撥開兩人，從中間走過去，害帕吉魯與古阿霞得了踉蹌。古阿霞看著去上廁所的王佩芬漸漸消失在樹林後頭，心裡不是滋味，又不能說些什麼，雜怨只能往肚裡吞，也許往好處想，王佩芬沒有半點毒性發作，只是脾氣發作。

過了不久，王佩芬幾乎用衝的回來，精神好得沒半點毛病，她慌張大喊看見鬼了，有個黑得像從鍋灰爬出來的傢伙偷看她尿尿，她拿石頭砸，那個傢伙就衝她來。

王佩芬還沒講完，幾個學生拿了石頭朝樹林砸，因為那裡傳來聲響。帕吉魯覺得不對勁，連忙把繫在灌木叢的黃狗放開，迎接一步步從從黑夜走了出來的大身影。

牠是熊，從夜裡走出來還是很黑。大家尖叫逃跑，往後退到不能再退。牠在營火光圈的最邊緣，對峙的是拖著狗鍊、嘴套來不及被摘掉的黃狗。黑熊是森林裡最兇狠的野獸，體型是黃狗的十倍大，顯然占上風了。黃狗卻沒有怯志，嘴巴無法張開，仍能夠狺狺發出低沉的憤怒聲。

秋天是森林殼斗科的橡果子成熟時，熊靠近咒讖森林覓食，將橡果子的熱量轉化成脂肪禦冬。這隻熊吃飽了，沒有想攻擊，前肢始終貼在地面沒有舉起來作勢攻擊，牠被王佩芬打擾了，卻誤進入學生們的營地。牠得離開，用眼角餘光觀察四周動靜。

黃狗緊逼不放，低伏的前肢隨時要跳擊，但是牠更聰明的知道自己嘴套未除，失敗的話會被熊掌撕成肉條。黑熊往趙旻走去。趙旻嚇得往樹上爬，素芳姨從十公尺外喊他別這樣，因為熊也有這樣的想法。牠往樹上爬去了。

黑熊爬樹時，銳利的前肢抓樹，失去攻擊性。黃狗抓到時機，所有的力量聚在後腿蹬出，撞上黑熊柔軟的腹側。黑熊當下掉下來，狼狽逃跑，往黑夜的灌木叢竄，發出窸窸窣窣的聲響，越來越遠，最後取而代之的是大家的歡呼，把黃狗當作英雄，把牠又親又抱的。布魯瓦根本擠不到前頭給黃狗鼓勵，只好給自己打根菸，抽菸慶祝。

素芳姨告訴大家，如果下次遇到黑熊，最好安靜的離開，不要激怒牠。要是怕真的遇到黑熊，最好邊走邊喊，讓黑熊知道有人來了。

「所以，我們大喊，黑熊就會走開？」趙旻問。

「沒錯。」

王佩芬仍恐懼的問，「我們大喊，熊不就知道我們來了？牠會跑來攻擊我們。」

素芳姨想了想說，「妳最好喊，我有帶槍，快滾。」

「槍被沒收了，喊『番仔』來了，熊就懂了。」布魯瓦說。

然後，所有人都笑了。

早上十點，他們坐上兩臺三十噸的大型福特運材車下山，從後照鏡看著三公里外的咒讖森林消失在第一道路彎，還有目送的學生們。坐上車的是古阿霞、布魯瓦、素芳姨、帕吉魯與趙旻，還有黃狗。昨晚黃狗力戰狗熊，救了小學生，原本該受絞刑的牠，改判流放到萬里溪的雜林。

從沒坐過運材車的古阿霞快把雞皮疙瘩抖下來了。十二輪大卡車載了二十公尺的原木，司機猛按喇叭，警告隨時從視野死角轉來的對向車，路崎嶇狹小，車行又快，輪胎經常壓到崖邊。司機轉彎時把大方向盤打死，然後放手，讓順著山路溝痕的前輪將方向盤快速扭正。大家嚇死了，只要有一次操作失敗，命也失敗了。

古阿霞一路上禱告了十八次，有一半的禱告被驚險畫面打斷，嚇得忘了耶穌姓什麼就差點要見到祂了。司機把一罐摻了咖啡的保力達酒給大家喝，多喝了就沒事。布魯瓦得喝才能解暈，車行激烈，仰頭就被瓶口撞傷了牙齦流血。司機拿回酒瓶，喝盡最後一口，空瓶朝窗外丟，直接空心飛過一百公尺的陡峭山壁摔碎山谷。那畫面絕對是一則預言。

公路伐木是蔡明台開發咒讖森林的賭注性事業，大功率美式集材機與運材車所向披靡，差三公里就砍了咒讖樹林，那最終會化為眼前光禿禿的褐黃大地。古阿霞終於明白帕吉魯說的，人要的不多，卻習慣用搶的，砍伐森林就是瘋狂的搶奪行為，有的是平靜的瘋狂，有的是瘋狂又瘋狂。公路開發的運材車駕駛屬於後者，那種瘋狂逼臨死亡。

他們從運材車走下來後，兩腳不聽使喚的抖，心情難恢復，有種剛從鬼門關回來的恍惚感。幾個人抽菸的抽菸，吐的吐，看著黃狗在四周跑跳。他們在短暫的休息後，進入一千公尺左右的低海拔雜林，沿著混合獵徑、獸徑、日本人理番道路的山徑前進，只有野獸、闊葉林、螞蝗與探險家對這裡有興趣，他們是來插花的。

雨也開始下了，大家穿上雨衣都能感受到雨滴砸在肩上的力道。在幾株錐果櫟樹下，帕吉魯把黃狗繫上去，放了餅乾與幾個饅頭，不斷摸了摸黃狗的頭與頸部，一遍又一遍，一次又一次，一再又一再，那是最能承受主人愛撫的部位，牠瞇起黑黝的眼睛享受，發出短暫低吟。帕吉魯非常清楚，黃狗跟了他八年。牠身上哪處傷、哪次骨折，他都參與了，也一起療傷。黃狗給村子帶來太多紛擾，敵人太多了，如果今天不放到野外，難保哪天不吃到毒包子或被鐵矛刺死。

帕吉魯摘了一束錐果櫟葉片，也分送大家幾片，以掌心搓揉，味道會跟黃狗的離別牽連。這是索馬師仔的告別程序。古阿霞覺得錐果櫟的葉味太普通，跟森林的潮濕味道很像。念此際，回憶將與所有的落雨森林相關了。她也摸了黃狗多次，永遠記得牠在玉里鎮跳河救水鹿與臺南車站前衝入著火的巴士救人。她向上帝祈禱，保佑黃狗。

「你上輩子是『番仔』，轉世成這輩子是『番狗』，下輩子有機會，當番薯或番茄都比較自由。」布魯瓦打了香菸敬黃狗，也把背籠的白米與檳榔送給牠。狗不吃生米與檳榔，那是獻給祖靈以保佑黃狗的。他不反對古阿霞向上帝祈禱，但是上帝只保護子民，保護進教堂的人，但是羊群、狼群與大地不會擠進教堂。祖靈卻是徹徹底底從這塊土地誕生的，祂們向來無私的保佑大地，不只是樹，更不只是人。布魯瓦願祖靈保佑這條花東縱谷最迷人的黃狗。

素芳姨知道，黃狗很精明，鼻子非常靈敏，一放就回家，十座山十條河也擋不住，最後可能死在村人刀下，便祈求：「希望你忘記回家的路，然後成為森林的子民。」

趙旻蹲在一旁看著水晶蘭。這種植物從腐植土鑽出來，通體透明，活脫脫像是鑿下一塊月光般鍛造的器皿，注定是森林的焦點。他拿竹子往水晶蘭的底部挖，想窺透它的根，心思卻瞥在黃狗那裡。一群人圍著黃狗道別，他站得遠遠的，覺得自己是罪人，可是做這決定是所有的小學生，他只後悔要來監督這件事。

「走啦！雨越來越大了。」趙旻催促。

布魯瓦走過來，「小兄弟，打個商量，這狗我帶回部落，大家回去都說牠綁在這裡。」

趙旻低頭，說：「好，不過我會說你帶走狗。」

「不要說嘛！」

「大家很怕你，你帶走狗沒有人敢說話。」

「我媽媽都說我很可愛的。」布魯瓦把聲音裝柔一點：「害怕我的只有動物，我會把狗帶回去好好教到有一天帶回去學校跟大家道歉的。」

「等我們下山，你再回來帶走狗，我就不知道狗是自己跑走，還是被你帶走的了，好嗎？」

「那我要趕快回家躲雨了，下山了。」布魯瓦認同這計畫。

大家走到十公尺外。鎖在樹下的黃狗焦急的叫起來，牠往前衝，鏈條緊緊勒住頸部，牠豎起前肢，不斷揮動，用被壓迫的喉嚨發出嗚嗚嗚的聲音，懇求大家帶牠走，別放棄牠。那聲音在潮濕多雨的森林顯得悲切。

趙旻掙脫隊伍，一邊掉頭走，一邊脫下雨衣，把雨衣披在皮毛濕答答的黃狗身上，那是他僅能做的事。這意味著他必須淋雨走幾個小時的路回去。他寧願這樣彌補心中的愧歉。素芳姨把雨衣拿起來，披回趙旻身上，那個小男孩哭得肩膀都抖起來。

「浪胖會照顧自己。」素芳姨說。

「牠都快泡水了。」

「我看過牠媽媽，牠是整座中央山脈最勇敢的狗，在最寒冷的大雪中，也不退縮。牠的兒子也會一樣，大雪都能挺過去，雨不算什麼。」

「我聽說牠的媽媽是雲豹？」

「不是，牠媽媽不是熊，也不是雲豹，不過聽說還有點狼的血統，這樣才讓浪胖有點不一樣。牠沒問題的，即使只有一片葉子遮住頭，牠也能熬過去。」

「真不該來的，要是他們通通都來，就會投票決定，赦免浪胖。」

大家離開了，古阿霞回頭看著那隻櫟樹下的黃狗，牠在雨中叫個不停，直到帕吉魯握著她的手離開。握手的力道是如此溫柔的撫慰，可是古阿霞的一顆心還是懸著。

一千餘公尺海拔的雜林比迷宮還複雜，古阿霞暫忘黃狗，專心面對路況。雜樹林立，多陽光的季節會在地面篩落各種星狀、菱形或流浮的抽象繪畫光斑。但在雨來臨時，視線暗下來，森林充滿詭異的氣氛。布魯瓦很專心找路，多年前他來過這裡，不過日日走向繁華或荒蕪的森林像是巨大的橡皮擦，把他僅有的幾個印象快擦乾淨了。布魯瓦很清楚，野獸是這裡的主人，足跡會帶他深入森林，或離開森林。他說，野豬是獵人最想遇到的對手，獸徑旁常常有獵人留下的路標，最顯眼的是在大樹幹的刀痕。

「順著樹上的刀痕，可以回去部落。」布魯瓦說。

不過，令人膽怯的不是遇到會攻擊人的山豬，是螞蝗。潮濕的森林向來是螞蝗的地盤，這種神祕隱者會埋伏數個月等待動物經過，從腐爛樹葉或灌木叢爬出來，豎起身體，齒顎在空中搜尋獵物。素芳姨告誡大家，不要在同一個地方待太久，螞蝗會上身，切忌喝山泉，螞蝗會卡在鼻腔寄居一個月。

在一棵八百齡的紅檜樹下休息，趙坤頭頂都是血，兩隻從樹梢空降的螞蝗在他頭髮裡吸血，造成傷口持續流血。大家幫彼此檢查，陸續在手腕、腳踝與脖子發現吸血蟲。螞蝗吸血不會引起不適，卻會引起恐慌，大家無法安心走路，每每停下來檢查，或強迫症似的重複塗上臺灣秋海棠汁液防咬。尤其他們得爬過一處危橋時，爬上臉參觀他們苦瓜臉的螞蝗足足有二十條，像美杜莎的蛇髮豎起來亂晃。

「妳得走到隊伍前面。」素芳姨告誡總是殿後的古阿霞。螞蝗聞到人群的味道開始攻擊，走前頭的沒事，越後頭的老是遭殃。

「還好，我沒事。」

「螞蝗會分泌抗擬血劑，吸妳半小時，脫落後的傷口還會流血半小時。」

「還好。」古阿霞的兩腳不斷流血，她把血蹭到地上。

然後他們來到一條小山溪，溪水混濁，匯集幾座山的雨勢，溪水滾動的聲響疙疙瘩瘩似發瘋，也阻斷去路。布魯瓦找到一根被苔蘚占據的橫木，他先獨自走到中央時，腐朽的橫木當下折斷，人摔落溪中，怒水撲過了身上，他費了幾個掙扎才渡過野溪，瀟灑的把雨鞋裡的水倒出來，沒有枉費幾個人在岸邊的擔心與祈禱。橫木已斷，但是仍橫亙在野溪，別無選擇之下，幾人冒險過了湍流。

雨漸漸收束，可是野溪的水聲從來沒斷過。他們沿河岸下切陡坡，路經一小片的臺灣胡桃純林。這種樹木向來被視為最佳染料植物，其複狀羽葉在秋色中發黃，把小溪風景染暈了。所有人停下腳步，這時天氣驟變，一片不知哪來的壓頂烏雲飄來，下起滂沱大雨，忽然強風捲來，把胡桃葉強行扯落，古阿霞在一道幾乎打亮森林與打破耳膜的近處落雷中沒縮起身子，強迫自己睜眼看清楚在森林邊陲跳動的動人身影，熟悉的影子呀！

沒錯，牠跟來了，古阿霞跳下野溪邊，大喊：「浪胖，我在這裡，我在這裡。」

一個影子脫離既定方向，往山谷急切，邊跳邊蹬的越過落葉與蕨影，那是黃狗。牠跑得很快，脫離了鎖鍊，追了幾公里，那麼大的森林，牠一絲沒有偏差的追來了。

「牠看出了你沿路的記號。」素芳姨對布魯瓦說。

布魯瓦沿路在樹幹做記號，好折返把黃狗帶回來。這時，他驚嘆的說，「這狗是雲豹的孩子，而且去古阿霞的學校讀過書才這麼聰明。」

黃狗飛奔靠近野溪，牠的嘴巴昨天攻擊黑熊時撞傷了，脖子在不久前掙脫鎖鍊時失去一大圈皮毛，露出鮮紅血肉。但是，牠動力十足，面對跟十隻黑熊一樣兇猛的洶湧野溪，牠用美麗的弧度跳去。水太急，牠翻了兩圈又被打回岸上。牠沒有放棄，如果放棄牠就不會追過森林。牠再度跳進河裡。但是，黃狗被激流衝到下游的時間越來越長，大家順著岸走，叫牠別再跳了。牠聽不懂，也無視於死亡，一次又一次被沖上岸又跳下去，只為了渡河。

牠會不斷渡河，即使面對死亡，只為了跟主人重逢。

「拜託，快去救牠。」趙旻急得快哭了，向帕吉魯說，「拜託。」

帕吉魯拿出了隨身的斧頭，抽掉護套，朝河邊一株二十公分粗的臺灣胡桃砍去，給黃狗過來。樹倒了，倒了一半，樹梢被藤蔓卡住了。他趕緊拿出另一把斧頭，手持雙斧，輪流劈向樹幹，爬向四十五度傾斜的樹幹，砍掉阻攔的藤蔓。這需要花些時間。

布魯瓦拿石頭朝對岸的黃狗丟去，發出怒吼，希望牠別再對野溪挑戰。牠是躲開了，又跳入河中。

那些無法阻攔的方式用盡之後，一個扔過去的大黑影卻有效了。黃狗對著地上黑影打圈子，嗅著，安靜下來。那黑影是黑色工作褲，一向是古阿霞穿的。現在的古阿霞只穿灰色大內褲，血水從她的胯下順著雨水流下來。大家知道黃狗為什麼能夠從幾公里外追來了，月經來的古阿霞刻意沒墊衛生棉，她一路殿後只為流下夠多的血，也留下血的記號，連雨都抹不去。素芳姨為之動容與震撼，脫下雨衣給古阿霞披在下圍。

劈哩啪啦一聲，帕吉魯把藤蔓砍斷了，原本傾斜的樹迅速往對岸倒下，他沒站穩摔入野溪中，激流疊疊，他跌了又跌，失去一把斧頭，眼看要把命也失去了。

黃狗沿岸追下去，沒有猶豫的躍進了激流，很快游近主人，願意為他獻上綿薄的力量，或性命。帕吉魯抓住了狗，在野溪中翻了幾圈，終於回到岸邊，緊緊的擁抱良久。受盡折磨的黃狗不忘舔舌頭回報主人，感謝他。

狂烈的大雨沒有停過，所有人忘記寒冷，眼眶都紅了。

墮胎

古阿霞帶著王佩芬與小墨汁，來到山下的原住民部落，從兩百公尺外就看到山葉野馬一百西西的紅機車在醫療隊旁，非常顯眼，像賽德克山豬，那是基督教門諾會的薄柔纜醫師進行「山地巡迴醫療工作」時騎的愛車。古阿霞跑過去，衝著薄醫師打招呼，把沮喪的王佩芬丟一旁。

八年前，薄醫生前往花蓮縣唯一的賽德克族的山里部落行醫，半路被衝出來的山豬撞傷，忍痛騎車到部落。部落男人很生氣，說那隻山豬有不長眼的德魯固血統，於是把機車漆成紅色，油箱畫上男人的戰鬥紋面，請巫師作法，整路的山豬就怕了，成了賽德克品種的機車，騎去打敗整個花蓮的德魯固族。薄醫生逢人講這個故事，直到他知道這充滿了原住民間的爭執，便不說了，紅山豬機車倒是沒改過。

「平安，布朗醫生。」古阿霞大喊。

「平安。」薄醫師原籍美國，本姓布朗（Brown），看到人，高興的對一旁的妻子說：「看看我們多麼幸福，在這裡遇到阿霞。」

古阿霞在花蓮所屬的教會，與薄醫師所屬的門諾會美崙教會隔了幾條路，可是薄太太做的美式煎餅、熱狗與冰淇淋，像上帝之手穿過幾條巷子，把古阿霞的鼻子牽去。尤其是冰淇淋，比教會發放的奶粉更有魅力。薄醫生不只在花蓮創辦醫院，經常到山地鄉巡迴醫療，接觸多了原住民信仰，視野廣，尊重古阿霞在「聖別禮拜」①之外仍心存邦查祖靈。薄醫師知道，邦查文化與祖靈是古阿霞的祖母留給她在人世間唯一孫女的資產，上帝是陽光，邦查是葉子，讓曾是光禿禿的古阿霞這棵樹在困頓時刻又復活了。因為如此，古阿霞跟薄醫師談到耶穌時，非常自在，談到祖靈，也沒有芥蒂。

「可愛的小雲雀，我在報紙看到消息了，妳參加五燈獎比賽。」薄醫師剛見面就說起在花蓮的地方報《更生日報》看到的消息。

「所以，妳放棄了。」

古阿霞羞怯了，說：「那是被迫參加的。」

「哪有，我每天都找時間練習，有時候連半夜睡覺都唱起歌，嚇得大家以為鬧鬼了。」

「這才是我認識的阿霞。」薄醫師說，「妳離開花蓮市，住伐木村，我太久沒有聽到妳唱歌了，會不會妳是專程跑來唱給我聽。」

「不是，是我的朋友生病了，我帶他們來看。」古阿霞瞥了身邊的小墨汁，與更遠處茄苳樹下絞著手指的王佩芬。

「沒問題呀！不過要收錢。」薄醫師說。

古阿霞擔心帶不夠錢，有點窘的說，「應該的。」

「不過，妳要是唱首歌就免錢了。」薄醫生忽然大笑，身兼助理的薄太太也是。

薄醫師觀察了小墨汁的右眼，仔細問病情。據他的理解，這應該是兒童白內障，最佳的治療時機有點慢了，開刀後經過矯治，應該能恢復。致病原因可能是遺傳或與先天內分泌有關。

「你可以幫我開刀嗎？我可以天天唱歌給你聽。」小墨汁說。

「不行。」

---

①基督教去除偶像的儀式。

「你是醫生呀！」

「是的，不過我的專業是胸腔科，眼科不是我的專長。」

「我以為醫生什麼都會。」

沮喪的小墨汁稍後為自己的無禮道歉，她擔心右眼會更糟，甚至失明，雖然她已經習慣了這樣不明不白的眼力。薄醫生說，世界的不幸，不是苦難，而是沒有伸手去幫忙苦難的人。他又說，他願意伸出手幫忙，即使伸手會被人打、被唾棄、被咬傷，可是他得思考的是，他伸出援手是幫人還是幫倒忙。薄醫生拍拍小墨汁的肩膀說，他回去會向更專業的臺灣或美國醫生詢問她的病況，寫信告訴古阿霞轉達。不過根據他多年的經驗，花蓮目前沒有專業眼科醫生有開刀能力，得去臺北醫治。

「小朋友，你喜歡查字典嗎？」薄醫師看到小墨汁隨身的袋子有本簡易中文字典。

「喜歡，我看到不會的字，馬上拿字典查。」她手上珍愛的字典，是古阿霞送的。

「我也是，每天晚上讀書時，遇到不懂的英文字還是會查。」

「真的？我以為大人什麼字都會呢！」

「這世界好玩的是學習，永遠學不完，當自己不懂的，還願意搞懂，而不是假會。」

「我知道了，謝謝醫生。」小墨汁懂了薄醫師的意思，眼前深輪廓的褐髮醫師永不放棄的是解決事情的企圖；疑惑與問題永遠接踵而來，絕不要停下的是迎接挑戰的能力。

不過，老是躲得遠遠的王佩芬，始終不願意來就診。她考慮了好久，直到古阿霞出門催促時才跟下山，如今被生疏的環境擊退。古阿霞走來安慰她，希望她親自向薄醫師請教肚中胎兒問題。王佩芬低頭，手中拚命把玩的牛筋草都絞出了綠液，她的心情像那灘汁，有點難收拾。她的想法很簡單，要古阿霞請醫生拿些墮胎藥，吃吃就好。她想過找山下的德魯固巫婆拿墮胎藥，管它死蛇、死貓、死人骨頭磨成的粉，又怕吃了，多了胡攪蠻纏的病痛，而胎兒死不了，像上次吃錯紅豆杉鬧出了岔子。

古阿霞摸透王佩芬的心思，決計不幫她拿墮胎藥，而叫她生下小孩的念頭講了幾遍後，自己也被罵得臭頭，就不提了。古阿霞知道，薄醫師有辦法，門諾曾在花東幫助過很多挺著大肚子的未婚媽媽，問問他最好。

「我們問薄太太好了。」古阿霞提出新計畫。婦女病問男醫生，總是讓女病患卻步，問女醫師反而自在。薄太太雖然不是醫生，但長久浸潤在醫學環境，有些想法。

王佩芬想了想，把手中絞爛的牛筋草扔了，說好。然後，又不安的摘了片姑婆芋葉子，撕得細細碎碎的，強槭汁液弄得又痛又癢，忽然想起什麼似要阻攔古阿霞。古阿霞走遠了。

古阿霞去找薄太太來幫忙王佩芬。可是，大家忙得很，來了一批新病患。她暫且放下自己的要求，幫忙打點，至少給他們倒點水的閒活還可以。有個七十幾歲的老婦人，背著自己癱瘓半個月的兒子來就醫，引起人注意。

「阿嬤，好久沒看到妳了。」薄醫師喊。

「哪有酒，不行喝啦！」老婦的中文不好，常聽不懂，回答時夾雜日文和德魯固語。

「妳兒子怎麼了？」

「跌倒了，肉熟了。」

薄醫師撩起傷者的褲管瞧，所謂的「熟」是久病不癒的傷口膿瘡，研判是骨折，得帶回醫院照X光與外科治療。老婦連忙說，很久沒看過錢，沒有辦法搭公車或火車去市區。久病而沒工作的兒子也不耐煩的說，他媽媽都不給米酒，用酒消毒傷口就好了。

「你都用喝的。」老婦大罵。

「妳不懂，從身體裡面給他消毒的啦！妳看傷口裂開來的地方是嘴巴，想要喝酒。我不要去醫院，妳給我酒就好了。」

「你先來醫院，別管車錢還是治病錢，你這腿要是治不好，會壞掉，要撐拐杖一輩子。」薄醫生警告。老婦難過的說，「你要治好他呀！我就把你們的『奶粉神』放在心裡，晚上抱著十字架睡覺。」

「我不要去醫院，醫院醫死人。」

「妳可以騎那頭紅色的山豬去，」古阿霞插嘴了，他看得出來斷腿的兒子把眼神放在機車的時間，多過放在薄醫師問診。

「鐵山豬很……危險的ㄋㄟ，尾巴②會燙人。」

「你不會邊喝酒邊騎，就沒問題了。」

「對ㄋㄟ，我怎麼沒想到。」斷腿的兒子轉頭對老婦人，「媽媽，為了去花蓮市，我就犧牲一下喝點酒好了。」

薄醫師苦笑，面對天真的原住民，得有古阿霞鬼靈精怪的巧思才行。不過他絕不會讓斷腿的男人騎車，至少載他去沒問題。

到了休息時間，薄太太來到茄苳樹下了解王佩芬的狀況，從停經的時間估算，肚中胎兒已有三個月。薄太太用罹患類風濕性關節炎而有點僵硬的手，隔著衣服摸王佩芬肚子，感受那裡有個小生命正在形成，說，「要是一個媽媽會扼殺肚子裡的孩子，這個世界只剩下各種形式的仇恨，指責、辱罵與忽視他人，妳應該保住這小生命。」

「我沒有別的方法了。」

「我們有個『未婚媽媽之家』，妳能住進去直到孩子生出來，一切免費，也沒有人知道妳去過那，如果妳覺得沒有辦法養小貝比，我們找新的父母來承擔這份愛。」薄太太說，「妳很美麗，比天使還美，妳的孩子也會是。我感到，小孩很渴望來到這世界擁抱自己的媽媽。」

薄太太年輕時因為摔傷不孕，從此失去成為一位媽媽的能力。她把這份祕密與遺憾告訴了王佩芬，抓起她沾了樹汁的髒手，放在肚皮，感受小小生命在最深處的跳動，如此細微，如此充滿希望。

王佩芬卻只顧著皺眉頭。

下午兩點，花蓮市，陽光落在這美麗的平原上。

中華路上的餐廳將結束中午營業時間，古阿霞帶著王佩芬進來用餐。她選了靠窗位置，上前招呼的女侍顧不了體面大叫。然後幾個女人陸續從廚房走來，拿鏟子的拿鏟子，手抓菜的抓菜，他們說是古阿霞沒錯，即使她穿灰色喇叭褲，紅色的中國強布鞋。

蘭姨是最後擠進來的，她叼著菸，兩手在圍兜上抹乾水，展開來迎接。古阿霞大叫平安，然後上前擁抱。蘭姨把古阿霞的行頭看了一遍，讚嘆她很時髦，氣色也不錯。古阿霞打扮過，給蘭姨她過得很好的印象，還自豪是男朋友送的，意思很受男人照顧。古阿霞發給大家一人一包衛生紙，物料來源是摩里沙卡的鐵杉製成而自購較便宜。禮輕情意重，大家都說這牌子很貴，省省用，擤了鼻涕、擦了汗，切記要晾乾，能重複用。

古阿霞點了餐用，兩道青菜、一盤爌肉，又點了兩罐花蓮當地自產的三劍牌汽水。她老想這樣做了，回來就坐在餐廳吃飯，不要淪為女兒賊躲在廚房吃免錢的。蘭姨苦勸吃飯不用花錢，餐廳雖然不是她開的，但是她在廚房當皇帝，吃東西幹麼花冤枉錢，她動不了古阿霞的意志，於是在青菜底下藏了香腸，爌肉與油湯

②排氣管。

多的可以打包回去再顧兩餐。

到了下午三點的休息時段，餐廳已空，古阿霞才跟對座的蘭姨說：「妳得幫忙，我們得選一家診所拿掉小孩。」

「妳怎麼想？」蘭姨對王佩芬說。

王佩芬用吸管把見底的汽水罐吸得簌簌響，久久才說：「我不想生下來，不是一個人死，就是一屍兩命。」

「妳的男人？他娶妳就沒有問題了。」

「要是這樣，我就不用這麼苦命了，他跑走了。」王佩芬掉著淚，她不想多提了，多說一次，又心碎一次。

「妳回去再考慮幾天吧！」蘭姨總是如此說。

「夠了，很夠了。」王佩芬哭得很慘，嘴巴抖動，眼線都糊掉了，然後起身到廁所整理儀容。

「對不起，我帶麻煩來了。」古阿霞道歉。

「去門諾的未婚媽媽之家吧！」

「她不去。」

沉默好久。蘭姨知道，王佩芬過了古阿霞那關，有什麼過不了她這關。古阿霞內心的神都擋不了這件事，她又怎麼擋得了自己的女兒。

「來求我，妳的痛苦不會比妳的朋友少。」蘭姨看古阿霞眼角泛光，「這不是好事，神不會原諒我們。」

古阿霞的眼皮耷拉了。穿透蕾絲窗簾的午後陽光，在桌面浮碎靈跳，遠方街道傳來了腳踏車鈴聲與攤販叫賣麥芽糖。美麗時光，古阿霞卻懺悔，她把蘭姨拉下水，神的審判不會只落在她自己的肩上，如果可以，她願意求神把責難的荊棘全落在她背上就好。

「不過，我們都是凡人，妳不要想太多，到時候神自有安排。」

王佩芬再度回座時，臉上多了胭脂，掩蓋了黯淡神色。她仍是吸著幾乎沒有飲料的汽水罐，發出簌簌，用那聲響代替自己講話，填滿了沉默氣氛。無意間，她把袖子拉起來，露出被繃帶綁住的傷口，那是幾天前她割腕留下的。展示傷口使得氣氛更嚴肅，表示她的心念更堅定。

「年輕時，我懷過一個孩子，但是我疑心病重的老公懷疑不是他的，扯著我的頭髮去打掉。要是孩子今天留下來，可能像阿霞這麼大了。那蒙古大夫技術太差了，我從此就沒懷孕了。」蘭姨說，「我會帶妳去一家技術好的診所，這樣以後妳還是能當媽媽。」

「謝謝。」王佩芬說。

「從此，妳會失去一個孩子，失去一份愛，如果妳以後願意多愛一些陌生的孩子，或許把愛給了自己沒來得及來到世間的小天使。」

「我知道。」

「記得，手術前，妳可以隨時喊停，留下自己的天使。保有孩子的話，總有一天，妳會感念自己今天的勇氣。」

中正路旁的小診所，王佩芬等待墮胎，古阿霞陪侍。

忽然，一隻公青蛙笑起來，嘿嘿嘿。

站在櫃臺的護理把食指放在唇邊，示意要大家安靜。

從廁所出來的三個少女和一位少婦矗立不動，手裡拿的玻璃杯盛著深淺不一的尿液，她們看著護理轉身朝角落的工作桌走去。那有個裝青蛙的塑膠籠，裡頭有隻公蛙發出人類笑聲似的「嘿嘿嘿」。霎時，青蛙不叫了，護理很生氣，她白費了兩天時間要抓出籠裡唯一的公蛙。

護理拿走四杯尿，從塑膠籠抓出母蛙，把兩西西的女性尿液用針筒打入虎皮蛙的背皮下。古阿霞知道這是驗孕，因為王佩芬昨天傍晚來過診所，護理把她的尿液打入蛙體。懷孕女性體內增加的絨毛膜促性腺激素（hCG）會刺激母蛙在幾小時內排卵，在驗孕棒與超音波普及之前，青蛙是生物驗孕的大功臣。

王佩芬對妊娠試驗非常反感，懷胎就懷了，月經停了四個月，幹麼要多費一天驗孕，早點拿掉更好。蘭姨卻認為得這樣做，目的很簡單，她希望王佩芬多考慮一天，哪怕多一秒的猶豫也好。

時間到了，坐在古阿霞身旁的王佩芬被叫進診間進行墮胎，她猶豫起身，走幾步回頭。猶豫是對手術的害怕，渴望古阿霞能陪她進入診間。可是，古阿霞只是點頭的給予安慰與加油，靜靜坐在被無數屁股磨得光滑的木條椅。毛玻璃上流動街道的人影漫漶，和外頭的熱鬧相比，古阿霞覺得該救人為主的診所，分秒都冷得不舒服。

「太貴了，收三十元，一隻水雞③也沒有這麼貴。」有個剛走進診所的婦女跟護理吵起來，嫌驗孕太貴了。

「冬天青蛙很難找，而且要找大隻的。」

「我自己驗好不好，田裡的水雞很多，還不用錢。」

「青蛙排卵要用2mm的玻璃細管抽取，放在顯微鏡觀察，妳沒有機器也看不出來。」

「不用機器，等卵孵出蝌蚪就行了。」婦人越講越氣，診所的人都點頭，覺得驗孕還真貴。

「青蛙驗孕的排卵不一樣，要用空針吸出來檢測，這是專業。」

婦人仍然嫌貴，說：「妳有老天滔④，吃人夠夠。」

穿襯衫的中年醫生從布幕後頭的診間走出來，說：「不要就不要，來個大小聲，等明年妳的青蛙蛋孵出來就行了。」

婦女氣沖沖甩上花格不透明玻璃門走了。古阿霞深覺婦人會回來，不過三分鐘後撞開門的是四個男人，他們氣喘吁吁，用門板抬了一個難產的婦人，花了三小時從木瓜溪上游的銅門部落走過來。這個婦人兩天內耗盡力氣尖叫，把部落的男人們吵得沒辦法睡覺，也讓女人們靠過來用盡了巫術、推移與關懷。現在，婦女暈厥了，身上蓋了三層用來祝福的紅白菱形的德魯固傳統織布，安靜躺在門板上，唯有汗水濕答答的往地上響著。

櫃臺後頭的護理看多了，鎮定的說：「先收五千元費用。」

四個德魯固族男人看著彼此，他們口袋是扁的，其中一人說：「我們沒有這麼多錢。」

「那你們把人先抬到外頭，這會影響大家。」護理說。

「幫忙，救救我老婆。」一個男人低聲說。

「嘿嘿嘿」，櫃臺後方傳來男人似笑聲，這次連叫幾聲，「嘿嘿嘿」，所有人都聽到虎皮蛙的嘲笑聲。

「噓！等一下。」護理把食指放唇邊，示意安靜，轉身往後方走。

男人臉露希望，以為她是轉身向醫生求情或通融。可是卻出現令人費解的一幕。護理靠近蛙籠，迅速拎起一隻鳴叫的公蛙。這次她成功了，跑出櫃臺，打開前門扔出去，回頭時趕他們到診所外面。四個男人不知道怎麼辦，有的捏拳、有的看彼此，有的跟護理哀求。護理心軟了，走到診間後頭問醫生。

一個男醫生從布幕探頭後又把頭縮回去，讓走出來的護理拿出同樣的答案，臉色更鐵娘子。四個男人不走，也不說話，他們把這女人抬回部落去是一具屍體了，留在這還有機會。護理最後拿起電話，要請關係良

③指青蛙，閩南語。

④老人痴呆的意思，閩南語。

好的警察來處理。四個男人鬆動了，一臉悲悽與無奈的抬起婦人往外走。

「我有、我有錢，」古阿霞從皮包拿出一卷錢，攤開，一張張算出了兩千九百元，「我還有，等我。」

她衝出診所，記得這附近有家郵局，她轉了一條街才確定方向，跑進郵局填寫提款單，太緊張了，直到第三張才把複雜的大寫國字金額寫對，又哀又求的插隊提款。她提完款，過馬路時看見虎皮蛙被輾死，黃綠的蛙身噴出內臟，成了黑色柏油路上顯眼的肉泥。她趕回診間時，難產的女人醒過來哀號，診所的人都逃到騎樓下皺眉頭，不想被厲聲折磨。

現在，所有人都同意了，這個為生產叫得嘶啞的原住民婦女有權插隊了，四個男人抬她進診間開急診刀。穿著淡綠色病服的王佩芬被請了出來，她向古阿霞抱怨手術前的陰毛剃除只做一半就喊停，下體有短毛刺穿內褲的違和感。

「連我講話都沒在聽，妳到底有什麼心事？」王佩芬抱怨。

「我們走吧！」古阿霞想出去散步，這裡的空氣太悶，充滿血腥與消毒水味道。

「我絕對不走。」堅持把墮胎做完的王佩芬很生氣，最好動了胎氣就一了百了。

「只想散步而已。」

十一月的花蓮城鎮街道，人潮淡淡，雲影淡淡，一陣又一陣刷亮的潑刺陽光從遠方捲來。古阿霞喜歡花蓮的秋色，恬靜舒適的走在晨光街道，坐在遮陽效果好的麵包樹下和祖母吃午餐，或者凝視霞光翩翩的黃昏，一切都好。正如此刻，風雲愜意，帶來茄苳落果糜爛的酸澀味，以及遠處海洋沖淡的味道。古阿霞可以把通直的中正路看到底，不知怎麼的，卻顧著眼前柏油路的一灘蛙屍，她對今日怵目驚心的一切感到疙瘩。她拿了插在診所鐵窗上的廣告單，走前去，趁蛙屍沒有被輾成皮乾之前，收拾起來，走到巷子後頭的雜草地埋了，輕輕說了「以馬內利」。她不知道自己為什麼這樣做，不做也行，做了更舒服。

王佩芬刺刺不休的講，她說診所不該用青蛙驗孕，青蛙是嬰胎鬼變的，才會發出嘿嘿的恐怖笑聲，她隔幾天要去安嬰靈，不想被糾纏。她又說，那難產的山地人婦女是被「流霞煞」勾勾纏了，要拿註生娘娘真經墊頭下才行。她又說，花蓮市真不賴，買化妝品的選擇多，衣服樣式也多，乾淨舒服不潮濕，有點質疑古阿霞沒事幹麼往山上去住，她要是有能力，也不蹲山裡。

「那就自己跑呀！腿長在身上。」古阿霞說。

「跑去哪？而且還得相信腳跑對了地方。手長在肩上還會打自己，哪種不會背叛自己，越靠近自己的越不可靠，像男人，說跑就跑。」

「所以，妳一輩子跑不了。」

「會的，有天我就會跑，頭也不回，像條河有再多的石頭也攔不了。」

走到某個賣油炸肉丸的騎樓下，王佩芬要吃，也要古阿霞陪著吃。她不只辣椒醬油放得兇，還買了一罐短胖瓶的臺灣啤酒，嫌小產後不能這樣吃，只好現在吃個夠。

古阿霞沒有顧到王佩芬的話，心思突然拉得極遠，遠得自己就飄浮在花蓮市上空，流眄自己曾走過的街道與部落，小小的身影，串起每片足跡。這使得她有了小小心念，眼神從被紅醬淹滿的碗裡抬頭，靜看王佩芬，「好不好，最後我們把小孩死掉的身體帶走？」

王佩芬一愣，「那要幹麼？發什麼神經。」

古阿霞沒有深究，只是內心有個想法非得要說出來不可，經過王佩芬反駁也覺得頗有理，要帶走嬰屍幹麼。她急中生智的說：「嬰屍會變成鬼，鬼會變成青蛙，妳會被一種奇特的笑聲糾纏一輩子，這是妳說的。」

「這是傳說。」

「我們幫小嬰兒舉行基督教葬禮。」這是古阿霞唯一能做的。

王佩芬被說服了，覺得是好方法。餐後，她們逛街買了漂亮袋子，她們不想用塑膠袋提了湯湯水水的嬰屍上街。又買音樂盒，上了發條會以鋼梳狀簧片的機芯彈奏出電影《北非諜影》主題曲〈卡薩布蘭加（Casablanca）〉——以摩洛哥某城市為名的配樂，古阿霞藉此說服了王佩芬她肚子裡的孩子會飛到那個浪漫之城。最後拆掉音樂盒不必要的絨布與格局，足夠當作小棺木。

古阿霞拎著物品回到診所，看見奇特場景。四個原住民男人聚在騎樓下，圍著剛手術完躺在床板的女人。他們買了塊豬肉當作祈福牲禮，手指沾米酒彈灑，祈求祖靈保佑眼前苦難的女人平安回到部落，以及慰藉死去的嬰兒。當四個男人看見古阿霞從對街走來時，活力十足的跳著，圍著過馬路的古阿霞又唱又蹬，讓路人與車輛停下來看他們進行儀式。古阿霞安慰王佩芬，沒事的，自己心裡卻靜不下來，即使猜得到這個山地族群千年來用此儀式度過難關或慰藉受挫情緒，但是，被人圍著畢竟不是好受的事。直到警察騎機車來吹哨，把人趕回騎樓下。

一個男人把德魯固族傳統的織衣，披在古阿霞身上，說：「請披上有都烏利葛・烏度戍（dowriq utux）的布吧！妳是我們山地人的好朋友了。」那是織滿菱形紋狀的「祖靈之眼」。

「謝謝。」

「來吧！再披上都烏利葛・烏度戍的布，妳是我們山地人祖先會保佑的好朋友了。」又披上第二件。

「謝謝。」

「沒有妳，這裡會變成難過的地方，我們會討厭更多的花蓮市，討厭更多的平地人，然後一輩子也討厭自己的沒用。」

「……」

「再見了，平地的山地人，我看出妳是阿美族人，妳的祖先為妳高興，而我的祖先也會保佑妳。」四個男人離開了，他們付不起住院錢，冒險把動完刀的女人抬回去，他們多的是時間，走得很安全，肯花十二個小時把撿回一條命的女人帶回部落。

在一小時後的診間手術室，刺白的手術燈下，古阿霞披著德魯固傳統織布坐在小凳子，抓著躺在床上的王佩芬。這是王佩芬要求的，要古阿霞為她禱告，她不希望有點差錯，今天有太多干擾了。披著白袍的醫生沒有反對，合理範圍的要求能緩解病婦的心情，他是用十公分的穿刺針將某種強心劑的毒劑，隔著母體，戳到嬰兒，如果感受胎兒掙扎而傳來叉中活魚的強悍力道，賓果了，然後毒死他。毒劑讓屍體軟化，方便醫生從產道用各種器具將胎兒絞碎，一塊塊夾出來。

古阿霞腦海混亂，因為剛剛進手術室就見到那具五千克的死嬰，放在角落的鐵盤，即使用布蓋上仍看見露出的恐怖畫面。那是之前原住民婦女難產留下的苦難。醫生要取出她肚中的巨嬰，從產道使用「破顱術」攪爛嬰兒的腦內組織，腦漿流滿了手術檯，再用鐵鉗夾斷嬰兒肩骨，以產鉗拔出來，過程像不擇手段的吹熄普羅米修斯遞給人間的一盞火苗。

古阿霞對空顱的死嬰驚駭萬分，所以從頭到底，她沒幫王佩芬祈禱，顧著為她肚中嬰兒向上帝祈禱，寬恕罪愆，給小天使翅膀回到天父的身旁。她禱告了三回，沒有詞窮，只嫌時間不夠，接著她緊縮在德魯固的傳統織布中，在上千個菱形紋「祖靈之眼」凝視下，她也祈求邦查與德魯固祖靈給予力量。

醫生一手摸王佩芬的肚皮抓位置，一手拿長針要刺下去。忽然間，古阿霞抬頭大喊，連打了麻醉藥而即將陷入睡意的王佩芬也在最後關頭喊停了。有股力量瞬間打破僵局，那不是來自上帝之手，而是真實的人間力道，連醫生都感受到。這是四個月大的嬰兒狠狠的踹了他的世界，使得王佩芬的肚子大力震動，那好像是說：「注意點，我在這，我從現在起要成為有用的人，我在這……」這個嬰兒救了自己。

坐夜車回摩里沙卡的路上，王佩芬靠窗睡去，手擱在肚皮，眼角猶有未乾淚水，她把孩子留下來了。火車朝蒼莽的地平線奔馳，四周漆黑，唯有車響的回音描繪出景深變化，河橋、樹林與車站，古阿霞凝視窗上自己的倒影，她知道，關於不自量力的堅持，即使涓滴，只要心湖夠大夠廣，不怕沒了漣漪，且是喜悅的那種。

請務必保護好手錶

一九七八年十二月中旬，古阿霞在學校空教室練唱完，回到山莊時，馬海把報紙丟到門外燒了，放了一堆冥紙助燃。馬海對著從濃霧中走來的古阿霞問，基督教對翹掉的人如何祝福，然後，對燒死在火裡的報紙，說：「米國卡特，祝你早日主懷安息，阿們。」他強調美國人信這套就用。

古阿霞知道，昨日廣播放送了此事：美國總統卡特宣布將與臺灣斷交，這訊息給山莊聚會的酒鬼們有了多喝兩口的理由，最後醉倒了，好忘記卡特下步棋是跟中共建交。永遠慢來的報紙值得馬海事後發洩，燒得乾淨，然後穿起髒污的工作服，鑽進地下室的火車進行年度維修。直到下午，仍乒乒乓乓的敲打英國製六噸重蒸汽機關車，走出來的時候，全身黑得不成人形。

「修好了吧？來杯茶。」古阿霞遞上水。

「快好了，明天就修好了。」馬海把水喝了，「英國跟美國都是兄弟，難怪這臺英國間諜根本不想被修好。」

「可是日本人要來了，發電機要修好。」

「我們跟日本早就斷交了，他們來幹麼？」

日本觀光客第二天中午來到了，他們是帕吉魯的姑姑——岡本美結子一家六人，即使嚇得走下流籠，還能擠出優雅的笑容，臉色蒼白卻被古阿霞稱讚皮膚好。古阿霞更驚豔的是這家子基因強，面孔從模子倒出來，有大有小，有男有女，有種帕吉魯復刻版的感覺。

岡本美結子穿著樸素的襯衫與長褲，介紹她左邊的是兒子岡本國雄與媳婦岡本美也，還有搶盡光芒的女兒岡本愛子。愛子模仿英國名模崔姬（Twiggy）的俐落短髮，穿傘狀縐褶洋裙，老是拿袋子遮在膝蓋附近。往山莊路上，四個大人對每位陌生人熱情鞠躬，兩個穿常春藤服系的孫子則抱怨無聊，拽著棍子到處打，最後兩人打到對方哭了。

「菊港山莊非常歡迎會哭的小孩。」馬海用標準的日語說，「哭得越大聲越好，我們有惡魔專吃會哭的人。」

「騙人。」

「不相信的人都這樣說，好吧！我帶你們去地下室探險。」

兩個小孩大喊：「走，忍者是不怕的。」

小孩不哭了，忙著安撫的大人們終於有機會坐下來交流，用簡單的日文招呼與介紹，不少時間是無言的空著。岡本美結子較素芳姨年長，卻皮膚好，臉頰有著醃漬嫩薑從白飯上拿開後的粉紅，那不是略施薄粉，是北國人特徵，幾個孩子也是。相較之下，素芳姨是山裡滾出來的，膚色偏黑，手指粗繭，長年勞動與登山的成效是底盤較寬，腿部發達，還好她穿了裙子遮住了。

岡本美結子送上東京的虎屋和菓子，素芳姨回贈山莊的熊牌蘋果膏，並泡了蘋果茶宴客。岡本美結子覺得很棒，副熱帶也能產出蘋果好滋味，多喝兩口，暫且忘了仍處在一路憋尿、不想進門就衝進廁所的含蓄儀態。兩邊沉默居多，也不是黃金時間，也不是生鏽時間，只是有一搭沒一搭聊。

岡本美結子忽然找到話題，說他們跟著日本旅行團來臺灣玩，團員有不少曾住在官營或私營的花蓮移民村。他們遊太魯閣時，有個婦人決定回到自己的出生地——位在南方的壽豐鄉豐田村。美結子心想，這跟自己前往摩里沙卡的方向相同，決定租車結伴前去。豐田村的棋盤格局很整齊，神社與日本建築俱在，當地中年人都會講日本話。他們在村裡繞，非常淡靜的地方，狗突然跑出來吠是最驚險的，真想不出有什麼故事。那位中年婦女幾番尋覓，來到一間破頹房子，只有雜草。那位婦女不加思索穿過雜草，來到一堵水泥牆。然後，婦人哭了，趴在那片像是廣島原爆後的殘牆上，說：「我三歲時，媽媽生弟弟難產死去，爸爸悲憤之餘，在建給全家住得更舒服的家的南面未乾水泥牆上，寫下媽媽的名字。爸爸說，以後不論遇到任何困難，都要秉持『臺灣野草魂』的精神活下去，才不會對不起在天上的媽媽。」

故事震撼人心，尤以「臺灣野草魂」搔到古阿霞，橫跨熱帶與副熱帶的臺灣是雜草的天堂，一陣風，一陣雨，吹得生機遍地跑。古阿霞想起祖母不斷拿來說嘴的「邦查野菜魂」，只要雙手動起來，上蒼就會餵飽你；野菜不只能吃，也能學，人生在世，再怎麼困頓，也要學野菜勇敢的活下去。

「我們幫她清理了房子，把雜草除光，結果房子看來更破了。」岡本美結子拿出一個袋子，「也得到一個禮物。」

「龍葵與輪胎苦瓜。」古阿霞毫無猶豫的大喊。

「這是大自然的禮物啊！是婦女從草堆摘下來的，她說小時候媽媽常帶他們哥哥姊姊去摘，現在想想，記憶是那些點點滴滴的甜美碎時光。」

古阿霞思忖，那婦女的媽媽或許是邦查人，攫獲「吃草民族」精神。但或許是她們與自然相處久了，懂了野草，得到野菜滋味。古阿霞從岡本美結子手裡接過龍葵與輪胎苦瓜，她說，輪胎苦瓜炒小魚乾最得滋味，龍葵煮湯清爽，說得大家心中清涼萬分。她站起來，先拿到廚房，走過在角落桌子雕刻的帕吉魯。

「那是劉政光吧！」岡本美結子問。

「姑姑跟你打招呼了，要不要過來坐？」素芳姨問。

帕吉魯停下雕刻，微笑搖頭，繼續幹活。遠在角落的他很注意聽姑姑的談話，聽不懂日語，不過希望聽出味道，害他分心的雕壞了青蛙的腿。

多年來，岡本美結子與素芳姨的信件往返中，她略知帕吉魯的狀況，一個孤單自閉的小男孩終於也成為男人了，改變很多，唯一不變的是對傳統伐木的堅持與熱愛。

岡本美結子起身，走過去，坐在同桌的帕吉魯對面。帕吉魯沒抬頭，一刀刀刨，一刀刀剃，捲曲的木屑跌在桌面，他雕個不停，好掩飾不知所措。

岡本美結子從袋子裡拿出精細的木盒子，揭開絨布，露出一支精工（SEIKO）腕錶，把手錶推到帕吉魯桌前。帕吉魯瞥了眼，老錶一支，也只是老點，他繼續幹活，不知道姑姑幹麼這樣死盯著他，令人不安，要不是母親交代要出席，他不想參加這種沒有感情且聚一次便散了的家族聚會。

「這是你爸爸留給你的禮物。」岡本美結子說，「請務必原諒我的怠慢，隔了三十幾年才拿給你。」那些滴滴答答落在桌面的木屑停了，帕吉魯抬頭，仔細瞧，幫忙翻譯的素芳姨也睜大眼。這只腕錶很陳舊了，錶殼微略刮花，樸質的琺瑯面盤，時針的針尖是中空菱形的「先菱」。錶帶是有點龜裂的牛皮帶，卻泛著油澤，顯示主人有上油保養。這支手錶有點歷史了，功能還不錯，秒針在走。

「請不要怪母親，是我太任性了，一直把它留在身邊使用。」向來沉默的岡本國雄低頭道歉。日本人好禮，道歉不馬虎，帕吉魯也彎身敷衍。他絕對不在意，這手錶拖再久送來他都無所謂。這錶對他來說感情太淡了，像從來沒有看過的父親。可是岡本家族太在意，給了帕吉魯芥蒂與尷尬。

岡本國雄再次低頭道歉，他說，中學時升學壓力大，他需要掌握時間，擅自拿來用了，坐擁擠的小田急鐵道到東京周邊的城區讀書，得掐準分秒必爭的時間。手錶對他來說，太重要了，他占用太久，甚至有疏忽，在某次下雨時忘了拿下手錶，整個錶殼內面充滿霧霧的水氣就算了，看不到的零件還生鏽，機械一星期後停下來，他這輩子最大的罪愆竟是讓手錶壞了，花了一筆錢修。岡本國雄說到這又低頭道歉，內心愧疚與自責，他又說，從此之後，遇到下雨，他把錶用布包好，放進空便當，這樣手錶就不會有任何閃失了。

「請不要怪罪哥哥，我也有責任，非常抱歉。」岡本國雄的妹妹岡本愛子也道歉起來。

「你們很珍惜手錶，應該留著用。」素芳姨說。

「不是這樣。」岡本美結子說，「二戰後，日本經濟太糟糕了，我們家也沒有太多的經濟來源，大家想要戴手錶，歪腦筋動到了這支錶。」

「你們一支錶大家輪著戴，我們這邊一顆蘋果切得薄薄的，大家搶吃。」古阿霞加入了話題。

「那時候，一支好錶的要價太貴了，我高中出社會時，到銀行工作，月薪約一萬元，精工錶要一萬八千元。」岡本愛子說。

「好貴呀！」

「所以想起來，那時跟哥哥爭手錶，不是有個可以看時間的依據，是為了輸贏。」

「那次嚇壞大家了。」岡本美結子說。

「實在很抱歉，那時候很任性，老是跟哥哥搶手錶，勉強找出的理由是在校的各種考試需要掌握時間。我跟哥哥不同中學，哥哥同意除了錯開的考試期間可以讓我戴手錶，禮拜三也供我戴。可是，這錶盤太大了，戴在手上很礙眼，跟女性手錶差很多。我用白手帕綁在手腕，解決了窘狀，也讓不少同學猜測我是不是遮住割腕的傷痕。」岡本愛子拿起錶，按在腕上，有如雞蛋大的錶盤遮住了纖細的手腕，「很多時候，我隔著手帕聽著裡頭腕錶的機械運轉，掐掐掐，掐掐掐，響不停，有時候晚上失眠拿來聽，別有安眠藥的效果，聽了就睡。」

「妳占用太多時間了。」岡本國雄說。

「永遠不嫌多，因為那時候我滿喜歡這支錶的。」岡本愛子說。

「這才出問題的。」

「因為用手帕綁住手錶，沒有發現錶帶鬆了，手錶從手帕縫隙掉下來，摔到地上，那時我嚇死了。錶殼摔壞，指針斷掉，手錶停下來了，我足足有幾分鐘蹲在地上哭，捧著它，坐火車回家的路上是整路哭回去。」岡本愛子說得低頭，眼眶一抹潮濕。

「我們花了一筆錢，才修好，包括那支『先菱』的分針，好不容易找著。」岡本國雄激動說，「不過你放心，這支手錶已經修得跟以前一樣好。」

「真的很抱歉，要不是他們缺錶，絕對不會這樣拿來用。」岡本美結子口氣溫靜，「從此我不允許他們任性，手錶只能放家裡。」

「還有，請務必幫忙。」岡本國雄說。

「請一定記得。」岡本愛子說，「手錶持續運轉，不容易壞，也能保持良好的機能。」

「每天晚上八點幫手錶上發條。」岡本國雄說。

「怎麼說，晚點或早點都不行嗎？」古阿霞心想，日本人做事一絲不苟，連上發條也要掐好時間不多不少。

岡本美結子說，也不盡然，當初這支錶託放在家裡時，已經習慣在每天晚上八點上發條，三十年來就成了必然時間。岡本國雄接著說，這支錶的發條能貯藏二十六小時動力，晚些上發條也沒關係，不過，發條不能全上到死緊，轉七圈半就好，不然發條會扭斷。

「請收下這支錶吧！」岡本美結子說，「試試看合手嗎？」

岡本家族三十多年來保管的手錶，終於交付到帕吉魯手中了。帕吉魯沒有拿到寶物的喜悅，是備感壓力。他把手錶從小木盒拿出來，把玩與端詳，刮花的手錶，每個傷痕都刮進岡本家族的心坎。帕吉魯心想，這雖是父親遺物，長年經由別人保管而比自己注入更深的情感。

迫於大家的關注，帕吉魯只得試試看。他解開錶帶扣，放在手腕，大手錶確實復古又顯眼，有點難活動。岡本美結子伸過手來，幫他扣上錶帶，讚美這支錶很適合他。帕吉魯笑了笑，彎著手腕，試試錶帶，長久來沒戴過而失去韌性的牛皮帶忽然斷裂，手錶硬生生落下，掉落桌面，發出聲響。

岡本家族嚇一跳。岡本美結子捏著拳，岡本愛子瞪眼，岡本國雄起身去接錶卻慢一步。古阿霞趕緊拿起來看，鬆口氣說，「它還在動，還好好的。」

「還好，沒摔壞，下次小心點。」岡本美結子說。

「今後，請務必好好保管手錶，拜託了。」岡本國雄低頭說。

「拜託了。」岡本愛子也低頭。

素芳姨原本規劃帶岡本家族上七彩湖逛，岡本美結子卻有點鬧頭疼，要嘛可能是舟車勞頓，要嘛是高山症。素芳姨認為再往上爬，頭疼加劇，只能在村子閒逛。

霧氣如暮，一陣陣的捲過山崗，碰碰車順著軌道從高山的霧色中瞠著大燈下來，彎來彎去，大燈有如磷光閃逝。起霧的山巒縹緲，怎麼看都是朦朧美，岡本美結子走在往校園的路上，念起了川端康成的名著《伊豆的舞孃》開頭，「山路變得迂迴曲折，快要直抵天城山的山頂了，這麼想的時候，雨腳把密匝匝的杉林染朦了，以驚人的速度從山腳下向我追來。」她吟哦順暢，聲調巧潤，摩里沙卡的山令她想起了經典小說，不過這裡湧來的霧氣不是追人跑，是追著山跑。

「唐詩講過，人在山中，濃雲也在山中，兩者相逢最後是人搞丟自己。」素芳姨也應和了賈島的「雲深不知處」名詩，原文要翻譯起日文便沒味了，乾脆自行發揮，還挺能符合。

「雲太濃，不說霧很濃，隱藏了山很高的意思，很有哲學。」

「聽妳說起來，這裡的山，很哲學了。」

「晚霞（夕焼け）小姐，看過山口百惠演的《伊豆的舞孃》嗎？」岡本美結子會如此問，是剛剛古阿霞在山莊獻唱了鳳飛飛〈雨過天晴〉，這首翻唱自山口百惠的〈夢先案內人〉。

古阿霞耳根紅起來了。一來，她介紹自己時說的日文名字，是臨時起意找素芳姨取，被人小姐長、小姐短的稱呼，走路得內八小碎步，不像平日隨興去挑水模樣。二來，她在山莊獻唱，是要參加五燈獎，找外人多的機會練膽，她不是蟋蟀，嗓子得常常癢得要舌頭去刷。

岡本美結子說《伊豆的舞孃》有五個電影版本，美空雲雀演的是老靈魂的少年版；一九六四年上映的版本，吉永小百合演得清淡又無憂無慮，洋溢二次大戰後追求的光明感；一九七四年版本，山口百惠的面孔太夢幻了，卻真實呈現了卑微階級的少女即使受到騷擾與歧視，絕不讓自己掉進幽谷，永遠往上爬的包容氣質。岡本美結子說，要是《伊豆的舞孃》每十年改拍一次，能用不同手法，呈現少男少女在潔白無垢的懵懂愛情中的遭逢際遇。不過，現在想起來呀！山口百惠的版本最值得回味，「所以，我才問妳聽過山口百惠嗎？和她唱的〈夢先案內人〉，這裡的一切都會讓我想起《伊豆的舞孃》的天城山，千迴百轉的山路，無盡的杉樹，無盡的淒雨與迷霧。」

「我沒有聽過日文原版，我會唱這首歌，是要去五燈獎比賽，才會選人多的場合練唱。」古阿霞說。

「原來是要去參加類似日本『明星誕生（スター誕生）』的節目，好厲害。妳的歌喉柔順，非常好聽。」岡本美結子停頓一下，若有所思，又說：「如果能掌握顫音技巧，會更迷人。」

「顫音？」

「抱歉，請原諒我這麼直接說。我有位朋友是寶塚歌劇團的少女成員，後來結婚，照規定得離開劇團，她在東京開了酒吧，順便教唱歌曲。我跟她學習過一段時間，也知道一些歌唱技巧。」

古阿霞聽了很高興，總算遇到請益對象。她練歌是從廣播學來的，喜愛的歌曲多聽幾回便熟，或用卡式錄音帶錄下歌曲反覆聽到熟。錄音關鍵不好掌握，前奏常錄下主持人的聲音，結尾會切到靠得住（Kotex）背黏式衛生棉、三支雨傘標感冒藥廣告，為了節省，一個卡式錄音帶能重複錄到正反面的聲音糊了。古阿霞唱歌靠天賦，從來沒有人指導，她渴望能有人點撥，哪怕是小技巧也行。

岡本美結子不吝教導顫音的技巧，她說顫音像是錦鯉擺動的尾鰭，勾動了水波，自然的搖曳迷人。她又說，古阿霞已有此手法，但可以更提升，技巧是如何在氣息、丹田與喉嚨間產生歌韻的波動感。岡本美結子並且比較風靡亞洲的鄧麗君大開大闔的顫音，與日式顫音在一段直音奔唱後轉為起伏曼妙的差異。各有特色，全憑自己拿捏。古阿霞得到指點，樂得很，臉上浮滿了少女喜悅，直叫岡本美結子想起了山口百惠在《伊豆的舞孃》中的暖陽笑容。

素芳姨在教導的空檔，問：「山口百惠唱的〈夢先案內人〉，是什麼意思？」

「夢境引路者，意思是：引領自己進入夢境的那個人。講白點就是戀人的意思。」

「講得很含蓄，太美了，這是霧中觀花。」古阿霞吐舌頭。

幾個人走在山中小學，濃霧瀰漫，廊下的燈暈著，學生的讀書聲迴盪。遠處的木造鞦韆上有著火冠戴菊鳥的叫聲；操場邊的銀杏迎霧，轉黃樹葉吐露孤寂的心情。岡本美結子驚訝這座小學是憑藉一個女孩之力，敗部復活了，然後，她撐傘走進滴水的銀杏樹下，撫摸這株日文漢字稱為「公孫樹」的樹紋，回望霧中學校，心中有事，久久不語，直到霧中傳來尖銳的汽笛聲。

「不會是蒸汽火車吧？」

「山莊的大怪獸醒了，我想兩位小孫子一定很喜歡牠，才多拉幾下。」素芳姨說。

「聽起來像是儒艮的歡樂聲。」

岡本美結子的兩位孫子非常眷戀地下室的大怪獸，晚睡熄火前，又拉了幾下汽笛，吵得大家耳膜疼。隔天，兩人一早吵著要去地下室生火。馬海說機關車白天睡覺，晚上才生火供電，不過為了送客，他可以破例幹活，好慶祝日本客人今天可以離開了。

因為這幾天來，菊港山莊歡迎日本遠客，全體呈備戰狀態：餐桌禮儀上，筷子不能放在碗上，不能拿來指點菜色給客人，不能倒過來當公筷夾菜給客人。服務生的臉頰掛著被膠水黏壞似的僵硬笑容，永遠低頭說是、對不起與謝謝，後退幾步後再轉身離開。馬海認為這把大家搞得快死了，現在要送走客人，他什麼事都願意做，生火算什麼。

素芳姨送他們到流籠發著臺，閒話幾句，又挽留幾分鐘，捉摸得出此身過了這隘口便不再相見。淡泊的冬陽下，低海拔霧氣追隨將入站的流籠升上來。岡本美結子想說的、又還沒說的，都不說了，只顧淡淡的笑。流籠著地了，這時她預謀似的從袋子裡拿出了牛皮信封，塞進素芳姨手裡。

素芳姨愣了，摸出信封放了疊錢，哪有道理收人重禮的，連忙說：「妳搞錯了，我不能收，妳沒做錯什麼。」

「這也不能怪妳，卻讓妳這些年苦了。」

「妳別這樣，這些年大家都過得不好，妳這樣讓我……」素芳姨把眼眶說紅了，「我難過了起來。」

「我也是。」岡本美結子緊握素芳姨的手，說：「凡事都過去了，有空寫信過來就好了。」

「可是我不能這樣收下東西。」

「這是伊藤典裕留下的錢，給妳登山用，我知道妳缺經費，就收下吧！」岡本美結子把錢推出去。

這是三天來首次提到伊藤典裕這名字，兩人費勁的沉默、凝視與執手，讓好多的心事在這時打住了，剩下的轉頭後踏實的活下去。雲霧終於潑來了，安安靜靜的，又潑刺刺的窮盡變化，以水墨枯荷皴的筆法塗過了兩人，塗過山村，塗過一切白茫茫，能知與不能知的都糊了，把什麼人情世故也寫進了留白。

帕吉魯佇在遠方，不愛這樣女人來女人去的道別，他愛男人式的，和兩個日本小客人玩起殺刀。這幾天他教了他們如何廝殺。後生可畏，他們融入日本劍道後回敬，捉起竹棒和帕吉魯比畫，殺聲很大，邊殺邊退到了流籠，其他人陸續上了流籠了，兩人還是和帕吉魯殺得火熱。

不知怎麼的，帕吉魯的口袋被竹棒擊出金屬聲，他摸出了手錶查看有沒有損壞，兩天來，他應付每晚八點的上發條，搞得緊張兮兮，只好隨身攜帶。

兩個日本小兄弟看到那支錶，大吼大叫，猛烈攻擊帕吉魯，還撲上來搶。帕吉魯用手擋下，猛往後退，搞不清楚這兩人的火藥怎麼點燃了。

「你偷走了我爺爺的手錶。」小客人大喊。

「小偷，他偷走爺爺的心臟，快幫忙搶回來。」另一個小客人回頭喊，「爸爸過來幫忙。」

岡本國雄過來幫忙，奪下棍子，折斷，把大兒子抱在懷中就走。大兒子踢著腳，大喊有小偷，有小偷。岡本美結子也過來拉走另一個小孫子，爆發衝突。笠木附近的人都放下工作，看著亂成一團的日本觀光客。帕吉魯不退了，額角滲著血絲，手中緊緊握著那支老古董精工錶，他懂了。

送行的古阿霞看出來了，徒增淡淡哀傷，這不是臺灣劉家與日本岡本家族的晤面，是一個伊藤家族的見面。早在登中央山脈時，布魯瓦已告訴古阿霞，當年他擔任伊藤典裕的腳夫時之所以發現他匆匆下山，是他愛上不該愛的劉素芳，他有家室的。古阿霞事後向山下哨口的警察查證，岡本美結子登記入山的本名是伊藤美結子，多年來，素芳姨通信聯絡的人不是伊藤典裕的妹妹，是妻子。到最後這件事也瞞不了，素芳姨不說破，伊藤典裕的妻子也不點破，人生不就圖了來日見面的點頭情誼。

流籠發動了，再幾公尺便要經過高聳的笠木架，「脫笠」騰空，向流霧發白的萬里溪河谷滑去。帕吉魯跑了去，跳上流籠，爬到側邊窗口，把那支伊藤家族三十幾年來孜孜矻矻維護與呵護的手錶，塞進日本小客人的口袋，並在最後一刻跳回地面，目送擁擠的流籠充滿尖叫與喜悅。兩位小兄弟歡呼；岡本國雄與岡本愛子兩兄妹，不，應該是伊藤國雄與伊藤愛子，兩人心懷激動，一股透骨的香潤竄上心頭，這支陪伴他們成長的手錶，不只是錶，代表了二戰時失蹤在馬來西亞叢林的父親的不止心跳，終於回來了。

帕吉魯不需要錶，森林是錶，指針是影子，大地以自己的方式報時呢！

彩豔吉丁蟲的祝福

彩豔吉丁蟲的鞘翅散發著七彩光澤，牠是邦查所說的「彩虹碎片」。

古阿霞渴望有一隻當項鍊，那意味著能有幸福平安的日子——這麼平凡的渴望，注定像抓住彩虹一樣難，然而彩豔吉丁蟲的出現讓邦查人有捉住的機會。古阿霞的祖母說過，人怕危險，危險怕吉丁蟲，有了吉丁蟲，危險不敢來，於是幸福與平安就來了。

許多日子裡，在蘋果樹下，古阿霞看「彩虹碎片」飛過去，看到了淺淺的幸福夢飛逝。直到十一月底，她看到最後一隻飛過，才對帕吉魯提起這邦查傳說。帕吉魯說，彩豔吉丁蟲是文老師形容的「女媧補天掉在人間的石碴」，五彩的，有魂的，才會飛行。過幾天，帕吉魯在蘋果樹下撿到死掉的彩豔吉丁蟲，沒魂又不會飛的五彩石碴，他不喜歡死的，古阿霞覺得正好，跟馬海拿了十毫升的空藥瓶，放進吉丁蟲，當項鍊掛在帕吉魯脖子，他原本層層反對的表情都綻成一朵花。伐木工遇到的危險多到只能靠迷信來安心，古阿霞給了需要的人。

不過，在五燈獎巡迴公演前，帕吉魯把「彩虹碎片」掛回古阿霞頸上。她真的需要這個，好面對幾小時後的競賽。那是他們坐流籠以三十度斜角滑入萬里溪谷的時候，小窗外，寒風咻咻颼人，冬日泛黃的中央山脈仍銳氣逼人，古阿霞瞥了窗景後低頭，暴露了緊張心緒。在擁擠空間，帕吉魯從人群中奮力抽出手，得把拿下來的項鍊越過三個人頭，才掛對了人。隨即，沉默的人群發出激烈的歡呼聲，奮力抽出手，舉在頭頂鼓掌，讓流籠晃了幾下。

一個降落在自己頸部的「彩虹碎片」，外加掌聲，古阿霞總算微笑，好心情維持了半小時，足供她走出流籠後都對外在風景無感。當她來到人潮擁擠的中山堂場地，心情又複雜起來。階梯旁掛起了旗子，榕樹下垂著燈籠，欄杆結起了綵球，數十個攤販什麼都賣，各路人馬來看熱鬧。古阿霞只求這次比賽不要輸得太難看就行了。

素芳姨擺了攤，立了一根四公尺高的豎旗，上頭寫著「輕鬆帶你上世界高峰聖母峰」，只要大聲朗誦這句話三次，免費送幾片五香豆腐乾滷。衝著來的人足足有十幾個人。古阿霞循著大吼的聲音，找到素芳姨，她知道這招奏效了，當初菊港山莊想了好久，才運用古阿霞獻計的「獅吼功」，一來打響主題，二來有人願意打廣告。不過，這活動的主要目的是吸引人過來捐錢，不管捐多少，素芳姨會把捐款者抄入芳名錄，帶上聖母峰。

古阿霞見人潮多，心想捐款者必定不少，瞥了捐款冊，只有八個人，而且八個名字排開來都是一個人「詹旦榮」。古阿霞思忖，怎麼詹排副一人分八次捐了鉅款共一萬元。

「還不錯。」素芳姨衝著她笑，徹底歡喜，不沾點愁。

「不錯？」古阿霞覺得不好，這點成績，跟預期的總款項一百萬差很多。幾日前，素芳姨才說明，臺北那邊的豬殃殃等人籌到了十二萬，目前總款項是約十五萬，要是湊不出餘款，多年來的計畫要泡湯了，從此沒有機會。

「真的不錯，好多人來排隊，一定會有人捐。」素芳姨說。

古阿霞不這麼想，這麼多人白吃，幫忙吼，卻不肯從口袋擰出個銀角仔，他們心裡打的都是便宜算盤。她不服氣，東西可以白吃，良心不能沒有，連忙對著排隊人群叫：「你們是好人，學校義賣的什麼防癆郵票、愛盲鉛筆也買了，好歹也幫忙我們登上世界最高峰。」

有個人被古阿霞瞪了，糊塗說：「我怎麼了？」

「我看你排了兩輪，還真敢排。」

「我……我有懼高症，不能爬太高，要是把我的名字帶上去會作噩夢，真的才沒捐。」

「那你呢？」古阿霞又對著另一個人，「不要說你怕坐飛機去。」

「我？」被問的人傻了，結巴說，「我信佛。」

「有關嗎？」

「聖母瑪利亞住在那……」

「聖母峰跟聖母瑪利亞沒關，好歹你也捐個錢，寫菩薩的名字也行，幫你把神帶上世界最高峰。」

「說實在，我信佛是被我媽拉去的，還不夠虔誠。」

古阿霞不罵也不吼，把白吃的人群都說跑了，這活動在名義上能白拿，也沒叫你捐，但是說不過古阿霞的嘴皮子，甭想過關。排隊人潮空了，素芳姨暫時把豎旗收了，得個空閒，喝口茶，稱讚古阿霞的妝化得美，輪廓深，皮膚好，不用太多胭脂，渾然有一派純真的青春。

古阿霞把功勞歸於王佩芬。王佩芬常看當期《新女性》，或過期的日文《an・an》、港版《姊妹》雜誌，自豪化妝技術與世界同步的她，一早卻要幫古阿霞化百年不變的歌仔戲妝，說這樣在臺上閉眼都會被觀眾稱讚雙眼有神，然後叫她先去會場給人瞧，這叫練膽。還好古阿霞不准在她臉上塗油漆，堅持淡妝。另外，王佩芬很早就下山到處探敵情，看看流行妝，尤其是五燈獎女主持人的衣著與妝扮更是風向球，她決定在古阿霞上臺前一小時再補妝。

「妳淡妝就很好看，尤其配上這條項鍊，要是穿上那件淺色的比賽裝，會更亮眼。」素芳姨說。

古阿霞抓著項鍊，瞥了帕吉魯一眼，說：「這是幸福項鍊，希望戴了可以不用這麼緊張。」

「我好緊張。」帕吉魯說。

「你緊張什麼？是我上臺，又不是你去，喔嗚！我懂了，你這樣說是不要讓我緊張吧！」

「怕妳贏。」

「哪會贏。」

「贏了，要去臺北比賽。」

古阿霞不明就裡，知子莫若母的素芳姨糊塗幾秒後想通了：古阿霞贏了初賽要去臺北複賽；臺北的人多又雜，帕吉魯不會跟去，勢必有相思之苦。素芳姨的微笑，讓古阿霞很快悟通，她心想，帕吉魯常常上山伐木，一去半個月，找不到蹤影，連電話也不留，把她丟在山莊，現在他終於能體會這種心情了。

「好吧！我不小心贏了比賽就好，去臺北逛逛，說不定就在那找個工作住下來。」古阿霞說。

「真的？」帕吉魯睜大眼。

「你考慮吧！反正你很會慢慢想，我會等答案的。」

帕吉魯會當真思考，接下來的幾天他腦海會盤桓怎麼想都不對的問題。古阿霞的手撥弄項鍊，佯裝淡定表情，看著帕吉魯攪著眉毛模樣，內心其實樂得想笑出來。

尋思間，一輛進站的日製LDK系列蒸汽火車頭，嗚笛八次好趕走鐵軌與車站擠滿的人潮，不久傳來「輕鬆帶你上世界高峰聖母峰」的口號，雄壯威武。素芳姨趕緊上工，叫帕吉魯拿起豎旗，大力搖晃。古阿霞才狐疑誰來助陣，便看到十幾位穿草綠服、戴軍便帽的士兵，從車廂走下來喊口號，穿過攤販與人潮，朝這走來，帶頭的正是詹排副。

詹排副衝著素芳姨笑，素芳姨也是。詹排副摸著頭髮精短的後腦勺，說：「這些阿兵哥哪都不想去，就想逛這攤。」他說罷，手一揮，士兵們擁上去吃五香豆乾。他們都吃懶了、吃膩了，詹排副大手一揮，士兵們又歸隊成伍。詹排副站在隊伍前，說你們吃了人家的，好歹也捐個錢，別跟自己的良心過不去。

士兵們相覷，才知這是鴻門宴，說：「排仔，真的啦！我沒帶錢。」他們能扯幾個沒錢的理由推搪，就是不想捐。

詹排副也沒逼，早知他們來這套，說：「你們這些阿兵哥不肯贊助爬山，只會數饅頭山，睡枕頭山，討厭的是我這個阿山仔①，有沒有？」

「沒有。」士兵們搖頭。

「那好，」詹排副丟出一本巴掌大的小冊，上頭密密麻麻寫了前一批士兵借款的細項，說：「你們借我錢，我來捐。要是在你們退伍前沒還，我衝進槍械室拿把五七步槍，朝自己的……」

「排仔，別亂來。」

「你們不借錢，行，小心子彈會拐，朝我打，也不知道朝誰飛。」

士兵們不是大笑，就是吐舌頭，從口袋掏出硬幣或皺巴巴的紙鈔，交給了詹排副。詹排副也不讓大家吃虧，一筆筆填入冊子，大聲複誦款條，扯嗓子是鼓勵借得多的與羞辱借得少的，才給士兵們放牛吃草去各攤子玩樂。最後，他把那堆錢鈔捐給了素芳姨，在捐款冊落款自己的名字。古阿霞終於懂前頭那八筆款項是怎麼來的。

「阿霞小姐，別說我不幫妳。」詹排副捐完款，便靠過去跟古阿霞神祕兮兮的說，「妳這次上臺比賽，會緊張吧？」

「是還好，可是我實在不需要詹排副幫忙。」

①外省人的意思，閩南語。

「是嗎？那就按著不用，不過妳要是緊張了，忘詞了，打個暗號，我們給妳幫個忙。」詹排副看古阿霞摸了一下胸口項鍊，便說：「妳要是在臺上不行，就這樣，緊緊捉住項鍊小瓶子，保證沒事了。」

「真的不用。」

「這招是咱們營輔導長想出來的，他搞政戰陰謀最行，是他想來的。妳不用沒關係，按下來，要用也別擔心，知道吧！抓著項鍊。」

在中山堂附近的森榮國小教室，王佩芬幫古阿霞定妝。十二月凋零的樟樹在風中拍打玻璃，氣候乾冷，古阿霞的皮膚不太出油，不容易吃妝。於是王佩芬花時間在深描古阿霞的細眉，好趕上流行。古阿霞卻擔心出岔似頻頻拿鏡子檢查沒有搞砸，她不喜歡奧黛麗赫本的復古式粗眉毛，有點兇。

不過，古阿霞在更衣間換衣時，被外頭排了三個人的催促敲門聲干擾了幾次，匆忙出來時撞到額頭，撞壞了眉妝。這次共一百五十組參加巡迴公演，女廁與更衣間永遠有人搶。她一手摀住來不及拉上的藍白套裝的後背拉鍊，一手輕壓眉尖，回座要求王佩芬補妝。

窗外走廊有兩個小孩身影，朝內揮手，是小墨汁帶著王大崇來了。古阿霞這時候不應該多花點心力去跟別人談了，需要寧靜，需要培養平常心，不過她還是把兩人叫了進來，端著正在給王佩芬補眉的臉，看著王大崇遞來的袋子。袋子裡有鼓勵卡與書籍等，他是來還雜誌的。古阿霞打開手繪的鼓勵卡，畫了藍色小精靈賈不妙敲著胸前的小軍鼓，祝福詞是期待阿霞姊姊拿下衛冕，最後打敗萬惡的共匪。古阿霞看到末尾，噗哧笑了出來，讓王佩芬大叫別亂動，差點畫成長長的壽眉。

十幾年的《東方少年》與《學友》雜誌早就翻得脫頁破損，或書頁被撕去半面。壞了就壞了，古阿霞借出時，書籍殘缺不全，如今卻成了健健康康的模樣回來，插圖的彩色鮮豔無比，沒有糟老生灰。古阿霞懂了，發現紙張重疊黏補的蹊蹺，王大崇的繪圖能力很好，他用白紙補上，照原圖修補好。

「你畫得很好。」古阿霞稱讚。

「我喜歡畫畫，可是學校不能畫，在學校只能寫字，算數學。」

「看來學校做錯了。」

「過年之後，我想回到學校。」王大崇認真說，「我要去學校寫字，算數學了，我不想畫畫，畫畫沒前途。」

上學符合古阿霞的想法，可是理由扎人，心想這傢伙從兩千多公尺高的工寮跑來是給她說頹志的想法。古阿霞便問，畫圖與寫字，你哪個愛。王大崇說，以前討厭寫字，喜歡畫畫，現在兩個都喜歡，那是因為山上無聊，他把阿霞姊姊借的幾本書都修好了，修圖能修好，修字卻修壞了，就纏著大人學寫字，覺得寫字有樂子，學出味道。

「你來學校吧！老師會讓你畫圖的，怎麼畫都行。」

「我之前把書本畫了插圖，被老師打，說我亂畫。」

「所以你才走夜路回山上？」古阿霞停頓了一會，又說：「要走回工寮，路很長又很冷，你怎麼不怕黑？不怕鬼？不怕那又濕又冷的幾百公尺山洞？」

「老師比較可怕。」

「好吧！所以你會來上學，是被媽媽逼的？」

「她說如果我不上學，警察會抓走她，我再也看不到媽媽了。」

王大崇畢竟是被逼來的，他的腦袋不喜歡老師，他的腿仍會跑，只是遲早問題。古阿霞把王大崇拉過來，拍拍他的手，告訴他回來學校讀書，她會交代老師給點自由，要是王大崇受不了，要回山上，別獨自回去，來找她。古阿霞願意陪他回家去，哪怕是颳風下雨，要是他突然有了委屈，想回去，她陪他回去。

「我也會陪你回去。」一旁的小墨汁應和，「你最好是晚上想逃跑，我想走夜路。」

「好嗎？要回家找我們。」

「好。」王大崇沉默一會，抬頭答應。忽然，他從袋子裡拿出本子給古阿霞檢查似的。古阿霞把本子拿來看，內容都是他的生活雜感、山上趣聞與思念父親的短文章，注音符號居多，插圖居多，能寫成這樣也算是好的。不過古阿霞笑起來，因為王大崇屢屢在文章結尾說什麼「反攻大陸」、「將來做個堂堂正正的好學生」，這些老八股的尾巴，完全與文章不搭，連思念父親也能在最後扯到想念爸爸以「解救大陸水深火熱的同胞」。

「以後不要這樣寫，又不是考試打分數。」古阿霞說。

「媽媽說，不會寫文章尾巴，去學校就這樣寫，老師也不敢怎樣。」

「好好好，就這樣也行。」古阿霞笑起來了，「這種文章給我們點快樂也行。」

「妳不要笑太兇，小心化好的妝掉渣了。」王佩芬叮嚀。

一位百餘歲的阿嬤坐在籐椅上，衣著平淡，戴七彩頭飾，好襯托臉上的五公分寬的V字型紋面，紋面很深色，從兩耳際紋過兩頰。傳統德魯固族擅織的婦女才能紋面，死後才能到達靈界。阿嬤呼吸很慢，幾乎不動，過一段時間，才抬起手抽竹管菸斗。這是她唯一的動作。

在舞臺側邊布幔遮住的待命室，古阿霞觀察這位登臺序號比她早一號的德魯固表演者，羨慕阿嬤的定靜，連時間都干擾不了。古阿霞很緊張，手不停搓，不小心碰到阿嬤的菸斗。阿嬤第一次轉頭看著古阿霞，笑了笑，紋面幾乎摺進了爛漫的笑紋，她把口袋裡那束綁著風乾小米與茄苳葉的幸運物，送給古阿霞。

「接下來，歡迎這次巡迴公演最年長的祖母出場，請觀眾鼓掌。」男主持人對臺下觀眾說。

女主持人接過話題，看著掌中小抄，把老祖母的簡歷念上。古阿霞看見那位百餘歲的德魯固阿嬤被子孫攙扶上場，靜靜坐上板凳，無畏無懼，微笑面對上千人的目光。老祖母不回答主持人的問題，微笑著，由陪侍的子孫代答，她只負責看著臺下撒開的眼神。

演出開始，二十人樂隊響起了管弦樂，老祖母的子孫拍了拍她的手背，給暗示後離開。老祖母唱起歌。很快的，氣氛不對，她唱的對不到樂隊演奏，於是樂隊指揮放慢節奏配合。她用純正血統的德魯固族語唱歌，沒人聽懂。臺下評審立即喊出停奏，中止演出，這是單循環賽策略，演出者太多了，得不停的從早上九點表演到下午六點，觀眾不累，卻累死眾評審與主持。於是，只要有人臺風、唱腔、歌詞等走調或不對，立即停止演出。

臺下肅靜幾秒鐘後，有人大喊「麥克風壞了嗎？她在唱什麼？」「亂七八糟，聽不懂。」「淘汰了。」觀眾鼓譟大喊，幾乎耐不住，在休憩室脫鞋休息的女主持人急得光著腳丫子上臺圓場，趁機吃便當的男主持人仍握著筷子上場，要拿下老祖母的麥克風。

「讓她唱完，讓她唱完。」場子中央爆起了大聲響，有人跳起來，對臺上的主持人大吼。

古阿霞從舞臺側邊看過去，密密麻麻的觀眾裡，那站起來喊的人竟是她認識的布魯瓦長老。

布魯瓦之怒吼，打斷了臺下的鼓譟，卻沒打斷臺上的演出。他忽而放低姿態說：「她是我們山地人的媽媽，只會山地話，有重聽，又看不到，還不知道有幾個月可以去種菜，拜託大家，煩你們的耳朵幾分鐘就好。」

現場安靜下來，聽著老祖母唱歌，也聽出了味道。沒有配樂，沒有太多的跌宕，是悠長的花東縱谷道路掛了一枚月印當空，是龍眼樹下乾皺的落葉沙沙的自哼自娛，那是古阿霞聽過最美妙的歌聲，幾乎像葛利果聖歌（Gregorian Chant）的清唱，沒有任何背景音樂，從頭到尾，只有極為平和的詠唱。

曲罷，主持人進場，說了幾句好話，遞了幾個美詞，然後說，「現在我們來看表演者分數。」

「一個燈，兩個燈、兩個燈，兩……個……燈。」男主持人喊，舞臺上方的背景燈只亮了兩盞。這分數很低，很糟。

「兩個燈，但是大家都很喜歡。」女主持人奪過話題。

「三個燈。」臺下有人大喊。

「四個燈，四個燈。」有一小群人又喊。

「五個燈，五燈獎，五……燈……獎。」最後所有人大吼，給出了滿分，熱烈掌聲。

幾個德魯固壯漢走上舞臺，抬起板凳，也把老祖母當英雄扛下去，朝人潮洶湧的觀眾走去，直到消失，直到掌聲也滅了。眼見動人表演的古阿霞卻身體越來越僵硬，腦袋空白，扁平的胸部跳個不停，那是因為她即將要登場表演了。她深吸一口氣，隨主持人唱名的同時踩著小步伐上場。她咧嘴微笑，面對臺下的千位觀眾，檜木建築的中山堂掛了幾盞三百瓦的表演燈，強燈照來，她看不清楚群眾面孔，只見在黑水皮似的髮海上反射著燈光。

演唱開始，她把麥克風靠近嘴，樂隊配樂在大禮堂衝起來，古阿霞憑著以前在聖歌班的本領唱起來，喉嚨潤滑，沒疙瘩音，她在鳳飛飛的〈雨過天晴〉與山口百惠唱〈夢先案內人〉之間取得另一派淡淡藍藍的輕快。她眼神時而低眉，時而遠眺，腳步左右輕晃，完全沉醉在少女純潔無垢的情愫中，手下意識的爬上胸口，握著「彩虹碎片」。她忘了這是詹排副的詭計，求救時，握項鍊，捏得緊緊的。

詹排副坐前幾排，沒注意古阿霞把滿天雲霞都唱下來了，只顧瞅著古阿霞的左手。她往左揮，他的頭歪過去，往右勾，他的頭也勾回來。古阿霞的手是指揮棒，搞得詹排副這顆頭快轉暈了。忽然，他看到那隻手抓住項鍊，心中大喊，被我抓住了喔！當下摘下軍便帽，露出新剃且上油的大光頭，在強光照射的黑髮海中彈射出了光芒。

後方的士兵得了暗號，趕緊多幾人站上橫排靠背椅，直到椅子晃了。這個動作不會引起大家的注意。後方的觀眾要圖個視野，不是站上了拆下窗戶的木框，就是站在自己扛來的A字型梯，什麼都沒有的，乾脆急得跳腳，也能暫時看到舞臺動靜。

轟隆，巨聲響起，十幾個站上去的士兵把橫排椅壓垮了，摔得唏哩嘩啦，每個人老奸巨猾的哀號聲蓋過了古阿霞的歌聲，觀眾回頭瞧，直到樂隊聲停下來。古阿霞中斷演出，手握彩虹碎片，傻在舞臺，理不清災難是她按下了啟動開關。不過，她看得出那堆摔成草色醬汁的士兵們，有些熟面孔曾幫助山上的小學復建，她顧不得人在舞臺，跳進人群，直衝去救傷。

士兵們有的叫得起勁，有的瞇眼瞧人，有的左右打滾，觀眾看出是心眼極高的龍套演員。不過有個人搗著被斷木扎出血的右腳，哪像演戲，讓圍觀的人都覺得這群人的傷都來真的。古阿霞幫阿兵哥止血，幸好豁子不大，由帕吉魯背去伐木場的醫療室縫幾針就行了。

古阿霞這才鬆口氣，看著詹排副一臉歉意的摸腦勺，大光頭攢滿了汗珠，不住的點頭。她懂了，這是詹排副的伎倆，卻破壞了演唱，她說不上譴責，趕緊把彩虹碎片摘下，眼光巡一圈，帕吉魯背人去了，暫且掛在素芳姨的胸口。她不想待會唱得盡興時情不自禁的按下按鈕，又炸出一團傷兵。

再度回到舞臺，古阿霞忙得內衣濕了一半，天氣寒澀，她有些抖，有些嘴唇乾，一旦人握著麥克風就通電了，不發光還不行，連耶穌都要發功走過水面來瞧，大天使加百列張開翅膀幫她遮陽。她照例唱過一回，渾身都是焦點，黑皮膚有戲，鬈髮有戲，眼波有戲，手勢有戲，微笑有戲，唱完了，留給聽眾無盡的餘韻，引來陣陣無絕的掌聲。

男女主持人回到舞臺，一說一唱，又讚又褒，說在後臺沉浸在歌聲，都忘了時間的存在。古阿霞微笑，心中浮起他們在後臺吃便當補妝的畫面，心知他們是敷衍。接著，男主人說，我們現在看看表演的燈數。大家看著舞臺後方牆上的燈號，樂隊隨即擊出急切的小軍鼓聲響。燈數亮起來，主持人唱著：「一個燈、兩個燈、三個燈、四個燈，有沒有五個燈？有沒有五個燈？」

「四個燈，成績不錯。」女主持人作結。

忽然間，看板燈數開玩笑似的，在沉寂三秒後，第五個燈亮起，觀眾的歡呼聲瞬間爆開，禮堂迴盪高拔的回音。古阿霞回頭看燈號，摀緊嘴，不敢相信，上帝如此獨厚她，讓恩寵的聚光燈打在身上。這是今日九個小時的長時巡迴表演唯一的滿分五燈，成了上千人眼裡最美麗的亮光。

平民秀的素質不高，觀眾卻怪起第五燈的鎢絲斷了。忽然，大家親眼看見神明把燈泡修好了，情緒沸騰起來，被擋在門外沒看到神蹟的人，不斷推擠進來瞧。主持人很振奮，開染房的沒把色染足，過意不去，這下端出了期待已久的五燈秀，得揪著古阿霞多問幾句才行。

古阿霞就是這樣，歌沒卡到，話便卡著，支支吾吾，沒法子把一句話說得剔透，盡是稜稜角角的東西在喉嚨磨蹭。主持人問東，她說得嗯嗯啊啊；主持人問西，她答得有頭沒尾，搞得臺下鬨堂大笑，主持人連忙追問下去，好給臺下更多樂子。最後，主持人說古阿霞得到最高分，拿到了前往臺北參加電視擂臺賽的門票，有機會「五度五關獎五萬」，要觀眾再次給予掌聲，恭送古阿霞回後臺休息。

古阿霞離開，又折回腳步，拿下麥克風說出最想講的話：「輕鬆帶你上世界高峰聖母峰，希望大家捐款給我的朋友們。」

「怎麼說？」主持人問。

「他們一直想要登聖母峰，卻缺少經費。」

「謝謝，請回座。」主持人見話題不對，趕緊拿回麥克風。

「他們是要去反攻大陸的。」古阿霞搶回麥克風，她想起王大崇那些文章生硬的結尾，現在特別好用。主持人不敢造次，戒嚴時代一句「反攻大陸」是聖旨，哪敢反駁，只能點頭緘默，給古阿霞講下去。

「他們要登世界第一高峰聖母峰，位在中國與尼泊爾的交界。他們從尼泊爾跨過邊界，把青天白日滿地紅的國旗插在神州上。」

「唾棄忘恩負義的美國斷交狗，國難當前，有錢出錢，有力出力，自己的國家自己救，光復大陸國土。」詹排副跳起來，捏著拳，額角殺出了青筋，站在椅子上對上千人大吼。

起了頭，浪都掀起來了，一波波打起來，年輕人大聲呼應，還沒進入狀況的老人也頻點頭。這件事隔天被地方報《更生日報》列為主標，繼而由幾大報當作臺美斷交、中美建交的話題，波瀾之至，捐款如海嘯捲來，素芳姨在幾天內募到百萬款項，甚至要求報社發新聞勸阻後續來款，並降溫處理，免得遭尼泊爾以政治事件阻擋攀登聖母峰。

但有一點錯不了，這件事因古阿霞成功了，菊港山莊瀰漫在興奮情緒，歐匹將每天從山下來電報告各方捐款，沒捐錢的企業改捐各種物資，上千盒口香糖、五十公斤螺絲、半噸塑膠水管、三千片菜瓜布、十箱強力膠、八百顆鎢絲燈泡，搞得像水電工要去修漏水的聖母峰。還有人捐了兩百條內褲、三十包橡皮筋與十包檳榔，不收還不行，而且一個月後素芳姨前往尼泊爾，仍有人從臺東走了百餘公里來捐一頭「老是想登山的公豬」。素芳姨將物資轉贈各地教會與佛寺，感謝大家支持，把捐者芳名登錄成冊——寫在首位的是古阿霞，她捐了奇蹟，卻送他們往世界高峰之途。

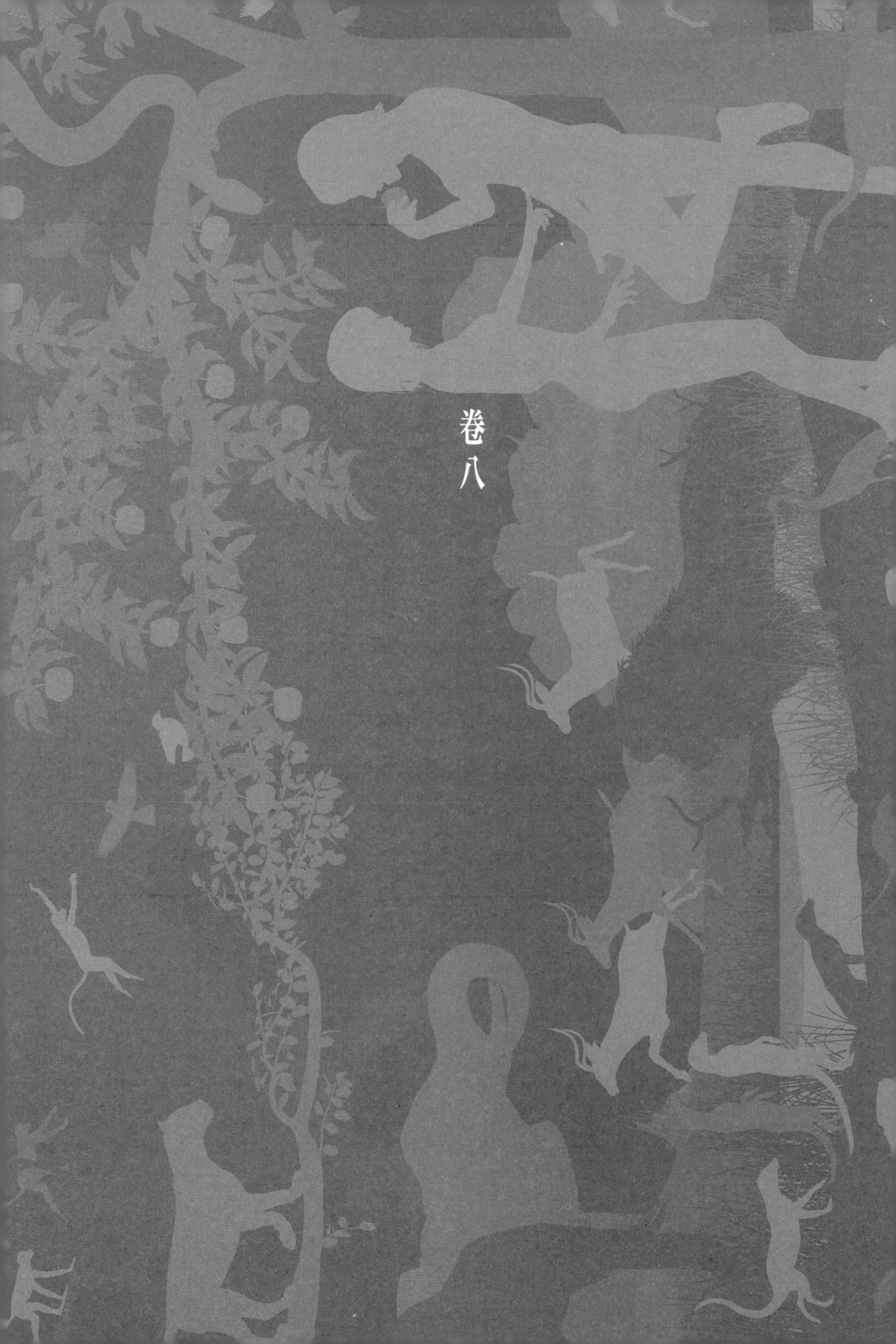

卷八

雪無聲的落在大地

降霰了，萬物響著，大地落白了。

霰，這種碎鹽似的冰粒落在村裡，細細落，沙沙聲，世界活在低吟嘆息。更高遠的中央山脈，雪落一陣子，稜峰積雪了，一些動物順著獸徑往低處移，皮毛上沾著箭竹葉與松針混成的雪漬，來到菊港山莊的地下室避難，發現那裡的鋼鐵怪獸不見了。

六噸重英製蒸汽機關車從菊港山莊地下室拖出來，蒼老又生鏽，比想像中瘦小，放在戶外修復已經第六天。天寒了，霰打了它，一道道流光瑣碎飛來，龍吟淺淺的聲音，第七天便從上帝造物之手中醒來，燒柴起火，火室的熱源經過十幾道一英寸的煙管，傳遞到鍋爐，形成的蒸汽通過汽包形成了更純的壓力，推動汽缸，帶動主連桿，運轉的鐵輪往三千公尺高的中央山脈前進了。

山路多彎，落雪覆蓋的落石常常出現在駕駛的視野死角。帕吉魯坐在機關車前加掛的板車，即時將危險路況，回報駕駛反應。帕吉魯感冒了，帶病上山。他很少生病，壞在日前的一場冷雨，淋透骨頭。今年氣候古怪，寒流早來，高山落雪又兇又悍。帕吉魯披著從櫃子拿出來還染有樟腦丸味的紅披風，人偎在古阿霞懷裡。古阿霞叫他不用上山，他卻來了。這場雪難得，他一直想帶她去看七彩湖結冰，在雪地搭營，聞松火芬芳與茶香，看雪霽夜晴，看星群如夜市燈火，逼人的流星幾乎劃破眼膜。

噴黑煙的蒸汽火車所到之處，引起工人們讚許。馬海挺享受給人讚許的快感，他知道這老骨頭快散了，花了一個月敲打，換零件，勉強帶它出來風光，最後開到兩千六百八十二公尺的最高終點站，永遠停在那，領受時間的摧毀。這老骨頭再修下去也沒用了，只有風雪、霜露與高山草原才有資格陪伴它。這車開得很慢，得用流籠吊掛過山谷，馬海屢屢停下來修復它，不知道是煙管阻塞或火力不旺，幸好敲幾下又通了。

來到七星崗伐木站了，迎接的是雪景，落雪無聲，火車鐵輪輾過硬雪時發出嘶嘶聲響。伐木站的煙突冒煙，炊婦煮了鍋熱薑湯迎接。每年一月到三月，臺灣海拔兩千五百公尺以上常飄雪，氣候冷寒，伐木工照例出外幹活。一群人走進伐木站取暖，火爐冒星，沸滾的茶壺猛掀蓋子，鞋底的融雪泥濘。

這次乘老火車上山的有二十多人，前往六順山，參加每年的高山元旦升旗。六順山位在七彩湖南方十公里處，原是無名山，民國六十年由南北會師的山友以「慶祝中華民國六十耳順」而冠名。布魯瓦為五個小原住民調整了額帶與背籠，走過中央山脈也沒問題；素芳姨卻擔心，穿雨鞋即使套了厚襪保護，仍容易凍傷。詹排副抽著菸，一會兒衝著素芳姨笑，一會兒衝著三個士兵打牌。蔡明台煮普洱喝，兩個跟來的工人只顧喝酒。古阿霞煮了紅糖水給帕吉魯喝，他的喉嚨痛，老覺得有卡著燒焦的蝸牛殼似，眼神暈濛，把古阿霞的影子看散了，看混沌了，而且老是要摸人家的大拇指指甲。

大家話不多，內心卻有著快戳破的爭執。山莊開發咒讖森林，惹了民怨，蔡明台是上山來躲風波，因為他花錢搓掉幾個鬧最兇的村民，彼此卻發現拿的錢不同而加深怨念。中美即將建交，對岸的中央人民廣播電臺對臺熱切廣播消息，花東防止空軍駕機投共，所有士官兵銷假，加強警戒，詹排副卻執意帶兵參加民間的升旗典禮，跟連長吵一架。幾個小原住民趁布魯瓦不在場，你推我搡，為誰多背了米、誰又多背了巧克力爭執。

一小時後，他們抵達七彩湖，冷風削人，千山一層銀絨，沿途堆積的小雪堆像傳說中的萬頭白鹿來到七彩湖聚會了，岸石泛光，黃草埋在雪層下，偶爾在幾處露出顏色。湖水結冰，但不到能溜冰的厚度。一頭睜眼的老水鹿靜止在濛皺皺的薄冰下，皮毛在水中漂著，牠死了，卻比活著還美。古阿霞想聽帕吉魯傳說中的湖水在寒夜增厚時，發出的膨爆聲，不過得在天黑前趕到六順山。

五小時之後，他們疲憊的來到六順山下的森林避風，紮好營，烹雪煮湯，好給身子暖起來。古阿霞非常擔心帕吉魯病情，他撐著，只為了帶她來看雪，可是垮著眼皮與精神。雪是看到了，帕吉魯說這雪是髒的，又雨又雪，凝成硬塊，再冷一點，北風帶來水氣，乾淨的雪會把大地塗白了，在強風山頭處的玉山圓柏結出了霧淞，大地枯白。

「那香青①有兩千歲了，是好桿子。」帕吉魯枕在古阿霞腿上，手撥開帳篷，指著六順山山頂的一株圓柏。

「樹很美，明天會把國旗掛上去，很特別。」

「嗯！真正的國旗，是冰。」

「你看過嗎？」

帕吉魯點頭，想起那圓柏堆積霧淞的景致。圓柏要是長在山坳的避風處，樹幹筆直，優雅無垢。可是圓柏不圖安穩，常在迎風處或山巔出現，掙扎求存，樹幹給千萬次的風雪扭成旋轉的姿態。飛雪越強，寒風夠辣，圓柏絕對以身相迎，常在背風面結成凝固飛旗般的冰晶——霧淞。

「那是一半石頭一半樹的人，波索・庫夫尼（Poso Kofuni）。」一個坐在旁邊的小原住民說。

「半石半樹的人？」古阿霞好奇。

「我們的老祖先。」

這讓在煮玉米排骨濃湯的布魯瓦嚇一跳，把調羹越攪越慢，說：「這說法很勇敢，面對飛鼠下手時能這麼勇敢就行了，但是，跟傳說不同。」

「傳說是？」古阿霞問。

「在樹木源頭②，有棵大樹，這棵樹祂是我們來到世界的神明，叫波索・庫夫尼。祂的身體一半是樹，一半是石頭，生下了我們的祖先。」

「這跟強風下的霧淞很像。」古阿霞贊成小原住民的說法。

「沒有一樣。」布魯瓦認為傳說是神聖，不容過多的附會，不同就不同，沒有誤差空間。

「確實有波索・庫夫尼。」古阿霞說出了來自帕吉魯的肯定。他捏她的手，表示有。

「就說有。」小原住民大喊。

帕吉魯撐起身，喝了碗玉米濃湯，把頭疼沖淡了，要帶大家去看波索・庫夫尼。古阿霞執意他留在帳篷休息，外頭又乾又冷，疼得皮膚僵硬皸裂。素芳姨也覺得他該休息。帕吉魯多穿件衣服，掛上紅披風，掄了斧頭——他帶來是移除鐵軌上的倒木——現在終於能帶出門。

四個帳篷紮在樹葉被凍的箭竹下，帕吉魯帶大家往竹林鑽去，人走過去，葉上積雪噗哧彈起。古阿霞對雪的初體驗美感過了，剩下刺骨寒冷。過了幾株五百年大鐵杉，出現了帕吉魯要找的目標——不毛的大紅檜，顯然死去，但樹下的蕨類盎然，一叢叢的玉柏與環狀葉叢的鱗毛蕨從雪地攢出了綠意。這株紅檜約一千五百齡，有點彎曲，多岔枝。一般來說，紅檜多生長在山谷或海拔較低處，很少靠近稜線。

「哪有像波索・庫夫尼，這只是老鼠居住的樹。」布魯瓦不解，還帶點輕蔑口氣。

「它生病了。」一位小原住民摸著光禿禿樹幹，轉頭對帕吉魯說，「它感冒很慘呢！比雪還要冷。」

古阿霞戴手套摸樹幹仍是一股僵寒。大家都說它死得慘，怕是被雷劈中，絕望活了一陣子才死去。布魯瓦也認為它是絕望之死，絕對不會是神樹，跟充滿勵志傳說的波索・庫夫尼不相干。

---

①玉山圓柏。
②指河流源頭。

兩年前，帕吉魯來過這，便發覺此紅檜不同凡響，海拔高，死了又沒死，寒冬中更陰寒，祕密就藏在樹內。他轉了一圈樹，用斧背敲幾下，回音沉鈍，然後用斧頭垂直的重劈下去，頓時一道裂隙從樹根往上裂開，伴隨聲響，半個樹幹往沒人站的那邊傾倒，把大自然永恆的神給露出來，祂此刻出現在眾人眼前。有幾分鐘，大家屏住呼吸，不敢多動，也不多說話，怕呵出一口氣便融化祂了。

那是樹腔裡有個奇妙的冰柱，有點像裸體的人。

這生成過程很簡單，千年紅檜因為蓮根腐病，樹體腐空，雨水冰雪從樹頂灌入堆積，久而久之，成了晶亮剔透的冰柱。布魯瓦拿了檳榔與菸，敬在地上，他告訴幾個小原住民，在極其困頓與無解的年代，他們的祖先在遷徙時，可能遭逢風雪，徬徨無助，卻獲得了眼前的景象，一個半樹半冰的人，庇護樹下的小草生生不息，然後，祖先獲得更大的勇氣繼續活下去。

「我不知道這是不是波索・庫夫尼，但我們遇到了祖靈。」布魯瓦說，然後打開腰間小酒罐，供小原住民以指尖彈酒，致上敬意。

馬海把火車開進了終站「摩里沙卡」，長鳴笛，拉起剎車，把有股對抗力道的蒸汽節流閥桿像是某種難言的心情推回原位，靜觀車頭燈在夜裡照亮前方藍色的高山車站，草原結冰。然後，他才關掉發電機與大燈，只剩火室的炭火從鐵門縫迸光。他深吸口氣，凍紅的鼻子內除了煤煙垢，別無他味，這是他一個月來修復這臺火車頭的寫照。

火車停駛便報廢了。擁有火車是馬海多年來的少年夢想，一旦擁有便注定失去，讓它蒼老在高原車站，亦是多年來的心念。這適合當火車墳場，寒冷多霧與安靜，等待時間慢慢生鏽它、摧毀它。他拆下節流閥桿當作紀念物，這根肋骨不會是拆下亞當另外製造一臺夏娃的捷徑，只是紀念。他這輩子擁有火車的夢想可以終止了，也夠了。他打算在車上睡一晚，可是尖銳的喇叭聲從遠處響起，他探出頭，一臺碰碰車要靠站。這不尋常，一般運材車不會駛來，這條線的森林已經砍光，鐵軌嚴重生鏽。

有個男人從駕駛室跳下來，穿厚襖、戴皮氈帽，灰長褲打綁腿，一看就是林場工人模樣。這個人眼光雪銳，掃了四周，預估了局勢，以外省口音說：「回去吧！我載你走。」

「我住一晚才回去。」

「哪行，這裡的風比刀子冷，比煤渣刺，古阿霞要你回去。」

「我不去六順山升旗，那更冷。」

男人停頓一會，又說，「單缺你，阿霞要你一起去，那個啞巴的劉政光也是這樣。」

馬海覺得這傢伙在試探什麼，又認為對方沒敵意，只是講話前把氣渾身繞一匝仔細。馬海原本想留一晚，但是現實與想像不一樣，這裡蕭條與淒寒很快打消他的念頭，決定離開。他在離別之際得了情感強迫症般把每個機關磨蹭了幾遍，確認它們存在，然後跳上駛離的碰碰車，頻頻回望，眼見機關車在擺了五個彎後消失在雪裡，惋惜它分分秒秒冷卻的火室，永遠回不到旺盛時刻了。

「你是哪個林區工寮的？」馬海問。

男人從口袋掏出了油漬指痕的工作牌，秀出「王銘祥」三個字。這工作牌掛在各工寮大門旁的板子，上工的人把自己牌號翻過來，秀出背面名字，下工了翻回來。如此，工頭能掌控員工行蹤，別把人留在山上受傷沒回工寮都不知。

「你帶出來了。」馬海問。

「糊塗了，一翻牌就擱在手裡。」王銘祥熟練的踩下加速器，開啟撒沙控制閥，使火車在轉彎上坡時展現抓地力，又說，「那是鐵趄糾的老骨頭，望一次，心裡哀它一次，早走是好，別哭爛眼睛。」

「你不懂。」

「哪不懂，麥克阿瑟贏了二戰的太平洋，跑去當駐日盟軍總司令，說什麼Kikansha（機關車）永遠不會成為kikanhei（退伍兵）。」王銘祥把「老兵不死，只是凋零」的名言轉成了夾雜日語的雙關語。

馬海大笑，覺得真有趣，兩人聊開了。王銘祥說他的碰碰車駕駛與伐木技術從大雪山學來的，不是師徒制，是小班教學，速學速成，火速上工，橫掃一山又一山。他沒有開過馬力小、毛病多的蒸汽機關車，而且開碰碰車的時間也不長，大雪山林場主要是美式開發模式，大卡車、大電鋸、砍大樹，只有少部分林區才用火車運輸。

「機關車是跟不上時代的老貨仔，這臺是林場淘汰的，我用廢鐵價買來當作發電機。我也不是駕駛，買它，只為了夢。」馬海轉而停頓，又說：「火車親像一場夢，只有自己夢過。」

「說說那個夢吧！」

「說來見笑，都淡了。」

「行，那再淡它一次，當作把老櫃裡的祖奶奶衣服再洗一回。」王明祥從褲腰拿出酒瓶，說：「來點酒，喝暖點。」

馬海喝口酒，酒真辣，有股精神從肚子與喉嚨火火燙燙的暈開。他把這故事說了無數回，不差這回，卻永遠差一人讚美。他說，那時候他還是日本公學校的小孩，住在花蓮舞鶴小村落，一條貫穿村落的火車鐵軌規律的帶來了報時的鋼鐵機械聲，小孩子們衝過去，沿鐵軌跟火車賽跑，直到火車贏了，消失在蒼茫地平線。有天，出現了由機關車拖著的單節「展望車」，車廂美麗，花紋雕飾，兩端出現流線圓弧造型，大家都說這是大正年間日本皇太子裕仁來花蓮行啟時搭過的花車。這種車絕對不停舞鶴小村落，所以車經過時，孩子們拚命跟它跑，不過是想在平行速度時多看一眼。這臺車成了全村的傳奇，甚至在某次出題〈夢想〉的作文課有十幾人寫出自己想坐「展望車」。那麼多人想坐，卻沒有人有錢搭。於是，日本老師在班上發起活動，一人湊一點，不足的由他補，買了一張玉里往花蓮市的車票，給全班最幸運的人——抽籤決定。

「你抽中了，惡魔也來了。」王銘祥說。

「是心魔來了，全班吵死了，搶著用有的沒的跟我換車票，有的願意幫我打掃，有的發誓要幫我寫三年作業，有的說不給他就看著辦。」

「這是夢想，誰動得了。」

馬海鐵了心，堅持坐火車，不過得完成日本老師交代的工作，把坐火車的所見所聞在事後跟大家報告。坐火車那天，他透早走路到玉里，憑票到月臺，看見夢想已久的展望車停靠在那，安靜貞潔。他坐上無人的車廂，摸著木椅，敲著玻璃窗，一切那麼真實，只有他獨享。火車開動了，奔馳在煤煙與視野遼闊的縱谷平原，不可思議的一刻來了，車子停靠在他根本忘了的月臺，一個穿著藍衣吊帶褲、蹬馬鞋的女孩上車了，她牽著一隻斑馬上車。那是百般不得其解的畫面，藍衣女孩，黑白相間的斑馬，女孩手中抱著的紫色繡球花如此搶眼，斑馬隨時擺動尾巴、抖動臀部，好趕走蒼蠅。這是真的，他甚至有一刻轉頭看見全班同學在村子裡追來，每個人朝他揮手，朝他大聲呼喊，他大氣不敢多喘，就怕眼前的女孩與斑馬一眨眼就沒了。最後，她們在某站下車，獨留他坐在車廂抵達花蓮市終站，自己一個人走了五十幾公里路才在隔天回到家。

「最美與最可怕的是，你見到了，但沒有人相信。」王銘祥說。

「嗯！」馬海沉醉在其中，「連我的老師都不相信，他說在臺灣根本沒有斑馬。我的同學也說，他們追著火車跑，只見到我呆坐，有位同學甚至說他幾乎跟火車平行跑了三十公尺，看透了車廂，可是什麼都沒有，除了發呆又浪費一張票的傻瓜。」

「你遇到了神。」

「神？我連個屁都不信，哪來的神？」馬海嗤之以鼻。

「神不是耶穌或佛陀，是跟自個的靈魂兜上了，那個東西不好說，也說不明白。因為說不明白，講了糊塗，有些人乾脆跟耶穌或佛陀兜一堆了。」

「這麼說我懂了，神是自己懂，別人都不懂的，而且還是尚好的東西。」

「你得看人來說，有人的神是挺不好的，可是他自認是好的。」

「有這種人嗎？」

「有。」王銘祥頓了一會，又說，「就是我。」

「你也遇到神了？」

「這種東西說不明白，是吧！說破嘴也沒人信。」

「我們有的是時間，你也說說你的神的故事吧！」

「古阿霞。」王銘祥沉默很久，才說：「我是來找她的。」

風雪糟透了，有時下著落地響的雹，有時是無聲的雪，中央山脈慢慢陷入一寸寸的蒼白。在雲層與山稜的縫隙，有盞遙遠的燈光，燈光來自玉山附近的氣象觀測站，那是臺灣最高海拔的建築物。古阿霞發現，燈火在九點熄燈前會閃爍奇特暗號，似乎是對世界的密語，這是她幾次登山來特別注意的景象。

沒人知道閃光的意思，包括常在山裡走的素芳姨，她說，「那可能是摩斯密碼，我沒有辦法解讀。」

「找我們米蟲最行了，就是上頭打啞謎，我們也能矇對，不然要被扒皮抽筋了。」詹排副說。

「我們是要解開，不要矇。」古阿霞說。

「找我們米蟲最行，我們高砲兵會摩斯密碼。」

到了快九點，一群人從帳篷走出，爬上六順山，在青香樹上掛起汽化燈。天上有雲，不過視野還挺好的，氣象觀測站的幾盞燈火皎亮，過了九點幾分，終於眨了起來，一閃一閃的，按照某種頻率。

詹排副看出是摩斯密碼沒錯，請士兵們馬上譯出。一個士兵在滴答的長短音之間轉譯，另一個人解密拼出「u-ni-nang」。

「烏里讓？」古阿霞拼出音，只見大家搖頭不懂意思。

士兵隨即解出另一組是「wanay」。

古阿霞念出來，「瓦奈。」

眾人搖搖頭，不懂其意，發出的唯一聲響是有人吸鼻涕蟲。

燈光隨後閃爍，士兵翻出了另一組拼音，「m-hu-way。」

「馬侯歪！」古阿霞拼出來，心想這也無人能解了。

「馬——侯——歪，馬——侯——歪。」小原住民大聲呼吼，也不管甩出了鼻涕。

古阿霞不懂他們歡呼什麼，隨後自己也高呼：「ar-ay（啊賴），天呀！他們在說啊賴。」

玉山氣象觀測的密語揭開了，閃滅的燈號是表達了各族群母語「謝謝」的意思，然而是向誰致謝，仍是費解的謎題，要不是深厚的感情，氣象觀測站人員不會常態性的對這世界打光。一群人凝視最後消匿的燈光，復又黑暗，許多山稜線與萬物輪廓深深淺淺的勾疊著，風颳過線條縫隙，除了呼嘯聲都沒了，但心裡多點溫度，把情緒纏得緊。大家各回各的帳篷，小原住民不斷喊著「馬侯歪」，古阿霞也默念著「啊賴」，然而她掛念的仍是躺在帳篷內的帕吉魯。他活動力降低了，有時眼神發滯，有時閉眼呻吟，呼吸非常快，有種把氣喘到喉嚨就吐出來的急促。

「這是高山症，也許狀況會好起來。」素芳姨說，這是在氣壓低、缺氧的高山環境出現的症狀。她想，感冒的帕吉魯急遽登山，身體出現了不適，促發了高山症，他常在山上工作，應該很快會好。

「好丟臉。」帕吉魯說。

「砍樹砍到腳，炒菜弄破鍋，這常有的，多休息就好。」古阿霞嘴上說，卻擔心帕吉魯惡化。她體會過這種俗稱「罐頭病」的感受——當海拔超過兩千餘公尺時，攜帶的馬口鐵罐頭兩端會隨壓力減低而鼓起來，玻璃罐甚至會爆開——以這種精確譬喻，即能感受身體被體內一股力量往外撐的病痛。是的，時間會改善一切，只能等待時間過去。

「如果好不了呢？」古阿霞問。

「最好的是降低高度，趕快下山，不過晚間下山比較危險，也許我們等到明天再看狀況。」素芳姨說。

當大夥酣眠時，飄雪酣落在帳篷。不久，山徑上來了兩人，足蹤很快的被落雪吃掉，他們來到六順山營地，忽爾，其中一人連續喊幾聲：「蔡明台，有掛號信。」

蔡明台心知有人開玩笑，從帳篷回應，「掛你的頭啦！是什麼？」

「人肉包子。」

「滾。」

「包子趁熱吃吧！」隨即扔出一個大黑影。

忽然間，帳篷發出極大的轟隆聲響，被外力壓垮了。帳內的人驚呼，翻身也不是，爬出來也不能，手腳亂踢亂打反抗。可是帳外的人手腳更利索，用膝蓋把掙扎的人抵住，拿了繩子照著綁粽子的節奏，把蔡明台等幾人綁牢了。

隔壁帳篷的素芳姨拿了燈，往外瞧，只見有個傢伙盤坐在蠕動的帳篷上，表情冷漠，把裡頭的人都制伏了。另有個黑影朝素芳姨爬來，發出呻吟聲，她燈光照緊一點，看出是莊主馬海。馬海的體力透支，嘴唇泛白。

這衝突得從四小時前說起，馬海從十幾里外的高山車站趕夜路來，腿筋快斷了，不斷吐氣的鼻孔邊泛了層冰，他連續趕路，身上多處凍傷。王銘祥也冷，拿雪搓自己的臉，也拿雪搓馬海的臉提振精神。要是馬海不走，王銘祥瞞騙用盡後來硬的，又拽又拖又提的帶人。馬海循著在六順山頂的香青樹的燈火，用擠殘餘牙膏的方式榨出意志力前進，一步步走，見了四頂帳篷，就被喊著掛號信的王銘祥扔向有回應的那頂，壓垮它。

素芳姨把馬海拖進帳篷，把他汗水浸透的衣服脫掉，塞進睡袋，又把他的手泡在保溫袋「水龜」倒出的熱水，不然手指血液不通而變黑壞死，甚至得截肢。這時，素芳姨想起什麼似，探頭往外看，那盤踞在帳篷上的人消失了，留下一圈無雪痕跡，和滿天流離失所的白雪。蔡明台從壓垮的帳篷爬出來，陸續把另兩人拉出來，不斷咒罵搞鬼的人。

那個傢伙去哪了，素芳姨思忖。她走進雪地，風停了，天物無聲，鬆軟的雪被踩出聲，左看右看就是沒有人蹤，最後把蔡明台幾人扶起來，帶進自己的帳篷。這讓帳篷的空間顯得侷促。

馬海的意識逐漸清晰，喝下剛煮的熱薑湯，剛才差點凍死，現在顧不得燙的喝起來，嘴巴越來越靈活的罵起人：「阿霞，妳的死人骨頭朋友，差點害死我，逼我走來。」

「哪位？」

「叫王，王啥咪祥的，這個人很壞。」

古阿霞把腦殼刮得精光也盤算不出這傢伙，她不知道這號人物，搖頭說不認識呀！

「怎麼可能！他說他認識妳，要趕快找到妳，叫我趕路，我都快冷死了都不管我。他一路還說走快點會怎樣，走慢點就怎樣的。」馬海一路被那句話刮著耳膜，天又冷又黑，腦子蒙了，只覺得那句話聽起來更寒了。

「走快點上天堂，走慢點呢！下地獄了。」帳篷外這時有人大聲說。

「他來了。」馬海大吼。

古阿霞掀開帳篷瞧。有個人在風雪中站得緊，是男人的粗線條，黑影給夜色薰暈了。她覺得這個人古怪，把燈照去，照得那人線條著色，赤紅火辣，沒有一點分岔。古阿霞驚喜，他是吳天雄，那個在玉里的樂樂溪畔與一群老兵墾荒的人。

「又冷又雪的，不請我進去躲嗎？」吳天雄說話了。

古阿霞曾受吳天雄之助，才會去海星中學與慈濟募款，要是沒他牽線，還尋覓不著復校的線頭在哪。在這寒風刺骨的雪天遇到朋友，理當迎接，古阿霞掀開帳幕歡迎。

「平安！」

「痟狗不要進來。」馬海又吼，恨得想把門外的人捏爛。

「媽的，是不是你剛剛揍我們，又捆起來的。」蔡明台忿忿說著，另外兩位工人也附和。帳篷內頓時陷入同仇敵愾的殺氣。

古阿霞臉色有了微微變化，帳幕半掀，由歡迎轉而猶豫，問起：「你把我的朋友……」

吳天雄淡淡的站在雪地，動也不動。他沒回應，回應了也難平眾怒，說，「你們來打吧！」便展開一場男人式憤怒的衝突了。兩個工人只懂得以牙還牙、以眼還眼，再忍下去，拳腳就要生鏽了，他們跳起來，踏過幾尺雪地，給吳天雄一頓粗拳。

吳天雄被摁在地上亂打，他不還手，不哀號，不求饒，給人活受氣。兩個工人打了幾拳，要是對方回手會激怒他們，令人頭皮發麻的是，吳天雄絕望的躺在雪地，睜著眼看天空。兩個工人怕把人打癱了，拳腳輕了些，最後罵個不停，拍拍屁股回到帳篷喝熱酒取暖。

吳天雄躺在雪地看天，無人靠近，落雪飄近。他的兩眼流動無解的光芒，看透了厚重雲層上那無盡的縟錦星圖似，「好美呀！光，這麼秩序。」他烏青的臉龐綻開了鬼魅微笑。

古阿霞不顧大家反對，踏過雪地，走向吳天雄，看著他葬在一層又薄又冷的絨雪，心中自是難過不已。

「總算有人為我難過了。」

「我不曉得要說什麼了，你把我朋友都弄生氣了。」

「從哪說起呢？他們不也把妳搞怒了，把事都弄糟了，妳忘了嗎？我只是給了點他們小『意見』。」

「他們都很好，沒惹我生氣。」

「咒讖森林怎麼說？妳不是想留下那座有水源的森林，可是姓蔡的照砍，村子就滅了，這不就是了？」

「你是為了這樁事，特別上山來教訓我朋友的。」

「我出來散心，路過山下，聽到了一些事。」吳天雄緩緩的站起身，用屯了多層髒污的袖子擦掉額角的鮮血，許久才說：「我知道我這傢伙做事急了點，這點認了。」

「那你打錯人了。」蔡明台從帳篷那頭說，帶著嶬意。

「還好，你們卻打對了我。」

「是你欠扁。」

「那我該打誰？」

蔡明台挑了嘴角，把眼光瞥向帳篷的帕吉魯。冤有頭、債有主，他想讓吳天雄被打得明白。這觸動了古阿霞的神經，這件事跟帕吉魯哪扯上關係，她連續追問幾次。

蔡明台摸著頸部瘀青，無奈說：「水源地森林根本不屬於山莊的，也不是我的，是劉政光。」

「怎麼會是帕吉魯的？」古阿霞驚訝，很難理解其中的淵源，便回到帳篷裡看了大家。從馬海與素芳姨的反應來看，這件事是真的，但是帕吉魯沒有任何回應，他陷入一種深沉的睡眠中，不在乎大家的眼光。

蔡明台喝杯熱水，說：「太平洋戰爭初期，戰爭需求，摩里沙卡的伐木進入高潮，我爸爸被任命為開發社長，他排除萬難，跟日本政府談妥了，要伐木，也要保有48林班地的水源森林，才能給村民與工人生活。那片地屬於國家，地上物卻屬我爸爸，也就是我爸爸是森林的擁有者，直到戰爭結束，才被要求歸還。他知道，如果歸國民政府管，那座林子很快被砍光。那時候日本人輸了，規定回國的只能帶一千日圓與一些不值錢的東西；少數留下來的人，財產也要被充公。我爸爸為了保存那片扁柏森林，把地上物所有權交給了菊港山莊來管。」

「菊港山莊來管只是幌子。」馬海接下去說：「蔡明台的爸爸趁政府有動作之前，把森林便宜的賣給了劉水木。劉水木是劉政光的阿公，是索馬師仔，賣給他有道理，他是誓死保護森林的人，最後也做到了，死在那。」

「可是怎麼會扯到劉政光？」古阿霞問。

「障眼法，劉水木在買賣簽契約時，動了手腳，把地上物所有權者，寫了那時候只有幾歲的劉政光。」馬海說，「劉水木有一次喝醉了才說，他怕自己意志不堅，過幾年把森林賣給政府，於是給了劉政光，得等到他十八歲才有法律簽署的效力，至少能撐十幾年。連意志堅定的劉水木都這樣講，可見有多少人捧著金塊開發水源區。結果，買不動劉水木，有人以政府當靠山，強行開發森林，惹出一堆怪事，事情就停了。」

「這件事，我爸爸從來沒有跟我商量過。」一直靠在帕吉魯旁的素芳姨說話了，原本想保持沉默，終究是插嘴了，「這件事原本是好意，保留水源地，沒有想到卻害慘了政光。」

「這對一個小孩來說，壓力太大了。」

「我爸爸太極端，他從小告訴小孩，人很壞，直到他發現政光跟其他孩子不一樣，自閉、不說話、害羞，我爸爸的教導變相了，他不讓政光跟別的孩子有太多接觸，也不教他講話。」

古阿霞很驚訝，原來帕吉魯這種難以融入人群的個性，除了天性缺憾，他祖父也刻意在教育上扭曲，讓他更孤僻與寒涼，逼他走在茂盛的森林小徑成了獨行的無語者。「他成了祖父刻意栽培的祭品。」古阿霞思忖，看著帳篷角落似睡非睡的帕吉魯，她想，帕吉魯知道大家在談論他嗎？還是陷入昏睡？他滿是傷痕的臉哪時候會清醒。

「政光在小學四年級時，文老師來到山上教書，讓他自閉的情況變得比較好了，可是文老師……」素芳姨說到這時打住了。

「她很快離開學校，是被逼的。」馬海說。

「被逼的？」

馬海沉默一會，才說：「劉水木逼的。」

「他只是伐木工人，有那麼大的本事？」古阿霞很狐疑。

「檢舉她是共匪。」

這解開了古阿霞的疑惑，為何曾貼近帕吉魯心靈的文老師，突然離開了他的世界。這對帕吉魯是莫大的失落，將他打入更無語的屠戮地獄，對劉水木來說卻更靠近保存森林的計謀，同時製造一個對人不信賴的怪孩子——絕對會逃離那張森林買賣契約最遠的印章。古阿霞想到這，心中冷涼，對劉水木的惡童養成教育不免打了哆嗦。

「這臺灣還有同志，那共產黨同志後來怎麼樣了？」吳天雄在帳篷外問。

沒有人忘了吳天雄，只是把他晾著。吳天雄說罷，不邀自請，貓身爬進帳篷來，把汗臊、體臭與惹人厭的面孔也帶來。他捉住馬海的手，愧疚的說多虧了他夜裡引路，才來到六順山參加元旦升旗。馬海往帕吉魯那邊躲，要不是自己沒了力氣，想一拳把他打得腦癟了。

帕吉魯醒了，他緩緩睜開眼睛，或許是被馬海挪移的身體驚擾，或許是被帳篷內的談話聲吵醒。古阿霞看著他，覺得他剛剛似睡非睡，可能把大家討論他的話聽進去了。

吳天雄啾著帕吉魯，也不說話，時間靜得令大夥都不舒服，不知是挑釁還是觀察，許久才轉頭對馬海說，「你要嘛就打我一拳，別悶出病。」

「我真想把你掐死。」

「我這種爛命銅丸子，打不爛、敲不破、捏不死，要掐嘛！頂多捏掐出一坨屎來。」

「歹年冬，厚痟人。」馬海輕蔑說，意旨壞年運，瘋子多。

現場沉默，摸不透這行徑古怪的吳天雄是哪個門道的。古阿霞有種難以說透的不妥，印象中，罹患精神病的吳天雄的腦子有點岔開，人卻憨實，沒有敵意，說話也低沉，眼前的吳天雄抽換了皮囊似，說話較尖，油舌詭調，眼神看穿人似的寒涼，令人無法淡安。

「阿碴還好吧！」古阿霞問。

阿碴是吳天雄幻想的藍鳥，偎著他、繞著他、纏著他，哪也不走，只有吳天雄看得見牠，是他獨屬的鳥兒。

「阿碴？」

「阿碴能停在我的手上，彎著頭，斂著翅膀，唱歌給我聽。牠是藍色的，眼睛也是藍得發亮。」

「不可能，誰也碰不得阿碴，阿碴誰也不依。」藍鳥是深藏吳天雄內心最蔚藍的芯蕊，絕對只屬於他，剝奪不了。

古阿霞把右手弓在胸前，左手佯裝鳥兒凌空飛揚，棲息在右臂。吳天雄睜大眼，瞧著鳥兒歡趣跳躍，看得出神。慢慢的，他的臉一寸寸的靠近古阿霞的右手臂。

接下來的一幕令大家訝異。吳天雄把臉靠在古阿霞的手臂，閉上眼，發出微笑。古阿霞嚇壞了，卻很快了解這傢伙沒有惡意，他把自己當作長途遷徙的藍鳥停泊在自己手臂，幻想其中，沉醉其中。於是她把手僵在胸前，痠了也不敢動，然後另一隻手撥開從睡袋中奮力弓起身子來阻擋的帕吉魯，原來最好的良藥是醋勁。

「你不是吳天雄，是趙天民吧！」古阿霞忽然腦內清明了。

「他死了。」他繼續偎在古阿霞的手臂上，軟香甜玉似，約半分鐘才悠悠直起身子，說：「我把吳天雄殺了。」

帳篷內倏忽安靜，即使搞不清楚誰是吳天雄、誰是趙天民，「殺人」這句話卻把大家的腦門串起來。古阿霞明白，不管是吳天雄或趙天民，都沒殺了誰，他們是同個人，清醒在不同時刻。這種是雙重人格，一個人有兩個靈魂，靈魂之間的距離如白天與黑夜的遙遠，卻如人頭撲克牌的顛倒圖案如此孿生親近。

「你真的是……」馬海想說下去，又怕激怒人。

「惡魔嗎？」趙天民目光淡褪，「我不是惡魔，只是這次來找古阿霞時，急了點。」

「吳大哥他不是惡魔。」古阿霞打圓場。

「我是趙天民。」

「不管是你是他，你們是一路幫人家忙的天使。」

氣氛很僵了，沒人想多說話。趙天民有點慌了，不知道該下哪步棋，他逃離玉里療養院來到摩里沙卡，想幫古阿霞卻搞砸了。他的愧疚在肚子悶燒，一股濁氣升上肝肺，便從腰袋拿出一把小刀，褪出一半的刀鞘，亮出刀鋒。

大家瞪大眼，刀不險，險的是在趙天民手中，帳篷擁擠，他要是一揮就是滿場子的傷口。躺著的帕吉魯忽然翻起身，爬過幾人，把趙天民搡出帳篷。這招來得又急又猛，趙天民撞上帳門後往雪地翻去，腦殼子響著。帳篷翻了，大夥埋在帳篷皮下，還摸不著摔疼的屁股在哪，帕吉魯已竄出去了，往站起身的趙天民再次扎去。

趙天民能躲開這招，卻故意的吃下，往後栽進一堆乾巴巴的雪堆。帕吉魯的高山症令他非常疲憊，呼吸急促，只能頂撞，招式用多便老了，那往常火燒屁股的猴子般敏捷的人現在成了泡在廁所清潔劑的蟑螂。他第四次往趙天民撞去，好撞掉他手中刀子，那是徹頭徹尾的目標。

趙天民沒躲，也沒往後栽，倒下的是帕吉魯，他氣力用盡。

刀子還在趙天民手中，他抽出來，刀鋒盡露。

「不要。」古阿霞顧不得鞋子沒穿就衝到雪地，阻止趙天民傷害了癱軟的帕吉魯。幾個人陸續也走近。

「我沒有要殺你。」趙天民尷尬笑著，把刀子丟到帕吉魯前頭，「我給你殺好了。」

眾人安靜，時間流逝，雪花落下，衣縫擱淺了點白。

素芳姨把累暈過去的帕吉魯拖回帳篷，地上留下一道拖痕。

趙天民上前拿回刀子，說，「我拿刀，只是要再殺一次吳天雄，我沒有要殺誰。」

這句話講得冷淡，怎麼說都沒人懂，不過大家很快看明白了。趙天民叼住刀子，將五件裹著的衣服褪掉，用冰雪使勁的搓著身子，直到通紅且麻痺不已。然後他低頭讓下巴沉出兩個，拿刀往胸部劃開皮膚，他沒有太痛苦的表情，顫動的胸肌來自神經不自主的反應。接著，他更用力割皮膚，血流不停，近乎暴虐的自殘。大家看了膽戰心驚。

古阿霞快看明白了。她知道，趙天民劃開胸口，一絡絡撕下紋在胸口的「花蓮玉里108號」名牌。那塊五公分乘十五公分的肉牌漸漸被撕掉，露出紅潤流血的真皮組織。古阿霞也發現，趙天民能熟練的撕下皮膚，是早有經驗，他身上有幾處黑沉且缺乏皮毛光澤的塊狀疤痕，曾是拆皮膚的痕跡。

「這何苦呢？」古阿霞嘆息。

「沒拔掉這肉牌子，才苦。」趙天民把捲起來的肉條子丟到雪中，到處是一灘灘紅血跡，「等吳天雄那傢伙醒來，又得愣頭愣腦被送回玉里。」

「可是等趙天民醒來，他又逃離玉里，是嗎？」

「沒錯。」

「你討厭這樣的生活。」

「沒錯，我這輩子從這條賊船，跳到另一條賊船，不管共產黨、國民黨或玉里瘋人院都一樣，都是賊子、瘋子、傻子。」

「吳天雄同意了嗎？他想待在玉里，那有弟兄。」

「怎麼問？我要是見到他就掐死他，也掐死自己。甭問了，他也沒問過我就回瘋人院，回去的路上不忘幹了一堆善事積德，有用嗎！那傢伙奴性強，只想窩在玉里。」

「這又是何必呢！你醒來逃跑，吳天雄醒來又會回玉里。」

「所以，我要妳幫忙。」

「幫忙？」

「有塊肉牌子更大，要妳幫忙拆下。」趙天民轉身露出背後更大的紋身肉牌「花蓮玉里108，回送」，每字有雞蛋大，力透肌骨。

「好。」古阿霞沒有猶豫太久。

眼前吳天雄肉身、趙天民靈魂的傢伙，多年來被紋身的文字壓迫成灰燼，人生沒有顏色，隨風飄揚。如果古阿霞拆卸那些重擔，趙天民可能從此逍遙，有何不可，至於吳天雄靈魂醒來時刻呢？她知道，吳天雄到時會走出自己的路。天大地大，絕對有容身處。

回到了帳篷，古阿霞在燈下看趙天民的刻背刺字，那是用針點不斷扎破皮膚染色後癒合的，字跡醬黑。趙天民說，可能他第二次逃了之後，有了刺背字，直到第八次逃亡才發現這是為何每次都會回到玉里的原因。他拆掉腹部、胸前的刺字，就屬背後最難撕，面積大，得找人幫忙。有醫學背景的馬海警告，大面積割皮膚會造成感染與死亡，趙天民仍信誓篤篤的說，「我的爛命不會這樣死。」

古阿霞很難下刀，皮牢肉附，鏟也不是，割也不是。趙天民指導她，割成皮條子，一條條撕。古阿霞當然懂，可是拿刀殺雞會抖，何況割人肉。她把刀尖抵著，刺入，趙天民身子抖了一下，害她抽回刀子。

「利索點，我才痛快。」趙天民說。

「要是這麼厲害的話，我一定可以去當醫生，不然可以去殺豬。」古阿霞講點輕鬆的緩和氣氛。

「當我是死豬，妳比較安心。」他說著，忽然感到一道毒鞭打在脊背似的，說：「痛快，再來。」

儘管第一刀挺不錯，可是第二刀之後不是下得深，就是淺，幾乎割壞了。趙天民的神經擰緊，身子冒出一灘汗水，忍痛從自己背包揪出一瓶金龍陳高，連灌了幾口，要是這樣麻痺不了，他會拿瓶子敲昏自己。幾個旁觀的人面如土色，不想多說，走避到其他帳篷。古阿霞撕了幾縷皮，只見趙天民背上的血流不停，傷口糊爛，她忍不住哭了，用沾血的手背抹淚。

「妳哭完了，別忘了幹活。」

「我不要了。」古阿霞把刀子收了。

「妳幫到底，我才是自由。我這輩子被人下了蠱似的當棋子，醒著時往前，活著時往後，咋都在棋盤打滾。」趙天民捏著酒罐，額角滲著汗水，「妳拿個東西，在火上燒紅，用烙的也行。」

「不要了。」

「我自己來，妳幫忙看著。」

趙天民從帳篷角落拿了根鐵湯匙，用布纏幾圈握柄，放在汽化燈烤。湯匙燒黑，接著一圈紅暈漫開來，他把湯匙舉過背就全憑感覺燙下去。吱一聲，血水蒸發，皮肉焦味瀰漫了。趙天民下意識的挺起身子，背囊出現黑烙。他收手，把湯匙拿回火上烤，上頭沾黏的皮肉在火中燒焦，湯匙烤紅後再燙背。

「我來。」古阿霞拿刀子刮掉湯匙底燒焦的肉塊，放上火源燒，再用炙紅的鐵匙燙背，吱一聲，趙天民挨槍子挺身。沒料到，湯匙牢牢黏在背上，古阿霞硬扯之下，幾乎是挖下一匙肌肉那樣血水氾濫。古阿霞知道，她敢做，不是淚流乾了，是趙天民決絕的在地獄之火打滾，怎麼拉他也不起來。

她把湯匙放上火烤，直到紅熱，再燙。然後，她想起在玉里樂樂溪畔那個陽光下的漢子吳天雄，他或許不會再醒來了。這是最後的靈魂呼喚，也是告別。

而趙天民有點醉了，苦多於痛，不想多掙扎了，於是流淚。

我願永遠為你講故事

凌晨一點半，無風，雪未歇，世界沉溺在冷白之中。

帳內的水氣在棚頂凝成水，滴落在汽化燈，噗一聲，熱燈殼發出躁爆聲，一股霧氣消散。

帕吉魯狀況不好，臉色發黑，呼吸與心跳急速，幾乎陷入了昏迷與意識不清。素芳姨摸著他的頭，磨蹭在額角一道癒合二十餘年的淡疤——他那時得知文老師離開後，窩在校園的銀杏樹上十天，不吃東西，只伸長舌頭舔葉上的晨露，直到力竭摔下，額角血流如注，讓素芳姨以為要失去這孩子——現在，她知道，帕吉魯陷入更嚴重的狀況，高山症併發的腦水腫與肺水腫，將使這大孩子在自己懷中死去。

「他的呼吸會越來越難，然後，停了。」素芳姨慎重說：「現在要馬上下山去，只有降低高度，才能使高山症緩和。」

「天氣不好，出去，很容易掉溫度。我不走了，只能躺在這裡休息。」趙天民趴在角落療傷，身上裹著乾淨衣服撕成的布條。

噗一聲，燈殼上的霧氣冒散，在帳篷上投射出小小的暈影。

「天氣永遠不好，天明後路會更糟，太陽出來雪融，很泥濘。而且他沒辦法等到明天。」素芳姨說，「我去找馬海一起走。」

「我哪也去不了。」趙天民又說。

古阿霞緊握帕吉魯的手祈禱。這是她最想做的，祈求天父靠近，給予自信與勇敢，好面對接下來的挑戰。十分鐘後，素芳姨帶著馬海、蔡明台回來，花了點錢請兩個工人幫忙。最後布魯瓦帶小原住民入隊。離開前，素芳姨把身子彎到帕吉魯胸前，輕拍面頰，喚醒他，跟他說話。她說，他們將要回到有溫暖火塘的菊港山莊，燒著松炭，喝熱呼呼的熊牌蜂蜜茶，陽光會爬過榻榻米那已經磨得沒有毛細孔的稻織蓆面，反射光芒，塵埃跳湧，你可以把腳晾在二樓外推的窗臺外，看著溪谷雲影。

帕吉魯淡淡的呻吟，不知是回應，抑或不自主的夢囈。他正用盡氣力要回到現實，但陷入肺水腫的呼吸裡空轉，腦袋混沌。

「阿霞在這，這是她的手。」素芳姨把古阿霞的手緊搭在帕吉魯手中，「她陪你一起回山莊。」

「還有校園的銀杏變黃了，等我們回去打招呼。」古阿霞緊握帕吉魯毫無回應的手，感到有什麼正一點一滴被沒收了，她會緊緊握著這隻手，直到他深情回應。

「不斷跟他說話，讓他聽到妳的聲音，他會努力保持清醒。」素芳姨轉頭對古阿霞交代。

古阿霞滿滿的點頭，她不會的太多了，動嘴卻滿厲害。之後，素芳姨把帕吉魯背上，粗繩綁牢，用紅披風裹緊，由一群人護著北走，他們預計天亮前要抵達最近的醫護點七星崗伐木站。

深夜裡，雪花飄落，天空不見底，四周都是黑嚴嚴看不到邊陲，能理解的視野只限一盞燈範圍。使用擔架根本不行，大部分山路狹小，要嘛斷木橫阻，要嘛是箭竹草坡被長年雨水掘深的小徑，輪流背是最好的。主力背手是素芳姨，論體力、腳力與爬山技巧，非她莫屬，其他人輪流托著帕吉魯的屁股，好減輕素芳姨的重擔。蔡明台先到前頭尋路，遇到岔路便舉燈，鵠立指引，深怕走錯路的代價是迷失在疊疊障障的山林。

夜裡沒有遠山為憑，不知道走到哪，走多遠，古阿霞感到黑夜紛紜，只剩大家沉重的呼吸與腳步雜遝。她握著帕吉魯的手，努力跟他說話，渴望回應，可是他陷入某種沒辦法理解的暈沉世界。一路上，除了古阿霞費盡口舌講話，大家不再言語，不再互勉，只想走出這沒渣沒框的黑暗，渴望文明的燈光與味道。最大的挑戰是背七十餘公斤的帕吉魯。工人在崎嶇山路背走，只消兩分鐘，喘得一肚子廢氣，素芳姨卻走上半小時不停歇。

古阿霞擔心素芳姨的體力透支，缺了她，斷了支柱，幾度勸她休息卻沒得到回應。她隨即理解，這是一位母親在曠野中盡此生最大的努力帶領兒子擺脫撒旦的追逐。在七彩湖南方兩公里的稜線上，一片冷杉下，雪凝在樹根，害素芳姨摔倒了，踉蹌的往陡坡栽下去，留下了淡淡的哀號餘音。

正當大夥還沒回神時，有人從隊伍尾巴走過來，半途搶了馬海手上的燈，往斜坡一邊走一邊用屁股滑去。下去的是趙天民。古阿霞一怔，眼眶溫熱。他不是嚷嚷著天冷躲在帳篷療傷，怎麼悶不吭聲跟來了，怎麼又油爆蔥花似火辣辣的衝下去救人。

趙天民在下頭逗留約兩分鐘，手腳利索的把帕吉魯「倒背」上來。這背法頗怪，把帕吉魯的屁股懸在腦後肩，手抓住他兩條腿，這能使重心往上移以便快速爬坡。趙天民把人背上了稜線，繼續彎著腰，一路往北快走。這樣在雪地馱人挺累的，起初是寒冷侵襲膝關節與脊髓而痠痛，繼而是剝皮的傷口滲血，布條子浸潤在血紅中。趙天民直喘氣，說逃跑這件事習慣了，當年日本兵與國民黨士兵用子彈咻咻追來，比現在北風還緊，他們撤退時就是這樣頂著弟兄逃，逃個十幾公里都不成問題，他行的。他走得背上血滂，傷口的組織液與流血把屁股弄濕了。他堅持走，那是給古阿霞贖罪，把她的男人扛下山，不這樣他會過意不去。

「我來，你休息一下？」素芳姨問。

趙天民不依，卯起勁的往小徑小跑。眾人覺得他瘋了，哪有這種走法，追了十分鐘，只見趙天民倚著一棵臺灣冷杉，激烈發抖說：「行了。」他把帕吉魯交給素芳姨之後，人就呼嚕坐地上，揮手說：「走吧！別管我了。」

「不行，放你在這，熬不過明天。」素芳姨很清楚，寒夜落雪，沒有禦寒之物，放個受傷的人在荒野只有死路。

「行，你們先走，我待會趕上去。」

「不行。」

「不行也得行，我叫你們先走。」

「我扶你起來，一起走吧！」古阿霞說，「你一直是我們的朋友，我想要你跟我一起走下去。」

「真的？」溫熱從趙天民刺痛的背部衝到了腦門，他悠悠說：「行，不過妳要把故事講完。」

漫長路上，古阿霞捏著帕吉魯的手，給他說故事，化身為《天方夜譚》裡講一千零一夜的少女山魯佐德，只為拯救她的男人。她拚命說，想把帕吉魯揪出那暈魅的夢境。她拚命說，嘴皮在冽削的北風裡皸裂流血，上坡時臉頰被毒草「咬人貓」的尖銳焮毛扎到，浮腫疼痛也沒有打消她說下去。而偷跟在隊伍後頭的趙天民，耳朵也挺尖，把她講的惦記，越聽越迷，要古阿霞說下去。

「說到哪了？」古阿霞思忖，她握起帕吉魯的手。

她從到臺南找文老師說起，在臺南亂葬崗找到文老師留下的一堆書，如果用腳踏車載書，從來時路翻越中央山脈，絕對是苦活。他們繞過北臺灣回花蓮，一路上在找教堂打尖，她習慣選基督教佈教所。帕吉魯問，為什麼不住基督的哥哥家（天主教）。那是她的習慣，並沒有非得這樣。她教他怎麼分辨臺灣基督教堂與天主教堂，免得他找錯了，天主教教堂比較高聳、常見彩繪玻璃、十字架四邊都有小花邊；基督教反之，尤其十字架不會出現受難的耶穌雕像，因為基督徒相信耶穌已復活。

結果，捅了大樓子，他們有一次住在嘉義的某教堂，牧師無意間吐露聖壇牆上的十字架是自中東進口，材質是建造挪亞方舟的「歌斐木」。半夜，帕吉魯偷爬起來，攀上那副三公尺大的十字架研究。這嚇壞一位常住教會、半夜心感聖靈而出來禱告的姊妹，看見十字架「多」了耶穌聖體。她閉眼尖叫，張眼看，十字架已空，因為帕吉魯趁機跳下來藏在佈道臺了。這件事鬧得很大，第二天湧入更多人來瞻仰十字架。

古阿霞說，她氣得說不出話，這分明是帕吉魯搞鬼。他不承認。於是，她懲罰性的不幫助他推那臺載滿書與伐木箱的腳踏車。帕吉魯牽車四十幾公里，到了彰化，隨便找個教堂，倒下休息，古阿霞說這是天主教堂，她不住。等她吃完晚餐回來，卻發生大事，原來有個頑皮的小孩在累得攤手睡去的帕吉魯四周畫上十字架，像是耶穌殉難，幾個教友跑來瞧，看見腳踏車上堆滿物品，車頭掛十字架。他們從緘默的帕吉魯身上問不出沒答案，猜測他在「苦路」修行——這是耶路撒冷西北方的安東尼堡到加爾瓦略山之間的蹇路，耶穌曾背沉重的十字架走過——帕吉魯累得點頭，像是說你說對了。於是教友在第二天響應，有人背十字架前導，一群人浩浩蕩蕩送到臺北為止。他們最後繞過北臺灣，坐船回花蓮。

「我在船上吐暈了，直到有人幫我擠青春痘才痛醒來，花蓮到了。」古阿霞捉著帕吉魯的癱軟的手，說：「我聞到花蓮的味道。」

笑聲四起，布魯瓦笑得很兇，大家猛嗅花蓮空氣，只有鼻涕蟲窸窣爬過鼻腔的聲音。沉默了兩分鐘仍無人說話，趙天民吵著要古阿霞繼續說下去。

古阿霞會說下去，這些故事不是為大家講，是為帕吉魯。

她說，她曾有一段流沙生活，那是在花蓮中華路旁的小巷裡頭，平日在餐廳幫忙，其餘時間躲在梯間下的倉庫讀書，她有三本借書證，兩本用別人名字辦理，每兩個月便寫滿了借書證紀錄。她在鎢絲燈光下，讀光了半座縣立圖書館的書，把腦筋動到了救國團、警察局圖書室，所有借過的書都沾到倉庫麵粉的味道。她趁下午三點餐廳不忙時，到半小時路程外的圖書館借，有個她稱為「踢炭（tea time）桑」的阿婆，屢屢相逢，沒有說過話，相遇時點頭。

有一回踢炭桑忍不住問，妳真的看完每本書。古阿霞不只看完，聞了便知道看過了沒。踢炭桑不信，拿了幾本書測試她。古阿霞閉眼聞，說這本有，那本沒有，然後抽出書封底的借書單核對姓名，都對。因為借閱過的書都有麵粉味。蹋炭桑大為驚嘆，說她家有一堆書終於可送給妳了。

古阿霞婉拒，她的房間太小了，只能擺下她自己。過了半個月，她沒見到蹋炭桑，心急的跟圖書館管理員說老婆婆出事了，循著借書證的登錄地址找。那是古阿霞第一次偏離圖書館與餐廳的路線，在大葉欖仁樹下找到紅門老宅，在鄰居合力下打開獨居老婦人的木門，發現她已經跌倒身亡。蹋炭桑整屋子的藏書最後由圖書館搬走，古阿霞在後院把幾捆被拒收的禁書如《自由中國》與魯迅《吶喊》燒光光，紙灰蝶到處飛，飛滿了大葉欖仁樹。

古阿霞又講了幾個故事，越講越回到幼年時光。她說，她最美麗的時光是和祖母住在邦查村子，時而微酸，時而快樂，經常有陽光、海浪與檳榔花香。她養了一隻叫阿呆的黃貓，有無限大的野菜圃，祖母的姪女——蘭姨偶爾來訪，但是不熟。那時的太陽很亮，傍晚的檳榔樹影子可以橫過整座村子，夏夜的星星在天上幾乎暴動。這種說不上十分快樂的日子，來到結束之日，她媽媽來了。事情發生在她小學畢業那年，媽媽穿紅色大翻領緊身襯衫，配上喇叭褲，從仿皮革包拿出一張模糊的男人照片，說要去找爸爸，然後把她連哄帶騙又拽著走。

古阿霞說到這遲停了很久，緊握帕吉魯的手，沒得到回應。雪從衣帽掉進了臉頰。她輕咬唇，用門牙撕咬皸裂的唇皮，感到血味瀰漫在嘴裡，然後她眺望無際大山，迎來的是無解的黑夜。

古阿霞這才慢慢說出，媽媽帶她來到花蓮市的某間旅館，度過一段迷人的親子生活，吃冰、購物、逛街，兩人開始規劃這幾年來缺失的遺憾如何慢慢升溫回填。好日子在某天清晨結束了，一個擤鼻涕老是像吹高音笛子的中年傢伙吵醒她，嘴裡嚼檳榔，說她媽媽拿錢走了，妳現在是我老婆了。古阿霞死命抵抗。男人坐在椅子翹二郎腿冷觀，不給她上廁所與吃飯，還看穿她的拖延戰術與逃跑計畫。六小時後，男人暴怒的甩她耳光，把她的頭髮當拖把摔在牆上。她能做的只有尖叫與哭泣。男人力氣大，揍她幾拳，用枕頭套塞進她尖叫的嘴巴，……打她……揍她……撕衣服……身子壓過來……像野獸……。然後問要不要跟他走，……打她……揍她……欺負她……

古阿霞說，第二天凌晨，樓下響起汽車喇叭聲。男人拉她下樓梯，拖過櫃臺時警告那位被嚇哭的值班老先生，把她丟進菸臭的福特汽車。汽車開過了幾條巷子，她的頭被男人的手肘壓在後座地板，什麼都沒看到，最後停車，她被帶進一間充滿明星花露水與便宜化妝水味的矮房。矮房隔成幾間小房，有一個平地女孩，三個山地女孩，還有三個專門打人的爛人……

古阿霞說，每天不同的男人進來，同樣的事。要是不肯，三個爛人會打人……，有隻貓每天早上十點從鐵窗外的遮雨棚經過，牠叫晴天。古阿霞把飯給牠，把自己的心情也餵牠，從鐵窗伸手給牠舔。

古阿霞又說，要是誰逃走的話，會害其他女孩連坐被打。三個爛人拿塑膠管打人，踹人，有一天她逃跑被抓回來，從嘴巴灌冷水……冬天躺在泡冷水的棉被……關鐵籠……用香菸燙……然後，爛人把叫晴天的貓抓來連坐，從二樓摔死……拿刀割斷貓頭……他們說要是誰再跑會這樣……

晴天死了……她把手伸出鐵窗，埋在窗外花盆……長出白蟲……

不從被打……打針吃藥停經……罵人……

拉頭髮撞牆……不給飯吃……不同男人……

（孩子，今天所聽到的，都是我們姊妹受難的故事，要永遠藏在心裡。布魯瓦說。）

古阿霞說，在度過很多無人知曉的日子，祖母得知了消息，帶了蘭姨與八位村人來討人。三個爛人叫囂說母債女還，媽媽欠錢、女兒還錢是應該的，還說叫條子有屁用。這地盤花錢打通白道，管他什麼立委、國代，還有什麼地方烏官員都帶朋友來交關，何況妳們番人這麼髒沒有人想幫忙。雙方僵持了一陣子。

祖母說，「讓我留下來，讓阿霞走吧！」三個爛人說妳太老了，沒人要的。祖母朝蘭姨給了交付使命的眼神，然後對三個爛人說，「那我，就用命來換了。」之後她拿刀往自己脖子刺……血噴出來……很多……很多……。事情鬧大，警察不得不來了。古阿霞又說，祖母死後，她被蘭姨帶到餐廳工作，躲在樓梯間的小房間五年，只有麵粉、燈泡與書本陪伴。

「拜託，不要說了。」這是趙天民第七次喊停，激動得淚流滿面。布魯瓦不斷深呼吸，其餘人陷入悲傷之境。背著帕吉魯的素芳姨，數次伸手往後握住古阿霞的手暗示停止，卻阻止不了古阿霞淡淡的說下去。古阿霞得說，努力遺忘的過去又回來，她努力不被自己的困頓、膽怯與悲哀阻礙，能窮盡所有的故事說上一千零一夜，直到她緊握的帕吉魯的手有了回應。

人造林出現了，十餘齡的臺灣冷杉井然有序的矗立雪中，林下露出森鐵的痕跡，他們沿著鐵軌走，發現路旁雪堆露出一節鐵輪的輕便車，合力把它抬到鐵軌上，把帕吉魯放上去，推著走，來到雪痕漸稀的高大樹林下，素芳姨決定放溜輕便車往山下去。

「再見了。」趙天民揩去眼角淚水，說：「妳很勇敢，我從來不信上帝什麼狗屁倒灶的，侖他的菩薩只會坐在蓮花看人間悲苦。要是在妳身上看見什麼美好的，我以前不會鬼扯到看不見的神，現在動搖了。」

「謝謝你看見我的心中的主，也謝謝你看見自己心中的那個吳天雄了。」古阿霞坐在輕便車邊緣，說：

「不跟他們一起下山？」

「我要翻過大山去，到梨山去種蘋果，也許努力點能娶個山地女人，生兩個腦袋還清楚的兒女，安靜過一生。」

「嗯！祝福，平安。」

「平安。」

一臺輕便車滑去了，發出輾過雪的聲響。風很強，古阿霞把紅披風塞緊帕吉魯的身體禦寒，發現他臉頰滿是淚水。他醒了，她鬆口氣了，兩人的手捉得沒處空隙。轉彎處，一縷殘雪從冷杉枝枒落下，樹下的烏鴉受驚，撲向天空。

烏鴉順著兩道顏色飛，那是輕便車滑過雪地後露出的鐵軌，比雪色暗沉，隱隱放光。烏鴉掠過輕便車，紫綠光澤的翅膀傾斜，朝萬里溪谷飛去，牠看見一點紅披風在白雪中忽隱忽現的快速移動，往海拔低的綠色森林，消失了。

卷九

森林大火

森林大火延燒了一個禮拜，夜裡的天空都著火似，像地獄。

六月初的清晨三點，貓頭鷹的孤鳴與滿天星光一樣銳利，潮潤的萬里溪河谷傳來鹿啼，大觀村的人在天未亮就起來活動，忙著去打火。流籠不斷吊送救災人員與物資，火車往高海拔爬升，車輪叩響軌節的詩意節奏被所有人糟蹋成疲憊的瞌睡頻率。

古阿霞用五個大蒸籠炊好白飯，幾個婦女在客廳做飯糰，花了兩小時做出了生味噌夾酸梅飯糰。炊飯的蒸汽令山莊潮濕，在梁上凝結的水珠混合了多年來的塵埃，滴下黑雨。但是，馬海揚起的火塘灰也令人難受。

馬海認為森林大火的肇因不是傳言中某個工人烤飛鼠引起失控場面，是半個月前，在山莊有個失心瘋的酒鬼把尿在臉盆的尿潑熄了火塘的火焰。打從山莊建立來的祖訓是：火塘熄火，引起森林大火，趁早晨用畚箕把火塘的灰揚起三次便能儘快滅火。連學醫的馬海也信這套。

大門被推開，有人進來，傳來劇烈的咳嗽。古阿霞轉頭，覷著一個熟悉的身影在暈燈下脫鞋子——右手撐牆，用兩腳交替蹭掉鞋套——她這麼做是有身孕而不方便彎身。古阿霞看出那是待在未婚媽媽之家的王佩芬，怎麼回來了？她往圍裙抹乾兩手，前去幫忙。

「跟幾個臭三八婆吵翻了，不住在那了。」王佩芬把古阿霞留在鞋櫃旁，小聲說：「這樣穿了大衣，看不出來懷孕了吧！」

「很苗條。」

「我很努力保持。」王佩芬很有自信，「還有，妳沒亂說話吧！」

古阿霞搖頭，保證沒吐半點渣。王佩芬這才安心的走上榻榻米，習慣性撐孕腰的手這時忙著舉起來跟大家招呼。忙著包飯糰的村婦們說，幾個月不見，還以為嫁人去了。王佩芬還是老樣子，跟大家雞婆幾句，說她去花蓮市學洋裁，要不是有個男的對她死纏爛打，送花送鞋送洋裝的，她才不會回來清靜幾天。幾個村婦聽了大笑。王佩芬陪著笑，說，「阿桑，有空幫妳們做件大衣，不收錢。」婦女們這下正經起來罵那個死纏爛打的男人。

王佩芬招呼完，往櫃臺後方的梯間上樓，在轉角處狠狠搶下古阿霞提來的行李，告誡她這樣攙扶又提醒小心，洩漏給大家什麼似的。然後，她坐在樓梯，沒來由的使勁大哭，喃喃說著日子很苦。古阿霞沒說話，把手給人捉著，靜靜的給了依靠，然後她看著哭完的王佩芬順樓梯慢慢爬上漆黑的二樓，那濃稠得不會掉下任何線條與塵埃，許久，才從黑裡掉下好大的一聲：

「阿霞，我很想素芳姨的。」

素芳姨失敗了，罹難犧牲。這消息刊載在五月下旬的報紙，混合隊發生山難的只有她，受到國際記者與國內登山團體的譴責。這則新聞在摩里沙卡沒有受到矚目的原因是，森林大火瞬間燒開了，短短幾天，共五十幾公頃的森林陷入火海，人們忙死了。

王佩芬是聰穎，拿了素芳姨罹難的消息壓下自己的哭聲。這打住了婦女的八卦嘴巴，她們在客廳拉長耳朵聽到王佩芬說了。古阿霞回到客廳，把手沾濕，把飯糰都包好。隨後將四百顆飯糰搬上停在山莊前的火車，將前往失火的兩千兩百公尺高的林班地，隨車的另有三十幾位救災的男人。火車開動了，古阿霞遲疑幾秒，跳上車去，還揣了一下口袋裡的那則素芳姨罹難的剪報。

清晨五點半，天光微亮，火車到了目的地，幾個藍色防水布搭的臨時野戰休息室堆滿了罐頭與水桶，用剩的塑膠垃圾與瓶罐到處丟，做飯糰的婦女忙得沒空去調頻陷入沙沙聲響的收音機。三十幾個男人背上更多飯糰，拄著打火工具靠近半公里外的火場。在火場附近，空氣乾燥，火焰嘶嘶作響，隨時有樹木燒炸的巨響，鼻孔很快能摳出灰燼鼻屎。

古阿霞走向火場，感受到了莫名的恐懼的威脅，感覺把命運放在撒旦的手上。轉過山頭，她看見火場了，眼前灰沉的暗夜撕開了一線滾滾無垠的熾烈，數百公尺長的齒狀火線沿山坡爬動，濃煙飄動，空氣中瀰漫嗆人的細微分子。古阿霞想起從火場出來的人這樣形容：「失控的地獄之火。」她在第三救火班看到了帕吉魯。在散亂的人群中，天地衰黑，她獨見他，且是背影，如何都有寬綽的線條。帕吉魯拿著自己用皮帶條作成的火拍，朝火叢打去，總得拍幾下，火沒了，背影也淡了。古阿霞在三十幾步外愣著，這時候她上前也幫不了，甚至沒打好草稿要怎樣說明素芳姨的死訊。她隨救火人群忽進忽退的站在外圍，看著那背影，直到早晨八點，暖陽照了一段時間，飽含露水的地表上層三十公分處產生了痙攣似蒸發熱氣，大地變乾燥，森林漸漸淪為火舌肆虐，救火隊休息，隨它燒。

帕吉魯躲在山坳處，啃著第二顆飯糰，說：「早。」

「早安。」

「妳很早來。」

「嗯！我很早就來了，被你發現了。」

帕吉魯笑得燦爛，他的省話，她的懂。帕吉魯出汗的臉沾滿了灰燼，用手一抹便暈黑，尤其是眼眶周圍都弄糊了。古阿霞安靜的看他吃，好時光是這樣，說什麼話都會打破。飯糰裡的味噌是生的，熱白飯能轉韻成恬淡滋味，吃了臉上洋溢笑。他吃了三顆，口袋裡揣了兩顆，然後上工去闢開防火線。清晨露水重是撲火的最佳時機，日出後大地乾燥只能消極的開闢火巷堵住，最高原則是不要出人命。

帕吉魯走了幾步後，她喊住了他，靜看了十秒鐘，才勉強擠出稍有溫度的話：「萬事小心，我明天帶青草茶來。」

「要晚。」

「嗯！我會睡晚點再上來！」

太陽漸漸爬上天，照耀在灰茫大地，一個山下來的小姑娘走過森林小徑，穿過嬌兮兮蕨草，看起來有心事，她交錯而行的紅雨鞋迸出澤光，終於消失在莫名之中。

帕吉魯看小姑娘，看得失神，這才收起火拍，追上移動的人群尾巴往兩座山外移動。在人造的檜木混合林，一百多人正拿美式雙頭斧清出更寬的防火線，每人的臉灰黑，發出吆喝，樹木折倒的聲響不亞於火燒爆裂。這條六公尺寬的防火線從稜線往山下蜿蜒，防火線廊道雜生了矮芒與杜鵑，兩旁種有葉片飽含水分的木荷或昆蘭樹，後者由人工栽植而能有效的圍堵氾濫的火勢。帕吉魯發現，木荷族群深入到檜木混合林，綿延到未知之境。

這時一架F104戰鬥機例行每日的從高空偵照火勢，轟隆隆響。帕吉魯放下斧頭，從雲層找飛機，太高了，天空灰撲撲，他思忖，如果這時候有一張此地的秋冬空照圖，必能觀察到一條純白路徑，那是樹冠開滿白花的木荷家族的遷徙傑作。樹種可能是季風吹走種子，成批的遷徙到他處。因為木荷的種子又小又扁，像小耳朵，能飛翔。

帕吉魯脫離了忙碌的人群，循著木荷走，樹跡有時間斷，有時零星，經過坎坷的爬坡路途，一小時後他來到一塊有百來株的木荷純林，他從未看過這麼多木荷，「大家好，小耳朵樹們，我來看你們家屋頂。」

他躺下來，看天空，想像深冬時這片開白花的樹如何在風中會斷頭似的整朵落下。他的淚落下，整朵整朵的落，有種荒涼滑過臉，滑向心坎，濕潤了記憶深處。他感到媽媽真的離開了。

古阿霞回去山莊就燉了青草茶，冷了灌入玻璃瓶，放入水桶冰鎮。六月的水特別沁，特別酥，有股流經祕境後的野薑花芬芳，幾個裝茶的玻璃罐在不斷注水的桶子裡擠得叮噹響。她忙山莊的活，森林大火之後來了大官們視察災情，災情重得借酒澆愁，杯盤狼藉令人忙。她忙累了，聽到桶裡的玻璃罐磕響，偶然，清脆如風鈴，三兩次的，淡淡渺渺，可是存心去看那幾罐傢伙在水裡磨蹭，也只有磨蹭，沒聲沒響。

隔天早上，古阿霞把冰茶灌進了紅膠殼水銀膽的保溫瓶，塞了才從剛上山的攤販買來的碎冰，追上九點火車，每升高兩百公尺打開瓶塞透氣，她曾經沒這樣做而讓瓶塞在半途被瓶內壓力擠出來，結果傾斜就倒光了飲料。

火車轉了八個峭壁彎，大山近了，大火也近了，空氣中越來越濃的煙塵。古阿霞走下車，順著土徑，一腳高、一腳低走，穿過六天前的火場，大火堅壁清野的帶走了萬物，剩下幾棵樹木骨架。古阿霞看見了什麼似，她脫離山徑，走進火場深處的稜線邊，兩株昂然的木荷矗立在焦黑戰場，樹幹是一根瘦長湮鬱的樣子，葉子捲曲，抽新芽了，她折了樹枝卻讓傷口泌出芬芳的樹液，像憋了好久的淚落下。木荷樹活著，她心想，這不就是《聖經》描述的橄欖樹，無論歷經戰爭、洪水與祝融大火之後，再怎麼節節疤疤的生命，即刻生機的竄苗。

她把樹枝放進口袋，爬上山巔，眼前的十座山黑禿禿，大地同樣疲透了。古阿霞卻發出微笑，不遠處的山腰，她看見帕吉魯帶著一群小孩子走來，他們揮手跑來，穿過對向扛著斧頭或掃刀要去砍防火線的工人。

「我在這裡。」古阿霞大喊，白喊了，黃狗跑到了她跟前。

「快，救火員來了。」為首的趙旻衝來，其餘人跟來，帕吉魯牽著小墨汁殿後。

這下完了，古阿霞知道他們衝著青草茶來，這紅塑膠殼瓶這麼大，哪都藏不了。她把瓶子護在胸前，兩手抱緊。趙旻說，那是他要的滅火器，能解救渴得皸裂的嘴巴。幾個被煙塵把臉弄得黑糊糊的小孩擠過來，又是磨蹭，又是跳腳討水喝。古阿霞說好，不過得先給帕吉魯喝一杯，她拉開瓶塞，啵亮一響惹得孩子尖叫。她倒了七分紅塑膠蓋，越過一片焦急的眼神們，遞給他。帕吉魯一直笑，又討了第二杯，那個笑是滿足，是給孩子的挑釁，分明是說這世上仍是有你們流露天真還是介入不了的愛情。

其餘的都給了孩子。他們盤坐地上，仰頭張大嘴，一個個受盡甘露，喝了古阿霞倒來又冰又沁的青草茶。他們的天真更加清明剔透，又喊又叫又唱歌，在焦楚的荒嶺顯得格格不入。有個孩子甚至把茶含在嘴裡，回頭走兩公里才吞掉。

「快點下山去，這很危險。」古阿霞催促小孩們。

「我們是來幫忙的救火小英雄。」趙旻拍拍胸脯。

「阿霞姊姊，妳要留到晚上看火燒山，很美，我們都要留下來過夜。」小墨汁天真的說。

「原來你們來救火是假，上山玩是真的。」這麼快露出了狐狸尾巴，古阿霞說，「好吧！我也來看火。」

古阿霞留到了晚上。夜裡冷，他們從臨時帳篷出發，她穿上帕吉魯的厚花格襯衫，第一顆領釦被扯掉，袖口磨平，領口有男人久未洗澡的油耗味。胸袋藏有什麼，她摸出了幾根傳統五齒鋸子才會鋸出的細條狀檜木屑，而不是電鋸的細渣。另外還有包東西，她拿到手電筒燈下看，那是初春時才為他縫製的烏心石花香包。烏心石的花朵貌似玉蘭花，但花香低調，適合男人。她這時要丟掉，幾個念頭盤桓，又不捨得了，揣在手心。

路途上，一切燒罄了，沾了夜露便瀰漫焦味，火劫後的殘樹像一縷煙，蟲鳴缺席，孩子說連鬼都被燒死了別怕。大家慢慢爬上山去。山太高，夜太濃，星子往下爬，抓不住的摔成了流星。星星多得有種大家能把手伸進電視節目結束後白點閃蹦不停的星花螢幕。

「衝上去。」趙旻對帕吉魯打了機靈的眼神，跑上山頭。山上的孩子就是這樣，喜歡玩衝山。

黃狗沒有衝去，打圈子，抬腿找地方尿。帕吉魯用腳頂牠的肚皮，黃狗識趣的追上山，溜了灰煙。

「他們打算把學校廢了。」帕吉魯說。

「喔！」

「很可惜。」

「嗯！」

古阿霞一怔。她知道，這陣子孩子們討論學校前途，用水源地森林的錢資助學校運作，未來要如何走下去，要存？要廢？難道值得用「一座森林，換一間學校」嗎？沸沸揚揚的紛爭，莫衷一是。有些學生去問古阿霞。她難回應，花了這麼多努力完成的事，看來是劫難。帕吉魯表示，這沒有不好，要失去森林，才會記得森林的好。

「哪時候廢？」古阿霞問。

「讀完這學期。」

「他們是怕我難過，才叫你來說。」古阿霞傾斜身子往山頂爬，「學校廢了我不難過，小朋友都學到了。森林沒了，才令人難過，摩里沙卡也要廢了。」

「重來，種樹苗。」帕吉魯說。

「要多久才長大？」

「一千年，或兩千年。種樹不是為自己。」帕吉魯說，「那棵在學校的銀杏叫『公孫樹』，意思是樹都是阿公種給孫子用。」

「種樹太慢，大家只想種菜，種了很快吃得到。」

兩人快爬上山巔，孩子站在那喊著快來。帕吉魯抓她的手，感到有個小布包擱在彼此的掌心。古阿霞在陡坡重心不穩而鬆手，小布包掉了。附近一隻被燒死的山羌吸引了四公里內的紅胸埋葬蟲來搶食與爭鬥，牠們受驚排出臭大便，古阿霞掩鼻想走。帕吉魯卻蹲下來找小布包，找不著，徒有掌心的淡味，枯渺乾萎的花瓣味。

孩子都很天真，大喊催促，不知道大人有話在心裡纏死。

帕吉魯忽然說：「妳有心事？」

「下禮拜我就要去臺北了。」古阿霞去參加五燈獎決賽。

「快回來。」

「要不要一起去？」

「不要。」帕吉魯斬釘截鐵說。臺北人多，房子多，他喜歡山裡，死也不願意往大都市鑽。

「還有，王佩芬回來了。」

帕吉魯沉頓一會兒，說：「還有嗎？」

「到了。」

對面山頭的火延燒，他們在大火的下風處很安全。在夜裡，氣溫低，火勢比白天嫻馴，溫溫吞吞，往山谷下方慢慢的走去。置身事外觀察那些火焰，通透晶瑩，裡頭有樹木與小動物化成塵土的夢境美感。小朋友們拿出牛奶糖吃，坐在山巔看火。這時對面火場，一棵兩千年的紅檜燒起來，怒火爬滿樹幹，然後巨樹往山下倒，轟隆一聲，大量噴出的火星展開了飛行，往六個方向流成了六條閃亮的小河，落腳在各處燒起來。

美呆了，小朋友大喊，跳腳大喊萬歲。帕吉魯也大笑起來，因為他找到那小包的乾燥花了，卡在夾腳鞋的鞋帶縫。古阿霞笑了，要講的話吞到深處。帕吉魯笑完，回程的路上，牽著她的手，淡淡說：「媽媽不會來了。」

「怎麼說？」

「亮了。」帕吉魯往東指。

夏季星群登上舞臺了，著名的「夏季大三角」牛郎、織女等冒出地平線；人馬座星斗引領著銀河系核心那些萬頭攢動的星雲，要爬進了天空，如斯明媚。帕吉魯遠眺星雲，說，媽媽習慣在嚴雪與下雨時登山，踏入死境，他早已習慣在生命中暫時失去這段親情，或永遠失去。媽媽說過，要是她忘了回來，肯定是從某座更高的山不小心爬進天空了，那時候，她會擦亮星星，星星會更亮。

「星星越來越亮了，媽媽爬上去擦了。」

星星真亮，摧心肝似，給人失暈前的眼前一白。古阿霞想。

古阿霞剛下山，又被召回高山的救援基地幫忙做飯。她上樓收拾細軟，順樓梯一級級爬上去，她看見王佩芬坐在靠南的窗口，窗景襯著十五公里外的森林大火。

沒有陽光的日子，窗光仍夠，王佩芬執意點起汽化燈，瀰漫汽油味。有一種不屬於塵世的無奈歲月籠罩在她周圍，肌膚散發從內心透出的蒼白，王佩芬搬出素芳姨的遺物，仔細整理，盡挑喜歡的留下，再把其餘的東西放回原位。遺物看似完整，事實上有些沒了。

王佩芬拿出兩枝派克與ＳＫＢ鋼筆給古阿霞，喜歡寫字的人，擁有這些文具更好。古阿霞不喜歡分贓，可是她知道，這些失去主人的遺物只能永遠在這空等了。她收下兩枝筆，也收拾了一些自己的簡單衣物，動身離開，在門口轉身看著王佩芬在窗下，恍惚是素芳姨的背影，屋內瀰漫一股情感擱淺暫停的憂愁，而時光仍熊熊燒著，到處是主人的影子。古阿霞讓王佩芬去整理，據說孕婦臨盆前總是懷舊，因為將有個小生命來搶走她的時光。

山莊門口正運來蔬菜與豬肉副食品，幾個婦女忙著搬，進進出出。下樓的古阿霞錯身而過時，牆上掛的愛知時鐘在九點半敲了一響。她被人叫住，回頭看，郵差在雜遝人影中坐在臨窗矮桌喝咖啡。

「掛號信，阿霞。」郵差喊。

古阿霞回頭找印章蓋，忽爾想到口袋有派克筆，抽掉筆蓋簽收。郵差放完了第五顆方糖，喝完咖啡糖水，從口袋拿出一封對摺的標準信封，說：「抱歉，信慢到了。」

古阿霞看了時鐘，不過遲了半小時。可是，信封除了寫上收件人古阿霞，寄件與收信住址完全空白，也沒貼郵資。她覺得字跡略熟，卻猜不出誰寫的，當下用手絞開信封，拿出信件，直接跳到信尾的署名，赫然是素芳姨。這時候，火車鳴笛三響，催促馳援火場的人趕快上車。古阿霞走也不是了，緊緊揪著信，看著郵差。

「劉素芳出國登山時，託給我的。她交代，要是回不來，把信交給信上的人。我這幾天聽人說了她的事，才想起，所以信慢送到。」

「有給別人的信嗎？」她為帕吉魯問。

「只有妳。」

古阿霞不可置信，怎麼沒留信給帕吉魯。她颼的站起，說聲道謝，一邊跑過七、八個人，一邊道歉，追上往火場的專車。她討厭這樣，總是追著火車屁股，最後被車尾的人拉上去。在火車爬升一公里的路途，她背著風把信讀了十幾回，在人群中壓抑流淚，甚至火車爬入三百公尺的隧道使她融入黑暗也隱忍。信中，素芳姨說寫完這封預先完成的信，對她攀登聖母峰能無後顧之憂，她把郵局存簿交給古阿霞使用，交代私章放在哪個暗屜。素芳姨說感情這種事不能勉強，要是緣分到了，希望古阿霞跟帕吉魯修成正果。最後，她要求古阿霞到臺北參加五燈獎比賽，能幫她一件「至為重要的事，去救豬殃殃，務必」。

深呼吸後，古阿霞心情比較鎮定，啃著半顆飯糰慰藉心情。下車後，她在高山救援基地忙著煮飯，待會送餐去火場時，給帕吉魯知道信。她用桶子裝著菜渣往廚房後頭的山坡拋，一群在那覓食的金翼白眉與酒紅朱雀炸飛，撲到附近的枯樹，抖著尾巴，叫聲寬厚圓潤。

有一隻體毛有圓斑的小鹿站在菜渣堆，愣愣看人。牠可能在森林大火中跟母親走失了，跑來救援站覓食。這讓古阿霞有些擔心，小水鹿會被晚上回來的工人當成打牙祭的野味。她出聲驅趕，小水鹿佇立原地，眨著美麗的眼睛。這隻不懂森林法則的幼獸，分不清楚敵我。

古阿霞走進垃圾堆，抱起小鹿，往更深的山谷走，帶到那裡的森林放生。往日的獸徑或人跡小徑被火舌舔得乾淨，每個方向都是路，或沒路。古阿霞直接下切，看似堅嚴的土坡很容易踩崩而失足。終於一個不小心，她往陡坡栽去，連滾幾圈，翻得天地在眼裡打結，最後躺在地上。那隻小鹿也翻兩番，驚訝的往山下跑去，隔十幾公尺與古阿霞對望，眼神溫純，黑黑亮亮。

這時候古阿霞哭了，她攤在地上看藍天，心中感到一股模糊的寂寥。那感覺來自素芳姨信中講過的「這輩子來不及感謝的、道歉的話，成為夢中最期待的相逢」了。

帕吉魯從很遠地方，看見古阿霞順防火線來送餐，紅雨鞋交錯，覺得她有心事。古阿霞走近，有些話深深埋在紅潤的眼裡不便說，她低頭，從袋子裡拿出肉鬆飯糰與味噌湯。

「怎麼了？」帕吉魯才問，古阿霞便落淚。

「有一隻沒有媽媽的小鹿跑到了救援站，我怕牠被殺。」古阿霞秀出手肘的傷痕與褲膝的擦痕，說明要送小鹿回森林的路上造成的。

帕吉魯拆下黃狗的嘴罩，給牠飯吃。他說，現在森林遭火，動物們在快速遷徙或逃亡的路途，難免會沖散。不過，水鹿出沒的習性通常是晨昏，白天靠近人類，是時間與地域混亂了。他又說，目前看來小水鹿沒有危險，白天出遊的牠到了晚上得找地方睡覺，反而遠離了回去的救火人員。

「我想留在這幫忙，好不好。」她只想待在他身邊。

「浪胖。」帕吉魯拿出狗鍊，要她顧狗就好。

餐後，他們離開營地，走上松針小徑。古阿霞打赤腳，體會松葉在擠壓與舒緩之間的彈性，十分鐘後，密集在地上縫了波斯地氈似的松針小徑消失在陽光盛亮之地，那是防火線，十餘種男人的吆喝聲好刺耳。在此之後，她感到淡安，並且把松針鋪在雨鞋內當作松林的延伸。

她不清防火線，只顧狗，顧著看砍樹的帕吉魯把上衣捲在腰際，亮著汗膜的皮膚脹動，有圈較深的汗水積在腰衣，後頭襯著那些拿電鋸幹活、拖走倒樹的人群。古阿霞看著看著，打起盹，一歪頭就給狗跑了。她沒事幹，追著黃狗去。狗原本會回來，給人追便跑遠了。牠有時停，有時跑得很興奮，保持一種令古阿霞不久要追上的錯覺。

空氣中有火焦味，古阿霞有點害怕，這樣的追尋在低矮灌木阻礙的森林裡不是好玩的，爬上稜線時，強風使得汗濕的她打顫，她看見半公里外的火場，以及濃煙後三公里遠的咒讖森林。咒讖森林的蒼鬱樹木在遠處看來，有如上帝髮絲濃密的暗影。她擔心火燒到那，連帕吉魯都說很可能，這場失控的大火沒有人預知她的脾氣。

幾隻灰喉山椒鳥忽然掠過，驚恐慌亂，發出激烈的拍翅聲。黃狗猛吠。古阿霞察覺到變化，風變得更兇，颯颯作響，颳過皮膚有靜電吸附而使寒毛豎起的乾燥感。接著，火場附近傳來尖銳的哨音，表示救火員遭遇危險。接下來幾分鐘，那裡傳來了人們急切的呼喊與斥喝，加深了古阿霞的猜測。

「害矣啦！『發爐』了。」幾個人從防火線跑來，眺望遠方。

「發爐」是指廟裡香爐的香枝過多而高溫燒起來。古阿霞眺望到，遠處森林大火受到乾燥的怪風促燃，火浪爆發，往四周噴散，火線在幾分鐘裡失控的往快擴散。哨聲是靠近火場的幾位監視員下達的撤退指令。

「這樣噴鶖仔①，是要人幫忙。」持續的哨音讓古阿霞身旁經驗老到的工人說。

帕吉魯把斧頭一拋，跳下山稜，往火線前頭跑去，黃狗也追去。

古阿霞想說些注意的話，多走一步便踏陷了邊土，重心不穩，「被迫」往稜線下又跑又跌的追去，氣勢不落人後。她滑到較平坦地形，腳踝擦傷了，傷勢還好。黃狗在她身旁兜轉，了解傷勢無礙後，往一條荒塞的路徑離去。她知道接下來是個錯誤的決定，起身追帕吉魯，黃狗會帶她找對方向。

森林大火蔓延太快了，當古阿霞覺得不對勁時，身陷危險。乾燥的強風從遠地被吸入火場，忽然又從火場倒灌而來，她像活在巨獸一呼一吸的喉嚨。但有種場景令她警醒，空氣中到處飄著火星。「飛炮」，她腦海閃過這個詞，想起曾有工人這樣描述森林大火如何神祕的躍過一條河或兩座山，這是因為在詭風助燃下，較輕的可燃物化成了火星噴飛，到處遷徙，在遠處落地成火。這種跳躍式燃燒，類似象棋中的飛炮打過山。

這是危險的信號，古阿霞大喊，要帕吉魯回頭。她喊幾聲，自知對山林無知的自己比帕吉魯更處於劣勢，抱起了黃狗，決計落跑。她照原路跑回去，聽到之前站立的山稜上有人大聲呼喊，隨後了解那呼喊不是指引，是告誡大火把退路燒起來了。

古阿霞沒有猶豫的逃往另一側，那沒有火，兩分鐘後她與帕吉魯和一群撤退的消防隊、火場監視員碰頭了。現在終於說明了尖銳哨聲的原因，一位救火員斷腿了，他在監控火場時，被突然爆燃的火焰嚇退，摔斷了腿，由五位同伴背負撤退。

在這艱困場合，古阿霞遇到帕吉魯仍是驚喜，挺能理解他臉上出現由暴怒轉而無奈的表情——一個斷腿的消防員夠棘手，現在多了女人。他們趕快逃，被火逼著逃亡，跑在沒有明顯路徑、灌木叢礙人的森林，迫於急切，他們常常不能背著斷腿病患，是拉著他的領子就拖過去。

斷腿的傢伙痛不吭聲，臉上是汗，牙關緊咬，用兩根樹枝固定的斷腿不斷發抖，他最後大喊：「放我下來，你們緊走。」

這令救援隊有了變化，心裡有些鬆動。一個戴白鐵防火盔的小隊長，擦掉臉上沾的泥污，要求隊員離開，「先走，去安全的地方等我們。」小隊長用「我們」意味著除了他與傷患，其餘的人離開。

這指令是無比溫柔的請求，但是環境危險，幾個人說走就走，在森林快速移動。帕吉魯在前頭，手中緊拉著永不放棄的古阿霞，黃狗跟著。古阿霞能體會大家為何斷然離開傷者，以理性來說是該留下幫助，但是被求生的本性蓋過，因為森林也失去理性了。無數的飛火順著風徑流動，一陣陣竄過頭頂，樹木扭動，鳥類忍到最後才飛離有幼雛的巢穴，奮力揮翅，仍被風拋到遠方。古阿霞第一次深陷如此駭人的絕境，世界末日是唯一的解釋。

幾隻小影子逆向跑來，遇見幾人，瞬間跳過膝蓋高度。那是逃竄的森鼠，擁有絕佳跳躍能力。緊張的帕吉魯沒有理解到這是凶兆，警醒時，前方一百公尺的松林成了飛火落地後最佳的溫床，阻攔了退路，易燃的二葉松把那片混合林拖下水，三公尺高的火焰蔓延。最特別是「樹冠火」，它們沿著易燃與多風的樹叢高處延燒，展現獼猴群搶到紅色系水果後，嘰嘰喳喳在樹梢快速跳躍的愉悅，非常快，然後往下燒樹幹，成了「地表火」，摧枯拉朽的燒完了森林。

猛火吃光了能見度，他們沿原路折回，在某棵樹盤長滿樹瘤的紅檜朝南方轉去，卻看見一道紅光橫亙在前方，他們這下心都涼了。

---

①哨子，閩南語。

「救援隊來了，在那。」古阿霞大喊。

不遠處的樹下有人影，大家找到曙光似跑去，竟是小隊長。

小隊長與斷腿的傢伙坐臥樹下，手叼閒菸，對追來的火勢放棄突圍，兩人眼眶紅潤，分享了生命中曾有的悠悠情誼，與目前最後的時光。

小隊長見帕吉魯等人折回來，嘆氣的罵句粗話。

兩隊人馬猝然在火場相遇，沒有遇見希望，有幾秒愣在那不知所措，抽菸的抽菸，發呆的發呆。小隊長吸了口濃煙，展了睿智，無論時局多麼危急，總得讓有些人發揮專長，他派了一位容易緊張的小伙子前去顧火，好讓他別閒著發抖；又派了機靈的人把火場大小觀察仔細。

然後，小隊長說，「來，大家來『刣人樹』下坐著。」

聽到「殺人樹」，帕吉魯頓時通了電。這一路他拚命跟大火玩貓捉老鼠的逃亡遊戲，輸就死了的恐懼令他快逃，把古阿霞牽著的手腕捉得瘀青。這時，帕吉魯看著小隊長棲身的「殺人樹」是木荷，此樹不只防火，飽含毒素的莖皮常被自殺者取用，因此得名。

他走前幾步，環繞那棵木荷，用掌輕輕的撫摸，跟它說話，幾乎現在就要跟樹戀愛的感覺。

「索馬師仔，爬上樹也沒關係。」小隊長有點無奈的說。

這正是他要的，帕吉魯睜開眼，爬上去撫樹皮疙瘩，從更高角度環視周圍的植物群環境。摩里沙卡六十八座山，四千多萬棵樹，每棵樹的遷移與生長，皆與環境緊密的相扣成環，落在哪生長，長成什麼模樣，看似尋常或尋奇都各有道理。其中玄妙很難參透，但有點不會錯，帕吉魯走過路徑所凝視過的植物，絕對很難忘記。他曾經過這棵木荷，抵達到他們的龐大家族。

帕吉魯再度閉上眼，雙手抱木荷，喃喃說：「開白花的樹呀！你是森林美麗的樹，你孤單在這，告訴我你的媽媽在哪，我需要她們幫忙。」他呼吸沉緩，直到髮梢與腳趾甲都參與了這項活動。然後，他腦海積極搜尋那微弱的印象，想起前往木荷家族上的點滴足跡。

「（好）多的媽媽。」帕吉魯大喊，手指著某方向。他的手被普刺特草的尖刺割傷，沾了紫色漿果液，手勢顯得清楚。

大家都不懂，連古阿霞也不解。

「那有一條路，可以安全離開。」古阿霞解釋，唯獨她知道，這時候他無論講什麼都表示在尋找生路。小隊長往那個方向看去，一片火網堵死。他聽過無數次有關摩里沙卡唯一的「索馬師仔」怪譚，這次不只要遇到人，更要遇對傳說。「開路。」他連忙指揮幾個消防隊弟兄前進。

他們來到火牆前，先拿了用輪胎皮剪成帶狀的火拍，朝地上拍，別拍太快反而讓火吃足空氣變大。一個消防員把腰掛的早期消防彈用力搖動，讓石灰水溶解，摔入火場降溫。另一個消防員再拋進一個新式的乾粉滅火彈，噴出大量的二氧化碳與水蒸氣，有路了。

死亡太霸道，任誰都怕。那個被安排衝進火場的年輕消防隊員，遲疑了，眼看開出的道路又給火吞掉了。大家仍在遲疑，大火要補上所有的通道了。

「走。」古阿霞喊，用沾濕的手巾摀住嘴鼻，拉著帕吉魯衝進去了。

她相信他的直覺，火再大也願意去。盡頭不會太遠，她死命跑，然後不知所以然的跌倒，殿後的帕吉魯隨即把她提起來跑，來到一片沒有火勢的樹林，其他的人也衝過來。這片樹林是龐大的木荷家族，至少有一百多棵，是幾天前帕吉魯曾拜訪過的地方。他們聚在森林中間，等待所有的火浪湧上來。

大火圍過來了，上千度的火場熱度摧毀一切，檜松等樹木發出吱吱喳喳的火爆，樹幹爆炸，火星恐怖的穿梭在木荷森林。空氣乾燥，熱風狂襲，比颱風還可怕。消防隊員們趴在地上，非常恐懼，彼此的手本能性的緊捉。帕吉魯把黃狗的鍊子解掉，如果解脫來了就不要束縛。他仰躺看天空，兩手攤開，讓害怕的古阿霞像小貓擠在他的腋下。他瞅著木荷家族守護的那片小小藍天，小小的藍天，充滿希望，雲朵舒卷。

「我們在你們的房裡，謝謝你們的保護。」帕吉魯說。

大火延燒過去了，濃煙散去，黃狗到處跑，木荷森林奇蹟的矗立在焦黑的火場中央，受高熱燒捲的樹葉將在未來的半年復原。帕吉魯站起來，他帶古阿霞去認識每棵木荷，抱了每棵，那些消防員也是。

遠處跑來了救援隊，他們在枯黑的大地完全失去影子。

歐匹將來電

懷孕的人會偏好某些怪食物或氣味，尤其是臨盆之際。

王佩芬偏好汽油味。她白天點著汽化燈，到處走，沒聞到會頭疼流鼻涕。帕吉魯卻很討厭油味交纏的山莊。

六月清晨，她趁著人少的時候提燈經過村落，到工具房拿汽油。她穿水藍的緊身喇叭牛仔褲好給撞見她的人話題。唯一製造的話題是：昨晚趨光的大透目天蠶蛾斂著豔麗的晚禮服翅膀，睡在集材柱，遭清早的青背山雀啄食。脫逃的天蠶蛾跌在王佩芬頭上掙扎，篩落了蛾粉，嚇得她差點在稍早由某戶人家以臉盆水潑濕的泥地上滑倒了。一群小朋友見著笑了。

王佩芬推開工具房，汽油、機油與金屬粉末味衝她來，水泥地積了油垢，她肺腑頓時張開。角落有人坐在那，開門聲讓他停下工作望過來。王佩芬把燈提高讓對方看見她，或是那件有話題的藍牛仔褲。她不久適應微暗，覷見角落的人是帕吉魯。這也沒話題了。

帕吉魯永遠不適應工具房的汽油味。他昨天與古阿霞逃離林場火場，驚魂甫定，回到山莊，他凌晨來這選了德製STIHL鏈鋸，十六吋鏈板，長約一公尺，這是鏈鋸中的巨獸。他現在要跟鐵獸講話，做朋友，記下木牆上寫的鏈鋸操作與維修注意事項，包括鏈齒修銼、機油與汽油混合比例等，這才能喚醒牠。啟動不過是拉繩子的功夫，他怕的是如何駕馭電鋸咆哮似的靈魂。他這輩子最大的挑戰在此，放下傳統鋸，拿起電鋸。

王佩芬要他幫忙，從兩百公升的汽油桶，用幫浦抽油到三公升的提罐。她知道古阿霞這次上山沒有把素芳姨的死訊說出，便說：「有時候我不知道該怎麼說才好。」

「那不要說。」帕吉魯難得跟她說話。

「可是，我一定要說才行。」她多靠近一步。

帕吉魯抬頭，凝視了她髮上的某層奼金鱗粉，從背後射來的戶外光而形成金屬鍍膜顏色，是哪種昆蟲留下的？或是新的女性化妝品？他壓抑不用手去碰觸那些粉末。

「我媽死了。」他說。

王佩芬愣著，幾乎被打了耳光般接不下話，她流下淚，昨晚偷偷喝下的蘋果酒在腦殼裡發酵，遇人不淑與悲傷再度湧上喉嚨。她很少在人前隔著衣摸肚皮，以免被人發現她懷孕，可是她現在摩挲不止，表現母愛，說：「這是女的，我相信素芳姨沒有離開，我正努力把她生出來。」

「……」帕吉魯完全不解。

「她跟我說過，她會回來。」王佩芬說，「你能知道到我的感覺嗎？素芳姨就要回來了。」

帕吉魯搖頭，是拒絕，也是不懂。

「她就要生出來了。」王佩芬撩起衣服，抓住帕吉魯的手探索輕撫那顆長了妊娠紋有如熟透小玉西瓜的肚皮。

帕吉魯彈開手，往後退，撞到靠牆的鐵架，鐵架上每層空間堆滿的各式工具與機械潤滑油罐發出碰撞聲，呼應他內心的聲音。工具房另有幾種被驚擾的昆蟲飛翔聲。王佩芬關上滑輪門，汽化燈很亮，枯葉蛾盤桓幾圈後奮力撞擊燈殼，有幾聲清脆，就有幾圈鱗粉濺開。帕吉魯沒有退路，而王佩芬前進，抓了他的手放在腹部下方，那有個全新的生命將要來到。然後，她輕撫他的頭之後壓下去，要他蹲下去聽肚子裡的聲音，像凝聽千年扁柏的年輪裡堅實不疑的「心臟」——那是他最神祕解釋樹木的密語——他做了，聽到生命隔著皮膜的跳動。

「我希望她和你一樣，對大自然有膽識。」王佩芬摸著他的頭，「當一個索馬師仔。」

這句話是警鐘，帕吉魯跳起來，擠開王佩芬離開。他提著鏈鋸，沿鐵軌走到學校，王佩芬跟在後頭。那是陽光溫煦的清晨，火車駕駛拉了八響笛聲，催促工人跳上十節的車廂去高山打火。帕吉魯在火車來之前跳到鐵軌另一端走，獨留王佩芬面對吹口哨與丟眼神的工人們。她用汽化燈遮肚皮，一手整理瀏海，習慣性的對他們發出蒼涼的微笑。火車擦身而去，她撇著屁股走，讓工人的最後一眼在失去她之後的半小時內不懂自然風景。

帕吉魯提著鏈鋸來到校園，用腳踩住鏈鋸的把手，拉繩子啟動引擎。引擎噗噗低速運轉，他拉緊油門桿，快轉的鏈鋸噴出潤滑油。他第一次操作怪獸，得找對象練習，相中了樹形優美的銀杏。銀杏帶給他這輩子無數的美好經驗，陪伴他度過了人世間的磨難。這棵樹是他阿公為這世界種下的希望。然後，他朝樹幹切下，一股抵抗力從鏈鋸傳來，潮濕的樹屑自鋸刃噴出，樹葉激烈震動，他從樹幹搖晃的頻率感到樹受到的傷害，極其的深……

「你幹什麼？這是你阿公種的。」王佩芬大喊，她有義務告訴這傢伙，這遺產死了就沒了。

「索馬師仔沒了。」他對自己說。

「停下來……」

「阿公說過，我拿電鋸就先殺了他。」他說了，可是鏈鋸聲響太大，說了也只有自己明白。

「你不要瘋了。」她扯他的衣服，卻怕碰到電鋸。

學生們從教室跑出來，大聲尖叫。六月的銀杏葉片舒卷如煙，裊裊輕顫，隨後轟然倒下來，倒下的還有帕吉魯的美好。王佩芬嚇壞了，眼前的帕吉魯把倒樹支解成了十餘個樹塊，村人跑來看，聚在旁邊議論。他們不能理解砍樹的人曾經努力守護這棵樹。

沒了銀杏，趕來的古阿霞看到全裸的校景，很不習慣。帕吉魯不見了，他拿著電鋸消失在校園，沿鐵軌走去。王佩芬坐在銀杏斷木，她說，她被倒下的樹驚動了胎氣，要求扶回山莊。古阿霞扶她回山莊，又去追帕吉魯問個明白。她沿鐵軌追下去，不久看到他孤寥疏離的背影，沿山徑上去，走入了咒讖森林，黃狗不忘在路口處撒尿。古阿霞安靜的跟在後頭，看破了那份疏離感，來自他再也沒有背著那口大箱子了。

「阿公，對不起，索馬師仔的年代沒了。」他拿出開山刀整理現場，啟動電鋸朝某株千年扁柏砍去，在現代機械躁鬱聲的夾襲下，一陣風吹來，一群山雀飛走了，扁柏像綠色閃電激烈的倒下。

古阿霞懂了，在扁柏反方向倒下的三公里外，她的視線橫過三公里蓊鬱沛然的森林，那邊有森林大火燒過來，白煙滾飄。帕吉魯得清出一條夠寬的防火線保護咒讖森林，沒有比電鋸更快，更具摧殘威力。森林的終結者是人類、大火與鏈鋸，而工匠的時代一去不復返了。

王佩芬的分娩時間「快到了」。所謂快到了，是不確定的漫長等待。

那天下午是她第十五次上廁所，肚中胎兒壓迫了膀胱，頻尿增加。她從廁所走回山莊時，一股水從胯下順著大腿內側流出，恍惚是久別的月經到訪。王佩芬摸了，靠近鼻子聞，沒有尿腥味，而是有股嬰兒的馨香。這是羊水。她在「未婚媽媽之家」上過分娩衛教，羊水破了，是嬰兒將來到的訊息，千萬別站著讓羊水漏光，以免嬰兒缺少緩和空間而窒息。她扶著蘋果樹幹，慢慢躺下，大聲叫人來幫忙。幾分鐘後，她看見了那幅蘋果翠葉與藍天拼圖的馬賽克視景裡出現了古阿霞，總算鬆口氣。

古阿霞跑進山莊求援，把正要拿衣服回咒讖森林砍樹的帕吉魯攔下。兩人把王佩芬抬回客廳，大門上鎖，用鞋櫃頂住，不讓工人推門來喝酒。王佩芬躺在榻榻米，衣服撩到胸口，下半身罩著一塊浴巾，露出渾圓的下腹。緊接著，古阿霞搖電話給歐匹將，把助產士「著人嬤」找來。

歐匹將在電話那頭以八卦的口氣問：「誰要生了？」

「水鹿，牠躲在山莊底下，有點問題。」古阿霞機靈的回答。

「大家在猜王佩芬有了。」歐匹將說，「好吧！產婆不幫動物接生，這樣請不動她。我跟產婆說王佩芬要生了，其他的你們等人到再解決。」

半小時後，年老的「著人嬤」提個診包來，拿出消毒藥水洗手。她把帕吉魯請走，掀開蓋在王佩芬胯間的浴巾內診。王佩芬感到陰道被外物侵犯而產生刺痛，皺眉頭忍受。

「著人嬤」在內診子宮頸打開程度，說：「大約一指半。」

「還要多久？」王佩芬問。

「要五指全開，妳是生頭胎，還要六小時。」助產士接著進行骨盆外診，用聽診器了解胎心狀況與胎兒位置，一切良好。這表示她不用一直待在這，可回家去做個飯，聽收音機八點播放的瓊瑤愛情連續劇。

「所以是十點半生。」王佩芬覺得這時間正好，嬰兒運勢好。

「不是這樣。」助產士講，「大概十點半是五指全開，胎兒生出來，又還要一小時多。」

「夭壽呀！痛這麼久。」

「先洗頭吧！」助產士講完先離開。

古阿霞送到後門，拿出紅包，「拜託，妳不要說是王佩芬要生了。」

「沒想到我第一次幫水鹿接生，幫她生完再給紅包。」助產士走之前說：「妳先去幫水鹿洗頭。」

古阿霞這才想到廚房燒著水。熱水原本是幫出生的小孩洗澡，如今看來水太早滾了。古阿霞端了盆溫水到客廳，幫王佩芬洗頭。孕婦於產後避免傷寒有一個月不能洗頭的禁忌，趕在分娩前先洗。那匹黑順的長髮落在溫水裡，柔順乖巧，絲絲不打結，洗得古阿霞挺羨慕的。

到了傍晚六點，馬海從森林火場坐火車回來，推不開大門。古阿霞隔著大門玻璃掀開的布簾，打手勢要他走後門，然後跑去後門跟馬海說，正好來幫忙。「我不是產婆，我哪懂呀！」馬海走到客廳，看見王佩芬躺在榻榻米，用背部滑來滑去，大喊快死了。快累死的還有從火場回來的馬海，他內心很不捨得這從小在山莊幫忙的女孩正受苦，可是找個位置坐下來，睡死了。

到了七點，馬海被叫聲吵醒，問：「陣痛相隔多久？」

「二十分鐘一次。」古阿霞在紙上幫忙計算。

「還得等，等到五分鐘一次，差不多就可以生了。」馬海說。

當王佩芬的子宮收縮時，會引發陣痛，疼得她難以呼吸，冷汗滑過臉，頭髮濕答答，她直說頭白洗了。她繼續深呼吸，保持冷靜，想到生命中閃錯而過的畫面都真槍實彈來了，嚶嚶啜泣，臉上分不清楚是淚是汗。

古阿霞提了三盞汽化燈從樓上下來，客廳頓時明亮，影子都糊了。還是古阿霞貼心，她根本是山莊的老管家，什麼都懂，她知道王佩芬懷孕後對汽油味特別鍾愛，這三盞從素芳姨遺物中搜出來的燈，足夠寬慰她。

隨著時間過去，陣痛頻繁，王佩芬的呻吟與叫聲太大，快瞞不住她生產的事實。馬海認為遲早會成為蜚語，他不會講誰要生產了，就怕喝酒後是哪個男人的種都會洩漏。王佩芬說，你敢？用怨懟眼神怒瞧。馬海被瞪怕了，請人去開了碰碰車停在門前，說個沒有人懂的拋錨理由。火車運轉聲是用來掩蓋叫聲，王佩芬得有本事叫得過去才能成為八卦。到了晚上，來喝酒的工人都吃了閉門羹。他們不鬧不吵的走開，酒興敗給停在山莊前發出聲響的碰碰車。

到了晚上十點，助產士「著人嬤」帶一大把草走過幾個詢問的村人，好證明這是給母鹿當生產墊。她從後門進入，把手仔細消毒完，用手內診，子宮口已達四指，不過胎位有點不正，助產士說需要調整一下，過程就像改褲子的鬆緊帶一樣簡單。

「難產？」王佩芬睜大眼。

「還不到這麼慘啦！可是生的時候會慢一點。」助產士很委婉說。

「夭壽呀！不早講。」

「早點講，妳會擔心得心痛。」助產士不時變動位置，雙手在孕婦肚皮上又推又搓又揉，調整胎兒位置之際，還避開胎兒臍帶繞頸的風險。王佩芬的臉色又是鐵青又是蒼白，身子發抖，不時哀號，流過臉頰的汗水弄濕了後頸的那疋頭髮。助產士說，放心，這世上除了要流氓側身打滾出來的嬰兒，沒有她接生不了的。

「他們知道我生囝仔了嗎？」王佩芬不知怎麼問起來。

助產士轉頭看了古阿霞，又覷了在遠處避開的馬海與帕吉魯，說：「我只來替水鹿接生。」

「完蛋了。」王佩芬知道，每次謠傳產婆去幫誰家的狗接生，其實是幫不能曝光的孕婦接生。對愛面子的她而言，摩里沙卡將無地自容，生完她就帶孩子離開不再回來了，臉上又平添了淚痕兩行。於是她在不受陣痛控制的時段，脾氣忽陰忽陽，一下子要古阿霞撤掉三盞汽化燈，遠離令人厭惡的汽油味；一下子要馬海把門前的火車開走，嫌吵死了。大家無所適從，祈求嬰兒不要鬧了，趕快自己爬出來。

「不要忘記，你是孩子的爸爸。」王佩芬轉頭往櫃臺，即使隔著豎起的桌子當作屏風，這句話仍殺傷力強的穿過去。

那邊兩個男人，陷入沉默與黑暗中，噗一聲，有人劃火柴點菸了。

「唉！妳這樣很傷人，害了人。」馬海點起菸。

「我沒有路了。」

馬海吐出長長的青煙，對帕吉魯說：「妳害阿霞怎麼辦呢！」

古阿霞腦袋晃震，有種懂了，卻什麼都沒搞清楚的荒謬感。據她對帕吉魯的了解，王佩芬肚子裡的孩子不會是他的，不然就是她向來沒有搞懂過他。馬海起身去火塘扔三根木柴，把火餵得更亮，然後把前門的火車開走，他在櫃臺騰下來的位置慢慢被古阿霞一縷陰魂似的身子靠近。古阿霞需要解釋，看著帕吉魯，只看到他做錯事似的低頭絞著手指。

「媽媽回來。」他終於說了。

「你不要永遠說些我要猜來猜去的話。」古阿霞聽不懂，也不想花那麼多時間去了解他電報式語言。

「……」

那是無比難熬的等待，古阿霞等不到答案，而帕吉魯腦海盤桓過那天下午碰觸王佩芬肚皮的感受。門前的火車開走了，巨大聲響順著鐵軌淡去；一個買酒的男人在搖晃大門把手，影子在玻璃上晃動，惹得趴在玄關的黃狗大叫。王佩芬大喊開燈，她怕黑，陣痛與呻吟越來越密集，聽在古阿霞耳裡卻怎麼都是自己無言又無聲的陣痛。古阿霞思忖，這蹲在角落的男人，是無知裝小孩，還是裝傻不願面對，她要答案，即使自己站立成鹽柱，也不相信男人海枯了。

電話響了，打破了櫃臺那股被冰封的僵硬關係，沒人去接。停頓幾秒，鈴聲再度響起，由最近的古阿霞接起來，聽到話筒那頭說：「還好嗎？」她的眼淚就砸在地上，摔成淚屍。

「妳聽起來很難過。」歐匹將來電關心王佩芬的生產，卻無意間聽出古阿霞的悲傷。

「沒事的，只是王佩芬吵著要開燈，我沒法子。」她提別的話題。

「那個火車發電機呢！」

「幾個月前，給馬莊主開到中央山脈，廢了。」

「只是這樣？」

「嗯！」

「妳去幫我做點事，別把心情擱死在這。」她還沒得到古阿霞的回應，便繼續說：「去閣樓上，那個梁上有個鐵皮殼，打開來，把山下的電話線剪斷，接到另一條黑色轉接線，燈會亮的。」

「哪來的電？」

「上帝。」

「不懂。」

「這是宗教機密。」歐匹將停頓兩秒，「妳聽過一個傳說嗎？很久以前，有個女的索馬被自己剉倒的大樹壓到右腳，等了三天沒人救，她用電鋸把自己的腳鋸斷，爬下山。」

「她正跟我講話嗎？」

「嗯！她出院後，被公司安排到電話交換機房工作，這也是她的家。十五年來，她睡在旁邊的床，在隔壁煮飯，二十四小時聽著電話鈴聲，不斷接線，也為斷腳引起的神經性全身疼痛，抱怨與詛咒，幻想自己用電話線絞死自己。她的窗口看得到十五年前受傷的23林班地9小班，於是她把窗封了。兩個月前，她終於有勇氣給自己出門旅行的藉口，去探望一位女孩。她撐著兩根拐杖，上菊港山莊，點了最有名的咖啡，看著女孩在山莊工作，除了點餐之外，沒搭話。然後她走路到23林班地9小班，一個人安靜走，然後整個下午坐在那個她發誓不願回去的地方，把很多年遺失的靈魂找回來。」

「妳給了很多小費。」古阿霞記得了，兩個月前有個不良於行的微胖女人，坐在窗邊，離去時留下高額小費與一束香味的野薑花。

「妳泡的咖啡太苦，卻吸引我過去。」

「謝謝妳的小費。」

「忘不了妳的咖啡香。還有，別忘了我媽媽說過的，沒有爬不過的困難，只有卡死在那的心情。」歐匹將說：「好吧！上樓去接線了，妳只有十五分鐘，上帝要準備送電了。」

古阿霞提了燈離開前，無言看著角落的男人，他也無言。她爬上二樓，順著小梯爬上窄小的閣樓，半蹲著走，那瀰漫著山莊最古老的灰塵。小鐵箱掛在梁柱上，她按下把手，彈簧力道瞬間使鐵盒砰的開啟。她照歐匹將所言的用老虎鉗剪斷，接上那些像神經叢的電話線。然後，熄掉汽化燈，等待上帝之光到來。

黑暗中，有人來了，每爬一梯便聽到木榫咬合的聲響。他站在那，融入漆黑無邊的閣樓，空間迫近，卻看不見彼此，這正是古阿霞最想要的。這時候，從閣樓頂下懸的燈泡亮了，鎢絲微淡，由橘紅轉熾白，最後燈球大方光明。電力來源是遍布摩里沙卡的伐木工寮、修護站與工作站的五十幾臺電話。歐匹將先用線路通報各據點的人，搖動具有發電功能的磁石電話，將電力從高海拔的地方回送到話務中繼站的菊港山莊。

古阿霞凝視燈泡，燈光來了。她著迷且不解那謎魅的上帝之光怎麼來的，痴痴望著，忽略了剛上樓的帕吉魯。樓下傳來了嬰兒哭聲，更遠的門外有人大喊燈亮了。

菊港山莊在缺電的村莊裡發亮了，迴光返照的再現她的風華傳說。

來自玉山的媽媽

一九七幾年，海拔三千四百零二公尺的排雲山莊，大雪霏霏。

大雪下很久了，積了十餘公分，山莊屋頂被雪壓得微微發響，遠處山谷傳來樹枝被雪壓斷的聲音。這個清晨的世界，唯有向南而未堆雪處殘留了事物原貌。這時候老介被叫醒，離開三層的保暖厚毯，他猛打噴嚏。老介是山莊的莊主，滇緬老兵，姓介，才給人這樣叫著。

叫醒老介的是隻黑母狗，牠是臺灣海拔三千公尺以上唯一的狗。老介醒來才想起今天得帶「鬍子先生」上山。他生柴火，用壓力鍋煮飯。黑狗則在山屋追著煙跑，煙跑哪去，牠就追去。牠懷孕了，陰道口微腫，帶有分泌物，在半月前退到塔塔加登山口的東埔山莊補給糧食時，牠和一隻臺灣土狗交配懷胎。懷孕後，老介帶牠去全臺最高的廟求平安，那是位在標高三千五百一十八公尺玉山西峰的觀世音廟，原本是日本人蓋的神社「西山祠」。這座廟最多的香火也是老介賞的。

飯熟了，拌了爌肉汁吃了，也拌給那條黑狗吃。黑狗吃得不留情，頭鑽到碗底。老介把倒滿了青花瓷老碗的白酒給「鬍子先生」，對空蕩蕩的山莊，喊：「鬍子先生，請用早餐。」

鬍子先生是個鬼，愛喝酒，吃飯會翻臉的。

老介也愛喝酒，要是鬍子先生不喝酒，他會不高興。因為那碗酒，等會歸老介喝完。

這件事得從五年前說起，當時山莊鬧鬼一直困擾省農林廳玉管處。夜裡，木牆發出撞擊聲，梁上冒出嘆息，大門打開後甩上，玻璃映出一個臉倒轉過來的「顛倒鬼」，於是鬼的雪白長髮掛在下巴。這嚇跑了幾位接替的莊主，連官員集體夜宿來證明這是無稽之談，當晚便嚇得滾下山。老介是第六位被找來的，帶了隻黑狗壯膽。這狗怎麼來的，老介不太清楚，反正山上鬧鬼林務局就幫他找狗壯膽。他帶狗上山，餵牠飯，要牠見鬼就叫。

這隻黑狗叫得緊，叫了整夜，第二天發出虎皮蛙燒聲的沉叫聲。老介躲在床下沒睡，第二天爬出來整理山莊、修復步道，身為「莊主」，說破了不過是駐守的工友。日間工作、夜裡怕鬼的日子來到第三晚，老介想，要是熬不過，就下山去了。到了凌晨三點，大門自動打開，黑狗追出去，追到山上去。老介穿了防寒衣褲、提著馬燈跟去，這條路鋪滿碎岩，是千萬年來水氣反覆鑽入岩隙後在夜裡結冰膨脹撐裂的。路旁幾株矮化的玉山圓柏，給喘吁吁的老介靠著休息。有幾處陡峭，老介把馬燈提柄咬在嘴上，兩手爬上去。

攻上玉山頂，天亮了，大地鍍了一層難以逼視的強光，老介眼裡容不下橫亙的美景，衝著眼前的鬼大罵。幾天來只能透過玻璃反射的鬼影，出現在眼前。老介用上各省方言與僅知的臺灣原住民話臭罵，罵上第三回，他用石頭扔，用口水吐，連母黑狗也破例用公狗抬腳的姿勢撒了幾泡尿侮辱。

「我找到那頭倒過來的混蛋了，揍了一頓，他就住山頂。」老介回到山莊後用無線電向山下報告。

「誰？玉山頂沒人。」

「有個銅像人。」

「那山頂是有名的大書法家于右任的雕像，鬍子一大把被你看成倒過來的鬼，人家放個屁都比你有貢獻。」官員氣得掛上無線電，隨後來訊：「既然是于先生，就沒有害人之意。乖，你在山莊好好待著，知道嗎？」

「長鬍子的先生，喜歡酒，他說不喜歡甕裝太白酒，太水了。他要金門特級白金龍高粱酒，他要我陪他一起喝。」

「于先生要喝白酒，每個月叫補給隊送去半打。」

「鬍子先生也要菸。」

「沒聽過他抽，你別教壞他抽，燒了美髯可不好。」

「他不抽，他要看我抽水筒菸。」

「那一個月給你兩包『芙蓉牌』菸絲，我再給毛筆硯臺，有空叫于先生寫個字畫也行，隨便寫寫，懂吧！」

「鬍子先生說，『保林牌』夠濃夠嗆，他才挺得住。」

「肏你媽的，」電話那頭沉默幾秒，「有眼光，沒問題。」

老介住了下來，有空就帶狗散步，沒空就帶狗幹活。初一、十五，帶著站累而回山莊睡覺的于右任回去山頂。有時候，他躺在沒光害的玉山頂觀看全宇宙的星光，那些纏繞光芒與寂寞的光體，層疊卻不相逢，如泡在夢境的碎玉，老介看得流淚了，黑狗也是。老介發現鬍子先生的雕像也沾了淚，不知道是不是露水，要不是雕像太高，老介會幫忙擦淚。淚有兩種，熱的與冷的，老介跟黑狗說，熱的是歡樂，冷的是孤單與悲傷，妳的是哪種？老介舔了狗淚，大喊是熱的，又感受自己臉頰滑過的淚是冷的。「好呀！妳是熱腸子的菩薩，我是冷性子的棒子。」老介大喊，把給鬍子先生的那碗酒破例給狗敬上。這狗兒挺通人性，把人看透，眼神不打混。

送于右任上玉山頂的日子過了五年，從沒懈怠。直到下大雪的這天，他吃完飯，套上防寒衣、穿雪鞋，也給狗穿雪鞋。狗雪鞋是一個懂焊接的東埔布農族做的，鐵片焊上止滑鐵釘，屯上兩層黃牛皮。然後，老介打開山莊大門，給黑狗在雪地遛兩圈。他拿雪杖敲碎門楣上掛的冰簾，走出戶外，讓雪落在肩上。

這雪太大了，斜的飄、直的落，沒準則的來到地表，老介走了五百公尺的之字路，嚴寒穿透了六層衣物令人關節硬邦邦。他知道自己不行了，五年來第一次沒法上山。他喘著氣，鬍碴結了從鼻孔噴出來的水氣，僵住了，走不動。黑狗把人看透，眼神都不打混，走了回來舔著老介的手。

「我不行了，靠妳帶鬍子先生走了。」

他拍了拍黑狗，目送她越走越遠，直到大雪掩蓋了一切蹤影。多站一會，就多了股蒼茫不忍。這雪鬧鬼了，真冷，老介邊想邊走回山莊。才進門，林務局官員從無線電對他大吼：「老介，馬上給我下山了。」

「啥事？」

「雪太大了，馬上走。」

「是，收好東西就走。」

老介得等到黑狗回來一起走。這一等，中午快到了，山下來了六次無線電催促，老介沒有一次不找理由拖延。

「給我抄收命令。」官員在無線電話那頭大吼，「時間么么三洞，排雲山莊莊主介仁明，即刻起撤到塔塔加鞍部。請複誦。」

老介複誦完指令，又補上一句：「可是狗兒還沒回來。」

「馬上執行命令。」官員講完掛線。

老介慌了，不曉得怎麼辦，向最近的鄰居：玉山北峰觀測所求救。位在海拔三千八百五十八公尺玉山北峰氣象觀測所，氣象員每日以短波收音機抄收中央氣象局的國際氣象廣播（BMB）對東北亞發送的摩斯氣象電碼，進行天氣圖填圖，並與庭院裡儀器蒐集的資料核對。駐守的氣象員對老介說：「水氣足，冷氣團強，雪下得兇，連臺北郊山海拔六百公尺的觀測所都積雪到腳踝了。老介，快走，落雪一直破紀錄。」

「狗兒送鬍子先生上山了，還沒回來。」

「你先下山去，狗兒會自己照顧自己的。」

「她肚子裡有幾個崽了，我怎麼能不顧？我沒陪她上山，就是不義了，棄她就是不忠，我混蛋一個。」

「聽說她的前幾代是狼。要是狼的後代，她不會在雪地出問題，還會照顧自己。你當一次混蛋好了，快下山。」

老介掛完線，穿上裝備跑向山頂，大雪好兇，直灌下來似，天地白茫茫，分不清楚方向，這是白化（whiteout）現象。夠冷了，老介再撐就硬成了冰棍，他喊了狗兒快回來，嗓子啞了，他跪往山頂方向磕頭，要鬍子先生好好保佑狗兒。他回到山莊，把大米全煮了，二十個罐頭全部撬開，要是狗兒回山莊能挺到他上山。然後，他把後門用煤球頂個門縫給狗兒。他走下山，一路回頭喊狗兒，八個小時後到達登山口塔塔加的東埔山莊，他拿起那裡的無線電話筒喊狗兒，要挺著，他會很快回去，直到沒了電。

一個月後，補給隊沿森鐵回到終站哆哆加，過兩天後才到達排雲山莊。一路在雪景爛漫的噬人積雪中困行，分不清路，不慎就掉入山谷。到了目的地讓老介多日來的陰霾應驗了，山莊埋入雪堆，只露出屋頂。一個布農族挑夫挖了個雪洞，把扭開氣閥的十六公斤重瓦斯桶倒插入洞，往雪隙灌滿瓦斯，再移開鐵桶，朝洞裡添了根冒火的火柴。沉透爆響，填滿雪隙的瓦斯燒乾了部分空氣，山莊前的雪地整片往下沉了一尺，稍稍露出大門，然後他們合力用瓦斯桶撞開木門。

老介先進去，順著雪堆滑進山莊，塵埃飛舞，充滿死亡味道。老介知道，這個被五十年來最大落雪封死的山莊成了棺材，狗兒死了，瀰漫一股屍臭腐爛的悶味。他往前走兩步，踩到堅硬的顱殼，光線不明看不清，他蹲下摸。他五年來摸熟了狗兒的頸背弧度，是她的骨骸沒錯，老介非常自責棄她不顧，因為他下山的這個月根本吃不好睡不好，一顆心懸著放不下。他把骨骸深深的抱在懷裡，夠緊夠痛，希望多給點體溫她會活起來。

忽然間，有三雙眼睛從不遠處瞪來，螢綠色，尖銳的，飄移著，從各種常理與經驗來說，這是鬼眼。老介想，不，該說是鬼火，因為瞬間又有無數雙的鬼火從床底、通鋪到梁上點亮了。但是，又不能說是鬼火，它們是成雙的鬼眼，朵朵豔魅。陸續跟下來的布農族挑夫也嚇一跳，這是鬼的世界。

老介撞鬼了，下意識的喊「烏妹」，像是往常般要是山莊鬧鬼就把黑狗叫出來驅魔。

汪，一道狗聲叫來，吠個不停。

這怎麼回事？老介嚇一跳，烏妹不是死了，莫非是她的鬼魂在叫。他伸手去摸，摸到體膚溫潤的烏妹，另有四隻出生的小狗偎黏著母狗，都不是鬼。老介這才發現手抱的骨骸不是黑狗，是他用情之深，黑暗中誤認了其他動物的殘骨。

烏妹吠著眼前的鬼火，不像斥退惡鬼，有點像提醒「感情不錯的老朋友，暫且退兩步」的小警告。那些鬼火晃開了，一片幽哀，怎樣都不肯死滅。嚇壞的老介只能抱緊烏妹了。

一個隨後進山莊的挑夫，拿出火柴盒，以顫抖的手劃亮火光。

這時一道女鬼的聲音，從角落傳出來：「不要點火，會嚇壞大家的。」

來不及了，挑夫已點了火。那麼點光，令所有的線條顯影了，十二隻水鹿站在通鋪、六隻山羌在床鋪底、二十二隻黃鼠狼在梁上，另有無數的黃喉貂、麝香貓、白腹鼠等，嚴雪讓附近的動物到山莊避冬。不過那點光，引起了動物們莫名的混亂與逃竄。老介被撞翻，幾個布農族被水鹿頂掀了，只有拿火柴的傢伙沒被撞擊，火焰隨風歪著。然後，那個女鬼從角落走來，把柴火捏熄，也把眾人的輪廓捏進了高濃度黑暗。大家知道，不該用火冒犯動物。

八年後的夏春之交，老介等幾個人從排雲山莊出發，下八通關草原，切換到中央山脈系統，尋找那個「女鬼」的住處。他們走得艱困，每人身負三十公斤裝備走半個月，要嘛在下臨死界的峭壁捫壁蟹行，要嘛在被雲海淹沒的箭竹林迷蹤，堅持的動念是「有個女人每年在嚴雪之際這樣走到玉山，男人不能輸」。然後，他們路經了遠在五十公里外的玉山頂能看見的摩里沙卡森林大火，坐火車來到菊港山莊，用那雙被帶刺的玉山野薔薇或茶蘼子劃傷的手，推開大門，看見古阿霞站在玄關。

古阿霞猶豫了一分鐘才把那雙布滿刮痕的紅色雨鞋藏進鞋櫃的最深處，穿上皮鞋，敦促小墨汁穿好鞋。她要離開摩里沙卡了，到臺北參加五燈獎決賽，並帶小墨汁去開白內障手術。這時大門打開，幾個登山隊員出現站在門口，古阿霞即使身穿黃襯衫與喇叭褲，卻下意識出現服務員的態度，欠身歡迎。

「這是不是住了一個女人？很會登山？」老介說。

古阿霞知道要找誰了，深吸口氣，說：「抱歉，你來晚了，她在聖母峰發生山難了。」

「我們從報紙知道了，這樣問是確定她住在這兒。」老介說，「好幾年以前，那個厲害的女人從玉山帶來一隻剛出生的小崽，我們今天來是要找那隻小狗。」

「你們是來找浪胖？」山莊首次有遠客來拜訪狗。

「應該是說，烏妹來找浪胖。」老介說完，一個原住民卸下背籠，打開蓋子露出底下一隻蜷臥的老黑狗。牠雙眼微閉，氣若游絲，躺在毛毯上，即將結束自己生命的最後旅程。

這打斷了古阿霞的遠行，她一怔，知道老黑狗是黃狗的媽媽。多年來懸宕在眾人心中的黃狗身世終於解開了。古阿霞放下背包，大喊歡迎來到菊港山莊，請入座，泡上兩壺茶，招待自製的熊牌蜂蜜麥芽糖夾心餅乾，如果想嘗鮮則可以配上招牌的難喝咖啡。

「烏妹那次在大雪中登玉山，受困在攻頂前的梯壁，發出哀號，這麼厲害的狗要不是自己懷孕絕對不會受困。幸好，劉素芳小姐來了，她救了烏妹，帶牠回到排雲山莊，幫牠接生。劉小姐也打開山莊大門，讓動物跑進去避寒。咱們排雲山莊第一次招待動物呢！」老介說。

「她救了我們。」一位戴眼鏡的中年人說，稍後他才說明他是玉山北峰觀測站的氣象員。

老介解釋，那次他們組成補給隊的目的，是背物資前往玉山北峰的氣象觀測站，援救堅守崗位不撤退的人員。補給隊艱困爬上積雪高達胸部的山徑，在北口的路徑眺望時，被眼前景致迷魅了。大雪把南北長三百多公里、東西寬八十公里的中央山脈覆蓋，只有接近各水系山谷底部時才露出蒼茫的底色。他們見到最不解的一幕，位在海拔三千八百六十八公尺的氣象觀測站不見了，恢復千萬年來她毫無人工建築裝飾的平靜。這時候，劉素芳拿出雪攀裝備，趴在兩個鋁架製成的簡易滑雪板，滑向覆蓋玉山北峰的積雪，找到被深雪淹沒的觀測站煙囪，她從那兒朝裡頭呼喊第一句話時，被大雪困了一個月的三位氣象員激情喊回去。

「她救了我們。」氣象員說，「可是她沒有說出自己的名字和住處。」

古阿霞靈光乍現，說：「你們熄燈前，用各種山地話、客家或閩南語，打出謝謝的燈號，就是為了這個原因？」

「沒錯。」

「原來一直迷糊我們的燈號問題，解答在自己身邊的人。」

氣象員又說：「劉小姐沒有留下名字，卻給我們留下記憶。我們發現，她趁雪季的老雪深積時，到達玉山攀登。她總是從玉山北壁的一號岩溝與二號岩溝攻頂，那又陡又危險，摔下數百公尺的峭壁必死。有時候她也會從坡度約四十度左右的三號溝與四號溝，不斷練習雪地的耐力攻頂。這麼孤獨的重複同一件事情，毫無怨尤，二十年來的數百次苦練只為了換登上聖母峰一次。可惜，老天沒給她機會回來。」

現場沉默一會兒，各自茶杯聲，古阿霞問：「那你們後來怎麼知道素芳姨住這裡？」

「去年，我們的登山隊從玉山走到玉里，在玉里鎮看到一隻黃狗，怎麼看都像牠的狗哥哥與弟弟，我後來問出那隻狗從哪裡來的。」老介說，「那時候，妳和妳的朋友也在場吧！」

古阿霞想起，去年三月他們在玉里鎮橋上救落水的水鹿，記憶如昔。可是她壓根兒卻想不起老介。

老介說：「烏妹在大雪中困了一個月，生了四隻小狗崽。一隻送給山下的東埔山莊，兩年前牠跟牠有紀錄的第三隻熊打架，阿彌陀佛了。另外兩隻送給東埔的山地人養，一隻太喜歡咬雞鴨被人放毒藥，阿彌陀佛了，另外那隻一次跟三隻野豬打架也阿彌陀佛了。」老介用濃重鄉音與奇怪語法的國語說話，「現在那隻小孩子在這裡，應該沒有阿彌陀佛吧！」

「阿彌陀佛。」

「還很好。」

古阿霞猶豫要不要去找回黃狗，牠在咒讖森林的北緣，在那與忙著砍防火線的帕吉魯。她不想見到帕吉魯，傷了她的心好深。

老介撫摸老黑狗的頸部。牠臥在毯子上，露出略白的鬆軟乳房，耳朵、視力都退化了。老介說：「烏妹很想見她世上唯一的狗兒子。所以，我們才帶她來到這裡。」

古阿霞眼水流轉，說：「你們在山莊這邊等我，無論多久都要等待，我會帶浪胖回來。」

她起身往大門，穿皮鞋離去，猶豫幾秒後回來，換上從鞋櫃拿出的那雙紅雨鞋，戴上牆上鐵釘掛著的白探險帽。她出門追上一班火車，請司機在咒讖森林的紅檜路標下放人，沿著蕨類簇擁與水聲歡唱的山徑進入森林。在這千年檜木為主的國度，橫著無數的巨樹屍體，穿上綠苔壽衣，它們的死亡極具尊嚴的提供生物與大地更多的舞臺。古阿霞踩著從樹頂傾瀉的日光，爬上荒廢的廟宇階梯，還得花上半個小時才能到達森林北側。

忽然，她聽到誰在呼叫她，排除了火冠戴菊鳥與星鴉的叫聲，她聽到黃狗叫聲，循聲走下階梯，最後被一座湖水擋下。湖面上跳躍絢爛的日影，黃狗蹲在水中央的小島邊緣，身上敷了竄來竄去的日影，牠搖著尾巴。

「過來！」古阿霞輕喚，希望黃狗游過來。

黃狗流露無拘無束的眼神，跟在家裡一樣自在，不肯跳下水。古阿霞百思不得其解，小島沒跟此岸相連，黃狗怎麼過去的？古阿霞在岸邊巡了一圈，一艘不繫之舟泊靠在岸邊，披上薄綠苔，船艄泛起淺淺的漣漪。她把喇叭褲管捲起來，涉水爬上船，用木桿撐行，落底的桿子打擾起了泥粉。古阿霞怎麼想都想不起，這怎麼會有船，水之乾淨，滑過水皮而已。

她來到小島，撥開箭竹、狹葉莢蒾與山胡椒矮叢，發現小島有點古怪。她用力蹬「地板」，傳來扎實的力道，很快發現小島是由二十幾根的千齡大浮木所構成，古阿霞想到這是最初砍伐森林時貯藏在水裡的扁柏，時間會帶來其他植物寄生，從外頭看來是一座小島。

她走到島的中央，那有間小木屋，屋頂密布的縮羽金星蕨成了極佳掩護效果，難怪從對岸高處也看不出來。小木屋高不過一公尺半，古阿霞低頭進入，打開門時水鹿脛骨製成的門鈴響著，接下一小時的陽光再度從窗口落腳，古阿霞看見她從未來訪卻塞滿記憶的空間。房間有床、爐具、簡單衣物，桌上有各種木雕動物。牆上掛的美援麵粉袋插著兩根帝雉的長尾翎。一罐從臺南撿來的印度紫檀種子，裝在熊牌標籤紙爛掉的玻璃罐。在臺中買來吃剩的冰棒夾鏈冷凍袋，裝上了花蓮女中前的榕樹種子。窗下擱著的《聖經》用銀杏葉標在〈創世紀〉上帝創世第七天，在空白處寫下她的第七個邦查名字「法莉姐絲」。還有，她曾抄寫給他的五張書籤，寫滿了以熱愛自然出名的聖方濟祈禱詞。每個細小的瑣物幾乎都有古阿霞參與的記憶。這是帕吉魯的祕密基地，多年來他住這裡，以森林的門神自居。古阿霞巡一遍，坐在窗下的椅子，冷靜呼吸，忍住不幫他清洗那個早晨煮麵吃剩的骯髒小鐵鍋。

「原來是這樣，」古阿霞心想，「那個常常往山上跑的傢伙，原來大部分的時間是住在森林這裡，難怪常常找不到。」

陽光要撤出窗口時，黃狗傳來吠聲。古阿霞走出門，看見牠正朝小灌木叢鑽過去，留下一抹稍縱即逝的尾巴。她跟去，浮島隨著她的每一步在輕晃，湖水從騎馬釘固定的原木縫擠出來，忽然間，她聽見撲通一聲。有人跳入水中來找回他失去的小船，裸身潛入水，滑過水底那副鹽白的水鹿頭骨，闊背在脊骨位置聚成流利的微凹弧度，湖水乾淨無痕，他學著大鳥在水裡滑翔，強烈的春陽把光柱打在他身上。

帕吉魯發現了，他浮起來，站在水中央，看島上的古阿霞。

古阿霞凝視他，就像他凝視自己。她往後退，有種離開的衝動，不經意踩破了蛀朽的騎馬釘，兩根原木被撐開了。一團驚懼殺進古阿霞心裡——傳說中的一整排土場浮木突然裂開又闔上，在上頭遊戲的小孩摔入後溺斃——她照著傳說演出了，跌入水中，原木很快闔上，她拚命往上頂就是找不到呼吸的空間，快窒息昏迷了。帕吉魯很快游進浮島底層，從後頭抓了古阿霞的領子，唯一出路是往外邊游出去，費盡力氣要打開合併的原木是不可能。

古阿霞鼻腔都是水，滿腦子仍是水下扭曲的暗影。然後，她意識到胸口被碰觸，突然醒來，人已經身在小木屋，帕吉魯要脫去她浸濕的上衣與牛仔褲。她推開帕吉魯，用自己冷得顫抖的手脫掉，換上他的花格乾淨襯衫。至於牛仔褲，她是堅決不肯脫的。

「我要走了。」她說。

「臺北？」

「嗯！我會在那找個工作，不再回來。」古阿霞說，「不過，我來這是找浪胖的，牠媽媽來找牠了，我得帶牠先回山莊。」

「喔！」

「你有讀《聖經》？」

「嗯！」

「記得多讀，我走了。」

「我……」

古阿霞起身走出門外，沒回頭看一眼裸身的帕吉魯。她拉著黃狗，坐船滑過小湖，一路又牽又抱又拐的帶牠下山。黃狗不會馴服在古阿霞的手裡，也不會完全抵抗，牠只是代替了古阿霞的心情頻頻張望跟在後頭一百公尺的主人。

帕吉魯裸身跟來，船被划走，游上岸的他只能一絲不掛的跑著。他看見古阿霞走很快，紅雨鞋成了美麗倩影，拂過的蕨類仍兀自晃著。他最後看見紅雨鞋停在青栲櫟樹下等待，像所有幸福的日子，曾有個女孩會等他來。

帕吉魯走過去，那只是一雙紅雨鞋，還有一頂探險帽，人不在了。更遠處的森林出口傳來火車經過的笛鳴。他忽然有種悲隱爬上來，他知道，她是他胸口的肋骨，不，是肋骨深處的心臟，她知道他所有的心情，留下紅雨鞋與探險帽，還君明珠了。

古阿霞坐上火車回到菊港山莊，把黃狗放進大廳。老介用悲傷的口吻跟黃狗說：「你媽媽剛走。」登山隊陷入難掩情緒的低氣壓。古阿霞嘆口氣，看著黃狗在她骯髒的赤腳旁邊徘徊，舔著她踢傷流血的趾頭。她抱起黃狗，走過榻榻米時留下一路血漬，懷裡的黃狗在陌生人太多的場合老是掙扎叫著，古阿霞能做的是抱著緊張的毛孩子直到牠氣力用盡，然後放下牠。黃狗安靜下來，走向陽光灑落的窗下，最美的死亡與親情在那等待牠靠近。

老黑狗安詳的趴在毯子，身旁點綴了一叢六月最盛美的粉紅色玉山杜鵑，襯托出少女般身影。牠是百岳中最傑出的山犬，向來都是，眼角掛了驕傲淚水。黃狗走過來躺在媽媽身邊，舔著那淚水，發出悲鳴，似乎叫著老黑狗醒來。旁觀的人都紅了眼眶。

卷十

來自摩里沙卡的姑娘

一九七〇年代的移工政策使得臺北成為築夢城市，人們努力追逐金錢、權力與名利的欲望。火車是通向夢想城市的路徑，在擁擠不堪的臺北車站，一班宜蘭來的莒光號列車靠站了。穿黃褐方格伐木工襯衫的古阿霞，一手提著行李、一手牽著小墨汁，匆匆下車，她把車票叼在嘴唇，經過驗票口時窮緊張的找車票。她在大廳繞兩圈，廁所也闖，又爬天橋到後車站找，卻都找不到跟她相約碰頭的大女孩「小羊」。古阿霞忙浪胖的事耽擱了，比預計時間晚一天來到臺北。

「那個是妳嗎？」小墨汁手指遠處。

閘票口旁的留言板，古阿霞看到醒目的寫著：「來自摩里沙卡的姑娘，去中華商場信棟這樣大喊。」留言霸氣的排擠其他的字跡，也沒有指名道姓，卻是分明說她。

中華商場不遠，古阿霞問明了方向，又是大包小包牽小孩的走去，六月的太陽下，她們爬上許多穿越馬路與鐵軌的天橋——最雄偉的景觀是從天橋往下看車流，小墨汁一度看得暈眩。剛好是假日，橋上有攤販賣些小軟件，裝瘸的乞丐開工賺錢，加上女性撐陽傘，人群很難移動。

小墨汁被天空落下的水滴到，向古阿霞要求買傘撐。古阿霞說是臺北人皮薄，怕太陽才要撐傘，我們鄉巴佬不用。小墨汁反駁說，她們撐傘是防止某種陰謀。這時，高樓冷氣機的排水再度滴落，小墨汁嫌惡的看尿水從哪來，她記得伐木工曾告誡，屋主從高樓撒尿，好趕走在樓下屋影裡躲太陽卻不付錢的傢伙，這解釋都市人老是熱天撐傘。古阿霞聽了大笑，她也聽過鄉下阿呆到城市會用手指頭算大樓有多少樓層，卻被無良的路人說算到他蓋的大樓要付錢，算到幾樓付幾塊錢。

「那我賺到了。」小墨汁說。

「妳用手指來指去，賺了好幾棟房子。」

「這次終於賺飽了，妳看。」小墨汁的手指點來點去，最後停在眼前毗連的中華商場，說：「像八輛連在一起的火車，都載滿了人。」

那是古阿霞看到最雜亂、擁擠與豪邁的商業景觀，店家在藥櫃抽屜式的小隔間販賣各式商品，像是繁縟得胡裡花哨的文明夢境。有個裸著上半身的胖男人穿著防水圍兜，掏雞內臟發出巨大的噗哧響。有八個高中生從餐廳把酒醉的夥伴抬出來遊街，唱著貓王的歌。有個老女人推著裝滿五金雜貨的小推車，大喊有豬哥摸她的屁股。二樓鄰街的走廊總是有抽菸的男人們，青煙在遮陽棚透下來的光線裡詭麗飄動。後頭的鐵軌上永遠有響不停的火車聲，北上列車經過商場時廣播臺北到了。古阿霞走過連接幾棟大樓的棧橋，歷經汗味與尿味、廁所髒水，來到「信棟」商場。

古阿霞逛了兩圈，找不到相約的人，也沒勇氣照留言所說的喊人，說：「我實在沒膽。」

「我也是。」

「那一起來吧！我數到三就喊『我們從摩里沙卡來了』，一、二、三。」

每當兩人大聲喊，路人會停下腳步看，中了「木頭人」的遊戲咒語。他們從一樓喊到三樓，也探頭對馬路人潮大喊。有個女人問她們是從臺南「沙卡里巴」（盛り場）夜市來的嗎？古阿霞搖頭說，那是哪裡？女人說，這個日文發音的意思是人多熱鬧之處，像中華商場。這時古阿霞靈光乍現的說，摩里沙卡的意思是花蓮一個樹木熱鬧之處，曾經像中華商場。

不過，當兩人喊到廁所邊，一位老人神祕兮兮的拉開褲襠，指著那說，「嘿嘿，妳們是賣那個的嗎？」

「賣什麼？」小墨汁傻傻的探頭去看。

古阿霞回頭大喊：「警察，有人在這要賣懶叫，你要買嗎？」

她拉起小墨汁快逃，運用自己最高明的技巧回到人潮裡，這才明白小墨汁一路上哭著喊停是因為一隻布鞋掉了。她此生的第一雙布鞋分家了，回頭找不著那隻。這時有個穿卡其服的國中生走來，帶去找小羊，說妳們搞錯了通關密語，是「晚來的摩里沙卡女孩」，不是「我們從摩里沙卡來了」。古阿霞認為一樣。國中生反駁說，標準答案是一字不差，不然在聯考差很多。

「小羊的停屍間到了，她死在那。」國中生帶她們來到賣黑膠與卡式錄音帶的唱片行，指著櫃臺後面的小空間露出的一雙腿。

「是睡死好不好，差很多，你這樣考不上高中。」古阿霞反駁。

「瞎扯不用考試。」

小羊被叫醒，從櫃臺後頭起身，看見古阿霞忽然大笑趕走睡意。她剃打薄的短髮，體型清爽，五官算端正，臉上永遠薄施看不出素顏的粉脂，卻還不到庸粉寒殘，笑起來挺甜的。古阿霞也為自己的遲到保持微笑，卻越笑越僵。那是因為小羊笑得太誇張了，還配上奇怪音樂與舞姿，首先她從展示櫃拿起一張33轉的ＬＰ密紋黑膠唱盤，唱針跑第六首〈來自依帕內瑪的姑娘〉（The Girl from Ipanema）的古巴爵士樂，曲風是巴薩諾瓦（Bossa Nova）的愜意慵懶，聽起來的感覺略帶秋天睡到暖陽爬上身的自然醒狀態，符合剛睡醒的小羊。小羊隨音樂跳動，並改編歌詞唱著〈The Girl from 摩里沙卡〉，兩手打響指，步伐古怪像憋尿，她不管眾人的眼光，一路扭到門口，說：「姑娘呀！妳的頭髮哪裡電的？好捲。」

「我是阿美族的。」古阿霞開始遮掩身分，瞥見店裡的顧客在笑。

「叫『阿美族美髮店』呀！好特別。」小羊一邊笑一邊跳舞，說：「來自摩里沙卡的姑娘呀！妳遲到一天了，有帶禮物賠罪嗎？」

古阿霞趕緊從行李袋拿出底層的禮物，「惠比須」的花蓮薯，拉鍊一拉，打包扎實的內褲與內衣全擠出來，古阿霞臉上霞紅，在顧客眼前又羞又低頭的把衣物塞回去，根本沒拿到在底層的禮物。

「這個禮物也行，是個會哭的小孩。」小羊打圓場的指著小墨汁。

「她掉了一隻鞋。」

「走吧！我帶妳去買另一隻，這裡連棺材都賣。」

「妳會這樣一直跳去買鞋？」

「丟臉嗎？」

「妳誤會了，我還沒有準備好跟一個太空漫步者散步。」

「我出門就正常了。」

小羊果真走出唱片行大門就不跳了，遵守陽光型女孩的拘謹魅力，笑太誇張時用手遮嘴巴。她帶古阿霞先去一家湖南人開的鞋店，買了單隻的藍條紋布鞋。湖南人說半小時前某個單腳女孩想要買單隻鞋，他拍桌，喊行。可是藍鞋子跟小墨汁腳下的黑布鞋不搭。古阿霞搖頭，雖然合腳，兩鞋不同太礙眼，卻沒有餘錢買新的，有點不知所措。

「臺北正流行這種不對稱穿法，襪子呀！手套呀！連情人也是高矮胖瘦美醜反差很大的。」小羊要小墨汁趕上潮流。

「沒有人這樣穿，我寧願打赤腳。」小墨汁說。

「流行這種東西呀！就是誰來帶頭、誰當跟屁蟲的問題。」古阿霞安慰小墨汁，然後對小羊說，「妳有香港腳嗎？」

「我還得了香港烤鴨呢！香噴噴的。」

「那好，我們互換一隻鞋子。」古阿霞說罷，把小羊的肩按在試鞋椅，脫下自己的右腳跟對方換。小羊完全懂了這個女孩玲瓏剔透的想法，現在她們有雙不搭的皮鞋。一隻是萬年不敗款的黑色素樸娃娃鞋，一隻是趕流行的鞋尖綴花淺紫色包鞋，穿起來簡直是不倫不類的時髦穿法。小羊跳起來高呼。古阿霞為自己的小聰明樂得很，雖然她與小羊身形身高差不多，穿的是平底鞋，還是會擔心不合腳，但是換穿結果，貼合得不容疙瘩。

「太完美了，我兩腳大小不同，很難找到同號鞋。」小羊說，「沒想到妳的右腳鞋跟我合腳。」

古阿霞心想，這也太巧合了，她也是大小腳，很難找到合適鞋。況且這雙鞋是為了來臺北才新買，穿起來硬，彼此對調一隻之下完全合腳。

「行，天生一對。」湖南人拍桌大喊。

三人穿了不成對的鞋子，走過了人擠人的商場，小羊一路炫耀鞋子，一路介紹所聞所見。他們晚餐吃了四川麵館，到熱鬧的西門町冰果室吃了牛奶紅豆剉冰，這時候天已黑了，中華商場的廣告燈亮了，矗立在樓頂的龐大國際牌與Sony霓虹燈塔像是飛碟占領都市，發出眩目光芒。小羊帶她們穿越中華路，車流沒停過，會停的是把馬路中央當停車格而形成汽車分隔島。在對面巷子的騎樓下找到小羊那臺外型酷似偉士牌的蘭美達（Lambretta）機車。小羊把行李放在腳踏墊，兩腳夾住，古阿霞坐後座，兩人狠狠把上車就睡去的小墨汁夾在中間，一路橫過臺北街頭。

月亮渾亮，在高樓的棟距間浮動，竊了人心。古阿霞心中想起某些歌曲，有關臺北的，歲月的疏淡，她感受到去年與帕吉魯環島路過臺北時，歷經了類似路徑的心情。她過了五條街，才曉得是小羊在唱歌。

古阿霞會認識小羊，是透過兩地的教會安排。她與小墨汁住在教會宿舍，位在五樓頂。夏天熱死人，晚上暑氣蒸溽，身上沾了汗，跟山上涼颼颼得頭髮直豎的氣候不同。宿舍也供給幾位外地來的女高中生，她們來見新房客，穿著露出大腿的短褲，手上扇子沒停過，她們建議古阿霞直接鋪草蓆躺在地板睡。

「拿蚊帳到屋頂或陽臺睡更涼，不過要小心對樓的色狼偷窺。」一個高中女生把國文課本當扇子搧。

「睡地板就好。」古阿霞說。

有位女高中生指著小墨汁，「妳女兒嗎？」

小墨汁連忙搶白，拉著古阿霞的手，「對呀！對呀！我媽媽。」

「像嗎？」古阿霞說，「她是我朋友的女兒，帶她來臺北開眼刀的，過兩天就要進房手術了。」

「才不是呢！阿霞姊姊是來參加五燈獎大賽的。」小墨汁說。

「歐！買尬。」高中女生大聲歡呼，說要成立啦啦隊，她們開始耍瘋，把隨時播放的收錄音機調得更大聲，一個人拿掃把當麥克風，其餘的拿拖鞋或胸罩什麼的當綵球搖甩。拿掃把柄的女孩扭著屁股，把麥克風遞給古阿霞，大喊要她給在場的來個「捨普賴斯（Surprise）」。這時候樓下的舍監大喊：「好吵，難怪上帝不來了，查房。」一群女生趕緊大掃除，拿掃把的掃地，拿拖鞋的打蟑螂，拿胸罩的說終於找到奶罩了。來的不是舍監，是小羊，她喊：「趕快洗澡去囉！」

「妳出現了。」有人喊。

「學上帝復活了。」小羊靠著牆，又說：「洗澡有時間限制，人家樓下的學生快出動了。」

每晚九點前，是洗澡時段，熱源由燒水阿桑從附近製材廠運來的廢柴，能省下可觀的瓦斯費。古阿霞對那間製材廠記憶深刻，每次前往公車站，會經過作業繁忙的廠區前，總會駐足聞原木香味。

洗澡時間到了，女孩們說什麼都要碰水，拿了臉盆，磕磕碰碰的擠下樓。古阿霞知道小羊住過教會宿舍，她不是學生，不受嚴格管理，卻帶男伴回宿舍過夜被除名了。小羊對宿舍管理與生態很熟，曾是這裡的大姊頭，教學生彈吉他，她稜臉短髮、嘴叼香菸的模樣令一些少女著迷。不過，有人勸古阿霞少接觸她，那小妮子交友複雜，像妳早晨起來的打結頭髮。

古阿霞沒有因此和小羊疏離，反而維持更友好的關係。她知道，小羊是無害的。每天傍晚，小羊背著吉他來到教會宿舍，直接走到樓上跟那些女高中生哈拉幾句，然後接走古阿霞。她們坐上機車橫過二十三條馬路，看著霓虹城市從小羊的髮絲呼嘯過去，前往西門町附近位於二樓的民歌西餐廳。小羊在那駐唱。古阿霞在前臺收拾餐具，拿到廚房幫忙洗。

古阿霞得在這城市生活下去，要找份工作。她早上和小墨汁在房間做塑膠花萼的家庭代工，下午去教會幫忙雜務，晚上到西餐廳工作。她第一次來到這家餐廳，被古典氣氛吸引，檜木桌鋪上白色鏤邊餐紙，綠翡翠燈殼的銀行燈散發迷離的光暈，紫藍色浮雕花瓶隨時有新鮮玫瑰花，氣氛很好，常有外國人來。

小羊推薦這邊的哥倫比亞的阿拉比卡咖啡，名冠臺北城。

古阿霞和小墨汁點了一杯黑咖啡，喝了嘆氣。

「好喝吧！這是我的二行程汽油。」小羊說。

「如果這是好的，很多年來，我誤會了。」古阿霞晃著咖啡杯說，「我們花蓮有種自產的『難喝咖啡』就是這副滋味。」

「臺灣有種咖啡？我沒聽說過。」小羊突發奇想，「不如這樣吧！我跟這邊老闆說說看，可不可以賣難喝的花蓮咖啡，很有噱頭。」

小墨汁猛點頭，古阿霞猛搖頭，若有所思的不講話。在陷入無言的時刻，小羊拉開袋鏈，拿出吉他對古阿霞自彈自唱，弦音乾淨，聲音有股說不出的低沉滄桑。附近幾桌的人把頭轉過來，惹得古阿霞渾身不自在，小羊站起身，邊走邊唱，走上櫃臺附近的紅絨布地毯舞臺。接下來的一小時半，繽紛的水晶魔球舞臺燈與聚光燈放射，小羊唱著，空檔時抽了自製涼菸。那種男性低沉嗓音吸引大部分的女性，古阿霞也是。

到了七月初，小墨汁的眼睛開刀完畢，在臺大醫院住兩天出院，右眼戴個護眼鐵罩。醫生交代不能揉、不能受大力撞擊。這樣子她們就不能騎機車三貼去上班，古阿霞擠上公車，和那些女工與數萬個參加大學聯考完的學生在公車上搖晃，偉士牌與野狼機車在車縫中穿梭，空氣中瀰漫柴油味。轉了兩趟公車才到西門町，到處是考後來解放的高中生，古阿霞好不容易在偏遠巷子找到一具無人排隊的公共電話，塞下硬幣，撥號。

響三聲，那頭傳來聲響，「這是摩里沙卡話務中心，請問找誰？」

小墨汁墊腳，興奮的大喊大叫：「找莫茲桑，我要找媽媽，我要跟她說我開完刀了，沒問題。」

古阿霞和小墨汁的耳朵擠在話筒的兩側，聽音好淡，越過千山萬水，傳來花蓮的情狀。歐匹將立即搖動磁浮電話發出嘰嘰嘰聲，幾秒後，她對著連接上的火災基地那頭說話，「找莫茲桑，有臺北來的限時電話要傳話。」過半分鐘後，歐匹將又衝著電話筒說，「妳女兒在臺北傳話給妳，開刀順利，要妳覆話。」過了好久，那頭安靜極了，傳來歐匹將窸窣的哭聲。

「怎麼了？」古阿霞急起來。

「這是覆話。」歐匹將說，「莫茲桑接起電話聽到平安，就哭個不停，害我也哭了。」

小墨汁也哭，抹淚說只要回診幾次沒問題，很快回家，她很想媽媽。

三分鐘電話鈴聲這時響起，歐匹將忽然意有所指的問古阿霞，有沒有要留言給誰？或找誰？

「有。」古阿霞斬釘截鐵，「請馬莊主幫我寄一公斤山莊的咖啡豆。」

「還有嗎？」

「沒了。」古阿霞也是斬釘截鐵，心思卻愣起來。

霧吹過咒讖森林，飽含了有機養分，被扁柏的針葉攔截吸收。帕吉魯睡在浮島的小苔屋，夢見扁柏樹群在霧裡快速吸收養分增長的嚇人聲音。他醒來，空氣很冷，爐火熄了，窗外只有風吹樹的聲響。他下床燃起爐火，森林潮濕，一年四季都得燒火，趕走霧氣與寒冷。

離天亮還有兩小時，黃狗在腳邊纏著，人狗都無聊。他雕起木刻，一刀刀剃木頭，這種多年來打發時間的方式也臻至藝術階段，雕什麼像什麼，尤其是無人看過的外星生物。他雕起了第三隻雲豹，雕壞的兩個送給現場唯一的鑑賞家黃狗，被當狗骨頭啃成了貓頭鷹——古阿霞竟然稱讚牠的齒雕精湛。天亮之前，鹿鳴與鳥吟會達到高潮，這時他做起早餐與午餐便當，白飯配鹹死人的醃醬菜是最近的餐盒良伴，蔬菜直接生啃。至於黃狗，白飯攪肉汁就行了。

霧仍濃，陽光穿不透，帕吉魯拿起電鋸出門。這間他祖父當年為他製作的玩具屋，六歲時的他可以抓住門楣拉單槓，現在不低頭就完了。浮島的船塢邊，以肺呼吸的山椒魚趴在苔蘚，帕吉魯上船，湖水被漣漪弄皺了，在船舷羽化的十幾隻蜻蛉飛走了，振翅聲很響，留下半透明的水蠆蟲殼。船划到了對岸，一隻小鹿跳走，拂過的蕨類搖晃很久。這裡的動物多了，被森林大火逼來避難，這不是好現象，大自然食物鏈拉得更緊繃，他一夜被山羌的叫聲吵得睡不著。

他沿著湖走了一圈，在南邊水澤發現了一串的雲豹足印，四趾帶爪。這足印比黃狗的大，也排除了外來的獵犬，因為沒有留下德魯固獵人的雨鞋印。帕吉魯觀察足印，前後足印在悠閒時的步距約六十公分。他想像牠長約一公尺的優美體型，昨夜潛近湖畔，伸著舌頭喝水，大貓將重心放前肢，屁股上挺，形成流暢弧度，九十公分長的尾巴高高豎立。想到這，帕吉魯抖個激靈，那隻雲豹或許游過湖，在門前徘徊。他阿公曾在森林與大貓的背影打過照面，邂逅的利息是在夢中相逢十幾次，令人著迷又恐懼。

帕吉魯曾在幾年前看過雲豹足印，沿著冬季森林往低海拔走，可能追逐山羌之類。咒讖森林不是雲豹的最佳居地，太潮濕，又得跟黑熊為敵。如今這隻豹在這待了半個月，帕吉魯沒有干擾牠，不觀察、不追蹤，他有幾次把黃狗獨自關在苔屋，就怕與新鄰居發生衝突。

帕吉魯站起身，環顧四周，興起了古怪念頭，他想拜訪大貓，然而單憑自己的能力不夠，得靠黃狗幫忙。

他放下電鋸，保留左後腰掛的開山刀，但願不用出鞘。他往東方一條不明顯獸徑前進，離開水澤與濕苔痕，大貓足跡越來越淡，樹頭的鳥叫卻轉濃。臺灣叢樹鶯、棕面鶯、紅胸啄花等婉轉唱和，赤腹山雀的偏金屬音質從杜鵑叢傳來，以環繞音場鳴唱。這時候，日光穿過了樹林，地表的水氣逐漸蒸騰，抓著光柱往上爬。帕吉魯發現了大貓的足印在附近盤桓，之後在岩盤撒尿。黃狗現在忙著瀝乾了膀胱尿水，好蓋上豹尿，牠從來沒這麼忙著宣示主權。

帕吉魯繼續前進，凡是遇到抉擇的岔路，交由黃狗嗅出了方向。帕吉魯決定幫黃狗戴上嘴罩與頸鍊，跟緊牠，好讓牠在關鍵時刻不會衝出去搗蛋。黃狗的情緒高亢，能引起牠戰鬥熱情的是黑熊，現在有新對手，牠老想要衝出鍊子範圍，卻被勒得豎起前腳。

十分鐘後，他們來到「行路樹」地景，有著虯結豎起的樹根群。這種樹根地景得花上四千年才能創造出來。當某棵老扁柏倒在大地時，身體提供了上萬顆檜木種子發芽的搖籃，最終只有一株檜苗打敗兄弟長成了千年大樹，把根延伸到地面。一百年後，孕育它的老扁柏腐爛，留下空洞的位置，在濃霧中讓人誤以為是巨根在走路。帕吉魯算過，「行路樹」地景由十三棵扁柏組成，最底層的樹洞來自它們祖父的軀殼，三代樹重疊，盤根有如鈣質流失的骨骼切面美景。

空氣中有些腥味，蒼蠅飛舞，發出嗡嗡聲。戴上嘴罩的黃狗發出悶聲，帕吉魯猜測，來到大貓的餐廳了。餐廳位置在高處。他順樹根往上爬，多苔，很陡，又很滑，多數是失敗。他很快放棄這個位置，沿著「行路樹」走一圈，來到東面的樹根，發現上頭有刮痕，那是大貓的後肢爪在使力向上跳躍時，留下的痕跡。這是牠的樓梯。帕吉魯爬上去，再沿著轉為平緩的樹根爬。

這時，他撞見一雙漆黑的眼睛望著他。眼睛失去生命了，是山羌的。山羌露出粉紅的腔腹，柔軟肚腹與美味的腿肉被啃了，吸引蒼蠅叮食。大貓在兩天前捕到山羌，抓到樹幹上享受。帕吉魯看了這隻成年山羌頸部，留下大貓的齒痕，攻擊的方式令他想起來都會捏把冷汗。大貓匍匐在高處，伺機跳下去咬住山羌，令其窒息。「行路樹」是狙殺的好位置，要是不小心，經過的帕吉魯會像山羌一樣橫死。

他想到身陷危險，不禁興奮起來，要獨自追尋找大貓。他滑下樹根，把黃狗牽回兩百公尺外的來處，拆下嘴套，繫在一棵杜鵑喬木。卸下嘴套是擔心黃狗遇到黑熊或雲豹，可以發聲警告。他回到「行路樹」，循著東南方的小徑前進，在一片較乾燥的森林，他失去了線索，蹲下來用更低的視線判斷，他想，如果他是大貓要往哪走？赫然看到二十公尺外的「孲伢仔」——客語是嬰兒的意思，卻是咒讖森林最年長的扁柏，兩千八百齡——有異狀。他走去看，樹幹邊緣沾了淡細的棕色毛，表示大貓曾在此磨蹭身體止癢。如果不是他蹲下看，如果不是陽光正好打在樹幹邊形成了偏光，他不會發現毫末線索。

他匍匐前進，蜷躲在「孲伢仔」樹根，聆聽聲響，露出半顆頭瞧。一切如此平靜，黃胸藪鳥發出嘹亮的「急—救兒」叫聲，山紅頭鳥在灌木叢「嘟—嘟」唱鳴。光斑不歇，在地衣遍布的地面翻動。他觀察了十分鐘，沒有動靜。帕吉魯暫時停下追蹤，從早至今花了六小時在森林走動，肚子餓了。樹根的位置很適合野餐，他背靠著，把攜帶的餐盒打開來吃，單調的醬菜冷飯，趁肚子餓都好吃。吃飽，他舒服躺下來睡覺，暖陽適合當被子蓋。

他闔上了眼，短暫酣眠，夢見湖水、落葉與陽光形成的澹泊詩意，他裸身涉水，有什麼在矮叢的後頭窺視他。他突然醒來，有被大貓逼視的恐懼，漸漸才了解是樹梢篩下來的光斑在身上漫漶成圖。

這時候，風吹來了，兩千八百餘歲的「孲伢仔」發出類似嬰兒哭聲。咒讖森林不颳風的日子，一片苔靜，萬籟沉寂。但是，有風吹過，靠近樹根會聽到樹在說話。這是樹幹把樹枝蒐集的音符傳回來。在森林，各種樹聲不同，有喉音、有鼻音、有水聲，就屬「啞伢仔」最不可思議，模仿嬰兒的哭泣聲。

帕吉魯躺在樹根聆聽，忽的，他想起了古阿霞，她一人的歌聲抵過一座森林的天籟。她現在做什麼呢？午餐吃什麼？走過哪條街？帕吉魯想。他記得，那次他們環島穿過臺北的幾條街道，曾在郵局前的騎樓下過夜，他還記得的……

古阿霞在做什麼呢？

日影在搖曳的樹葉之間翻動，帕吉魯仰頭，思緒飄忽，沒有聽到近處的黃胸藪鳥發出粗啞的「嘎、嘎」警戒聲。正當他起身時，一道黑黃相間的身影鑽入他眼簾，是大貓。牠在十公尺外的倒木上行走，有著斑斕條紋的體態，特別是修長的尾巴緩慢擺動，像是指揮棒帶動森林的天籟。然後，雲豹轉頭看見了他，彼此凝視。

他愣住了，依在「啞伢仔」旁感動很久。雲豹機敏的跳下橫木，朝一條掛著松蘿的獸徑前進，肩骨在前肢移動中不時聳著，皮毛反射陽光，無聲無息，優雅無礙，慢慢離開了帕吉魯的視線，也深深走進了他的心坎。

帕吉魯往後退，那是防止被狙擊的人性本能，接著轉身離開。他很亢奮，恨不得找人分享此刻心情，才想起所謂的「人」只有古阿霞。他來到繫黃狗的杜鵑叢下，解開牠的繩子，又回頭拿起了電鋸，往森林的北緣前進。黃狗很安靜，他也是，直到終於憋不住了才跟黃狗提到他看到大貓。黃狗不了解，只顧朝小草尿尿。

在森林北緣，帕吉魯再度看到三公里外的森林大火。火勢沒有變大，也沒有趨緩，照著既定速度吞噬大地。他抽出左腰的開山刀，準備對「大岩盤」——這棵扁柏有一半的根系盤桓在岩石上——下手。他先架好工作平臺，默默的摸樹幹對它說話。他說他遇到了大貓，又說「大岩盤」能躺下了，幾乎語無倫次。然後他啟動電鋸，以高速運轉的鏈鋸切入大樹，鋸口強力噴出了潮濕木屑，打得他腿部有些疼痛。

黃狗大叫起來，那是最原始的提醒。他沒注意到，耳朵塞滿了引擎響。忽然間，大地發出劇烈搖晃，發出隆隆聲，地震隨即到來了。帕吉魯趕緊放開電鋸避難，離開工作臺。

來不及了，樹幹受損的「大岩盤」比較脆弱，受主震搖晃，瞬間倒下。

一九五幾年，摩里沙卡大觀分校。九月秋日，流光微寒。

銀杏樹下是間教室，一張桌椅，一個天地，小帕吉魯蹲在樹根邊，凝視地上超過五個小時了。他在幹麼？新來的文老師從木窗看去——操場邊，小帕吉魯如此沉默與無解，像學習、語言和團體關係都死掉的種子。這是她班上的學生，拒絕進教室。校長曾蠻力的拖他進教室，對他又打又吼才行。小帕吉魯的手腳滿是紫青色的籐條鞭痕，躺在教室地板看天花板，不哭不鬧；同學嫌他擋路，他識趣的爬進講臺下的小空間縮了整天。從此，校長放任小帕吉魯待在校園哪裡都行。他待在銀杏樹下，一個人，一張桌椅。文老師從小孩的母親、祖父那裡蒐集了資訊，遂有心理準備，到小帕吉魯畢業之前，她不奢盼得到他開口，或進教室。

有訊息說明：小帕吉魯剛為一隻放回山林的小黑熊悲傷。小動物是最好的治療，文老師從山下帶一隻幼羊來，成了學校寵物，響不停的羊鈴打開學生們好奇的心扉，只有小帕吉魯不歡迎羊走到銀杏下。他拿帶刺的籐條支開牠，用辣椒水灑在附近的草。他禁絕小羊進入。文老師思忖，怎麼了？她家庭訪問親眼看見菊港山莊幾乎是小動物園，小帕吉魯窩在櫃臺下與一隻食蛇龜沉沉睡去。

十月中旬，中海拔伐木村霧氣濃，夾雜燒賽璐珞垃圾的嗆味，文老師在上課時咳了幾次，一道什麼影子突然從講臺下滑出來，前排學生愣了幾秒後尖叫「雨傘節」。那條黑白相間的蛇被嚇醒似的蠕蠕爬行，成了將爆炸的冒火花引信。雨傘節的毒液屬於神經性，被咬後會導致呼吸衰竭致死，大家怕死，閃開時撞翻了桌子，然後在凌亂的桌椅與散亂書本堆玩起了貓捉老鼠的遊戲——看到蛇時，尖叫得逃走，看不到蛇時，尖叫得東找西找蹤影。

小帕吉魯毫無表情的走入教室，伸手抓蛇，全班在文老師的帶頭之下響起莫大的掌聲。他站在原地，臉上發出些許尷尬反應。文老師的掌聲有一半是給自己的，那條蛇是她放的。蛇不是雨傘節，是白梅花蛇，無毒，但常常馮京當馬涼被錯認為毒蛇。她目的是吸引小帕吉魯進教室捉走蛇，預感告訴她這樣行。校長聞風衝進教室，拿著籐條朝小帕吉魯或蛇打下去，總之要打到一個就行了。小帕吉魯不願放手，因為放手，失去保護的蛇會被打死，他鑽到講臺下的小空間，把蛇藏在肚子，一動也不動。

「他會不會被咬死了？」有人說。

「自閉的傢伙沒救了，被毒蛇咬死好了。」有人補上一刀。

小帕吉魯把自己卡死在講臺下，任人拖呀拉的都不出來。他在裝死。劉素芳來了，好說歹說的勸也沒用。下課了，放學了，學校恢復到冷寂的氣氛，堅持裝死到底的小帕吉魯就是不肯出來。大家說他死了，他就死給大家看，不過沒有裝得很成功，肚子餓了會張嘴吃媽媽餵的食物，偷偷上完廁仍會回到講臺下。這樣度過三天，劉素芳幾乎在講臺邊陪著兒子。文老師心想，這孩子太古怪了，以昆蟲裝死的本能混合了人類的憤怒、悲傷與孤寂，這是抗議，到底是罹患了怎樣的兒童心理疾病？超越了傳統用籐條打或啟智班的管束範圍。

過了三天，學校來了個林場傳說的「烏龜老人」，他蹬夾腳膠鞋，背著非常顯眼的大木箱，慢慢走過有六間教室的長廊。這引起了全校關注，那口箱子像是太上老君的法器紫金紅葫蘆，把他走過教室的朗朗讀書聲都吸光了，課停了，大家擠在走廊圍觀。

「他怎麼了？」老人是小帕吉魯的阿公，摩里沙卡的索馬師仔。

「他裝死三天了。」有個孩子大膽說。

「死了，那就辦個喪禮。」

大家愣歪了，看著老人打開那口大箱子，拿出各種對付千齡檜木的古怪工具，另外包括了細軟家當。

校長連忙搖頭說：「不行，這孩子還挺好的，活著。」

「我看他一點都不好。」老人把大箱子清空了，說：「這樣好了，就當小朋友演戲，沒問題的。」

老人安排了喪禮，要學生們從學校附近撿來了楓樹與櫸木的落葉，權充軟墊鋪滿了那口木箱。然後他把那位對自己喪禮都感到好奇的小帕吉魯，從講臺下抱進了棺材。「記得，你死了。」老人讓孫子躺下，「不過你偶爾可以偷看自己的喪禮。」

全校輪流抬了大棺材在村子裡踅了一圈，安靜沉默，幾個小朋友認真的流下淚，為這個平日自閉的傢伙哭泣。小帕吉魯從掀開木箱縫隙偷窺，阿公提醒他既然死了就不能偷看太久，要習慣死亡。最後他們來到了銀杏樹下，放下棺材，在附近挖個又深又大的洞，把木箱埋了。

「這樣他會沒空氣。」文老師大驚。

「夠他待在裡頭一陣子了。」老人盤坐地上，說：「現在，這棵樹就是他的墓碑了。」

黃昏裡，喪禮結束了，大家都走了。真正的死亡練習才開始。老人在樹下生起營火，拿出炊具煮晚餐，朝湯鍋裡削那根硬得可以鑽木取火的柴魚棒，丟了兩把麵，撒了高麗菜乾，邀文老師用餐。小帕吉魯從地底急切的敲著木箱，他也餓了。

「死人不會肚枵①。」老人用客語厲聲的說，「原來你還沒死乾淨呀！」

地底又傳來敲木箱的聲音，還傳來細微哭泣。

老人抿了嘴，眼神逡巡校園，給了小帕吉魯一個提早出土的課題，「能聽到一百公尺外的楓樹上有什麼，你就復活了。」

文老師被嚇著了，為這種祖孫間的教育方式詫異，她端著麵碗不動，靜得能聽到杉林後頭貓頭鷹的嘆息或呼吸。過了不久，文老師希望老人挖出木箱，把小帕吉魯放出來。老人這時脾氣緩和的說，他能懂老師的用心，那箱子不會悶死一個孩子，「有一天他會擁有自己的箱子。」

「這箱子是我的棺材，只會裝死掉的我，絕對不會裝別人。」老人突然得意起來。

「所以他將來會跟你一樣，背著箱子走。」

「這一行叫索馬師仔。」老人吃完麵，抽起菸，「電鋸讓這行要打烊了，不過我想沒有人會跟他搶飯碗了。」

「他有自己的箱子？」

「他正在刻，很慢，有一天會做完的。」

文老師想起中國古老的傳統，活人在家裡角落擺個身後的棺材，每日給那口棺材打掃，定期塗上油，圖的就是死後有個心愛的棲身之處。她問老人，背木箱這行業是不是一種修煉？比如行雲僧，修煉自己的意識與體力。

老人說，和尚只會吃齋念佛每天想著跟佛祖談戀愛，對世界沒貢獻，跟索馬師仔差太多了，「我們這行跟殺牛的差不多，雖然這樣講我的師傅會不高興。不過，我殺的是樹，如何殺死一棵美好的樹，又不會動怒到整座森林。如果妳能感受每棵樹有感情，它們會哭，會笑，會流淚，會談戀愛，妳會知道殺死一棵樹會對其他樹的不安，甚至引起那座山的恐慌。所以，該安安穩穩的『放倒』大樹，這是客家話砍樹的意思，說砍太殘忍，『放倒』有慢慢把樹扶在地上的意思，這是在渡化樹，比一輩子想把木魚敲出蓮花的和尚好太多了。」接下來，老人解開胸釦，秀出肩膀上可以拿刀削下來的厚皮繭，那是背箱子產生的。他說，這口箱子是個「家」，他走過一座座山，遇到颱風、黑熊或森林大火時躲藏到箱子裡，要是不能打開木箱見到太陽就

①餓的意思，客語。

當棺材了。

「我墓地也選好了，就在這棵樹下。」老人的下巴往銀杏努了一下。

「這是學校呢！」

「不行嗎？偷偷埋就行了。這棵樹是我種的，很美。」銀杏樹這時似乎在夜風中微微款擺，樹葉發出同意的窸窣聲。老人又說，「每個人都應該在出生時種棵樹，成為墓碑，那是留給世界最美的紀念。」

「可是，埋在學校還是很奇怪。」

「也是。」文老師大笑。

「學校常常把人教死，本來就是墳場，好多活人從這裡變成活屍，這就不奇怪嗎？」

「學校像複雜森林，最難的是面對你不知道的樹木，有的是海灘來的，有的是沼澤來的，有的高山來的又不能適應平地。我們怎麼教他們面對海風、潮濕或大雪？於是我們用了最簡單的教育，砍光後種同一種樹，好教又好騙，現在山上是這樣種樹，很容易出現疾病就一起死光光，所以我說學校是墳場。」

「也是。」

「然後，我會成為這邊的地下校長。」老人說。

文老師笑得更大聲，疏忽了地下傳來的敲擊聲，直到老人往泥地踩了兩下要他說大聲點。「樹樹哭哭，流淚下來。」小帕吉魯說，他只聽到楓樹在夜霧裡滴落水珠的悲嘆聲。這是文老師第一次聽到他的說話聲，清嫩乾淨。接著，小帕吉魯照老人的指示，自己奮力推開木門，從土裡爬出來，把那碗腳邊的溫潤湯麵仰頭吞下。

「把我埋了。」文老師說，連自己也被嚇到。

「我的床哪有這麼容易借人，而且只有索馬師仔才能這樣躺棺材，練習死掉。」老人往火堆丟根檜木，火焰膨脹，火渣高飛。過了些時間，老人說：「看妳是老師才給妳撒蜜絲②，讓妳死一次吧！」

文老師躺進了大箱子，細碎的櫸葉柔軟無比的承受她，使身體與木箱無間隙的貼合。木箱蓋上，老人與小帕吉魯朝上頭倒泥土。聲音漸次稀薄了，文老師漸漸浮上棄世的恐懼感。突然間，她被肩膀附近移動的冰冷之物嚇壞，蛇，她驚惡，起身卻扎實的撞到頭。那條蛇應該是小帕吉魯懷中的白梅花蛇，無毒，即使她這樣安慰自己，一旦蛇爬在頸部，給人勒緊感受，非常不舒服。

「妳還沒有死透透。」老人在上頭訕笑。

「我……」她正想回應，意識到亡者應該緘默。

「還能說話呢！沒有死透。」老人把火推熄，撒了尿澆熄，說：「孫子，走吧！我們回家去。」

世界更安靜了，完全黑暗與寂冷。漸漸的，文老師聽到自己心跳聲，她訝異心搏竟然如此清晰，撲通、撲通、撲通，恍惚是自己內心不斷在呼喊救命。她有些緊張，但隨即平撫下來，並且越來越定靜，她聽到銀杏吸收了各種聲音，從樹根到地底。她聽到——幻想也好——一座山的水流聲，樹木擺動。她忘了自己在練習死亡，反而接近大自然，讓白梅花蛇在身上游移，她腦袋澄空，成了一棵樹、一顆石頭或一朵雲之類，也許是一灘水，非常滿的湖水，因為她感到臉頰滑過淚水。然後，她聽到巨大聲響，睜開眼睛時，看見小帕吉魯打開木箱門，主動的伸手要拉她起來。這是因為文老師在地底練習太久失去動靜了。她發現自己蜷縮著，懷抱了蛇，姿勢像是小男孩在講桌下抵抗世界的方式。

經過了死亡體驗，拉近了小帕吉魯與文老師的距離。他讓文老師走進銀杏樹教室。然而，她還仍不懂小帕吉魯為什麼蹲在樹下凝視地上，即使是冬雨，他穿上雨衣，躲在桌下避雨。文老師撐傘靠近樹下。銀杏葉

---

②優待、折扣、服務的意思，源自日語，受英文servic的影響。

凋零，地上落了一圈清水燦爛的樹葉，小男孩願意抬頭看她了。

「他在想什麼？」文老師這樣想，但是更多時候她也蹲在地上，想：「我在想什麼？」

帕吉魯迷戀落葉，把一季的銀杏葉黏在十八本課本，主動以「這是作業」交給文老師。文老師發現落葉是照某種秩序分類。它們掛在樹梢時的大小、紋路不盡相同，被鳥啄蟲啃後更沒有重複。每種落葉的死法不一樣，每種落葉的屍體不一樣。樹葉歸類的行為深烙在文老師腦海，到了三月，在孵豆苗觀察植物生長的生物課，她把綠豆袋撒了，滿地豆響。她愣了。她想，小帕吉魯用落葉計算一株樹的葉片量，一棵銀杏有四千三百八十二片葉子，那麼這地上有多少綠豆？

他給了她靈感，不顧仍在上課，興奮的衝到樹下，問：「你在算這個樹下有多少種子吧？」

小帕吉魯抬頭，用小臉看她，眼角閃過光似。

「我們一起來算吧！可是得找範圍。」不出幾秒，文老師拿起一根樹枝，朝地上畫了圈。圈滿大的，把樹教室囊括了。然後，她說應該夠了，我們看看這圈子裡有多少種子。

小帕吉魯站了起來，點頭。

文老師拿來鏟子，往圈子內挖，用奇特的譬喻說：「把地皮鏟起來，像地毯洗一洗，種子自己會掉下來。」這種洗地毯以篩選種子是很科學的。文老師教小帕吉魯，把鏟起來的泥土剔除大石塊，倒入他們製作好的幾個木箱清洗，去除大量的黏土與腐植土，剩餘的有機物質內有各種奇特的種子，共四千多顆種子。兩人相信，種子離開母樹的旅程是偉大冒險，有翅膀的楓樹種子飛離了一百公尺不足為奇，猿尾藤、虎杖、光蠟樹、泡桐與榔榆的孩子飛了五百公尺，臺灣櫸奇特的演化讓種子隨著黏附的末梢枝葉飛了八百公尺，來到銀杏教室。不過，有種的種子高達一百多顆，薄薄的、扁扁的，像小耳朵。文老師說：「要找樹媽媽最好的方式是等小寶寶發芽長大，去附近比對。」

過了一個月，小帕吉魯拿著小樹苗比對到一公里外的崖邊，強烈山風吹得四棵木荷搖晃，這解釋種子為何能有高超的拋擲技術射向遠方。小帕吉魯興奮的折下樹枝跑回來，跌跌撞撞，衝進教室，大喊：「我……找到『小耳朵樹』了。」

你終於說話了，文老師心想，心中有股悸動。

黃狗蹲在帕吉魯身邊，舔著他的臉。

帕吉魯醒了，一道刺骨的疼痛從右手傳來。他無法翻身，受傷了，轉頭看見駭人畫面，他的右臂消失在倒木與地面接觸的間隙。正如同面對危難的瞬間保護反應，他用力抽手，只有疼痛傳回來。他喘口氣，以更大勁道拉手，傳來一種撕裂肉體的熾痛。他的手卡在樹木底下，動不了。在隔著倒木而看不到的遠處，那臺有著長鋸齒的電鋸待轉中，「突突突」發出嘲笑似。

他額頭冒汗，知道自己狼狽的由來，他拿電鋸砍樹之際，地震來了。如果他使用傳統鋸一定能感受到地震來臨，早做防備，但是操作電鋸會產生振動，使他忽略了危險——主震驟然到來，砍伐中的大樹很不穩，在地震的激烈搖晃中失去支撐力，朝他轟然倒下。他機靈閃躲，避免了樹幹直接壓身，但樹幹太大，手臂還是難逃一劫。

帕吉魯觀察自己的困境。壓他的樹有二十幾公噸，他的手好死不死被壓在岩磐上，他用左手挖開，希望是風化岩或岩石下是鬆軟的土。他挖了十幾分鐘，指甲塞滿黑土屑，毫無作用，他撿起身旁十餘公分的樹枝繼續幹活，直到斷裂幾次的樹枝只剩掌心那截。幹，他怒罵。這一帶全是岩盤，千年扁柏伸出趾根牢牢盤踞，它們靠這樣抵抗過數百個的強颱與強震。

「我要逃，不能死在這。」他告訴自己。

太陽慢慢西斜，從樹梢投下無數的光斑，黃狗在身邊走著。帕吉魯在右手肘關節下約五公分處被大樹壓住，他往右翻，身體貼在樹幹，用兩膝蓋當支點移動原木。他試了十幾分鐘，把自己當作是鶴嘴撬或轉材鉤，試著把樹翻動，二十幾噸的樹就是文風不動。最後，他把今天僅剩的幾縷氣力，對樹木又踹又頂，發洩情緒。而那臺電鋸在「突突突」待轉兩小時後熄火了，四周安靜。

當最後一抹陽光消失在四十幾公尺高的樹冠，森林潮濕，帕吉魯今晚要在這度過。他用兩腳勾來落葉，左手摘光附近的箭竹與昆蘭樹葉，勉強可當床墊，還有黃狗也是取暖的傢伙。他們偎抱，寒夜來襲，刺鼠爬過，兩隻灰林鴞在相隔百公尺的附近「呼呼」叫得緊，一隻白面鼯鼠從樹幹飛過，另一隻隨後追去，發出烏茲聲響。帕吉魯覺得這些背景聲音非常感傷，令人難眠，並擔心自己一睡不醒了。

他斷續有些夢，跟痛苦與掙脫有著密不可分的關係。凌晨四點，他驚醒時天未亮，混合落葉與蕨草的床鋪濕濡不堪。他仍抽不回右臂，痛處完全消失。這不是好現象，這意味著他的右手肘已壞死。他把黃狗推開，期待蓄積了一晚的體力能扳開倒木，直到曙光把樹冠打亮，葉片的露水流盪著繁縟的光芒，他的體力耗盡了。這是一日之始，他極度飢渴，做了一件令他自小想嘗試的事——他脫下褲子，把尿撒在缽狀的左手，毫不猶豫的喝下去。

「去找人來。」帕吉魯把黃狗捉來，摸摸牠的頸子。

找人救他，是最有效率的方法。他被壓在咒讖森林的北方邊緣，這裡絕少有人來。帕吉魯懇求黃狗跑到森林南方的伐木區，或回到村莊搬救兵。黃狗哪懂帕吉魯所言，輕搖尾巴，愣著看，眼睛黑黝黝，眉毛皺了一下，浮現古怪表情。帕吉魯搡了一下狗屁股。黃狗走了幾步。

「回來。」帕吉魯喊，黃狗看著。

狗要帶走些什麼，給路上遇到的人說明他需要幫忙，比如求援信。他身上除了髒衣物，口袋空空，胸口掛著「彩虹碎片」項鍊，這些用不上。他想剝下一塊扁柏樹皮寫字。

扁柏的樹皮較厚，俗稱厚殼仔，這意味帕吉魯要徒手剝樹皮很難。他需要東西挖樹皮，身體下躺的大岩盤是好工具。他挖掉一寸多的腐植土，尋找石磐的縫隙下手。世界對他開了極其無奈的玩笑，岩盤太大，找不到地方使力。在左臂奮力延伸之處，他以折斷兩根樹枝與指甲斷裂的代價，兩小時後，鑿下一片半公分厚的石片。儘管時局艱困，他也要喝下第二泡自己的尿慶祝這好的開始。

割樹皮不會難，只要小心的橫向切斷，灰紅色的扁柏樹皮便能順著樹幹撕下一整片。對帕吉魯而言，寫字最難。他用尖銳的石頭刻寫，塗上黑腐泥，字跡浮現。他花了半個小時，在平滑的樹皮內側寫下錯別字連串的殘體字「拜託，跟狗來救我」。希望收到的人不要以為這是開玩笑，帕吉魯這樣想。這花了他這輩子最大努力了，值得用門牙刮下樹皮內側的嫩膜果腹，味道稍有辛辣。

他把狗鍊鬆開兩格，塞下樹皮信。樹皮很大，看似黃狗戴上了特殊帽子，必能引起人注意。帕吉魯推著黃狗，要牠找救兵。黃狗不願意離開，帕吉魯狠踹了牠屁股。牠到不遠處徘徊，躲在一株扁柏森林常見的六公尺高的喬木杜鵑下。花期剛盡，樹下堆積的白色落花像是擦過淚的衛生紙，這是黃狗的心情寫照，牠步伐被什麼牽絆，直到帕吉魯怒斥，才悄然離開。

十點鐘的陽光從檜木梢篩下，一路被好幾層不同樹冠的植物葉群搶奪，最後以碎花圖案的光斑敷在地面，作為地層植物的能源。在帕吉魯的三公尺外，有一片毛氈苔，豎起的孢子莢沾附了昨夜的霧珠，看起來就是可口的沙拉。帕吉魯脫掉鞋子，奮力伸長腳趾，夾回了一根樹枝，用它當筷子挖回沙拉吃。他沒用過這麼長的筷子，把鏟起來的毛氈苔擺在樹枝尖遞回來，要是有點閃失，沙拉醬——露水便沒了。

「太好吃了。」他吃下第一口，嘆了氣，躺在地上看著天，心著古阿霞現在在幹麼，然後再度嘆息。

他花了兩個小時吃早餐，除了第一口鮮甜，其餘不過是為了果腹的苦澀與滿嘴疙瘩。接近中午時刻，他撒了尿，這泡尿他撒了十五西西便強迫中斷，尿道括約肌傳來疼痛。他得這樣做，沒有瓶罐貯存尿，只好自練水龍頭的開關功能。他把尿液，混合腳邊的腐泥，製成約一公分的泥丸，重量剛好，擊中金屬或塑膠會有最佳回音。他要靠這找到在倒木後頭的電鋸，如果拿回電鋸，汽油僅剩不多仍可以鋸開這棵二十餘噸的原木。

他拿起土丸子，托在五指的指尖，腦袋盤算當時地震來時他把手中電鋸拋到哪個方位，應該在木墩的右方。然後，他隔著倒木，把土丸拋到預測位置，聲音又多又雜，他只要擊中鏈鋸鐵片或塑膠油箱的回音。他是花蓮冰淇淋的飛鏢轉盤高手，不是靠運氣射中，訣竅是眼睛能盯著轉盤上每秒轉八圈的「天霸王」一小區塊，再靠著更厲害的手勁，讓飛鏢萬無一失的射中。

他的手勁好，眼睛看不到的，讓手去奮鬥吧！他花了半小時靠投出的三十顆尿丸子回音，約略摸透那頭的環境。那頭有棵風倒木扁柏，上頭敷滿了苔與檜木幼苗。應該有兩株左右的杜鵑。杜鵑附近有紫花鳳仙花，它們靠果實裂開的力道射出種子，泥丸擊中果實，瞬間發出了種子落地聲。還有森氏櫟一株，它剛過了開滿黃花如雲的春季，新橡果在膨脹。帕吉魯身邊散落的果殼是去年的傑作。橡果是條紋松鼠的美食，但真正的大胃王是黑熊，牠從北面爬上樹摘，並朝那方向丟垃圾，這解釋了陽光較少與坡度較高的北面為何會有較多的果殼。

電鋸呢？這不屬於大自然的傢伙，好像被植物們藏起來，刻意不讓帕吉魯找到，怕找到了會對他們不利。帕吉魯猜測，應該在紫花鳳仙花附近，他聽到彈開的種子擊中了某種堅硬金屬，非常小聲。

忽然間，他聽到步履靠近的聲音。有人踏過腐葉，穿過泛著綠波的瘤足蕨與複葉耳蕨，褲管摩挲葉緣的聲響如此動人，一步步走來，知道他在受苦。帕吉魯立即出聲，喔喔啊啊，不成句子，只想努力叫人過來。他大喊，啊啊啊，他知道有人正朝他的方向堅定走來。他大喊，啊啊啊啊啊啊……

「啊啊阿，阿……霞……，救我。」他大吼。

騎上野狼的少女

禮拜六的下午三點，古阿霞提早到民歌西餐廳。那是休息時段，一群人坐在櫃臺喝著虹吸式煮法的咖啡，一股咖啡香瀰漫開來。夜貓子小羊這時來了，貼著每星期駐唱歌手海報的玻璃門被推開來，鈴鐺嘩啦啦響，小羊大喊，我就是被汽油香味勾來的，先來一公升加滿吧！衝著桌上不知是誰的馬克杯喝一口。

「歐！買尬。」小羊閉上眼，「今天咖啡很特別。」

「可以嗎？」古阿霞笑咪咪說，坐在吧臺椅的小墨汁把上半身趴在櫃臺想知道答案。

小羊再喝口，慢慢嚥下，感覺喉韻平潤，有層次的好滋味。咖啡還有難得的果酸，夾雜淡淡的甜味，過了幾分鐘，舌頭與喉嚨完全沒有乾澀感，這分明是她想喊而這次終於大喊：「上帝來了。」

所有的人歡呼。馬莊主寄來的菊港山莊「難喝咖啡」，通過小羊的考驗，她自稱全臺北最刁的嘴斗。小羊從來不曉得花蓮能出產好咖啡，趁著餐廳人員去廚房工作時，把古阿霞拉到靠窗的桌子，說：「有這麼好康的東西，我們可以開咖啡館了。」小羊把餐桌紙反過來，寫下了開咖啡館的編制，包括吧臺手、中西式快餐與時下流行的駐唱。古阿霞聽得腦血高漲，她這輩子跟油煙與洗菜盆纏鬥這麼久從未想過要開餐館，她嘴角微笑，回應這是不錯的點子，可是她得先去廚房工作了。

「我們不缺什麼，最缺那個位置的人。」小羊指著西餐廳的紅舞臺。

「我還沒準備好唱。」

小羊打菸，她為了省涼菸錢，拿出綠油精瓶塗在白長壽兩側自製涼菸，抽了兩口才說：「時間到了自然會唱。」

小羊沒有勉強古阿霞登臺表演，時間是最好的酵素。接下來的兩天，她們工作結束後，古阿霞帶小墨汁轉兩趟公車回家，小羊騎車跟在後頭。在某條不得不分開的岔口前，小羊加速騎到公車前不斷揮手說再見，然後打方向燈，讓閃爍的黃燈帶她進入另一條平行馬路。整車乘客看見小羊叼菸又背著日製的Takamine木吉他，像是電影《羅馬假期》裡，瀟灑的葛雷哥萊畢克載著側坐的奧黛麗赫本穿越羅馬巷弄，連女車掌都著迷。古阿霞低頭不敢瞧，抬頭瞧時月兒高懸，窗外行道樹間的霓虹燈與密集路燈閃得她一臉茫然，對她而言，小羊確實是野性的女人。

有一次，小羊載古阿霞在街頭夜遊，車把掛一罐啤酒，一路炫耀她的蘭美達是向駐臺美軍買的二手貨。那個美軍曾騎車環島，穿過清水斷崖到花蓮，南下臺東，然後騎過驚險的南橫、爬過中央山脈才抵達高雄。這令小羊羨慕死了，高喊流浪呀！流浪。

那次她們夜遊的目的是在陽明山看夜景，熾亮的臺北盆地燈火，快把黑夜燒光了，小羊說：「我最想學義大利的傳奇探險家Cesare，他曾經騎蘭美達機車闖過七大洲，繞地球一圈。」她喝口啤酒，說：「可是我離開臺北就活不下去，我只懂兩種植物，一種是草，一種是樹，它們要是在盤子上都叫作蔬菜。」

古阿霞在小羊身上看到臺北女人形象。小羊對霓虹燈重度上癮，對咖啡中毒，強烈的夜貓子生活已習慣在小巷夜行，手上銜著便宜的自製涼菸，想學三毛的波希米亞流浪生活，誓言在四十歲的青春結束前客死異鄉。可是她們連臺北都走不出去。

「對了，我的貓找到了。」小羊說。

「妳不是居無定所，怎找得到牠？」

「牠居無定所，我也是，這樣有緣才相逢。」

「太神奇了。」

「神奇是這樣的，我在那盞燈下遇見牠的。」小羊指著臺北盆地茫茫燈海的某個光點，說：「那時候我從民生西路的路燈下，騎車轉過承德路的那盞燈，不久在第五個紅綠燈下找到牠，然後把牠帶回那邊那盞中山北路二段十六巷的房間過夜。」

「我只看見一片燈海。」

「真的，就像有人懂星圖。天上星星的名字與位置很難分辨，還會移動，可是有人把它們記下來了。對我來說，臺北的燈海像是個平行世界的星空，這會難嗎？」

古阿霞覺得小羊很會扯，還一把罩，說：「那妳的貓叫什麼？不會是小小羊兒吧！」

「叫小狗，紀念去年養的一隻狗。」

隔天下午，小羊來到西餐廳時，一隻頻頻打哈欠的花斑貓從她的袋子露出頭。大家說牠也是夜貓子頻頻打哈欠，叫「懶羊羊」好了，不要叫小狗。小羊要大家問問看貓，牠說好就好，然後她去準備今天的駐唱工作。小墨汁這天的責任是照顧這隻老是在袋子裡睡覺的貓，她蹲在櫃臺邊，盯著二十吋東芝黑白電視播映的日本卡通《小甜甜》。她要是回到山上絕對沒電視，只剩下冷風、流雲與工作。

隨後的新聞節目，小墨汁更是全神貫注，她聽伐木工說新聞都是捏造，可以抓到穿幫鏡頭，像阿姆斯壯登陸月球都是在沙漠拍出來。主播說「躲在印度尼西亞三十一年的李光輝回臺後抽太多菸得了肺癌死去」，小墨汁心想，好假，沒聽過伐木工被菸嗆死。主播說「人類第一艘宇宙探測船『航海家一號』正通過木星系統，航向土星」，小墨汁知道這宇宙新聞是攝影棚的吊掛玩意。主播又說「惠明盲校的學生吃到多氯聯苯毒油，得到類似蟾蜍的皮膚病，會流臭膿」，小墨汁邊看邊流淚，心想畫面中走路的五個人縱隊、抓前者肩膀的瞎子演員太會演了。當新聞播放「三腿坐骨連體雙胞忠仁、忠義將進行全球矚目的分割手術」，她大叫說，這假人是真的。她曾在臺大開刀前看過他們，他們會動會哭，當時以為自己的白內障眼睛壞掉了，小墨汁讚嘆醫技已高明得能把兩人縫一起，然後再表演性的割開。當她站起來時，到廚房跟古阿霞講這偉大發現時，看見她人就在身邊，袋子裡的貓也跳出來。

小墨汁去追貓，被古阿霞緊緊抓下來。餐廳陷入了詭異氣氛，出菜的古阿霞看出不對勁。原來是這樣的，禮拜六是民歌駐唱時間，有桌女客人點西洋歌，小羊婉拒的說她今天不唱洋人的玩意，還點菸裝屌。小羊的規則有原因，她有位菲律賓華僑的大學朋友搞民歌運動，這個人後來見義勇為的跳入淡水河救人，自己卻溺死。小羊與他的交情甚篤，禮拜六的忌日不唱洋歌，不喝可樂，不吃麵包，要唱也寧願唱童歌〈只要我長大〉。

那桌女客不滿，看見小羊掛的十字架項鍊，說：「妳今天不唱西洋歌，幹麼胸前掛十字架。」

「關於上帝，像是女人的內褲，妳別亂扯下來。」小羊一語雙關，讓臺下有些人笑起來。

「難道妳洗澡和尿尿時，自己都不扯掉內褲？」女客又挑釁。

「妳對內褲很有興趣。」小羊說罷，引起臺下竊笑。她轉頭看一下古阿霞才說：「好吧！我今天沒穿內褲，常常也不穿。」

臺下的男士一陣驚呼。古阿霞則捏一把冷汗，數次拋眼神告訴小羊，別這麼衝，她擔心摩擦會更大。小墨汁哪懂現場的火藥味，她擔心貓又要跑走了，蹲著身子去抓回來。小羊則調整麥克風，拿起啤酒罐對嘴喝，面朝觀眾，眼睛卻瞥向古阿霞，說：「我的朋友要我低調一些，喝點酒可以壓驚，好吧！我們繼續點歌吧！」

唱完〈小草〉，那桌的四個女客又寫點歌條，挑釁的點西洋歌。小羊乾脆拿打火機燒掉，用來點菸，說：「還有人要點西洋歌嗎？你們看看我養的小貓，牠都不爽，要逃了。」小羊說罷，一群人看著小墨汁到處抓貓。那隻睡飽的貓不想受束縛，想去城市溜達。

接下來，那桌女客又傳來點歌條，全寫上粗話。小羊亮出一張點歌單說可以唱這首歌，歌名叫「肏你媽雞掰」，隨即拿起吉他，用〈小草〉的旋律一路唱完只有五個字反覆的歌詞，笑壞全場。

女客憤而起來，轉身走到大門口時，小墨汁硬是把門擋住了，怕貓跑出去便不再回來了。

「不要開門。」古阿霞突然大喊，不是怕貓走，是安撫客人，「我會唱英文歌。」

接下來半小時，古阿霞唱了幾首抒情英文歌，她的兩頰活在人類有鰓時逗留海裡的順暢，兩手的肢體語言揮得比魚鰭還美妙，把現場氣氛還原到客人進門時的歡快。大家無比沉浸，把掌聲是怎麼回事都忘了，要求加碼安可曲。駐唱結束前，小羊回到舞臺，喝了兩口酒，拿吉他唱起今晚的結束曲〈美麗島〉，每每歌詞唱到「水牛、稻米、香蕉、玉蘭花」，聽眾會拍掌兩下應和，為美麗旋律與土地滋養的所有生物喝采，一切值得入夢。

晚上十點半，她們離開餐廳。古阿霞讓小羊三貼載回去，希望慢點，不要讓小墨汁的眼睛受到撞擊。小羊騎得很慢，後頭車子都超車，連腳踏車騎士經過時都好奇的詢問是不是摩托車縮缸了。這樣速度，令古阿霞以為車子是逆著所有車潮後退，朝世界的反方向離開。月亮孤零零的掛在街心，暈濛濛的光抵達了這霓虹城市，偷偷跟人，也偷偷的藏到古阿霞的內心，她仰頭，看傻了，山上的月亮都在夜空，很好找，在都市找要靠運氣。

「小羊姊，妳今天不穿內褲，很窮嗎？」小墨汁問。

小羊要她注意某個牛仔褲廣告，穿著卡文克萊（Calvin Klein）牛仔褲的明星布魯克雪德絲說她跟褲子之間沒有隔閡，暗示她沒穿內褲。沒穿內褲不是窮，是挑逗文化，「不相信，妳伸手去抓抓看，我的牛仔褲裡有沒有內褲帶。」

「真的沒有耶。」

「好了，手不要伸太進去，怕妳抓到我的毛了。」

「小羊姊姊，妳剛剛說的挑逗是什麼意思？」

「那就是呀！妳想抓又抓不到的毛叫挑逗。」小羊大笑，「女人不穿內褲不是窮，是性感的挑逗。」

「所以，妳今天不信上帝？」小墨汁想起小羊在餐廳講過的內褲與上帝的關係，沒穿內褲就是心中無神的時刻。

「對呀！我只信一半。」

「另一半呢？」

「沒有找到呀！還在找，我的一半是在天上，我的另一半在地上。」小羊語涉雙關，前者指上帝，後者指情人，小墨汁卻聽得糊塗，逼得小羊又說：「這問題，妳要問桑瑟葛露。」

「桑瑟葛露是誰？」

「妳的阿霞姊姊呀！她說阿霞這名字有點土，我昨天幫她取了桑瑟葛露，就是英文霞（sunset glow）的意思。」

古阿霞沒回應，她繼續看著月亮，因為過了幾條街，月亮就會落在大樓後頭了。

古阿霞察覺自己對簡明迴旋的樓梯有種夢境感覺。紅殼塑膠扶手，黑漆鐵欄杆，白漆牆壁，梯間放鞋櫃，每個樓層轉折有個透光小窗，這是臺北常見的公寓，為了規避昂貴的電梯設施而建的五樓以下集合住宅。她順著這個格式的樓梯爬了二十八次，直到第五樓的鏤花鐵門，然後撳下電鈴。

她是來找豬殃殃的。豬殃殃是聖母峰登山的後勤隊員，古阿霞曾在伐木林場見過面。素芳姨那封生前交代的信中說，如果任務失敗，登山隊會在一個月內回到臺灣，她擔心的是患有憂鬱症的豬殃殃，期盼古阿霞上臺北比賽五燈獎的時候，能「協助」豬殃殃。現在，古阿霞完全懂「協助」是極其挑戰的，她來了二十八次，裡頭的人就是不應門。

古阿霞來到臺北的隔日便來找豬殃殃，在一樓大門按了三分鐘電鈴都沒有人回應，傍晚又來，同樣沒回應。到了第三天，小羊載她來，她朝對講機上的十戶人家亂按一通，衝著先有反應的家戶喊，「電力公司抄電表，請開門」。古阿霞當下被她機靈的入門技巧嚇著，直到她們上到二樓，還有三戶人家依序開一樓大門的電鎖。

小羊在五樓的門外按了很久的電鈴，又是喊，又是伸手從第一道鐵門的鐵條縫敲第二道木門，說：「沒事把自己關這麼緊，上帝怎麼來？」

「也不知道豬殃殃回國了嗎？」古阿霞狐疑著。

「問鄰居。」小羊按了對門的電鈴。

不久對門打開了，出現個因為天熱而打赤膊的中年男子，他略帶酒氣，看見了略施脂粉的俏髮姑娘，來魂似的說：「哎呀！我上禮拜看到那傢伙背著一大包登山東西回家，來吧！進來坐，我家很好玩。」

「神愛世人，信上帝得永生，我們摩門教好喜歡串門子。」

砰一聲，男子很快甩上門。

古阿霞憋了好久才笑，擰著小羊的臂膀提醒她不要笑太誇張，樓梯都有回音了。她之後要小羊別拿摩門教開玩笑，不要拉神下水。小羊倒是一副大剌剌沒關係模樣，說上帝不會介意，「而且說真的，關於我的神，我只信一半。」

「那另一半呢？」古阿霞很好奇。

小羊認真的看著古阿霞，「什麼都不信。」

「那就是不信了。」

小羊點上根菸，說：「如果神原諒我的罪，我會更願意當祂的羊群。我是在森林迷失的羊，總比在一堆羊群裡迷失來得幸福。」

沉默了一段，從梯間小窗映入的陽光填滿了兩人的縫隙，照亮地上擰去的第二根菸蒂，這時才感到夏陽燥烈。小羊打破沉默，從口袋拿出白紙留下來訪字條給「朱先生」，塞在鐵門縫。走下樓梯的時候，古阿霞說豬殃殃不姓朱。

「不會是豬八戒的豬吧！」小羊看到古阿霞點頭，說：「天呀！好親切，我小羊遇到小豬親戚了。」古阿霞連忙解釋，豬殃殃是類似筆名或諢名之類，全名叫「南湖大山豬殃殃」，生長在高海拔小草。登山的人喜歡將大自然的花草比附自己。豬殃殃到底姓什麼，叫什麼，古阿霞沒個底。走到巷子口，古阿霞抬頭看豬殃殃住的陽臺掛了幾株花草，挺有生氣，大太陽曬不死。

過幾天後來看，豬殃殃家位在一樓梯間的電表轉了幾格。古阿霞更篤定他在家，可是把人叫出來真難。她放棄了幾天沒來，直到想起素芳姨的萬分交代，才與小墨汁轉了公車來，當兩人爬上五樓的公寓，小墨汁驚訝說：「他三天都沒出門。」小墨汁三天前離開時在鐵門與門框縫黏上小甜甜貼紙，沒有撕開過。難道豬殃殃不用出門買辦？古阿霞狐疑時，小墨汁用肯定的語氣說：「我一隻眼睛雖然不好，可是聽到房子裡有人在講話。」

古阿霞把耳朵貼在鐵門，屏氣凝神的聽出門後的陽臺花盆間，出現的是大自然的天籟，是青蛙在叫。對門這時打開，醉醺醺的男子又出現了，挺著大肚腩：「可愛的小妹妹，妳們又出現了，請妳們喝酒好不好？」

小墨汁嚇壞了，古阿霞連忙說：「神愛世人，信上帝得永生。」

砰！門又關上了，男子在門後嚷嚷，「妳們不要再勾勾纏了，夭壽，傳教搞得跟魔音穿腦一樣。」

古阿霞吐著舌頭，拉著小墨汁下樓，有點得意，也有點抱歉的把上帝拿來當擋箭牌。在回家路上，古阿霞想起與豬殃殃在摩里沙卡相遇時，他曾說自己對青蛙頗有研究，某次在高山的求生之際殺了盤古蟾蜍，剝除毒皮與內臟，將肉煮了吃。這讓古阿霞心生一計，用青蛙引誘豬殃殃開門。她們往小巷鑽，在遠處找到了水質清澈的排水溝，陽光波跳，誘人想跳下水消暑。有水就有蛙，她們沿水溝卻抓不到，牠們逃得一乾二淨。

忽然，古阿霞循著蛙叫聲來到某片菜園旁，掀開樹蔭下的大石頭，赫然出現一隻盤古蟾蜍。盤古蟾蜍跳躍能力不好，很好抓，卻不好惹。古阿霞折了兩根長樹枝夾起蟾蜍，內心的猶豫，不輸被夾得四肢掙扎、眼睛突起、白肚皮夾扁的傢伙。小墨汁從來不曉得蟾蜍會叫，嚇得雞皮疙瘩比眼前傢伙的瘤疣更聳動，假裝到最後才幫忙了，得到了可樂配魷魚絲的不營養晚餐。他們離開前，古阿霞靈機一動掀開菜園旁的廢儲水木桶，五隻趴在桶緣的青蛙嚇壞了，悉數被逮。

蛙類抓到了，用兩個玻璃罐放在豬殃殃家門前，不叫就是不叫，怎麼哄就是沒用，古阿霞與小墨汁蹲在門口等，蹲得血液循環不良，快成蛙腿。古阿霞把玻璃罐塞在門口，小墨汁將牽牛花藤布置在鐵門，趁大肚腩怪叔叔打擾前快閃，去中華路餐廳工作。

隔天下午，小羊載她們來到豬殃殃的住所，上樓梯時，小墨汁很神祕的說她解開昨天「另一半」的問題，說：「妳要當修女吧！想跟上帝戀愛，我可以送妳頭巾。」

小羊大笑，說，「如果男人當神父，他的另一半呢？」

「當然是主耶穌了，難道能跟修女談戀愛？」

「男人跟男人戀愛，很奇怪。」

「主耶穌不會反對，不過，信徒會反對吧！」小墨汁搔頭，「對了，伐木工比較不反對，他們有的人喜歡男人，還有的只喜歡母的動物，妳不能說是我說的喔！山上的人比較會得這種怪病叫『索馬病』。」

「我會選妳當教宗的。」小羊說。

「伐木工會贊成的。」小墨汁突然大叫，「看，青蛙不見了。」

鐵門縫的青蛙不見了，徒留兩個空瓶，鐵門上的牽牛花藤也動過了。小羊說那些青蛙可能被大肚男丟掉，也可能投奔自由了。

古阿霞把中指比在嘴唇上，耳朵貼在鐵門上，「妳們聽。」

大家屏氣凝神聆聽。門後面果然傳來青蛙的叫聲。古阿霞聽出，那種小狗飢餓時「嘓～嘓嘓嘓嘓」的叫聲是昨日放的盤古蟾蜍呼喚。這說明蛙類被豬殃殃抓進去了。

「我們的木馬屠城計成功了，可是忘記訓練蟾蜍開門。」古阿霞頗失望的走下來，無論如何敲門，豬殃殃就是不應門。

「破門呢？」小羊發動摩托車，三貼去餐廳。

「也許真的到危險之際，可以考慮。妳懂得破門？」古阿霞問。

「我朋友非常懂，我打電話叫人來看看。」小羊把車靠邊停，在騎樓下找了公共電話撥號，說：「消防隊嗎？我朋友在房間待了一個月不出門，我懷疑他會在裡頭自殺，你們能救人嗎？」

古阿霞大驚，說著妳這樣太誇張了，連一旁盯著店家櫥窗裡童鞋的小墨汁都轉過頭。古阿霞連忙搶下電話筒，把小羊擠到一旁，抱歉說：「這是真的，不是謊報，但是沒有很糟。」

「妳朋友有危險嗎？包括自殺、快餓死，或情緒極度不穩定？」另一端的勤務中心人員說。

「他有些行動力，只是不肯開門。」

「如果需要出勤，可以隨時通報。」勤務人員掛斷。

古阿霞在胸前叉著手，有點怒氣的告誡小羊。小羊打哈哈，打根菸抽，說她真的有個朋友在消防隊工作，不信她可以再撥電話問明白。古阿霞連忙搖頭，不准她再碰電話。兩人為此起了小爭執，誰也不讓誰，古阿霞真的有點氣，小羊則有點逗她玩。忽然間，要怒火爆發的古阿霞突然熄火了，她聽到小墨汁講起了什麼扣動她心弦的話。

小墨汁踮起腳尖，撥下公共電話：「摩里沙卡嗎？請問菊港山莊的帕吉魯叔叔有留話嗎？」

「沒有，我很努力找了，找不到他來留話。」歐匹將說。

「幫我接火災指揮基地的工寮，找媽媽。」

「燒掉了，昨天燒掉了，不過妳不要難過。大家沒事，都安全撤走。」歐匹將又說，「妳媽媽到別的基地幫忙，沒事。」

古阿霞搶下話筒，斬釘截鐵說：「是我！」

「是我自作聰明，是我主動找帕吉魯，要他留言給妳。可是找不到。」歐匹將強調她是無心的。

「沒消息？」

「是的，我很努力找。」

三天前在花蓮外海發生淺層地震，芮氏六點九，造成了摩里沙卡村內部分老房子龜裂坍塌，造成兩傷。一時之間，大家忙著通訊報平安。忙翻天的歐匹將刻意找帕吉魯留言給古阿霞，卻了無音訊。

「幫我接到前進火災指揮基地，找趙坤。」古阿霞說。

歐匹將搖了交換機的通話把柄，衝著那頭說：「緊急電話，找趙坤，請他趕快覆電。」然後，歐匹將又對古阿霞這頭說：「他在火場，沒辦法接電話，妳有留言嗎？」

「請他去咒讖森林找劉政光，那有個湖，湖中間有個房子，找不到就在森林找一圈。」古阿霞慎重說，「跟他說，這是古阿霞千交代、萬拜託的。」

「好的，我二十四小時待命，妳知道的，我都在這。」

古阿霞掛上電話，心裡多了份惦念與擔憂，也為「我都在這」感到溫馨。小羊找不到機會跟若有所思的古阿霞拌嘴，騎車時，頻頻回頭問小墨汁，「帕吉魯是誰？」小墨汁要求給兩罐可樂與王子麵才成交，電視劇都教人這樣套消息。小羊得放慢速度，才能回頭聽見小墨汁所說的，在某個交通打結的路口，她看見坐車尾的古阿霞紅著眼眶，還別過頭去不願與她眼光接觸。

小羊不問了，說今天沒風又好熱，飆車吧！她加速蛇行穿過車陣，為自己、也為大家製造風。

禮拜天傍晚，客人坐滿了咖啡館，有些桌的人抽菸吐納，有些桌的人不時爆出笑浪。古阿霞站在紅舞臺，有點緊張，總覺得麥克風有問題，猛喝水潤喉，下意識的從上衣口袋拿出長條檜木屑咬著，這是當初溺水時換穿的帕吉魯衣服，修改過。她穿黃褐方格洗得褪色的伐木工襯衫，配上緊得露出好身材的直筒牛仔褲，中性穿著創造流行與話題，臺下靠小羊的關係找來充場的朋友們假裝待會就會遇到歌神前的散漫或雀吵。

小羊撥動Takamine吉他的琴弦，擴音器立即傳來古阿霞的歌聲。那歌聲沒有纖塵，一開口就讓世界安靜，全然靈妙，輕輕渺渺的挽過桌間，宛如一條小溪澗已然成形，聽得大家在臺北酷熱下舒服得想要踢掉鞋子伸足在水光裡。小墨汁對古阿霞的歌聲有免疫力，然而歌聲來了，她也回不過神，忘了撫摸懷中那隻小羊養的貓。小貓跳下來，賴在桌下聽歌。

在歌唱的間休時段，小羊撥弄吉他，說：「各位朋友，從下禮拜開始，桑瑟葛露小姐會在這裡駐唱，大家記得來交關捧場。」

「我今天有點小緊張，有些失誤。」古阿霞說。

「哇塞，誰找到失誤？」小羊嘟著嘴，要底下的朋友給她一根維吉尼亞薄荷涼菸。

「有失誤，那罰。」底下有人大喊。

「罰。」小羊大笑，「有請桑瑟葛露再唱首。」

「很高興認識大家，我唱首〈娜魯灣吼嗨呀〉，這是家鄉的慶典歌，沒有什麼歌詞，期盼大家一起來唱。」古阿霞下意識的調了調麥克風，說：「還有，我叫作法莉妲絲，我喜歡這名字。」

底下爆起笑聲，都說「法莉妲絲」這洋名比「桑葚露什麼的」來得有氣質多了。小羊見苗頭不對了，緊急撥動吉他弦，把大家拉入了大合唱歌聲中。之後又安可了兩首，眾人才放了古阿霞。古阿霞喝了兩口白開水，找個去附近買喉糖的藉口，跑下樓去找公共電話。她今天練唱忙了整天，下午找到機會撥電話回摩里沙卡話務中心，可是電話沒人接。她知道現在要是沒撥通電話，吃飯、唱歌、喝水都有痰擱在心口不舒服似的。

不久，電話終於通了。

「抱歉，我知道很晚了。妳睡了吧！」古阿霞致上歉意，山上習慣早睡。

「我是剛剛去上廁所才沒接到電話。」那頭傳來一陣窸窣聲，然後說：「阿霞，有很多人留言給妳，我得用專門的筆記本記錄。」

「發生了什麼事？」

「我先講趙坤的，我想妳最想知道。」歐匹將把筆記本翻到首頁，說：「他說他去了咒讖森林走了一圈，到湖心木屋，沒有發現劉政光。他倒是發現了那隻黃狗，到處跑，除了屁股有幾撮毛沒了，一切很好。他想，狗很好，劉政光也應該很好。」

古阿霞心有所憂，想再打擾趙坤，求他再去找一次，可是她又覺得太叨擾人了，人家忙也幫了，便說，「這樣也是。」

「還有二十七個人留言，妳知道他們是誰了吧！」

古阿霞點頭，那是山上小學的二十七個孩子，說：「我去換些零錢回來，不要電話聽到一半就斷線。」

「不用這樣，他們知道妳用公共電話有限制，貼心的整理出結論。」

「結論？」

「他們決定把山上小學廢棄了，下學期開始，他們到山下上小學，勇敢的坐流籠下山，要是不敢坐，他們會走一小時半的路穿越萬里溪河谷。」

「這個我知道了。」之前帕吉魯跟她說過了。

「他們知道建校的錢來自咒讖森林，不想森林被砍，他們想保護森林。他們向每戶人家要求連署，阻止森林砍下去，他們也寫信給政府，希望保留那塊水源地。」歐匹將停頓幾秒，說：「他們說，古老師，妳願意回來幫忙嗎？他們很想念妳，非常想。」

足足十秒鐘，古阿霞頭抵在公共電話的撥盤上，為「古老師」幾個字而內心翻攪不已，眼水浮轉。騎樓下人潮來往，稍遠的馬路車流永遠不會乾燥，臺北夜色是充滿夢想的光點。古阿霞無法平撫心情，她才在繁華之都找到夢想，即便幾天後的五燈獎賽不會榮登寶座，她今天已經在咖啡館有了自己的紅舞臺。她知道，如果回山上，自己的駐唱夢想會夭折。

「妳在嗎？」

「我在。」古阿霞聽到了電話斷訊前的警示鈴聲，連忙從口袋找硬幣，卻找不著。

一隻手從後方救援，塞了硬幣讓電話保持通訊。古阿霞轉頭看，是小羊，以及她背後一片閃閃爍爍的夜景。小羊遞了一條手帕，拍拍古阿霞的背，這讓古阿霞不自主的靠向她的肩膀。

歐匹將說：「妳不用被小孩影響。我跟他們說了，這不能勉強古老師。」

「謝謝。」

「他們說會自己來，自己的森林自己救，這是古老師教他們的，請古老師放心。」

掛斷電話，古阿霞的臉才離開小羊的肩膀。兩人往咖啡館回去，閃過騎樓人群，一路沒有言語，可是古阿霞把那條黃手帕捏得緊，幾乎是她的心情寫照。到了咖啡館樓下，小羊去牽車過來，要她在樓下等，一起去吃消夜。

小墨汁先從樓梯走下來，袋子裡面裝了哩哩扣扣的東西，發出聲響。她用驚豔的口吻說大收穫，然後打開袋子秀出她蒐集的小雜物，有萬寶路開罐器、伸縮原子筆、鋁皮製猴子騎腳踏車的發條玩具、藍色小精靈塑膠玩具等，這些有的是她端可樂給客人打賞的，有些是她收拾桌子找到的。這是她來咖啡館的動力，看電視與蒐集小雜物，後者是她回到摩里沙卡後向她愚憨的哥哥「阿達瑪」陳述奇幻臺北城的線索。一禮拜後她要回花蓮了，甚至拒絕古阿霞送她到宜蘭蘇澳，一個人從臺北回花蓮，她把這段旅程當作生命中的偉大冒險，她會重複講，她哥哥則永遠跟第一次聽到般新鮮。

她們三貼去吃消夜，貼在中央的小墨汁抱著袋子。到了愛國西路的某家騎樓吃了快炒配啤酒，小墨汁蒐集了五個啤酒罐鐵蓋，舔了某個鐵蓋內側的酒液，這是她生平第一次喝酒。她會告訴哥哥，臺北的酒有苦味。然後，她站起來沿著騎樓走，撿到一根稀罕的可彎式吸管，在下個街口的公共電話上拿到一個不知道誰遺忘的唐老鴨玩具，她繼續走下去找，直到有人拉住她。她抬頭看是古阿霞告誡不可亂走。

古阿霞沒有把小墨汁帶走，而是看著街道。小墨汁問，怎麼了。古阿霞說她有種似曾相識的感覺，她隱然覺得，在下兩個路口左轉後，那有間郵局，最特別的有三個直立式郵筒，還有一排白千層樹。

「這路都差不多，讓我常常有這樣的感覺，好像來過。」小墨汁說。

「不是的，是我來過。」古阿霞說，如果沒記錯，她曾去過那裡。於是，她緊緊拉著小墨汁往前走，並吩咐她不要亂撿路上的東西了。

過了兩條街右轉，一間郵局、三個郵筒果然在眼前。古阿霞佇立良久，才慢慢過去，她確實來過這地方，去年環島時，她與帕吉魯為了省錢就在郵局前的騎樓下席地而睡，黃狗為了追野貓跑出了三條街。他們費了好久才找回調皮的黃狗。然後，隔天他們坐便宜的火車到宜蘭蘇澳，搭船回花蓮。往事並不如煙，歷歷在目，怎麼都逃不開。

古阿霞過了街，來到郵局的騎樓下，蹲下去找什麼。她在找去年掉在這裡的東西。

「妳不准我撿，自己又撿東西？」小墨汁有點生氣。

在騎樓角落的水泥牆上，古阿霞發現當初夜宿無聊時留下的原子筆簽名，字很小，寫在都市只有自己記得的一隅，那是「帕吉魯與法莉妲絲」。這幾個字寫得歪歪斜斜，小墨汁蹲在地上才瞧出個大概，連忙問這是什麼啦！

「種在水泥地上的兩棵樹啦！」

「我讀懂了，妳把自己種在地上了。」略懂字的小墨汁有點樂，「妳的名字是什麼樹？」

「山棕，花香很香的樹。」

「那另外一棵呢？」

「麵包樹。」

「那我知道帕吉魯叔叔跟妳來過這裡了。」

「是嗎？」

兩人往回走，邊走邊聊，小墨汁問那排行道樹白千層，用邦查話怎麼說。古阿霞皺著眉頭想，然後慎重說，叫白千層。小墨汁說怎麼可能一模一樣。古阿霞說這些是外來樹種，邦查老祖宗來不及取名字就死了。兩人邊聊邊笑，古阿霞還撿到了一把繪有卡通《海王子》的塑膠短刀，小墨汁很樂意收下來，贈送給哥哥來保護她。

小羊有點醉了，坐在快炒店的小籐椅，啃筷子發呆。古阿霞回來的時候覺得她面帶微慍，不斷道歉。小羊說，人找到就好，回家囉！然後發動摩托車，三貼穿梭在夏夜的車流。古阿霞擔心叼著筷子的小羊要是出點車禍，怕筷子刺穿腦袋，因此剎車時都令她腦袋發麻。小羊說剛剛等妳們等太久了，把菸抽光了，又沒菸，才叼筷子打發，她知道古阿霞擔心，把筷子擱在耳朵上。

小羊轉了幾條路，有時候是霓虹燈大放的高樓，有時候全是低矮的日本老瓦房，有時候是狹窄的小巷子，機車路線走得跟已醉的小羊沒兩樣。古阿霞看不清渾亮的月亮，它總是忽隱忽現的跳躍在城市上空。

小羊忽然停下車，看著遠方的巷子有臺打檔機車。機車的後鐵架放了大鐵籠子，塞了幾隻狗。小羊把機車龍頭拗了回來，悄悄騎在後頭，準備反擊。

那是狗肉販商，夜晚在大街小巷踅來踅去抓狗。有些缺錢的人看到了狗肉販，會無良的把寵物賣了。可是，狗肉販大部分是靠殘酷手法抓狗。小羊尾隨了一段路程，後座的古阿霞目擊了抓狗過程。狗肉販用肉包子吸引野狗，趁機用鐵索套住野狗脖子，甩進大鐵籠。要是大隻點的狗，用鐵索套住後，狗肉販會加速摩拖車拖行一段路，消耗牠的體力。幾乎快窒息的狗被這樣折磨，毫無反抗的塞進鐵籠。

「妳來騎歐多拜，我來修理那傢伙。」小羊說。

小羊養的狗是被狗肉販抓走，她跑到以吃狗肉聞名的中和秀朗橋找，那邊有十幾攤狗肉店，中藥味重，聚集一堆軍營士兵與各地來的饕客。她沒找到狗，全身卻臭得不得了。這次看到狗肉販，她要狠狠教訓他。

「不要啦！我不太會騎。」古阿霞說。她騎過帕吉魯的腳踏車，雖然曾學過小羊那臺機車，但是換檔不熟，離合器掌握不好，起步常熄火。

「妳們先下來，在這等我。」小羊把古阿霞與小墨汁請下車，頭也不回的加速騎過去。

古阿霞被趕下車，不知所措，她看著小羊慢慢騎近在抓狗的肉販，從蘭美達機車的前置物箱抽出酒罐，舉了起來，狠狠敲下去。狗肉販專注抓獵物，對偶然經過的機車沒防備，況且抓野狗不犯法，冷不防被打，整個人委頓在地。果然是小羊風格，補了一刀不夠，多踹幾腳，真想把他的屎都擰出來。

古阿霞沒有冷眼當觀眾，她跑到肉販的機車旁，解開鐵籠放出狗。籠子裡的狗都被折騰過，哪肯相信人，兩隻狗對古阿霞咧牙狂吠。古阿霞心急，惹得一籠狗兒更是驚慌，她聰明的腦袋在瞬間轉入戰鬥系統，跳上機車座，拉了小墨汁上來，要把車先騎走再打算。她騎的是腳打檔循環系統的野狼一二五，跟熟悉的偉士牌手打檔不同，她找到離合器，抓到油門，就是摸不出如何流暢操作。

小羊在二十公尺外跟狗肉販的纏鬥，漸處下風，三十六計走為上策。她見到古阿霞杵在機車上，馬上知道狀況，大喊：「用左腳往前打檔。」

古阿霞踩入一檔，過於緊張，放離合器與加油門的控制失敗，機車起步的瞬間熄火。她踩回空檔，重新發動引擎，深呼吸，冷靜下來才能駕馭這隻野狼。她寧可慢，不可求快而失敗。

小羊衝了過來，在地上煞出了長長的輪胎痕，急喊：「別管了，趕快跳上來走吧！」

「左手拉離合器，然後呢？」古阿霞說，她執意把野狗帶走。

小羊的戰鬥意識被淡定的古阿霞激起了，她把機車緊急迴轉，車頭衝著街尾跑來的狗肉販，說：「左腳往前踩入一檔。」

「踩入一檔。」

「左手離合器先放一半。」小羊大喊，把自己手中離合器慢慢鬆放。

「離合器放一半了。」

「右手油門慢慢加油。」小羊決定了，要是古阿霞這次起步失敗，她會把機車衝向狗肉販，一起陣亡。

「油門加油。」

「求主保守法莉姐絲。」小羊緊急催油，把車衝出去。

「求主保守小羊。」古阿霞說。

「求主別忘了還有小墨汁。」小墨汁自喊。

古阿霞順利起步了，猛的催油，野狼機車往前衝，發出非常嚇人的低速檔運轉聲。古阿霞沒有大叫，是鎮定的大喊：「小羊回頭跟來。」小羊緊急剎車，抽出置物箱的酒罐狠狠丟出去，完美的準頭砸到了狗肉販，她掉頭追上古阿霞，教她把機車排入高速檔行駛。兩臺車逃離現場，甩開了一路瘋跑追來的狗肉販。

兩臺車並騎，三人大笑，一籠的狗叫著。整個過程緊張得發抖的小墨汁，聽到笑聲才睜開眼，尖叫得說自己回山上有故事可以說了。在臺北夜色中，兩人駕馭機車飛馳，呼嘯過一座又一座路燈，影子忽前忽後，想尋找個好地方把後座的野狗都放了。

過了兩條大街，穿過臺北師專，小羊看見有輛工程車從鐵皮圍籬圍起來的公園駛出來，便趁機帶古阿霞進了去。那公園非常大，車燈沒辦法照到底，完全是瞎透的黑，只能靠外頭漏進來的路燈看到樹木與鐵骨鷹架的大建築，以及兩個高達一百公尺的塔式起重機。古阿霞把車停下來，打開鐵籠子，然後退兩步，兩隻大個子的野狗受不了狹小空間，先跳下來，剩下的三隻陸續跳下。這五隻狗各自為政的跑來跑去，嗅著彼此體味，不久出現了昂首顧盼的首領，引領其他的四隻狗跟著走。

順著五隻狗跑走的背影，是一座巨大仿天壇的八角建築，古阿霞讚嘆那間廟好大。古阿霞是不進廟的，可是小墨汁吵著去看，她需要好故事回山上講。她們循著被工程車輾得堅硬的黃土車道，一步步踏上堆滿棧板的階梯，站在那扇高聳的大門前。建築裡頭黑得發慌，地上東一束鋼條、西一堆大理石板，四周都是層層的鐵鷹架。

小墨汁忽然內急，跑到大門旁小解。

四周都是雜物，小羊牽著古阿霞前進，真怕腳扎到鐵釘。

「好大的神像呀！」古阿霞大驚，當眼睛適應漆黑，依稀看出一尊高達六公尺的大神像在建築裡。

小羊有點呼吸急促，說：「是蔣公，他死的時候，我還去看他的遺體，拿到壽桃吃。」

「銅像有點恐怖，會瞪人。」

古阿霞有點不知所措，不曉得闖進了興建中的中正紀念堂，陷在濃釅的黑夜中拿捏不到一絲線條，唯獨那尊蔣中正銅像發出令人畏寒的冷光。古阿霞連忙回頭對小墨汁說，不要在這尿尿，很不敬。

小墨汁大喊，來不及了，她大便大出來了，要衛生紙。

雙方對話的回音在建築裡繚繞。古阿霞掉頭阻止小墨汁，可是手被小羊拉進了幾乎線條與水泥氣味失控的建築，她跌跌絆絆，來到了銅像的大理石基座。

「妳在哪裡？」小墨汁大喊。

古阿霞要回應，卻被小羊的雙手緊緊擁抱。她很快理解那是情意，急著掙脫卻無效，感到一張酒潤發熱、呼吸急促的臉龐貼過來。她別過臉去，閃開了小羊的親吻，讓這個女人的臉跌落在自己耳邊不斷磨蹭，嚶嚶啜泣，什麼都沒說，可是什麼都表達了。小羊哭泣的聲有種勾魂攝魄的餘香，令人耳朵蘸了，心就軟了。古阿霞極力反抗的手鬆了，安靜佇立，讓她擁抱。

然後，邊喊邊找人的小墨汁衝來，死命搥打小羊，大哭：「妳不能這樣，妳不能把『索馬病』傳染給阿霞姊姊，這樣會害到帕吉魯叔叔永遠的離開她……。」

遙遠之處，傳來窸窣，有人走過蕨類與短箭竹的聲響。

「啊啊阿，阿……霞……，救我。」帕吉魯大吼，他渴盼那種聲音。對於在咒讖森林離群索居的他而言，往常會覺得這是干擾，現在覺得是上帝之音。

不久，那個聲響出現在眼前，是黃狗，牠叼了隻山羌。帕吉魯滿潮的期待瞬間落空。黃狗與人類走過樹林的聲音不同。帕吉魯判斷錯誤，多半出於想獲救的渴盼，或是黃狗叼了隻山羌，而使步伐聲不同。

山羌的喉嚨被黃狗緊緊咬著，還有點氣息，後肢掙扎的踢蹬。這是黃狗捕回來給帕吉魯的食物，算表現良好。帕吉魯把山羌夾在雙腿，要給牠窒息死亡。尋思間，他轉變策略，如果他殺死山羌，山羌血液會停在體內，他很難取得水分止渴。他需要活血，藉心臟的跳動輸入他的嘴裡。他猶豫幾秒後，撕咬山羌喉嚨吸血，感到腳間夾住的傢伙拚命掙扎不停，兩度脫離腿縫，他得重新夾緊。兩分鐘後，山羌身體軟掉了，只剩黑眼睛仍像活著時充滿淚水與恐懼。

以馬內利，他祈禱，願主賜予寧靜與祥和。

當難喝的羌血吸不動了，他躺下來，看著天，感到樹冠縫之間的天空是滯澀難聞。但隨即來的飢餓，使他拿石片一刀刀劃開山羌最柔軟的肚皮，內臟失控的擠出來，這樣的皮肉水餃餡還真倒胃。他用石片繼續割開皮膚與肌肉，露出薄脂肪與白黏膜層。羌皮可以當作夜間的墊子禦寒。最後，他啃起山羌的大腿，非常有咬勁，除了韌性強的筋膜，一切還行，如果火烤來吃會更好。

吃了幾口山羌肉，便吃飽了。他要跟這具屍體相處多久？黃狗也吃飽了，獵狗脾氣來了，咬著屍體甩著玩。山羌內臟流露在地上，腸膜在陽光下泛著飽滿的油彩色度。帕吉魯大聲喊停，還出腳踹了一下。這時候，檜木森林在午後常有的景致出現了，霧氣悄悄湧上來，蠟蟬聲響突然出現難得的高亢，氣溫下降，樹梢凝聚的水珠慢慢的滴透了地面。

一日之始，他繼續昨日的工作：拿電鋸。他將兩條綁腿的布邊線拆掉，撕成一半，這樣有四條細帶子，連結起來約七公尺。他需要有個倒鉤的東西綁在繩子尾端，這樣能勾住電鋸的突出物，比如樹枝或？對了，是骨頭，帕吉魯又對那具屍體有興趣了。他曾在河谷看過山羌腐爛後的骨骼，後腿關節有倒鉤骨頭。他用嘴巴與左手撕開後腿肌肉，撕得腮幫子發麻，滿臉血腥，山羌肌肉仍牢牢附在後腿骨。

他放棄用骨頭當鉤子，用石片綁在綁腿繩。但他意識到兩件事，一是要把石片固定在綁腿繩，得用繫繩，他胸口「彩虹碎片」的項鍊繩可以用。第二，石頭不夠重，綁在綁腿上之後，很難拋出去，即使勉強拋出，也容易脫落而失去唯一像樣的東西了。保險起見，他在視線內試拋兩下，果然如臆測的，只是拋出軟趴趴的綁腿而已。

但是，他有備胎計畫。他把黃狗叫來，告訴牠，把石頭勾在原木不遠處的電鋸上。縱使是有靈性的動物也難以理解電鋸是什麼。黃狗看著帕吉魯，一臉不解的歪著頭。「我演給你看，這叫電鋸。」帕吉魯喉嚨發出電鋸聲音，把左手當作電鋸，往壓住他右手的原木做出下鋸動作。

「這是電鋸，在另一邊，懂嗎？」

黃狗站著不動，吐舌頭，搖尾巴，牠完全不懂。帕吉魯做出更誇張演出，喉嚨咆哮，作勢拿電鋸切割木頭。黃狗有反應了，牠狂吠幾聲，前肢下蹲，作勢對帕吉魯的左手反擊。

「不是跟你玩，這隻手不是熊，是電鋸。我要你去幫我拿回電鋸。」帕吉魯大喊。

黃狗狂吠，完全投入這種狩獵似的勤前教育。啪！帕吉魯氣得打了黃狗。牠立即逃到遠處，尾巴時而搖，時而下垂。「回來。」帕吉魯招手。黃狗溫順跑過來，舔著他的手，徹底忘了先前的摑掌之痛。

帕吉魯嘆口氣，完全理解那些曾教過他的老師對他的絕望。他記得，有個老師怎麼打他，他都寫不出字，也不肯說話。他當時乖乖被打，也對自己的沉默感到悲憤與無助。這隻狗是他年幼時的翻版，以人類的角度來看，牠年輕兇猛又敏捷，但永遠不能成為知心朋友，不能分享他的痛苦與快樂。黃狗只是忠臣，隨時陪侍在側，不離不棄，帕吉魯覺得這樣還不夠，因為，他知道自己有時對忠臣感到不耐煩。

他將狗推到原木上，把繫著石片的繩子塞到狗嘴巴，命令牠跳到那頭，去尋找電鋸。黃狗跳下去，傳來窸窣的跑動聲音，接著跳回原木上，嘴中的綁腿不見了。帕吉魯拉回綁腿，鬆趴趴，沒勾到什麼。他再次要求黃狗把繩子銜過去，搭在一種有金屬的硬邦邦的傢伙身上。耗費一小時，這嚴肅的命令，成了可有可無的遊戲。繩子在某次收回的時候勾到了堅韌的短箭竹，即使帕吉魯小心扯，那片石頭還是鬆脫了。

霧氣帶來的水滴越來越密集了。帕吉魯暫時不找電鋸了，用剝下來的扁柏樹皮蓋在身上，縮進原木與地面的縫隙躲。黃狗躲在附近的倒木空間避雨，稍後跑進霧雨中嗅著，抖身子甩雨珠，慢慢的靠近帕吉魯。黃狗知道自己怎麼樣都得不到主子歡心，裝得不經意重逢，鑽進扁柏樹皮下一起避雨。帕吉魯不賞臉，遮雨空間太小，顧人要緊，他用力搡開黃狗，然後狠狠踹一腳，不然濕答答的傢伙老是鑽進懷裡。

夕陽在七點落下山，可是森林在六點已黑了。帕吉魯在全然黑夜之前，啃了幾口乾澀的羌肉當晚餐，他感到口渴，在那灘內臟裡東翻西翻才找到了白色的膀胱，費勁咬開韌性強的肌肉壁，喝到了兩口羌尿，非常難喝，還是自己的尿好喝。多年前他聽過德魯固獵人跟他說，山羌專吃中藥植物，糞便與尿液可吃，帕吉魯當初聽了不可置信，現在他喝了中藥湯，只想趕快起身告訴大家還好他沒去吃中藥丸。

陽光撤離森林之前，他又檢查了右臂。這個反覆不停的動作，是他在吃喝拉撒睡與想念古阿霞之餘，每幾分鐘會做的事。他手臂廢了，腫脹，組織壞死，他解下皮帶，緊纏在關節上方約兩公分處，那是他能保存這隻手的最大值。他相信自己獲救後，皮帶以下的手會切除。如果能獲救，這點損失還算可以，他會放棄索馬的工作，待在菊港山莊做些簡易工作，然後找個女人結婚，生一窩又吵又跳的死小孩。他夢想婚姻的樣子。

晚睡前，他脫下褲子，艱困的蹲起身大便。他跪在地上，雙腿只能盡量往外張開，頭抵在地，把糞便拉在一片小的檜木樹皮，然後奮力往遠處丟。這時候帕吉魯會大聲喝止黃狗，防止牠衝出去把大便叼回來。他昨天就是忘了這點，黃狗滿嘴是自己臭兮兮的排泄物。然後，他用苔蘚拭淨肛門，躺下睡，身旁有個啃不動的山羌大餐陪他睡。

隔天一早，他不餓，卻猛啃山羌腿。他又有新計畫了，來自昨晚的煎熬。昨夜寒冷迫使他斷續驚醒，人狗緊緊相擁。山林的六、七月最熱，可是夜晚的森林可下降到攝氏十度以下。帕吉魯昨夜醒來，看月亮橫過天際，清輝無限，他沒戴錶的習慣，但從經驗判斷是夜晚十點，他想，古阿霞現在在臺北做什麼？她也會看到月亮嗎？他看著月亮滑過去，淚水滑下來，他不知道為什麼，就是難過。他想起去年春夏之交，他們環島行腳的終點在臺北，坐火車到宜蘭蘇澳，搭船回花蓮。他側身想睡去，看著山羌躺在那，黑黝黝的眼睛在月光下看著他，他伸腳把山羌的頭別過去，就是在這時候他忽然想到什麼，連自己都興奮不止，差點睡不著。

現在，他對山羌猛啃，齒縫塞滿了肌肉纖維。這些被咬下的十餘口羌肉，他只吃下五口充飢，其餘的吐掉。然後，他看見他需要的大腿骨了，連結肌肉與骨頭的韌帶很難啃掉，他用扭的，慢慢的扭轉關節軟骨，直到韌帶斷裂。

他拿到山羌大腿骨了，這是非常粗硬的骨頭。不行太急，他告訴自己，好不容易取到這根骨頭，搞壞就糟了。他選了原木與地面接觸之間較大的縫，把骨頭塞進去，用力往上撬，在努力兩分鐘後，骨頭啪一聲脆裂。強大力道，使他躺歪了。

他檢查骨頭，斷裂處很尖銳，樂得大笑。他不是要撬開原木，是要製作一把刀子。

現在他有一把鹿骨刀了，他對著太陽笑起來。

願主保守法莉姮絲不哭哭

古阿霞參加五燈獎賽的日子到了，早上十點前得到達八德路的攝影棚。她六點便醒來，心思翻騰不已，跟著去的小墨汁則幫她提化妝箱。小墨汁往後回到山上之後不斷向別人傳述這傳奇的一天。

小墨汁記得，她們下樓時，有個九歲小孩哭壞了，古阿霞摸了她便不哭。一隻貓躲在巷子的車底下不走，急死了要趕著上班的轎車主人，古阿霞蹲下去喵兩聲就行了。一隻受傷的鳥飛向藍天，一個老太婆咳出痰，一個通勤的學生找到車票，一盞紅綠燈突然好了，令兩條車流打結的馬路通暢。「都是阿霞姊姊經過時發生的。」小墨汁後來向伐木工這樣說。

她們搭上公車，往城區去。車掌注意到小女孩提個化妝箱。小墨汁說她們要去參加五燈獎。全車轟動，七月烈陽從車窗落在顫晃的公車地板，小墨汁臉上是反光，古阿霞的也是。可是，公車開到五條路之外，車潮塞住了，公車停在不見前方狀況的馬路，司機扭開收音機，聽到有車禍造成壅塞，「胡說，這是大學生抗議中美斷交在遊行。」

「我們下車用走的。」古阿霞帶小墨汁下車。

「加油，五度五關衛冕。」全車乘客大喊，司機揿著喇叭。

她們沿馬路往回走，過了兩條街，小墨汁警覺這不是往攝影棚的路，說：「我們走錯了。」

「沒有錯，我不去參賽了，我們去找豬殃殃。」古阿霞要是不能及時救出距離這裡有七條街的豬殃殃，她心裡有個疙瘩，或許終身遺憾。

小墨汁邊走邊哭，她不甘心古阿霞這樣就放棄了，失去了跟伐木工描述攝影棚內激烈競賽的故事。過了兩條街，她們停在經常路過的製材廠，每每經過，會聽到帶鋸開剖的尖銳聲響，以及飄來的各種木頭香味。古阿霞會駐足猜想，今天開剖的是亞杉，或是令鋸片發出尖銳聲響的堅硬鐵杉。

這次，古阿霞走進去廠區，想買塊木頭。她想，也許這塊木頭能呼喚豬殃殃出門。

在製材廠，可以買到各種有經濟效益的原木。不少出入的材商提著保力達B與檳榔巴結師傅，製材的費用以分鐘計算，稍有拖延，要付更多錢。古阿霞兩手空空，也很清楚，自己口袋裡的錢連買個東西與師傅攀交情都不太夠。可是，她還是進來試試。

廠區有些大，有個堆原木的小土場，還有漂滿浮萍與原木的貯木池。原木泡在水池能防止龜裂與腐爛，放二十餘年不會壞，池中有幾根露出水面部分的木頭長滿了雜草，儼然是生物島。古阿霞站在露天廠區，沒人搭理，也許這樣讓她可以優游的走動觀察。

工人們從貯木池拉起一根紅檜，動力來源是從工廠天車延伸的兩根鋼索。當鋼索拉上十噸原木，池水從木頭的朽藕中空處宣洩，裡頭的龜、鯽魚、水蠆、紅娘華等也掉出來，在熾烈陽光下的水泥地跳動。一個小孩用水桶撿起鯽魚，那是工人們中午的加菜；其他的水生昆蟲，成了盤踞在屋頂的烏鶖與白鷺鷥衝下來啄食的大餐。

接著，幾個工人使用鶴嘴撬與萬字鉤，那是以槓桿原理來搬動大原木的傳統工具，他們唱著古老的伐木歌，混合日語與閩南語，在抑揚頓挫之際使力翻動木頭。古阿霞與小墨汁被眼前畫面吸引。那根從水池邊翻動到屋簷下蔭乾待用的原木，在水泥地鋪出了水痕波光，和工人赤裸上身的汗光構成了美麗畫面。

古阿霞牽著小墨汁走進室內廠區，堆滿的原木與木材能調節溫度，清爽宜人。屋頂有兩根驚人的天車橫梁，年代久遠，孕育出薑茶色。鋸臺飄出濃濃的潤滑油味，沾了油漬與木屑的鐵盤呈現深褐色。遠處，有兩個年輕小伙子把剛裁切的好木材塗上白膠，以免水分乾燥過快而裂開。一個大剖師傅帶領徒弟在鐵軌上推著臺車，把上頭直徑一公尺餘的原木推入帶鋸，伴隨尖銳聲響噴出的除了木屑，還有爽沁的香味。另一頭由工人在鋸縫打木楔，防止夾鋸。古阿霞從味道判別這是俗稱「雞油」的臺灣櫸木。好味道，她想。

一旁觀察的材商大聲喊停，他對大剖師傅抱怨，已經「走路」了。所謂走路是鋸路歪掉了，損耗不少材積。

大剖師傅仔細檢查帶鋸之後，手支在下巴，說：「家私拿來。」這句話不是講給材商聽的，是考驗跟隨的學徒能力。大剖師不明講拿哪種工具，意思是「為師的看出問題了，徒兒去拿出正確的修理工具」。學徒得做出正確的判斷。

鋸路跑掉了通常是鋸齒咬到木頭內的鑲嵌硬物，像是小石頭，因而歪了，或偏斜。學徒馬上拿鐵鎚，轉動飛輪以鬆開帶鋸，準備把鋸片敲平。

「幹，還在眠夢。」大剖師怒喊。

學徒被師傅罵，呆立在原地。這意謂他答錯了，重新尋思問題所在，但是他想不到。

站在大剖師背後的古阿霞，不禁笑出來。有半個月，她在摩里沙卡的製材廠待過，監督製材以符合蓋學校所需的尺寸。那兒最資深、俗稱「搖尺仔」的老師傅對她很好，拿著木尺，告訴她每道流程與問題所在。這時候的古阿霞判斷，臺車附近的木屑仍散發檜木香，顯示上個大剖的原木是檜木。檜木較軟，會用較快的馬達轉速開剖。之後換上較硬的臺灣櫸，理應調慢，要是材商在旁邊要求加快工作速度，而造成臺車進材入切的速度過快，會造成「走路」。古阿霞打暗示給學徒，要放慢馬達轉速。學徒馬上去照做。

「睏飽了，繼續。」大剖師上工，把身後的古阿霞趕走。他明白這是古阿霞的幫忙，卻不想知道她為何有這種能耐，只盼不要有人再干擾。

這一切，看在廠區屋簷下休息的老太爺眼裡，他從籐椅站起來，走過去打招呼：「平安，聖歌隊的女孩，找誰嗎？」

古阿霞回頭看，是拄拐杖的老人。老太爺約七、八十歲，稀疏的頭髮仍梳得整齊上油，穿棉質薄襯衫、西裝褲，一種拘謹服裝。古阿霞不懂老太爺為何知道她是教會聖歌隊。老太爺解釋，他們是同個教會，他每次做禮拜坐在後頭，古阿霞才沒注意到。

「謝謝你提供我們宿舍洗澡的燒柴。」古阿霞說。

「別客氣。」老太爺說，「就為這事來的？」

「我來買木頭。」古阿霞帶著歉意，「我不是材商，不是一次買二、三十才的那種，我只要一小塊。」

老太爺笑起來，笑意是有目的。製材廠通常位在大都市外圍，需要大廠區貯藏原木與切材，再供貨給城內下單的材商。製材廠很少賣零星。古阿霞懂得那種笑不是訕笑，是掩蓋老太爺的內心如何尋思回答。

提著水桶抓魚的小孩跑過來，抓著烏龜，對老太爺說，「牠回來了。」那是隻柴棺龜，常棲息在低海拔水塘與河流。

老太爺抓著烏龜後背，翻過來仔細瞧，他告訴古阿霞，幾個月前這隻烏龜爬到馬路外旅行，沒想到又回來。

「這些木頭都沒了生命，不過仍是一座小森林，烏龜還是喜歡待在這。」古阿霞說，「我想，你這裡一定有穿山甲，可以吃木頭裡的白蟻。」

「那是五年前的事了，牠藏在原木，從山上運到這裡。」

「不過，你們不喜歡虎頭蜂躲在原木的樹洞，應該會在這根木頭的另一側裝上紗網。」古阿霞敲敲一棵原木。

「我們會在蔭乾的原木裝紗網防虎頭蜂。」老太爺忽而說，「不過這棵原木的另一側靠牆非常近，妳怎麼看出來那頭有幹空？」

這沒有考倒古阿霞。她回答，一棵樹從砍倒的那刻已有軌跡可循。首先，原木調查人員會測量好該砍的樹，做記號。其次，砍倒的樹運下山，會經林務局與檢尺員的層層審核，在原木刻特殊記號，並用鐵鎚打印。那些看似黑熊爪痕的刻痕，事實上代表樹木身分。

「所以，妳看得出原木身分？」

古阿霞點頭，說這是紅檜，由鐵鎚在樹幹切面烙了「檜」字。樹上刻刻的符號顯示，樹長五米、直徑一五三公分，屬二等材；來自大雪山，因為敲下「雪放」的鐵章，還印了表示一端有藕朽的「〈」符號，記錄洞寬二十二公分。

有了以上的訊息，古阿霞合理推論說：「我想這樣的洞很適合虎頭蜂住，你們才會裝紗網，防蜂，又通風。」

老太爺大感吃驚，眼前女孩竟然嫻熟一切，問：「妳從哪來的？」

「摩里沙卡的菊港山莊。」

「歹飲（難喝）咖啡，還有蘋果醬。」老太爺點點頭說：「令人難忘。」

「謝謝。」

「那我好奇，妳要買什麼木頭？」老人知道，古阿霞絕不可能買一塊小木頭當紙鎮或筆筒。

古阿霞在簷蔭下選了棵臺灣雲杉原木，撫摸五百齡的切面，這棵樹進入材質的最佳時段。從年輪，她認真看出雲杉生長的坡度與歲月，並請求老太爺拿鐵鎚朝木頭的另一頭敲，自己貼上去聽。那些清脆水沁的聲響傳來，穿過無數時間壓縮的年輪密隙，再貼近些，能聆聽到積疊的年輪對人訴說的語言。樹是一座森林與氣候的百科全書，凡是貼近它的人在打開扉頁之後，其餘的書頁會被清風連續吹開般簡單。

古阿霞睜開眼，走到原木的某個位置，對老太爺說，「就在這位置裡頭，有個樹的心臟，我要買走，去幫助一個朋友。」

「心臟？」

「那是樹曾經受過傷的部分，變得比較堅硬，如果要取下得小心，帶鋸切到心臟，整棵樹會裂開了。」

「妳認識索馬師仔嗎？我上次聽到樹的心臟，是索馬師仔講的，只有他們才用狡怪的話形容樹仔，他們把樹當人。」

古阿霞顫抖了一下，有什麼打樁在心底，拔不走，隱隱咬住了那麼丁點的痛楚。

這時候，老師傅與工人們聚過來，他們被提水桶的小男孩跑來嚷嚷「有人來踢館了」而吸引來。老師傅不相信古阿霞的說法，太傳奇，況且那棵臺灣雲杉價值不菲，能在中山北路精華路段找個十坪店租兩年，更重要的是雲杉得再放三個月才能安定，目前含水率高，在原木的應力完全未釋放掉之前，貿然大剖，所製造的材容易翹邊、扭曲或裂開，價值喪失。

老太爺懂得老師傅的勸戒，他們跟了這麼多年，製材廠的江山都是靠他們打下來的。然而，老太爺內心也有個騷動，腦海浮現某個奇特記憶。他告訴老師傅與工人們，他還年輕時，跑過全臺灣林場買原木，那時日本被美軍炸壞了，等到他們經濟好起來，願意花大錢向臺灣買高級檜木修復被炸壞的神社。他到花蓮摩里沙卡深山，搭帳篷，等待傳統伐木師傅「索馬師仔」花上兩星期，將千年扁柏砍倒。那個「索馬師仔」說標下原木不靠價錢，靠緣分，要各方競價的材商說明那棵原木發生過的故事。誰能說得出來呢！卻由老太爺標下。

「要不是我住在樹旁，哪會知道那棵喜諾氣的故事，這間製材廠能起家，全靠那根原木。」老太爺指著天車橫梁上的某塊平凡的裝飾木雕，說：「我留一小塊在那做紀念，吃果子拜樹頭。」

現場沉默幾秒，老太爺知道最後要說服大家，還得靠古阿霞，需要找一個重要的槓桿力量把大家信服得翹起來。他看了四周，眼睛凝視在屋簷蔭涼下的一棵十公尺長原木，重達十五餘噸，這將是最棒的槓桿。他帶大家過去，用考驗的口吻說：「我想，大家還要點證明，妳要是說出這根原木的品種，種在哪，我就賣給妳木頭。」

古阿霞看了大家，嚼檳榔的老師傅點頭，後頭的工人與學徒抽菸看好戲，如果她需要拿到那個雲杉的心臟，得接受這挑戰。古阿霞點點頭，轉身面對那根原木。她觀察了一會兒，這根沒有刳刻記號的木頭，年輪平均分布。樹頭出現微微膨脹的支撐木，俗稱釘子頭，說明這棵樹生長在較平坦的區域。

「這還不夠。」古阿霞告訴自己，答案還要更仔細，她得從樹種下手。找到樹種最簡單的方式，是味道，每個木材有特殊味道，而取得味道最簡單的方式除了剖開，還可用水喚醒。她從水塘捧了點水，抹在年輪面，仔細塗抹，試著把味道趕出來。在她翻箱倒櫃的記憶中，拿出了帕吉魯教她的樹味對照表。

要是紅豆杉，有兩頰酸澀的苦味，鐵杉同樣有酸味，但是盤桓在鼻腔。

要是雲杉，會聞到夏日雨後土壤蒸溽的土味。

要是臺灣櫸木，會分泌爽雅像是咬甘蔗的味道。

要是香青，冰沁如檳榔花，很快散去，而相同感受的亞杉會停留較久。

要是紅檜的味道偏甜，比較淡；扁柏的味道辛辣，比較強烈，這種味道跟香杉①是非常相近，濃郁豔香；不同的是香杉像走過來的味道，扁柏是慢慢離開的。

這是辛辣的離開味道，是扁柏了，古阿霞心想。扁柏有七種味道，每種味道出現在特定區域，比如多雨

①巒大杉，又稱臺灣杉木。

太平山的扁柏較淡；新竹多風的出現樹裂的油脂，味道偏豔；多雲的大雪山偏向油茶濃郁；阿里山的有檸檬味；丹大山的有薑味；摩里沙卡的出現香茅的淡淡回甘味……

（你怎麼分辨那些細微隱喻的差別呀！古阿霞問。）

（隱喻是什麼？帕吉魯問。）

（算了，跟你很難解釋。古阿霞放棄了。）

（妳抱著樹，抱緊一些，妳會發現味道的差別。帕吉魯說。）

古阿霞攤開手，緊貼在年輪斷面，此刻要跟大樹戀愛了。她懷中檜木的味道極淡，超出了七種味道，會生長在臺灣哪裡的平坦之地，她奇特姿勢維持太久了，老師傅嚼上第二顆檳榔時刻意的大聲呸出第一口檳榔汁，學徒們彼此聊天，工人一邊抽菸一邊摳鼻孔，唯有老太爺定靜的等待答案，重溫年輕時在大山等待千年之樹倒落前的漫長時光。

五分鐘之久，古阿霞回頭了，淡淡說：「Hiba。」

現場有人發出小小驚呼，倏忽又墜入安靜之中。

檜木只長在環太平洋的北美、日本與臺灣，這種扁柏屬的針葉木，較能適應寒冷之地，亞熱帶的臺灣是生長緯度的南界。臺檜在長久的砍伐浩劫與對日輸出，即將枯竭了，只能輸入北美檜木填充市場。Hiba就是北美檜木。

一根飄洋一萬公里來的扁柏，教一位女孩抓出身分。老師傅認了，嘆氣的套上防木屑的圍兜，準備上工；學徒與工人討論起剛剛發生什麼事。老太爺上前一步，朝古阿霞點頭，終於找到了年輕歲月在大山的履痕，然後他轉頭對圍觀的人大喊：

「大剖了。」

小墨汁知道了，這是傳奇的一天，她有更多話題回山上說了。

近午的陽光從梯間的小窗照入，古阿霞站在豬殃殃家的鐵門前，手裡端著雲杉的「心臟」。那是打抛過的圓木頭，一個小時前從大剖的雲杉拿出來的時候，製材廠的人發出驚呼，老師傅說有些原木有類似年輪扭結的團塊，形成原因說不清楚。

古阿霞拿著小木棒朝「心臟」敲下去，它發出清脆聲響。小墨汁瞪大眼不敢相信，聲響幾乎像蛙鳴。這完全在古阿霞的預料中，她看過帕吉魯用某棵七百齡鐵杉的「心臟」，盤坐在咒讖森林的水池邊，敲了一分鐘，跳來了十八隻母青蛙誤以為求偶。

敲了幾下，古阿霞掌握了雲杉「心臟」的聲響，滴滴的鐵盪，類似艾氏樹蛙的叫聲。古阿霞繼續敲，直到快曬傷人的正午陽光從小窗爬出去。這時她聽到鐵門後有動靜了，有人打開了鋁門，通過了陽臺，往鐵門來。古阿霞向小墨汁打了個眼神，繼續敲之外，兩人沿樓梯走下去，模仿樹蛙邊叫邊跳下樓。

砰！木門與鐵門被打開，有人來了。古阿霞躲到樓下敲，不希望豬殃殃倏忽撞見到陌生人而關上門，然後她才上樓。那是她看過最悲慘的男人。豬殃殃從門口爬出來，順著階梯往下滑，他頭髮散亂如火，鬍子爬滿臉，身上發出不知多久未洗的臭味，總之令人嘆氣怎麼會這樣。

豬殃殃看見是古阿霞，突然淚崩，說：「對不起，我們很盡力了，可是還是失敗了。」

「是失敗了沒錯，可是素芳姨不要你這樣。」古阿霞上前去，坐在階梯，摸著他的手，「你這樣讓素芳姨走得不安心。」

古阿霞扶著豬殃殃回到屋內。屋子凌亂，堆了從尼泊爾運回來的登山工具，如雪地眼罩、雪斧、雪鞋、保暖衣物與帳篷，古阿霞猜測登山背包內的罐頭或食物放太久而發出臭味，顯然山難發生後震撼隊員，無暇顧及。屋內另一個角落，堆滿了成堆的罐頭與泡麵，是當初靠古阿霞高呼募來的。豬殃殃這幾天來是靠那些食物過活，他把泡麵袋撕開來乾吃，罐頭卻沒動。

對於冒著風雨遠途回來的朋友，熱食是最大的撫慰。這是古阿霞的祖母留下的諺語。她記著，更抓住時機做了，從食物堆翻找出泡麵，然後到陽臺去找些野菜。生機盎然的盆栽長滿了龍葵與土人參——豬殃殃登山時，樓上住戶按時從陽臺往下灑水幫忙照顧。古阿霞弄了盤炒龍葵泡麵，燉了碗土人參蛋花湯，上桌時，只見豬殃殃低頭的髮旋，抬頭後只剩空盤與碗。

豬殃殃吃飽了，愣了幾秒，排毒似嘆了口長氣，什麼都回神了，「我是不是很窩囊？」

「十分鐘前是這樣。」

「現在帥得冒泡，可樂加沙士。」小墨汁說。

「當我離開你家的門，你有很大的機率回到十分鐘前的樣子。」古阿霞知道自己不可能常來這給他打氣，「我剛認識一個老兵朋友，住在玉山下的排雲山莊，你去待幾天，幫他修步道，他會跟你講素芳姨的故事，好嗎？我希望你能馬上出發。你這種喜歡大山的人，除了工作，絕不喜歡在城市，去山裡吧！」

豬殃殃點頭，起身從登山背包倒出拉拉雜雜的東西，撿出一包用塑膠袋包妥的物品，說：「這是素芳要給妳的。」

那是尼泊爾籟簫與一個手鐲。籟簫有紙紮似的小白花，蓮座狀似花瓣，這種東亞共享的植物和臺灣的籟簫略微不同，相同的是秀麗的小花兒永遠暫停在盛開之際。古阿霞打開，聞到一股清香，肺腑沁涼。

「那是在天坡崎（Tengboche，三千八百六十七公尺）摘的，籟簫的花期還沒來，當地一個小孩把去年的整包花給素芳。這花能一輩子清香，給人幸福。素芳把它放在喇嘛僧院，聽了清晨的經聲與手搖『瑪尼』轉經筒的聲響。」

「我不會拿來泡茶。」

「至於交代手鐲，這是在攻頂前的最後一個營地：第四營區（South Col）的事了。她脫下那個金門F104戰鬥聯隊合送的飛行氧氣面罩，安靜呼吸。這種練習是受到不久前奧地利人哈伯勒首次不用人工氧氣筒登頂。這是痛苦的練習，每幾秒她會乾咳，第四營區有八千米高度，氧氣只有平地的三分之一。要是沒有人工氧氣輔助，心跳加速，意識下降到無法背完九九乘法表，呼吸時都痛，每口氣幾乎從脖子的傷口漏掉似。她接下來的乾咳更嚴重，我才發現她是在說話，卻被帳篷外從昆布冰河颳來的強風打擾。」豬殃殃坐在籐椅講，這時停頓下來。

「她說了絕望的話？」

「不是，而是一種希望。她脫下手套，拿下手鐲，要我交給妳。她一邊咳一邊斷續的說，要是妳成為她的媳婦，這是福氣；如果不能，這是緣分。總之她要把這只手鐲送給妳。」

素芳姨去登山之後，不曉得古阿霞與帕吉魯之間的情感變化。古阿霞把手鐲從籟簫花朵堆拿出來，戴上手腕。人世間的搖擺，佛說緣分，耶穌說安排。這世界奇妙的變化讓手鐲落在古阿霞的掌心了。

「她把手鐲給妳，左手腕空了。我把在南崎巴札（Namche Bazar，三千四百五十公尺）的藏族市集買的鳳眼車磲菩提念珠，送給她。我隔著吸住整張臉的氧氣面罩，對她說，不要讓手腕空著給風颳過。喜馬拉雅山的山胞雪巴人不懂字，不會讀經，卻在吊橋、石丘、雪墩上掛著五彩經幡，風吹來發出聲，大自然幫忙念經了。」

豬殃殃慢慢講，她淡淡的聽。說出來是最好的治療，說到底了，豬殃殃也沉默了。這時候，古阿霞忍不住問起了報紙的負面評論，指出素芳姨「在最後關鍵脫離了指揮，失去雪巴嚮導的奧援，往聖母峰獨自爬去，造成不可彌補的山難」。任何置身事外的人，都想知道那一刻在山上發生了什麼事。

「我回來臺灣後，記者也是這樣問，他們猛按我的門鈴。」

「抱歉，這不是好問題。」原來古阿霞在門外如何敲門都得不到回應，是記者窮追猛打種下的惡果。

「不是的，我沒有辦法回答那些記者，他們只想搶答案，亂解釋。我一輩子忘不了過程，又講不清楚。」

「我不會把你講的話藏在心底，我會跟素芳姨的朋友們解釋。素芳姨是我見過最勇敢的人，她的選擇未必是對的，卻是勇敢的。我想素芳姨的朋友都想知道她的決定是怎麼來的。」

「她是勇敢的。」豬殃殃點頭。

接下來的一小時，豬殃殃跌入了亢奮、難過、悲傷等各種情緒，說出了那次攻頂的過程：他們以繩索和鋁梯通過了危險的巨大冰塊和山壁縫隙，來到了第四營地，任何激烈的活動都會呼吸困難而休克。他們的帳篷搭在傾斜冰谷，一夜輾轉難眠，凌晨零點多，雪巴嚮導加米歐（Jyamjo）叫醒他們準備攻頂。素芳姨吃些乾糧，喝了一小杯西藏奶茶。接下來她得花十九小時，爬上落差只有九百公尺高的峰頂，這之間沒有平坦地，沒有多餘時間吃餐點，甚至很難脫掉六件厚如太空人裝的保暖衣褲來大小解。

帳篷一隅還留有加米歐敬山留下的灰，豬殃殃在素芳姨頸口掛上藏族的金剛結紅繩，握著她三層手套的手祝福。這紅繩是在天坡崎的喇嘛廟向大活佛祈求的。

這時，素芳姨幽默說，只有人類才會來這活受罪，只為了證明人類自己的不凡吧！出發時，天氣良好，星子清亮，混合隊的各國隊員出發了，頭燈在夜裡串聯成一線。素芳姨在加米歐的帶領下，每次要用雪靴的冰爪刺入冰坡往上爬，五小時後這種機械性動作越來越難，像走在重力五倍的星球般艱難，呼吸只能靠吸管般艱困。天亮之際換上新的氧氣筒，她把雪靴上的十二根尖牙狠狠刺入堅冰，逆光往東看，西藏浸潤在令人難以逼視的晨光，南面的世界第四高峰洛子峰呈現壯闊的橘紅晨曦。

下午三點，事情生變了，從普莫里峰（Pumori，七千一百六十一公尺）那邊颳了風。眼尖的雪巴嚮導發現那陣風掠過群山時，把地上的雪都颳起來，憑多年經驗，天氣變壞了，現在退回第四營還行。

「你的隊員劉，不肯下山。」加米歐透過無線電向豬殃殃抱怨。

「把無線電給她，我來說。」豬殃殃有點急，一說話又咳，高海拔令他頭殼快裂開，他對著拿到無線電的素芳姨說：「不要冒險了，太危險，基地營總指揮下令撤退了。」

「希拉瑞臺地快到了。」

登珠穆朗瑪峰的傳統路線，通過八千七百五十公尺高的珠峰南峰之後，再花六十分鐘便抵達剩下一百公尺的峰頂了。上帝永遠會出難題。攀登者得先通過天險，一道近乎垂直、高約三十公尺的斷崖「希拉瑞臺階（Hillary Step）」，這是紀念首次攻頂的紀錄創造者艾德蒙・希拉瑞。

「聽我的，回來。」豬殃殃大喊。

「看到希拉瑞臺階了。」

「妳在幹麼？我叫妳回來。」

「豬殃殃，我走了二十多年，才看到峰頂了，讓我走下去。」

過了兩分鐘，加米歐從無線電那頭說，「皮吉（Piggy），劉把無線電放在雪地上，自己往上走。我無能為力，下山了。」

「幫助她，別離開她，不要放棄她，她是我最好的朋友。」

沉默一會兒，加米歐說：「我不能與天相爭，皮吉，抱歉。」

「加米歐，請幫她換上新的氧氣筒，把需要的裝備給她，包括無線電。然後告訴她，怎麼爬過希拉瑞臺階。」

「是的，先生，這點可以。」

不久，基地營的美國總指揮以無線電詢問狀況，沒有指責，是嚴正的告訴豬殃殃，劉素芳做出不明智決定，而基地營的全體人員正祈禱一切平安。做出這輩子最重要決定的素芳姨不久來到希拉瑞臺階，從左側路線找到了之前留下來的繩索與岩釘，「我正通過臺階。」素芳姨從無線電講完。這時候，豬殃殃從望遠鏡看見一片雲霧把她的小身影蓋過去了。

時速六十幾公里的風夾雜雪片砸在希拉瑞臺階，失去能見度，溫度下降到攝氏負三十五度。素芳姨抓著繩索，手指僵硬，在風中甩來甩去無法上爬，她把背袋的備用氧氣鋼瓶放在岩石下，重新上爬，憑著「爬上玉山北壁岩溝四百次抵得上一次珠峰」的毅力，四十分鐘後通過天險，朦朦朧朧的順著坡度往上爬。人類抵達了八千公尺的高山，總會擠出無限的意志力與決心。

「五月十八號下午四點三十三分，登上珠峰了。」素芳姨說，「這有堆小石頭，上面綁著些五彩經幡。」

「我記下來了，趕快下山。」豬殃殃說。

「我想把國旗綁在這裡，可是找不到東西固定。」

「別管了，下山來。」

沉默了好久，素芳姨說：「我找不到回去的路，風雪蓋住了，天黑了。每一個方向都像回去的路，而且，我好累，沒這麼累過，連呼吸都累。山頂風大又寒冷，我得找地方躲避。」

「相信我，天亮後，我們會去救妳。」豬殃殃知道，天才黑，距離下個天亮還有十二小時。他得這樣說才能安慰自己，也安慰素芳姨。

中斷了二十分鐘，素芳姨說：「我剛剛摔倒了，失去方位。」

「妳可以挖雪洞嗎？」

「我找不到雪斧，而且底下全是硬冰。」素芳姨聲音發抖，連按下無線電通話鈕的力量都快沒了，「豬殃殃，抱歉，我害你回去之後，會被別人指責。」

「我難過的是，我可能會失去妳。」

沉靜一會，素芳姨說：「氧氣沒了，我要脫下面罩。」

「這樣妳會缺氧的，拜託不要，拜託妳。」

斷訊了好久，素芳姨說：「我看……到了……漆黑的……天空，出現了……一塊……藍天。」

「撐下去，拜託。」

「我看……到我的……朋友了。」素芳姨鼻孔塞滿冰雪，躺在雪地凍僵，千萬片雪花，像是藏族獻給山神的風馬紙般沉重的覆蓋在她身上，她勉強撥掉臉上的雪，「豬殃殃，……記得回去……代我向我的朋友打招呼。」

「我會的，盡量說話，別停。」

「跟我的朋友玉山說，妳好。」

「我會的。」

「跟我的朋友雪山說，妳好。」

「好，說下去。」

「奇萊北峰，妳好。」

「再說……」

「妳好，嘉明湖。妳好，達芬尖山。妳好，庫哈諾辛山。妳好，帕托魯山。妳好，大水窟山。妳好，八通關草原。妳好，七星湖。妳好，武陵四秀。妳好，馬利加南山。妳好，干卓萬山。妳好，大霸尖山。妳好，丹大溪。妳好，塔次基里溪（立霧溪）。妳好，錐麓斷崖。妳好，能高安東軍大草原。妳好，美麗的南湖中央尖山與南湖圈谷。妳好，南湖中央尖俯瞰的小瓦黑爾溪源頭……」

帕吉魯深吸一口氣，割開皮毛了。

他用鹿骨刀刺入皮毛，慢慢劃下來。要打開具彈性的皮膚得劃出「工」字型傷口，撕開皮膚，他看見深紅的肌肉，以及包覆肌群的淺白筋膜。他施力割開肌肉群，忽然感到肌肉束收縮，一股強大的劇烈疼痛傳來。

那是他胯下夾著的昏迷小水鹿醒來，朝他一蹬，造成胸疼。他得中斷解剖小水鹿，朝牠胸口的心臟刺下。鹿血隨著拔刀速度噴出來。帕吉魯把嘴貼上去，喝血止渴，隨後他感到湧血隨心臟停止不再噴了。主耶穌保佑，他禱告，希望水鹿平靜，感謝牠奉獻了水與食物。

他繼續解剖水鹿腿，猜想剛剛是割到某一個神經束，劇痛使窒息的水鹿醒來掙扎。之後，他見到了肌肉包裹下的鹿腿骨，用手肘大力撞下去，完全沒辦法撞斷。自此他有了結論，如果要割開自己的手脫離原木，會切到神經痛死，然後又打不斷手骨。目前最好的方法只有切開關節了。

他先練習切開水鹿的關節，那沒有肌肉，最大的阻礙是韌帶，它如橡皮筋難纏，相較之下這把鹿刀是鈍了點。不過這是他「斷尾求生」的最好方法，他的心念，屆時會比韌帶更強悍。

他觀察自己的右臂，皮帶綁死的下半截已經腫成兩倍大了，壞死的右臂神經常常造成胸痛睡不著，離皮帶越遠的肌肉失去血液流動，肘關節無法彎曲，浮現屍斑，壓在原木下的手已腐爛發臭。他計畫要是再等一天沒人來救援，手臂也壞死得差不多，鹿骨刀容易切開關節韌帶了。

這時候，黃狗從遠處回來，在十公尺外的箭竹叢露出頭，黑眼珠瞧，好像是說「主人，我回來，你好嗎？」帕吉魯早已對黃狗失去了耐心，這隻他唯一可以跟外界聯絡的「求生電話」，一直短路，永遠接不通，搞不清主人的需求。

帕吉魯對黃狗回來，沒有高興過。即使忠狗帶回了食物與水，包括山羌、水鹿與小野豬，主要是體型大小跟牠差不多而能拖回來的動物。帕吉魯不需要那麼多的食物，他被壓在原木下，無法動彈，消耗的熱量不多，要是獵回來的動物還活著，他會先支開浪胖，再放走，不然又被黃狗抓回來，獸物往往經不起再次的折騰而死去。

不過，這次黃狗抓回了不同的獵物。那是帝雉，在黃狗的嘴裡拍翅膀，偶爾發出巨大聲響。帕吉魯看著大鳥拍打著黃狗的頭，笑了。自從被壓在原木底下，他忘了笑是心情的好調劑。這笑聲似乎是對黃狗說：「好啦！我原諒你了。」黃狗扭著屁股過來，使勁搖尾巴，放下帝雉，咧嘴吐舌頭。

那隻帝雉擁有一襲雍容華貴的金屬色羽翮，從獵狗口中鬆脫之後，斂翅不動，不久死去。多年來，帕吉魯常在濃霧或微雨中與這種藍色大雞偶遇，牠總是啄食地上的草籽或嫩芽，轉動的頸羽在微弱的霧光中依舊懾人。帝雉機靈，見到的剎那，也是告別的剎那。雨霧常被喻為是森林滿出來的夢境，與帝雉的邂逅給人「夢中之獸」遐想。

帕吉魯將手伸進帝雉的翅膀下，鳥類體溫較高，令他感到暖意。他持續撫摸鳥翅下那片柔軟的短毛，要不是鳥死了，哪能跟牠這樣親密的共享片刻，人與獸能安靜相處，來自一方已死。

帕吉魯的探險帽插了帝雉尾翎，也幫古阿霞做了一頂。他之所以會喜歡帝雉羽毛，源自於小時候的某種偏執，對色彩強烈的事物很好奇，比如瞳孔、水面油膜、鐵器鍛接處都有色彩。然後，他把山莊的白鐵拿去給山下有瓦斯爐的餐廳空燒，燒出彩膜。他蒐集椿象排列整齊的金屬光澤的卵蛸。他凝視蘋果樹下的阿拉伯婆婆納的藍花朵。他著迷豆娘的紫藍翅膀，還有八星虎甲蟲與天牛的色澤。他躺在榻榻米，不管喧鬧的客人跨過去，怎麼樣都賴著不走，好觀察陽光透過玻璃的七彩光芒。

「笨蛋。」帕吉魯罵小時候的自己，給人當屍體跨過去不動。

他親吻藍色大雞，好美，羽毛如絲絨平滑，沒有任何霧珠能進犯，給了一點陽光便大放藍亮。他拔下根尾翎，插在原木，這動作有炫耀意味——昨天有一隻藍色長尾巴的麗紋石龍子經過，爬進在盛開的大枝掛繡球的花藤裡，帕吉魯凝視牠從出現到消失的半小時——他希望石龍子再度經過，他需要多些朋友，多麼討厭夜晚來吃山羌腐屍的臭蟲，埋葬蟲。

拔了第一根帝雉羽毛，他拔下第二根、第三根……。到隔天下午，他把大部分的羽毛拔下來了，藍色大雞成了白色小雞，羽毛褪盡，露出了皮疙瘩。這是他被壓在原木下的第五天了，他決定在這天自行脫困，用鹿骨刀切開右手關節。這切割不會太複雜，他用了兩隻山羌與一隻水鹿練習過。不過，割在動物身上，與割在自己肉身之痛是不同的。他不想無止盡的壓在這，不是孫悟空能耗五百年跟五指山在玩扳手指頭的遊戲。他要結束困局，不是掙脫了，就是死去，如果努力得到的仍是後者，華麗的羽毛會是他死蔭之地最美麗的裝飾。他對不起，找了幾隻動物陪葬。

他把藍羽毛布置在四周，墳墓多美。他想，從扁柏的高度來看，他是發出藍光的怪物吧！他用綁腿綁牢了兩根木條，插在頭頂，當作墳墓的十字架。要是離不開，先為自己造墳。他拿起鹿骨刀，困難的在壓他的扁柏上刻遺書：「法莉妲絲不要哭哭，一九七九・七」，放上彩虹碎片項鍊。自從母親死了，他這輩子牽掛的人只是古阿霞了。

「浪胖，過來。」他對黃狗喊。

臥在遠處的狗站起來，愣一下，搖起尾巴，走過來。

帕吉魯很清楚黃狗對他有點怕了。狗屁股後頭的幾塊禿點，是他拔的。幾日來，他要狗去求救，寫了信也沒用，他狠狠的拔狗屁股毛，期盼牠疼痛後會跑回山莊。黃狗從來沒有離開他太遠。

「靠近一點，浪胖。對不起，對你不是很好。」帕吉魯用左手撫摸狗脖子，很溫柔，很仔細，要摸到狗的心坎了。

黃狗瞇眼，繼續擺尾巴，沉溺在主人的手勁。

「等我離開了原木，我們就走，好不好？我們離開咒讖森林，永遠不要回來了。」帕吉魯眼淚流了下來，臉頰水光氾濫，不能自已，他哽咽說：「我們去找法莉姐絲，去臺北找阿霞，好不好？」

美麗的咒讖森林，是摩里沙卡留給大地最後的情書，無論如何解讀，都不能盡其萬分之一的言語，為了這個遺憾，帕吉魯夢了又夢，久久不願說話。古阿霞則是他最深情的愛人，為了這個喜悅，他夢了又夢，努力跟她說話。於是古阿霞抵達他自小受挫的內心，於是他出賣了森林，幫她蓋學校。帕吉了解自己受到了詛咒，被壓在原木底下，脫困之後，他不會再回來了。

「臺北不好生活，扛水泥也行，爬高樓也行，很簡單，像爬山。」帕吉魯說得哽咽。

「如果我不行了，你可以跟法莉姐絲一起生活，她是你的媽媽。你可以跟她說我的故事，有一輩子的狗時間汪汪汪個不停。」帕吉魯又說。

「告訴她，有關王佩芬的事，我沒有對不起她，只是不知道怎麼說。」

「只有你有機會離開這森林的。」

「我只是忘了跟你說謝謝，你是我最好的朋友。」

「謝謝你，浪胖。」他說了。

嗚嗚嗚，黃狗低吟，感到主子的悲傷，舔著帕吉魯的臉頰淚水。帕吉魯抱著狗流淚，久久不說話，他沒有哭給狗看過，甚至沒有太濃太燙的情緒，這八年來與狗相處的感情這次全部倒出來了。

「走吧！」帕吉魯希望狗走遠點，他不想待會切斷自己關節的時候，讓黃狗以為這是遊戲而跳下來玩。狗依戀不去，帕吉魯都搡不開，便狠狠抽了牠一撮的屁股毛。黃狗撅著尾巴跑幾步，回頭盼著，腳步徘徊，最後才漸漸淡出了帕吉魯的視線範圍。牠每次都這樣。

距離切割還有一小時，落地的光斑在搖晃，也晃在帕吉魯蒼白的臉，一陣細微的風搖晃森林。他盡量往好處想，待會脫身後回山莊，肯定嚇壞大家，他會先喝杯難喝咖啡再就醫。然後，他盡量往好笑的想，想到古阿霞的鬈髮像《星際爭霸戰》的史巴克或豬哥亮的馬桶蓋髮型，但是翹起來時像猴櫟（栓皮櫟）果實有厚厚的刺狀栓皮。帕吉魯笑了，趁好心情提早切關節，他左手握鹿骨刀，呼吸放慢，對著原木說：「大地上的女神頭髮呀！我是妳朋友，我把妳砍倒，妳又把我壓住，我現在要把自己的右手砍斷了。我謝謝妳讓我認識自己，希望妳給我力量與勇氣。」

一陣窸窣的聲響傳來，起初細微，繼而慢慢靠過來。帕吉魯對黃狗提早回來有點掃興，他抬頭瞧，卻看到一團黑色的毛茸茸物走來。那是小黑熊，約七個月大，十餘公斤，牠的好奇心驅使牠走向帕吉魯，彼此近得剩一公尺。小黑熊挺身站立，露出胸前白色V字型。帕吉魯看見牠無邪的眼睛上的睫毛。

帕吉魯突然陷入了懼駭，完全勝過他被壓在原木的苦難。他拿鹿骨刀作勢要刺小黑熊，做出兇惡表情，驅趕牠。小黑熊被嚇著了，往後跳了幾步，又轉身凝視帕吉魯，慢慢靠近。

帕吉魯得趕走小黑熊，不然危險迫在眉睫。根據他的經驗，一歲前的小熊會黏著母熊，這意味著母熊就在十幾公尺的範圍內。這猜測很快應驗，他聽見原木後頭有更劇烈的聲響，他猜測，母熊正在用爪子刨森氏櫟樹幹，毫不留情的刮下爪痕，讓樹梢的葉叢發出極大聲響。森氏櫟樹幹受到刨傷會發出危機意識，增加秋季的橡果產量。這隻母黑熊在教導小黑熊這項預約美食的方法，可是頑皮的小黑熊脫離了母親視線。而且，發臭的鹿屍與羌屍，蓋過了人類味道，鼻子極為靈敏的黑熊沒有嗅出帕吉魯在附近。

帕吉魯目前無法面對成年黑熊的攻擊。黑熊不會刻意攻擊人，然而帶子的母熊，卻是移動的火藥桶，為了保護幼獸而主動攻擊。帕吉魯趕不走小黑熊。小黑熊缺少敵我之分，對於遍地獸屍，與躺在地上跟牠玩耍的人有新鮮感。趕不走小熊，危險便來了，帕吉魯機靈的抓了鹿屍放在胸前，這會是擋箭牌。

母熊叫了聲，呼喚小熊回到懷邊。小熊沒有回應。接下來的半分鐘，帕吉魯聽到黑熊特有的蹠行，身體擦過矮箭竹聲響。他屏氣等待，嚥一下口水，緊握手中鹿骨刀。不久，烏沁沁的大身影繞過了原木那端，這邊嗅嗅，那邊嗅嗅，全然是一副機會主義者到處覓食的特性。

裝死，帕吉魯放慢呼吸，逃不了就裝死，四周的獸屍也幫助了他的偽裝。黑熊走過了腐爛的山羌屍，來到帕吉魯身邊，對他身上新鮮的水鹿屍體感興趣。帕吉魯暗暗叫苦，鹿屍不是擋箭牌，反而成了「來吃我」的廣告牌。

黑熊一步步靠近，他也一步步貼近死亡。熊嗅著帕吉魯，牠體味腥羶，燥熱體溫與微刺的黑毛有幾次貼近帕吉魯的臉。帕吉魯的頭髮發臭，臉上髒兮兮，有著腐臭的右手臂與沾滿獸血的衣服。黑熊以為他死了。黑熊啃了鹿肉，用嘴撕開水鹿肚皮，吃起內臟。森林裡的獸類，只有黑熊才會坐在地上，用掌捧著美食，慢慢吃，嚼食的聲響令帕吉魯頭皮發麻。小熊從原木較細的那端爬上去，然後從跳上黑熊，緊緊抓住母親的背。母子之情洋溢。不過，牠享受食物不想被小熊干擾，把小熊叼起來放到原木上，自個把鹿屍拖到不遠處享用。帕吉魯鬆口氣。

忽然間，小熊從原木跳到帕吉魯胸口。閉上眼的帕吉魯驚嚇到，完全理不清是什麼狀況，尤其小熊的跳擊觸痛了他的右臂神經。嗯！帕吉魯嘴巴發出微弱一聲。

這令現場緊張氣氛瞬間提高。

黑熊停下覓食，豎起前腳，不斷嗅著空氣裡的絲微警訊。牠牙齒發出咬合的聲響，那是恫嚇，發出短暫凶狠的斥嗚，一來是提醒小熊危險了，二來是告訴來犯者牠不好惹。

黑熊不斷的大聲咆哮。

破局了，帕吉魯握緊鹿骨刀，睜開眼，看清楚狀況對付。這頭母熊約八十幾公斤，站起來的身形非常嚇人。

黑熊的目標不是帕吉魯，是某個令牠不安的傢伙。

是黃狗，帕吉魯驚覺黃狗肯定在這四周，「來，浪胖。」他大喊，一喊就糟了，不喊更危險。因為他知道黑熊發現他是沒死的。

汪汪汪，匍匐在短箭竹叢的黃狗狂吠示警，接著從喉間與鼻孔發出低沉的威嚇聲，幾秒後，又狂吠不止。牠從五十幾公尺外便聞到黑熊，一路匍匐前進尋求最佳的攻擊位置，聽到主人呼叫，立即出聲威嚇。

黑熊把豎起的前腳重重往地上跺，發出吼聲。要是往常，黑熊受到干擾會立即離開，但是帶子母熊卻選擇反擊。黃狗又叫了幾聲，趁機往前幾步，拉近了戰鬥距離，眼神兇厲，露出雪亮的牙齒低吼。

憤怒的黑熊跺完前肢，不理會黃狗，轉而攻擊三公尺外的帕吉魯。他離小黑熊最近。

帕吉魯腎上腺素高升，咬緊牙根，隨時張開眼睛，才能清楚的把刀子送進黑熊喉間。

黃狗不再低狺，化成黃色橡皮筋射出，把所有能量轉換為四肢奔躍，得在瞬間拉近彼此七公尺的距離，然後在最後一公尺跳躍時亮出銳齒攻擊。當黑熊將要咬傷帕吉魯時，疾躍的黃狗咬上去，三方廝殺一堆。帕吉魯得救了，黑熊被黃狗撞歪，牠沒有直接咬碎他的頭，只咬住了帕吉魯的右臂。

帕吉魯痛得大喊，鹿骨刀鬆手，連忙側身摀住傷口。他的手臂被熊的利齒撕開了，暴露壞死的黑肌肉，底層仍有少量血液流通的肌肉稍具紅潤。他的痛苦很快的放第二，先大吼斥退黑熊。

開啟戰鬥模式的憤怒黑熊會頸毛賁張，耳朵後翻，站起來防止被黃狗再度咬傷，牙齒發出磨合聲。黃狗低狺，慢慢的對著黑熊轉圈子，找機會撲殺。黑熊走過去，站起身迎戰，並用前肢快速著地，要是鋼刀般的利爪沒有剖開黃狗，牠會補上利齒。

黃狗躲開了攻擊，前肢低伏，隨時找機會跳上黑熊的喉間給予致命一擊。黑熊攻擊無效，回身保護小熊，黃狗抓住機會在牠後腿咬上一口後脫身。黑熊忍痛跑回小熊身邊，回身把牠藏在屁股後頭的原木下方，小熊不忍的舔著母親後腿上的傷口。這激發了母愛，令黑熊防備再起，左右搖動頭頸，鼻孔噴氣，這是作勢攻擊。

黃狗不見了，牠消失了，沒有蹤影。黑熊的護子之情沒有停止，牠轉而攻擊帕吉魯。

黑熊跑過來。帕吉魯拿起鹿骨刀，怒目迎戰。

箭竹短草再度響起，急促如流水，腦袋聰明得像草原狼的黃狗從匍匐的角落再度跳躍。這是漂亮的一擊，偷襲成功，牠咬到黑熊右頸，牙齒穿透熊皮。黑熊打轉才甩開黃狗，留下頸部的幾道齒痕。

帕吉魯被打轉的黑熊踩傷，迫使自己下意識的滾動避開，力道猛烈。就是在這時候，他壞死的關節扭轉了一百八十度，他滾了一圈，看見上臂與被壓的下臂出現夢中才會有的奇怪連結。

黑熊認為帕吉魯起身是挑釁，朝他撲擊。

危險之際，黃狗沒有太多思索，再度跳擊黑熊。牠行了，咬緊黑熊喉嚨，這是成功一擊，也是慘烈的一擊。或許在黃狗最生物性的本能裡，護主心切大過於牠的生命。因為正面攻擊黑熊喉間是下策，即使咬到動脈或血管，黑熊瞬間用利爪撕開了黃狗身體。

黃狗很快死了，牠的皮膚、肋骨被剖開，部分的內臟掛在身上，大部分的血液與內臟撒到地上了。可是，黃狗的頭顱沒有鬆開牙，仍咬住黑熊反擊。在玉石俱焚的行動中，牠終於為主人獻上綿薄力量，與生命。

不久，黑熊人立的高大身軀，轟然歪下去，倒在地上喘氣。牠被黃狗的利嘴咬住氣管，快窒息了。黃狗不是白白犧牲的，牠即使只剩腦袋瓜，也要用牙齒狠狠的咬緊對方，這樣才能保護主人。

戰鬥接近尾聲了，帕吉魯的戰鬥才開始。他拿起襪子塞進嘴裡緊咬，睜亮眼睛，用鹿骨刀割開關節壞死的韌帶，即使沒有預期的困難，但是他仍感到頭頂被鐵鎚重擊了。他跪在地上，額頭冒汗，全身發抖，頻頻告訴自己要忍住痛苦。當他站起來的那刻，已為這人類視野的高度奮鬥了很久很久，他深呼吸，慢慢走向黑熊倒落的地方，看見那殘酷的畫面。

牠們都是為了愛而戰鬥，黑熊為幼子，黃狗為主子，誰都不讓誰。這戰爭最殘酷的美好，就是一命換一命，黃狗換回帕吉魯的命了，母熊用性命換到了幼熊的存活。小黑熊從原木縫鑽出來，舔著母親，牠得學會叢林法則，再過不久，牠會失去親情。

帕吉魯湧起無限的悲傷，他扔下鹿骨刀，大膽的再向前去。狗頭顱被利掌刨開皮膚，露出白色頭骨的凹痕，黑眼睛不會眨，也不會凝視他了。帕吉魯用顫抖的左手撫摸黑熊頸上緊咬的黃狗，良久，才說：「浪胖，放開這媽媽。我帶你回家去。」

無法解釋的原因，黃狗鬆開嘴巴，給帕吉魯抱在了左腋下。帕吉魯往山下走去，苦倦疲憊，使他靠在一棵扁柏休息。他回頭，看見黑熊醒來了，與他深情對望一眼。小熊站起來好奇的張望，牠從此對世界多了些什麼，或許是畏懼，或許是崇敬，因為牠給了帕吉魯更多眼神的瞻顧。這對母子慢慢消匿在森林。一隻臺灣小鶯目擊了這動人之際，鳴叫不停，聲如「你——回去」。

帕吉魯非常累，身體快崩潰了，於是，接下來的每口呼吸令他感激，當下的每步、每秒都是盼望而來。他要努力的活下去。主呀！他祈禱天父讓他活下去，不要有姑娘為他哭泣，他為愛的戰鬥要堅持到底。他要是放開黃狗的頭，左手能幫他在崎嶇的森林自在的扶著樹幹前進。他不要，不再放棄手中的戰友，即使牠死了。他見證了牠成為英雄的時刻，要活下去把這件傳奇說給人讚美。

他往山下走去，需要休息時，他額頭頂著扁柏，走的時候親吻它。這親吻有深刻意涵，意味他不再回森林了，每個眼神所見都是最後一瞥。往昔他總是用「回頭見」來取代「再見」，表達他重回森林懷抱的嚮慕。現在他說起再見，意味永遠不再見面了。他要去臺北找古阿霞，讓這座森林活在霧氣、陽光與清風中。

再見了，阿弟牯——表示這棵扁柏年少如牛。

再見了，蝨嬤子——這是客語曾孫的意思，意味扁柏是第四代樹。

再見了，發狂仔——這扁柏總是在微風中搖擺，有一千二百齡。

再見了，鱸鰻頭——這扁柏極其雄偉，有一千八百齡。

再見了，溜苔。再見了，大碗公。再見了，鴨嫲蹄。再見了，搞頭王。再見了，河壩水。再見了，打孔翹。再見了，釘子頭。再見了，羅賴把。再見了，黃蜂腰。再見了，鯽魚嘴。再見了，阿哩阿碴。再見了，青青翳鬚。再見了，大調羹。再見了，牛背筋……

再見了，咒讖森林，我不會回來了，你們要好好照顧自己……

帕吉魯在鋪滿青苔的大岩石回望森林，驚飛了附近蹲踞的一隻松雀鷹。雀鷹飛向天。他曾在這巨岩上用盡殘體字向日本來的木商刻下：「給你全部樹，給阿霞蓋學校的錢」，他沒有後悔。他義無反顧的離開，走上森鐵，沒有在菊港山莊停留，坐流籠下山，搭上火車來到了花蓮火車站，也讓他看見古阿霞正從金馬號公車下來。他衝著她說：「拜託妳聽我說，妳看，我不講話的毛病好了。」他的舌頭有過動症的嘰嘰喳喳講不停，抓著她的手要幫她算命，要不是這樣他牽不到她的手。

古阿霞罵他，神經病。

帕吉魯說：「噓！現在開始，妳安靜，我來講話。」

「好呀！」

「我有好多的話要跟妳說，真的，我怕這輩子都不夠用，要用好幾輩子才講得完，請妳聽我說。」帕吉魯苦求。

「我聽，我認真聽。」古阿霞坐得端正，噗哧一笑。

「……」

「怎麼不說了？」

「突然覺得很累，我可以靠著妳就好嗎？」

帕吉魯靠在古阿霞肩上，時光安靜樸淡，兩人坐在火車站前的麵包樹下，一如初逢，海風吹來，孩童嬉戲，黃狗繞著噴水池亂叫，春風吹動滿城的樹葉唱歌而代替他們的千言萬語。

從此要講到地老天荒了。

從此是沒有地老天荒了，真的沒了。

因為，帕吉魯沒有如願離開森林，成了咒讖森林的另一則傳說。他與古阿霞的相遇，是他休克前的一瞬間夢境。這夢境是他付出生命最後能量才抵達的甜白之境，這夢境是他在鋪滿青苔的大岩石回望森林時啟動，他走不動，睜眼看天地一滅，慢慢死亡。他死前以堅定的藕斷絲連在腦海中見到了想念的人，要是古阿霞後來知道這點，她餘生會釋懷。她不知道，又老是想到帕吉魯留在原木上的遺言而做不到。

那隻被帕吉魯驚擾的松雀鷹拍翅，飛出樹冠，繼續往上飛，朝藍天盤桓了幾圈。午後常有的濃霧從山谷升上來，淹過山巒，松雀鷹失去了來時的蹤影，失去森林，失去牠撲飛而出時的帕吉魯位置，朝萬里溪河谷滑去。

雲海終於形成，臺灣東部淹沒在蒼白之中了。

不久，雲海翻過了中央山脈。

卷十一

阿們

七月早晨，蘇花公路的清水斷崖，綿延的車隊正要通過。

這條六尺寬的公路只能單向管制通行，輪胎常壓到崖邊，或右方的後視鏡在轉彎時碰到山壁發出聲響，引起古阿霞與乘客的驚慌。駕駛倒是神閒氣定，隨手把菸蒂往左側懸崖扔，深達百公尺的海岸，幾輛拋錨而被推下崖報廢的卡車發出金屬反光，那是有任何閃失的活照片。古阿霞不敢往下看，卻常眺望晨光照耀的太平洋，海水有著從黑潮到透藍的七種層次，令人流連的美景。

車上的一位十二歲小男孩暈車，身子懸在車斗上嘔吐，小墨汁拿出萬金油給小男孩止暈。這時候前方車隊塞住了，車子停下，小男孩的暈車便好了，與小墨汁聊起來，說獨自去大濁水溪找工作的爸爸，那而出產的大理石與水泥外銷各國。他現在也要回花蓮。

接下來的一小時，小墨汁非常聒噪，聊起她在臺北城的傳說，她說，古阿霞如何騎上一匹狼，去解救狗狗們，誤闖瘟神廟卻沒有染上索馬病。她又說，古阿霞如何令整座臺北城的車子凍結在路上，放棄了五燈獎競賽去救人，路上她徒手抓出神木裡的心臟，用那喚醒一個幾乎瀕臨死亡的男人的求生意識，講得像是聖經神蹟再現。小墨汁被古阿霞白了一眼才收斂，但她繼續說，古阿霞放棄了臺北的歌唱事業，回花蓮的餐廳駐唱，因為打穿清水斷崖的「北迴鐵路」將要通車，新時代將來，會帶來更多觀光客。這讓車上所有的人驚訝的看著古阿霞。

古阿霞為了省車錢，選卡車坐。她爬下車斗向人問塞車的原因。原來是五天前的大地震造成了岩石鬆動，剛剛的餘震使石塊掉落，阻礙車行。古阿霞不再等待，她拎起背袋，想快點回到花蓮，小墨汁也是。

古阿霞拐過路彎，見到環太平洋最壯麗的斷崖海景，臨海的清水大山從海拔兩千公尺高處直劈入海。海水拍岸，水霧沿峭壁直上，翻過蘇花公路，直抵一千公尺多的山腰形成的雲朵。古阿霞嘆口氣，這不只是對巧奪天工的讚嘆，更是看到白浪花延伸的盡頭是花蓮七星潭海岸，那是她邦查的故鄉。

她帶著小墨汁順著山壁側走，半小時後，到了車陣前頭的連續三輛金馬號客車。車陣向來由鋁皮閃亮的金馬號領航，後頭依序是民營客車、載客貨車、載貨大卡車等。古阿霞看到三百公尺尾端的是摩托車陣，車陣浩大。

現在她們要走回家了，背袋有饅頭與飲水，有最機靈勇敢的古阿霞，有最聒噪的小墨汁，這路途不會寂寥。她們蹲下來把鞋裡最微小的石頭倒出來，能把灰心與沮喪也倒掉，路再長都會到。

「我想幫我們祈禱。」小墨汁說。

「樂意之至呀！」

「上帝聽到了，派我來幫助妳們了。」

後頭傳來熟悉的聲音。古阿霞回頭看，是小羊。小羊騎著蘭美達機車，頭戴皮盔，驕傲的扠腰，車上載了環島一千兩百公里所需的家當，背景襯著大山懸崖與雲霧拍岸的美景，完全是女俠模樣。

「妳怎麼敢騎這碎石路，很危險？」

「最危險是離開臺北的第一步，從此都化險為夷。」小羊哈哈大笑，「上車吧！我們來累死這臺車。」

「小羊阿姨好厲害。」小墨汁故意說。

「拜託，幾天不見妳就這麼嘰嘰歪歪啦！叫我小羊姊。」她招呼上車，喊：「走吧！去花蓮。」

「回家囉！」

三貼的機車在顛簸路上行走，海風吹來。小墨汁迫不及待要回山上給媽媽看她治好的眼睛。古阿霞面看著遠方，快到家了，回到撫育她、滋養她、挫敗她的地方。她將從那展開她二十歲的青春了，也許可以完成民歌餐廳的夢想，還可以看到那個名滿花蓮的劍客入城。

古阿霞期盼遇到帕吉魯。愛一個人與恨一個人，都得耗費相同的時間與情緒，她選擇前者再來一回。她多麼想他呢！

於是，她展示她的招牌微笑，滿臉都是陽光，默默向上帝祈禱夢想成真，殺刀王會再次進城的。奉主之名，誠心所願，阿們。

【鳴謝】

這本小說的完成，得感謝很多人幫助。在田調訪問部分，曾在花蓮林田山與木瓜山林場任職的王臣勳先生、胡煥珍先生、莊明儀先生、蔡新傳先生，他們寶貴的經驗補足了我對伐木林場運作、高山工寮生活、碰碰車駕駛與森林大火的了解。二〇〇三年，我拜訪花蓮縣鳳林鎮的摩里沙卡（林田山林場）時，決定以那裡為小說場景，寫本有關伐木、登山與自然人文的小說，最後的成果較接近我想像中的臺灣所有伐木林場的混合舞臺，而非僅止於摩里沙卡了。

這本小說曾在國外寫作。在文化部（前身是文建會時期）主辦、《文訊》雜誌承辦的臺德文學交流計畫中，我在安靜的德國柏林萬湖住一個月，寫了三萬字。由文化部的「台灣文化光點計畫」、德國杜賓根大學「歐洲當代台灣研究中心」執行的「臺灣週」活動，我在美麗的德國杜賓根小鎮寫了部分小說。香港浸會大學的秋季駐訪作家之行，感念在香港九龍仔的寫作時光。感謝慈濟大學東方語文學系主任徐信義老師，我受邀擔任駐校作家時完成了這本書的結尾，感謝靜宜大學臺文系陳明柔老師、好友李崇建。感謝登山導師歐陽台生帶我走入臺灣的大山，我有幸在年輕時花了六年登山。最後感謝國藝會資助這本書的寫作計畫。

寫下《邦查女孩》的句點是二〇一四年十二月中旬，我從慈濟大學招待所「同心圓」宿舍的八樓窗口遠眺花蓮市，這本大部分以花蓮為場景的小說，能在當地完成，於我有特殊意義。這本小說的完成，意味著小說主角古阿霞從我的心中永遠退場了。這位「除了美貌，上帝什麼都給了，包括數不清的苦難」的十八歲女孩，花了五年時間在我心裡徘徊，不是我創造了她，是緣分使我們以文字在小說裡的必然遭逢，是她帶我走過無數的小說情節與冒險，歷經逃離、環島、登山與伐木林場的驚駭，看見她離去的背影，有著難以言詮的感受。願眾神祝福這塊土地上的古阿霞們，以及帕吉魯們。

最後要說明的是，此書融入已知的人名、地點與團體，乃虛構手法，與現實無關。我以閱讀過的資料，模擬了古阿霞與這些人事物可能碰撞的火花。

- 2015台灣文學金典獎
- 2016中國時報開卷年度好書
- 2016台北國際書展大獎
- 2016文化部金鼎獎
- 2016紅樓夢獎決審團獎

國家圖書館預行編目資料

邦查女孩／甘耀明著. --初版. --台北市：寶瓶文化, 2015. 05
面；　公分. --（island：239）
ISBN 978-986-406-013-9（精裝）

857.7　　104007312

Island 239

邦查女孩

作者／甘耀明

發行人／張寶琴
社長兼總編輯／朱亞君
副總編輯／張純玲
資深編輯／丁慧瑋　編輯／林婕伃
美術主編／林慧雯
校對／張純玲・吳美滿・陳佩伶・甘耀明
營銷部主任／林歆婕　業務專員／林裕翔　企劃專員／李祉萱
財務／莊玉萍
出版者／寶瓶文化事業股份有限公司
地址／台北市110信義區基隆路一段180號8樓
電話／(02) 27494988　傳真／(02) 27495072
郵政劃撥／19446403　寶瓶文化事業股份有限公司
印刷廠／世和印製企業有限公司
總經銷／大和書報圖書股份有限公司　電話／(02) 89902588
地址／新北市新莊區五工五路2號　傳真／(02) 22997900
E-mail／aquarius@udngroup.com

著作完成日期／二〇一五年三月
初版一刷日期／二〇一五年五月二十日
初版七刷日期／二〇二三年五月十六日
ISBN／978-986-406-013-9
定價／四八〇元

長篇小說 創作發表專案
國藝會 NCAF　PEGATRON 和碩聯合科技股份有限公司

愛書人卡

感謝您熱心的為我們填寫，
對您的意見，我們會認真的加以參考，
希望寶瓶文化推出的每一本書，都能得到您的肯定與永遠的支持。

系列：Island 239 **書名：邦查女孩**

1. 姓名：＿＿＿＿＿＿＿＿ 性別：□男 □女
2. 生日：＿＿年＿＿月＿＿日
3. 教育程度：□大學以上 □大學 □專科 □高中、高職 □高中職以下
4. 職業：＿＿＿＿＿＿＿＿
5. 聯絡地址：＿＿＿＿＿＿＿＿＿＿＿＿＿＿＿＿

   聯絡電話：＿＿＿＿＿＿＿＿ 手機：＿＿＿＿＿＿＿＿
6. E-mail信箱：＿＿＿＿＿＿＿＿＿＿＿＿

   □同意 □不同意 免費獲得寶瓶文化叢書訊息
7. 購買日期：＿＿ 年 ＿＿ 月 ＿＿日
8. 您得知本書的管道：□報紙／雜誌 □電視／電台 □親友介紹 □逛書店 □網路 □傳單／海報 □廣告 □其他
9. 您在哪裡買到本書：□書店，店名＿＿＿＿＿＿ □劃撥 □現場活動 □贈書 □網路購書，網站名稱：＿＿＿＿＿＿ □其他＿＿＿＿＿＿
10. 對本書的建議：（請填代號 1.滿意 2.尚可 3.再改進，請提供意見）

    內容：＿＿＿＿＿＿＿＿＿＿

    封面：＿＿＿＿＿＿＿＿＿＿

    編排：＿＿＿＿＿＿＿＿＿＿

    其他：＿＿＿＿＿＿＿＿＿＿

    綜合意見：＿＿＿＿＿＿＿＿＿＿＿＿＿＿＿＿＿＿
11. 希望我們未來出版哪一類的書籍：＿＿＿＿＿＿＿＿＿＿＿＿

讓文字與書寫的聲音大鳴大放

寶瓶文化事業股份有限公司

（請沿此虛線剪下）

廣　告　回　函
北區郵政管理局登記
證北台字15345號
免貼郵票

寶瓶文化事業股份有限公司　收

110台北市信義區基隆路一段180號8樓

8F,180 KEELUNG RD.,SEC.1,

TAIPEI.(110)TAIWAN R.O.C.

（請沿虛線對折後寄回，或傳真至02-27495072。謝謝）